Petra Hammesfahr ist eine der erfolgreichsten deutschen Thriller-Autorinnen. Für den Roman *Der gläserne Himmel* erhielt sie 1995 den Rheinischen Literaturpreis Siegburg. Sie wohnt in Kerpen bei Köln.

Von Petra Hammesfahr sind bei Bastei Lübbe Taschenbücher lieferbar:

14444 Der Engel mit den schwarzen Flügeln
15527 Der stille Herr Genardy

Petra Hammesfahr

Der gläserne Himmel

Roman

BLT

BLT
Band 92291

1. Auflage: Juni 2008

Vollständige Taschenbuchausgabe

BLT in der Verlagsgruppe Lübbe

Titelbild: John Hatfull/Trevillion Images
Umschlaggestaltung: Gisela Kullowatz
Autorenfoto: © Joseph Mick
Satz: KCS GmbH, Buchholz/Hamburg
Druck und Verarbeitung: GGP Media GmbH, Pößneck
Printed in Germany
ISBN 978-3-404-92291-8

Sie finden uns im Internet unter
www.luebbe.de
Bitte beachten Sie auch: www.lesejury.de

Der Preis dieses Bandes versteht sich einschließlich
der gesetzlichen Mehrwertsteuer.

Erstes Kapitel

Tage wie dieser erinnern mich an einen Traum. Im Geist gehe ich noch einmal an der weißen Mauer entlang. Glasscherben auf ihrer Krone glitzern im Licht. Ich höre eine Frau singen und komme fast um vor Sehnsucht. Ich weiß, hinter der Mauer ist alles, was ich vom Leben erhoffen kann.

Es ist sechs Jahre her, ich war gerade nach Kirchfelden gekommen, da träumte ich das oft. Im Traum sprang ich. Erreichte nach vielen vergeblichen Versuchen die Mauerkrone. Die Scherben zerschnitten meine Hände, bohrten sich in meine Schenkel. Und hinter der Mauer war nichts. Eine öde weiße Fläche – wie ein unbeschriebenes Blatt, durch eine Lupe betrachtet.

Inzwischen kenne ich die Bedeutung dieses Traumes. Ich sollte vorbereitet werden auf einen Moment wie diesen. Ich sollte begreifen, was es heißt, einen Menschen ausgelöscht zu haben. Ich sollte endlich gestehen: »Ich habe getötet!«

An Tagen wie diesem wird aus Zweifel Gewissheit. Der Himmel ist bewölkt; der heraufziehende Abend lässt ihn dunkel werden. Am Nachmittag hat es geregnet. Man sieht nichts mehr davon. Der Wind hat die Steinplatten im Hof längst wieder getrocknet. Nun treibt er sein Spiel mit den letzten Wolken und bringt den Geruch feuchter Erde ins Zimmer.

Ein würziger Geruch. Ich liebe ihn. In den sechs Jahren hier war er ein Teil meines Lebens. Er gehört zum Sommer und zum Frühherbst, wie Sina zu mir gehörte. Sie liebte ich auch, liebe sie immer noch. Der Gedanke, dass sie mich betrog, machte mich rasend. Der Gedanke, dass ich sie verloren habe, bringt mich um den Verstand. Ich habe Angst.

Am Nachmittag ging es mir besser. Es geht mir immer gut, wenn es regnet. Dann weiß ich, sie ist noch da. Sie hat mir einmal versprochen, dass sie immer da sein wird. Und manchmal nachts, wenn alles still ist, höre ich sie weinen; draußen, hinter der Mauer des Birkenhofs. Ich bin nicht verrückt, ich höre sie wirklich. Manchmal höre ich sogar ihre Stimme noch, genauso wie früher. »Schau hinauf zum Himmel, Chris! Sag mir, was du siehst!«

Es muss ein Abend gewesen sein wie dieser. Eine graublaue Wolkenformation stand über den Birken am Bach. »Wolken«, sagte ich, und Sina lachte. Warf den Kopf zurück in den Nacken, schloss für Sekunden die Augen.

»Ach, Chris«, meinte sie, »wenn du nicht lernst, richtig zu deuten, was du siehst, sehe ich schwarz für uns beide.« Es klang nach einem Scherz, aber heute weiß ich, es war ernst gemeint. Ich hätte es schon damals erkennen müssen, allein am Klang ihrer Stimme. »Versuch es noch einmal, Chris, jeder bekommt eine zweite Chance.«

Beim zweiten Blick sah ich, was sie meinte. Man braucht keine Fantasie für die einfachen Dinge. Über den Birken stand Ares, wie in der griechischen Sage beschrieben. Jung, stark, sich seiner Kraft so sehr bewusst. Einen Arm hielt er vom muskulösen Körper abgestreckt. Den Kopf hatte er in den Nacken gelegt. Wie Sina, wenn sie lachte. Er trug eine Waffe in der ausgestreckten Hand, als hole er damit zu einem alles vernichtenden Schlag aus.

Ich betrachtete ihn eine Weile. Der Wind ließ ihn vor unseren Augen altern, nahm ihm seine jugendliche Kraft und machte

ihn zu einem unscheinbaren Greis. Auch der Greis verschwand, zerfledderte in luftige Fetzen und trieb davon.
»Hast du es gesehen?«, fragte sie. Als ich nickte, sprach sie leise weiter: »Und meinst du immer noch, es sind nur Wolken da oben? Denkst du nicht eher, sie bewegen sich, und was sich bewegt, das lebt auch?«
Wie recht sie hatte! Was sich bewegt, das lebt auch. Daran muss ich glauben. Wenn ich es eines Tages nicht mehr könnte, könnte ich nicht mehr leben. Ich bin wirklich nicht verrückt. Ich wünsche mir nur, ich wäre es.
Im Haus ist es still. Es ist fast, als sei ich allein hier. Die Kinder schlafen schon, und sie sitzt hinter mir. Ich sehe ihr Spiegelbild in der Glasscheibe der Tür zum Hof. Sie hat sich eine Handarbeit genommen, stickt ihr Monogramm in unsere Handtücher. S. H. Ich kann kaum hinsehen, habe das Gefühl, ich müsste ihr die Nadel aus den Fingern reißen.
S. H. Ich wollte es ihr verbieten, als sie anfing. Nur fragte ich mich dann: Worüber rege ich mich auf? Soll sie sticken, wenn es ihr Spaß macht. S. H. in so viele Handtücher, wie sie will. Es heißt »Sina Hochstett«; niemand, nicht einmal sie selbst, kann jemals etwas anderes beweisen. Jeder Spiegel gibt mir recht.
Voller Konzentration ist sie bei der Sache. Und wenn ich in ein paar Minuten aufstehe und zur Flurtür gehe, wird sie aufschauen. Ich kenne das inzwischen, nur habe ich mich noch nicht daran gewöhnt. »Gehst du schon ins Bett, Chris?«, wird sie fragen. Wenn ich nicke, wird sie das Tuch und die Nadel zur Seite legen und mir folgen. Es könnte ja sein, dass ich etwas von ihr will, ein bisschen Liebe, ein bisschen Zärtlichkeit. Dann wird sie neben mir liegen, darauf warten, dass ich den Anfang mache. Ich werde auch warten, darauf, dass ich sie weinen höre, draußen hinter der Mauer des Birkenhofs, wo ich sie nicht mehr erreichen kann. Dann werde ich einschlafen, vielleicht träumen.

Nicht mehr von Glasscherben, von meinem Sprung, den zerschnittenen Händen, von dieser öden weißen Fläche auf der anderen Seite. Vielleicht träume ich stattdessen davon, wie es angefangen hat. In den vergangenen Nächten ist mir das häufig passiert. Da sah ich mich wieder hinter Vater her auf dieses Haus zugehen. Wie lange ist das her? Dreiundzwanzig Jahre.

Es war im August. Ich war gerade elf geworden und hatte nicht herkommen wollen. Ich fühlte mich ausgeschlossen und abgeschoben, als Vater davon sprach, mich für ein paar Tage zu Luise nach Kirchfelden zu bringen. Ich sehe das noch vor mir, als sei es gestern gewesen.

Vater ging neben mir, einen kleinen Koffer in der Hand, auf seinen Wagen zu. »Es ist nicht für lange, Chris«, sagte er. »Und du kennst Luise doch. Du magst sie, nicht wahr? Ich bin sicher, du wirst dich bei ihr wohlfühlen.«

Natürlich mochte ich Luise, obwohl ich sie nicht sehr gut kannte. Sie war die Tante meines Vaters, allerdings nur fünf Jahre älter als er. Wir hatten sie in den Jahren davor hin und wieder besucht. Für ein paar Stunden am Sonntagnachmittag. Zu dritt, Vater, Mutter und ich. Ich hatte mich immer auf diese Besuche gefreut, weil mir dann erlaubt wurde, für eine halbe Stunde hinauszugehen, in den Garten, sogar auf die Straße. Ohne Mutter, die mich sonst nie aus den Augen ließ. Normalerweise hätte mich die Aussicht auf den Besuch bei Luise, mehr noch die Tatsache, ein paar Tage allein bei ihr zu sein, närrisch machen müssen. Ich fühlte nur Beklemmung und Vaters Anspannung, als er den Arm um meine Schultern legte.

Unser Leben war ziemlich durcheinandergeraten. Begonnen hatte es schon einige Monate vorher, auf eine so hintergründig gemeine Art, dass ein Junge von zehn Jahren nicht verstehen konnte, was vorging.

Vater war als Strafverteidiger beruflich stark eingespannt. Er war viel unterwegs, tagelang, wenn ein Prozess in einer anderen Stadt geführt wurde. Daran war ich gewöhnt. Aber auch Mutter war häufig nicht daheim gewesen in letzter Zeit, hatte für den Nachmittag eine Studentin in die Wohnung bestellt, mehrfach sogar für den Abend, damit ich nicht allein bleiben musste. Dass Mutter abends noch fortging, war ungewöhnlich. Nur hatte ich mir keine Gedanken darüber gemacht. Sie sprach von der Langeweile am Abend, wenn ich im Bett lag und sie alleine im Wohnzimmer sitzen musste, von Theaterbesuchen und Konzerten, dass sie ein wenig Abwechslung brauche. Das versteht auch ein Kind schon.

Dann war Mutter plötzlich fort. Wenn ich nach ihr fragte, hieß es, sie sei krank geworden und liege in einer Klinik. Ich glaubte das und fragte mich nur, warum ich sie nicht besuchen durfte? Warum ich stattdessen zu Luise gebracht wurde? Dafür konnte es nur einen Grund geben: Es stand so schlimm um Mutter, dass man mir ihren Anblick nicht zumuten wollte. Als wir losfuhren, war ich überzeugt, Mutter würde bald sterben. Und als wir ankamen, erschien mir Luises Haus verändert. Es hatte nichts mehr vom Hauch der Freiheit. Hässlich war es, bedrohlich wie eine Leichenhalle, entsetzlich wie ein Krematorium. Die alten Backsteinmauern und das tief heruntergezogene Dach mit seinen roten Ziegeln gaben ihm etwas von Feuer. Die tief im Westen stehende Sonne verstärkte den Eindruck noch.

Vater ging vor mir her auf die Haustür zu. Bevor er sie erreichte, wurde sie geöffnet. Luise trat heraus und lächelte uns entgegen. Sie war klein und zierlich, wirkte wie ein Kind. Nur ihrem Gesicht sah man die Jahre an. Luise war Mitte vierzig damals.

Vater begrüßte sie mit einer Herzlichkeit, die mich noch mehr verunsicherte. Es ging bei uns daheim eher nüchtern als gefühlsbetont zu. Eine derart zärtliche Geste sah ich bei meinem

Vater zum ersten Mal. Er war traurig, wirkte niedergeschlagen und hilflos. Es kam mir so vor, als suche er Schutz und Trost. Den suchte ich auch.
Nachdem er Luise eine Weile an sich gedrückt hatte, schob er sie von sich, schaute ihr ins Gesicht und sagte: »Es tut gut, dich zu sehen, Luise. Du gibst einem immer das Gefühl, es sei alles nur halb so schlimm.«
Dann winkte er mich heran. »Nun komm schon her, Chris! Sag guten Tag und benimm dich nicht wie ein Stockfisch. Ich bin sicher, du wirst dich hier sehr wohlfühlen.« Daran glaubte ich nicht mehr. Ich hatte diesen Satz zu oft gehört in den letzten Stunden.
Später an dem Tag wurde ich noch einmal fortgeschickt. Vater und Luise hatten es sich im Wohnzimmer gemütlich gemacht. Als ich mich dazusetzen wollte, hieß es: »Geh für ein Weilchen hinaus, Chris! Du bist so blass. Die frische Luft wird dir guttun.« Wer von beiden das sagte, weiß ich nicht mehr. Es ist auch heute nicht mehr wichtig.
Ich ging nicht weit, nur um das Haus herum und ein Stück an der niedrigen Mauer entlang, die den Garten umschloss. Die Tür, die vom Wohnzimmer in den Garten führte, stand offen. Ich hörte sie reden. Vaters Stimme klang mit einem Mal bedrückt und ratlos. Da war nichts mehr von der Stärke und der Zuversicht, die er mir gegenüber durchklingen ließ. Er sprach von Fehlern, die er gemacht hatte, die er zutiefst bedauerte, jedoch nicht näher bezeichnete.
Dann sagte er plötzlich: »Ich muss unbedingt noch einmal mit ihr reden. Jetzt sag mir nicht wieder, es wäre ein Fehler, Luise. Vielleicht ist doch noch etwas zu retten. Ich muss es wenigstens versuchen. Ich muss schließlich auch an Chris denken. Er ist noch nicht alt genug, um auf seine Mutter verzichten zu können. Ich weiß nicht, was ich machen soll, wenn Elsa sich weigert …«

Elsa, das war Mutter. Aber ›weigert‹, das klang nicht nach einer Krankheit. Ich horchte angestrengt, hoffte auf eine Erklärung. Es kam keine.

»Du kannst nicht mit ihr reden«, unterbrach Luise ihn. »Du hast keine Ahnung, was da draußen los ist. Du würdest für sie alles nur noch schlimmer machen. Wenn die Familie dahinterkäme, dass sie sich erneut mit dir trifft, das wäre ihnen nur Wasser auf ihre Mühlen. Sie haben den Spieß umgedreht. Sie muss nur ins Dorf kommen, dann heißt es schon ›Hure‹.«

Sie! Kein Name. Ich hatte keine Ahnung, von wem sie sprachen und worum es ging, lauschte weiter. Vaters gequält klingende Stimme: »Das weiß ich, Luise. Ich weiß das alles. Aber was soll ich denn tun? Ich versuche, meine Ehe zu retten. Und ich denke, sie will das auch. Sie liebt ihren Mann doch. Sie hat es mir immer wieder gesagt. Ich bin sicher, Elsa kommt zurück, wenn sie sich …«

Den Rest verstand ich nicht, weil in dem Augenblick ein Auto auf der Straße vorbeifuhr. Das Motorgeräusch verschluckte die letzten Worte. Als es verklungen war, hörte ich wieder Luise. »Es gibt vielleicht eine Möglichkeit. Geh zu Frau …« Luise nannte einen Namen, den ich von meinem Platz aus nicht richtig verstand. Aber ich weiß noch, dass er mich an etwas Liebes und Gutes denken ließ.

Kurz darauf kam Vater aus dem Haus und ging zu seinem Wagen. Er fuhr los, ohne sich von mir zu verabschieden. Spätabends kam er noch einmal zurück. Ich lag schon seit Stunden in einem viel zu breiten Bett und konnte vor Furcht und Aufregung nicht einschlafen. Sie sprachen leise, ich hörte nur Gemurmel, bis Vater plötzlich die Stimme hob. Er schrie fast: »Sie wollte, dass ich sie mitnehme. Angefleht hat sie mich. Wenn sie hierbleibt, wird sie sterben, sagte sie. Sie weinte. Gott im Himmel, ich habe noch nie einen Menschen so weinen sehen.«

Heute weiß ich, von wem die Rede war und was gut einen Monat später geschah. Dass ein Kind geboren wurde, dass ein Mann und eine Frau auf grauenhafte Weise ums Leben kamen. Mag sein, dass ich der Frau begegnet bin in den Wochen damals. Ich erinnere mich nicht. Es waren viele neue Gesichter in den Dorfstraßen und draußen im Feld. Zu viele, um sich das eine oder andere zu merken.

Drei Wochen blieb ich bei Luise. Vater kam ein paarmal; jedes Mal dachte ich, er käme, um mich heimzuholen. Aber immer blieb er nur ein paar Minuten, sprach mit Luise und war gleich wieder fort.

Als er mich dann abholte, wollte ich zuerst gar nicht weg. Luise verstand es, mit einem verstörten Kind umzugehen, ihm die Furcht zu nehmen, ihm Sicherheit zu geben und alles, was es sonst noch brauchte. Ich hatte in den drei Wochen bei ihr etwas gefunden, von dem ich bis dahin nicht gewusst hatte, dass es existierte.

Sicherheit, Geborgenheit, Verständnis, das Gefühl, ernst genommen zu werden. Und gleichzeitig absolute Freiheit. Keine Ermahnungen. »Pass auf der Straße auf, Chris!« Keine Verbote. »Mach dich nicht schmutzig!« Luise fand es normal, wenn ein elfjähriger Junge durchs Dorf und die angrenzenden Felder streunte, wenn er mit verdreckten oder zerrissenen Hosen und aufgeschürften Knien heimkam.

Mutter war wieder daheim, als Vater mich zurückholte. Und rein äußerlich ging unser Leben so weiter wie zuvor. Aber es hatte einen Bruch gegeben. Auf der einen Seite standen wir, die wir nur so taten, als sei alles in Ordnung. Auf der anderen Seite war das Dorf, das kleine Haus am Ortsrand, und dort waren Frieden und Harmonie nicht bloß die Illusion, die zwei Gaukler für ein Kind erstehen ließen.

Aus der Erinnerung wurde Kirchfelden für mich zu einer Idylle, zu einem Platz, an dem alles so ist, wie es sein soll. Zu einem Ort, an den man irgendwann zurückkehrt, um ihn nie wieder zu verlassen. Gleichzeitig jedoch zu einer Tabuzone, weil wir nach diesem Sommer keine Besuche mehr bei Luise machten, nicht einmal mehr von ihr sprachen.
In den ersten beiden Jahren bettelte ich noch darum, ein oder zwei Ferienwochen bei ihr verbringen zu dürfen. Anfangs sagte Mutter: »Das geht nicht, Chris. Wir verbringen unseren Urlaub in Italien.« Später wurde sie massiver: »Jetzt hör endlich auf mit dieser Bettelei. Das ist widerlich. Von Kirchfelden will ich nichts hören, hast du mich verstanden?«
Mit der Zeit resignierte ich. Und wie alles, was verboten ist, bekam das Dorf für mich einen ungeheuren Reiz. Die kurze Zeit bei Luise verklärte sich, wurde rosa angehaucht. Mit den Jahren wurde Romantik daraus, die sich im Alltag nicht verwirklichen ließ.
Alltag, das war die Kanzlei meines Vaters, die unter unserer Wohnung lag. Es war für mich eine feststehende Tatsache, dass ich sie übernehmen sollte. Ich sah keinen Grund, mich dagegen aufzulehnen. Aber das war es nicht, was ich vom Leben erwartete. In stillen Stunden träumte ich oft von dem kleinen, hässlichen Haus am Ortsrand von Kirchfelden. Wenn ich die Augen schloss, sah ich den Bach, Wiesen und Äcker, den Waldstreifen am Horizont und Kinder, die am Rand eines Feldwegs spielten. Jedes Mal hatte ich das Gefühl, ich könnte etwas für diese Kinder tun. Vielleicht Erklärungen liefern, die sie von anderen nicht bekamen.
Möglich, dass es nur die eigenen Erfahrungen waren, dieses unterschwellige Wissen; ich war betrogen worden um eine Wahrheit, die mich ebenso betraf wie Vater und Mutter. Um eine Wahrheit, die mir geholfen hätte zu verstehen, warum es nach Mutters vermeintlicher Krankheit und dem ominösen

Klinikaufenthalt so kalt bei uns wurde. Warum Kirchfelden plötzlich ein Tabuthema war. Warum Vater keine Fälle mehr übernahm, die ihn zwangen, für ein paar Tage in einem Hotel zu logieren. Warum meine Eltern so distanziert miteinander umgingen. Sie waren zwar auch vorher nicht übertrieben zärtlich gewesen, jedenfalls nicht vor meinen Augen, aber auch nicht so steif und förmlich.
Und wie viele Kinder mochten das noch erleben, mit ihrer Angst alleingelassen werden? Irgendeiner musste ihnen doch beistehen. Warum nicht ich? Ich wusste, wie das war. Lehrer sein, darin sah ich eine Aufgabe. Vor einer Schulklasse stehen, unterrichten und den Kindern die Sicherheit geben, die Luise vor langen Jahren mir gegeben hatte.
Ich neigte nicht zu kämpferischem Verhalten, hatte meinen Wunsch nie geäußert. Allerdings hatte ich mich auch nicht mit großem Eifer aufs Jurastudium gestürzt. Meine Leistungen in den ersten Semestern ließen zu wünschen übrig. Ich hätte es vermutlich zu einem dürftigen Abschlussexamen gebracht und wäre ein drittklassiger Jurist geworden, hätte Vater nicht eines Tages ein Einsehen gehabt.
An einem Abend brachte er die Unterlagen eines Falles mit herauf, der ihm besonders am Herzen lag. Wir saßen in seinem Arbeitszimmer. Durch das geöffnete Fenster drang Straßenlärm herein. Der Gestank von Abgasen begleitete ihn. Ich dachte an Kornblumen und die roten Tupfer von Klatschmohn, an Staub über halbhohem Weizen, an klare Luft und eine tief im Westen stehende Sonne, die einem kleinen Haus etwas von ihrem Feuer gab.
Zu Beginn des Studiums hatte ich mir häufig vorgenommen, Luise in den Semesterferien zu besuchen und ein paar Tage bei ihr zu verbringen. Getan hatte ich es nicht. Was mich abgehalten hatte, weiß ich nicht genau. Eine Art Furcht, irgendwo einzudringen, wo ich nichts mehr zu suchen hatte,

etwas zu zerstören, und wenn es nur die eigene Illusion war.

Vater erklärte die komplizierte Rechtslage, spekulierte über seine Möglichkeiten im Prozess und ging so weit, Teile seines Plädoyers mit mir zu besprechen. Meine Antworten konnten ihn unmöglich befriedigen. Ein paar ließ er mir durchgehen, dann meinte er: »Ich habe den Eindruck, dass dir nicht viel daran liegt.«

Als ich schwieg, fuhr er fort: »Überhaupt scheint dir an diesem Beruf nichts zu liegen. Nun kann ich mir nichts Schlimmeres vorstellen, als Jahre und Jahrzehnte etwas zu tun, was man im Grunde seines Herzens nicht tun will. Niemand kann sich für eine Sache einsetzen, wenn ihm die Überzeugung fehlt. Und mit Halbherzigkeit ist schon viel Schaden angerichtet worden.«

Ich mochte nicht zugeben, was in mir vorging, erklärte ausweichend: »Das hat nichts mit Halbherzigkeit zu tun. Ich frage mich nur, ob du wirklich von der Unschuld deines Mandanten überzeugt bist? Er hat sogar dich schon ein paarmal belogen, verwickelt sich ständig in Widersprüche. Und die Indizien sprechen gegen ihn.«

Vater nickte bedächtig. »Ich möchte den Menschen sehen, der nicht lügt, wenn er Angst hat. Und Indizien?« Er schaute mich nachdenklich an. »Schuld und Unschuld liegen im Leben so dicht beieinander, dass man sie nicht trennen kann, Chris. Den einen sprechen die Indizien schuldig, den anderen sprechen sie frei. Aber ist er das? Wer eine Schuld mit sich herumträgt, wird sie sein Leben lang nicht los, auch nicht, wenn man ihn freispricht. Ich bin kein Richter und möchte nie einer sein. Aber reden wir von dir; was möchtest du sein?«

»Astronaut«, sagte ich. »Aber ich bin nicht mehr fünf. Mach dir keine Sorgen. Ich habe mich für Jura entschieden, ich werde mich bemühen, in deine Fußstapfen zu treten.«

Unvermittelt wurde Vater wütend. »Was soll das, Chris? Das ist doch keine Antwort! Das klingt, als wärst du zu deiner Entscheidung gezwungen worden. Ich habe einen Sohn erzogen, keinen Nachfolger. Ich dachte, das wäre dir klar gewesen. Warum tust du denn nicht einmal den Mund auf? Es kann schließlich niemand ahnen, was in deinem Kopf vorgeht. Wenn nicht Jura, was dann? Was wäre dir lieber gewesen?«
»Pädagogik«, sagte ich.
Vater lachte auf. »Das würde dir Spaß machen? Anderer Leute Kinder das kleine Einmaleins beizubringen.«
»Es würde mir bestimmt mehr Spaß machen, als mich ständig mit Recht und Unrecht auseinanderzusetzen. Ich traue mir ohne Weiteres zu, einem kleinen Kind vorzurechnen, wie viel drei mal sieben sind. Aber ich weiß nicht, ob ich einem Menschen zu seiner Freiheit oder zu seinem Recht verhelfen könnte, wenn ich selbst nicht überzeugt davon wäre, dass es richtig ist.«
Vater nickte wie in Gedanken versunken. Dann entschied er fast beiläufig: »Gut, wenn du meinst. Dann sieh zu, dass du einen Studienplatz bekommst.«

Ohne jemals ein weiteres Wort in dieser Angelegenheit zu verlieren, finanzierte Vater das zweite Studium. Da war ich mit mehr Begeisterung bei der Sache. Als ob ich mir selbst und Vater etwas beweisen müsse, saß ich über den Büchern. Alles daneben wurde unwichtig. Zuvor hatte ich ein paar kurze Beziehungen zu Frauen gehabt, jetzt hatte ich nicht einmal mehr die Zeit für einen Blick auf die Kommilitoninnen, die mit mir zusammen im Hörsaal saßen.
Ein paar Ideale verloren sich zwar bei nüchterner Betrachtung. Doch das Staatsexamen schaffte ich mit guten Noten. Eine Weile musste ich noch befürchten, keine Anstellung zu finden. Dann kam überraschend der Bescheid vom Kultusministe-

rium. Meine Zeit als Lehramtsanwärter sollte ich in Kirchfelden verbringen. Und natürlich bot Luise an, dass ich bei ihr wohnen könnte.
Es war, als hätte ich es immer gewusst, als hätte ich mit allem, was ich tat oder nicht tat, nur auf dieses Ziel hingearbeitet. Ich konnte es kaum fassen, dass ich nun tatsächlich für immer dort leben sollte, wo ich mich einmal so frei und sicher gefühlt hatte.
So kam ich hierher zurück, nach mehr als sechzehn Jahren. Außer mir war niemand glücklich darüber. Vater warnte: »Wenn du nur nicht enttäuscht bist, Chris. Du warst ein Kind damals. Da sieht man vieles anders. Mit den Leuten dort hattest du nichts zu tun. Denk nicht, dass sie es dir leicht machen!«
Mutter, die ohnehin nicht verstand, dass mein Ehrgeiz sich darin erschöpfte, Grundschullehrer an einer Dorfschule zu werden, meinte sogar, ich sollte gegen den Bescheid Protest einlegen. »Es ist ein dreckiges, kleines Nest«, sagte sie. »Dein Vater hat recht. Die Leute dort sind eine Gruppe für sich, sie lehnen alles ab, was sie nicht kennen, Menschen eingeschlossen. Bilde dir nicht ein, du würdest dort Anschluss finden. Hier hast du deine Freunde, Chris, hier hast du Abwechslung. Was, meinst du, wirst du dort haben? Das Gefühl, ans Ende der Welt geraten zu sein, das garantiere ich dir.«
Ich hätte ihr darauf viel antworten können. Dass mir die Abwechslung in der Großstadt zum Hals heraushing. Dass meine sogenannten Freunde mich anödeten. Dass Freiheit für mich etwas anderes war als die Auswahl zwischen zwanzig Herrenausstattern und kulturellen Veranstaltungen oder Partys im kleinen Kreis. Dass ich endlose Feldwege vor mir sah, wenn ich an Freiheit dachte. Und ein bewölkter Himmel wurde mit Sehnsucht betrachtet, nicht mit einem Fluch. Mutter hätte das nicht verstanden.

Es war nicht mehr alles so, wie ich es kannte. Das Haus schien geschrumpft mit den Jahren. Luise hatte ein paar Veränderungen vornehmen, ein paar Wände einreißen lassen. So gab es im Erdgeschoss nur noch die Küche, das Wohnzimmer und das Büro, in dem ihr Mann vor Jahren gearbeitet hatte. Der Raum war ihr heilig, die Tür immer verschlossen. Im ersten Stock gab es zwei Schlafzimmer und das Bad.
Der Gemüsegarten existierte nicht mehr. Statt Beete waren es nun Steinplatten und Rosenstöcke an der niedrigen Mauer zur Straße. Für mich war das kleinere Zimmer im ersten Stock hergerichtet, dasselbe wie vor Jahren. Auch die Einrichtung war geblieben. Der alte Bauernschrank mit der Malerei auf den Türen, das große Bett, breit genug für zwei Personen. Vom Fenster aus hatte ich einen herrlichen Ausblick. Land, einfach nur Land, nicht so flach wie in meiner Erinnerung. Es gab kleine Anhöhen und Senken. Und auf einer dieser Anhöhen, etwa zwei Kilometer vom Ort entfernt, stand die weiße Mauer. Sie umschloss ein riesiges Anwesen, den Birkenhof. Ich erkannte einige Dächer und Baumkronen über den Steinen. Seltsamerweise erinnerte ich mich nicht an das große Gehöft da draußen. Aber es war ja auch sehr lange her, dass ich zuletzt an diesem Fenster gestanden hatte.
Luise war unverändert. Immer noch klein und flink, mit wachen Augen und wachem Verstand. Sie hatte nie eigene Kinder gehabt, ihren Mann kurz nach der Hochzeit durch einen Unfall verloren. Er hatte sie gut versorgt zurückgelassen; finanzielle Sorgen hatte es für sie nie gegeben. Nur das Alleinsein. Sie freute sich, ›wieder einen Mann im Haus zu haben‹. Aber auch sie warnte mich.
»Hier ist alles etwas anders, Chris. Wenn man aus einer Großstadt kommt wie du, ist es bestimmt nicht einfach, sich umzustellen. Du wirst manchmal das Gefühl haben, mit dem Kopf gegen eine Wand zu rennen. Die Leute sind verschlossen,

misstrauisch und neugierig, Chris, entsetzlich neugierig. Du wirst keinen Schritt tun können, von dem nicht wenig später das halbe Dorf weiß. Wenn es dir zu viel wird, kannst du dir ja eine Wohnung in Arnberg suchen.« Daran dachte ich nicht einmal im Traum.

Meine Einstellung erfolgte nicht zum Beginn eines neuen Schuljahres im Herbst. Als Ersatz für eine ältere Lehrerin, die aus Gesundheitsgründen vorzeitig in Pension ging, sollte für mich die Arbeit Anfang April beginnen. Ich kam in den letzten Märztagen an und nutzte die Zeit, die mir blieb, für ausgedehnte Spaziergänge.

Der hereinbrechende Frühling machte die Luft schmeichelnd wie Watte auf der Haut. Meist ging ich kurz nach Mittag los. Den einen Tag nach Süden, den anderen Tag nach Westen. Aber egal in welcher Richtung ich mich vom Dorf entfernte, ich kam unweigerlich bei der Mauer an. Sie wirkte auf mich wie ein Magnet.

Manchmal hörte ich Stimmen dahinter. Kinderlachen, eine Frau sang leise und melodisch. Es gab mir das Gefühl, hinter der Mauer sei die Zeit stehen geblieben. Dass die Menschen auf dem Birkenhof sich eine Insel geschaffen hatten, auf der es natürlich und harmonisch zuging. Und damit es so blieb, war das breite, zweiflügelige Tor immer geschlossen.

An einem der ersten Tage nötigte mich Luise zu einem Besuch bei meinem unmittelbaren Vorgesetzten. Jeder im Dorf, meinte sie, wisse inzwischen, dass ich da sei. Es wäre unhöflich, mich nicht bei Rektor Dalling vorzustellen. Er rechne garantiert mit meinem Besuch. Außerdem könne mir ein Antrittsgespräch nur von Nutzen sein.

Ruprecht Dalling bewohnte ein Haus am entgegengesetzten Ende des Dorfes. »Ulmenweg fünf«, erklärte Luise, und weil ich nicht mit dem Wagen fahren wollte, begleitete sie mich ein Stück, damit ich es auch fand. Sie benahm sich häufig, als

habe sie immer noch den verschüchterten Elfjährigen vor sich. Aber ohne Zweifel kannte sie die Dorfbewohner und ihre Erwartungen.
Dalling schien ein wenig verstimmt, dass ich mich erst nach drei Tagen bei ihm blicken ließ. Seine Einladung zum Kaffee kam einem Befehl gleich. Anfangs saßen wir zu viert am Tisch, und die Unterhaltung wurde größtenteils von Dallings fünfzehnjähriger Tochter Bettina bestritten. Sie war aufreizend hochsommerlich bekleidet mit einem dünnen Hemdchen und knappen Shorts und benahm sich, als sei ich allein ihretwegen gekommen.
Mir kam nicht der Gedanke, dass damit ein bestimmter Zweck verfolgt wurde. Mir fiel nur auf, dass Dalling mich mit Argusaugen beobachtete und seiner Frau hin und wieder einen zufriedenen Blick zuwarf. Nach dem Kaffee schickte er Frau und Tochter hinaus, lehnte sich entspannt zurück und kam endlich zum Thema. Ich erfuhr alles, was ich wissen musste und durfte, kein Wort zu viel.
»Ein drittes Schuljahr«, erklärte Dalling. Es gab von jedem Grundschuljahrgang zwei Schulklassen in Kirchfelden, unterteilt in a und b. Ich sollte die 3b übernehmen. »Liebe Kinder«, sagte er, »unkompliziert und nicht so verlottert, wie es heute allgemein üblich ist. Von den Problemen, mit denen andere Schulen zu kämpfen haben, sind wir bisher verschont geblieben. Bei uns haben die Kinder noch Pausenbrote im Ranzen, keine Klappmesser.«
Er lächelte, fuhr fort. »Vor Ihnen hat Frau Buchbinder die Klasse unterrichtet. Sie führte ein strenges Regime. Ich glaube, die Kinder sind erleichtert, dass sie in den Ruhestand tritt. Auf jeden Fall werden sie dankbar sein für einen jungen Mann an der Tafel.«
Bis dahin hatte seine Stimme einen neutralen Klang gehabt, plötzlich kam ein neuer Ton hinein. »Ich war anfangs nicht be-

geistert«, sagte er. »Als ich erfuhr, dass der Ersatz für Frau Buchbinder männlich und darüber hinaus jung ist, habe ich nur noch gebetet. Wir haben ein paar trübe Erfahrungen machen müssen. Aber lassen wir die alten Geschichten. Sie haben sich, wie ich hörte, ziemlich spät für den Beruf entschieden. Vorher haben Sie ein paar Semester Jura studiert?«
Ich nickte, er lachte. Es war ein Laut, der nicht ins Gespräch passte. »Nun«, sagte er, und ich glaubte, so etwas wie Spott zu hören, »da kennen Sie sich in Recht und Gesetz wohl besser aus als ich. Da kann ja nichts schiefgehen.«

Der erste Schultag war so, wie ich ihn mir vorgestellt hatte. Gegen sechs in der Früh erwachte ich ohne besonderen Grund. Ich blieb noch eine Viertelstunde im Bett, drehte mich von einer Seite auf die andere, öffnete die Augen und schloss sie wieder. Fühlte mich wie ein Mensch, dem man eine ungeheure Verantwortung auflud, ohne zu prüfen, ob er sie tragen konnte.
Als Luise um halb sieben an die Tür klopfte, stand ich schon eine Weile am offenen Fenster, fror in der kühlen Morgenluft und hoffte inständig, sie möge mich beruhigen. Dieses diffuse Empfinden von Ohnmacht, Unwissenheit und Versagen verdrängen, das mich urplötzlich überfallen hatte und gepackt hielt.
»Du bist nur ein wenig nervös«, wurde mir beim Frühstück versichert. »Das ist normal und vergeht wieder. Morgen sieht es schon anders aus, und in einer Woche ist es Gewohnheit.«
Ich wusste, Luise hatte recht. Aber ich wusste es nur vom Verstand her. Mein Gefühl sah es anders. Da war diese Bemerkung von Dalling. Was hatten sie hier gegen junge Männer? Natürlich hatte ich mit Luise darüber gesprochen, sie hatte lächelnd abgewinkt. »Dalling muss man reden lassen, auch wenn er manchmal nur Unsinn von sich gibt. Kein Mensch hat hier etwas gegen anständige junge Männer, Chris.«

Es waren zehn Minuten Fußweg bis zur Schule. Dafür wollte ich nicht den Wagen nehmen. Kurz vor acht begleitete Dalling mich in ein Klassenzimmer. Er stellte mich den Kindern vor, ermahnte sie mit ein paar launigen Worten zu manierlichem Betragen und ließ uns allein.

Zwanzig erwartungsvolle Gesichter, zwanzig Augenpaare, die jede meiner Bewegungen verfolgten, zwanzig Paar Ohren, die jedes Wort auffingen und es gewiss umgehend daheim weitergaben. Liebe Kinder, wie Dalling mir versichert hatte. Folgsam holte jedes ein Stück Pappe und einen Stift aus dem Ranzen, schrieb seinen Namen und stellte ihn vor sich auf den Tisch.

Den ersten Tag verbrachten wir ohne nennenswerten Unterricht. Ich ließ jedes Kind ein wenig von sich erzählen, damit es sich mir besser einprägte. Ließ mir erklären, wie Frau Buchbinder dieses und jenes gehandhabt hatte. War erleichtert, als sie nach der vierten Stunde ihre Ranzen packten und heimgingen.

An dem Tag wurden in allen Klassen nur vier Stunden gegeben. Das Kollegium versammelte sich anschließend im Lehrerzimmer. Am Morgen war Dalling nicht dazu gekommen, mich ausführlich mit allen bekannt zu machen. Nun holte er das nach. Mit mir waren neun Personen um den großen, ovalen Tisch versammelt. Eine Tatsache, die mich erstaunte. In Kirchfelden wurden nur acht Schulklassen unterrichtet. Es stellte sich heraus, dass die Jüngste im Kreis als Halbtagskraft für die Fächer Kunst und Musik zuständig war.

Silvia Henschel war genau der Typ Frau für diese Art Unterricht. Mit ihren fein geschnittenen Gesichtszügen und dem hellblonden, welligen Haar, das sie bis auf die Schultern trug, war sie selbst ein bisschen Kunst und Musik. Sie war Anfang zwanzig, bildhübsch und ungebunden. Ich will nicht behaupten, ich hätte mich auf Anhieb in sie verliebt. Zuerst war sie nur ein Lichtblick in der Runde.

Bis dahin war mir nie der Gedanke an eine feste Beziehung gekommen. Wenn daheim das Thema Bindung auf den Tisch kam, redete ich mich mit Verantwortungsgefühl heraus. Erst das Studium, das Examen, erst eine grundsolide Basis schaffen, dann an Familie denken. Mutter imponierten solche Sprüche, nur entsprachen sie nicht den Tatsachen. Es war einfach so, dass es mich langweilte, wenn ich ein paarmal mit einer Frau geschlafen hatte. Dass ich etwas dabei vermisste. Etwas, von dem ich nicht wusste, wie es beschaffen sein könnte.
Aber auch wenn ich es nicht wusste, ich wollte mich nicht binden an eine Frau, der dieses Etwas fehlte. Ich wollte nicht mein Leben lang auf der Suche sein müssen, getrieben von dem diffusen Wissen, dass da noch etwas sein musste, das einen ausfüllte und satt machte.
Und Silvia Henschel vermittelte mir das Gefühl, als könne ich bei ihr zumindest ein bisschen von dem finden, was ich suchte. Wie sie mich anschaute – mit leicht gesenktem Kopf. Wie sie lächelte – freundlich, aber zurückhaltend. Eine Frau, die sich nicht aufdrängte. Mir kam dabei das Wort in den Sinn, das Luise im Zusammenhang mit den jungen Männern benutzt hatte: anständig.
Es mag altertümlich klingen, wenn man es so ausdrückt. Aber so ist es treffend. Für Silvia ist es das. Sie war ein durch und durch anständiger Mensch.
Das genaue Gegenteil saß neben ihr am Tisch, Gerda Hilbig. Ich schätzte sie in meinem Alter. Auch sie war nicht verheiratet, lebte jedoch, wie ich schon in den ersten Tagen erfuhr, mit einem Mann zusammen. Ein stellungsloser Ingenieur, der für sie kochte und ihre Blusen bügelte. Gerda Hilbig nannte ihn »mein Hänschen« und scheute nicht davor zurück, einen Reim auf den Namen und ein bestimmtes Körperteil zu machen. »Mein Hänschen mit dem kurzen …«
Mir war sie von der ersten Minute an unsympathisch. Sie war

vulgär, aggressiv und aufdringlich. Mich störte schon der Blick, mit dem sie mich musterte, von Kopf bis Fuß und auf halbem Weg ein paar Sekunden verweilend. Wenn Frauen mit solch einem Blick betrachtet werden, heißt es, man zieht sie mit den Augen aus. Ich empfand es genauso.
Als Dritte im Kreis Frau Karger; sie war verheiratet und hatte zwei Kinder, die aufs Gymnasium nach Arnberg gingen. Arnberg liegt sieben Kilometer von Kirchfelden entfernt. Es ist nicht viel größer als das Dorf, aber jeder, der dorthin muss, fährt in die »Stadt«. Einfach, weil es dort die weiterführenden Schulen gibt, zwei Cafés, ein paar Eisdielen und Restaurants, ein Kino, das Rathaus, das alte Schloss. Und Mietwohnungen. In Kirchfelden eine Wohnung mieten zu wollen war ein Ding der Unmöglichkeit. Mit etwas Glück und genügend Geld konnte man ein Haus kaufen oder bauen.
Die Frauen lebten alle in Arnberg. Auch Frau Emmering und Frau Stoppart. Die einzige Ausnahme war Frau Liebig, eine rundliche, rosige ältere Dame und Dallings Vertretung an der Schule. Ihr stand ein kleines Häuschen auf dem Schulgelände zur Verfügung. Ihr Name kam mir vertraut vor, aber mir kam nicht der Gedanke, dass es dieser Name gewesen sein könnte, der mich als Elfjährigen auf dem Horchposten an der Gartenmauer von Luises Haus an etwas Gutes hatte denken lassen.
Als Letzter in der Runde Sebastian Burbach, zehn Jahre älter als ich, mittelgroß und gedrungen wirkend. Er strahlte eine ungeheure Ruhe aus und machte auf mich den Eindruck eines Mannes, der sich durch nichts erschüttern lässt.
Jedem Einzelnen stellte Dalling mich vor, erzählte, was er von mir wusste und was ich von den anderen wissen musste. Er schien über einen merkwürdigen Humor zu verfügen, schloss mit den Worten: »Außerdem ist Christian Hochstett ein halber Jurist. Da haben wir kaum mit bösen Überraschungen zu rechnen.«

Noch vor eins war ich wieder daheim. Luise erwartete mich mit kaum verhohlener Neugier. Beim Essen ließ sie sich in allen Einzelheiten berichten. Nachdem sie alles Wissenswerte erfahren hatte, begann sie zu erzählen. Von den Kindern, von ihren Familien.

Sie kannte sie alle. Was sie sagte, war geeignet, mich meine Zukunft rosig und problemlos sehen zu lassen. Was sie mir verschwieg, habe ich mit den Jahren allein ausgraben müssen. Und ich denke heute noch: Wenn Luise geredet hätte, damals, am ersten Tag, als ich aus der Schule kam … oder wenigstens am zweiten. Sie wusste nicht alles, aber sie hätte genug gewusst, um mich zu warnen. Ich weiß nicht, ob sie dachte, es sei nicht mehr nötig nach all der Zeit. Dalling hatte gesagt: »Lassen wir die alten Geschichten.« Was er meinte, lag vier Jahre zurück. Aber da gab es noch etwas, und das war siebzehn Jahre her. Wenn Luise nur eine Andeutung gemacht hätte, es wäre einiges anders gekommen, davon bin ich überzeugt.

Schon der zweite Tag war anders. Beim Eintreten ins Klassenzimmer spürte ich die Veränderung. Die Kinder erhoben sich von ihren Plätzen, wie sie es gewohnt waren. Sie grüßten einstimmig und blieben stehen zum gemeinsamen Morgengebet. Auf eine Handbewegung setzten sie sich wieder. Das war so wie am Tag zuvor. Auch die Blicke, die sie mir zuwarfen, waren noch harmlos und voller Neugier.

Und doch war die Atmosphäre schwer, feindlich. Es gab nicht den geringsten Grund für diese Empfindung. Alle beteiligten sich rege am Unterricht, beantworteten meine Fragen, so gut sie konnten, saßen still und artig auf ihren Stühlen, unterschieden sich nicht von den anderen Schulklassen. Aber mein Gefühl beruhte nicht auf Einbildung. Bereits am zweiten Schultag hatte ich zwei Feinde. Einflussreiche Widersacher, die imstande waren, achtzehn weitere Kinder gegen mich auf-

zubringen. Im Laufe der folgenden Monate ließen sie sich einiges einfallen, um mir das Leben schwer zu machen.
Die Tische waren in U-Form aufgestellt. Mein Schreibtisch stand links neben der Wandtafel beim ersten Fenster. Direkt vor meinem Tisch saßen sie. Zwillinge, obwohl sie sich nicht sehr ähnlich waren. Peter und Paul Birkenfeld, kräftige kleine Burschen mit dunklem Haar und einer gesunden Gesichtsfarbe. Kein Kind wagte, ihnen zu widersprechen. Offensichtlich gab es da eine Furcht oder einen Respekt. Ich habe die beiden nie raufen sehen, nie eines der anderen Kinder bedrohen. Wie sie ihre Macht ausübten, blieb mir in den ersten Monaten schleierhaft. Aber sie übten sie aus.
Wenn ich meine Anweisungen gab, richteten sich sämtliche Augen auf den Tisch so dicht bei meinem. Und nur nach einem gnädigen Nicken von Peter oder Paul Birkenfeld wurde getan, was ich verlangte. Nickte keiner von beiden, konnte es geschehen, dass zwanzig Kinder zuerst ihre Bleistifte anspitzen mussten, um saubere und dünne Striche unter die Aufgaben ziehen zu können. Dann belagerten zwanzig Kinder den Abfallkorb. Es gab kein Gedränge, es gab keinen Mucks. Jeder wartete geduldig, bis er an die Reihe kam. Und das dauerte, bis die Stunde fast um war.
Es konnte passieren, dass plötzlich einige Tintenfüller zu kleckern begannen. Dann mussten die Federn gesäubert und die Patronen ausgewechselt werden. Leider hatten die Kinder, die das Missgeschick traf, keine Ersatzpatronen oder keine Papiertücher dabei. Dann meldeten sich ein paar andere, die aushelfen konnten. Es ging alles äußerst höflich und ordnungsgemäß zu. »Darf ich Sabrina ein Tuch bringen, Herr Hochstett?« Oder: »Ich habe Ersatzpatronen, Herr Hochstett, darf ich aufstehen und Daniel eine geben?« Wenn ich nervös wurde, einen drängenden Ton anschlug, kam das triumphierende Aufblitzen in den Augen der Birkenfeld-Jungs.

Für mich war es anfangs ein Machtkampf, in dessen Verlauf ich meine Qualifikation zu beweisen hatte. Der erste Gedanke war zwar, mich an Dalling zu wenden. Aber zu gut waren mir seine Worte im Gedächtnis. »Liebe Kinder.« Was sollte ich gegen die lieben Kinder vorbringen? Dass sie ausgesucht höflich, pflichtbewusst und hilfsbereit waren? Dalling würde mich für einen Spinner halten, dachte ich. Also schwieg ich vorerst und versuchte herauszufinden, womit ich die beiden Kinder gegen mich aufbrachte.

Das gelang mir nicht. So entschloss ich mich doch eines Tages zu reden und versuchte mein Glück bei Sebastian Burbach. Er unterrichtete die Parallelklasse, außerdem erteilte er Sportunterricht. Wie ich hatte er eine Vorliebe für den Aufenthalt im Freien. Meist übernahm er die Pausenaufsicht. Schon in den ersten Tagen schloss ich mich ihm an.

Es ergab sich so. Die jüngeren Frauen blieben meist unter sich, entweder draußen oder in den Klassenräumen. Dalling und Frau Liebig hielten sich im Lehrerzimmer auf. Silvia Henschel gab in der Regel nur drei Stunden und nutzte die Pause für irgendwelche Vorbereitungen. Blieb nur Sebastian, wenn ich nicht allein über den Pausenhof laufen wollte.

In diesem Zusammenhang bereits von einer Freundschaft zu sprechen wäre verfrüht. Ich mochte Sebastian, schätzte seinen Humor und die zur Schau getragene Ruhe auch in schwierigen Situationen. Aber bei aller Bereitschaft blieb er, was ihn selbst betraf, verschlossen. Manchmal schien es, als habe er etwas auf dem Herzen, als suche er nur nach den richtigen Worten, um es auszusprechen. Dann lachte er plötzlich, machte einen seiner üblichen Scherze und war völlig ohne Sorgen.

Ihm erzählte ich von meinem Problem, obwohl ich mich strikt weigerte, es so zu nennen. Ich versuchte, der Sache ein harmloses Ansehen zu geben, indem ich einen gelassenen Ton anschlug. Sebastian hörte aufmerksam zu.

»Was genau tun sie denn?«, wollte er anschließend wissen.
»Genau genommen nichts. Sie sitzen an ihrem Tisch und regieren. Und ich bin machtlos.«
»Haben Sie schon mit Dalling gesprochen?«
Ich war erleichtert, dass er mich nicht auslachte und nicht fragte, ob ich mir da vielleicht nur etwas einbilde. »Nein«, sagte ich. »Ich möchte das auch vorerst nicht tun. Ich wüsste nicht, was ich ihm sagen sollte. Dass ich glaube, die beiden mögen mich nicht, halte ich nicht für ein gutes Argument.«
Sebastian nickte gedankenverloren, schaute sich nach einer Gruppe Kinder um, deren Mittelpunkt die Birkenfeld-Jungs bildeten. Zögernd begann er: »Es kann aber üble Folgen haben, wenn die einen nicht mögen. Sie sollten das nicht auf die leichte Schulter nehmen, Chris. Wenn Sie nicht mit Dalling reden möchten, wenden Sie sich an Frau Liebig! Die Birkenfeld-Kinder haben es schon einmal geschafft, einen Junglehrer von hier zu vertreiben. Das liegt ein paar Jahre zurück. Zu der Zeit war ich noch nicht hier. Und ich möchte mich nicht am Dorfklatsch beteiligen. Aber nach allem, was ich gehört habe, hat es damals so ähnlich angefangen, kleine Schikane im Unterricht, und das steigerte sich dann. Sie sollten etwas unternehmen, bevor Ihnen die Sache über den Kopf wächst. Warum reden Sie nicht mit Ihrer Tante?«
Ein vernünftiger Rat. Luise war über alles informiert, was in Kirchfelden geschah und geschehen war. Wenn tatsächlich schon einmal ein junger Lehrer durch Kinder der Familie Birkenfeld in Schwierigkeiten geraten war, musste sie davon wissen. Bisher hatte ich es vermieden, mit ihr über meine Schwierigkeiten zu sprechen. Doch insgeheim machte ich mir mehr Sorgen, als ich mir und anderen eingestehen wollte. Es ging um meine Zukunft. Und die wollte ich hier verbringen. Eine Versetzung zog ich nicht in Betracht. Um keinen Preis der Welt wollte ich mich aus dem Dorf vertreiben lassen. Gewiss nicht

von zwei Kindern, denen ich keine Veranlassung für ihr Verhalten gegeben hatte.
Der Versuch, von Luise etwas über den jungen Lehrer zu erfahren, von dem Sebastian gesprochen hatte, schlug fehl. »Es wird zu viel geredet, Chris«, sagte sie. »Man darf nicht alles ernst nehmen. Du brauchst dir keine Sorgen zu machen. Und wenn du in Ruhe nachdenkst, wirst du zugeben müssen, dass du dir da wahrscheinlich etwas einbildest. Die Kinder tun doch nichts.«
Damit war die Angelegenheit für sie erledigt. Sie stellte das Kaffeegeschirr zusammen und verließ, wie meist um diese Zeit, das Haus, um eine ihrer zahlreichen Bekannten zu besuchen. Ihrer Meinung nach brauchte ich an den Nachmittagen unbedingt meine Ruhe, um mich auf die anfallenden Arbeiten zu konzentrieren. Ich vermutete eher, sie wollte sich durch meine Anwesenheit nicht von einer lieben Gewohnheit abbringen lassen.
Mit meiner Konzentration war es ohnehin nicht weit her. Wieder und wieder ließ ich in Gedanken den Vormittag passieren. Dieses kaum merkliche Nicken von Peter Birkenfeld, als ich sagte, es möge sich jeder ins Heft schreiben, was an der Tafel stand. Das winzige Zögern in ihren Stimmen, bevor sie mir antworteten. Ich bildete mir das nicht ein. Je länger ich darüber nachdachte, umso sicherer wurde ich mir.

Beruflich lief es nicht so, wie ich es mir vorgestellt hatte. Die Kinder, die ich unterrichtete, waren nicht angewiesen auf Erklärungen oder auf die Sicherheit, die ein Erwachsener ihnen geben kann. Im Gegenteil, sie waren sicher genug, dem Erwachsenen Angst zu machen. Sie führten einen Psychokrieg, der jedem Geheimdienst zur Ehre gereicht hätte.
Auch privat gab es ein paar Haken. Silvia Henschel machte es mir nicht leicht mit ihrer Zurückhaltung, trotzdem schaffte ich

es schon nach kurzer Zeit, mich mit ihr für einen Samstagabend zu verabreden. Ende April ging ich zum ersten Mal mit ihr aus. Am darauffolgenden Samstag zum zweiten Mal. Beim dritten Mal kam das obligatorische Angebot, noch einen Kaffee in ihrer Wohnung zu trinken.
Silvia errötete dabei. Ich hatte so eine Reaktion bei einer Frau seit ewigen Zeiten nicht mehr gesehen. Ich hatte nicht einmal gewusst, dass es noch Frauen gab, die dazu fähig waren. Fast erwartete ich, dass sie mich bat, das Licht auszumachen. So weit kam es nicht.
Sie war sehr gehemmt. Es amüsierte mich ein wenig, aber es faszinierte mich auch. Es weckte Beschützerinstinkte, war wie ein Eintauchen in vergangene Zeiten. Wie das alte, längst aus der Mode gekommene Spiel zwischen Stark und Schwach. Erobern, entdecken, der Zwang zur Selbstbeherrschung und das Bedürfnis, zuerst einmal nur zu geben. Zärtlichkeit, Sanftheit. Dem hohlen Gefühl, das anschließend im Innern zurückblieb, stand noch der Stolz gegenüber, ein rücksichtsvoller Liebhaber zu sein. Beim zweiten Mal kam ich der Gegenwart schon ein wenig näher. Nach dem dritten, vierten oder fünften Mal begriff ich, dass es keine Wunder mehr gab.
Es war nett, mit Silvia zu schlafen, aber es war nicht anders als mit den Frauen vor ihr. Der einzige Unterschied bestand darin, dass sie selbst sich von den Frauen unterschied, die ich vor ihr gekannt hatte. Sie war häuslich, sparsam und nachgiebig, zog es vor, für uns zu kochen, statt in ein Restaurant zu gehen. Ein Café-Besuch am Sonntagnachmittag? Wozu? Backen macht Spaß. Und es ist ein sehr befriedigendes Gefühl für eine Frau, zu sehen, wie die selbst gebackenen Kirschtörtchen einem Mann schmecken.
Silvia hatte ein trostloses Leben gehabt, war als Vollwaise in Heimen und bei Pflegeeltern aufgewachsen. Sie machte keinen Hehl daraus, dass sie sich nach einer Familie sehnte und in ih-

rem Beruf nur eine Übergangslösung sah. An einem Sonntag Ende Mai fuhr ich mit ihr nach Köln. Wir machten einen Spaziergang am Rheinufer. Als ich beiläufig erwähnte, dass meine Eltern in der Nähe lebten, ergab es sich zwangsläufig, dass wir sie besuchten. Vater war freundlich, aber zurückhaltend. Mutter wusste sich vor Begeisterung kaum zu fassen. Ihren Blick werde ich nie vergessen. Der Blick einer Frau, die überzeugt ist, der einzige Sohn bringe ein Juwel nach Hause.

Ich bemühte mich, es so ähnlich zu sehen. Betete mir vor, dass ich nur zu hohe Ansprüche stellte. Dass ich, wenn ich meine Erwartungen an Vollkommenheit zurückschraubte und aufhörte, auf etwas zu warten, was es vielleicht gar nicht gab, mit Silvia leben und glücklich sein könnte. Ein bescheidenes Glück. Das Glück des kleinen Mannes. Ein Häuschen mit Garten, zwei Kinder und eine Frau, die bewundernde Männerblicke auf sich zog und verlegen den Kopf senkte, wenn ihr diese Blicke bewusst wurden. Ein friedliches Leben, dörflich und beschaulich. Es hätte angenehm und entspannend sein können, wären nicht die beiden Jungs in meiner Klasse gewesen.

Mitte Juni geschah das, wovor ich mich insgeheim gefürchtet hatte. Peter Birkenfeld bot mir eine Demonstration seiner Macht. Hatten die Brüder bis dahin nur mit Blicken regiert, ging er nun zu wörtlichen Befehlen über.

Daheim wartete auf mich die Arbeit über einen vierwöchigen Deutschunterricht. Für diesen Tag hatte ich ein Diktat angekündigt, das wir bereits mehrfach geübt hatten. Als ich die Hefte verteilen ließ, erklärte Peter: »Wir schreiben heute kein Diktat, Herr Hochstett. Wir machen einen Spaziergang. Darüber schreiben wir für morgen einen Aufsatz.«

Ich versuchte es mit Diplomatie. »Das ist ein reizvoller Gedanke, Peter. Wenn das Wetter es erlaubt, können wir ihn morgen in die Tat umsetzen. Aber heute schreiben wir das Diktat. Es ist sehr wichtig.«

Nachdrücklich schüttelte er den Kopf. »Für Sie vielleicht. Für uns nicht. Wir gehen heute spazieren, Herr Hochstett.«
Als ich erneut ablehnte, packte er seine Sachen. Ohne ein Wort folgten alle anderen seinem Beispiel. Sie nahmen ihre Ranzen und verließen den Klassenraum. Ich machte nicht den Versuch, sie zurückzuhalten. Mich mit ausgebreiteten Armen vor die Tür zu stellen erschien mir zu lächerlich. Aber nun musste ich etwas unternehmen.
Ich ging endlich zu Dalling, traf ihn in seinem Büro an. Er ließ sich berichten, was vorgefallen war. Dann schüttelte er den Kopf. »Peter Birkenfeld«, sagte er, »das verstehe ich nicht. Kennen Sie die Familie?«
Es klang lauernd und misstrauisch. Als ich meinerseits den Kopf schüttelte, fuhr Dalling in normalem Ton fort. »Die Kinder der Familie Birkenfeld sind gut erzogen und intelligent, die meisten schaffen es von hier aufs Gymnasium. Ich habe auch zwei von ihnen in meiner Klasse. Meine besten Schüler, und jeder hier wird Ihnen dasselbe sagen.«
Er machte eine Pause, als wolle er mir Gelegenheit zu einer Antwort geben. Doch alles, was er bis dahin gesagt hatte, klang, als müsse ich mich rechtfertigen. Ich schwieg.
»Seit wann geht das schon so?«, wollte Dalling wissen.
»Im Grunde schon, solange ich hier bin.«
Er schüttelte noch einmal den Kopf und murmelte: »Das verstehe ich nicht.«
»Ich auch nicht«, sagte ich etwas heftiger als beabsichtigt. »Ich bin den Kindern freundlich und unvoreingenommen entgegengetreten. Es gab von meiner Seite aus keine Vorlieben oder Abneigungen.«
Bevor ich weitersprechen konnte, fragte Dalling: »Möchten Sie die Klasse tauschen, Chris?«
»Was soll mir das denn bringen?«
Er nickte gedankenverloren. Vor Wochen hatte er mich zum

Sportunterricht eingeteilt, worin ich mich nun mit Sebastian abwechselte. Auf diese Weise hatte ich Kontakt zu allen Klassen bekommen. Es gab in jeder mindestens ein Birkenfeld-Kind, und keins schien mir wohlgesinnt. Ein Tausch erübrigte sich.

»Natürlich könnte ich mir den Burschen einmal vornehmen«, sinnierte Dalling. »Aber damit wäre Ihre Autorität kaum wiederhergestellt. Ich mache Ihnen einen anderen Vorschlag, Chris. Rufen Sie auf dem Birkenhof an! Reden Sie mit den Leuten! Machen Sie ihnen klar, dass Sie nichts weiter wollen als Ihren Frieden. Damit dürften wir am ehesten Erfolg haben.«

Ein merkwürdiger Ratschlag, fand ich, aber ich folgte ihm noch am selben Nachmittag. Dalling hatte mir eine Telefonnummer notiert. Nachdem ich sie gewählt hatte, meldete sich eine junge Frau mit »Hallo«. Ihre Stimme klang unbeschwert und amüsiert, erinnerte mich an den Gesang hinter der Mauer. Da sie keinen Namen nannte, verlangte ich Herrn oder Frau Birkenfeld zu sprechen.

»Welche bitte? Und in welcher Angelegenheit?«, fragte sie.

Ich erklärte, wer ich war und was ich wollte. Für Sekunden blieb es still in der Leitung. Ich dachte schon, sie hätte einfach aufgelegt. Aber dann antwortete sie mir, und ihre Stimme war kühl und unpersönlich geworden. »Einen Augenblick.«

Es dauerte länger als einen Augenblick, und sehr geduldig war ich nicht. Der abrupte Wechsel in ihrer Stimme bot erneut Anlass zu Spekulationen. Die gesamte Familie Birkenfeld – dem Hof da draußen und all den Kindern nach zu schließen, war es eine verdammt große Familie – schien etwas gegen mich zu haben. Zwei, drei Minuten vergingen, dann wurde ich noch einmal gefragt, was ich wolle. Fast hätte ich mit Dallings Worten gesagt, nur meinen Frieden. Diesmal sprach ich mit der Mutter. Sie hörte sich an, was ich vorbrachte und erklärte, sie werde mit ihrem Sohn reden. Dabei klang sie sehr abweisend.

Wenn ich glaubte, es sei ein Erfolg gewesen, wurde ich enttäuscht. Am nächsten Tag wurde mir der nicht verlangte Aufsatz vorgelegt. Drei Tage später überreichte ich Peter Birkenfeld einen verschlossenen Brief an seine Eltern. Schon als er ihn mit einem breiten Grinsen in seine Tasche steckte, wusste ich, dass er nicht daran dachte, ihn abzugeben.
Es änderte sich nicht viel. Nur dass Paul, der andere Zwilling, sich etwas zurückhielt und den Kampf seinem Bruder überließ. Weitere Anrufe blieben ohne Erfolg. Man habe mit dem Jungen geredet, hieß es immer nur, mehr könne man leider nicht für mich tun. Meine Bitte um ein persönliches Gespräch wurde strikt abgelehnt.
Es schien zweifelhaft, ob ich unter diesen Umständen nach Beendigung meines Probejahres eine feste Anstellung in Kirchfelden bekommen würde. Mein Traum, der so konkrete Formen angenommen hatte, wurde wieder zu einer Illusion. Was ich Peter Birkenfeld und seiner Familie getan hatte, wusste ich beim besten Willen nicht. Und niemand war bereit, mich darüber aufzuklären. Sie schwiegen alle, als ließe sich damit etwas ungeschehen machen.
Vater drängte sanft, aber nachdrücklich zur Kapitulation, erinnerte an den Platz, der bei ihm frei war und an die Semester in Jura. »Das hast du nicht nötig, Chris. Das hat nichts mehr mit einer Bewährungsprobe zu tun. Lass dich doch nicht fertigmachen.«
So formuliert, erschien es mir übertrieben. Doch meine Nervosität wurde auch für andere immer offensichtlicher. Ich nahm sie sogar mit in die Nächte, schlief schlecht, erwachte häufig aus lebhaften Träumen. Nein, nicht Träumen; zu der Zeit war es nur einer, der sich ständig wiederholte. Ich weiß

nicht mehr, wann mir bewusst wurde, dass es immer nur derselbe Traum war. Ich weiß auch nicht mehr, wann ich das erste Mal daraus erwachte, sodass er am nächsten Morgen noch präsent war. Ich weiß nur, er wurde mir eingebläut wie eine Lektion, die ich zeit meines Lebens nicht mehr vergessen sollte.

Es begann harmlos und friedlich. Ich machte einen Spaziergang durch die Felder. Die Luft war klar und weich, aber ich konnte die Jahreszeit nicht bestimmen. Glücklich war ich, mit mir selbst zufrieden, mit meiner Umgebung im Einklang. Ich ging ohne bestimmtes Ziel. Und plötzlich stand ich vor der Mauer. Ich hörte die Stimmen dahinter, ein Kind lachte, die Frau sang. Es war ein trauriges Lied. Mir wurde die Kehle eng vom Zuhören.

Unter den Tönen wuchs die Mauer. Wurde höher und höher, noch eine Strophe, und sie hatte die Wolken erreicht. Es überkam mich unvermittelt: Einmal, nur ein einziges Mal wollte ich einen Blick über die mit Scherben gespickte Krone werfen. Ich wusste genau, dahinter lag alles, was ich mir vom Leben erhoffen konnte. Nur einmal hinsehen, mehr wollte ich nicht.

Plötzlich war Mutter neben mir. Sie sah, dass ich zum Sprung ansetzte, griff nach meinem Arm und hielt mich zurück. »Lass die Finger davon«, warnte sie. »Du schneidest dir nur ins eigene Fleisch, Chris.«

Wieder zögerte ich, Mutter hatte recht. Es musste zwangsläufig Wunden geben, wenn ich die Mauerkrone erreichte. Und die Mauer wuchs mit jeder Sekunde ins Unendliche. Dann kam Vater dazu. Er legte Mutter eine Hand auf den Mund, versuchte, sie daran zu hindern, noch mehr zu sagen. Stattdessen sprach er selbst, leise und kaum verständlich.

»Schuld und Unschuld liegen im Leben so dicht beieinander, Chris, dass man sie nicht trennen kann. Ich bin einer von den

Schuldigen. Was gäbe ich dafür, wenigstens einen Teil meiner Schuld wiedergutmachen zu können. Die Gelegenheit werde ich nie haben, aber du hast sie. Spring, Chris, spring einmal über deinen Schatten!«

Da wagte ich es, riss mich von Mutters Hand los, nahm einen Anlauf, schwang mich mit einem mächtigen Satz hinauf. Aber die Krone bekam ich nicht zu fassen. Ich versuchte es wieder und wieder, es schien sinnlos. Ich wollte schon aufgeben, da sah ich, dass Vater weinte. Und dabei sagte er: »Gott im Himmel, ich habe noch nie einen Menschen so weinen sehen.«

Ich machte einen allerletzten Versuch, bekam die oberen Steine zu fassen, zog mich hoch. Ich spürte den brennenden Schmerz in den Handflächen, versuchte ihn zu ignorieren und setzte mich rittlings auf die Mauerkrone. Meine Hände waren bereits zerschnitten, nun bohrten sich die Glasscherben tief in das empfindliche Fleisch meiner Schenkel.

Ich sah hinab auf die andere Seite. Und – da war nichts. Absolut nichts.

Kein Baum, kein Strauch, kein Grashalm, kein Klümpchen Erde. Eine endlose weiße Fläche dehnte sich vor mir aus. Aber ich war fest überzeugt, dass man mich zu täuschen versuchte. Dass man etwas Einmaliges mit einem großen weißen Tuch zugedeckt hatte. Ich beugte mich tief hinab, streckte die Hände aus, wollte das Tuch wegziehen. Da spürte ich, wie ich die Balance verlor. Dann fiel ich, stürzte unendlich langsam und erwachte jedes Mal, bevor ich auf der weißen Fläche aufschlug.

Die Sommerferien begannen; damit fand ich wenigstens für einige Wochen zu mir selbst. Meine Eltern wollten eine Kreuzfahrt entlang der skandinavischen Küste buchen. Mutter wäre es lieb gewesen, wenn ich mich ihnen angeschlossen hätte, natürlich in Begleitung, um Silvia besser kennenzulernen. Nur deshalb hatten sie die Hauptreisezeit für ihren Urlaub gewählt. Aber so weit, fand Silvia, waren wir noch nicht. Für sie waren die Monate seit April eine kurze Zeit, zu kurz, um gemeinsam den Urlaub zu verbringen. Außerdem hatte sie sich verpflichtet, für ein paar Wochen als Aufsicht in einem Zeltlager für Kinder sozialschwacher Eltern zu arbeiten.

»Ich habe das auch in den letzten Jahren schon gemacht. Ich kann das jetzt nicht mehr absagen. Du bist mir hoffentlich nicht böse, Chris?«

Böse war ich nicht, nur hatte ich auch keine Lust, allein mit meinen Eltern auf Reisen zu gehen. Ich dachte, ich bekäme die Zeit schon irgendwie totgeschlagen. Vielleicht ein paarmal nach Köln fahren, wieder einmal in eine Diskothek hineinschnuppern. Mein Wagen machte mir einen Strich durch die Rechnung: Er gab den Geist auf. In der Werkstatt hieß es, eine Reparatur lohne nicht mehr. Man wies mich dezent auf das große Angebot an preisgünstigen Gebrauchtwagen hin. Ich sagte, ich wolle es mir überlegen. Aber um über einen Wagen nachzudenken, fehlte mir die Zeit.

Ich verbrachte die Wochen auf dem Hof in der Sonne oder mit langen Spaziergängen. Dachte mir ein paar Strategien der Verteidigung aus. Doch mit Schulbeginn ging alles in gewohnter Weise weiter. Bis zu jenem Tag im September vor sechs Jahren.

Mehr schlecht als recht beendete ich nach der fünften Stunde den Unterricht. Die Kinder verließen den Klassenraum. Ich ging ins Lehrerzimmer. Dalling hatte mich um eine Unterredung gebeten. Ich ahnte, worum es ging, und meine Befürchtungen trafen zu.

Dalling erklärte mir unmissverständlich, dass er eine Versetzung für unumgänglich hielte. Sie müsse doch auch in meinem Interesse sein. Unter den gegebenen Bedingungen könne ich unmöglich die zweite Prüfung für das Lehramt schaffen. Wäh-

rend er sprach, schaute er zum Fenster hinaus. Offenbar war ihm die Angelegenheit peinlich. Mehr zufällig als beabsichtigt folgte ich seinem Blick.
Von diesem Fenster aus hat man eine gute Übersicht über den Pausenhof und ein Stück der Straße. Draußen herrschte ein abenteuerlich buntes Treiben. Die Masse der Kinder drängte sich an den beiden Ausgängen. Als ich in dem Gewimmel Peter Birkenfeld und seinen Bruder entdeckte, wurde ich wütend. Wie unbeschwert und sorglos sie zur Straße liefen, ohne die Spur einer Ahnung, was sie mir antaten! Was dann geschah, hat sich mir eingeprägt. Ich muss nur die Augen schließen, um es wieder vor mir zu sehen.
Sie stand vorne am Zaun, halb Frau, halb Kind. Die Zwillinge liefen zu ihr, weitere Jungen und Mädchen folgten. Und obwohl sie nur zwei Arme hatte, war es, als könne sie alle Kinder hineinnehmen. Von vorne und von hinten umschlungen stand sie da. Gesichter rieben sich am Stoff ihrer Bluse. Schnurrende Hauskatzen am offenen Herdfeuer, handzahm und niemandem etwas Böses wollend.
»Wer ist das?«, fragte ich.
Dalling trat näher ans Fenster. Aufmerksam geworden durch den Klang meiner Stimme, schaute er ebenfalls zur Straße. Dann lachte er unfroh. »Wissen Sie das wirklich nicht, Chris?«
»Nein«, sagte ich, schüttelte zur Bekräftigung noch den Kopf und fragte: »Ist das die Mutter?« Aber sie war viel zu jung, um die Mutter der Zwillinge sein zu können.
Statt auf meine Frage zu antworten, erklärte Dalling: »Wenn es nicht gar so weit gegangen wäre, würde ich jetzt sagen: Gehen Sie hinaus, reden Sie mit ihr! Überzeugen Sie sie davon, dass Sie bei Frau Henschel in festen Händen sind und nichts von ihr wollen! Und fragen Sie, ob sich die Sache damit aus der Welt schaffen lässt. Aber um Ihnen diesen Rat zu geben, Chris, ist es zu spät.«

»Wer ist das?«, fragte ich noch einmal.
Ich schaute ihr zu, wie sie mit beiden Händen über dunkle Haare strich, wie sie ihre Arme um Kinderschultern legte, wie sie die Zwillinge fest an sich zog.
Dalling hockte sich auf die Tischkante und griff nach einer Zigarette. Sein Ton hatte etwas Spöttisches. »Das ist die Herrin über Gut und Böse, Chris. Hier geschieht nichts, womit sie nicht einverstanden ist. Das ist Sina, so nennt man sie im Dorf. Ihr voller Name ist Christina Birkenfeld.«
»Sie ist noch ein Kind«, stellte ich fest. »Wie alt ist sie?«
Dalling zuckte mit den Schultern, zündete sich umständlich seine Zigarette an. »In ein paar Tagen wird sie siebzehn, nächsten Donnerstag, glaube ich.«
»Siebzehn! Und sie entscheidet, wer an dieser Schule unterrichten darf und wer nicht.« Es war zu viel Sarkasmus in dem Satz. Dalling reagierte nicht darauf. So fragte ich in normalem Ton, auch wenn es mir schwerfiel. »Wenn ich vor drei oder vier Monaten mit ihr gesprochen hätte, hätte das etwas geändert?«
Dalling seufzte. »Das glaube ich kaum, Chris. Ich weiß nicht, ob es eine besondere Bedeutung hat, dass sie jetzt da draußen steht. Normalerweise sieht man sie im Dorf nur selten. Und hier bei der Schule gar nicht.«
Sie stand noch am Zaun. Es schien fast, als warte sie auf jemanden.
»Hat sie Einfluss auf die Kinder?«
Dalling lachte unfroh. »Sina hat Einfluss auf wen immer Sie wollen. Ich kenne im Dorf keinen, der es wagen würde, sich ihr zu widersetzen.«
Ich schaute ihn an, sagte: »Interessant«, und erklärte entschlossen: »Wenn das so ist, gehe ich jetzt hinaus und rede mit ihr. Man bekommt nicht alle Tage die Gelegenheit, eine Majestät zu sprechen. Und davon abgesehen, es ist das erste Mal,

dass ich ein halbwegs erwachsenes Mitglied dieser Familie zu Gesicht bekomme. Das nenne ich eine Chance. Wenn ich auch noch nicht genau weiß, was hier vorgeht, es geht dabei immerhin um meine Zukunft.«

Dalling streifte mich mit einem eigenartigen Blick. »Versuchen Sie es«, meinte er lakonisch. »Ob es eine Chance ist, möchte ich bezweifeln. Schließen wir doch einen Pakt: Sie probieren Ihr Glück. Wenn Sina bereit ist, mit Ihnen zu reden, können Sie bleiben. Im anderen Fall liegt Ihre Zukunft eben nicht in Kirchfelden.«

Noch während er sprach, setzte sich das Mädchen in Bewegung. »Na bitte«, stellte Dalling zufrieden fest. »Also, wie ich eingangs sagte, ich werde mich selbstverständlich dafür einsetzen, dass Sie …«

Es widerstrebte mir. Man könnte auch sagen, etwas hielt mich zurück, aber ich rannte los. Auf das, was Dalling sagte, achtete ich nicht mehr. Ohne einen Gedanken, nur mit dem Gefühl, dass die Entscheidung auf der Straße fallen musste, lief ich aus dem Zimmer. Es war widersinnig, es war lächerlich. Ein junges Mädchen, ein Nichts, ein Niemand entschied anscheinend über mein Bleiben oder Gehen. Ich wollte zumindest wissen, warum.

Ich rannte den Korridor entlang und auf den Hof. Ohne Rücksicht drängte ich Kinder beiseite. Sie war bereits ein gutes Stück entfernt, als ich die Straße erreichte. Ich wusste, dass Dalling mich beobachtete. Ich wusste, dass er das, was er gesagt hatte, nicht ernst gemeint haben konnte, dass ich besser versucht hätte, in Ruhe mit ihm zu reden. Ich wusste auch, dass ich rufen musste, um sie auf mich aufmerksam zu machen. Doch genau in dem Augenblick, als ich es tun wollte, blieb sie stehen. Sie drehte sich langsam um und schaute mir entgegen.

Auch dieses Bild hat sich mir eingeprägt. Noch heute sehe ich sie so vor mir auf der Dorfstraße stehen. Neben dem Zaun des Pausenhofs hatte sie einen stolzen Eindruck gemacht. Da war sie, wie Dalling es ausdrückte, die Herrin über Gut und Böse gewesen. Nun war sie nichts mehr. Mit hängenden Schultern, die Arme schlaff neben dem Körper, stand sie da. Nur den Kopf hielt sie noch erhoben. Eine Mischung aus Resignation, Ergebenheit und wildem Aufbegehren.

Ich erreichte sie, streckte ihr eine Hand entgegen, lächelte wie ein Bittsteller. So benahm ich mich auch. »Entschuldigen Sie«, begann ich. »Ich bin …«

Mit einer unwilligen Geste winkte sie ab. Ihre Stimme kratzte wie ein rostiger Nagel auf dem Straßenpflaster. »Ich weiß, wer Sie sind.«

Sie schaute auf die beiden Kinder hinab. Wieder legte sie beide Arme um je eine Schulter, zog Peter fester an sich. Ihre Frage klang ungeduldig. »Und was wollen Sie? Wollen Sie sich beschweren?« Jetzt zitterte ihre Stimme ein wenig. Sie schien empört über die Belästigung. Und noch bevor ich antworten konnte, erklärte sie patzig: »Das ist nicht nötig. Ich bringe das in Ordnung.«

Sie schluckte heftig, hob das Gesicht und schaute mir in die Augen. »Hochstett«, sagte sie gedehnt. »Christian Hochstett.« Ein winziges, kaum wahrnehmbares und sehr abfälliges Lächeln begleitete meinen Namen. Sie hielt die Lippen gekräuselt, als sie weitersprach. »Ich nehme an, es besteht kein Grund, Ihnen das Leben sauer zu machen. Sie sind ein friedlicher Mensch, nicht wahr? Sie wollen nur das Beste für alle. Sie haben eine Frau, und von mir wollen Sie nichts. Ist es so?«

Ich konnte nur nicken.

»Na schön«, sagte sie. »Das haben wir geklärt. Dann vergessen wir es jetzt.«

Ich wusste nicht, welche Reaktion sie von mir erwartete, ob ich vor Freude und Dankbarkeit in die Knie gehen und ihr die

Füße küssen oder ob ich vor Erleichterung einen Purzelbaum schlagen sollte. Auf etwas in dieser Art schien sie zu warten. Als nichts kam, erkundigte sie sich unwillig: »Haben Sie nicht verstanden, was ich sagte? Sie können beruhigt nach Hause gehen, es wird Ihnen hier niemand mehr Ärger machen.«
Peter starrte sie ungläubig an. Ich glaubte zu wissen, dass gerade ein als unumstößlich geltender Befehl rückgängig gemacht worden war. Sie nickte dem Kind zu, dann drehte sie sich abrupt um und ging. Ich war nicht dazu gekommen, etwas zu erklären. Hatte mich nur entschuldigen können und fragte mich, wofür? Zu der Erleichterung, die ich insgeheim empfand, gesellte sich erneut die Wut.
Dalling erwartete mich am Fenster stehend. Er gab sich nicht die Mühe, zu verbergen, dass er die Szene von diesem Platz aus verfolgt hatte, wollte nur wissen: »Was hat sie gesagt?«
»Sie bringt es in Ordnung. Ich kann also bleiben.«
In Dallings Gesicht zuckte ein Muskel. Er versuchte zu lächeln, es gelang ihm nicht. Blass war er geworden. »Wollen Sie sich das nicht noch einmal überlegen, Chris? Ich meine, was erwarten Sie denn in einem Dorf wie Kirchfelden?«
Das war der Gipfel. »Was soll der Zirkus?«, fuhr ich ihn an. »Ich denke, ich habe mehr als einmal deutlich gemacht, dass ich bleiben will. Ich wusste nur nicht, wer hier die Entscheidungen trifft. Wenn ich es geahnt hätte, hätte ich mich gleich an die richtige Stelle gewandt.«
Unvermittelt wurde auch Dalling grob. »Hier entscheide immer noch ich, merken Sie sich das für die Zukunft! Aber es gibt Situationen, da beugt man sich dem Willen der Allgemeinheit, weil es für alle Beteiligten die beste Lösung ist. Von mir aus können Sie bleiben. Und nun Schluss damit!«
Ich antwortete ihm nicht mehr, war zu verwirrt und verletzt, um noch passende Worte zu finden. Ich packte nur meine Sachen und verließ mit einem Kopfnicken das Zimmer.

Es ist unzutreffend, wenn behauptet wird, der erste Eindruck eines Menschen sei entscheidend. Mein erster Eindruck von Sina war es nicht. Es war nichts an ihr gewesen, was mich hätte beeindrucken können. Eine graue Feldmaus auf einer Dorfstraße. Sie trug Grau: der Rock, die ärmellose Bluse, die Schuhe. Grau, in unterschiedlichen, nicht miteinander harmonierenden Farbtönen. Ihr Haar war dunkel wie das der Kinder. Es wirkte störrisch und ungepflegt, als käme es nur selten mit Wasser und Shampoo in Berührung. Ihr Gesicht war klein und noch sehr unreif. Nicht direkt hässlich, aber hübsch konnte man sie nicht nennen.
Wütend war ich, frustriert. Ich hielt es für besser, den unerfreulichen Vorgang so schnell wie möglich zu vergessen. Mein Herz klopfte heftig, als ich das Lehrerzimmer verließ. Meine Hände zitterten. Es hatte mich aufgeregt, die Auseinandersetzung mit Dalling, das Laufen, das Schweigen, das Hinnehmen einer willkürlicher Entscheidung. Es hatte mich nicht aufgeregt, Sina gegenüberzustehen. Das bildete ich mir jedenfalls ein, aber meine Träume sprachen dagegen.
Es begann in der folgenden Nacht. Und es war sehr real. Ich schreckte aus dem Schlaf, weil neben meinem Bett eine Frau weinte. Ich machte Licht, es war niemand da. Ich machte das Licht wieder aus. Und sah sie neben mir stehen. Genauso wie auf der Dorfstraße. Grauer Rock, Bluse, Schuhe, das kurze, störrische Haar, das kindliche Gesicht. Und trotzdem war sie anders, wirkte auf mich wie eine reife Frau. Eine schöne Frau, so schön, wie ich noch nie eine gesehen hatte. Ich dachte, neben ihr müsse Silvia wirken wie ein farbloses Abziehbild.
Sie beugte sich über mich, und ich fühlte ihre Tränen auf meine Stirn tropfen. Ich hörte sie stammeln: »Warum bist du gekommen?«
»Weil ich dich will«, sagte ich.
Sie schüttelte den Kopf. »Aber du hast doch eine Frau.« Sie

sagte noch mehr, nur ging der Rest in unverständlichem Gestammel unter. Wenn ich eine Silbe verstand, kam es mir vor, als rede sie in einer fremden Sprache. Ich verlor jedes Zeitgefühl. Irgendwann verstand ich die Worte: »Du hättest nicht kommen dürfen.« Dann verließ sie das Zimmer.
Ihre Tränen hatten Spuren auf dem Kopfkissen hinterlassen. Ich war aufgewühlt und kam auf dem feuchten Bezug nicht zur Ruhe. Ich stand auf, um ihn zu wechseln. Im Traum wohlgemerkt, nur im Traum stand ich auf. Der Kissenbezug, den ich aus dem Schrank nahm, passte nicht zu dem bunt gestreiften der Bettdecke, er war weiß und hatte ein Muster aufgestickt. Und als ich am nächsten Morgen erwachte, lag ich mit der linken Wange auf einer gestickten Rose. Dabei gab es in meinem Schrank keine Ersatzbettwäsche. Die Wäsche lag in Luises Zimmer.
Und dann kamen die anderen Träume, wüst und hemmungslos. Es begann immer damit, dass sie neben meinem Bett auftauchte, sich weinend über mich beugte, mich fragte, warum ich gekommen sei. Und schon beim zweiten Mal sagte ich: »Warte, ich zeig's dir.«
Dann griff ich nach ihrem Arm, zerrte sie zu mir hinunter. Ich riss ihr die grauen Fetzen vom Leib. Und dann fiel ich über sie her. Es hatte nichts mit Zärtlichkeit zu tun. Es war verrückt, ich führte mich auf wie ein Wahnsinniger, konnte nicht tief genug in sie hineinstoßen.
Vielleicht war es die Wut, die mich immer noch beschäftigte. Aber das war es nicht allein. Und wenn es hundertmal nur Träume waren, in ihnen erlebte ich das, was ich erleben wollte. Ein völliges Sichaufgeben, ein Versinken in einem Ozean von Gefühlen. Empfindungen, die nicht auf den Körper beschränkt waren, die das Hirn zum Bersten brachten. Meine Beziehung zu Silvia erschien daneben schal und fad, dürftiger Alltag neben einem rauschenden Fest. Die Herrin über Gut

und Böse, und in den Nächten gehörte sie mir. In sie einzudringen war ein Akt der Befreiung, der Gipfel des Lebens.
Oft genug erwachte ich danach auf feuchten Laken. Noch in der Nacht versuchte ich, die Spuren zu beseitigen, was mir nie völlig gelang. Luise verlor kein Wort darüber. Sie bezog das Bett eben mit frischer Wäsche, einmal, zweimal, dreimal in der Woche.
Tagsüber war so weit alles in Ordnung. Sina hielt ihr Versprechen. Von dem Septembertag an saßen zwei unschuldig reine Lämmer am ersten Tisch. Der Unterricht verlief ohne weitere Zwischenfälle. Dalling konnte mit meinen Leistungen und den Leistungen meiner Schüler zufrieden sein. Er war es auch. Aber einige Wochen lang benahm er sich sonderbar. Er vermied es, mit mir allein in einem Raum zu sein. Ging mir aus dem Weg, wann immer das möglich war.
Das bot erneut Anlass zur Sorge. Wenn die Entscheidung fiel, ob ich in Kirchfelden bleiben konnte, hatte Dalling ein gewichtiges Wort mitzureden. Zum Feind durfte ich ihn mir nicht machen. Er benahm sich auch nicht wie ein Feind, eher wie ein Mensch, der sich fürchtet.
Ich sprach einmal mit Luise darüber. Erhoffte nur ein bisschen Klatsch. Wenn Dalling sich immer noch mit dem Gedanken trug, mich loszuwerden, musste man im Dorf darüber informiert sein. Aber Luise reagierte anders als erwartet. Als sie erfuhr, wem ich den Frieden in meiner Klasse zu verdanken hatte, war sie beunruhigt und machte nicht erst den Versuch, mich in der üblichen Weise zu beschwichtigen.
»Du hast mit Sina gesprochen?«
»Gesprochen kann man das nicht nennen. Sie hat gesprochen. Ich bin nicht zu Wort gekommen.«
»Was sagte sie denn?« Da schwang Neugier mit. Und Besorgnis.
»Sie bringt es in Ordnung. Sie hat Wort gehalten.«

Luise nickte halbwegs zufrieden. »Sie ist ein liebes Mädchen.«

Mir war nicht nach Lachen; es klang auch sehr böse: »So würde ich das nicht ausdrücken. Erst hetzt sie die Kinder gegen mich auf, dann nimmt sie ihren Befehl zurück. Das ist nicht lieb. Das ist nur recht und billig.«

»Aber, Chris«, fuhr Luise auf. »Wie kannst du so etwas behaupten? Sina hat bestimmt niemanden gegen dich aufgehetzt. Das ist nicht ihre Art. Wer weiß schon, was in so einem Kindskopf vorgeht? Peter mochte dich eben nicht. Aber auf sie wird er hören.«

»Die scheinen schon öfter jemanden nicht gemocht zu haben«, sagte ich.

Luise ließ ihr Strickzeug sinken und kniff die Augen zusammen. »Wie meinst du das, Chris?«

»Du weißt genau, wie ich es meine. Der junge Lehrer, von dem Sebastian mir erzählt hat.«

»Das eine hat mit dem anderen nichts zu tun, Chris«, wies Luise mich zurecht. »Der Kerl hat sich selbst in Schwierigkeiten gebracht. Es war eine schmutzige Geschichte. Wenn sich ein erwachsener Mann an einem Kind vergreift – und eine Dreizehnjährige ist in meinen Augen ein Kind –, dann ist das nicht nur eine schmutzige Geschichte, es ist ein Verbrechen. Da kann der Mann anschließend hundertmal behaupten, das Kind habe ihm keine Ruhe gelassen, das ist keine Rechtfertigung. Ein erwachsener Mann sollte sich auch in so einem Fall unter Kontrolle haben. Ich weiß nicht, was Sebastian Burbach dir von der Sache erzählt hat. Er war zu der Zeit noch nicht hier, er kann nicht genau wissen, was sich abgespielt hat. Und nun lass uns aufhören damit. Am Ende streiten wir noch.«

»Ich will nicht mit dir streiten«, erklärte ich ruhig. »Ich will nur wissen, was hier vorgeht. Gut, ich gebe dir recht, das eine hat mit dem anderen nichts zu tun. Ich habe mich nicht an einem Kind vergriffen. Ich habe nicht einmal Anstalten gemacht, das zu tun. Ich habe überhaupt nichts getan. Und deshalb verstehe ich nicht, warum man mir das Leben so sauer gemacht hat. Dann kommt dieses Mädchen daher, und von einem Tag zum anderen ist die Welt wieder heil. Nur geht mir jetzt Dalling aus dem Weg, als sei ich ein Aussätziger.«

Luise lachte. »Das bildest du dir nur ein. Dalling ist sehr zufrieden mit dir. Und was Sina betrifft, sie hat ihren Einfluss auf die Kinder geltend gemacht und dir geholfen. Lass es damit gut sein. Bohr nicht in den alten Sachen herum. Das hat man hier nicht gern, vor allem nicht, wenn es um Sina geht.«

Das klang, als sei Sina die Dreizehnjährige gewesen, von der Luise eben gesprochen hatte. Ich hätte gern mehr darüber erfahren. Es erschien mir wichtig, mehr darüber zu wissen. Ein Mann sollte sich auch in solch einem Fall unter Kontrolle haben, natürlich sollte er das. Aber was war nachts, wenn er sich nicht kontrollieren konnte, wenn so ein Geschöpf neben seinem Bett auftauchte, ihn um den Verstand und jede Beherrschung brachte?

Ich habe nicht einmal Anstalten gemacht! Nein, ich ging immer aufs Ganze, und ich musste wissen, warum. Das war nicht ich, der sich da austobte. Das war ein Mann, der Einflüssen ausgesetzt wurde, denen er hilflos ausgeliefert war. Behext! Ich weiß, es klingt lächerlich, aber das Wort kam mir in dem Zusammenhang in den Sinn. Es passte zu allem, zu Dallings Verhalten, zum angeblichen Einfluss auf die Dorfbewohner, sogar zu Luises Ausweichmanövern.

Luise war nicht bereit, ein weiteres Wort über den jungen Lehrer zu verlieren, und erst recht keines über Sina Birkenfeld. Da ich auch sonst niemanden fragen konnte, blieb nur Sebastian. Er lebte in Kirchfelden, hatte ein Haus gekauft, als er hierher

versetzt wurde. Am Sonntagvormittag traf ich mich manchmal mit ihm im Gasthof gegenüber der Kirche.
Aber Sebastian verstand nicht, warum ich mich so intensiv nach einem Mädchen erkundigte, das ich erst einmal gesehen hatte. Außerdem war es ihm unangenehm, über den Vorfall zu sprechen, der mich so brennend interessierte. Mehrfach betonte er, nichts Genaues zu wissen.
Er war vier Jahre zuvor als Ersatz für den jungen Lehrer ins Dorf gekommen. Und Dalling war nicht begeistert gewesen von der Tatsache, einen jungen Mann gegen einen anderen einzutauschen. Er hatte ja auch bei meinem Antrittsbesuch eine entsprechende Bemerkung gemacht.
»Seine erste Frage war«, sagte Sebastian, »ob ich verheiratet sei. Das war ich, auch wenn ich allein herkam. Meine Frau wollte aus geschäftlichen Gründen eine Wohnung in Arnberg nehmen. Als ich ihm das erklärte und betonte, das Getrenntleben sei eine Bereicherung für unsere Ehe, beruhigte er sich ein bisschen. Aber so richtig beruhigte er sich erst, als sich herausstellte, dass Sina Birkenfeld mich geflissentlich übersah, wenn sie mir zufällig einmal über den Weg lief.«
Wir standen vor dem Tresen. Sebastian trank bedächtig einen Schluck Bier, stellte ebenso bedächtig das Glas zurück. »Vielleicht war es auch umgekehrt«, meinte er. »Ich habe mir ebenfalls große Mühe gegeben, sie zu übersehen. Ich war gerade drei Tage hier, da fühlte sich unsere liebe Kollegin Hilbig verpflichtet, mich vor einem kleinen, scharfen Biest zu warnen, das Jagd auf junge Lehrer macht. Du kennst ja die Hilbig. Dass sie selbst gerne auf die Jagd ging, habe ich schnell begriffen. Deshalb dachte ich anfangs, ihre Warnung sei mehr als Angebot zu verstehen. Andererseits, dieses Mädchen hat im Dorf einen Ruf wie Donnerhall. Ich habe schon mehr als einen sagen hören, vor Sina wäre keiner sicher, der Hosen trägt. Und wen sie will, den kriegt sie auch.

Ich war ihr vermutlich zu alt. An dir scheint sie auch nicht interessiert. Wenn sich unser Vorgänger mit ihr in die Nesseln gesetzt hat, war das allein sein Problem, also vergiss es. Das ist der einzige gute Rat, den ich dir geben kann.«
Sebastian schaute mich nachdenklich von der Seite an. »Man tut nicht gut daran, sich gegen diesen Clan zu stellen«, fuhr er leise fort. »Die sind alle sehr beliebt. Jeder von ihnen hat Einfluss auf die Leute hier. Und Sina ...« Er brach ab und hob kurz die Schultern. »Ich weiß nicht, ob du es schon bemerkt hast, Chris, das hier ist ein kleines Königreich. Und die Könige sitzen da draußen. Das halbe Dorf ist auf die eine oder andere Weise vom Birkenhof abhängig. Der eine hat ein Stück Land gepachtet, der zweite ein günstiges Darlehen bekommen, dem dritten stellen sie kostenlos ihren Maschinenpark zur Verfügung. Kannst du Mähdrescher zur Verfügung stellen, Geld verleihen oder Land verpachten? Nein! Also bist du ein Niemand gegen die Birkenfelds? Und Sina ...«
Wieder brach er bei ihrem Namen ab, lachte leise. Als er weitersprach, war seine Stimme noch gedämpfter als vorhin.
»Sie ist die Dorfprinzessin, Chris, sie hat Narrenfreiheit. Niemand käme auf die Idee, ihr Vorschriften zu machen oder ihr eine Moralpredigt zu halten. Auch dann nicht, wenn sie sich mit nacktem Hintern mitten auf die Straße legte. Da würde sich bestimmt einer finden, der den Verkehr umleitet. Vermutlich stimmt es sogar, dass unser Vorgänger der Verführte war. Aber das hätte er eben nicht laut sagen dürfen. Als er es tat, ist er gegangen worden.«
Sebastian grinste. Dann meinte er: »Aber von dir will sie doch nichts, also gib Ruhe! Und was die Sache mit Dalling angeht, wäre ich an deiner Stelle auch etwas vorsichtiger. Du hast keinen Beweis für deine Behauptung, dass er seine Entscheidung vom Wohlwollen der Birkenfelds abhängig gemacht hat.«
»Er hat es selbst so ausgedrückt«, widersprach ich. »Und du

hast eben noch gesagt, jeder von ihnen hat Einfluss auf die Leute hier. Dalling ist auch von hier.«

Sebastian lachte und winkte ab. »Ach, Chris, vergiss, was ich gesagt habe. Vergiss, was Dalling gesagt hat und was deine Tante gesagt hat. Vergiss, was passiert ist. Es ist ja nichts passiert. Du hast mit dem Mädchen nichts zu tun. Und sie mit dir nicht. Halte dich an Silvia. Ihr seid ein schönes Paar, das sagt jeder hier. Lass es damit gut sein.«

Ich war nahe daran, ihm von meinen Träumen zu erzählen. Aber da wäre nur ein falscher Eindruck entstanden. Ich wollte doch wirklich nichts von diesem Mädchen. Jedenfalls tagsüber nicht, wenn ich Herr meiner Sinne war.

Mit den Wochen, die vergingen, gewann ich ein wenig Abstand. Die Nächte blieben wüst, waren ein Chaos an Gefühlen und sorgten dafür, dass ich kaum noch Wert auf Silvias Nähe legte. Ich hatte mir noch kein neues Auto gekauft und damit jederzeit die Entschuldigung, dass ich sie in ihrer Wohnung in Arnberg nicht besuchen konnte. Um den öffentlichen Nahverkehr war es in Kirchfelden schlecht bestellt. Tagsüber fuhr der Bus dreimal hin und her, der letzte fuhr um fünf, und am Wochenende gab es keine Verbindung.

Manchmal kam Silvia zu mir. Mit Luise verstand sie sich gut, aber sie blieb nicht über Nacht. Es wäre ihr peinlich gewesen, vor Luises Augen mit mir in meinem Zimmer zu verschwinden. Wenn sie kam, saßen wir im Wohnzimmer, zu dritt. Wenn sie sich kurz vor zehn verabschiedete, wenn auch Luise mir gute Nacht wünschte und das Zimmer verließ, saß ich auf der Couch, starrte auf den Fernseher, sah doch nichts anderes als das tränennasse Gesicht, hörte nur die zittrige Stimme. Hin und wieder schlief ich auf der Couch ein. Dann kam sie zu mir ins Wohnzimmer. Als ob sie vor der Tür nur auf diesen Moment gewartet hätte.

Ich tat, was ich konnte, um sie mir aus dem Kopf zu schlagen.

Und jeder in meiner Umgebung gab sich Mühe, so zu tun, als existiere sie nicht. Der Name Sina wurde in meiner Gegenwart nicht mehr ausgesprochen. Zur Schule kam sie auch nicht wieder. Auf meinen Spaziergängen bemühte ich mich, der Mauer fernzubleiben.
Der Birkenhof und die Dorfprinzessin. Eine kleine Hexe, die einen Mann um den Verstand brachte, ohne sich dafür anstrengen zu müssen. Wie oft stand ich spätabends eine Weile am offenen Fenster und schaute hinaus zu der schwachen Lichtglocke, die über der Mauer schwebte. Konnte mich nicht aufraffen, ins Bett zu gehen, zögerte das Einschlafen hinaus, die Träume, die unweigerlich folgten. Entweder ins eigene Fleisch geschnitten oder ein blutjunges Mädchen halb tot geliebt. Ich war fahrig und nervös, auch wenn es sich nach außen hin nicht offen zeigte. Ich wusste nicht mehr, woran ich mit mir selbst war.

Zweites Kapitel

Am letzten Oktobersonntag brach ich kurz nach eins zu einem Spaziergang auf. Um vier wollte ich zurück sein. Silvia hatte sich für vier Uhr angekündigt. Ein Kaffee, ein Stück von Luises selbst gebackenem Kuchen, eine nette, belanglose Unterhaltung über Kochrezepte. Manchmal kamen zur Kaffeestunde am Sonntagnachmittag einige von Luises zahlreichen Bekannten. Häufig kam ihre Schwägerin Marthe, die Schwester ihres verstorbenen Mannes, zusammen mit ihrem Mann vom anderen Ende des Dorfes. Und Silvia genoss es, im Kreis von älteren Menschen zu sitzen. Ich glaube, sie suchte Ersatz für die zu früh verlorenen Eltern.

Der gesamte Oktober war mild gewesen, der letzte Sonntag war mehr als das. Über Mittag erreichte das Thermometer noch einmal die Zwanziggradmarke. Die Sonne versprach ein paar angenehme Stunden. Ich ging in Richtung Westen, bewusst und in voller Absicht von der Mauer fort.

Auf den Dorfstraßen begegneten mir nur ein paar Männer. Es war typisch für die Tageszeit. Die meisten von ihnen gingen heim, hatten den Vormittag in einem der beiden Gasthöfe verbracht, während ihre Frauen daheim das Essen zubereiteten. Außerhalb des Dorfes war niemand unterwegs. Alles war ruhig. Meine Schuhe erzeugten auf dem trockenen Lehmboden das einzige Geräusch.

Ich beobachtete Krähen auf einem abgeernteten Acker und einen Fasan, der ein Stück vor mir herlief, um in einem Gehölz zu verschwinden. Eintönigkeit, viele hätten es so empfunden. Mir tat es gut. Ich hatte ein paar heiße Nächte hinter mir und hätte mir gerne eingeredet, dass es im Grunde optimal sei: eine Frau fürs Bett, die keine Wünsche offenließ, und eine für den Herd, die ihre Erfüllung in Kirschtörtchen sah. Und zwischen beiden kein Grund zur Eifersucht, weil sie auf verschiedenen Ebenen existierten und sich niemals in die Quere kommen konnten. Ich hätte zufrieden sein müssen. Ich war es nicht.

Es konnte nicht ewig so weitergehen. Es war Silvia nicht entgangen, dass ich Ausflüchte suchte und mich allmählich von ihr zurückzog. Auf die Idee, mich nach meinen Gründen zu fragen, wäre sie niemals gekommen. Sie suchte der Einfachheit halber den Grund bei sich. Ihre Hemmungen, daran musste es liegen. Sie hatte in den vergangenen Wochen mehrfach versucht, mir etwas zu erklären. Ich hatte verstanden, dass sie mir für meine Rücksicht und Geduld unendlich dankbar war. Ich hatte aus ihren Worten auch die Andeutung eines Versprechens herausgehört, dass sich nach der Hochzeit gewiss einiges ändern würde. Dass da ein Unterschied sei zwischen der Ungewissheit einer Beziehung und der Sicherheit einer Ehe.

Keine Frage, Silvia war beim Thema. Über kurz oder lang musste ich mich entscheiden. Und ich wusste instinktiv, es gab nur entweder – oder. Ich konnte sie nicht beide behalten und schwankte zwischen den intensiven Empfindungen der Nächte und dem, was mir ab vier Uhr bevorstand.

Entweder Silvia – und plötzlich kam es mir vor, als ob ich mit ihr dazu verurteilt würde, in der Wüste zu leben, auszutrocknen, zu verdursten bei Kaffee und Kuchen im Kreise alter Leute. Oder Sina Birkenfeld – die garantiert keinen Wert auf solch eine Unterhaltung am Sonntagnachmittag legte.

Ich stellte mir vor, dass sie neben mir ging, schweigend und

zufrieden. Satt nach einer Nacht, die nichts ausgelassen hatte. Es musste schön sein, nach so einer Nacht schweigend und zufrieden neben ihr durch die Felder zu gehen.
Weit vor mir stand eine nach drei Seiten offene Scheune mitten in einem Acker. Der einzig markante Punkt weit und breit. Ich hatte keine Uhr dabei. Doch seit gut anderthalb Stunden, schätzte ich, war ich unterwegs. Bei der Scheune wollte ich umkehren, um rechtzeitig zum Kaffee zurück zu sein.
Ich war meinem Grenzstein schon sehr nahe gekommen, als ich sie sah. Wieder ganz in Grau, stand sie an einen der Stützbalken gelehnt, die das Dach trugen. In der freien Hand hielt sie einen Strohhalm, den sie bei meinem Näherkommen zwischen die Lippen steckte. Sie lächelte, das sah ich trotz der Entfernung. Ich konnte sie nicht einfach ignorieren. Quer über die Stoppelhalme ging ich auf sie zu. Als ich sie erreichte, streckte sie mir ihre Hand entgegen. Eine kleine Hand, die Hand eines Kindes, braun und fest.
Ich kann ihre Hände beschreiben, ich kann alles an ihr beschreiben. Und mit keinem Wort könnte ich ausdrücken, was ich dabei empfinde. Ihre Hände waren nicht nur klein und fest. Sie waren hemmungslos. Sie waren sinnlich. Es waren nicht zwei verschiedene Welten. Es waren Hände, die die einzig reale Welt ins Nichts zeichnen konnten und auch das Stück, das über die Realität hinausging. Sie erreichte das Feuer der Sterne damit und holte es sich auf die Erde, wann immer ihr danach war. Sie trieb mich an den Rand des Wahnsinns mit ihren Händen. Und sie riss mich damit zurück, kurz bevor ich abstürzte.
Heute verstehe ich nicht, dass ich ohne Gedanken nach ihrer Hand greifen konnte, sie für eine Sekunde hielt, dabei ihr artiges ›Guten Tag‹ erwiderte. Vor sechs Jahren war es einfach und die einzige Möglichkeit überhaupt.
Sie wies hinter sich auf einen Strohballen. Jemand hatte ihn zu

einem lockeren Haufen verteilt, vermutlich sie selbst. »Setzen wir uns doch!«
Eine absurde Situation. Auf einen bloßen Wink folgte ich ihr, setzte mich ins Stroh und schaute zu, wie sie es mir gleichtat. Ihr Kleid rutschte hinauf, gab ihre runden Knie und den größten Teil ihrer Schenkel frei. Mit einer lässigen Bewegung zog sie es wieder hinunter bis zu den Fesseln. Dann lehnte sie sich zur Seite, stützte den Kopf mit einer Hand ab, schaute mich schräg von unten an. Unvermittelt ging sie zum Du über. »Bist du glücklich?«
»Ich bin zufrieden«, sagte ich. »Solange ich in Ruhe arbeiten kann und sich niemand gegen mich stellt, so lange fühle ich mich wohl.«
»Wohlfühlen ist nicht glücklich«, erklärte sie. »Wohlfühlen ist etwas für alte Männer. Dafür bist du noch nicht alt genug. Wie ist es, wenn du mit der Lehrerin schläfst? Oder schläfst du nicht mehr mit ihr?«
Als ich ihr nicht antwortete, lächelte sie spöttisch, schob erneut den Strohhalm zwischen die Lippen und schaute mich nur noch an. Ich fühlte ihren Triumph, ich hörte sie denken. Ich wusste, dass sie es wusste. Kleine Hexen wissen genau, was sie nachts treiben. Und jetzt wollte sie es einmal bei Tag versuchen. Einmal ausprobieren, ob sie bereits so viel Macht über mich hatte, dass es auch funktionierte, wenn ich ihr nicht wehrlos ausgeliefert, wenn ich Herr meiner Sinne war.
Sie schloss die Augen und ließ sich langsam nach hinten ins Stroh gleiten. Ich vergaß Silvia, den Kaffee und den Kuchen, Luise und Marthe und alle anderen. Ich hatte das dringende Bedürfnis, mich neben sie zu legen. Ihr das Kleid auszuziehen. Einmal festzustellen, ob es wirklich so war, wie ich es in den Nächten erlebte. In dem Moment wusste ich mit Sicherheit: Der junge Lehrer, den sie vor vier Jahren aus dem Dorf verscheucht hatten, hatte die Wahrheit gesagt. Er war der Ver-

führte gewesen. Sie musste nicht viel tun, um einen Mann auf dumme Gedanken zu bringen. Sie musste nur im Stroh liegen. Die Arme im Nacken verschränkt, die Beine leicht angewinkelt, die Knie fest zusammen, die Augen geschlossen und die Lippen einen winzigen Spalt geöffnet. Jeder Atemzug hob die Brüste unter dem dünnen Kleid an. Und ich wusste genau, wie sie sich anfühlten. Wie es war, wenn sie sich gegen meine Haut pressten, wenn ich sie unter den Lippen spürte. Ich wusste, ich brauchte nur die Hand auszustrecken, und von dem Moment an wäre es kein Traum mehr.

Ich rückte näher an sie heran. Meine Hand streckte sich vor, ohne dass ich viel dazu tun musste. Ihre Stimme brachte mich zur Vernunft, als sie hervorstieß: »Was willst du von mir?«
Es war wie ein Schlag ins Gesicht. Ich zog die Hand zurück, schluckte heftig, spürte das Zucken im Innern, fühlte die Erregung sich noch einmal aufbäumen und dann schwinden. Sie öffnete die Augen, richtete sich auf, schlang die Arme um die angezogenen Knie und starrte mich an.
Zwei, drei Sekunden vergingen noch, dann hatte ich mich wieder völlig in der Gewalt. Sah mich mit Silvia, Luise und einigen anderen Kaffee trinken, hörte Silvia von Haushalt und Kindern schwärmen. Sah mich mit ihr im Bett liegen, und es war zwar nicht der Gipfel des Lebens, aber es war sauber, ich konnte danach an jedem Spiegel vorbeigehen, ohne den Blick abzuwenden. So wollte ich mein Leben, wenn ich klar denken konnte. Das konnte ich in dem Augenblick.
»Wie kommst du darauf, dass ich etwas von dir will?«
Meine Hand konnte sie nicht gesehen haben mit ihren geschlossenen Augen. Aber vielleicht hatte sie geblinzelt, und es war mir nicht aufgefallen. Ich überlegte wie ein Schuljunge, wie ich mich herausreden könnte, da sagte sie einfach: »Du bist hier.«

Mir war danach, aufzuatmen. »Das ist ein Zufall.«
Sachte und gönnerhaft schüttelte sie den Kopf und lächelte mich an, wie man einen Geisteskranken anlächelt, um ihn zu besänftigen. Ich beeilte mich, ihr zu versichern: »Es ist wirklich ein Zufall. Ich konnte nicht wissen, dass du hier bist. Also konnte ich auch nicht mit Absicht …«
Mit einer unwilligen Handbewegung wie schon einmal auf der Straße schnitt sie mir das Wort ab. »Du hast mich gesehen. Du hättest vorbeigehen können. Aber du bist hergekommen.«
»Ich habe, weiß Gott, nicht damit gerechnet, dich hier zu treffen. Aber nachdem ich dich einmal gesehen hatte, wäre es unhöflich gewesen, einfach weiterzugehen oder umzukehren.«
»Ach ja«, meinte sie. »Und du bist ein höflicher Mensch, Christian Hochstett?«
Etwas störte mich an der Art, wie sie meinen Namen aussprach. Aus ihrem Mund klang er dreckig, ein Stück Abfall auf die Straße geworfen. Ein irritierendes Gefühl, und über irritierende Gefühle wollte ich nicht länger nachdenken. Damit hatte ich mich lange genug beschäftigt. Entweder – oder! Da lag sie vor mir im Stroh und suchte die offene Konfrontation. Nur ein freches kleines Ding, das sich die Zeit damit vertrieb, Männer zu jagen. Andere jagten Hasen oder Fasanen.
Das war die Realität. Jetzt hatte sie sich doch noch entschlossen, mich aufs Korn zu nehmen. Aber mich zu treffen, das würde sie nicht schaffen. Ich fühlte mich ihr so überlegen in diesen Minuten. Ich war erwachsen, sie nicht. Meine Träume – ach Gott – hat nicht jeder Mann von Zeit zu Zeit erotische Träume? Bei einem drehen sie sich um Fotomodelle, beim anderen um die Nachbarin, bei mir um sie. Es war doch nichts dabei.
»Ich bemühe mich jedenfalls«, sagte ich. »Um Höflichkeit, um Rücksichtnahme oder einfach darum, niemandem zu schaden. Vielleicht sollte ich besser dich fragen, was du von mir willst?«

Sie lachte abfällig, warf den Kopf zurück in den Nacken. »Deinen Oberlehrerton kannst du dir für morgen früh aufheben. Bei mir zieht der nicht. Ich will nur etwas wissen. Und ich finde, wir sollten klären, was wir voneinander wollen, am besten jetzt und hier. Was hältst du davon?«
Wie sie mich anschaute! Ihr Blick kam unter halb geschlossenen Lidern hervor. Die Lippen klafften einen verheißungsvollen Spalt auseinander, die Zungenspitze erschien und strich langsam über die Oberlippe. Als sie wieder zwischen den Lippen verschwand, nahm sie meine Verlegenheit mit und verschluckte sie. Ich konnte sie nur anstarren.
Sie zuckte mit den Schultern. »Die Gelegenheit ist günstig, findest du nicht? Wir könnten in aller Ruhe ausprobieren, was wir voneinander zu erwarten haben und ob es uns gefällt. Keine Sorge, deine Lehrerin erfährt nichts davon. Aber vielleicht ist es dir danach egal, vielleicht willst du sie danach nicht mehr.«
Ich konnte ihr nicht antworten. Ich konnte nicht einmal mehr schlucken oder durchatmen. Noch einmal hob sie die Achseln. »Keine Lust? Komisch, das sieht aber anders aus.«
Ihr Blick strich langsam und genüsslich an meinen Hosenbeinen hinauf. Ich fühlte ihn wie eine Hand, zwang mich, an Silvia zu denken, und fand endlich die Stimme wieder. Sie klang noch ein wenig rau, aber fest. »Du solltest dich nicht mit einem erwachsenen Mann anlegen. Hast du keine Angst, dass ich dich beim Wort nehmen könnte? Such dir zum Spielen lieber einen Jungen in deinem Alter!«
Ihr Lachen war längst verstummt, ihre Stimme kehlig. »Wer sagt dir, dass ich spielen will? Das überlasse ich dir, spiel noch ein Weilchen mit deiner Lehrerin. Ich habe Zeit.«
Bevor ich ihr antworten konnte, erhob sie sich, strich mit beiden Händen die lockeren Halme von ihrem Kleid, fuhr mit gespreizten Fingern durch ihr Haar und zeigte auf meine Hose.

»Steh auf«, forderte sie, »und mach das Stroh ab! Sonst bist du morgen Dorfgespräch, ob du willst oder nicht. Deine Lehrerin wird dir den Laufpass geben. Und du bist nicht einmal auf deine Kosten gekommen.«

Dann ging sie auf nackten Füßen neben mir. Die Schuhe ließ sie in der Linken baumeln. Sie hielt sich rechts, wo neben der tiefen Fahrspur der Traktoren ein kümmerlicher Rest Gras wuchs. Wir schwiegen beide, bis sie fragte: »Hat man dir gesagt, wer ich bin?«

»Ja, das hat man. Die Herrin über Gut und Böse.« Einen sarkastischen Ton konnte ich nicht verhindern, wollte ich auch nicht. Ich war immer noch sehr aufgewühlt, der Sarkasmus half ein bisschen dagegen. Sie tat, als bemerke sie ihn nicht. Lachte leise. »Wer hat das gesagt?«

»Ruprecht Dalling.«

»Das sieht ihm ähnlich«, meinte sie. »Aber er irrt sich. Ich bin weder gut noch böse, und Herrin war ich nie.«

»Was bist du dann?«

Sie zuckte mit den Achseln, seufzte. »Ich weiß es nicht.« Nach einer winzigen Pause fügte sie hinzu. »Es tut mir leid. Das eben war dumm von mir. Ich wollte Sie nicht verärgern oder provozieren. Es ist mir so herausgerutscht. Glauben Sie mir?« Wenn sie wollte, konnte sie also auch gesittet wie eine junge Dame reden. Ich nickte, sie gab sich damit zufrieden.

Wir umrundeten das Dorf in weitem Bogen. Rechts vor uns tauchte der schmale Waldstreifen auf. Ich hatte mich wieder völlig unter Kontrolle, war ruhig und zufrieden. Es war perfekt. Es war so, wie ich es mir auf dem Weg zur Scheune ausgemalt hatte, schön und friedlich.

»Jetzt bin ich seit sieben Monaten hier«, sagte ich und zeigte zum Wald hinüber. »Und immer habe ich mir vorgenommen, einmal dorthin zu gehen. Aber bis jetzt habe ich es nicht getan.«

Sina blieb stehen, folgte meiner ausgestreckten Hand mit den Augen. Ihr Gesicht bekam einen schwermütigen Ausdruck. Mit einem langen Seufzer empfahl sie mir: »Sie sollten es tun, es ist ein guter Platz zum Nachdenken. In den Wald hinein kann man nicht, das Unterholz ist zu dicht. Aber der Weg führt direkt daran vorbei. Und es gibt einen Graben auf der anderen Seite, er ist nicht sehr tief und immer trocken. Ich bin oft da. Ich lege mich in den Graben und schließe die Augen. Dann habe ich das Gefühl, ich sollte liegen bleiben. Dass ich dahin gehöre, dass es nicht gut ist, wenn ich wieder weggehe.«
Sie klang mit einem Mal bedrückt. Ich glaubte, sie aufheitern zu müssen. Meinte scherzhaft: »Junge Mädchen sollten sich nicht allein im freien Feld oder im Wald herumtreiben. Das ist gefährlich.«
Einen Augenblick lang schaute sie mich verständnislos an, dann schweiften ihre Augen wieder zum Waldsaum hinüber. »Gefährlich«, murmelte sie und atmete zitternd durch, »ja, das ist es. Man verliert so schnell so viel, am Ende alles. Ein Leben. Du hast dazugehört. Dich habe ich auch verloren. Jetzt bist du zurückgekommen. Jetzt beginnt alles von Neuem. Das halte ich nicht aus. Warum kannst du mich nicht in Ruhe lassen? Du hast doch eine Frau. Was willst du von mir?«
Mit weit aufgerissenen, verschleierten Augen starrte sie mich an. In dem Moment dachte ich, dass sie vielleicht nicht ganz in Ordnung sei, irgendeine Geisteskrankheit. Nur ein leichter Defekt, der die Leute im Dorf dazu brachte, ihr einiges nachzusehen. Es dauerte nur einen winzigen Moment, sie schüttelte sich, als sei ihr unwohl geworden, dann klärte ihr Blick sich wieder.
Sie strich mit einem Handrücken über die Stirn und lächelte flüchtig. »Entschuldigung. Ich rede wieder dummes Zeug. Es ist nicht einfach mit mir, Herr Hochstett. Bestimmt nicht für einen Mann wie Sie. Sie sind klug, nicht wahr? Lehrer

denken immer, dass sie klug sind. Aber ich bin mir da nicht so sicher. Das Leben hängt nicht davon ab, ob man rechnen und schreiben kann. Man muss vor allem leben können. Und dafür ist es überflüssig zu wissen, wann Karl der Große gestorben ist, glauben Sie mir. Ich zum Beispiel, ich weiß es nicht. Man hat es mir einmal gesagt, ich habe es gleich wieder vergessen. Überhaupt denke ich, wenn ein Mensch gestorben ist, sollte man ihn vergessen. Man sollte sich nur um die kümmern, die leben. Finden Sie nicht?«

Sie schaute mich nicht an, erwartete keine Antwort. Wir gingen langsam weiter und näherten uns schließlich der Mauer. Vor dem zweiflügeligen Tor blieb sie stehen. Sie machte keine Anstalten, einen der Torflügel in meiner Gegenwart zu öffnen. Nur die Hand streckte sie mir noch einmal entgegen. Ich drückte sie und versuchte ein Lächeln dabei. Auch sie lächelte schüchtern und verlegen.

»Ich muss mich übrigens bei dir bedanken«, sagte ich. »Es gibt keinen Grund mehr, sich über die Zwillinge zu beschweren.«

Sie zuckte nur kurz mit den Schultern.

Dann ging ich. An der Mauer entlang bis zur Ecke. Dort blieb ich noch einmal stehen und drehte mich nach ihr um. Sie stand gebückt, war dabei, ihre Schuhe zu schließen.

»Auf Wiedersehen«, rief ich.

Sie schaute auf und lachte. »Sicher«, rief sie zurück.

Es war sieben vorbei, als ich daheim ankam. Luise war ziemlich ungehalten. »Silvia hat bis um sechs auf dich gewartet. Wo warst du denn so lange, Chris? Du wusstest doch, dass sie kommen wollte.«

Ich heuchelte Zerstreutheit und Schuldbewusstsein. »O Gott, das hatte ich völlig vergessen. Es war so herrliches Wetter, ich bin fast bis Arnberg gelaufen.«

»Na ja«, meinte Luise halbwegs besänftigt. »Jetzt ist es nicht mehr zu ändern. Ich habe ihr dreimal gesagt, sie soll mal eine Runde durchs Feld drehen, dass sie dich vielleicht irgendwo sieht. Das wäre besser gewesen, als hier herumzusitzen. Vermutlich war es der letzte schöne Sonntag in diesem Jahr.«

Sie sollte recht behalten. In der darauffolgenden Woche setzte der Regen ein. Alle Arten von Regen. Nieselnd aus dickem, grauem Himmel fallend, dünne Schnüre, die von einem leichten, aber beständigen Wind schräg durch die Straßen getragen wurden. Oder dicke Tropfen, die gegen die Fensterscheiben patschten und kleine Kronen aufsprühten, wenn sie auf eine Pfütze trafen.

Morgens legte Luise einen Schirm neben meine Tasche, mittags war ich dankbar für ihre Umsicht. In den Pausen blieben die Kinder häufig in den Klassenräumen und beschäftigten sich mit Malfarben. Wenn ich es sah, musste ich an Sina denken. Die Kinder hatten gefüllte Wassergläser vor sich, in denen sie ihre Pinsel auswuschen. Je bunter ihre Bilder wurden, umso grauer wurde das Wasser im Glas. Und ich dachte, Grau müsse bunter sein als jede andere Farbe. In Grau waren sie alle enthalten.

Es gab nur noch selten einen Rundgang mit Sebastian. Dabei hätte ich so nötig einen gebraucht. Ich hatte mich montags noch vor Schulbeginn bei Silvia entschuldigt, hatte mich am Nachmittag von ihr abholen lassen, war mit ihr in ihre Wohnung gefahren. Ich hatte mich zwei Stunden lang bemüht, etwas zu erklären, was sich nicht erklären ließ. Dass ich das Gefühl hatte, in der Luft zu hängen, hin und her gerissen zwischen einer Illusion und der Realität.

Die Illusion brach in mir Seiten auf, die ich nicht kannte. Und Realität war, dass ich um sieben versuchte, mit Silvia zu schlafen, und es ging nicht. Realität war, dass ich feststellen musste; Silvia war erleichtert über mein Versagen. Realität war das Begreifen, für Silvia war es nur ein lästiges Nebenher, ein notwendiges Übel, das man in Kauf nahm, weil man nur auf diese Weise das Ziel erreichte, die eigene Familie. Steck dir mein Versprechen auf eine Änderung nach der Hochzeit an den Hut, Chris! Ich fühlte mich schäbig, Silvia so viel Berechnung zu unterstellen, wo ich doch nur einen Grund suchte, sie auf elegante und unverfängliche Weise loszuwerden, um mit einem Traum zu leben.

Sebastian schien der einzige Mensch, mit dem ich reden konnte. Er wirkte abgeklärt, nicht wie ein Geschlechtsgenosse, eher wie ein Neutrum, wie einer, der über den Dingen stand. Ich wusste, dass er verheiratet war und zwei Kinder hatte. Dass er von seiner Familie getrennt lebte, nur die Wochenenden bei seiner Frau in Arnberg verbrachte. Inzwischen wusste ich sogar, dass es nicht so war, wie er es Dalling erklärt hatte. Es hatte nichts mit geschäftlichen Gründen zu tun, dass seine Frau die Stadtwohnung dem Dorfleben vorzog. Beiläufig hatte er mir einmal erklärt: »Es gibt Leute, die können nicht miteinander und nicht ohneeinander leben.« Wenn jemand Verständnis für meine widersprüchlichen Gefühle aufbringen konnte, dann er.

Zweimal war ich diesem Mädchen begegnet, hatte ein paar üble Gerüchte über sie und ein eindeutiges Angebot von ihr gehört, und es ließ mich nicht mehr los. Es war nicht länger auf die Nächte beschränkt, auch tagsüber drehten sich meine Gedanken um nichts anderes. Wenn ich nachmittags Hefte korrigierte, in Büchern las, um mich auf den Unterricht für den nächsten Tag vorzubereiten, sah ich statt der Schrift auf dem Papier einen trockenen und nicht sehr tiefen Graben. Und sie in diesem Graben, mit geschlossenen Augen still und reglos liegend.

Wenn Luise mich unvermittelt ansprach, fragte an ihrer Stelle Sina: »Was willst du von mir?« Jedes Mal beeilte ich mich, ihr zu versichern: »Nichts, wirklich nichts.« Das trug mir man-

chen verständnislosen Blick ein. Und ich fühlte, wie mir das Blut in den Kopf schoss. Ich war kein guter Lügner.
Nachts wurde es noch schlimmer. Schlief ich in meinem Bett, fiel ich über sie her. Verbrachte ich die Nacht bei Silvia, was äußerst selten vorkam, hörte ich sie weinen, träumte von meinem Sprung über die Mauerkrone, hockte rittlings in den Scherben, spürte den brennenden Schmerz in den Schenkeln. Und hinter der Mauer war absolut nichts. Ein großes, leeres Blatt.
Aber jetzt wusste ich sicher, dass man damit etwas zugedeckt hatte. Einen Strohballen, den jemand zu einem lockeren Haufen verteilt hatte. Und in dem Haufen ein Mädchen, dessen Kleid weit über die Knie hinaufrutschte, festes, sonnenbraunes Fleisch freigab. Und zwischen den Schenkeln pures Leben.
Guter Gott, ich wollte sie! Ich wollte sie mehr als eine feste Anstellung, mehr als ein friedliches, beschauliches Leben.
Mehr als alles, was ich bisher gewollt hatte. Ich verfluchte mich für die Zurückhaltung in der Scheune. Eine verpasste Gelegenheit, vielleicht die einzige, die mir geboten worden war. Nur ihr letztes Wort sprach dagegen. »Sicher«, hatte sie gerufen.
Vermutlich kam dem keine Bedeutung bei. Natürlich war es sicher, dass man sich in einem so kleinen Ort wie Kirchfelden wiedersah. Dagegen standen nur Dallings Worte: »Man sieht sie selten im Dorf.« Es traf ja zu, bisher hatte ich sie erst einmal hier gesehen.
Sie war noch so jung, elf Jahre jünger als ich. Zwei Jahre älter als Bettina Dalling, die mit ihrem dünnen Hemdchen und den knappen Shorts im Prinzip das gleiche Spielchen versucht hatte. Da war ich nicht auf krumme Ideen gekommen, hatte mich nur gewundert, dass Dalling seine Tochter nicht zur Ordnung rief. Oder hatte Dalling sie als Testperson eingesetzt? Wollen

doch mal sehen, wie dieser Christian Hochstett reagiert, wenn ihm ein halb nacktes Nymphchen vor der Nase herumtanzt. Wir haben schlechte Erfahrungen machen müssen!

Ein siebzehnjähriges Mädchen, ein Kind. Es forderte nur Komplikationen heraus, wenn ich mich noch länger so intensiv mit ihr beschäftigte. Aber ich beschäftigte mich nicht mit ihr, es war umgekehrt. Sie war einfach da, ständig in meiner Nähe, wahrscheinlich in meinem Blut.

Innerhalb weniger Tage sah ich sie tatsächlich wieder. Sie kam um die Mittagszeit zur Schule. Über dem Arm trug sie einige Regenmäntel, war selbst nur mit einer fadenscheinigen Strickjacke, einer Bluse und einem dünnen Rock bekleidet und durchnässt bis auf die Haut.

Vorne am Zaun blieb sie stehen wie auch beim ersten Mal. Allem Anschein nach wartete sie auf die Kinder. Ich war nicht der Einzige, der sie bemerkte. Frau Liebig, die ich als ruhige, besonnene und stets freundliche Kollegin schätzen gelernt hatte, sah sie ebenfalls. Und Frau Liebig stürzte förmlich aus dem Lehrerzimmer, in dem wir uns noch kurz versammelt hatten. Dalling schüttelte konsterniert den Kopf und schaute ihr missbilligend nach. Ich kämpfte den Impuls nieder, hinter Frau Liebig herzurennen, ging gemeinsam mit Dalling und Frau Karger hinaus, den Korridor entlang. Für Silvia hatte der Unterricht an dem Tag um acht begonnen. Sie hatte ihre drei Stunden gegeben und war längst in Arnberg.

Frau Liebig hatte Sina hereingeholt und stand mit ihr dicht bei der Eingangstür. Beide Hände hatte sie um Sinas Oberarme geklammert. Sichtlich erregt sprach sie auf sie ein. Was sie sagte, war unmöglich zu verstehen. Die Kinder drängten hinaus ins Freie und machten den üblichen Lärm dabei. Ich verstand nicht einmal genau, was Dalling dicht neben mir zu Frau Karger sagte.

Aber ich sah, dass Sina mich über Frau Liebigs Schulter hinweg anschaute und mehrfach heftig den Kopf schüttelte. Dass sie sich sanft, aber bestimmt von den sie umklammernden Händen befreite. Sie hielt diese Hände noch einen Augenblick fest, sprach nun ihrerseits auf Frau Liebig ein. Dann ließ sie deren Hände los und half zwei kleinen Mädchen in die Regenmäntel. Gemeinsam mit den Kindern ging sie hinaus.

Frau Liebig stand mit hängenden Schultern da und schaute ihr nach. Als sie sich zu mir umdrehte, mich mit einem traurigen und zugleich abweisenden Blick betrachtete, sah ich, dass sie weinte. Und ich konnte von ihrem Gesicht ablesen, was sie dachte: Lass deine Finger von ihr! Rühr sie nicht an!

Als ich endlich die Straße erreichte, war die kleine Gruppe mit Sina in der Mitte bereits ein gutes Stück von mir entfernt. Einige Kinder liefen voraus, andere taten es ihnen nach. Sina folgte der Gruppe und wurde langsamer, als sie meine Schritte hinter sich hörte. Ich ging schneller, sie wurde noch langsamer, blieb schließlich stehen, bis ich neben ihr war.

Wir sprachen beide nicht, gingen zögernd nebeneinanderher bis zur Straßenecke. Von dort aus führte ihr Weg nach links, während ich in die entgegengesetzte Richtung musste. Wieder blieb sie stehen und drehte mir das Gesicht zu. Sie war tropfnass. Der Regen lief aus ihrem Haar über die Stirn, die Nase, die Wangen.

»Du bist völlig durchnässt«, sagte ich.

Sie lachte leise. »Das macht nichts. Du bist auch nicht mehr trocken. Du hast vergessen, deinen Schirm aufzuspannen.«

Ihr Lachen verschwand. Sie machte eine winzige, lässige Handbewegung, schien noch etwas sagen zu wollen. Drehte sich stattdessen ruckartig um und lief ein Stück hinter den Kindern her. Ich schaute ihr nach. Sie blieb noch einmal stehen und drehte sich zu mir um. Mit dem Handrücken wischte sie das nasse Haar aus der Stirn. Dann warf sie den Kopf zurück und lachte. Es nahm mir den Atem. Der Wind presste den

dünnen Stoff des Rocks gegen ihre Schenkel. Die Strickjacke klebte an ihr, klaffte vorne auseinander, gab die vor Nässe durchscheinende Bluse frei. Mir wurde der Mund trocken vom Hinsehen. Und sie amüsierte sich.
»Nicht träumen, Christian Hochstett! Du wolltest nicht, als es möglich war. Jetzt ist es unmöglich. Geh lieber heim, du wirst dir sonst einen Schnupfen holen!« Sie rief es laut über die Straße. Das brachte mich zur Vernunft. Ein wenig steif ging ich das letzte Stück. Und ausgerechnet in diesem Moment musste ich an Mutter denken.

Mein Verhältnis zu Mutter war immer etwas Besonderes. Vielleicht reicht es als Erklärung, dass ich der Einzige bin. In den ersten Jahren lebte Mutter in ständiger Sorge, mir könne etwas zustoßen. Sie wich nie von meiner Seite, selbst wenn sie mich ausnahmsweise auf einen Spielplatz brachte, hockte sie neben mir auf dem Rand der Sandkiste. Dass ich allein draußen gewesen wäre, scheint mir völlig ausgeschlossen. Ich erinnere mich an kein einziges Mal. Dementsprechend gab es auch keine Spielkameraden oder Freunde. Es gab immer nur Mutter.
Trotzdem erscheint mir diese Zeit, rückblickend betrachtet, neutral. Bei aller Besorgnis war Mutter nie übertrieben zärtlich. Außer flüchtigen Gutenachtküssen auf die Stirn gab es nicht viel. Mal ein Streicheln übers Haar oder den Rücken, meist nur ein Lächeln. Mehr wollte ich auch nicht. Ich war nicht der Typ, der sich abends für eine halbe Stunde neben Mutter aufs Sofa kuschelte oder am Sonntagmorgen zu ihr ins Bett stieg.
Natürlich liebte ich meine Mutter. Ebenso natürlich war sie mir wichtiger als Vater, jedenfalls in den ersten Jahren. Das änderte sich, als sie plötzlich ›krank‹ wurde und für kurze Zeit aus meinem Leben verschwand. Ich weiß noch, wie ich an dem Tag aus der Schule heimkam, und es öffnete mir niemand.

Morgens war Mutter noch da gewesen, hatte mich wie üblich verabschiedet mit der Ermahnung, auf der Straße vorsichtig zu sein und auf dem Heimweg nicht zu trödeln, hatte gelächelt und mir vom Fenster aus nachgeschaut.
Die ältere Frau, die Mutter die groben Arbeiten im Haushalt abnahm, kam nur für drei Stunden am Vormittag. Wenn ich aus der Schule kam, war sie längst wieder weg. In der Kanzlei war nur Vaters Sekretärin. Er selbst, so wurde mir gesagt, sei noch bei Gericht. Aber mir wurde damals viel gesagt. Ich bekam einen Wohnungsschlüssel in die Hand gedrückt und angeboten, ich könne auch unten auf Vater warten. Ich zog es vor, hinaufzugehen, und begriff nicht, warum die Wohnung so verlassen wirkte. Mutters Mantel, der immer an der Garderobe in der Diele hing, war nicht mehr da. Im Bad fehlten all die kleinen Tiegelchen und Fläschchen mit ihren Cremes und Parfüms.
Vater kam wenig später. Er ging ziellos in der Wohnung umher. Ich hatte den Eindruck, er suchte etwas Bestimmtes. Aber als ich ihm bei der Suche helfen wollte, sagte er: »Lass nur, Chris, es ist nichts.«
Ein paar Tage lang behalfen wir uns. Und keine Nachricht von Mutter, keine Erklärung außer der, dass sie in einer Klinik sei. Gott, ich hatte Angst. Ich hatte panische Angst, Mutter könnte sterben und ich würde sie nie wiedersehen. Manchmal dachte ich, mir würde das Herz stehen bleiben.
Ein paarmal kam ich überraschend dazu, wenn Vater telefonierte. Nie verstand ich, was er sagte, die Sprache war mir fremd. Und immer legte er den Hörer auf, wenn er mich bemerkte. Dann brachte er mich nach Kirchfelden.
Als er mich drei Wochen später zurückholte, war Mutter daheim. Und alle benahmen sich, als sei es nie anders gewesen. Aber bei den Mahlzeiten wurde nicht mehr gesprochen. Stattdessen hörte ich sie nachts oft noch lange miteinander reden.

Nicht streiten. Sie wurden niemals so laut, dass ich in meinem Zimmer alles hätte verstehen können. Bruchstücke verstand ich, Fetzen, die mir Angst machten wie die fremde Sprache, die Vater am Telefon benutzt hatte. Hier einen halben Satz und da einen.

Ich hörte aus diesen halben Sätzen nur heraus, dass Vater bei einer anderen Frau gewesen war. Dass ihm diese Frau sehr viel bedeutete, immer noch. Dass er sich nie im Leben verzeihen würde, ihrem Wunsch nicht entsprochen zu haben, als sie ihn anflehte, er solle sie mitnehmen.

Seltsamerweise konnte ich ihn nicht verurteilen, es machte mich wütend auf Mutter. Von ihr fühlte ich mich verraten und betrogen, nicht von Vater. Auch später noch, als ich alt genug war zu begreifen, dass Vater Mutter wohl betrogen hatte. Dass sie uns nur aus Enttäuschung und Zorn verließ. Dass sie nur zurückkam, weil er versprach, treu zu sein.

Ich gab mir Mühe, mich gefühlsmäßig auf Mutters Seite zu stellen. Nur gelang mir das nicht. Je älter ich wurde, umso mehr Verständnis entwickelte ich für Vater. Mutters Unnahbarkeit musste ihn mit der Zeit zur Verzweiflung gebracht haben. Diese Kühle in ihrem Wesen hatte ihn zwangsläufig in die Arme einer anderen Frau treiben müssen. Dass Mutter daraufhin ihre Koffer packte, sich nicht einmal mehr fragte, ob ich sie brauchte, konnte ich ihr nicht verzeihen.

Mit der Studienzeit vergrößerte sich der Abstand zu Mutter noch mehr. Sie schien das nie zu bemerken. Manchmal amüsierte mich ihre Art, vor allem, wenn sie sich besorgt und ein wenig ängstlich erkundigte: »Gehst du heute allein aus oder mit einem Freund, Chris?« Nach einer Freundin fragte sie mich nie. Sie wollte nichts wissen von flüchtigen Bekanntschaften, von Liebschaften, die nur ein paar Wochen dauerten. Das waren Dinge, die ein junger Mann brauchte, um sich auszutoben. Aber darüber sprach man nicht.

So betrachtet, war es gewiss kein Zufall, dass mein erster Blick in Kirchfelden auf Silvia fiel. Sie verkörperte das, was Mutter akzeptieren konnte. Es war auch kein Zufall, dass ich ausgerechnet an einer zugigen Straßenecke, weit vor mir dieses halbe Kind, von dem ein ganzes Dorf behauptete, es sei hinter allem her, was Hosen trug, dachte: Mutter müsste sie so sehen. Genau so. Nass wie eine Katze, die man ersäufen wollte, aufreizend sinnlich und provozierend. Das genaue Gegenteil von Silvia.
Mutter wäre entsetzt gewesen. Ihr Urteil kannte ich, weil ich sie kannte. Weil ich genau wusste, dass ihr nichts wichtiger war als die Fassade. Dahinter durfte es aussehen wie Kraut und Rüben. Dahinter durfte ein Mann an seiner Sehnsucht ersticken. Aber der Schein musste gewahrt werden. Und auf den Schein legte Sina absolut keinen Wert.
Ich ertappte mich bei dem Gedanken, dass es mich reizte, Mutter mit diesem Mädchen zu konfrontieren. Und da waren noch ein paar Gedanken. Dass ich beim nächsten zufälligen Zusammentreffen unbedingt eine feste Verabredung mit Sina treffen musste. Dass ich nicht länger warten konnte. Dass ich sie haben wollte, haben musste, dass ich mich selbst betrog um jeden Tag, den ich noch verstreichen ließ. Ich kannte sie kaum; ich wusste von ihr nur, was man im Dorf erzählte. Und ich wusste, man konnte neben ihr gehen und schweigen, sie in einen trockenen Graben am Waldrand legen, sie ansehen und sie lieben, bis man darüber den Verstand verlor.
Alles blieb, wie es war. Sina kam häufiger zur Schule, immer wenn es regnete. Sie brachte Mäntel für die Kinder, war selbst nur mit einem dünnen grauen Rock und der gleichfarbigen Strickjacke bekleidet. Wenn sich mir die Gelegenheit bot, das heißt, wenn Silvia die Schule bereits verlassen hatte, raffte ich in aller Eile meine Sachen zusammen und lief hinaus. Sina wurde langsamer, bis ich neben ihr war. Wir gingen bis zur

Straßenecke, oft genug, ohne ein Wort gewechselt zu haben. Manchmal verabschiedete sie sich mit einem spöttischen Gruß, manchmal starrte sie mich an mit einem Blick voller Furcht und Zweifel. Selbst wenn ich gewollt hätte, ich konnte nichts tun. Sie ließ es nicht zu.

Mein sonderbares Verhalten muss jedem aufgefallen sein. Aber es sprach mich niemand darauf an, weder Dalling noch Sebastian, von dem ich es am ehesten erwartet hätte. Und ich machte mich mehr und mehr zum Narren. An den Nachmittagen konnte ich mich kaum noch auf die anfallenden Arbeiten konzentrieren. Ich saß an dem kleinen Tisch bei der Tür zum Hof. Schaute hinaus, statt in Bücher und Hefte, und hoffte inständig, dass es am nächsten Tag regnete.

Luise begegnete mir nur noch mit gerunzelter Stirn. Silvia schluckte jede Ausrede, gab sich mit den paar Minuten zufrieden, die wir uns in der Schule sahen. Auch wenn ich ihr erklärte, ich hätte am Wochenende keine Zeit, nickte sie. Ich wusste, dass ich mich ihr gegenüber unfair verhielt, aber ich konnte es nicht ändern.

Ihr Verhalten machte mich wütend, diese Demut, die Ergebenheit. Wohin es mich zog, war ihr nicht verborgen geblieben, dafür hatte Gerda Hilbig gesorgt. Es wäre mir entschieden lieber gewesen, Silvia hätte mir eine Höllenszene gemacht, mich vor die Wahl gestellt, entweder – oder. Ihre Passivität führte dazu, dass ich mir vorkam wie ein verlogener Schweinehund, der die Gutmütigkeit, die Nachsicht und die Geduld einer liebenden Frau schamlos ausnutzte, um sie nach Strich und Faden zu betrügen.

Anfang Dezember kam ein Brief von meinen Eltern. Kein Anruf; wenn man schreibt, kann man die Worte sorgfältiger wählen. Mutter fragte an, ob ich das Weihnachtsfest bei ihnen verbringen möchte. Ob es ausreiche, wenn sie mein Zimmer

herrichtete, oder ob auch das Gästezimmer gebraucht würde.
Dieser Brief führte zur ersten Aussprache mit Silvia. Das Gästezimmer herzurichten war überflüssig. Silvia fand, ich brauche ein wenig Zeit, mit mir ins Reine zu kommen. Sie plante über die Feiertage einen Besuch bei einer Bekannten. Eine junge Frau, mit der sie zusammen im Zeltlager gewesen war. Zum ersten Mal sprach sie zu mir über ihre Empfindungen. Sie fühlte sich nicht etwa gekränkt von meinem Verhalten, hielt mich auch nicht für einen Idioten, der keine Gelegenheit auslässt, einer nassen Katze nachzurennen. »Man kann einen Menschen nicht für sein Gefühl verurteilen«, sagte sie und betonte, dass sie mich liebte. »Aber ich halte es für besser, Chris, wenn wir uns für eine Weile trennen, damit du ungezwungen und ohne Druck nachdenken und abwägen kannst, was für dich das Beste ist.«
Abstand gewinnen, so drückte sie es aus. Und ich dachte, den Abstand hätte Sina mir bereits verschafft. Seit Wochen hatte ich sie nicht mehr gesehen. Die Witterung war beständig, Frost hatte eingesetzt. Die Kinder vom Birkenhof wurden regelmäßig mit einigen Wagen zur Schule gebracht und mittags abgeholt. Das letzte Mal, noch im November, war ich so gehemmt und verwirrt gewesen, dass ich kaum ein überflüssiges und erst recht kein notwendiges Wort über die Lippen gebracht hatte. Auf Sina muss ich abweisend gewirkt haben.
Ich rief meine Eltern an, erklärte, dass ich allein käme und wie sehr ich mich auf einige Tage bei ihnen freute. Ich freute mich wirklich. Ich hoffte, in der vertrauten Umgebung, in langen Gesprächen mit Vater und in Mutters kühler Gegenwart Klarheit in meine Gefühle zu bringen.
Als ich einen Tag vor Heiligabend meinen Koffer packte, fühlte ich mich wie ein Kranker, der die Klinik aufsuchen will. Luise wollte die Feiertage bei ihrer Schwägerin Marthe ver-

bringen und trug mir viele liebe Grüße auf. Dabei wirkte sie so gelöst, dass ich denken musste, sie sei froh, mich für kurze Zeit loszuwerden.

Es gelang mir tatsächlich, das Dorf und das Mädchen in den Hintergrund zu drängen. Ich kam endlich dazu, einige wichtige Arbeiten zu erledigen. Aus der sicheren Entfernung schaffte ich es sogar, die Sache realistisch zu betrachten. Und die Realität war ziemlich ernüchternd.

Da war auf der einen Seite ich. Achtundzwanzig Jahre alt, konservativ erzogen. Ein Mann, der fürchtete, ein bisschen zu viel Vaterblut in den Adern zu haben. Ein Mann, der eines Tages eine beständige Ehe führen wollte mit einer Frau, für die andere Männer nicht existierten. Bei Silvia, das war sicher, würde ich das finden. Aber auch nur das. Silvia war lieb und nett, harmlos und vertrauensselig, bieder und prüde, bereit zur Nachsicht und zum Verzeihen.

Und Sina, siebzehn Jahre alt und ein Ruf wie Donnerhall. Wenn man auch nur die Hälfte der Gerüchte glaubte, war sie bereits durch die Hände des halben Dorfes gegangen. Sie stand auf der anderen Seite. War umgeben von einer Mauer mit Glasscherben auf der Krone. Aus der Ferne betrachtet, wirkte das wie ein natürliches Hindernis. Wie ein mahnend erhobener Zeigefinger. Lass die Hände von ihr! Da sind zu viele Dinge, mit denen du dich nicht auseinandersetzen kannst.

Vater bemerkte, dass etwas in mir vorging. Er vermutete, ich sorge mich um die bevorstehenden Prüfungen, und versuchte, mich auf andere Gedanken zu bringen. Er handelte in bester Absicht und erreichte nur, dass ich überstürzt wieder abreiste.

Es begann mit einem unserer Gespräche, die ich so schätzte.

»Hast du es dir so vorgestellt, Chris?«, wollte er wissen. Als ich nickte, fuhr er langsam und bedächtig fort. Er stellte Fragen in der Art, die ihn seine langjährige Berufserfahrung gelehrt hatte. Vater erfuhr immer, was er wissen wollte. Und er

verstand es, einem Menschen das Gefühl zu geben, man habe nur darauf gewartet, endlich reden zu dürfen.
Er ließ sich Details über den Unterricht und das Dorfleben erzählen, tastete sich langsam vor. »Wenn man dich reden hört, muss man denken, du hast überhaupt keine Abwechslung mehr. Gehst du nie aus?«
»Selten. Manchmal mit Sebastian in den Gasthof. Es gibt nicht viele Möglichkeiten ohne Auto.«
»Na, das Problem ist ja gelöst«, sagte Vater. Er lächelte. Und ich schämte mich ein wenig. Sein diesjähriges Weihnachtsgeschenk war sehr großzügig ausgefallen. Ein neues Auto. Ich hätte mir längst eins kaufen können. In den Monaten in Kirchfelden hatte ich ein hübsches Sümmchen auf die Seite gelegt. Wofür hätte ich auch Geld ausgeben sollen? Luise verlangte zweihundert für einen Monat. Mehr zu verlangen sei unverschämt, hatte sie gesagt. Das Rauchen hatte ich mir noch während des Studiums abgewöhnt. Hin und wieder ein neues Hemd und ein Bier mit Sebastian, das war es.
»Du musst ja nicht ständig unterwegs sein«, meinte Vater scherzhaft. »Aber du musst auch nicht ständig arbeiten.« Rasch wurde er wieder ernst. »Du kannst dich nicht in diesem Beruf vergraben, Chris. Natürlich ist es wichtig, was du tust. Aber ich denke, du wirst die Prüfungen schaffen. Und was kommt danach? Ich will nicht aufdringlich sein. Ich möchte nur, dass du etwas weißt. Es ist dein Leben, du bist niemandem etwas schuldig. Was immer dir für die Zukunft vorschwebt, wir werden es akzeptieren. Ich frage dich nicht, was aus deiner Beziehung zu der jungen Frau geworden ist, die du uns im Mai vorgestellt hast. Du hast mir jetzt eine Menge von deinem Freund erzählt. Man denkt darüber heute nicht mehr so engstirnig wie früher. Hier ist jeder Mensch willkommen, Chris. Jeder Mensch, der dir etwas bedeutet und zu dir passt.«

Das war es! Er hätte besser geschwiegen. Nach seinen Worten war Sina da, stand mitten im Raum, lächelte spöttisch und fragte: »Was willst du von mir?« Passte sie zu mir? Nein! Bedeutete sie mir etwas? Sehr viel! Nur was sie mir bedeutete, wusste ich nicht. Und ich würde es nie wissen, wenn ich nicht endlich den ersten Schritt in ihre Richtung tat. Ich musste zurück, sofort. Ich musste sie sehen, mit ihr reden. Worüber? Das würde sich ergeben.

Mutter hatte für den Abend eine nette Feier vorbereitet, ein paar nette Leute eingeladen. Ein netter kleiner Rahmen, alles nur nett und nur alte Gesichter. Ich fasste es nicht, aber Mutter hatte sich dazu durchgerungen, die Kupplerin zu spielen. Als sie mir ihre Gästeliste zeigte, fragte ich mich, wie sie an die Namen gekommen war. Sie hatte sich doch nie für meine Bekanntschaften interessiert. Aber sie hatte begriffen, dass Silvia kaum noch zur Debatte stand. Und Mutter fand, es wäre höchste Zeit für mich. Ein Mann in meinem Alter!

Mutter nahm es mir sehr übel, dass ich meinen Koffer packte. Sie fühlte sich um die Früchte ihrer Bemühungen betrogen. Darauf konnte ich keine Rücksicht nehmen. Um die Mittagszeit des Silvestertages war ich wieder in Kirchfelden. Luise war erstaunt. »Warum hast du nicht wenigstens angerufen? Ich dachte, du bleibst noch ein paar Tage in Köln. Ich wollte heute Abend zu Marthe gehen.«

Dann überlegte sie, was zu machen sei, damit ich nicht allein im Haus herumsäße. Silvia war noch bei ihrer Bekannten. Sebastian war nicht zu erreichen. Ich erinnerte mich, dass er mir erzählt hatte, er würde die Feiertage bei seiner Familie verbringen. Dalling gab eine Party; Luise meinte, ich sei auch ohne Einladung ein willkommener Gast. Aber ich war nicht wegen Dalling zurückgekommen.

Schließlich fiel Luise der große Silvesterball im Gasthof an der Kirche ein. Ich müsse zwar allein hingehen, würde jedoch bald auf bekannte Gesichter stoßen. Das schien die einzige Möglichkeit, wenn ich nicht allein am Fenster stehen wollte. Ich wusste nicht, was ich wollte. Nur wieder in ihrer Nähe sein. Die Zeit tropfte wie Honig. Länger als eine Stunde stand ich am Fenster und schaute hinaus zum Birkenhof. Er war wie immer, ruhig, sicher und mächtig. Eine Festung, die kein Eindringen erlaubte.

Ich war entschlossen, daheim zu bleiben. Aber Luise drängte, und um acht ging ich los. Wenig später betrat ich die Gaststube. Man kannte mich, grüßte freundlich und servierte ein Bier. Dann stand ich vor dem Tresen. Der Schankraum war fast leer. Außer mir und dem Wirt saßen nur noch drei alte Männer an einem der Tische. Sie spielten Skat und hatten keine Augen für ihre Umgebung.

Häufig wurde die Außentür geöffnet. Aber jeder, der hereinkam, verließ das Lokal sofort wieder durch die Tür zum Hof. Über den Hof kam man zu einem saalartigen Anbau, in dem der Ball stattfand. Wenn die Hoftür geöffnet wurde, hörte ich die Musik. Gedämpft, und in meinen Ohren klang sie nach Blech.

Ohne Sebastian war ich nie hier gewesen. Ich fühlte mich unwohl – von wegen bekannte Gesichter! Natürlich kannte ich einen Großteil der Leute. Aber sie kamen meist zu zweit oder zu viert. Und so gut kannte ich keinen, dass ich mich solch einem Grüppchen hätte anschließen können. Allein in den Saal gehen mochte ich auch nicht. Dann hätte ich dort vor dem Tresen gestanden.

Ich trank mein Bier aus, bestellte noch ein zweites und beschloss, danach zu zahlen und heimzugehen. Um zwölf würden sie auf dem Birkenhof auf das neue Jahr anstoßen. Und dabei würden sie keinen Gedanken an mich verschwenden. Mich würde auch das neue Jahr nicht weiterbringen. Weil Sina keinen Schritt in ihre Richtung zuließ. Mit diesem

Gedanken verdüsterte sich der Raum. Liebe, dachte ich und sah sie mit nackten Füßen über spärliches Gras laufen. Sah sie vor dem Tor ihre Schuhe schließen, hörte sie rufen: »Sicher!«
Als ich auch das zweite Bierglas geleert hatte und gerade zahlen wollte, wurde die Außentür erneut geöffnet. Sie kam nicht allein, wurde von acht jungen Leuten begleitet. Vier Männer, ausnahmslos gleich, wahre Hünen, dunkelhaarig, muskulös, breitschultrig, mit markant geschnittenen Gesichtern.
Flüchtig dachte ich, das müsse der Typ Mann sein, der durch pubertäre Mädchenträume geistert. Brüder, schätzte ich. Ihre Brüder vielleicht; es gab eine gewisse Ähnlichkeit, nicht nur in der Haarfarbe. Der jüngste mochte Mitte zwanzig sein, der älteste Anfang dreißig.
Und vier Frauen, so verschieden, dass mir nicht der Gedanke kam, es könnten ihre Schwestern sein. Attraktive Frauen; Sina wirkte zwischen ihnen wie das Aschenbrödel im grauen Kleid. Sie lachten, riefen sich Scherzworte zu, brachten eine Wolke von Fröhlichkeit herein, die einen davontragen konnte.
Einer der Männer hatte die Hoftür erreicht und war dabei, sie zu öffnen, als Sina bei mir stehen blieb. »Hallo«, sagte sie mit einer tiefen, rauen Stimme, die ich nicht an ihr kannte. Aber ich kannte vieles an ihr noch nicht.
Sie setzte ein breites Lächeln auf. Auch das war neu. »Schau einer an. Wen haben wir denn da? Christian Hochstett und ganz allein.«
Ihre Begleiter wurden still. Die Hoftür fiel ins Schloss zurück. Der Mann, der sie geöffnet hatte, drehte sich zu mir um und starrte mich an. Ich erkannte in seinem Blick dieselbe feindselige Abwehr, die mir anfangs von den Kindern entgegengebracht worden war.
Sina legte eine Hand auf meinen Arm. Ihr Lächeln verstärkte sich. Sie erhob sich auf Zehenspitzen, brachte ihr Gesicht da-

mit etwas näher an meines heran und flüsterte atemlos: »Hast du auf mich gewartet?«

Ich wollte es nicht, aber ich tat es, ich nickte. Die Hand auf meinem Arm war schwer und heiß, brannte sich durch den Stoff von Jackett und Hemd, versengte die darunter liegende Haut. Mein Arm begann zu zittern. Ich konnte nichts dagegen tun. Sie spürte das Zittern und drohte mit scherzhaft erhobenem Zeigefinger. »Aber, aber, wer wird denn so nervös werden? Du hast es so lange ausgehalten, da schaffst du doch noch ein paar Minuten. Oder tut es weh? Mir hat mal einer gesagt, es tut verdammt weh, wenn er steht und man kommt nicht zum Zuge.«

Mir war, als müsse ich ersticken. Sie sprach laut genug, um von allen verstanden zu werden. »Jetzt weißt du also, was du von mir willst. Und jetzt möchtest du wissen, was ich von dir will. Ich werde es dir sagen.« Sie tippte mir mit einem Finger gegen die Brust. »Alles, was ich kriegen kann. Pass auf, Christian Hochstett, ich mache dir ein Angebot. Es ist für dich völlig unverbindlich.«

Die drei alten Männer am Tisch unterbrachen ihr Spiel, schauten zu uns herüber. Der Wirt hinter dem Tresen polierte eifrig an einem Glas, zu eifrig und zu unbeteiligt. Und Sinas Begleiter standen da, starrten mich an, nicht etwa sie.

Ihre Zungenspitze erschien zwischen den Lippen, die Lider senkten sich. Ihre Stimme bekam einen wilden Beiklang. »Wir machen uns einen heißen Abend mit allem, was dazugehört. Für den Anfang eine schnelle Nummer im Stehen. Nur damit der Druck nachlässt. Und danach probieren wir alles aus, was uns in den Sinn kommt. Was meinst du, wie lange du durchhältst, zweimal? Dreimal?«

Sie schaute mich an, als erwarte sie allen Ernstes eine Antwort. »Na, was ist, kannst du dich nicht entscheiden?«, drängte sie, als ich nicht reagierte. »Allmählich fängst du an, mich zu langweilen. Wenn dir der Appetit vergangen ist, dann sag es doch. Die Nacht ist jung. Noch habe ich Möglichkeiten, auf meine Kosten zu kommen. Im Saal sind viele, die wollen. Und einige trauen sich sogar.«

Einen Augenblick lang dachte ich, sie sei bereits angetrunken. Aber selbst dann konnte ich mir diese Szene nicht länger von ihr bieten lassen. Ich setzte zu einer scharfen Entgegnung an. Sie kam mir zuvor, rückte ein wenig von mir ab, drehte sich den acht Leuten zu. Mit ruhiger und sanfter Stimme erklärte sie: »Das ist Christian Hochstett. Er unterrichtet die Zwillinge. Sie haben ihm eine Menge Ärger gemacht in der ersten Zeit. Ich glaube, wir sind ihm etwas schuldig.«

Und wieder zu mir, wobei sie mit dem Finger auf jeden der acht zeigte: »Das sind Frank und Ria, Horst und Lena, Udo und Astrid, Achim und Beate Birkenfeld.« Ein winziges Lächeln kaschierte den bissigen Humor. »Wenn Sie sich die Namen nicht alle auf einmal merken können, wir beschreiben gern ein paar Pappkärtchen für Sie.«

Dann wurde ihr Blick bittend. »Sie würden uns eine große Freude machen, wenn Sie heute Nacht unser Gast sind, Herr Hochstett. Oder – darf ich ›Chris‹ sagen?«

Es war kein Hohn, keine Ironie. Die hässliche Szene vor diesem Wechsel war natürlich und unvermeidbar gewesen. Das wusste ich. Sie hatte die Fronten geklärt. Hatte mir gezeigt, dass von nun an Vorsicht geboten war. Der Boden, den ich betreten wollte, war von heißen Quellen durchsetzt, überall brodelte es dicht unter einer dünnen Kruste. Wie leicht konnte ich ausrutschen und stürzen, einbrechen und bei lebendigem Leib verbrennen. Sie hatte mich gewarnt, mehr war es nicht gewesen.

»Sagen Sie nicht Nein, Chris«, bat sie. »Obwohl ich es verstehen könnte.«

Ich sagte nicht Nein.

Die Musik klang nicht mehr blechern. Als wir den Saal betraten, spielte die Fünfmannkapelle einen Foxtrott. Der mit Frank Bezeichnete steuerte einen freien Tisch an der linken Saalwand an. Sina ging neben mir. Sie war still geworden, nachdenklich, wirkte geistesabwesend und ein wenig traurig. Die anderen machten ebenfalls keinen glücklichen Eindruck. Einer nach dem anderen setzten sie sich.

Ich blieb noch einen Augenblick vor dem Tisch stehen und schaute mich aufmerksam um. Aber es war niemand von Bedeutung zu entdecken. Dabei wäre es so wichtig gewesen. Ich hatte mein Ziel erreicht, trug das große Los des Lebens nicht in der Tasche, es saß vor mir auf einer Holzbank, schaute erwartungsvoll zu mir auf. Und niemand nahm Notiz davon.

Ohne dass jemand eine Bestellung aufgegeben hätte, wurden zehn überschäumende Biergläser an den Tisch gebracht. Sina fand ihren beißenden Spott wieder. »Die kennen uns«, flüsterte sie mir zu. »Wenn Frank nicht sofort etwas zu trinken bekommt, wird er ungemütlich. Am Ende nimmt er den Saal auseinander, nicht wahr, Frank?«

Frank schwieg, grinste verlegen und senkte den Kopf. Die Musik setzte für eine Weile aus. Als sie erneut zu spielen begann, erhoben sich alle am Tisch wie auf ein geheimes Kommando. Wir blieben allein zurück.

»Möchtest du tanzen, Chris?«, fragte sie.

»Möchtest du?«

Sie nickte eifrig und lächelte dabei. Ich stand auf und hielt ihr den Arm hin.

»Ganz Kavalier, der Herr Hochstett«, spottete sie. »Bist du immer so steif?«

»Nein. Ich bemühe mich nur, gewisse Regeln einzuhalten.«

Sie stieß verächtlich die Luft aus. »Regeln sind etwas für Feiglinge. Bist du feige, Chris?«

»Ja«, sagte ich und nahm sie in die Arme. Langsam begann

ich, sie im Takt eines Walzers zu drehen. Sie machte recht eigenwillige Schritte. Manchmal schienen ihr die eigenen Füße im Weg zu stehen. Ich wollte auch ein bisschen spotten, vielleicht lockerte es den Knoten in der Brust. »Kannst du überhaupt tanzen?«

Ihr kleines Gesicht war voller Konzentration. »Nein«, sagte sie ernsthaft. »Ich kann gar nichts. Nicht tanzen, nicht kochen, keine Knöpfe annähen. Ich kann meine Sachen nicht in Ordnung halten und mein Zimmer nicht aufräumen. Aber um den Kleinkram muss ich mich auch nicht kümmern. Das tun andere. Ich muss nur Piep sagen, dann springen sie. Eines Tages werde ich herausfinden, warum sie springen. Wirst du mir dabei helfen?«

»Ich glaube nicht, dass ich das kann. Aber warum willst du es überhaupt wissen? Es reicht doch, dass sie springen.«

Sie zuckte mit den Schultern. »Ja«, meinte sie, »vielleicht reicht es. Aber ich habe ein komisches Gefühl dabei. Könnte doch sein, dass eines Tages jemand fragt, mit welchem Recht ich meinen Platz behaupte, womit ich ihn mir verdient habe. Dann hätte ich keine Antwort. Wenn man es genau nimmt, bin ich ein überflüssiger Mensch. Mich dürfte es gar nicht geben.« Dann schwieg sie, legte den Kopf an meine Schulter, schob die Fingerspitzen in meinen Nacken und begann, den Haaransatz zu kraulen.

»Du darfst mir nicht böse sein«, murmelte sie nach einer Weile und rieb ihr Gesicht an meinem Jackett, wie die Kinder es bei ihr getan hatten. »Du darfst auch nicht schlecht von mir denken. Man versucht es eben. Es heißt doch: Angriff ist die beste Verteidigung. Wenn einer unbedingt etwas haben will, und man wirft es ihm direkt vor die Füße, dann nimmt er es am Ende nicht, weil er denkt, es ist nur ein Stück Dreck. Verstehst du, was ich meine?«

Ich verstand nichts, fühlte nur die Fingerspitzen in meinem

Nacken, den Druck ihres Kopfes an meiner Schulter, den nachgiebigen Körper in meinen Armen. Wir bewegten uns fast auf der Stelle. Der Walzer war längst zu Ende, was wir tanzten, wusste ich nicht. Die Musik war langsam und monoton.
»Es war nicht deine Schuld«, murmelte sie kaum noch verständlich. »Ich weiß das. Nicht immer, aber manchmal weiß ich es genau. Du hast getan, was du tun musstest. Keiner hat dich gefragt, was du wirklich tun wolltest.«
Ich wusste nicht, wovon sie sprach, es war auch nicht wichtig. Sie hätte mir ein Märchen erzählen können in diesen Minuten oder ein Stück aus einer Zeitung vorlesen, es spielte keine Rolle mehr. Sie war bei mir, ich hielt sie, spürte sie, und nur das zählte.
In den Pausen zwischen den einzelnen Musikstücken blieb sie, wie sie war. Nur ihr Kopf rückte ein wenig von mir ab. Sie schaute mir ins Gesicht, versuchte zu lächeln. Und in der dritten Pause sagte sie unvermittelt: »Wenn du willst, können wir jetzt gehen.«
»Wohin denn?« Ich weiß nicht einmal mehr, ob ihre Worte mich erstaunten.
Sie zuckte kaum merklich mit den Achseln. »Das ist mir egal. Wir können zu dir gehen, Luise ist ja nicht da, und vor eins kommt sie bestimmt nicht zurück. Aber wenn dir das zu peinlich ist, du hast doch ein neues Auto. Holen wir es und fahren irgendwohin. Es wird uns schon nicht zu kalt werden. Wir machen uns unser eigenes Feuer.«
Ich konnte ihr nicht antworten. Auch nicht fragen, woher sie wusste, dass Luise nicht im Haus war und ich ein neues Auto besaß. Ich war doch erst vor ein paar Stunden damit ins Dorf gefahren. Die Musik setzte zum letzten Stück ein, wir tanzten weiter.
»Willst du nicht?«, fragte sie.
Ich schüttelte stumm den Kopf.

»Belüg dich doch nicht selbst, Chris. Du willst es schon so lange. Du wolltest es immer.«
Ich schämte mich in dem Moment. Natürlich wollte ich. Und ich wollte es auf genau die Art, die sie vorschlug. Ohne Rücksicht auf Ort und Zeit, ohne Gedanken an die Menschen, die uns beim Hinausgehen beobachten und über uns reden würden. Nur einmal wissen, nur einmal fühlen, wie es war, wenn es tatsächlich geschah.
»Wir können nicht einfach verschwinden«, erklärte ich gegen meinen Willen. »Man würde uns vermissen und über uns reden.«
Sie lachte geringschätzig. »Kommt es darauf an? Man redet auch so über uns. Dafür reicht es, dass ich mit dir tanze. Mach dir keine Sorgen. Auf dich wird kein Schatten fallen. Jeder im Saal weiß, dass ich scharf auf dich bin. Aber ich darf das. Ich bin Sina, verstehst du? Und du bist wirklich ein Feigling.«
»Das bin ich nicht«, widersprach ich. »Aber ich habe …«
Etwas getrunken, wollte ich sagen. Und dass ich mit den paar Gläsern Bier im Leib nicht Auto fahren wollte. Doch bevor ich es aussprechen konnte, brach sie in schallendes Gelächter aus. Die Paare in unserer Nähe schauten verwundert zu uns her. »Angst?«, rief sie. »Aber dir schlägt doch keiner den Schädel ein dafür.«
Sie atmete zitternd aus und fuhr fort: »Oder bist du nur vernünftig? Ja, ich glaube, das bist du. Wir beide sollten uns aus dem Weg gehen. Du weißt das. Ich weiß es auch. Ich weiß nur nicht, was ich tun soll. Ich will dich.«
Sie biss sich auf die Lippen, schaute mich zweifelnd an und presste sich für einen winzigen Augenblick fest gegen mich. Dann lächelte sie verhalten. »Und du willst mich. Ich kann es fühlen. Warum traust du dich nicht? Weißt du, wie es ausgeht?«
Zwei Sekunden Pause, mehr Zeit ließ sie mir nicht. Und das

bisschen reichte nicht, um eine Antwort zu finden. Sie schaute mir unverwandt ins Gesicht. »Ich weiß es auch, also überlass die Angst mir, Chris. Ich komme schon klar damit. Ich denke mir einfach, es wird genau so sein, wie ich es mir vorstelle. Und dafür lohnt es sich.«

Ich ertrug es kaum noch, sie nur im Arm zu halten, und war erleichtert, als sie endlich schwieg. Wieder rieb sie ihr Gesicht an meinem Jackett, versuchte, die Hände in meinem Nacken still zu halten. Ich schob ihr eine Hand unter das Kinn, wollte etwas sagen. Doch als ich ihr Gesicht anhob, sah ich, dass sie weinte. Ohne einen Laut. Nur die dunklen Augen quollen über. Ihr Mund zuckte. »Weitertanzen«, flüsterte sie und drehte das Gesicht zur Seite. »Es geht gleich vorbei. Es geht immer gleich vorbei.«

Sie irrte sich, es wurde schlimmer. Auch die Schultern unter meinen Händen begannen zu zucken, ihr Körper vibrierte wie in einem Krampf. Ihr Gesicht schwamm in Tränen, schien sich darin aufzulösen, wurde weich und weiblich. Das kindlich Unfertige verschwand, als ob die Feuchtigkeit es abwaschen könnte und darunter eine vollkommene Schönheit zum Vorschein brächte.

Als ihr bewusst wurde, dass ich sie anschaute, riss sie sich von mir los, stieß mich zurück, bahnte sich mit den Ellbogen einen Weg durch die tanzende Menge und verschwand darin. Ich sah sie noch einmal kurz bei der Tür zum Hof, dann war sie fort.

Es dauerte ein paar Sekunden, ehe ich reagieren konnte. Mitten auf der Tanzfläche stehend, starrte ich die Tür an und begriff nicht, womit ich sie derart außer Fassung gebracht hatte. Erst als es um mich herum leer wurde, setzte ich mich in Bewegung.

Im Hof war Sina nicht. Auch im Lokal und auf der Straße

konnte ich sie nicht entdecken. Ich ging wieder hinein. Frank schaute mir erstaunt entgegen. Ich zuckte mit den Achseln, wusste nicht, wie ich den mir fremden Menschen erklären sollte, was vorgefallen war. »Sie weinte plötzlich«, sagte ich. »Dann lief sie hinaus. Ich habe schon nach ihr gesucht, konnte sie aber nicht finden.«
Frank warf der Frau neben sich einen düsteren Blick zu. »Kümmerst du dich mal um sie, Ria?« Und als ob ich das nicht gehört hätte, erklärte er mir: »Ria wird sich darum kümmern. Nun setzen Sie sich mal wieder.«
Ria griff nach ihrer Handtasche und ging hinaus. Ich setzte mich auf ihren Platz und ließ mir von Frank ein gefülltes Glas zuschieben. Er beugte sich zu mir, damit ich ihn in dem wieder einsetzenden Lärm verstehen konnte. »Das dürfen Sie sich nicht zu Herzen nehmen, Herr Hochstett. So ist Sina nun mal. Sie braucht keinen besonderen Grund zum Weinen. Wir sagen immer, die Kleine hat nahe am Wasser gebaut. Aber wie es kommt, vergeht es auch.«
Er lächelte, während er sprach. Und dieses Lächeln strafte seine Worte Lügen. Dann bestellte er zwei klare Schnäpse, weil ich seiner Meinung nach dem Schreck eine kleine Stärkung brauchte. Er trank sie beide, als ich mein Glas nicht anrührte. Ich sah, wie seine Hand zitterte, als er das zweite Glas zum Mund führte. Ich war nicht länger der Gast an ihrem Tisch, auch kein Sieger mehr. Ich war der Feind, daran gab es keinen Zweifel. Weißt du, wie es ausgeht? Ich weiß es auch. Überlass die Angst mir! Was sollte dieses Gerede? Was hatte das alles zu bedeuten?
Fast eine halbe Stunde verging, ehe Ria zurückkam. Während der Zeit sprach keiner ein Wort. Sie saßen nur da mit gesenkten Köpfen und betretenen Mienen. Ich fragte mich, warum sie mich nicht zum Teufel jagten. Ria unterbrach meine Grübelei für einen kurzen Moment. Ich erhob mich, ließ sie vorbei und

setzte mich wieder auf meinen ursprünglichen Platz. Ria nickte mir lächelnd zu. »Sie kommt gleich zurück.«
Es sollte ein Trost für mich sein. Aber es half mir nicht.
Ich fühlte mich schäbig, niederträchtig, ein verlogener Spießer, der seine Fantasien vor sich und aller Welt leugnete, obwohl es ihn mächtig in der Hose juckte. Aber es widerstrebte mir nun einmal, mit einem blutjungen Mädchen in der Nacht zu verschwinden und zu tun, was ich gern getan hätte. Das gehörte sich nicht. Es war gegen Sitte und Anstand. Es passte nicht zu mir.
Aber es hatte mich unendlich viel Mühe gekostet, dem magischen Zwang zu widerstehen. Die Gier im Zaum zu halten und mich an das zu erinnern, was ich war. Und was war ich? Was bedeuteten denn Sitte und Moral für mich? Wäre es nicht einfacher gewesen, zu tun, was sie von mir verlangt hatte? Wichtiger wäre es gewesen, wichtiger und richtiger als alles andere.
Es vergingen noch einmal zehn Minuten, ehe Sina zurück an den Tisch kam. Um ihre Augen hatte sie – oder Ria – eine dicke Schicht grünlichen Puders verteilt. Ihre Stirn, die Nase und das Kinn waren von Make-up um eine Nuance heller als sonst. Auf den Wangen trug sie Rouge, die Lippen waren mit einem braunroten Stift nachgezogen. Ihr Gesicht war unter den Bemühungen, die Spuren ihres Ausbruchs zu überdecken, zu einer bunten, leblosen Maske erstarrt. Aber sie lächelte wieder, setzte sich neben mich, griff nach einem vollen Glas und trank den gesamten Inhalt, ohne einmal abzusetzen. Dann atmete sie erleichtert aus.
Alle taten, als sei nichts geschehen, allerdings bemühten sie sich jetzt auffallend um sie. Kaum begann die Kapelle zu spielen, erhob sich Frank, nickte ihr auffordernd zu und führte sie zur Tanzfläche. Die anderen forderten ebenfalls ihre Frauen auf. Ich mochte nicht sitzen und grübeln, schaute bittend zu Ria hin. »Möchten Sie tanzen?«

Ria tanzte gut, leicht und beschwingt. Sie verstand es auch, dabei eine harmlos scheinende Unterhaltung zu führen. Ob ich mich wohlfühlte in Kirchfelden? Ob mir meine Arbeit Spaß machte? Wie ich mit den Menschen hier zurechtkäme? Ob ich es nicht manchmal bedauerte, in einen derart altertümlichen Ort gekommen zu sein?

Ria lachte. Ihre Stimme kam mir die ganze Zeit schon vertraut vor. Plötzlich wusste ich, woher ich sie kannte. Es war die Stimme, die ich im Frühjahr hinter der Mauer hatte singen hören. Es war auch die Stimme, die meinen ersten Anruf auf dem Birkenhof entgegengenommen hatte.

»Manchmal suche ich nach dem Dorfbrunnen«, sagte Ria. »Aber die brauchen keinen. Die finden immer eine Ecke zum Tratschen. Das ist das Schlimme hier. Es geschieht nichts, ohne dass nicht gleich das halbe Dorf davon erfährt. Und die andere Hälfte weiß es spätestens am nächsten Tag. Ich halte jede Wette, dass man Ihnen bereits etliche Schauermärchen über den Birkenhof erzählt hat.«

Es tat gut, lenkte ein bisschen ab. »Fünf oder sechs«, sagte ich ernsthaft. »Es können auch sieben gewesen sein.«

Ria nickte, ebenfalls todernst und mit einem Schmunzeln auf den Lippen. »Das dachte ich mir. Aber die Wirklichkeit ist blutrünstiger als alle Geschichten, glauben Sie mir. Wir sind ein wüster Haufen. Mord und Totschlag sind bei uns an der Tagesordnung. Wer uns nicht passt oder nicht nach unseren Regeln spielt, wird eiskalt aus dem Weg geräumt.«

Dann fuhr sie mit ihren Fragen fort. Ob ich mich nicht manchmal einsam fühlte? Ob ich meine Familie vermisste? »Es hat mich erstaunt«, meinte sie. »Man findet hier nur selten einen jungen, gut aussehenden Mann ohne Begleitung.«

Ich bedankte mich für das Kompliment und versicherte ihr eilig, ich sei völlig frei und ungebunden. Ich hätte mich vor einigen Wochen von einer Frau getrennt, mit der ich längere Zeit

liiert gewesen sei. Wir hätten eben beide eingesehen, dass wir doch nicht zueinanderpassten.
Ria lächelte und schien zufrieden.

Ich kam nicht mehr dazu, mich um Sina zu kümmern. Nachdem die vier Männer am Tisch sie reihum zum Tanzen aufgefordert hatten, wurde sie von jüngeren und älteren Dorfbewohnern fortgeholt. Ich saß da und schaute ihr beim Tanzen zu. Ich sah, wie sie den Kopf an fremde Schultern legte, wie sie ihr Gesicht an fremden Jacken oder Hemden rieb, wie sie ihre Hände in fremde Nacken schob, wie sie lachte, sprach und sich gegen fremde Körper presste. Dann verschwand sie auch noch für eine halbe Stunde aus meinem Blickfeld. Und mit ihr ein junger, nichtssagender Bursche.
Es waren die bis dahin schlimmsten Stunden meines Lebens. Ich hatte sie nicht gewollt, aber wie sie gesagt hatte; andere wollten, und einige trauten sich sogar. Es spielte keine Rolle mehr, was sich nach Sitte, Anstand und Moral gehörte. Was ging es mich an, wie andere darüber dachten? Es war meine ureigenste Angelegenheit. Ich verletzte keine fremden Rechte, wenn ich in irgendeinem dunklen Winkel mit ihr schlief. Es hatte auch nichts mit meiner Befähigung als Lehrer zu tun. Wer maßte sich an, mir meinen Lebenswandel vorzuschreiben?
Niemand! Es dachte nicht einmal jemand daran, das zu tun. Ich allein war mein einziges Hindernis. Ich war es, der mehrfach ansetzen musste, um die Mauerkrone zu erreichen. Ich war es, der sich die Hände blutig schnitt bei dem Versuch, den eigenen Schatten zu überspringen und dabei nicht in Vaters Fußstapfen zu treten. Ich war es, der ins Nichts stürzte, der die Zeit davonrennen ließ.
Gläser wurden vor mich hingestellt. Ich trank eins nach dem anderen, obwohl mein Verstand mir sagte, ich müsse damit

aufhören. Ich sei den Alkohol nicht gewohnt und könne leicht die Kontrolle über mich verlieren. Hätte mein Verstand ein Gesicht gehabt, ich hätte ihm mitten hineingelacht. Selbstkontrolle, sie war es doch, die mich hinderte. Ich glaube fast, in diesen Stunden verfluchte ich meine Eltern für ihre Bemühungen, aus mir einen zivilisierten Menschen zu machen.
Als Sina kurz vor zwölf zurück an den Tisch kam, hatte ich sämtliche Skrupel für sie begraben. Ein Wort, eine winzige Geste hätte gereicht. Ich wäre ihr gefolgt, ohne zu zögern, ohne einen anderen Gedanken als den, sie mir zu nehmen.
Sie legte ihre kleine Tasche auf den Tisch und schaute mich zweifelnd an. Das Rouge auf ihren Wangen war verschmiert. Vom Make-up war kaum etwas übrig. Die Lippen glänzten nicht mehr bräunlich, nur noch feucht und rot wie frisches Blut.
»Tanzen wir noch einmal?«, fragte sie.
Gehorsam stand ich auf, nahm sie in die Arme und hätte gern geweint vor Erleichterung. Wieder spielten sie einen Walzer. In meinem Kopf machte sich eine angenehme Gleichgültigkeit, gepaart mit leichtem Schwindel, breit. Der Alkohol zeigte endlich Wirkung. Das beständige Drehen beim Tanz tat ein Übriges. Wieder schob sie die Hände in meinen Nacken. Doch sie hielt sie still. Mit weit zurückgelegtem Kopf schaute sie mir ins Gesicht, bis der Schwindel sich verstärkte.
»Tu das nie wieder«, sagte ich leise. »Wenn ich dich noch einmal mit einem anderen Kerl sehe, bringe ich dich um.«
»Ich werde es nie wieder tun«, versprach sie.
Ich zog sie enger an mich, drückte ihren Kopf gegen meine Schulter und hielt ihn dort mit einem Griff im Nacken fest.
»Warum hast du geweint?«, fragte ich.
»Vergiss es, Chris, es ist nicht mehr wichtig.«
Störrisch schüttelte ich den Kopf. »Du musst es mir sagen.«
»Du hast es doch gerade selbst gesagt«, flüsterte sie. »Du

bringst mich um, wenn du mich noch einmal mit einem anderen Kerl siehst.«
»Und du hast versprochen, es nie wieder zu tun.«
»Ich kann dir versprechen, was ich will. Wenn du mich so sehen willst, wirst du mich auch so sehen.«
»Hast du Angst vor mir?«
Ich fühlte, wie sie unter meiner Hand zu nicken versuchte. »Und vor mir«, sagte sie dann. »Du und ich, Chris. Das ist wie Feuer und Wasser. Das gibt Dampf. Und wo der sich niederschlägt, gibt es Tropfen. Aber vielleicht finden wir den richtigen Weg.«
»Natürlich finden wir ihn«, erklärte ich. »Wir tun das Wasser in einen Topf.«
Sie drehte den Kopf zur Seite, damit sie mich ansehen konnte, und lächelte traurig. »Da ist es sowieso, aber das hilft nicht viel. Hast du schon mal einen Topf gesehen, der zu lange auf dem Feuer war? Alles Wasser ist verkocht, der Boden ist zersprungen. Er behält nichts mehr bei sich. Man kann ihn nicht mehr gebrauchen.«
»Ich lasse es nicht kochen«, sagte ich, »nur ein bisschen sieden. Ich werde den Topf immer rechtzeitig zur Seite schieben.«
»Weißt du denn, wann rechtzeitig ist?«
»Mach dir keine Sorgen«, sagte ich. »Wenn ich es wissen muss, werde ich es wissen.«
So ein dörflicher Silvesterball hatte sein Gutes. Jeder trank mehr, als er vertrug. Und keiner kümmerte sich um die anderen. Niemand beachtete uns, als wir hinaus in den Hof gingen. Ich hoffte, die kalte Luft würde wieder Klarheit in meine Gedanken bringen.
Sina folgte mir bereitwillig. Draußen lehnte ich mich gegen die Wand. Sie blieb dicht vor mir stehen. Der Hof war zur Hälfte überdacht, wir standen unter freiem Himmel. Es hatte

zu schneien begonnen. Einzelne Flocken verfingen sich in ihrem Haar und lösten sich darin auf.
Trotz meines umnebelten Hirns wusste ich genau, wovon wir gesprochen hatten. Vielleicht wusste ich es nur deshalb so genau. Feuer und Wasser und Dampf. Ich zog sie an mich. »Du musst keine Angst haben, Kleines«, sagte ich. »Es wird immer nur so warm sein, wie wir es beide vertragen können. Ich bin alt genug, ich weiß, wie man mit Feuer umgeht.«
Es war schön, sie zu halten, es war friedlich. Ich spürte ihren Atem am Hals und den Pulsschlag ihrer Schläfe unter den Lippen. Alles war gut. Und wenn es so weit war, würde ich genug wissen, um das Schlimmste zu verhindern. Ich war doch kein Unmensch! Manchmal glaubte ich, sie friere. Kleine Schauer ließen ihren Körper zittern. Ich packte fester zu. »Ist dir kalt?«
»Nein«, sagte sie.
Ich öffnete mein Jackett und legte es so weit als möglich um sie. Sie schob die Hände unter meine Achseln, ballte sie dort zu Fäusten. Menschen kamen über den Hof, niemand beachtete uns. Ich wischte behutsam eine Schneeflocke aus ihrem Haar. Dann hob ich endlich ihr Gesicht zu mir und küsste sie sanft auf die Lippen.
Im Saal spielte die Kapelle einen Tusch. Stimmen wurden laut. Gute Wünsche erreichten uns durch die geschlossene Tür. Sie galten nicht uns, und wir brauchten sie nicht. Ich weiß nicht mehr, ob ich glücklich war in diesen Minuten. Ich weiß nichts mehr von dem, was in mir vorging. Ich fühlte sie nur. Ihre Wärme durch den dünnen Stoff meines Hemdes. Ihren Herzschlag unter den Lippen und ihren Atem am Hals.

Irgendwann brachte ich sie zurück in die rauchgeschwängerte Luft. Mein Kopf war klarer als jemals zuvor. »Wer ist das Feuer?«, fragte ich.

Sie schaute mich nicht an, starrte angestrengt in die tanzende Menge. »Du, Chris. Ich bin das Wasser und der Dampf.«
Ich riss sie an mich. Und dann küsste ich sie. Nicht mehr sanft und behutsam wie auf dem Hof, so wie die ungezählten Male vorher in den Nächten. Und wie ich mir gedacht hatte, die Wirklichkeit sprengte jeden Traum und jeden anderen Vergleich. Sie war willig, selbst so sehr beteiligt. Ich hielt ihren Körper gegen mich gepresst, bis aus ihrem Atem ein Keuchen wurde. Auch dann konnte ich sie noch nicht freigeben. Jede Sekunde musste ich auskosten. Dieses fremde, unbekannte Territorium ertasten, erforschen, in Besitz nehmen, bis ich endlich sicher spürte, es gehörte alles mir. Niemand würde es mir je wieder streitig machen.
Vielleicht war es der Alkohol, vielleicht ein erstes, unbeherrschtes Aufflackern von Urinstinkt. Ich fühlte die Veränderung körperlich. Innerhalb von Sekunden verwandelte ich mich von einem zurückhaltenden, zivilisierten Menschen in das Feuer, von dem sie gesprochen hatte. Nun brannte ich.
Als ich sie endlich freigeben konnte, sah ich, dass ich sie verletzt hatte. Ein Tropfen Blut quoll aus ihrer Unterlippe. Sie wischte mit der Zungenspitze darüber, und er verschwand. Dann lächelte sie, flüsterte: »Nicht mehr denken, Chris! Es ist alles in Ordnung. Es ist gut.«
Um zwei spielte die Kapelle zum letzten Tanz. Sie war leicht geworden in meinen Armen, bereit, sich von mir führen zu lassen. Frank beglich die umfangreiche Zeche, half Ria in den Mantel und nickte mir freundlich zu. Gemeinsam traten wir auf die Straße hinaus und gingen nebeneinanderher bis zu Luises Haus. Für die Birkenfelds war es ein Umweg. Doch Frank beteuerte lachend, er brauche nach dem Qualm im Saal dringend nötig etwas Bewegung an der frischen, kalten Luft.
Vor dem kleinen Tor zum Vorgarten blieben wir stehen. Ich zog Sina noch einmal an mich, während die anderen langsam

weitergingen. Da war noch so viel zu sagen. Aber sie legte mir eine Hand auf den Mund und schaute mich an, als müsse sie sich jede Einzelheit für die Ewigkeit einprägen.
»Christian Hochstett«, flüsterte sie, »ich wusste immer, dass du kommst und mich willst. Du willst mich doch, nicht wahr? Du kannst mich lieben.«
Als ich nickte, ging sie. Mit leichten Schritten lief sie hinter der kleinen Gruppe her. Ich schaute ihr nach. Sah, wie sie Frank erreichte und sich bei ihm einhakte. Es muss Frank gewesen sein, weil er neben Ria ging. Und die erkannte man auch in der Dunkelheit an ihrem langen weißblonden Haar.
Den Rest der Nacht und den halben Neujahrstag verschlief ich. Gegen eins klopfte Luise zaghaft an die Tür meines Zimmers. »Bist du wach, Chris?«
Das war ich schon eine Weile. Nicht nur wach, voll mit Bildern und Gefühlen, die ich nicht einordnen konnte. Mir war, als sei ich kurz vor dem Aufwachen durch eine große Pfütze gewatet, die nur aus Tränen bestand. Und Vaters Gesicht hing darüber wie eine Nebelwolke. »Nie habe ich einen Menschen so weinen sehen«, sagte er. Wie lange war das her? Siebzehn Jahre und fünf Monate. Und ich meinte, er hätte damals von Sina gesprochen. Aber sie war erst einen Monat später geboren.
Luise öffnete die Tür einen winzigen Spalt. »Ich dachte, schau mal nach, ob er überhaupt in sein Bett gekommen ist. Ich habe dich nicht heimkommen hören.« Das zu erfahren, erleichterte mich. Es wäre peinlich gewesen, wenn sie etwas gehört oder gar gesehen hätte.
»Möchtest du Frühstück oder nur einen Kaffee? Bis zum Mittagessen dauert es nicht mehr lange.«
»Dann nur einen Kaffee, bitte.«
Luise zog die Tür wieder zu. Ich schlug die Decken zurück, augenblicklich bekam ich eine Gänsehaut. Es war empfindlich

kalt im Zimmer. Das Fenster stand weit offen. Ich bemerkte es erst jetzt. Und erinnerte mich nicht, es in der Nacht geöffnet zu haben. Aber das musste ich wohl. Vermutlich hatte ich noch zum Birkenhof hinausgeschaut. Nur hatte ich das vergessen. Es wäre mir lieb gewesen, ich hätte auch alles andere vergessen, besser noch, ungeschehen machen können.

Zu deutlich erinnerte ich mich an eine blutende Lippe, an zwei Fäuste unter meinen Achseln. An das Gefühl, ein fremdes Land in Besitz zu nehmen, an einen wilden Triumph. Ich, der Sieger! Gott im Himmel, ich konnte mich doch nicht wirklich so unbeherrscht auf dieses Kind gestürzt haben.

Es war genau das geschehen, was ich mir von der Nacht erhofft hatte. Aber ich war nicht zufrieden oder glücklich damit. So hatte ich es nicht gewollt, so nicht. Mir hatte etwas anderes vorgeschwebt, Sanftheit, Behutsamkeit, Zärtlichkeit, einen Anfang in der Art, wie ich ihn mit Silvia erlebt hatte. Immer wieder geisterte mir Luises Stimme durch den Kopf: »Ein Mann sollte sich auch dann unter Kontrolle haben.« Verdammt, sie hatte recht.

Ich ging ins Bad, duschte und rasierte mich, zog mich an. Dann ging ich hinunter, trank einen Kaffee in der Küche und schaute Luise bei den letzten Vorbereitungen für das Mittagessen zu. Und ich fragte mich, was in der Nacht tatsächlich geschehen war.

Es war etwas geschehen, etwas Hintergründiges, etwas unter der Oberfläche. Etwas, das sich auf den ersten Blick nicht erkennen und nicht abschätzen ließ. Jede Szene, jedes Wort hatte ich deutlich in Erinnerung. Das Gerede von Feuer und Wasser. Das waren nicht schwülstige Sprüche eines pathetisch veranlagten Teenagers. Weil Sina kein Nymphchen war, kein mannstolles Früchtchen, keine Lolita, oder wie immer man sonst dazu sagen will. Ich hatte es gefühlt, als ich sie küsste. In ein unbekanntes, unerforschtes Territorium vorstoßen, das

war es. In einen Bereich eindringen, der normalerweise keinem Menschen zugänglich ist. Er durfte es auch nie werden. Kein Mensch konnte sich an diesem Ort zurechtfinden. Es gab keine Wegweiser, nur merkwürdige Abschiedsworte.
Christian Hochstett!
So hatte sie mich bereits mehrfach genannt. Und jetzt kam es mir so vor, dass sie nicht mich meinte, sondern meinen Vater. Wir trugen den gleichen Vornamen. Das war die eine Seite, eine Seite, die mich verunsicherte, eine metaphysische Seite. Als ob mir jemand Flügel angelegt hätte und mir sagte, dass ich nun fliegen könne. Dass ich mir in Ruhe und aus der sicheren Position in der Luft das fremde Land anschauen dürfe, um mich damit vertraut zu machen, um mich später am Boden zurechtzufinden. Und ich wusste, ich konnte fliegen, ich musste es nur wollen. Ich musste nichts weiter tun, als mich auf mein Gefühl zu verlassen. Und schon könnte ich abheben.
Es gab noch eine zweite Seite, blanke Realität. An der versuchte ich mich festzuhalten. Aber auch die Seite war nicht verlockend. Nüchtern betrachtet, hatte man mich stundenlang gereizt, mich mit allen nur denkbaren Mitteln provoziert, als Letztes einen nichts sagenden, jungen Burschen benutzt, bis ich endlich der Versuchung erlag. Ich hatte einen ersten Geschmack bekommen, einmal kosten dürfen. Aber was man mir serviert hatte, erschien mir ziemlich scharf gewürzt. Ich war nicht sicher, ob ich noch ein Häppchen riskieren sollte. Am Ende musste ich den Teller auslöffeln. Und das mit einem Besteck, das vorher durch so viele andere Hände und Münder gegangen war. Im Geist sah ich sie immer noch tanzen. Und verschwinden, mit einem dümmlich und in genüsslicher Vorfreude grinsenden Dorftrottel.
Mir musste kein Klatsch zu Ohren kommen. Sie selbst machte doch keinen Hehl daraus, dass sie nicht wählerisch war. Und ich wollte mich nicht in eine lange Reihe eingliedern lassen,

meinen Namen nicht als Trophäe über dem Bett eines jungen Mädchens sehen. Ich musste nicht unbedingt der Erste sein, aber der Letzte. Und der unbedingt.

Drittes Kapitel

Es war der darauffolgende Sonntag, als ich beim Frühstück von der Einladung erfuhr. Luise benahm sich, als sei es eine hohe Auszeichnung und dabei eine selbstverständliche und harmlose Angelegenheit. Mama Birkenfeld wollte den Lehrer ihrer Urenkel kennenlernen, völlig zwanglos.

Während ich noch schlief, war eins der Kinder gekommen und hatte eine handschriftliche Einladung auf schwerem, altweißem Papier überbracht. Völlig zwanglos! Zwanglos wäre ein Anruf gewesen. Ich verschluckte mich an meinem Kaffee und musste husten. Selten hatte ich eine derart perfekte Verschleierung von Tatsachen erlebt.

Mama Birkenfeld war mir inzwischen ein Begriff. Dalling hatte von ihr gesprochen, und der Ton ließ keinen Zweifel an der Wichtigkeit ihrer Person aufkommen. Sina mochte die Herrin über Gut und Böse sein. Ihre Großmutter war die Herrin über Kirchfelden.

»Du hast doch hoffentlich abgesagt«, brachte ich endlich heraus. Luise schüttelte verständnislos den Kopf.

»Nein, Chris. Wir haben doch Zeit. Wenn es natürlich einen Grund gibt, aus dem du nicht zum Birkenhof möchtest, dann sag mir das. Die Einladung kann ich auch telefonisch absagen.«

Es gab einen Grund, aber er war nicht harmlos genug, ihn

zu nennen. Ich konnte schließlich nicht erklären: »Ich kann dort nicht hingehen, weil ich vielleicht wieder die Beherrschung verliere. Es ist gut möglich, dass ich mich vor versammelter Mannschaft auf dieses Kind stürze. Ich muss nur in ihre Nähe kommen, dann vergesse ich mich und alle guten Vorsätze.«
Stattdessen sagte ich: »Es gibt keinen besonderen Grund, es ist nur peinlich. Wir können nicht einmal Blumen besorgen.«
Luise lachte. »Blumen haben sie da draußen genug. Du brauchst keine. Wichtig ist nur der Eindruck, den du auf Mama machst.«
Ja, das konnte ich mir lebhaft vorstellen. Ich fühlte die Pistole auf meiner Brust. Dabei hatte ich mich in den letzten Tagen entschlossen, einen neuen Anfang mit Silvia zu versuchen und einen dicken Schlussstrich unter den Namen Sina zu ziehen. Ich hatte mir vorgenommen, in den nächsten Tagen auf dem Birkenhof anzurufen. Ein Telefongespräch war vielleicht nicht die feine Art, aber entschieden sicherer, als ihr persönlich gegenüberzustehen. Ich hatte mir ein paar Sätze zurechtgelegt, kurz und knapp und unumstößlich.
»Es tut mir leid, wenn ich dir mit meinem Verhalten in der Silvesternacht Hoffnungen gemacht habe. Das lag nicht in meiner Absicht. Und ich möchte mich nicht damit entschuldigen müssen, dass ich betrunken war. Aber genau das muss ich leider tun.« Am Telefon, davon war ich überzeugt, konnte ich das aussprechen, aber ihr ins Gesicht? In unmittelbarer Nähe von acht Leuten, die dabei gewesen waren, die gesehen hatten, wie die Flamme hochschoss?
Aber verdammt noch mal. Ein Kuss! Zu einem Zeitpunkt, als jeder im Saal jede küsste. Selbst wenn sie mir dabei zugeschaut hatten, meine Empfindungen kannten sie nicht. Sie konnten mich nicht zwingen, die Suppe auszulöffeln. Und ich konnte ihr nicht ewig ausweichen. Wenn ich es richtig an-

packte, konnte ich sie mit ihren eigenen Waffen schlagen. Mama Birkenfeld würde den Lehrer ihrer Urenkel kennenlernen, einen Mann, der mit dem Gedanken spielte, im Sommer eine Kollegin zu heiraten. Wenn Silvia vom Besuch bei ihrer Bekannten zurückkam, konnte ich ihr reinen Gewissens sagen, ich sei endlich zur Vernunft gekommen.

Bis dahin hatte ich den Weg zum Birkenhof nur auf meinen Spaziergängen zurückgelegt. Jetzt nahmen wir den Wagen. Luise war nervös. Unablässig rutschte sie auf dem Sitz hin und her und atmete erleichtert aus, als ich endlich neben der Mauer hielt. Es war wenige Minuten vor vier. Es gab einen mächtigen, altmodischen Klingelzug. Ich zog an der Schnur. Frank öffnete uns das Tor.

Ich weiß nicht, was ich dahinter erwartet hatte. Es war ein Dorf für sich. Vorne links beim Tor stand das erste Haus, groß und pompös. Daneben ein zweites, nur wenig kleiner. Vom Tor aus führte ein breiter Weg zu vier weiteren Häusern von anderer Bauart, jedes davon groß genug, drei oder vier Familien zu beherbergen. Und weiter hinten gab es noch drei von dieser Sorte. Zwischen zweien davon führte ein breiter Durchgang in die Gärten. Daneben gab es noch einige Wirtschaftsgebäude, auch ein riesiges Treibhaus. Und überall dazwischen kahle Eichen, Buchen, Weiden. Nach Birken suchte ich vergebens. Ich fand sie später, weit hinten in den Gärten.

Es war überwältigend. Eine Festung im spanischen Stil, weiß getünchte Mauern, Arkaden, reich geschnitztes dunkelbraunes Holz, gebaut für die Ewigkeit. Frank ging vor uns her auf das erste Haus zu. Er führte uns in eine dämmrige Halle, half Luise galant aus dem Mantel, bot ihr den Arm und führte uns weiter in einen saalartigen Raum.

Dann stand ich Mama gegenüber. Sie war klein. Und alt, achtzig, neunzig, hundert, ich konnte es nicht abschätzen. Neben ihr wirkte Luise mit ihren dreiundsechzig Jahren wie ein jun-

ges Mädchen. Aber Mama verfügte über eine erstaunlich kräftige Stimme.
Sie begrüßte uns, betonte, wie sehr sie sich freue, dass wir ihrer kurzfristigen Einladung folgen konnten. Vor allem, weil unser Besuch endlich wieder einmal die gesamte Familie an einen Tisch brachte. Dann sprach sie ausschließlich zu mir. »Und Sie sind also Christian Hochstett.« Eine Feststellung, die keiner Bestätigung bedurfte. Die Art, wie sie meinen Namen aussprach, hatte etwas von Genugtuung.
Nun ging Mama voran, nachdem sie uns beiden die Hand gereicht hatte. Es kam ein weiterer Raum von den Ausmaßen eines Ballsaals. Luise hatte vor Aufregung rote Wangen. Sie schaute sich aufmerksam und erwartungsvoll um, als sei sie zum ersten Mal auf dem Birkenhof, zumindest in diesem Raum.
Ob das zutraf, weiß ich nicht. Es ist nie darüber gesprochen worden. Und heute zählt es nicht mehr, wer wann zum ersten Mal auf dem Birkenhof war. Heute ist der Birkenhof nur noch ein riesiges Anwesen auf einer Anhöhe, etwa zwei Kilometer vom Dorf entfernt.
Manchmal stehe ich nachts noch eine Weile am offenen Fenster und schaue zu ihm hinaus. Aus der Ferne und in der Dunkelheit wirkt er unverändert. Nachts gibt er mir das Gefühl, ich könnte noch einmal hingehen und sie dort treffen wie vor sechs Jahren. Sie abholen zu einem Spaziergang durch die Felder, von dem wir satt und zufrieden und restlos glücklich zurückkämen. Und alle wären sie freundlich zu mir, herzlich wie bei meinem ersten Besuch an jenem Januarsonntag.
Ich wurde mit kaum zu überbietender Freundlichkeit empfangen und an meinen Platz geführt. Es ging alles sehr formell zu. Der Tisch, von dem Mama gesprochen hatte, erwies sich als eine Fläche, groß genug, um mehrere Doppelbetten darauf unterzubringen. Mein Platz war am Kopfende dieser Tafel. Links

von mir Mama, zu deren Linken Luise, immer noch mit roten Wangen und vor Aufregung glänzenden Augen. Rechts von mir Sina.
Nicht etwa, weil sie mir verdeutlichen wollten, dass ich keine Wahl hatte. Dass die Nächte ihren Preis hatten: den Schritt zum Altar. So einfach war es nicht. Sie saß dort, weil sie an das Kopfende der Tafel gehörte. Die wichtigste Person auf dem Birkenhof, in ihrem Rang noch über Mama stehend. Die Herrin über Gut und Böse, das pure Leben.
Es war unwirklich. Ich fühlte mich in ein vergangenes Jahrhundert versetzt. Nichts fehlte, um die Illusion vollkommen zu machen. Altes, kostbares Porzellan, Tafelsilber, schwere Damasttücher, brennende Kerzen in Silberleuchtern. Hohe Bogenfenster, durch die eine schon tief stehende, kalte Januarsonne ihr Licht auf weißen Marmor warf.
Die Zwillinge bekam ich nur kurz zu Gesicht. Artig reichten sie mir die Hände zur Begrüßung, machten jeder eine leichte Verbeugung und gingen zu ihren Plätzen, weit von mir entfernt. Dort saßen sie, frisch gewaschene Lämmer in einer Schafherde, aßen jeder ein Tortenstück, erhoben sich, als ihnen das mit einem Kopfnicken gestattet wurde, und verließen den Raum. Auch die meisten Erwachsenen gingen, als Mama die Tafel aufhob. Zurück blieben Frank und Ria, die ein Baby von zehn oder elf Monaten auf ihrem Schoß hielt. Dort hatte es während der ganzen Zeremonie gesessen, still vor sich hin gelächelt wie die anderen auch, hin und wieder von Rias Kuchen abgebissen und die Arme nach Sina ausgestreckt.
Mit ihr hatte ich, außer der kurzen Begrüßung, noch kein Wort gewechselt. Dabei musste ich ihr so viel sagen. Nicht den Unsinn, den ich mir zurechtgelegt hatte. Wie ich auf derart absurde Gedanken hatte kommen können, verstand ich selbst nicht mehr. »Es tut mir leid.« Mir tat nur noch leid, dass ich ihre Bitte nicht erfüllt hatte. Dass ich nicht mit ihr heimgegan-

gen war, sie nicht in mein Zimmer gebracht, nicht auf mein Bett gelegt hatte. Dass ich ihr nicht gezeigt hatte, wie zärtlich und rücksichtsvoll ich sein konnte. Sie brauchte Zärtlichkeit und Rücksicht. Sie sah hinreißend aus, trug ein lichtgraues Kleid und wirkte darin wie eine kostbare Puppe, rein, unschuldig und zerbrechlich. Ihr Haar war anders, weicher und lockiger. Und ihr Gesicht glühte, war von einer Intensität, die mich zittern ließ. Was interessierte mich der Dorfklatsch? Was ging mich ein junger Bursche an, der einmal kurz mit ihr an die frische Luft gegangen war?
»Ich werde es nie wieder tun.« Sie hatte es versprochen. Das reichte für alle Zeit. Das musste ich ihr sagen. Und noch einiges mehr.

Mama gestattete mir kein Wort. Sie bestritt die Unterhaltung, in einer eigenwilligen Art. Es erinnerte mich an das Gespräch, das ich mit Ria beim Tanzen geführt hatte. Nur ging Mama direkter vor. Sie stellte Fragen, erwartete Antworten. Der befehlsgewohnte Ton duldete kein Auflehnen und keinen Widerspruch. Es ging in keiner Weise um meinen Beruf. Von den Zwillingen war mit keinem Wort die Rede. Nach meinen Eltern fragte sie. Und Luise wirkte ängstlich wie ein Kind, das man zu den fetten Spinnen in den dunklen Keller schickt. Nach sonstigen Bindungen, Interessen, Abneigungen, Vorlieben, ganz gezielt nach Silvia und dem unwiderruflich feststehenden Ende dieser Romanze.
Ich antwortete automatisch, fühlte die Pistole auf meiner Brust nicht mehr, nur die Wärme an meiner Seite, dieses still vor sich hin glimmende Feuer. Alles war gut, alles war bestens. Ich wollte sie nicht nur, ich liebte sie. Tief und innig mit dem Herzen und dem festen Vorsatz, sie mein Leben lang vor allen haltlosen Verdächtigungen zu beschützen und sie glücklich zu machen.

Ria lächelte mir mehrfach aufmunternd zu. Vielleicht war sie mit meinen Auskünften nicht zufrieden gewesen. Vielleicht hatte sie vergessen, ein paar wichtige Fragen zu stellen. Oder es ging darum, festzustellen, ob ich mich in Widersprüche verwickelte. Es war gleichgültig. Dann war Mama endlich zufrieden. »Halten Sie mich ruhig für eine verschrobene alte Frau«, meinte sie. »Vielleicht haben Sie recht. In meinem Alter neigt man dazu, die Verantwortung auf andere abzuschieben. Man weiß ja, dass man sie nicht mehr lange tragen kann. Da schaut man sich beizeiten nach einem würdigen Nachfolger um. Aber man sollte sich hüten, nach der erstbesten Gelegenheit zu greifen. Sie verstehen, was ich meine?«

Ich verstand alles und stimmte ihr zu. Mama seufzte. »Sina ist noch sehr jung. Vielleicht mache ich mir deshalb ein paar Sorgen zu viel. Sie ist unerfahren und naiv, kann sich ihrer Haut nicht wehren.«

Was hätte ich darauf antworten sollen?

Man verlangte nichts von mir, bestimmt keine Erklärung, nicht einmal ein Versprechen, nicht zu diesem Zeitpunkt. Sina erbot sich, mir das Haus zu zeigen. Als wir die Halle betraten, bat sie: »Du darfst ihr nicht böse sein, Chris. Sie macht sich eben Sorgen.«

»Dazu besteht keine Veranlassung«, sagte ich.

Sie lächelte, griff nach meiner Hand und zog mich auf eine breite Treppe am Ende der Halle zu. Für ein paar Minuten war ich nur ein Besucher. Und sie ein stolzes, junges Mädchen, das mir die Pracht einer vergangenen Epoche vorführen wollte. Sie begann irgendwo im vorigen Jahrhundert. Bei einem Urahn, dessen Namen ich auf der Stelle wieder vergaß.

Wir befanden uns in einem langen Korridor im ersten Stock. An den Wänden hingen zahlreiche Porträts. Vor einem davon blieb sie stehen. Es zeigte einen jungen Mann, der eine starke Ähnlichkeit mit Frank aufwies. Als er gemalt worden

war, mochte er auch im selben Alter gewesen sein wie Frank jetzt.
»Das ist Richard«, erklärte Sina. »Er war Mamas jüngster Sohn und mein …« Sie stockte, starrte das Männergesicht an, begann von Neuem in einem etwas schrilleren Ton. »Er war mein Vater.« Den Blick auf das Bild geheftet, fügte sie hinzu: »Ich kann mich nicht erinnern. Sie haben mir erzählt, dass er starb, ein paar Stunden nach meiner Geburt. Es … war ein … Unfall, haben sie gesagt.«
»Das tut mir leid«, murmelte ich mechanisch. »Und deine Mutter? Wo ist sie?«
Vorgestellt worden war sie mir nicht an der Kaffeetafel. Und neben Richards Porträt war ein freier Platz an der Wand. Als habe man dort ein Bild weggenommen. Sie hingen alle als Paar an der Wand. Der leere Fleck stach ins Auge. Sina antwortete nicht. Sie flüsterte nur fragend: »Meine Mutter?«
Dann fuhr sie zu mir herum. Die Augen weit aufgerissen, die Lippen zitterten. »Warum bist du gekommen? Habe ich dir nicht gesagt, dass es nicht gut ist, wenn wir zusammen sind? Und dann kommst du auch noch hierher! Du weißt nicht, wie das hier ist. Sie werden sagen, ich hätte dich darum gebeten. Sie werden mir nicht glauben. Im Dorf heißt es schon, dass wir etwas miteinander hätten. Warum kannst du mich nicht in Ruhe lassen? Du willst mich doch nicht!« Zuletzt kippte ihre Stimme, klang nach einem Schluchzen. Sie griff nach meinen Armen, umklammerte sie und bohrte ihre Fingernägel tief in meine Haut.
»Was denkst du dir?« Ihre Stimme war atemlos. »Du denkst, du musst nur herkommen und alles regelt sich von selbst. Aber das tut es nicht. Und die anderen denken, ich bin eine Hure.«
Sie war völlig außer sich, zerrte an meinen Armen, stampfte mit dem Fuß auf. Sie war mir fremd in dem Augenblick, un-

heimlich und erschreckend, ansteckend mit ihrer Panik. Ich wusste mir nicht anders zu helfen, riss meine Arme los und zog sie an mich, damit ich nicht länger in ihr Gesicht sehen musste. Es war ein elendes Gefühl, als ob ihr Gesicht von einer Sekunde zur nächsten verfaulen könnte. Ich hielt sie fest, weil ich dabei ihren Herzschlag und ihren Atem fühlte, weil mir das ein bisschen half. Ich strich mit einer Hand über ihr Haar, den Nacken, den Rücken hinunter und wieder hinauf. Endlich konnte ich auch reden.

»Es ist ja gut, Kleines. Es ist alles gut. Wenn du es nicht willst, werde ich nicht mehr kommen. Ich werde ihnen auch sagen, dass nichts zwischen uns passiert ist.«

»Und du denkst, sie glauben dir«, murmelte sie.

Es dauerte entsetzlich lange, ehe sie sich beruhigt hatte. Sie löste sich von mir, trat einen Schritt zurück und strich sich das Haar zurecht. Ihr Blick ging unruhig zwischen dem Porträt ihres Vaters und dem leeren Fleck hin und her. »Es tut mir leid, Chris«, erklärte sie leise. »Ich bin ein bisschen durcheinander. Es tut mir wirklich leid. Ich weiß nicht, was mit mir los ist. Aber wenn ich hier stehe, denke ich immer, jetzt kommt es. Und dann kommt nur die Angst. Ich wollte dir keine Szene machen, das musst du mir glauben. Du musst mir alles glauben, Chris, egal, was ich sage. Versprichst du mir das?«

»Ja, ich verspreche es dir.«

Sie schaute wieder zu dem Bild hin, schielte zu dem leeren Platz daneben. Da war es wieder, packte mich, schüttelte mich durch, kratzte mit Eiszapfen meinen Rücken hinunter. Ich war aus der Zeit gerutscht und hatte es nicht bemerkt. Jetzt stand ich mitten in dem Bereich, in den normalerweise kein lebender Mensch eindringen kann.

»Sie haben das Bild versteckt«, flüsterte Sina. »Ich glaube, sie haben es verbrannt. Sie wollen nicht, dass ich sie sehe. Sie sagen, es wäre nicht gut für mich. So ein Unsinn. Ich muss nur

die Augen schließen, dann sehe ich sie ganz deutlich. Kannst du sie auch sehen? Siehst du meine Mutter, Chris?«
Wie sie da stand, mitten auf diesem breiten Gang, die Augen geschlossen, den Kopf ein wenig zurückgelegt, das Gesicht eine einzige Konzentration. Das Gesicht! Es war etwas mit ihrem Gesicht. Es wurde unscharf, verschwamm mir vor den Augen. Es war auch etwas mit ihrem Haar. Es war länger als vor ein paar Minuten und lockiger, dunkler war es auch. Vielleicht lag es am Licht, dass es plötzlich fast schwarz wirkte.
Es war nur der Bruchteil einer Sekunde. Ich kniff die Augen zusammen, blinzelte, und der Eindruck verschwand. Ihr fiel nicht auf, dass sie keine Antwort bekam. Sie öffnete die Augen wieder, schaute mich mit einem Seufzer an, versuchte ein Lächeln. Dann sagte sie leise: »Man schleppt viel mit sich herum. Ich habe einmal einen Satz gelesen über die Sünden der Väter. Kennst du den Satz, Chris?«
Als ich kurz nickte, sprach sie weiter: »Es sind auch die Sünden der Mütter. Aber wir werden es schaffen, Chris. Wir können es schaffen, wenn wir es wirklich wollen. Ich brauche dich, Chris. Ich liebe dich. Und wenn du mich nicht immer so lieben kannst, wie du es möchtest, das macht nichts. Ich habe genug für uns beide. Ich habe so viel Liebe, wir allein können sie nie verbrauchen. Wir könnten tausend Jahre davon leben, dann wäre immer noch genug übrig, um alle Menschen satt zu machen.«
Ich konnte ihr nicht sofort antworten. Sie erwartete es auch nicht. Sie gab sich damit zufrieden, dass ich sie noch einmal in die Arme nahm. Nach einer Weile sagte ich leise: »Liebe ist ein zartes Pflänzchen. Es braucht viel Geduld und Pflege. Aber wenn es beides bekommt, kann es zu einem starken Baum heranwachsen, der seine Wurzeln tief in die Erde gräbt.«
»Nein«, widersprach sie und schüttelte den Kopf an meiner

Schulter, »es ist anders, Chris. Zuerst muss der Baum seine Wurzeln in den Boden treiben, dann hält der Boden ihn fest und macht ihn stark. Aus eigener Kraft kann der Baum sich nicht befreien. Und der Boden wird ihn nicht freigeben. Du bist der Baum, Chris, und ich bin der Boden. Verlass dich auf mich, ich halte dich fest.«

Von einer Sekunde zur nächsten war alles anders, als ob mir ihre Worte den Schädel freigepustet hätten. Plötzlich war sie wieder ein junges, scharfes Ding, das nur auf der Suche nach einem Dummen war. Und ich ließ mich nicht gerne für dumm verkaufen – und einkaufen auch nicht, da mochten sie mir so viel Pracht zeigen, wie sie wollten.

Es war der Vergleich, nehme ich an. Ich fand ihn so passend. Irgendwie amüsierte er mich sogar. Es war doch schmeichelhaft, mit einem Baum verglichen zu werden. Gute deutsche Eiche, dachte ich. Aber du irrst dich, mein liebes Kind. Nicht mit mir!

Wir gingen zurück, setzten uns zu Mama und Luise, plauderten noch eine Weile über Belanglosigkeiten. Um sieben verabschiedeten wir uns. Sina begleitete uns zum Wagen. Sie umarmte Luise, küsste sie auf beide Wangen. Mir hielt sie zum Abschied nur die Hand hin.

Ich sagte: »Auf Wiedersehen, Sina.« Sie lächelte verhalten. »Sicher, Chris.«

Als ich den Wagen startete, fragte Luise mit entzückter Miene: »Ist sie nicht ein liebes Mädchen?«

»Doch«, erwiderte ich ruhig. »Das ist sie. Ein liebes und ein sehr großzügiges Mädchen.«

»Wie meinst du das, Chris?« Luise schaute mich mit einem verständnislosen Blick von der Seite an. Ich sah es aus den Augenwinkeln. »Du betonst das so merkwürdig.«

»Sie hat mir eben erklärt, dass ihre Liebe für die gesamte

Menschheit reicht«, sagte ich und fühlte mich immer noch amüsiert dabei. »Ich finde das großzügig. Vielleicht hat sie gedacht, ich würde mich gern auf so einen großen Haufen werfen lassen. Aber das ist nicht mein Stil. Ich mag es individuell.«
Luise schien sprachlos, aber nicht lange. »Mir ist zu Ohren gekommen«, begann sie gedehnt, während ich auf das Dorf zufuhr, »da wäre etwas zwischen euch.«
Ich lachte leise. »Da siehst du, wie es gehen kann. Nicht jeder Klatsch entspricht den Tatsachen. Tut mir leid, wenn ich dich enttäusche, da ist nichts. Sie hat es ein paarmal versucht, aber so nötig habe ich es nicht. Ich habe nie viel von Secondhandware gehalten, die überlasse ich denen, die darauf angewiesen sind.«
Luise starrte mich an, schluckte einmal trocken, räusperte sich. Als sie redete, war es mehr ein heiseres Fauchen. »Secondhandware? Weißt du, was du da sagst? Aber betatschen darf man die Ware, was? Oder wie nennst du das, was du auf dem Ball mit ihr veranstaltet hast? Ich habe dich bisher für einen anständigen Menschen gehalten, Chris. Ich will dir lieber nicht sagen, wofür ich dich jetzt halte.«
»Du kannst mich halten, wofür du willst«, sagte ich. »Soll ich mich etwa für ein paar Tänze und einen Kuss zu lebenslanger Haft verurteilen lassen? Wenn ihre Familie meint, sie sollten diese heiße Feder so schnell wie möglich an den Mann bringen, sollen sie sich einen Dummen suchen. Es findet sich bestimmt ein Trottel, dem es nichts ausmacht, die Dorfprinzessin mit dem Rest der Menschheit zu teilen.«
Luise schwieg, ich sprach weiter: »Wenn ich mich danebenbenommen habe in der Nacht, kann man mir vielleicht zugutehalten, dass ich stark angetrunken und damit anfällig für offene Avancen war. Ich gebe zu, es hat nicht viel gefehlt und ich hätte mit ihr geschlafen. Ich habe es nicht getan und bin

froh darüber. Wie du sagst, sie ist ein liebes Mädchen, sie ist ein sehr junges Mädchen. Und so scharf wie eine Rasierklinge. Meinst du, neben so einer könnte ich in Ruhe alt werden? Ich möchte mich mit meiner Frau später auf der Straße sehen lassen können, ohne dass ein paar Männer steife Hälse kriegen.«
»Du arroganter Mistkerl!«, zischte Luise. »Wer, denkst du denn, bist du, dass du dir so etwas herausnehmen kannst? Wenn ich dich reden höre, sehe ich direkt deine Mutter vor mir.«
Luise schäumte vor Wut. So hatte ich sie noch nie erlebt.
Wir hatten das Haus erreicht. Der Motor war bereits abgestellt. In der Stille verfehlten die Worte ihre Wirkung nicht. »Denkt ihr überhaupt einmal darüber nach, was in anderen Menschen vorgeht? Nein, das habt ihr nicht nötig. Ihr tut, was ihr wollt. Wenn andere dabei auf der Strecke bleiben, was geht es euch an?«
Ich fand, sie ging entschieden zu weit. Ich fragte mich auch, was Mutter damit zu tun hatte. »Moment mal«, sagte ich, griff nach ihrer Schulter und zwang sie, mich anzusehen. »Ich weiß nicht, was man dir erzählt hat, aber ich kann schnell richtigstellen, wer beinahe auf der Strecke geblieben wäre. Dieses kleine Luder arbeitet mit üblen Tricks, um seinen Kopf durchzusetzen, das kannst du mir glauben. Soll ich dir erzählen, was sich tatsächlich abgespielt hat?«
Das tat ich, angefangen bei Sinas eindeutigem Angebot, über meine Ablehnung, bis zu ihrem Verschwinden mit diesem jungen Burschen. Wir saßen immer noch im Wagen. Als ich endlich fertig war, packte Luise den Türgriff, um auszusteigen. Aber vorher erklärte sie noch: »Du hast keine Ahnung, das ist alles, was man dir zugutehalten kann. Merk dir für die Zukunft eins: Ein Mädchen ist nicht gleich eine Hure, nur weil es sich mehr von seinen Gefühlen leiten lässt als von seinem Verstand. Ich weiß, was im Dorf geklatscht wird, und ich sage dir, es ist nichts dran. Aber wenn du dich lieber an das halten

willst, was ein paar Lästermäuler verbreiten, bitte, tu das. Aber dann geh ihr aus dem Weg. Spiel nicht mit ihr herum, wie du es mit Silvia tust. Du würdest es bitter bereuen. Und jetzt habe ich genug. Überleg dir genau, was du tun willst. Secondhandware!«

Sie schüttelte den Kopf mit einer Entrüstung, als sei der Ausdruck schlimmer gewesen als jede Gotteslästerung. Den ganzen Abend sprach sie kein Wort mehr mit mir. Auch am nächsten Morgen strafte sie mich noch mit Missachtung. Ich war ihr sogar dankbar. Ich hatte eine hässliche Nacht hinter mir.

Nur ein Traum! Es waren ja immer nur Träume. Aber dieser war neu gewesen. Nur zu Beginn hatte er Ähnlichkeit mit dem von der Mauer. Ich ging spazieren, am Waldrand vorbei, wo ich noch nie gewesen war, obwohl ich schon lange einmal dorthin hatte gehen wollen. Jetzt war ich da. Links der Wald, rechts der Graben, von dem Sina im Oktober gesprochen hatte.

Ich wusste, sie war in meiner Nähe. Ich hörte sie weinen. Aber ich sah sie nirgendwo und begann, sie zu suchen. Ich musste nur den Tönen folgen, diesem entsetzlich hilflosen Schluchzen, das mir alle Kraft nahm. Und dann sah ich sie. Sie lag im Graben, die Beine gespreizt und blutig, das Gesicht verzerrt, über ihre Stirn lief ein breiter roter Bach.

Sie war nicht allein. Vater kniete bei ihr, hielt ihren Kopf im Schoß, tupfte hilflos und verzweifelt an einer klaffenden Kopfwunde herum. Vater bemerkte mich nicht sofort. Sein Blick war auf ihre Lippen gerichtet, die sich abmühten, ihm noch etwas zu sagen.

Er beugte sich tiefer über ihr Gesicht, weil sie nur ein Flüstern zustande brachte. Ich verstand nichts davon, hörte nur Vaters Stimme, als er ihr antwortete. Er sprach spanisch. Und obwohl ich diese Sprache nicht beherrschte, verstand ich jedes Wort. »Nein«, sagte Vater, »nein, du bist keine Hure. Ich muss es doch wissen.«

Dann bemerkte er meinen Schatten, hob den Kopf, schaute mich an und schrie: »Was hast du gemacht? Warum hast du ihr das angetan?«

Ich wollte mit Sebastian reden. Ich musste mit einem Menschen reden. Auch wenn er es ablehnte, sich am Dorfklatsch zu beteiligen, hin und wieder war doch etwas von ihm zu erfahren. Ich wollte so tun, als sei mir etwas zugetragen worden. Eine mysteriöse Andeutung über ein Verbrechen. Eine Vergewaltigung. Ein dreizehnjähriges Mädchen und ein junger Lehrer, den man anschließend aus dem Dorf gejagt hatte. Kurzen Prozess gemacht, um dem armen Kind einen langen zu ersparen. Es musste eine Erklärung geben für meine zwiespältigen Gefühle, die wüsten Träume, für Sinas Verhalten und ihre Tränen.
Gleich am ersten Schultag machte ich einen Versuch. Morgens hatten wir nicht viel Zeit für ein persönliches Gespräch. Ich kam nur dazu, anzudeuten, dass ich in der Pause unbedingt mit ihm sprechen müsse. Sebastian grinste: »Das kann ich mir denken; na, dann bis später.«
Er ging in seine Klasse. Ich stand noch auf dem Korridor und wunderte mich über seinen Ton. Silvia und Gerda Hilbig kamen an mir vorbei. Die Hilbig hatte einen Arm um Silvias Schultern gelegt, sprach auf sie ein und warf mir einen giftigen Blick zu. Silvia sah aus, als habe sie geweint.
In der Pause sagte Sebastian mit einem Grinsen, noch bevor ich den Mund aufmachen konnte: »Ich habe gehört, man kann gratulieren.«
»Wozu?«
Sein Grinsen verstärkte sich, sein Ton heuchelte Erstaunen. »Ach? War es gar nicht das, was du mir so dringend sagen musstest? Weißt du etwa noch nichts von deinem Glück? Ja, so ist das hier. Meist erfahren die Betroffenen zuletzt, welche Pläne sie für die Zukunft haben.«

»Würdest du dich bitte etwas deutlicher ausdrücken.«
Da wurde er ernst. »Pass ein bisschen auf dich auf, Chris. Ich meine, es ist eine Sache, sich mit der Dorfprinzessin zu amüsieren. Aber es ist eine ganz andere Sache, so ein Herzchen zu heiraten.«
Er schaute mich an, als erwarte er heftigen Protest. Ich war zu verblüfft, um auf Anhieb zu reagieren. Er nickte bitter. »Es ist also doch was dran an dem, was die Hilbig heute Morgen erzählte. Na ja, es ist mir im Oktober schon aufgefallen. Es war auch nicht zu übersehen. Aber ich dachte mir, wenn sich das halbe Dorf mit ihr amüsiert, warum soll Chris nicht auch einmal den Unterschied zwischen heiß und kalt erleben dürfen. Minderjährig ist sie nicht mehr, ihm kann nicht viel passieren. Und er ist Mann genug, er wird wieder zur Vernunft kommen. Dass du so weit gehst, damit habe ich nicht gerechnet. Sag mal, hast du den Verstand verloren? Ich bestreite nicht, dass es eine heiße Sache ist, einen Vulkan anzubohren. Aber auf einem Vulkan sollte man nicht sein Zelt aufschlagen.«
»Ich habe den Vulkan nicht angebohrt«, protestierte ich endlich.
»Nicht? Willst du mich auf den Arm nehmen? Aus welchem Grund bist du dann hinter ihr hergerannt wie ein junger Hund? Entschuldige den Vergleich, Chris, aber für mich sah das jedes Mal so aus, als hättest du heftig mit dem Schwanz gewedelt.«
»Ich habe sie nicht angerührt.«
Er grinste. Und glaubte mir kein Wort. »Na, du musst es ja wissen. Manchmal erzielt man auch bessere Erfolge, wenn man sich ein bisschen ziert. Sie erzählt jedenfalls im Dorf, du würdest sie heiraten.«
»Bist du sicher, dass sie es erzählt?«
Er zuckte mit den Achseln. »Mir hat sie es nicht erzählt. Und der Hilbig wahrscheinlich auch nicht. Von wem die es gehört hat, hat sie nicht gesagt.«

»Ich glaube«, sagte ich, »ich sollte ihr endlich mal eins aufs Maul geben.«
Sebastian grinste wieder. »Der Hilbig oder Sina?«
»Der Hilbig.«
Und Sebastian pfiff leise durch die Zähne. »Der edle Ritter und die Unschuld vom Lande. Mir kannst du nichts vormachen, Chris. Das Kätzchen hat dich tüchtig eingewickelt. Dich hat's erwischt. Hast du wirklich noch nie mit ihr geschlafen?«
Ich schüttelte den Kopf
»Aber du würdest gerne, was?«
Ich fühlte mich plötzlich müde, ausgelaugt, erschöpft. »Ich weiß es nicht.«
Sebastian seufzte. »Liebst du sie?«
»Ich weiß es nicht. Ich weiß wirklich nicht, ob das, was ich für sie empfinde, etwas mit Liebe zu tun hat. Ich weiß nicht, woran ich mit ihr bin und was ich von dem Gerede im Dorf halten soll. Du sprichst auch immer vom halben Dorf. Wer ist denn das halbe Dorf? Nenn mir doch einmal ein paar Namen.«
»Unseren Vorgänger«, sagte Sebastian. »Andreas Maus. Ich habe zwar nicht mit eigenen Augen gesehen, dass sie was mit ihm hatte. Aber wenn das nicht der Fall gewesen wäre, hätten sie ihn kaum in die Wüste geschickt.«
»Vielleicht hat er Glück gehabt, dass er nur in die Wüste und nicht in den Knast geschickt wurde. Auch wenn ich nicht zu Ende studiert habe, weiß ich, dass auf Vergewaltigung ein paar Jahre stehen.«
Sebastian betrachtete mich unentschlossen, murmelte: »Vergewaltigung.« Etwas lauter fragte er: »Chris, wer hat dir den Floh ins Ohr gesetzt, Sina? Benutz deinen Verstand! Glaubst du, Maus wäre ungeschoren davongekommen, wenn er sie vergewaltigt hätte? Hackfleisch hätten sie aus ihm gemacht.«
»Na schön«, sagte ich. »Aber Maus ist nur *ein* Name.«
Sebastian hob die Schultern. »Nach dem Rest solltest du die

Hilbig fragen. Aufs Maul schlagen würde ich sie an deiner Stelle nicht. Ein eifersüchtiges Weib ist als Spion nicht zu verachten. Und sie hat einen guten Draht zu den Leuten hier. Sie erfährt hundertmal mehr als unsereins.«

Für ihn war die Sache damit erledigt. Für mich nicht. Ich fand, ich sollte zumindest feststellen, wo das Gerücht Hochzeit seinen Ursprung genommen hatte und noch ein bisschen darüber hinaus. Etwas über Andreas Maus und seine eventuellen Nachfolger. Etwas über Tränen und Träume.

Nachmittags rief ich auf dem Birkenhof an. Ria war am Telefon, und kaum hatte ich meinen Namen genannt, bedauerte sie: »Tut mir leid, Sina ist im Moment nicht da. Ich werde ihr ausrichten, dass Sie angerufen haben. Sie ruft bestimmt zurück.« Das tat sie nicht. Ich probierte es am nächsten Tag noch einmal, wieder ohne Erfolg.

Drei Wochen lang sah und hörte ich nichts von ihr. Auch nachts nicht. Drei Wochen lang hatte ich Silvia vor Augen. Ihren Schock auf Gerda Hilbigs Botschaft überwand sie rasch. Mit dem feinen Instinkt einer Frau schien sie zu spüren, dass es nicht so war, wie behauptet wurde. Drei Wochen lang ließ sie mich spüren, dass sie nur auf ein Wort wartete. Drei Wochen lang sah ich mich im Geist neben ihr auf einer Couch vor dem Fernseher sitzen. Alt und grau geworden, aber zufrieden. Ein Mann, der sich, wenn auch nur im Traum, ausgelebt und noch rechtzeitig begriffen hatte, dass er nicht auf glühendem Boden tanzen konnte, ohne sich die Füße zu verbrennen. Drei Wochen lang – ich hatte es beinahe geschafft.

Dann traf ich Sina Anfang Februar im Dorf, als ich für Luise eine Besorgung machte. Ich verließ mit einer Tüte Lebensmittel den Laden, und sie stand draußen, als habe sie auf mich gewartet.

»Du wolltest mich sprechen, Chris?«

»Das war vor drei Wochen«, sagte ich ruhig, beherrscht, wie-

der ganz und gar der Mann, der ich sein wollte und früher auch gewesen war. »Warst du nicht da?«
»Doch, aber ich dachte …« Sie brach ab, zuckte mit den Schultern. »Was wolltest du mir denn sagen?«
»Es ist nicht mehr wichtig. Ich wollte nur ein paar Dinge mit dir klären. Aber ich glaube, sie haben sich von selbst erledigt.«
Auf meinen letzten Satz ging sie nicht ein. »Muss man alles klären, bevor es geschieht?«, fragte sie. »Kann man die Dinge nicht auf sich zukommen lassen? Ausweichen kann man ihnen nicht. Du und ich, Chris, da ist schon alles gesagt worden.«
»Nicht von uns«, widersprach ich. »Ich erinnere mich nicht, mit dir über Hochzeit gesprochen zu haben. Ich war ziemlich erstaunt, als ich davon hörte.«
Sie zuckte mit den Schultern. »Gehen wir ein Stück, ja?« Sie hielt den Kopf gesenkt, die Hände tief in den Taschen ihres grauen Mantels vergraben. »Ich kann es nicht ändern, dass im Dorf geredet wird. Es tut mir leid, wenn es dich stört.«
Wir erreichten das Haus. Sie folgte mir bereitwillig hinein. Luise war nicht daheim. Für ein klärendes Gespräch konnten die Umstände nicht günstiger sein. Ich war ein freier Mann. Ich musste nur wollen, und ich wollte – den dicken Strich ziehen.
Sie ging ins Wohnzimmer, schien sich auszukennen. Ohne den Mantel abzulegen, setzte sie sich auf die Couch. Ich brachte rasch die Lebensmittel in die Küche und setzte mich ihr gegenüber in einen Sessel. Realistisch betrachtet war sie nur ein verwöhntes Kind, dem nie ein Wunsch abgeschlagen worden war, das es nie gelernt hatte, ein Nein entgegenzunehmen. Aber einmal musste sie es lernen.
»Mich stört nicht das Gerede an sich«, begann ich. »Ich denke, das wird sich mit der Zeit geben. Bisher ist zwischen uns nichts passiert. Wenn man davon absieht, dass wir uns einmal

geküsst haben. Und da waren wir beide betrunken. Wenn wir nüchtern sind, benehmen wir uns nicht wie ein verliebtes Paar. Mit der Zeit wird das auch dem letzten Trottel hier auffallen, da bin ich sicher.«

Sie lächelte spöttisch. »Darauf würde ich mich an deiner Stelle nicht verlassen, Chris. Wenn ich mich nicht verzählt habe, haben uns fünf Leute ins Haus gehen sehen. Jeder von den fünf weiß, dass Luise nicht da ist. Warum kommst du nicht einfach her? Setz dich neben mich auf die Couch. Ich ziehe meinen Mantel aus, und dann sehen wir weiter. Ich bin nüchtern, Chris. Du bist es auch. Wir können schnell feststellen, ob es nur am Bier lag.«

Ich blieb, wo ich war. Ihr Lächeln wurde intensiver. »Soll ich dir sagen, warum du nicht herkommst? Du weißt genau, wie es sein wird. Du weißt auch, dass du danach nicht mehr ruhig sein kannst. Du müsstest immerzu an das nächste Mal denken. Du müsstest nachts an deinem Fenster stehen, zu uns hinausschauen und beten, dass ich allein in meinem Bett liege. Warten wir lieber ab, bis du deiner Sache sicher sein kannst. Und bis dahin, Chris, träumen wir nur ein bisschen. Oder bist du damit nicht zufrieden?«

»Nein«, sagte ich. »Dafür träume ich zu selten.« Es war dasselbe Gefühl wie in der Scheune. Mir wurde der Hals trocken. Sie wusste es. Sie wusste es nicht nur, sie tat es. Warum sie es in den drei Wochen nicht getan hatte … Vielleicht brauchte sie ab und zu ein bisschen Erholung. Vielleicht hatte sie gedacht, sie sollte mir eine Pause gönnen.

»Das ist dumm«, sagte sie. »Aber das lässt sich bestimmt ändern. Wenn man ruhig ist und entspannt zu Bett geht, kommen die schönen Träume meist von allein. Bei mir tun sie es. Versuch es einmal mit meiner Methode: Schalt die Gedanken ab und lass dich treiben …«

Als ich nicht antwortete, fragte sie nach ein paar Sekunden:

»Kann ich jetzt gehen, Chris, oder willst du noch mehr klären?«
Noch eine Menge mehr. Nur brachte ich kein Wort über die Lippen. Ich stand ebenfalls auf und brachte sie zur Tür. Bevor sie ging, stellte sie sich auf Zehenspitzen und hauchte mir einen Kuss auf den Mundwinkel. »Armer Chris«, flüsterte sie. »Es ist nicht einfach, ich weiß das. Es ist verwirrend. Ich bin auch verwirrt, glaub mir. Aber wir schaffen das schon, wir haben ja Zeit.«
Dann ging sie. Ich schaute ihr nach, sah sie kleiner und kleiner werden und verschwinden. Ich wäre ihr gerne nachgerannt, aber ich ging ins Haus zurück, setzte mich auf die Couch, auf den Platz, auf dem sie vorher gesessen hatte. Er war noch warm. Ich legte den Kopf zurück und schloss die Augen.

Alles blieb, wie es war. Ich kam nicht los von ihr. Es war idiotisch. Mein Verhalten, meine Gefühle, das ständige Schwanken. Den einen Tag wollte ich sie, den anderen nicht. Die eine Nacht hatte ich sie, die andere weinte sie mir etwas vor oder ließ mich von der Mauerkrone ins Nichts fallen.
Sie kam wieder regelmäßig zur Schule. Aber ob sie wegen mir kam oder nur die Kinder abholen wollte, ließ sich nie feststellen. Ich war immer schnell neben ihr. Den einen Tag, weil ich ihre Nähe brauchte. Den anderen, weil ich ihr sagen wollte, sie solle nicht mehr kommen, nicht wegen mir. Und jeden Tag gingen wir bis zur Straßenecke, ohne ein Wort miteinander gesprochen zu haben.
Wenn ich mich einmal mit etwas anderem beschäftigte, dann mit der Angst, beruflich zu versagen. Meine Probezeit ging dem Ende zu. Drei Besuche des Schulrates hatte es in den vergangenen Monaten gegeben. Von dem Eindruck, den ich dabei gemacht hatte – gut kann er nicht gewesen sein –, von Dal-

lings Beurteilung und einer noch zu schreibenden Arbeit hing meine weitere Beschäftigung als Lehrer ab.
Sebastian kam häufig am Nachmittag vorbei und half mir, so gut er konnte. Ich war fahrig und unkonzentriert. Nach dem Grund musste er mich nicht fragen. Den registrierte er täglich um die Mittagszeit. Aber von ihm hörte ich nie eine spöttische Bemerkung über den Hampelmann, der hüpfte, wenn das Hexchen an der Schnur zog. So drückte Gerda Hilbig es aus, auch wenn ich dabei war.
Ende März schaffte ich wider Erwarten die zweite Prüfung für das Lehramt, wenig später kam die Mitteilung, dass ich in Kirchfelden bleiben sollte. Ich hätte aufatmen können. Aber Hampelmänner atmen nur, wenn das Hexchen an der Schnur zieht. Es gab Momente, in denen ich begriff, dass es keine andere Lösung gab als die Flucht. Dalling um meine Versetzung bitten. Nur blieb es beim Begreifen.
Es war Sebastian, der diesem unerträglichen Zustand ein Ende machte. Er kam an einem Montagnachmittag Anfang Mai. Luise verließ das Haus, um den üblichen Besuch bei ihrer Schwägerin Marthe zu machen. Bevor sie ging, versorgte sie uns mit Kaffee und Streuselkuchen. Wir setzten uns auf den Hof in die Sonne. Es war ein für Mai sehr warmer Tag.
Sebastian nahm sich ein Stück Kuchen auf seinen Teller, goss sich Kaffee ein und meinte lässig: »Lass mich das in Ruhe genießen, Chris. Danach erzähle ich dir, was die Hilbig ausgegraben hat. Es ist eine wüste Geschichte, gruselig und blutrünstig. Wenn du sie hörst, wirst du dich über nichts mehr wundern.«
»Was für eine Geschichte?«
»Lass mich doch erst essen«, sagte Sebastian und biss ein Stück von seinem Kuchen ab. Er ließ sich Zeit, es genüsslich zu kauen und zu schlucken, ehe er fragte: »Weißt du, wo Sinas Eltern sind?«

»Ihr Vater ist tot.«
Sebastian nickte. »Ja, das sagte die Hilbig auch. Weißt du auch, woran er starb und was anschließend aus ihrer Mutter wurde?«
Als ich den Kopf schüttelte, meinte er bedächtig: »Dann frag mal die Hilbig. Sie behauptet, Sinas Vater wurde ermordet, von seiner geliebten Frau. Allerdings starb der arme Mann nicht von ihrer Hand. Ein Mord auf Bestellung, von einem treu ergebenen Diener ausgeführt. Soll ein munteres Persönchen gewesen sein, ihre Mutter.«
»Hübsche Geschichte«, sagte ich.
Sebastian hob eine Hand. »Sie wird noch hübscher. Um es vorwegzunehmen: Sina ist aus dem gleichen Holz geschnitzt wie ihre Mutter. Sagt die Hilbig. Du glaubst es vielleicht nicht, Chris, aber unsere gute Gerda ist aufrichtig besorgt um dich. Eines Tages wird es Blut und Tränen geben.«
Grinsen konnte ich nicht, ich hätte es gerne getan. Aber mir gelang nur ein flüchtiges Nicken.
»Sinas Mutter soll außergewöhnliche Fähigkeiten gehabt haben«, fuhr Sebastian fort. »Ein paar von den Alten hier vertreten die Ansicht, sie sei vom Himmel herabgestiegen. Aber die sind in der Minderheit. Der große Rest ist überzeugt, sie kam aus der entgegengesetzten Richtung. Wie auch immer, sie war nicht von hier, und man hat sie mehrfach bei seltsamen Ritualen am Waldrand beobachtet. Sie soll mit kleinen Püppchen gespielt haben. Wachspüppchen, du weißt schon. Man steckt Haare hinein und Fingernägel, dann kann man das Opfer nach Belieben durchkneten. Damit ist eindeutig bewiesen, sie hat die Dorfbewohner verhext. Aber sie beschränkte sich auf die, die Hosen trugen. Sie trug nie eine, sagt die Hilbig, und die muss es wissen. Ich nehme an, ohne Unterwäsche konnte sie sich schneller mit frischen Zauberstäben versorgen. Hexen brauchen regelmäßig frische, daraus ziehen sie neue Kraft.«

Er machte eine kurze Pause, grinste, aber nur flüchtig. »Sie muss im Dorf einen regelrechten Krieg angezettelt haben. Da sollen auch Auswärtige kräftig mitgemischt haben. Als ihr Mann auf mysteriöse Weise starb, verschwand sie.«
Ich wusste nicht, was ich antworten sollte. Es war ziemlich warm auf dem Hof. Wir saßen direkt in der Sonne. Aber mich fröstelte, weil ich gleichzeitig in einem langen, kühlen Korridor stand, vor einer Ahnengalerie, vor einem leeren Fleck auf der Wand, vor Sina, die flüsterte: »Ich glaube, sie haben es verbrannt.«
Was hätten sie auch sonst damit tun sollen? Es hängen lassen? Bestellter Mord! Das war noch real. Der Rest war Humbug. Nur konnte ich nicht darüber lachen. Außergewöhnliche Fähigkeiten! Ein Hexenkind, das durch Mauern in fremder Leute Schlafzimmer gehen konnte.
Sebastians Stimme kam wie durch Watte gedämpft. »Ihr Vater liegt hier auf dem Friedhof. Ein paar sind der Meinung, ihre Mutter sei auch tot. Die Birkenfelds hätten kurzen Prozess mit ihr gemacht und sie irgendwo auf dem Hof verscharrt. Ich halte das für möglich. Aber Gerda Hilbig ist überzeugt, dass Sinas Mutter lebt. Auf dem Birkenhof. Von dort aus unterstützt sie ihr Töchterlein mit schwarzer Magie beim Männerfang.«
Ich sah, dass er sich im Sessel zurücklehnte, sah sein Grinsen, hörte seine Stimme: »So, nun weißt du, was mit dir los ist. Warum du der Kleinen nachrennst, obwohl sie dich bisher nicht einmal hat schnuppern lassen. Du bist verhext worden, Chris. Eine simple Methode, aber wie man sieht, sehr wirkungsvoll. Hast du vielleicht mal ein kleines Wachspüppchen bei Sina gesehen? Hat sie dir an den Fingernägeln geknabbert oder dir ein paar Haare vom Kopf gezupft? Denk gründlich nach! Wenn dir was in dieser Richtung einfällt, ist höchste Vorsicht geboten. Solange sie dich völlig unter Kontrolle hat, wird dir nicht viel passieren. Aber wehe, du gibst auf irgendeine Weise zu er-

kennen, dass du noch selbstständig denken kannst! Du könntest, ehe du dich versiehst, ein toter Mann sein. Sie muss nur eine Nadel in das Püppchen stechen.«

Ich muss wohl aufgestöhnt haben. Sebastians Hand lag plötzlich auf meinem Arm. Er saß vorgebeugt und schaute mich an. Der Kaffee war kalt geworden; auf dem Streuselkuchen tummelten sich ein paar Fliegen. »Chris«, fragte er, »um Gottes willen, verstehst du keinen Spaß mehr?«

Als ich ihm nicht antwortete, sagte er leise: »Ja, ich weiß. Für dich ist das kein Spaß. Ich weiß, wie dir zumute ist. Glaub mir, ich weiß es! Sie müssen pures Heroin in ihrem Döschen haben, anders ist das nicht zu erklären. Einmal reingestoßen, und du hängst fest. Irgendwann merkst du, dass du süchtig bist und nur noch mit dem Schwanz denken kannst. Du kämpfst dagegen an. Aber das ist zwecklos, Chris. Glaub mir, es ist nur Kraftvergeudung. Heb dir die Kraft lieber für das Kätzchen auf. Solange du es gut fütterst, ist alles in Ordnung. Dreimal am Tag das Näpfchen gefüllt, und es schnurrt friedlich am heimischen Herd. Erst wenn die Mahlzeiten ausbleiben, geht es wieder auf die Jagd.«

»Du hast keine Ahnung, wie mir zumute ist. Ich habe das Kätzchen noch nie gefüttert. Glaub es oder lass es. Es ist die Wahrheit.«

Für Sekunden war Sebastian sprachlos. Seine Miene war ein Wechselspiel zwischen Ungläubigkeit und Unbehagen. Er lachte. Es war nur ein trockener Laut. »Ja, dann hat die Hilbig wohl recht.«

Als ich schwieg, sagte er: »Und was machen wir nun? Es wird sich doch irgendwo ein Gegenzauber auftreiben lassen. Wir könnten ein Pentagramm auf die Straße zeichnen. Das wird sie abhalten, noch mal zur Schule zu kommen. Und zusätzlich sollten wir es mit einem Spiegel versuchen. Das ist ein einfacher, aber sehr wirksamer Zauber. Du stellst dich vor den Spie-

gel und sagst: ›Es ist aus, Sina.‹ Du musst es dreimal sagen. Es muss am Ende flüssig über die Lippen kommen.«
»Das funktioniert nicht«, sagte ich. »Das habe ich schon probiert.«
Er beugte sich vor, ernst und ruhig jetzt: »Ich weiß noch einen anderen Spruch, und der funktioniert. Für den brauchst du zwei schlichte goldene Ringe. Einen davon steckst du an deinen Finger, den anderen kriegt Silvia. Ich bin sicher, sie hilft dir mit Freuden aus der Klemme. Dann musst du nur noch laut und deutlich ins Telefon sagen: ›Ich habe mich mit Silvia Henschel verlobt.‹ Tu es, Chris! Wenn du es nicht tust, wenn du so weitermachst und ihr eines Tages doch noch unter den Rock greifst, wird sie dich mit Haut und Haaren fressen. Du hast keine Ahnung, was es heißt, solch einem Geschöpf wirklich hörig zu sein.«

Tu es, Chris! Ich wusste, dass ich es tun musste. Ich wusste nur nicht wie. Den Dienstag und den Mittwoch versuchte ich es mit dem Spiegelzauber. Donnerstags fühlte ich mich wie ein Idiot. Den Freitag und den Samstag probierte ich es ohne Spiegel und fand, sie hatte mehr verdient als nur vier Worte. Und nachts träumte ich. Fünf Nächte hintereinander saß ich auf der Mauerkrone, fiel mit blutenden Händen ins Nichts. Die Nacht zum Sonntag war friedlich.
Am Sonntag morgen war ich so weit. Innerlich gefestigt, wie man so schön sagt, äußerlich ruhig. Ich rief auf dem Birkenhof an und traf die erste richtige Verabredung mit ihr. Kurz nach Mittag holte ich sie zu einem Spaziergang ab. Ich wollte es draußen klären, wo sie Gelegenheit hatte, ihrer Wut, Enttäuschung, Trauer, ihrem Schmerz oder was immer sie sonst unter dem Schlussstrich empfinden mochte, freien Lauf zu lassen.
Es war ein milder und sonniger Tag. Sie trug eine hellgraue,

ärmellose Bluse und einen wadenlangen, weit geschnittenen Rock aus leichtem Stoff. Jeder noch so sanfte Windhauch presste ihn gegen ihre Schenkel, zeichnete die Konturen nach und machte mir den Mund trocken. Ich konnte nicht hinsehen. Und nicht reden. Aber wir hatten ja Zeit, den ganzen Nachmittag.

Wir schlenderten nebeneinander durch die Felder, ohne uns zu berühren. Nicht einmal zur Begrüßung hatte sie mir die Hand gereicht. Nur gelächelt hatte sie. Ich hörte ihre Schritte neben mir. Und ging im Geist die Abschiedsszene durch, betete mir die Sätze vor wie ein Gebet um Erlösung. Ein bestimmtes Ziel hatte ich nicht. Nach mehr als einer Stunde erreichten wir die offene Scheune, bei der ich sie im Oktober getroffen hatte. Das Feld war nicht bestellt worden. Sina zog ihre Schuhe aus und lief behände über die Reste von Stroh zu einer offenen Kutsche. Ein altes, verstaubtes Gefährt, das jemand hier abgestellt hatte, damit es anderswo aus dem Weg war. Sie kletterte hinein und schaute auf mich herab.

»Sag schon, was du sagen willst, Chris.«

Gedankenübertragung, dachte ich, aber nur flüchtig. Oder vom Himmel herabgestiegen. Das musste es sein. Wie sie da vor mir saß, ein Geflimmer von Sonne und Staub um den Kopf, war sie nicht real. Ein Traum in hellem Grau, nur eine Wolke.

Sie nickte. »Es ist gut, Chris. Geh einfach. Geh heim, setz dich in dein Auto und fahr nach Arnberg. Du brauchst nur an ihrer Tür zu klingeln, sie wird sich freuen, dass du kommst. Ich wünsche dir viel Glück mit der Lehrerin.«

Ihre Stimme war sanft, klang fast, als sei sie erleichtert, dass es nun vorbei war. Ich stand da und konnte nicht begreifen, was sie gesagt hatte, bis sie es wiederholte: »Es ist gut, Chris. Du kannst jetzt gehen.«

Ich hätte ihr dankbar sein müssen, dass sie es mir so leicht

machte. Sie hatte mir die Worte aus dem Mund genommen. Warum ging ich nicht? Weil ich plötzlich wusste, was uns miteinander verband, kein Humbug, keine Wachspüppchen. Etwas Gewaltiges, Allumfassendes. Nicht die Welt, die war vergänglich. Es war die Zeit, nur die war ewig. In all den Monaten hatte sie mir gehört. Ich hatte darüber verfügen können, wie es mir passte. Ich hatte mir selbst ein paar Stücke aus der Zukunft schneiden dürfen.
Nur war die Zeit an Sina gebunden, an ihr Wort »sicher«. Nicht eine Minute hatte mir allein gehört. Sie hatte mir ein wenig abgegeben. Nur so viel, wie ich brauchte, um zufrieden zu sein. Diesen kleinen Teil nahm sie mir nun fort. Damit verloren alle Minuten, die ich selbst besaß, ihren realen Wert.
Sie wurden schal wie Weinreste in einem Glas. Nutzlos wie ein verbrauchter alter Mann auf einer Couch, der sich für die falsche Frau entschieden hatte und der nie erlebten Einmaligkeit nachtrauert.
Ich war mitten in meinen Traum. Saß rittlings auf der Mauerkrone, stürzte mit zerschnittenen Händen ins Nichts, fiel zurück in die Gegenwart der Normalsterblichen, ohne Halt im Morgen, ohne Rückhalt im Gestern. Ein Mensch ohne Ewigkeit. Und ich handelte wie ein Mensch ohne Zeit.
Mit einem Satz war ich bei ihr in der Kutsche, ließ mich neben sie auf die staubige Sitzbank fallen und hatte sie im nächsten Moment auch schon unter mir. Ich drückte ihr mit einem Knie die Beine auseinander, fühlte Stoff unter den Händen. Er gab nach. Dann fühlte ich Haut, warme, lebendige Haut. Ich war überall und nirgendwo gleichzeitig.
Sie wehrte sich, das weiß ich noch. Und ich weiß auch, dass ich für den Bruchteil einer Sekunde dachte, mit Andreas Maus müsse es so ähnlich gewesen sein. Aber ich würde ihr nicht den Schädel einschlagen dafür. Ihre Fäuste schlugen auf meinen Rücken ein, ihre Zähne gruben sich in meine Schulter. Sie

bäumte sich auf, versuchte auszuweichen und schrie, als ich unvermittelt in sie eindrang: »Nein! Nicht! Nicht! Tu es nicht, Chris, tu es nicht.« Dann schluchzte sie auf und lag still.

Alles wurde bedeutungslos. Da war nur noch ihr Körper. Ein Grab, in das ich bei lebendigem Leib hineinfiel. Der Boden, in den ich mit Gewalt die Wurzeln trieb. Und aus eigener Kraft konnte ich mich nicht mehr befreien. Endlich kam sie mir entgegen, langsam, bedächtig, rhythmisch. Die Fäuste öffneten sich, glitten an meinen Hüften hinunter, hielten mich fest. Ihr Körper spannte sich erneut, nicht mehr, um mir auszuweichen. Sie stieß einen kleinen, heiseren Schrei aus, dann lag sie wieder still. Innerlich war ich fast verbrannt, mein Kopf war leer. Ich hörte sie flüstern: »Warte, bleib so. Lass mir noch einen Moment Zeit.«

Mit beiden Händen stützte ich mich auf der Bank ab und schaute auf sie hinunter. Zuerst sah ich nur ihr Gesicht. Es war blass und von einer Unzahl winziger roter Flecken übersät. Die Augen fest zusammengekniffen, der Mund leicht geöffnet. Jeder Muskel in ihrem Innern zog sich zusammen und hielt mich fest. Die Hände auf meinen Hüften öffneten sich. Während sie die Handballen gegen mein Fleisch drückte, bogen sich die Finger wie in einem Krampf nach hinten. Ihr Gesicht verzerrte sich. Sie warf den Kopf hin und her. Dann kam etwas wie ein Klagelaut über ihre Lippen. Ihr Atem ging immer noch stoßweise, aber es war vorbei.

Die Seidenbluse war zerrissen, ebenso das Höschen, das sie getragen hatte, ihr Rock war schmutzig und hinaufgeschoben bis zum Hals. Ich hätte weinen mögen vor Scham. Langsam hob sie beide Arme und legte sie um meinen Hals, zog meinen Kopf zu sich herunter und hielt ihn an ihrer Schulter fest.

»Es tut mir leid«, stammelte ich. »Das habe ich nicht gewollt.«

»Pst«, machte sie. »Sag das nicht. Sag das nie mehr. Ich will nicht, dass du lügst.« Dabei strich sie mit einer Hand über meinen Rücken, die andere schob sie in meinen Nacken, zog meinen Kopf zu sich hinunter und küsste mich. »Wenn du es nicht gewollt hättest, hättest du es nicht getan. Du musst dich nicht schämen, Chris. Du musst nur etwas vorsichtiger sein beim nächsten Mal.« Sie hielt mich immer noch fest, nur ganz allmählich lockerte sich der eiserne Griff ihrer Muskeln.

Später half ich ihr, die Kleidung notdürftig in Ordnung zu bringen. Sie band die zerrissene Bluse wie ein Tuch über den Brüsten zusammen. »Schade«, sagte sie, »das wird man nicht mehr flicken können.« Auch der Rock hatte seitlich einen langen Riss. Aber da war sie zuversichtlich. »Das ist nur die Naht, das kann Astrid nähen. Sie ist sehr geschickt.«

Um das Höschen kümmerte sie sich nicht. Das steckte ich in die Tasche, damit es nicht liegen blieb und irgendwann von Dorfbewohnern gefunden wurde.

Aus lauter Verlegenheit zog ich sie an mich. Sie legte einen Arm um meine Hüften, so gingen wir zurück, langsam und zögernd. Jetzt fürchtete ich die Blicke, die Vorwürfe, die es unweigerlich geben musste.

»Nicht feige sein, Chris«, meinte sie. »Es wird dir niemand den Kopf abreißen.«

Als wir die Mauer erreichten, stand einer der Torflügel offen. Frank war im Hof beschäftigt. Er hob den Kopf, als er unsere Schritte hörte. Aber er grüßte nur freundlich und tat, als habe er keine Augen im Kopf.

Sina ging auf das erste Haus zu, durchquerte die Halle und stieg die Treppen hinauf. Ich folgte ihr. Oben auf dem Flur öffnete sie eine Tür und ließ mich eintreten. Das Zimmer eines Mädchens, das gerade erst den Kinderschuhen entwachsen ist. Die Wände waren in einem hellen Blau gestrichen, Schränke, Tisch und Sessel waren weiß, ebenso das Bett. Auf einem Regal noch ein wenig Spielzeug aus früheren Jahren. Auch zwei Püppchen. Aus Wachs waren sie nicht.

Eins war aus Porzellan, ein kostbares kleines Ding in einem aufwendigen Kleidchen. Das andere war aus Stoff. Schwarze Wollfäden auf dem Kopf umrahmten ein Gesicht, das eindeutig einen Mann darstellte. Ich erkannte ihn, obwohl ich sein Bild nur einmal gesehen hatte. Richard, ihr Vater. Da hatte sich jemand sehr viel Mühe gegeben, ihr einen Ersatz zu beschaffen. Richard trug einen Anzug, sogar ein weißes Hemd darunter, und sah arg zerrupft aus. Als hätte er unendlich viele Nächte in ihrem Bett verbringen müssen.

Ich weiß nicht, ob es Mitleid war oder etwas anderes, was mich beim Anblick der Puppe überfließen ließ. Ich verstand mit einem Mal so viel. Ich verstand, was sie bei mir suchte.

Sie ging zum Bett, streifte die Schuhe von den Füßen, ließ den Rock folgen, löste den Knoten der Bluse. »Möchtest du zuerst ins Bad gehen, Chris?«

Ich schüttelte stumm den Kopf. Sie setzte sich, ließ sich langsam zurückfallen und streckte die Hände nach mir aus. »Dann komm her. Zeig mir, dass du auch zärtlich sein kannst.« Es war eine Forderung, sie duldete keinen Widerspruch. Und es war einfacher, nicht mehr zu denken, nur noch zu tun, was sie verlangte. Ihr zu geben, was sie brauchte.

Ich legte mich neben sie. Zuerst konnte ich nichts weiter tun, als mit einem Handrücken über ihre Haut zu streichen. Dabei ließ ich ihr Gesicht nicht aus den Augen. Anfangs schien sie noch ängstlich, dann wirkte sie entspannt und zufrieden. Ich hätte weinen und lachen können. Auch dann noch, als ich mit den Fingerspitzen in ihrem Haar wühlte. Da war keine Narbe, da war nichts. Und ich war erleichtert. Flüchtig fiel mir ein, was Sebastian über Hörigkeit gesagt hatte. Mit Haut und Haaren gefressen. Das war ich nicht. Ich war nur glücklich.

An einer zugigen Straßenecke, durchnässt bis auf die Haut, es war ein paar Monate her, dass ich sie so gesehen hatte.

Dabei hatte ich gedacht, Mutter müsste sie so sehen. Nun dachte ich es wieder. Mutter müsste sie so sehen. Genau so, wie sie jetzt war. Wieder in einem hellen Grau, Seide, vermutete ich. Die Füße in eleganten, hochhackigen Pumps, eine schmale, kostbar wirkende Goldkette um den Hals. Das Haar gepflegt, duftend und von Ria in eine modische Form gebracht. Mit einem dezenten Make-up auf der sonnenbraunen Haut. Eine junge Dame, selbstbewusst, vornehm, aus gutem Haus. Mutter würde sie so sehen, genau so, wie sie jetzt war.

Sie saß neben mir im Wagen, eine kleine Tasche auf dem Schoß, in der sie unentwegt kramte, wohl nur, um sich zu beschäftigen. Sie plauderte, belanglos, nichtig, über Dinge, die für uns keinen Wert mehr besaßen. Allein ihre Stimme zu hören zählte noch.

»Sie wird dich mögen«, sagte ich zum ungezählten Mal. Sie lachte leise. »Und wenn sie mich nicht mag, Chris, spielt das eine Rolle?«

Nein, und wenn es bedeutete, dass die Erde von Flutwellen überspült wurde, dass sie am nächsten Morgen dunkel blieb oder sich plötzlich in die falsche Richtung drehte, es ging mich nichts mehr an. Eine Woche war es her, seit ich mir in einer offenen Feldscheune genommen hatte, was mir zustand, meinen Teil von ihrer Zeit. Ich fragte mich immer noch, ob ich ihr wirklich hatte sagen wollen, dass es mit uns keinen Sinn hätte. Jetzt war ich bereit, jedem zu erklären, wie viel Sinn es hatte, wie wunderbar wir miteinander harmonierten, wie sehr wir uns liebten. Sie hatte mich durch das Feuer geschickt. Und sie hatte mir gezeigt, wie angenehm die Wärme sein konnte.

Mutter hatte Silvia gemocht, Mutter würde Sina mögen. Vielleicht nicht alles an ihr, aber dieses Gesicht jetzt, die selbstsichere Eleganz, die sogar ihr Alter überspielte. Und andere Seiten von ihr würde Mutter nie sehen.

Kurz nach Mittag hatte ich sie abgeholt. Seitdem versuchte ich, mir Mutters Reaktion vorzustellen. Vater kam mir dabei nicht in den Sinn. Sein Verhalten glaubte ich zu kennen. Er würde freundlich sein, höflich, zurückhaltend. Er würde so sein, wie ältere Männer in Gegenwart junger Frauen zu sein pflegen. Er würde keinen Unterschied machen zwischen ihr und Silvia, dachte ich.

Am Anfang der Fahrt versuchte ich, ihr Verhaltensmaßregeln zu geben. Sie lachte mich aus, da gab ich es auf. Am Telefon war Mutter viel zu überrascht gewesen, hatte nur fragen können: »Wer ist das Mädchen, Chris?«

Meine Antwort konnte niemanden zufriedenstellen. Ich war der festen Überzeugung, ihr Name müsse ausreichen, um zu erklären, wer sie war. Sina eben, Herzklopfen und Geborgenheit, tausend Jahre Liebe und ein Rest, der ausreichte für die gesamte Menschheit. Ein Grab, in dem man Wurzeln schlagen konnte, das alles hergab, was Bäume und Menschen brauchten, um zu überleben. Ich war in dieses Grab gefallen und hatte den Baum darauf blühen sehen. Die Sonne hatte sich verdunkelt, aber nur, um in einem neuen, erträglichen Licht wieder aufzugehen. Und das in einem knapp zehnminütigen Telefongespräch. Mutter hatte nichts verstanden, und ich hatte nichts erklären können.

Dann begrüßte sie uns. Zuerst mich, mit einem Kuss auf die Wange, der eher demonstrativ als herzlich war. Mit einem Händedruck, der kein Ende nehmen wollte. Anschließend wartete sie, bis ich Sina den leichten Mantel vom Arm genommen hatte. Hielt ihr die Hand hin. Ihre Worte klangen wie Ohrfeigen. »Es freut mich, Sie kennenzulernen, Fräulein …«

Mutter stockte, schaute mich mit einem halb strafenden, halb amüsierten Blick von der Seite an. »Leider hat Chris vergessen, mir Ihren Namen zu nennen.« Das hatte ich nicht. Den Vornamen kannte sie. Ich hatte ihn am Telefon mehrfach genannt und, als wir hereinkamen, auch wieder. ›Sina‹ hätte gereicht für den Augenblick. Dieser Empfang reizte mich, Sinas Arm zu nehmen und zur Tür zu gehen. Ich holte zu einer Entgegnung aus, wollte die Fronten klären. Sina kam mir zuvor. Sie machte keine Anstalten, nach Mutters Hand zu greifen. »Birkenfeld«, sagte sie und ließ ein winziges, kaum hörbares Lachen folgen. »Ich bin Christina Birkenfeld.«

Von einer Sekunde zur anderen verlor Mutter ihre Fassung. Sie kniff die Augen zusammen, zog die Hand zurück. Ihre Haut wurde fahl. Mir warf sie einen sonderbaren, fast hasserfüllten Blick zu. Dann sagte sie tonlos: »Christina Birkenfeld.«

Ich sah ihre Kehle arbeiten, als hätte man ihr einen Stein hineingestopft. Ihr Gesicht mit dem sonst gleichbleibend freundlichen, nichts sagenden Ausdruck war weißlich grau wie die Asche eines Holzfeuers. Sie atmete zitternd durch und erwiderte: »Elsa Hochstett. Aber das wissen Sie ja.«

Es war kalt geworden. Mutter spürte es auch. Sie zog fröstelnd die Schultern zusammen, schüttelte sich und drückte die Tür zum Wohnraum auf. Vater erhob sich aus einem Sessel. Er musste jedes Wort gehört haben.

Nie zuvor ist mir der Unterschied zwischen beiden so bewusst geworden. Vater kam an uns vorbei, als seien wir nicht vorhanden, Mutter und ich. Mit ausgestreckten Händen und einem Lächeln, das ich zum ersten Mal an ihm sah, griff er nach Sinas Händen. »Christina«, sagte er, so ehrfürchtig, so tief bewegt, als sehe er nach langen Jahren einen Menschen wieder, der ihm einmal sehr viel bedeutet hatte. Als er sie in die Arme nahm, sah ich ihn bei ihr im Graben knien.

Ich hatte den Traum fast vergessen, nun schoss er wieder hoch. Ich wollte etwas sagen, aber mir fiel nichts ein. Sina ließ sich streicheln, auf die Wangen küssen, sah mich an Vaters Schulter vorbei mit einem Hilfe suchenden Blick an und murmelte etwas, was ich nicht verstand. Fast erwartete ich, dass Vater ihr auf Spanisch antwortete. Beherrschte er diese Sprache überhaupt? Wir hatten mehrfach unseren Urlaub in Italien verbracht. In Spanien waren wir nie gewesen. Ich nahm mir vor, ihn danach zu fragen. Ich musste es wissen.

Endlich gab er sie frei, hielt sie ein Stück von sich ab und betrachtete sie, als könne er sein Glück nicht fassen. Immer noch tief bewegt, schüttelte er den Kopf, wiederholte ihren Namen wie ein Gebet. »Christina.«

Dann lachte er befreit. »Und mein Sohn, dieser Schuft, macht nicht einmal eine Andeutung, wen er zu uns bringen will. Was soll ich jetzt sagen? Dass ich mich freue, dich zu sehen? Das wäre zu wenig, Christina.«

»Sina«, sagte sie hilflos. »Alle sagen Sina. Nicht Christina.«

Vater nickte, lächelte verständnisvoll. »Aber natürlich, Kind. Sina, wenn es dir lieber ist.«

Wir verbrachten einen Nachmittag in frostiger und gespannter Atmosphäre. Vater stellte Unmengen von Fragen, eindringlich und nachdrücklich. »Was macht deine Familie? Wie geht es deiner Großmutter? Sie muss doch inzwischen über neunzig sein. Ist Erich immer noch auf dem Birkenhof? Und Frank, was macht Frank? Er ist verheiratet, nicht wahr? Hat er also doch eine Frau gefunden. Früher sagte er immer, für ihn gäbe es keine mehr.« Sina antwortete höflich und zurückhaltend.

Und Mutter … Sie war einsilbig, warf ein paar Floskeln dazwischen. Ob jemand noch Kaffee möchte? Ob sie noch ein Stück Torte auf diesen oder jenen Teller legen dürfe? Ihre Sicherheit hatte sie längst wiedergefunden, wenn sie die überhaupt jemals verloren hatte. Wenn sie sprach, klang ihre Stimme wie ein Nadelstich. Sie schien hocherfreut, dass Vater nicht das gewünschte Echo auf seine Bemühungen fand.

Noch vor acht brachen wir wieder auf. Vater begleitete uns zum Wagen, verabschiedete sich mit einem langen Händedruck von Sina. Bevor ich einstieg, legte er mir die Hand auf die Schulter. Er schien ein wenig traurig. »Ich rufe dich morgen an, Chris. So gegen vier. Kommt gut heim, ihr beiden.«

Wir fuhren los. Ich war verwirrt und mit ein paar nicht sehr freundlichen Gedanken an Mutter beschäftigt. Sina schwieg. In sich versunken saß sie da. Die Stirn in Falten gezogen, das Gesicht eine einzige, angespannte Konzentration.
Ich hätte ihr gern ein paar Fragen gestellt. Aber ihre Haltung und dieser Gesichtsausdruck hielten mich davon ab. Kurz vor Kirchfelden sagte sie plötzlich: »Such ein stilles Plätzchen für uns, Chris. Ich kann jetzt nicht heim.«
»Wir können zu ...«
»Nein«, unterbrach sie mich gereizt. »Wir können auch nicht zu Luise. Ich muss allein sein. Und es gibt hier in der Umgebung hundert gute Möglichkeiten. Wenn du mir versprichst, mich in Ruhe zu lassen, werde ich dir eine schöne Stelle zeigen.«
Sie wies mir einen Weg durch die Felder. Er wurde sonst nur von Traktoren benutzt und war schwierig zu befahren. Nach einiger Zeit tauchte der schmale Waldstreifen vor uns auf.
»Dort kannst du anhalten, Chris«, sagte sie.
Ich hielt den Wagen am Wegrand an, neben dem Graben. Sina stieg aus und blieb vor der bewachsenen Böschung stehen. Der Graben war völlig trocken. In der milden Abendluft stieg ein zarter Blumenduft von ihm auf. Sina rieb sich über die Arme und starrte an mir vorbei. »Am liebsten würde ich mich ausziehen und hineinlegen.«
»Warum tust du es nicht?«, fragte ich. Ich war ein bisschen heiser. Sie lachte kurz. »Deshalb nicht, Chris. Alles zu seiner Zeit. Jetzt ist nicht die Zeit für Liebe, hier ist auch nicht der richtige Platz. Gehn wir lieber ein Stück. Hier muss ich immer ein bisschen laufen.«

Wir gingen am Graben entlang, ohne Ziel. Es gab da draußen keine Ziele. Ich wollte den Arm um sie legen, sie wich geschickt zur Seite aus. Es wirkte wie eine zufällige, unbeabsichtigte Bewegung, und sie lächelte dabei entschuldigend.
In der Dämmerung hatte der Weg vor uns etwas von einem verwischten Traum. Ein flüchtiger Eindruck wie morgens nach dem Erwachen. Der Wald zur Linken, rechts hinter dem Graben ein Weizenfeld, etwas Klatschmohn an den Rändern. Und die Grabenböschung, Leberblümchen und Löwenzahn, wilder Klee, alles kaum noch voneinander zu unterscheiden, mehr grau als farbig.
»Hier gehörst du hin«, sagte ich und hätte sie gern berührt, nur um zu fühlen, dass sie wirklich war. Sie wurde mir fremder mit jedem Schritt, den wir gingen.
»Ich habe dich einmal hier gesehen«, sagte ich.
Sie blieb stehen und folgte mit den Augen meiner ausgestreckten Hand in den Graben.
»Wann war das?«, fragte sie ruhig und verlangte: »Zeig mir die Stelle!«
»Es war keine bestimmte Stelle. Es war nur ein Traum. Mein Vater war bei dir.«
Sie schüttelte den Kopf, zögernd und unschlüssig, als horche sie in sich hinein. »Er war nicht hier bei mir«, murmelte sie nach einigen Sekunden. »Das muss anderswo gewesen sein. Er kannte mich.«
»Ja, das schien mir auch so.«
»Aber ich kannte ihn nicht.« Sie starrte mit weit offenen Augen in den Graben. »Träumst du oft, Chris?«
»Sehr oft.«
»Und was träumst du?«
»Von dir.«
»Erzähl mir davon.«
»Wozu? Du weißt doch, was ich träume.«

Sie schaute mich an, die Miene unbewegt. »Erzähl es mir trotzdem.«
»In vielen Träumen höre ich dich weinen«, sagte ich nur.
Ihr Blick glitt zurück zur Grabenböschung. »Dein Vater ist ein guter Mensch«, murmelte sie. »Vielleicht bin ich ihm früher einmal begegnet und kann mich nicht daran erinnern. Du musst ihn danach fragen, Chris. Versprichst du mir das?«
»Ja. Ich hatte mir schon vorgenommen, ihn zu fragen. Warum weinst du so viel? Und du weinst doch wirklich, wenn ich dich höre.« Als ich sie an mich zog, ließ sie es geschehen. Sie legte den Kopf an meine Schulter und seufzte.
»Ich weiß es nicht, Chris. Ich will es auch nicht wissen. Man muss vergessen und leben, anders geht es nicht.«
»Und was musst du vergessen?«
»Ich weiß es nicht, Chris«, murmelte sie gequält und rieb ihr Gesicht an meinem Hemd. »Ich weiß es wirklich nicht. Ich habe doch schon alles vergessen.«
Am nächsten Tag wartete ich auf Vaters Anruf. Er kam wenige Minuten nach vier. Aber er half mir nicht. Vater war auf unverständliche Art glücklich. Wir redeten aneinander vorbei.
»Wie lange kennst du sie schon, Chris? Hat sie dich bereits ihrer Familie vorgestellt? Wie hat man dich aufgenommen?«
Viele Fragen und jede davon natürlich. Wie anders dagegen meine. »Bist du ihr schon einmal begegnet?«
»Nein, Chris.«
»Aber du kanntest sie doch.«
»Nein, Chris. Ich kannte ihre Mutter.«
»Gut?«
»Was verstehst du unter gut? Ich habe sie vor achtzehn Jahren ein paarmal gesehen. Sie war eine wundervolle Frau. Und Luise erzählte mir später, dass Christina eine Tochter geboren hat.«
»Christina?«, murmelte ich und unterbrach ihn damit. Ich spürte, wie es mich kalt überlief »Wo ist ihre Mutter?«

»Hat man dir das nicht gesagt, Chris? Sie ist tot. Sie starb bei Sinas Geburt.«
»Sprichst du Spanisch?«
»Aber, Chris, wie kommst du denn darauf? Ein wenig, gerade so viel, dass ich mich notfalls verständigen kann.«
»Kam Christina aus Spanien?«
»Sinas Mutter? Nein, nicht aus Spanien, aus Südamerika, ich glaube aus Chile oder Brasilien. Ich weiß es nicht genau. Es ist doch auch nicht wichtig. Christina ist tot.«
Als er es sagte, wusste ich, dass er log. Und er wusste es auch, das fühlte ich. Ich wollte ihn darauf ansprechen, wollte ihm sagen, dass man mich nicht belügen konnte, nicht mehr, die Zeiten waren vorbei. Jetzt standen mir Mittel zur Verfügung, mit denen ich hinter jede Wahrheit kam. Aber ich konnte nur flüstern: »Großer Gott, warum hat man ihr ausgerechnet den Namen ihrer Mutter gegeben?«
»Aber, Chris«, sagte Vater noch einmal. »Das tun doch viele. Wir haben es auch getan, manchmal ist man so sentimental. Sie nennt man Sina, dich haben wir immer Chris gerufen. Was ist denn dabei? Was ist los mit dir?«
Ich wusste es nicht. Ich wusste gar nichts mehr. Ich wollte auch nichts mehr wissen.

Viertes Kapitel

Nach dem Gespräch mit Vater vergingen einige Tage, an denen ich Sina nicht sah und auch nichts von ihr hörte. Es war gut so, half mir ein bisschen über das Entsetzen hinweg, das der Name ihrer Mutter bei mir ausgelöst hatte. Bei nüchterner Betrachtung musste ich Vater recht geben. Es war nichts dabei; es war in vielen Familien üblich. Nur schaffte ich die nüchterne Betrachtung nicht immer.

Da war etwas, etwas neben der Wirklichkeit, neben dem Jetzt, das ich häufig fühlte, aber nicht zu packen bekam. Etwas, neben dem ein junger Lehrer mit Namen Maus seine Bedeutung verlor. Eine blutrünstige Geschichte, hatte Sebastian gesagt. Die Tochter einer Frau, die ihren Mann zuerst nach Strich und Faden betrogen und dann hatte töten lassen, die danach verschwand. Oder eine wundervolle Frau, die bei der Geburt ihrer Tochter gestorben war?

Ich wollte Luise nach der Wahrheit fragen, machte ein paarmal den Versuch. Sie wich mir aus, sobald offenkundig wurde, um welches Thema es ging. Nach ein paar Tagen sagte ich mir, Sinas Mutter ginge mich im Prinzip nichts an. Tot oder verschwunden, weg ist weg. Sebastian war derselben Ansicht. Er kam am Freitagnachmittag. Wir saßen in der Sonne. Nachdem wir ein paar Sätze über Gerda Hilbigs Lästermaul gewechselt und dabei festgestellt hatten, dass sie besser kochte als die Gerüchteküche im Dorf, wurde Sebastian ernst.

»Ich wünsche dir Glück mit Sina«, meinte er. »Wirklich, Chris, ich hoffe, dass du dich richtig entschieden hast. Aber ich habe das dringende Bedürfnis, dir noch eine Geschichte zu erzählen. Meine. Ich sehe da gewisse Ähnlichkeiten.« Dann begann er. Seine Geschichte war nicht weltbewegend, nicht aufsehenerregend, nicht einmal besonders tragisch. Sie war banal, die logische Konsequenz einer Folge menschlicher Schwächen und Irrtümer. In seinem Fall hieß sie Marlene. Tochter aus gutem Haus. Mit, wie er es ausdrückte, ziemlich schlechten Manieren.

»Ich bin auch mehrfach gewarnt worden, Chris«, sagte er. »Jedes Mal dachte ich, diese Spießer sollen mir den Buckel runterrutschen. Ich hielt mich für einen aufgeklärten und aufgeschlossenen Mann. Und die Zeiten, in denen man Wert auf eine Jungfrau legte, waren vorbei. Ich hatte zweimal mit ihr geschlafen, da konnte ich nicht mehr klar denken. Da dachte ich nämlich nur noch, dass es für beide Seiten eine Bereicherung ist, wenn ein Mädchen ebenfalls seine Erfahrungen gesammelt hat. Nach einem halben Jahr wurde Marlene schwanger.«

Er konnte nicht einmal sicher sein, dass das erste Kind von ihm war, vom zweiten wollte er gar nicht reden. Natürlich hatte er sie geheiratet, hatte sich für einen ausgesprochen glücklichen und beneidenswerten Mann gehalten. Doch das hielt nicht lange vor. Es war ein ständiges Wechselbad aus Liebe und Hass gewesen. Gehasst hatte Sebastian seine Frau in jeder Minute, die er nicht bei ihr sein konnte.

Nachdem das zweite Kind geboren war, ließ er sich nach Kirchfelden versetzen. Er hatte gehofft, in einem kleinen Dorf würde es besser. Er kaufte das Haus, aber seine Frau kam nicht mit ihm hierher. Sie nahm sich eine Wohnung in Arnberg.

Seitdem lebten sie getrennt. Sie in Arnberg, er hier, die Kinder bei seinen Eltern.
»Es ist die beste Lösung für alle Beteiligten«, sagte er. Er hielt den Kopf gesenkt, während er sprach. »Ich darf meine Frau besuchen, Chris. Nur muss ich mich natürlich vorher anmelden. Tue ich das nicht, kann es peinlich werden. Meist ist sie nicht allein. Und ich muss dann im Wohnzimmer oder in der Küche warten, bis sie Zeit für mich hat.«
Ich wusste, wie er sich fühlte. Ich hatte mich einmal so ähnlich gefühlt. Während er sprach, sah ich Sina tanzen und mit diesem jungen Burschen verschwinden. Mein Stolz war mit ein paar Feuerwerkskörpern in den Nachthimmel geflogen. Aber sie hatte mir versprochen, es nie wieder zu tun. Und ich hatte versprochen, ihr zu glauben.
»Abwarten«, sagte ich und wusste, dass vor mir ein anderer das gesagt hatte. »Abwarten, sie kommen alle irgendwann zur Besinnung. Dann sind sie froh, dass sie einen Menschen haben, der sie liebt und auf den sie sich verlassen können.«
Sebastian schaute mich überrascht und betroffen an. »Was rede ich denn überhaupt noch? Genauso gut könnte ich es der Wand predigen. Was hat sie nur aus dir gemacht, Chris? Aber wenn du glaubst, dass du es kannst, tu es. Ich tu im Prinzip nichts anderes. Vielleicht hast du recht, vielleicht kommen sie irgendwann alle zur Besinnung. Hoffen wir also auf irgendwann.«
»Du«, sagte ich, »nicht wir. Ich brauche nicht zu hoffen. Ich weiß, dass sie mich nicht betrügt.«
»Was macht dich so sicher?«, fragte Sebastian. »Die Hilbig hat sie erst vor zwei Tagen in Arnberg gesehen. Sie wurde von Ria Birkenfeld mit dem Auto gebracht. Ria machte Einkäufe und sie einen Spaziergang im Schlosspark, mutterseelenallein. Hat sie hier nicht Platz genug zum Spazierengehen?«
»Warum soll sie nicht zur Abwechslung mal durch den Schlosspark laufen? Mutterseelenallein.«

»Weil das der kürzere Weg zur Hensenstraße ist. Du solltest dir die Häuser in der Hensenstraße bei Gelegenheit einmal ansehen. Es wohnen interessante Leute dort.«
Das wusste ich. Seine Frau hatte dort ihre Wohnung, die Hilbig ebenfalls. Und von der Hilbig hatte ich noch einen Mieter aufgeschnappt. Andreas Maus, ihr früherer Kollege und der Mann, der, wie die Hilbig es ausdrückte, Sinas Liste anführte. Und Gerda Hilbig schilderte die Affäre nicht als blutiges Drama in einem Graben am Waldrand. »Sie hat ihm keine Ruhe gelassen. Jeden Tag lauerte sie da draußen beim Zaun. Selbst wenn er gewollt hätte, er konnte sie sich gar nicht vom Leib halten. Kaum setzte er einen Fuß auf die Straße, hing sie an seinem Hals. Mit Händen und Füßen hat er sich dagegen gewehrt, er wusste schließlich, wie alt sie war. Er wusste, dass er sich strafbar machte. Und das Schärfste war, dass ihre Familie ihm praktisch einen Freibrief ausstellte. Ich würde es nicht behaupten, wenn ich es nicht selbst gehört hätte. Ich stand daneben, als Frank Birkenfeld ihm versicherte, er müsse sich keine Sorgen machen. Und ... er war auch nur ein Mann. Er hat die Gelegenheit beim Schopf gepackt.«
Auf Gerda Hilbigs Geschwafel wollte ich keinen Pfennig mehr geben. Die Wahrheit lag wahrscheinlich in der Mitte zwischen meiner Vorstellung und ihren Worten. Und verdammt, es war ein paar Jahre her! Vorbei und vergessen, alte Geschichten. Alles nur alte Geschichten, ob es nun um Sinas Mutter ging, um Maus oder ein paar andere aus dem Dorf, für die ebenfalls ein Stückchen vom Kuchen abgefallen war. Jetzt gehörte der Kuchen mir.
Und das wollte ich amtlich, mit Urkunde und Siegel. Noch während ich an dem Freitagnachmittag mit Sebastian zusammensaß, glaubte ich, dass es nur einen Weg gab, dem Gerede ein Ende zu machen. Sina heiraten, so schnell wie möglich.

Am nächsten Tag fuhr ich hinaus zum Birkenhof, traf kurz nach Mittag ein und wurde zuerst zu Mama geführt. Sie saß in einem Lehnstuhl beim Kamin in der großen Halle.
Mama war nicht allein. Ein alter Mann war bei ihr. Er war mir beim ersten Besuch als Erich vorgestellt worden, Mamas zweitältester Sohn. Der Einzige von fünfen, der ihr geblieben war. Erich hatte die siebzig bereits überschritten. Er lächelte immer, nickte jedem Fremden unterwürfig zu und brabbelte unverständliche Worte vor sich hin. Er war ein bedauernswerter Mensch, dessen einzige Fähigkeit noch darin bestand, an guten Tagen mit seiner Mutter eine Partie Schach zu spielen.
Ich musste nicht lange um den heißen Brei herumreden. Mama kam sofort zur Sache. Obwohl ich noch mit keinem Menschen darüber gesprochen hatte, wusste sie, warum ich gekommen war.
Vor dem Gesetz war Sina minderjährig. Erst im September würde sie achtzehn werden. Es waren nur noch ein paar Monate. Aber bis dahin wollte und konnte ich nicht warten. Also benötigten wir für eine Heirat das Einverständnis ihres Vormunds. Ihre Eltern waren tot, beide, daran gab es nichts zu rütteln.
Richard, erklärte Mama bei dieser Gelegenheit, sei bei einem tragischen Unfall umgekommen. Ein paar Stunden nachdem Christina bei der Geburt ihrer Tochter gestorben war. Richard habe sich in seinen Wagen gesetzt und sei losgebraust wie ein Irrer. Es klang fast nach einem Selbstmord.
Nur musste es nicht unbedingt den Tatsachen entsprechen. So naiv, zu glauben, dass Mama mir in jedem Punkt die Wahrheit sagte, war ich nicht. Ich hörte nur zu, was sie mir weiter erklärte. Damals war sie mit der Vormundschaft für Sina betraut worden. Nun lag es bei ihr, über unsere Zukunft zu entscheiden.
»Es ist nicht leicht, Chris«, sagte sie. »Man trägt eine Verant-

wortung.« Sie warf dem vor sich hin murmelnden Erich einen langen Blick zu. »Für ihn auch. Er war einmal wie Frank. Ich dachte immer, dass ihn nichts umwerfen könnte. Damals hatten die Braunen das Sagen. Wir haben sie anfangs leider nicht ernst genommen. Eine Weile haben wir uns das schweigend angeschaut. Sie räumten mir das halbe Dorf leer. Alles, was nach Mann aussah und einigermaßen auf seinen Beinen stehen konnte, holten sie weg. Ein paar weigerten sich, die holten sie zuerst. Da wurde mir das Zusehen zu viel. Erich kannte ein paar junge Männer und Frauen, denen es ebenfalls zu viel wurde. Er wollte sich ihnen anschließen; er war noch nicht einmal zwanzig, aber ich habe ihn nicht aufgehalten, im Gegenteil, ich habe ihn bestärkt. Ausgerichtet haben sie nichts. Seine Freunde wurden hingerichtet, egal, ob Mann oder Frau. Ihn haben sie mir so zurückgeschickt. Ich weiß nicht, was sie mit ihm gemacht haben. Er kann es mir nicht sagen. Vielleicht will ich es auch nicht wissen. Es genügt mir, ihn so vor mir zu sehen. Ich möchte das nicht noch einmal erleben, dass ein Mensch aufrecht dieses Haus verlässt und gebrochen zurückkommt. Ich bin nicht mehr so stark, dass ich das verkraften könnte.«

Mama machte eine Pause, schaute nun mich mit diesem langen, nachdenklichen Blick an. »Da kommt dieses Kind zu mir so wie Erich damals und will meinen Segen für seine Entscheidung.« Auf die Worte folgte ein langer Seufzer. »Und jetzt kommst du selbst. Die Zeit scheint euch unter den Nägeln zu brennen. Wie hast du es dir denn vorgestellt, Chris? Fangen wir mit dem Naheliegenden an. Wo wollt ihr leben? Oder hast du darüber noch nicht nachgedacht?«

Zum Nachdenken hatte ich noch keine Zeit gehabt. Mama wurde wehmütig. »Bisher hat kein Birkenfeld den Hof verlassen. Sina wird den Anfang machen.«

Das kam für mich überraschend. Insgeheim war ich davon

ausgegangen, dass Mama den Vorschlag machte, wir sollten nach unserer Hochzeit auf dem Birkenhof leben. Wo auch sonst? Die Vorstellung hatte einiges für sich. Dieses riesige Anwesen mit seiner Mauer, den Glasscherben auf der Krone und all den Menschen, die sich für Sina das Herz aus dem Leib hätten reißen lassen, bot einen Schutz, den man nicht übersehen durfte. Unterschwellig hatte ich das Gefühl, dass wir diesen Schutz irgendwann brauchen würden. Auch wenn ich mir dieses Gefühl nicht offen eingestehen wollte, weil es mir irrational erschien.

Aber es gab auch praktische Gründe. Es schien fraglich, ob Luise uns beide aufnehmen konnte. Das Haus war klein; uns würden, wenn Luise sich dazu überwinden könnte, ihr Allerheiligstes zu öffnen und dort einzuziehen, die beiden Zimmer im ersten Stock zur Verfügung stehen. Winzige Kammern im Vergleich mit den Räumen hier.

»Ich nehme an«, sagte Mama lächelnd, »dass du in deinem Beruf ausreichend verdienst, um eine Familie zu gründen.«

Ihr machte es Spaß, mich in Verlegenheit zu bringen. Nur mit Mühe unterdrückte sie ein Schmunzeln. »Aber, Chris, das ist nicht peinlich, darüber muss man reden. Ihr jungen Leute seid komisch. Es reicht nicht aus, die Bettwäsche zu wechseln. Nebenher muss man auch essen und trinken.«

Unvermittelt wurde sie wieder ernst. Ihre Stimme klang ein wenig drohend. »Ich will nicht, dass sie jemals etwas entbehren muss. Sie soll haben, was immer sie braucht. Wenn du dafür nicht garantieren kannst, Chris, sag es mir jetzt und hier. Weißt du, ich habe fünf Söhne geboren. Man hat mir mit den Jahren vierzehn Enkel und zwei Dutzend Urenkel in die Arme gelegt. Viele Menschen, Chris, und ich liebe sie alle. Aber Sina bedeutet mir mehr, viel mehr, als du ermessen kannst. Ihren Vater bekam ich, da wuchsen rings um mich herum schon die ersten Enkelkinder auf. Er war bereits ein Geschenk, das

ich nicht mehr erwartet hatte, das ich viel zu früh wieder hergeben musste. Und sie ist alles, was mir von ihm geblieben ist, verstehst du das?«
Ich nickte nur.
»Deshalb will ich, dass sie alles hat, nicht nur in materieller Hinsicht. Dafür kann ich selbst sorgen. Das werde ich auch tun. Aber alles, was ich ihr nicht geben kann, muss sie von dir bekommen. Und du wirst behutsam mit ihr umgehen.«
»Sicher«, mehr brachte ich nicht über die Lippen. Jedes weitere Wort musste nach einer vorzeitigen Entschuldigung für ein eventuelles Versagen klingen.
»Das sagt sich leicht«, meinte Mama. »Aber lass dir eins von mir gesagt sein: Wenn du eines Tages nicht mehr willens oder in der Lage bist, hole ich sie mir zurück!« Es klang wie eine Drohung, so war es auch gemeint. Mama lächelte, ganz gütige alte Dame. »Dann geh jetzt; sie ist im Garten und wartet schon auf dich.«
Erich lächelte und nickte mir zu. Er brabbelte vor sich hin, als ich zur Tür ging. Mama stellte Bauern und Türme auf ein Schachbrett, Springer und Läufer folgten. »Wo ist die schwarze Dame?«, hörte ich sie fragen.
An der Tür drehte ich mich noch einmal um. Erich hatte beide Hände über den Kopf gehoben und sich geduckt, als erwarte er Schläge. Dabei gab er hohe, winselnde Laute von sich.
»Erich«, fragte Mama sanft. »Wo ist die schwarze Dame? Eben hattest du sie noch in der Hand. Das habe ich gesehen. Wo ist sie jetzt?«
Da schrie er, so hoch und schrill, dass es mir einen eiskalten Schauer über den Rücken trieb. »Ihr habt sie doch verscharrt, ihr Schweine.«
Es fuhr mir wie ein Stich zwischen die Rippen. Die Hilbig hat recht, dachte ich, verdammt noch mal, es ist etwas dran an ih-

rer Geschichte. Mama warf mir einen raschen Blick zu. Sie nickte, lächelte, tippte auf das Schachbrett und versuchte es noch einmal.
»Erich, wo ist die Figur, die hier auf diesen Platz neben den schwarzen König gehört?«

Sina lag auf einer Decke im Gras, die Augen geschlossen, als schlafe sie. Ein Stück von ihr entfernt arbeiteten zwei ältere Frauen in einem Gemüsebeet. Sie kümmerten sich nicht um mich, nickten mir nur zu. Ich ging neben Sina in die Knie, noch ein wenig aufgewühlt von Erichs Stimme. Ich küsste sie. Sie klopfte mit einer Hand auf die Decke. »Setz dich, Chris, und mach weiter. Hast du mit Mama alles geklärt?«
Ich war in dem Moment glücklich, vergaß den Stich zwischen den Rippen. Uns konnte nichts geschehen. Wir mussten nicht miteinander reden, um zu wissen, was wir dachten, fühlten und planten. Es war eine Garantie auf die Zukunft.
»Weitgehend«, sagte ich, streckte mich neben ihr aus.
»Was hat sie gesagt?«
»Sie hat mich gefragt, ob ich bereit bin, deine Wünsche und Bedürfnisse zu befriedigen.«
»Was hast du ihr geantwortet?«
»Dass ich nicht daran denke, deine Wünsche und Bedürfnisse zu befriedigen. Ich werde dich bei Wasser und Brot im Keller halten. Und nachts komme ich zu dir, um meine Bedürfnisse zu befriedigen.«
Sie seufzte vernehmlich und richtete sich auf. Ihr Schatten verdunkelte den Himmel, als sie sich rittlings auf meinen Schoß setzte. »Herrlich«, sagte sie. »Darf ich mich im Keller frei bewegen, oder willst du mich in Ketten an die Wand fesseln?«
»Von wegen an die Wand«, murmelte ich träge, »an ein Bett.«
Sie ließ sich nach vorne fallen, umschloss mein Gesicht mit beiden Händen und begann es zu küssen. »Der Boden wird

völlig ausreichen, Chris«, flüsterte sie dabei. »Wenn du mich liebst, brauche ich nicht einmal Wasser und Brot. Ich kann in einem ganz kalten, ganz engen, ganz dunklen Loch hausen. Nur lieben musst du mich, egal, was kommt.«
»Zuerst«, sagte ich und schob sie von meinem Schoß herunter, weil mir das wegen der beiden Frauen in unserer Nähe peinlich war, »kommt ein kleines Problem.« Ich richtete mich auf, sprach weiter: »Und wenn uns nicht rasch eine Lösung einfällt, könnte daraus ein großes Problem werden. Selbst wenn du mit einem ganz kalten, ganz engen, ganz dunklen Loch zufrieden bist, wir müssen erst mal eins finden. Mama sagte mir eben, du wirst nicht auf dem Birkenhof bleiben. Und bei Luise ist nicht viel Platz.«
»Ich brauche nicht viel Platz, Chris«, erklärte sie eifrig. »Ich brauche nur dich.«
»Das mag sein. Ich werde trotzdem eine Wohnung für uns suchen müssen.«
»Im Dorf wirst du keine finden«, erklärte sie bestimmt. »Und in Arnberg möchte ich nicht wohnen. Das hätte eine Menge Nachteile.«
Sie lächelte mich nachsichtig an. »Wer soll für dich kochen? Wer soll deine Hemden waschen? Wenn wir im Dorf bleiben, wird jemand kommen. Agnes hat sich angeboten. Katrin würde es auch gerne tun. Du wirst verwöhnt werden, glaub mir. Wenn wir aus Kirchfelden weggehen, wirst du elend verhungern. Sprich mit Luise. Sie kennt mich. Ich bin ein umgänglicher Mensch. Wir werden gut miteinander auskommen, wir drei.«
Sie sprach, als wolle sie einem störrischen Kind den Willen ausreden. Es ärgerte mich ein wenig. »Du könntest natürlich auch lernen, wie man mit einem Haushalt zurechtkommt. Ich bin sicher, hier findet sich jemand, der dir alles erklärt.«
Sie lachte. »Nein, Chris, da irrst du dich. Hier wirst du nie-

manden finden, der mir einen Putzlappen in die Hand drückt. Eher kommen sie dreimal am Tag nach Arnberg. Und das, finde ich, kann man ihnen ersparen. Du wirst nicht erwarten, dass Katrin oder Agnes in ihrem Alter noch den Führerschein machen. Und mit dem Fahrrad wäre es eine Zumutung bei Wind und Wetter. Es sind sieben Kilometer. Sprich mit Luise. Es wird schon gehen. Du hast ein Zimmer, ein Bett und einen Schrank. Das reicht für uns beide.«

Ich hätte es wissen müssen. Einem verwöhnten Kind schlug man keinen Wunsch ab. Die Dorfprinzessin, hier war sie dazu gemacht worden. Es war normal, dass sie sich ihren Status erhalten wollte. Es war auch nur der Bruchteil einer Sekunde, in dem ich mich in Silvias netter, sauberer und aufgeräumter Wohnung auf der Couch sitzen und selbst gebackene Kirschtörtchen essen sah. Wie konnte ich so vermessen sein, zu glauben, Sina würde ihre kostbare Zeit mit Backblechen und Kochtöpfen verschwenden?

Darüber hinaus stellte ich fest, dass Luise mit dieser Entwicklung gerechnet hatte. Als ich zögernd auf mein Problem zu sprechen kam, war sie fast ein wenig beleidigt.

»Natürlich werdet ihr bei mir wohnen. Zuerst braucht ihr nur das eine Zimmer, da hat Sina recht. Wir werden das zweite später herrichten, wenn es gebraucht wird. Wir lassen die Mauer wieder einziehen, dann sind es zwei hübsche kleine Räume. Ich ziehe nach unten, das ist selbstverständlich. Sina wird sich hier wohlfühlen, da bin ich sicher, Chris. Und ich bin sehr glücklich, dass sie von sich aus …«

Ich war auch glücklich, sehr glücklich, auf der einen Seite. Auf der anderen Seite … Es gab noch ein paar Momente von Panik. Momente, in denen ich fühlte, dass es nicht meine Entscheidung gewesen war. Momente, in denen ich klar zu erkennen glaubte, dass ich langsam und auf vielen Umwegen, aber trotzdem gnadenlos an genau diesen Punkt getrieben worden, dass ich nicht Herr über meinen Willen, nur ein Mittel zum Zweck war.

So ein Moment kam zwei oder drei Tage nach dem Gespräch mit Mama. Ich saß noch lange mit Luise im Wohnzimmer an dem Abend, war den ganzen Tag in einer merkwürdigen Stimmung gewesen. Am Vormittag hatte Dalling sich erkundigt, was man uns zur Hochzeit schenken könnte. Nach ihm wünschte Frau Liebig uns alles Glück, das zwei Menschen haben können, und drückte ihre Hoffnung aus, dass sie als Gast an der Trauungszeremonie teilnehmen dürfe. Wenn ich vielleicht bei Gelegenheit auf dem Birkenhof fragen würde, ob jemand Einwände gegen ihre Anwesenheit erhob.

Da hatte ich mir eingebildet, ich hätte es eilig, und musste feststellen, dass alle bereits in den Startlöchern gestanden hatten. Jetzt rannten sie, hetzten auf den Altar zu, konnten es nicht erwarten, dass ich endlich Ja sagte. Es kam mir vor wie ein abgekartetes Spiel. Und ich war nicht einer der Spieler, nur eine Karte. Der Herzkönig, den jemand aus dem Ärmel zog, um ein schmutziges Spiel zu einem glücklichen Ende zu bringen. Und Luise, die liebe, sanfte, gutmütige, friedfertige Luise, hatte kräftig mitgemischt.

Sie hatte an dem Tag mit einem Handwerker in Arnberg telefoniert. Ihrer Meinung nach musste das Haus gründlich renoviert werden, ehe die Prinzessin einzog. Wir brauchten eine neue Küche, eine neue Einrichtung fürs Wohnzimmer, nach Möglichkeit ein neues Bad. Wir brauchten neue Wäsche, neues Porzellan, neue Töpfe, Pfannen, Besteck. Nichts, absolut nichts war mehr gut genug.

Luise schrieb etwas auf kleine Zettel, murmelte dabei Namen und Gegenstände vor sich hin. Überlegte halblaut, wem im Dorf man welches Geschenk abverlangen konnte. Eine Weile schaute ich schweigend zu, dann fragte ich: »Was machst du

da? Komm bloß nicht auf die Idee, eine Liste rumzureichen! Wenn du unbedingt eine neue Küche haben willst, kaufe ich eine. Ich kaufe auch Töpfe und Pfannen, wenn du meinst, du brauchst sie. Aber lass die Leute damit in Ruhe.«
Luise schüttelte energisch den Kopf. »Das kommt überhaupt nicht infrage. Da warte ich seit Jahren drauf. Die werden zahlen, das sind sie ihr schuldig.« Der letzte Satz musste ihr im Eifer des Gefechts herausgerutscht sein. Sie warf mir einen raschen, unsicheren Blick zu, hoffte wohl, dass ich es überhört hätte oder zumindest so viel Takt besäße, so zu tun, als ob. Den Gefallen konnte ich ihr nicht tun.
»Wieso sind sie ihr etwas schuldig?«, fragte ich. »Was haben sie ihr denn getan?«
Luise riss die Augen auf, saß vor ihren Zetteln wie die personifizierte Unschuld. So klang auch ihre Stimme. »Nichts! Man sagt das halt so. Ich bin verschiedentlich darauf angesprochen worden, dass ich eine Liste machen soll für die Hochzeitsgeschenke. Also mache ich eine Liste. Man soll keinen daran hindern, Sina eine Freude zu machen.«
»Mit ein paar Töpfen?«, fragte ich. »Sina wird nie in ihrem Leben in einem Topf rühren. Also bitte, was soll der Quatsch?«
»Quatsch«, sagte Luise erstaunt. »Es ist doch normal, dass man euch etwas zur Hochzeit schenken will. Jeder im Dorf freut sich, und …«
»Ja«, fiel ich ihr ins Wort. »Jeder im Dorf freut sich, dass ihr es geschafft habt, sie gut unter die Haube zu bringen. Es war ein harter Kampf, nicht wahr? Aber jetzt habt ihr mich endlich so weit.«
»Aber, Chris«, sagte Luise. »Was soll das heißen? Du tust ja schlimmer, als wenn dich jemand gedrängt oder gezwungen hätte. Ich denke, du liebst sie.«
»Natürlich«, murmelte ich.
Es war nicht natürlich. Es war nicht normal. Es war … Wenn

ich nur gewusst hätte, was es war. Ich stand auf und verließ das Zimmer. Luise starrte mir mit betretener Miene nach. Das sah ich, als ich die Tür hinter mir zuzog. Ich war verärgert über meine eigene Reaktion, ging hinauf in mein Zimmer und stand noch eine Weile am offenen Fenster.
Der Himmel war bewölkt. Ich hatte das Fenster weit geöffnet und mich hinausgelehnt. Tagsüber hatte die Sonne Mauern und Erde aufgeheizt. Nun wurde die Wärme freigegeben.
Die Luft draußen brachte keine Erfrischung. Sie roch schal und abgestanden wie ein Korb schmutziger Wäsche, mit einem Hauch von Moder darin, süßlich wie Leichengeruch. Mir wurde übel.
Plötzlich bekam die Vorstellung, Sinas Haut noch einmal zu berühren, etwas Ekelhaftes. Ich begann zu zittern, starrte in die Dunkelheit, horchte auf die wenigen Geräusche, ohne etwas anderes zu hören als meinen Atem. Dabei war eine Menge mehr da. Das verzweifelte Schluchzen einer blutjungen Frau, das Wimmern eines neugeborenen Kindes, Schmerzensschreie, Todesschreie, Flüche, Drohungen, Verwünschungen und ein hilflos weinender Junge von sechzehn Jahren, dem man das Herz aus dem Leib gerissen hatte. Ich war in dieser Geräuschkulisse gefangen. Und nicht nur in einer Geräuschkulisse.
Der Hochzeitstermin war für Mitte Juli festgesetzt. Ich konnte nicht zurück. Ich wollte auch nicht zurück. Ich liebte sie. Ich liebte sie abgöttisch. Aber ich hatte das Gefühl, ich müsse schreien: ›Ich kann sie nicht heiraten! Ich kann das nicht tun. Es ist unmöglich.‹

Es hatte sich schneller, als mir lieb war, im Dorf herumgesprochen. Von allen Seiten hagelte es Glückwünsche. Die Einzigen, die sich ausschlossen, waren Gerda Hilbig – ihrer Meinung nach brauchte ich einen Blindenhund, hin und wieder bezeichnete sie mich auch als Kleinaktionär – und Silvia. Sie benahm sich wie eine enttäuschte, abgewiesene Frau, wich mir aus, vermied es, mich direkt anzusprechen. Wenn sich das nicht vermeiden ließ, vermied sie es wenigstens, mir ins Gesicht zu sehen.

Einmal machte ich den Versuch, mit ihr zu reden. Mir fiel nichts Besseres ein als der abgegriffene Satz: »Können wir nicht auch weiter Freunde sein wie in den letzten Monaten?«

Silvia hatte den Blick gesenkt, als sie mich kommen sah. Sie hob ihn auch nicht, als ich sie ansprach, schüttelte nur nachdrücklich den Kopf. »Nein, Chris. Freunde waren wir nie. Du ahnst nicht, was du mir antust. Ich wünsche, ich könnte dich hassen.«

Von da an ging sie mir aus dem Weg. Sie erreichte es, dass Dalling die Stundenpläne so umschreiben ließ, dass sie täglich erst zur zweiten Stunde erscheinen musste. Dann war ich in meiner Klasse. In den Pausen machte Silvia sich unsichtbar, nach der vierten Stunde war sie wieder verschwunden. Manchmal sah ich sie noch über den Hof zur Straße laufen, in ihren Wagen steigen und mit Vollgas losbrausen.

Für sie musste es schlimm sein. Von allen anderen wurde ich behandelt wie ein Mensch, der den Stein der Weisen in seiner Tasche trägt, ohne davon zu wissen. Vor allem an den Vormittagen wurde es überdeutlich. Die Kinder waren von einer nicht zu überbietenden Aufmerksamkeit. Sie hingen an meinen Lippen, als könne ich alle noch ungeklärten Rätsel für sie lösen. Dalling, der immer so bemüht war, seine Unabhängigkeit zu demonstrieren, fragte mich in einer Sache um Rat, bei der ich ihm wirklich nicht helfen konnte. Es ging um eine Klassenfahrt, und Dalling wollte wissen, wen ich als weibliche Begleitperson für geeigneter hielt, Gerda Hilbig oder Silvia.

»Wen können wir denn eher entbehren?«, fragte ich meinerseits. Und Dalling nickte erleichtert. »Sie haben vollkommen

recht, Chris. Frau Henschel soll mitfahren. Tut ihr bestimmt gut, wenn sie für ein paar Tage hier rauskommt.«
Frau Liebig wurde nicht müde, mich bei jeder sich bietenden Gelegenheit anzulächeln und dabei sanft über meinen Arm zu streichen. Manchmal wirkten ihre Berührungen flüchtig und ungewollt. Dann wieder war die Absicht offensichtlich. Dabei hätte mich gerade Frau Liebig nur wenige Monate zuvor liebend gerne mit Blicken getötet, wenn ich zu Sina hinaus auf die Straße lief. Oder hatte Frau Liebig nur so getan, als ob?
Wie oft fielen mir Sinas Worte aus der Silvesternacht ein. Wenn einer unbedingt etwas haben will, und man wirft es ihm direkt vor die Füße, dann nimmt er es am Ende nicht, weil er denkt, es ist nur ein Stück Dreck.
Den Spieß konnte man auch umdrehen. Wenn einer etwas partout nicht haben will und man so tut, als sei es zu schade und zu kostbar für ihn, wird er zugreifen. Ein Stück Dreck! Die Dorfprinzessin! Ein mannstolles Früchtchen, das schon mit dreizehn auf die Jagd gegangen war.
Aber sie benahm sich nicht wie ein mannstolles Früchtchen. Sie benahm sich, als hätte sie Angst. Nach dem Sonntag in der Scheune und in ihrem Zimmer hatte es nichts mehr gegeben außer ein paar Küssen. Wenn ich nur den Anschein erweckte, als könne ich mehr verlangen, wich sie mir aus.
»Später, Chris.« Dann beschrieb sie mir unser späteres Zusammenleben in blühenden Farben. Die Tage, die Nächte, die Augenblicke und das Gefühl dabei. Es würde groß sein, einmalig, gewaltig. Wir werden uns lieben bis in alle Ewigkeit.
»Von meiner Hochzeit soll man noch in fünfzig Jahren reden. Ich will das schönste Kleid, das jemals eine Braut getragen hat. Ich will einen Schleier, der keinen Blick durchlässt, eine meterlange Schleppe. Und die Kinder sollen mir Rosen vor die Füße streuen.«
Es war an einem Abend Ende Juni, als sie das sagte. Sie saß

neben mir auf der Couch in der Wohnung von Frank und Ria. Die beiden saßen uns gegenüber. Um den Kauf des schönsten Kleides, das jemals eine Braut getragen hat, hatte Ria sich bereits gekümmert. Soviel ich wusste, war es in Paris bestellt worden und wurde eigens für Sina angefertigt. Ich wollte mit ihr am nächsten Tag nach Köln fahren, um die Ringe zu besorgen. Auch davon hatte sie eine besondere Vorstellung.

»Ich will …« Schmal mussten sie sein und möglichst grau.

Aus Eisen vielleicht, scherzte Frank. Aber die würde es nirgendwo geben.

Was mich verunsicherte, war das plötzliche »Ich will!«. Und der Ton, in dem sie es aussprach. Er war kompromisslos, völlig ohne Gnade. Er klang wie ein Urteil. Als ob ich sie zum Schafott führen wollte statt vor den Altar.

Sie sollte haben, was immer sie wollte. Wenn das ganze Dorf verrückt spielte und ihr am liebsten die Welt zu Füßen gelegt hätte, warum sollte ich mich da ausschließen? Ich war an einem Punkt angelangt, an dem mir jeder ihrer Wünsche als pure Notwendigkeit erschien.

Ich würde einen grauen Ring suchen. Anschließend wollte ich mit ihr einen Besuch bei meinen Eltern machen. Es ließ sich kaum umgehen, die Einladung zur Hochzeit persönlich auszusprechen. Bei Vater war das schon geschehen. Er war in den letzten Wochen häufiger in Kirchfelden gewesen. Aber er kam immer allein.

»Ich will in einer weißen Kutsche zur Kirche fahren«, erklärte Sina. »Mit vier Schimmeln davor. Und alles soll mit weißen Rosen geschmückt werden.«

Frank nickte nur noch und notierte, überlegte wohl, woher er vier Schimmel nehmen sollte. Auf dem Birkenhof gab es keine.

»Kutsche und Pferde kann man mieten«, meinte Ria. »Ich wollte ohnehin noch nach Köln, um für mich ein Kleid zu kaufen. Da kann ich mich danach erkundigen.«

Ich hatte einen Arm um Sinas Schultern gelegt. Und ich glaube, Frank sah die Tränen im selben Augenblick, in dem ich das Zucken bemerkte.
»Ich will«, flüsterte Sina, »dass alle zur Kirche kommen. Das ganze Dorf soll Spalier stehen und mir gratulieren.«
Frank beugte sich ein wenig vor und versprach: »Und wenn ich sie einzeln hinschleifen und festbinden muss. Ich werde dafür sorgen, dass alle da sind. Darauf kannst du dich verlassen.«
Das Zucken unter meinem Arm verstärkte sich. Sie hob beide Hände vor ihr Gesicht und drehte den Kopf zur Seite, sodass ich sie nicht mehr ansehen konnte.
Sie weinte schlimmer als in der Silvesternacht. So, wie ich sie nachts oft weinen hörte. Zu den Tränen kamen lang gezogene Schluchzer. Wie in einem Krampf wurde sie davon durchgeschüttelt. Die Zeit dehnte sich, Flügelschläge der Ewigkeit. Ich konnte nichts tun, war ganz steif, hatte keine Worte für sie, nicht einmal eine Hand.
»Ich will es doch«, flüsterte sie. »Ich will es wirklich. Aber ich kann nicht.« Dann wurde aus dem Flüstern ein Schrei. »Frank! Hilf mir. Tu etwas. Bring mich weg von hier. Ich will nicht sterben.«
Frank schüttelte sich, erhob sich mit einem Ruck und kam zur Couch. Er nahm sie auf die Arme und trug sie hinaus wie ein Kind. »Ganz ruhig«, murmelte er dabei. »Es ist alles gut. Ich bin da, Christina. Ich tu, was ich kann.« Er trug sie ins Nebenzimmer und drückte mit einer Schulter die Tür hinter sich zu. Ich blieb mit Ria zurück, unfähig, etwas zu sagen.
Ria fasste sich schneller. »Manchmal ist sie komisch«, sagte sie. »Da fragt man sich, was in ihrem Kopf vorgeht.«
»Sie hat Angst vor mir«, erklärte ich.
Ria schüttelte den Kopf »Unsinn, Chris. Das hat nichts mit dir zu tun. So war sie als Kind schon. Man hat ihr hier einfach zu viel durchgehen lassen. Wenn etwas nicht nach ihrer Nase

geht, bekommt sie Weinkrämpfe, und als Letztes fällt ihr immer ein, dass sie sterben könnte. Das funktioniert.«
Dann saßen wir uns schweigend gegenüber. Ich glaubte Ria kein Wort, wartete darauf, dass Frank zurückkam, um mit ihm zu reden. Eine halbe Stunde verging, ehe er endlich wieder erschien. Er war allein, setzte sich neben Ria in den zweiten Sessel und erklärte: »Sie schläft.«
Mir schien, er hatte auch geweint, Augen und Lider waren gerötet. Mehrfach schluckte er heftig, dann meinte er: »Sie treibt es so weit, dass sie vor Erschöpfung einschläft.«
Er stand wieder auf, ging zu einer Anrichte und goss ein Glas zur Hälfte mit Weinbrand voll. Als er es ansetzte, sah ich, dass seine Hand zitterte. Er schluckte den gesamten Inhalt in einem Zug, schloss die Augen dabei und presste, als er das Glas absetzte, für einen Moment die Lippen aufeinander. Dann erst schaute er zu mir herüber. »Entschuldige, Chris, möchtest du auch einen?« Ich nickte, er füllte drei Gläser. Eines reichte er Ria.
Sinas Weinen hatte sich wie klebriger Brei im Raum verteilt. Der Weinbrand half nicht dagegen. Er machte nicht einmal die Kehle frei. Frank setzte sich wieder. Sein Glas hielt er mit beiden Händen zwischen den gespreizten Knien.
»Ich will wissen, was hier los ist«, verlangte ich. »Warum müsst ihr sie unbedingt mit mir verkuppeln? Warum habt ihr euch nicht einen anderen gesucht? Zum Teufel, sie hat doch Angst vor mir!«
Frank schaute mich lange an, schwenkte den Weinbrand im Glas, schüttelte bedächtig den Kopf. Endlich erklärte er: »Nein, Chris, mit dir hat es bestimmt nichts zu tun.«
»Sie hat mir selbst einmal gesagt, dass sie Angst vor mir hat«, widersprach ich heftig. Noch einmal schüttelte Frank den Kopf, langsam und nachdrücklich.
»Da hast du sicher etwas missverstanden, Chris. Sie weint

ohne Grund, glaub mir. Vielleicht ist es Vererbung. Ihre Mutter hat auch sehr viel geweint. Vor allem in der Zeit, als sie mit Sina schwanger war. Ich habe mal irgendwo gelesen, das überträgt sich aufs Kind.«
Ich wollte mich nicht vom Thema abbringen lassen. Trotzdem fragte ich automatisch: »Wie ist ihre Mutter gestorben?«
Frank starrte mich an, presste die Kiefer fest aufeinander und schüttelte langsam den Kopf. Auch Ria schüttelte den Kopf, winkte gleichzeitig mit einer Hand ab, um mir zu bedeuten, dass ich ein Tabuthema anschnitt. Sie saß zurückgelehnt in ihrem Sessel, Frank leicht vorgebeugt. Er sah die Zeichen nicht, die sie mir gab.
Rias Gestik bauschte die Sache auf. Ich wollte mich nicht mit Christina beschäftigen. Aber in meinem Kopf machte sich etwas selbstständig, als ob Sinas Mutter der Dreh- und Angelpunkt für alles wäre. Hat auch sehr viel geweint, das klang nicht nach einer Frau, die ihren Mann nach Strich und Faden betrogen hatte. Oder war sie verprügelt worden? Hatte Richard befürchten müssen, es sei nicht sein Kind?
Ich wurde wütend, als ich begriff, dass ich keine Antwort bekam. Ria gab immer noch Zeichen. Ich stand auf, ließ die beiden sitzen und fuhr zurück ins Dorf.

Luise war erstaunt, als ich so früh zur Tür hereinkam. Sie saß am Tisch und überprüfte einige Rechnungen, schaute kurz auf und meinte: »Nanu, mit dir habe ich noch nicht gerechnet.«
Ich setzte mich zu ihr und erzählte, was vorgefallen war. Sie schwieg dazu.
»Ich kann Sina unter diesen Umständen nicht heiraten«, sagte ich. »Ich hatte von Anfang an ein komisches Gefühl. Und ihr ist auch nicht wohl in ihrer Haut. Frank kann von mir aus noch hundertmal das Gegenteil behaupten.«
Luise war blass geworden. »Jetzt rede dir doch nichts ein,

Chris. Das ist Blödsinn. Frank hat recht. Sina hat schon als Kind viel geweint, es wird Vererbung sein. Wenn Frank das sagt, weiß er, wovon er spricht. Und dass er nicht über Christinas Tod reden will, mein Gott!«

Luise wurde eifrig in ihrem Bemühen, mich zu überzeugen. »Er kann nicht darüber reden, das musst du verstehen. Als Sina geboren wurde, war er mit ihrer Mutter allein. Der arme Junge, gerade sechzehn war er und musste ein Kind auf die Welt holen! Und es kam noch schlimmer für ihn. Er hat Christina angebetet, vergöttert hat er sie, und sie starb ihm unter den Händen weg. Er ist nie darüber hinweggekommen. Er denkt heute noch, es sei seine Schuld.«

Das war wenigstens eine Erklärung für die zusammengepressten Kiefer und den starren Blick, für Rias Gestik, vielleicht sogar für das Gerede über Christinas Verschwinden.

»Und warum hat ihre Mutter geweint?«

Luise seufzte wehmütig und machte deutlich, dass sie zur Minderheit gehörte, zu den wenigen, für die Christina ein reinweißer Engel gewesen war. »Sie hatte es hier nicht leicht. Ein fremdes Land, fremde Sitten und Gebräuche, mit denen sie nicht zurechtkam. Fremde Menschen, deren Sprache sie nicht verstand, die sie nicht verstehen wollten. Sie war ein sehr natürlicher Mensch. Aber hier, was ist denn hier noch natürlich? Du weißt doch, wie die Leute hier sind. Wenn einer nicht nach ihren Regeln lebt, passt er nicht in ihre Welt. Christina war sehr jung, als sie herkam, kaum älter als Sina jetzt.«

»Im Dorf erzählt man sich, sie hätte Richard nach Strich und Faden betrogen. Sie hätte ihn umbringen lassen von einem Liebhaber.«

Luise lächelte. »Ja, ich weiß, vom Teufel. Der soll ihm das Gedärm herausgerissen haben. Anschließend hat er mit Christina auf der Leiche getanzt, und sie waren beide nackt, wie du dir denken kannst. Sie sind dann noch auf einem Besen die Straße hier entlanggeritten. Ich habe es nicht gesehen. Aber es muss wohl so gewesen sein. Wie sollen die Leute sonst auf so etwas kommen? Das saugt sich schließlich keiner aus den Fingern.«

Eine volle Minute lang waren wir beide still, dann fragte ich: »Hast du sie gut gekannt?«

Luise lächelte wieder, weicher jetzt. »Sicher, Chris. Jeder im Dorf hat sie gut gekannt. Sie war ja mehr im Dorf als auf dem Birkenhof. Da draußen war sie nicht glücklich. Sie gab ihr Bestes, um Richard eine gute Frau zu sein. Aber gut war sie für ihn nur im Bett. Ansonsten konnte sie seinen Ansprüchen nicht gerecht werden, bei seiner Erziehung, und er war all die Jahre älter als sie. Sie ging regelmäßig zu Frau Liebig. Die wohnte damals noch in der Schule, zwei Zimmer hatte sie da, das Häuschen ist erst später gebaut worden. Frau Liebig versuchte, Christina ein wenig beizubringen.«

Ich fühlte meinen Herzschlag überdeutlich. Da brach etwas auf. Frau Liebig! Ich war wieder elf Jahre alt, stand neben der Gartenmauer und belauschte das Gespräch im Wohnzimmer. »Geh zu Frau Liebig«, hatte Luise vor achtzehn Jahren zu Vater gesagt. »… Auswärtige mitgemischt«, das war Sebastians Stimme. Mir wurde kalt, gleichzeitig fühlte ich, dass mir die Hände feucht wurden vom Begreifen. Christina war die Frau gewesen, mit der Vater vor langen Jahren ein Verhältnis gehabt hatte. Christina war die Frau gewesen, die Mutter veranlasst hatte, für ein paar Wochen aus meinem Leben zu verschwinden. Christina war auf dem Birkenhof unglücklich gewesen, hatte Vater angefleht, sie mitzunehmen. Und als Vater das ablehnte, weil er seine Ehe retten wollte: »Ich habe noch nie einen Menschen so weinen sehen!«

Vaters Freude, Sina zu sehen. Mutters Reaktion auf den Namen. Es passte zusammen. Und was war mit dem Gedanken, der mir eine knappe Stunde vorher durch den Kopf gefahren war? Hatte Richard befürchten müssen … Himmel, steh uns bei, dachte ich. Alles, aber das nicht! Ich konnte nicht atmen, sah Vater vor mir, wie er sie in die Arme nahm. Seine Rührung. Was war sie in diesem Moment für ihn gewesen? Nur die Tochter der ehemaligen Geliebten? Mehr konnte sie nicht gewesen sein für ihn. Er hätte niemals zugelassen, dass ich meine Schwester … Aber Liebhaber erfuhren nicht immer von ihrem Glück.

»Als Richard sie herbrachte«, sagte Luise in meine Gedanken hinein, »konnte sie nicht einmal ihren Namen schreiben. Er hätte sie niemals mitbringen dürfen. Aber sie war sehr schön und blutjung. Das gefiel ihm. Und er hatte sich auch vorher nicht darum gekümmert, ob Mama mit seinen …«

Ich konnte ihr kaum noch zuhören, wusste so gut, was Vater bei ihr empfunden haben musste. »Starb sie wirklich bei Sinas Geburt?« Meine Stimme klang wie ein Reibeisen.

Luise nickte. »Sie hatte Probleme mit der Schwangerschaft, das wussten alle. Aber Sina kam ein bisschen zu früh. Es hatte noch niemand damit gerechnet. Sonst hätten sie sie ins Krankenhaus gebracht. Sie hat häufig zu Frau Liebig gesagt, dass sie ihr Kind nicht auf dem Hof bekommen kann wie die anderen.«

»Und Richard, wie ist er umgekommen?«

Luise zuckte mit den Achseln. »Das war ein Unfall, mit dem Auto. Ich nehme an, er hatte zu viel getrunken. Trotz allem hat ihr Tod ihn tüchtig mitgenommen.«

»Warum liegt sie nicht neben ihm auf dem Friedhof?«

Luise schaute mich an mit einem Blick, der deutlich machte, dass sie allmählich die Geduld verlor. Ein wenig gereizt erklärte sie: »Wo ihr Grab jetzt ist, weiß ich nicht. In den ersten Jahren war es hier auf dem Friedhof. Als Sina schulpflichtig wurde, hat man sie weggebracht, vermutlich in ihre Heimat. Es ging nicht anders. Das Kind war völlig außer sich. Statt zur

Schule lief es zum Friedhof; es war von dem Grab nicht wegzubekommen. Ich bin selbst einmal dazu gekommen, wie sie mit den Händen in der Erde wühlte. Es war unheimlich. Sina hatte ihre Mutter nie gesehen, sie konnte noch nicht schreiben oder lesen, um die Inschrift auf dem Grabstein zu entziffern. Aber sie wusste genau, wo sie nach ihrer Mutter suchen musste.«

Mein Vater und Sinas Mutter, etwas anderes hatte ich nicht im Kopf. Und ich hatte gedacht, mich gingen die alten Geschichten nichts an. Ich hatte ein widerliches Brennen im Magen. »Irgendwas ist da faul«, sagte ich. »Frank war allein mit ihr. Allein auf dem Birkenhof? Und wo war der Rest der Familie? Machten die einen Betriebsausflug? Und das Telefon war ausgefallen, sonst hätte Frank doch bestimmt einen Krankenwagen gerufen, als es losging. Im Dorf erzählt man, die Familie hätte Christina umgebracht. Erich machte neulich auch eine komische Bemerkung. Mama fragte ihn nach der schwarzen Dame, und er schrie: ›Ihr habt sie doch verscharrt, ihr Schweine!‹ Das hört sich für mich nicht nach einem ordentlichen Begräbnis an?«

»Erich weiß nicht, was er sagt«, erklärte Luise bestimmt. »Und manchmal habe ich das Gefühl, du bist auch nicht ganz bei Verstand. Du willst doch auf etwas Bestimmtes hinaus. Willst du mir nicht endlich sagen, worauf?«

Als ich nicht antwortete, atmete sie tief durch. »Chris, ich weiß, was im Dorf geredet wird. Wahrscheinlich weiß ich es besser als du, ich lebe immerhin schon ein paar Jährchen länger hier. Aber an diesem Gerede ist nichts dran. Eins kannst du mir glauben: Es gab damals welche, die sich alle zehn Finger nach Christina geleckt haben und nie zum Zuge gekommen sind. Und es gibt heute welche, die es bei Sina versuchen und auf Granit beißen. Da erzählen sie das, was sie gerne hätten, als Tatsache.«

Dass mein Vater auch nicht zum Zuge gekommen war, sagte sie nicht. Und ich schaffte es nicht, sie direkt nach ihm zu fragen. Ich hätte auch kaum eine ehrliche Antwort bekommen.

Am nächsten Tag fuhr ich zum Birkenhof, um sie abzuholen, wie es besprochen war. Ringe kaufen! Die halbe Nacht hatte ich wach gelegen und mir einzureden versucht, dass es blödsinnig war, von ein paar Fragmenten in meinem Kopf auf ein Verhältnis zwischen Vater und Christina zu schließen. Und zwanzigmal, dreißigmal hatte ich Sina stammeln hören: »Ich will ja. Ich will es wirklich. Aber ich kann nicht.«

Das Gerede im Dorf mochte an den Haaren herbeigezogen sein. Aber eines ließ sich nicht wegleugnen: Sinas Fähigkeiten. Sie fühlte sich zu mir hingezogen; sie fühlte, dass etwas zwischen uns war. Aber sie fühlte auch, dass es nicht sein durfte. Wenn sie mich wegschickte … Ich hätte nicht gehen können.

Agnes öffnete mir das Tor, begrüßte mich freundlich. »Geh nur hinein, Chris. Sina ist in ihrem Zimmer.« Beruhigt war ich von diesem Empfang nicht. Agnes ging zurück in die Gärten, während ich das Haus betrat. Die schwere Holztür mit ihren wunderbaren Schnitzereien war unverschlossen wie immer, die Halle dahinter leer. So schien es auf den ersten Blick.

Es war kühl und dämmrig, nach der Helligkeit draußen eine Umstellung für die Augen. Mich fröstelte leicht. Ich wandte mich der Treppe bei der Eingangstür zu, hatte es sehr eilig, zu ihr hinaufzukommen. Zwei Stufen hatte ich bereits genommen, als mich die Stimme zurückhielt. Es war nur geflüstert. Aber in dem großen, spärlich möblierten Raum hallte es in meinen Ohren. »Mörder!«

Der alte Erich stand neben dem Kamin in eine Mauernische gedrückt. Beide Arme hielt er über dem Kopf, als erwarte er Schläge. Er bemerkte sehr wohl, dass ich ihn entdeckt hatte.

Trotzig wie ein Kind hob er mir sein Gesicht entgegen, drückte sich noch tiefer in die Nische und wiederholte: »Mörder!«
Ich wusste nicht, ob ich ihn unbeachtet lassen oder auf ihn zugehen sollte. Sein verwirrter Geist mochte ihn wer weiß wen in mir sehen lassen. Am Ende verängstigte ich ihn noch mehr, wenn ich ihm meine Aufmerksamkeit schenkte.
Während ich noch zögerte, presste er sich tiefer in seine vermeintliche Sicherheit. Sogar die Arme nahm er herunter, straffte die Schultern. Auch seine Stimme wirkte gestrafft, ließ Reste von dem erkennen, was er vor langen Jahren mit ihr ausgedrückt haben mochte. »Ich habe dich gewarnt, und ich sage es nicht gerne zweimal. Wenn du sie noch einmal anrührst, gibt es kein Loch, in das du dich verkriechen kannst.«
Immer noch auf der zweiten Treppenstufe stehend hob ich beide Hände, um ihn zu beschwichtigen. Langsam und bemüht, keine hastigen Bewegungen zu machen, ging ich auf ihn zu und sprach beruhigend auf ihn ein. »Erich, ich bin es, Chris. Du kennst mich doch, Erich. Du weißt, wer ich bin.«
Er nickte bedächtig. »Und ob ich dich kenne, du bist der Schlimmste von allen. Du mit deinem harmlosen Gesicht. Du erzählst ihr, dass du es gut mit ihr meinst, und du hast nichts weiter im Kopf dabei als dein eigenes, erbärmliches Leben. Gib es doch zu, es kümmert dich einen Dreck, was aus ihr wird. Aber mich kümmert es.«
Noch ein Häppchen, den Verdacht zu füttern. Er verwechselte mich, derselbe Name, die äußere Ähnlichkeit mit Vater! Er kam auf mich zu, blieb dicht vor mir stehen und griff nach den Aufschlägen meiner Jacke. Er war kleiner als ich und musste sich recken, um sein Gesicht nahe an meines zu bringen. Mit zur Seite gelegtem Kopf presste er hervor: »Ich sage es dir jetzt zum allerletzten Mal. Lass sie in Ruhe, mach ihr das Herz nicht schwerer, als es schon ist. Wenn ich sie noch einmal weinen höre, bringe ich dich um.«

Mit einem Ausdruck tiefsten Abscheus ließ er meine Jacke los. Er wischte seine Hände an den Hosenbeinen ab. Langsam drehte er sich um und schlurfte auf eine Tür im Hintergrund zu. Mit hängenden Schultern brabbelte er vor sich hin. »Einmal hin, einmal her, einmal vor und einmal zurück, bis nichts mehr übrig bleibt, nur rote Matsche. Sei still, meine Schöne. Erich erledigt das für dich. Erich fährt ihn in den Dreck, wo er hingehört.«

Ich starrte ihm nach, bis er die Tür hinter sich schloss, und zerbiss mir fast die Unterlippe dabei. Erst nach ein paar Minuten schaffte ich es, die Treppe hinaufzusteigen. Die Tür zu Sinas Zimmer war nur angelehnt. Sie stand am Fenster, klein und zerbrechlich wie die Porzellanpuppe auf ihrem Regal. Und neben der kleinen Kostbarkeit saß der Stoffrichard und beobachtete mich mit Argusaugen. Da war auch eine Ähnlichkeit. Sie musste seine Tochter sein. Etwas anderes zu denken war unsinnig. Ihrem Gesicht sah man den gestrigen Ausbruch noch an. Zahlreiche rote Flecken verteilten sich auf Stirn und Wangen. Die Augen waren gerötet, die Lider geschwollen. Sie schaute mir entgegen und streckte die Arme aus. »Halt mich fest, Chris.«

Grenzenlos erleichtert zog ich sie an mich. Eine Weile blieb sie so, den Kopf an meiner Schulter, beide Arme um meine Hüften gelegt.

»Wenn es dir lieber ist«, bot ich ihr an, »fahren wir an einem anderen Tag nach Köln.« Mir wäre es lieber gewesen, noch ein oder zwei Tage Abstand zu bekommen. »Es muss nicht unbedingt heute sein, wenn du dich nicht gut fühlst.«

Kaum merklich schüttelte sie den Kopf. »Ich fühle mich gut. Und den Rest bringt Ria gleich in Ordnung. Wenn sie mich angemalt hat, musst du dich nicht mit mir schämen.«

»Ich schäme mich nicht mit dir«, sagte ich.

Sie befreite sich aus meinen Armen, ging zum Bett und setzte

sich. »Du meinst das so, wie du es sagst, nicht wahr? Es stört dich wirklich nicht, wenn ich verweint aussehe. Du liebst mich immer.«
»Immer«, sagte ich.
Sie seufzte und schaute zum Fenster hin. »Es tut mir leid, Chris. Ich sollte eine glückliche Braut sein, stattdessen bekomme ich Weinkrämpfe, und ich weiß nicht einmal, warum.«
Ich setzte mich neben sie und nahm sie erneut in die Arme, zufrieden, dass ich sie fühlen durfte, dass niemand mich von ihr wegriss. ›Tut mir leid, Chris, aber du darfst sie nicht heiraten. Wir haben gerade erfahren, dass dein Vater …‹
Nach einer Weile fragte sie: »Mit wem hast du unten gesprochen?« Ich erzählte ihr beinahe wörtlich, was Erich von sich gegeben hatte. Ob ich mir von ihr eine Erklärung erhoffte … Nein, nicht wirklich. Sie zog auch nur die Schultern zusammen.
»Manchmal ist er komisch«, meinte sie. »Man weiß nie, was in seinem Kopf vorgeht. Einmal hat er bei Agnes gefrühstückt. Sie hat ihn nur nach dem Salzstreuer gefragt, da ist er fast gestorben vor Angst. Und einmal war er draußen im Garten. Er geht nur selten hinaus. Die Mauer macht ihn verrückt. Da denkt er, er sei wieder eingesperrt. Ich war auch draußen, mit Frank. Frank hat ein Beet umgegraben. Und plötzlich ging Erich auf Frank los. Er riss ihm die Schaufel aus der Hand, schlug auf ihn ein und schrie mich an: ›Lauf weg, lauf weg, ich halt ihn auf!‹ Wenn Achim nicht zufällig in der Nähe gewesen wäre, hätte er Frank erschlagen. Man muss bei ihm immer ein bisschen vorsichtig sein. Meist ist er friedlich, aber ein falsches Wort, und dann ist er so wie heute.«

Mit Puder, Rouge und anderen Hilfsmitteln brachte Ria wenig später ein kleines Kunstwerk zustande. Sinas Gesicht wurde ebenmäßig wie das einer antiken Büste. Ich schaute zu, wie Ria mit einem Stab Locken in das dunkle Haar drehte. Die gleichmäßigen Handgriffe wirkten wie eine Hypnose. Du bist ruhig, du bist ganz ruhig, Chris. Du bist völlig entspannt. Ein glücklicher Mann, der nur nach Köln fahren will, um Ringe zu kaufen und seine Eltern zur Hochzeit einzuladen.

»Seid ihr zum Abendessen zurück?«, wollte Ria wissen.

»Bestimmt«, sagte ich. »Wir werden uns nicht länger als nötig aufhalten.«

»Dann betrachtet euch als eingeladen«, sagte Ria. Endlich war sie mit ihrer Leistung zufrieden, schaute Sina mit leicht geneigtem Kopf an und lachte. »Und das in fünfzehn Minuten. Gib mir eine halbe Stunde Zeit, und ich mache eine Schönheit aus dir, nach der sich alle den Kopf verrenken.«

»Für heute reicht es.« Ich lachte ebenfalls, obwohl mir Rias Nachsatz einen leichten Stich versetzt hatte.

Es hat mich auch später immer wieder erstaunt, wie wandelbar Sina in ihrem Äußeren war. Ein Kaleidoskop an Gesichtern und Gestalten. Manchmal schien es, als lege sie absolut keinen Wert auf Schönheit oder Eleganz. Da lief sie den ganzen Tag in einem schäbigen Kittel herum, das Haar ungekämmt, die Fußsohlen schwarz, weil sie weder Schuhe noch Strümpfe trug. Dann wieder konnte sie Stunden vor einem Spiegel zubringen, probierte alles aus, was Ria ihr beigebracht hatte, bis sie sich schließlich bei mir erkundigte: »Wie sehe ich aus, Chris?« Und ich konnte nur murmeln: »Hinreißend.«

Heute war sie eine junge Dame. Sie wirkte älter und reifer in dieser Aufmachung. Mit dem Kleid streifte sie die Stimme über. Eine elegante und wissende, eine amüsierte Stimme. Sie ließ sich von mir die Wagentür öffnen und bat mich, im Radio einen Sender einzustellen, der klassische Musik ausstrahlte. Als die ersten Töne erklangen, lehnte sie sich zurück und schloss die Augen.

Diese Art von Unterhaltung schien wie geschaffen für sie. Später sah ich sie zu Rockmusik tanzen, hörte ihr zu, wie sie sentimentale und schmalzige Volkslieder sang oder Jazzinterpreten nachahmte. Es gab keine festen Gesetze, keine Regeln, keine Gleichmäßigkeit an ihr. Ich habe nie versucht, einen Stil oder eine bestimmte Richtung bei ihr zu finden. Sie war Sina, sie war einmalig und immer nur sie selbst.

Ich hatte mich für einen Juwelier entschieden, bei dem auch Vater seit Jahren kaufte. Irgendwie fühlte ich mich dadurch verpflichtet. Aber das war es nicht allein. Schon während der Fahrt hatte ich das dringende Bedürfnis, etwas für sie zu tun. Ihr zu zeigen, wie viel sie mir bedeutete.

Die Ringe, die sie aussuchte, gefielen mir zwar. Sie waren schlicht, schmal und unauffällig. Dementsprechend war auch ihr Preis. Fast wäre es darüber zu einer kleinen Auseinandersetzung gekommen.

Vielleicht wollte ich nur beweisen, dass auch ich einer Sina Birkenfeld etwas zu bieten hatte. Ich ließ mir verschiedene Schmuckstücke vorlegen. Und egal, was uns gezeigt wurde, Sina schüttelte den Kopf. Ich ließ mich davon nicht abhalten, bezahlte die Trauringe und kaufte für sie noch einen zweiten Ring. Er war aus schwerem, massivem Gold, in der Mitte ein eingefasster Rubin. Er passte nicht zu ihr. Und sie wollte ihn nicht anziehen.

»Ich will das Ding nicht, Chris. Wenn er dir gefällt, zieh ihn von mir aus selbst an. Weißt du, zu wem er passen würde? Zu deiner Lehrerin! Schenk ihn doch ihr! Du kannst ja sagen, es wäre das Abschiedsgeschenk.«

»Bist du etwa eifersüchtig auf Silvia?«

Sie zuckte mit den Schultern, warf trotzig den Kopf zurück. »Hab ich das nötig?« Dann streckte sie die Hand aus. »Gib schon her. Aber anziehen werde ich ihn nicht.« Sie steckte den Ring mitsamt der kleinen Schachtel in ihre Handtasche und lief auf den Wagen zu. Dann war sie wieder Dame, ließ sich von mir die Autotür öffnen, stieg ein und zupfte den Rock über den Knien zurecht.

Vater war noch in der Kanzlei, als wir ankamen. Mutter begrüßte uns mit einer Miene säuerlicher Freundlichkeit. Sie ging vor uns her in den Wohnraum und erklärte dabei, Vater werde im Laufe der nächsten halben Stunde kommen. Das tat sie mit einem Eifer, als kämen wir nur seinetwegen. »Wenn es recht ist«, sagte sie, jede persönliche Anrede vermeidend, »warten wir mit dem Kaffee so lange.«

Mir war es egal. Sina bat um ein Glas Limonade. Ablehnen konnte Mutter das kaum, dazu war die Bitte zu harmlos. Während sie in die Küche ging, um ein Glas Limonade zu holen, setzte Sina sich demonstrativ in einem Sessel zurecht. Mutter kam zurück und machte es sich in einem zweiten Sessel bequem. Doch von bequem konnte kaum die Rede sein. Sie saß aufrecht und stocksteif, wusste nicht, ob sie schweigen oder reden, lächeln oder fluchen sollte.

Eine Viertelstunde verging. Mutter ertrug die Situation mit Unnahbarkeit. Mehrfach wischte sie eine ominöse Haarsträhne aus der Stirn, rückte hier und dort etwas an ihrer Frisur zurecht. Dann erhob sie sich.

»Ich mache den Kaffee fertig. Dein Vater muss jeden Augenblick kommen, Chris.«

Ich hatte Angst vor seinem Erscheinen. Mutter verließ das Zimmer. Ich setzte mich zu Sina auf die Sessellehne und versicherte ihr, dass ich sie liebte, mehr liebte, als ich selbst begreifen konnte.

Sie lächelte zu mir auf. »Das weiß ich doch, Chris.« Sie legte mir eine Hand in den Nacken, zog meinen Kopf zu sich herunter, küsste mich. »Aber du kannst mich nie so lieben wie ich dich«, sagte sie anschließend.

Bei den letzten beiden Worten kam Mutter zurück ins Zimmer.

Sie erstarrte bei der Tür und bedachte Sina mit einem Blick voll eiskalter Wut.
Wenig später hörten wir den Schlüssel in der Tür. Sina sprang aus dem Sessel auf und warf sich in Vaters Arme. Er fing sie auf, lachte warm und herzlich, drehte sie zweimal im Kreis und stellte sie zurück auf ihre eigenen Füße. »Ich habe mich schon gefragt, warum es im Zimmer so hell ist«, sagte er und ließ sich auf beide Wangen küssen. Er war gerührt, und sie genoss es, ihn um den Finger zu wickeln. Jeden Augenblick kostete sie aus, ließ sich von ihm an den Tisch führen. Das ›Vater‹ kam flüssig und selbstverständlich über ihre Lippen. Und ihm stiegen dabei Tränen in die Augen.

Mutter ertrug die Kaffeestunde und die Einladung, die dabei ausgesprochen wurde, mit Würde. Sie ließ sich nicht anmerken, dass sie mit jeder Minute kleiner wurde. Nach dem Kaffee zog Vater Sina in eine stille Ecke und ließ sich in allen Einzelheiten von der geplanten Feier und unserem Einkauf berichten. Sina war plötzlich wieder Sina, streifte die Dame und das Biest ab wie einen nassen Regenmantel. Sie hielt Vater den Ring in der Schachtel entgegen. Streifte ihn auf seine Bitte hin an den Finger. Und der Rubin wurde an ihrer Hand zu einem frisch gewaschenen Bachkiesel. Etwas, das man aufhob für immer und alle Zeiten, weil es ewige Jugend und Fröhlichkeit bedeutete.
Auch Mutter wurde wieder sie selbst. Sie winkte mich mit einer herrischen Geste in die Küche. Dort stellte sie sich mit dem Rücken gegen die Tür. »Warum diese Eile, Chris? Du kennst sie doch kaum. Ich kann das gar nicht glauben.«
»Dann lass es«, erwiderte ich.
Mutter schüttelte den Kopf. »Sie passt nicht zu dir. Das musst du doch sehen. Warum suchst du dir nicht eine Frau unter deinesgleichen? Warum hast du dich von Silvia Hen-

schel getrennt, Chris? Da wäre doch eine Gemeinsamkeit gewesen. Ich begreife nicht, was du an diesem Mädchen findest. Gut, man kann ihr einen gewissen bäuerlichen Charme nicht absprechen, und du neigst ja anscheinend zum einfachen Leben. Aber musst du gleich so weit gehen und sie heiraten?«
Sie sprach leise, dennoch überschlug sich ihre Stimme vor Eifer und Hass. Je mehr sie sich erregte, umso ruhiger wurde ich. Als ich ihr nicht antwortete, fuhr sie fort: »Oder gibt es Gründe für diese überstürzte Heirat, die du mir nicht sagen willst? Hast du sie etwa geschwängert?«
Ich hob gleichgültig die Achseln. »Möglich. Willst du mehr wissen? Vielleicht, wann und wo? Oder wie sie mich mit ihrem gewissen bäuerlichen Charme so scharf gemacht hat, dass ich ihr nicht einmal Zeit ließ, ihr Höschen auszuziehen?«
Für Sekunden presste Mutter die Lippen aufeinander, starrte mich mit einem Blick an, den ich nicht einordnen konnte. Dann schüttelte sie den Kopf. »Was ist nur aus dir geworden? So kenne ich dich nicht, gewöhnlich und ordinär.«
»Ich bin nicht ordinär«, sagte ich. »Ich bin nur ein Mann, der die Frau heiraten will, die er liebt. Sie ist ein wundervoller Mensch. Vater mag sie auch.« Ich wollte noch mehr sagen. Fragen, ob sich ihre Antipathie in einer Episode begründete, die achtzehn Jahre zurücklag. Erklären, dass es nicht immer nur die Schuld eines Mannes war, wenn er seine Frau betrog. Aber Mutter unterbrach mich und beantwortete damit die unausgesprochene Frage, zumindest lieferte sie meinem Verdacht weitere Nahrung.
»Dein Vater ist ein alter Narr«, meinte sie abfällig. »Er lebt nicht in der Gegenwart. Eines Tages wird er begreifen, was hier gespielt wird. Du auch, glaub mir. Leider wird es dann zu spät sein. So weit muss es doch nicht kommen! Wenn sie ein Kind von dir erwartet, Chris, gut, dann zahlst du eben. Andere

tun das auch. Lass dir doch dein Leben von diesem Tierchen nicht kaputtmachen!«
Sie tat mir nur noch leid. Rein verstandesmäßig sah ich, was ich ihr zumutete. Aber das reichte nicht, um ihr einen Schritt entgegenzukommen. Es reichte nicht einmal zu einem verständnisvollen Ton. »Lieber ein Tierchen«, sagte ich, »als eine taube Nuss. Niemand verlangt von dir, dass du Sina überschwängliche Gefühle entgegenbringst. Es reicht, wenn ich das tue.«
Damit ging ich auf sie zu, schob sie von der Tür weg und verließ die Küche. Vater sagte gerade: »Aber einen Wunsch wirst du doch haben für diesen besonderen Tag.«
»Ja«, Sina seufzte nachhaltig. Den Ring trug sie nicht mehr am Finger, er steckte wieder in der Schachtel. Sie lag noch auf dem Tisch. »Aber den kannst du mir nicht erfüllen. Ich würde den Tag gern hinter Glas stellen, damit er nicht blass wird. Vielleicht weiß ich in zwanzig Jahren nicht mehr, wie ich ausgesehen habe. Erinnerungen sind nie hinter Glas.«
Vater nahm ihre Hände. »Ich werde ihn für dich aufheben«, versprach er. »Und in zwanzig Jahren erzähle ich dir, dass du die schönste Braut warst, die jemals neben einem Mann vor dem Altar stand, Christina.«
Wieder hatte er sie bei ihrem vollen Namen genannt. Ich mochte das nicht. »Sina«, rief ich. Vater lachte leise. »Da ist doch kein Unterschied«, meinte er.
Wir blieben noch eine knappe Stunde. Dann nutzte ich den hereinbrechenden Abend als Vorwand für die Heimfahrt. Vater begleitete uns zum Wagen. Bevor wir einstiegen, zog er sie rasch noch einmal in seine Arme. Als wir losfuhren, winkte er uns nach, hob die Hand zu seinem Gesicht und wischte sich über die Augen, bevor er ins Haus zurückging.
»Er ist wie du«, flüsterte Sina. »Genau wie du.«
Ich lachte verlegen. »Andersherum. Ich bin wie er. Da habe

ich wohl Glück gehabt, dass ich nicht mehr nach meiner Mutter geraten bin. Soll ich mir jetzt wünschen, dass mein Sohn auch so wird?«
»Nein«, sagte sie, »wünsch es dir nicht. Der Wunsch kann nicht in Erfüllung gehen, weil er auch mein Sohn ist.«
»Bekommen wir einen Sohn?«
»Bestimmt, Chris, ich verspreche es dir. Zuerst einen Sohn für dich. Dann eine Tochter für mich.«
»Mutter fragte, ob du schwanger bist.«
Sie schaute mich kurz von der Seite an. »Was hast du ihr geantwortet?«
»Es sei möglich.«
Sie reagierte gereizt. »Du wolltest sie nur schockieren.«
»Wollte ich nicht«, widersprach ich. »Es wäre doch möglich, dass du schwanger bist, und ...«
»Dann hätte ich es dir längst gesagt«, unterbrach sie mich.
»Na schön. Dann habe ich sie eben belogen. Aber ich werde mich nicht entschuldigen. Ihr Verhalten war widerlich.«
»Für eine Frau in ihrer Situation«, erklärte Sina, »war es natürlich.«
Eine Sekunde lang dachte ich, sie weiß Bescheid. Aber ich schaffte es nicht, gezielt zu fragen, in welcher Situation sich meine Mutter ihrer Meinung nach befand. Ich sagte nur: »Dann bin ich unnatürlich.«
Sie lachte leise. »Mach dir nichts daraus, Chris. Das bin ich auch.«

Mama erhob sich aus dem Sessel am Kamin, als Sina die Treppe hinunterkam. Mama blieb stehen, steif und angespannt. Sina ging langsam auf sie zu. Dann standen sie sich gegenüber. Sie sprachen nicht, schauten sich nur an. Mama bemühte sich so sehr um Haltung, dass ich den Schmerz spürte, den sie empfand.

Draußen in der Sonne, auf dem Weg zu den Wagen, schalt ich mich einen Narren. Einen, der die eigenen Gefühle auf andere übertrug, weil sie ihm zu viel wurden. Und es war bereits so früh am Morgen zu viel.

Ich war nervös, hatte kaum geschlafen in der Nacht. Eine letzte Warnung, wie eine laute Stimme: Du musst Nein sagen, Chris, Nein! Du darfst sie nicht heiraten! Deutlich erinnerte ich mich an Bilder und Eindrücke, die im Halbschlaf auf mich eingestürmt waren. Sina vor dem Altar der kleinen Dorfkirche. Eine lichte Wolke aus Wasserdampf, bereits in Auflösung begriffen. Um meine Füße sammelte sich eine Pfütze. Ich wollte meine Hände darin waschen. Ich wollte sagen: »Ich wusste nichts davon. Woher hätte ich das auch wissen sollen?« Doch als ich mich bückte, lag da ein glühender Topf. Der Boden war gesprungen. In panischer Eile hatte ich Wasser hineingeschaufelt. Doch so, wie ich es oben hineingab, lief es durch einen breiten Riss wieder hinaus.

Dann hatte ich Sina einen Weg entlanglaufen sehen. Sie schien mir schwerfällig und unförmig und kam nicht recht vorwärts. Ich hatte gehört, wie sie um ihr Leben schrie. Und Erich schrie mit ihr um die Wette. »Lauf weg, lauf weg, ich halt ihn auf!« Zuletzt lag sie im Graben am Waldrand, aus einer tiefen Kopfwunde lief ihr Blut über Stirn und Wangen. Vater kniete bei ihr und schrie: »Warum hat er das getan? Warum hat er das getan?«

Ich war hingegangen, hatte ihn an der Schulter zurückgerissen, hatte mich vorgebeugt, um ihre Wunde zu versorgen. Doch als ich mich vorbeugte, verlor ich die Balance und stürzte. Ich fiel und fiel, es nahm kein Ende. Wirre Träume, zusammenhanglose Fetzen, immer wieder war ich daraus hochgefahren.

Nun war es so weit. Vor uns stiegen Frank und Ria in einen Wagen, hinter uns meine Eltern. Wider Erwarten war Mutter doch erschienen; zwei Tage zuvor hatte sie es noch strikt abgelehnt, an unserer Hochzeit teilzunehmen. Mama dagegen hatte uns nicht begleiten wollen. Sie müsse sich ihre Kraft für den Nachmittag aufheben, hatte sie gesagt. Ich ließ Sina einsteigen und fuhr hinter Frank her. Reden konnte ich während der Fahrt nicht, auch sie schwieg.

Der Standesbeamte in Arnberg bemühte sich um Feierlichkeit, nur erreichte er niemanden damit. Frank unterschrieb mit zusammengepressten Lippen die Trauungsurkunde, Vater mit weicher, verklärter Miene. Sinas Hand zitterte wie die meine, aber sie konnte dabei lächeln.

Christina Hochstett! Welch ein Triumph! Sie hatte ihr Ziel erreicht. Den Namen schrieb sie nicht, sie malte ihn in sorgfältigen Buchstaben; es war die Schrift eines Kindes.

Erst als ich es las, begriff ich es auch. Meine Frau! Die nachfolgende Zeremonie in der Dorfkirche mochte an Glanz und Pracht vieles übertreffen. Sie würde mich nicht so erschüttern können wie diese beiden Worte auf der Urkunde.

Christina Hochstett! Und irgendwo in meinem Kopf flüsterte eine Stimme, die von Schluchzern gebrochen wurde: »Nimm mich mit.«

Eine Atempause blieb uns nicht. Sofort nach unserer Ankunft auf dem Birkenhof wurde Sina von Ria hinaufgeführt, um das schlichte hellgraue Kostüm gegen ihr Brautkleid zu tauschen. Sie erschien nicht einmal zu dem kleinen Imbiss um die Mittagszeit. Ich sollte mich um die eintreffenden Gäste kümmern. Mutter hielt sich ständig in meiner Nähe. Sie war offenbar beeindruckt vom Birkenhof. Aber was sie zu sehen bekam, hatte auch nichts mit bäuerlichem Charme zu tun. Es war gediegener, unaufdringlicher Reichtum. Außerdem hatte man sie und Vater überaus freundlich empfangen.

Schließlich bat sie mich, ihr das Haupthaus zu zeigen. Es war mir nicht recht, aber ich ging doch mit ihr. Kaum hatten wir die Halle betreten, wollte Mutter wissen, ob es nicht irgendwo ein Bild von Sinas Eltern gäbe. So standen wir dann vor dem Porträt auf dem oberen Korridor.

»Richard Birkenfeld«, flüsterte Mutter, als stünde sie in einer Kirche und dürfe nicht laut sprechen. Sie starrte sekundenlang wie gebannt in das markante Männergesicht, ehe sie mit leichter Genugtuung feststellte: »Sina ist ihm sehr ähnlich. Von ihrer Mutter sieht man ihr nichts an.«

»Hast du ihre Mutter gekannt?«

»Nein«, versicherte sie eilig. »Ich bin ihr zum Glück nie begegnet.«

Das ›Glück‹ störte mich gewaltig. Obwohl ich es zu verstehen glaubte, hatte ich das Bedürfnis, Mutter einen Vortrag über Liebe, Zärtlichkeit und Leidenschaft zu halten. Über all das, was ein Mann sich von einer Frau erhoffte und nicht immer bekam. Sodass er es anderswo suchen musste.

»Das eben klang aber danach«, sagte ich. »Und Vater hat sie gekannt.«

Mutter schaute mich mit einem schwer einzuschätzenden Blick von der Seite an. Ihre Stimme war wie ein Eiszapfen. »Ich weiß. Aber wenn dein Vater sie gekannt hat, Chris, muss das nicht auch auf mich zutreffen. Wir sind nicht miteinander verwachsen. Wir haben auch nie gelebt nach dem Motto: ›Wo du hingehst, da will auch ich hingehen.‹«

Bei den letzten Worten wandte Mutter sich ab und ging zur Treppe zurück. Ihr Gesicht glühte plötzlich. Ich hatte sie nie erröten sehen. Wir gingen zurück in den Hof. Inzwischen waren dort so viele Menschen versammelt, dass ich den Überblick verlor. Lena stieß zu uns, und ich war erleichtert, als sie Mutter in ein unverfängliches Gespräch verwickelte. Ich hätte Mutters Nähe nicht länger ertragen. Etwas an ihr kam mir mit einem Mal falsch und verlogen vor. Eine Weile hielt ich mich abseits in einem Winkel, versuchte nachzudenken. Nur konnte ich mich nicht konzentrieren.

Ich fühlte mich im Stich gelassen. Kein Mensch weit und breit, mit dem ich reden, dem ich erklären konnte, warum ich die Heiratsurkunde unterschrieben hatte, trotz dieses scheußlichen Verdachts. Mama hatte sich für ein Weilchen hingelegt. Luise war irgendwo in der Menge untergetaucht. Ria und Astrid waren dabei, die Braut zu schmücken. Frank hatte mit irgendwelchen Papieren zu tun, und Vater hatte sich ihm angeschlossen. Um zwei endlich erschien Vater wieder und begleitete mich ins Dorf zurück. Dann stand ich vor dem Spiegel, zog mich um, während er hinter mir auf der Bettkante saß.
»Was für ein Tag«, sagte er. »Wenn du nur halb so glücklich bist wie ich, müsste das für ein Leben reichen. Und wahrscheinlich bist du glücklicher.«
»Man könnte glauben, du heiratest sie.«
»Ja, amüsier dich nur«, meinte Vater lachend. »Es geschieht nicht oft, dass ein Mensch sich zwei Träume verwirklichen kann. Du hast es geschafft. Aber das verpflichtet auch, Chris. Menschen wie Sina sind selten. Und alles, was selten ist, ist kostbar. Du wirst sie dein Leben lang hüten müssen wie einen Schatz, weißt du das? Aber dafür wirst du auch jeden Tag wissen, was es heißt, geliebt zu werden. So ist es nicht immer. Glück ist nicht selbstverständlich, Chris, vergiss das nie. Glück ist eine Momentsache. Und nur wer sich die Augenblicke bewahrt und es nicht über Gebühr ausschöpft, dem bleibt es treu.«
»Du bist nicht glücklich«, stellte ich fest.
»Doch«, widersprach er überzeugend, »jetzt schon.« Das war mein Stichwort. Ich konnte mich nicht länger drücken.
»Würdest du mir eine Frage beantworten?« Ansehen konnte ich ihn nicht. »Ehrlich beantworten, auch wenn es dir peinlich wäre.«
Im Spiegel sah ich den wachsamen Ausdruck auf seinem Gesicht, gleichzeitig sah ich sein bedächtiges Nicken.

»Du hast Sinas Mutter gut gekannt«, begann ich. »Wann hast du sie kennengelernt, und hast du sie geliebt?« Bevor er mir antworten konnte, sprach ich weiter: »Ich frage dich nicht aus Neugier. Ich finde nur, ich sollte es wissen. Ich hätte es schon früher wissen sollen. Immerhin habe ich heute Morgen ihre Tochter geheiratet.«
»Ist schon in Ordnung, Chris«, sagte Vater rasch. »Mach dir keine Gedanken. Als ich Christina kennenlernte, war sie im fünften Monat schwanger.« Und nach einer kleinen Pause: »Ja, irgendwie habe ich sie geliebt. Nicht so, wie du es dir vielleicht vorstellst. Ich habe mich oft gefragt, ob ich mit ihr hätte leben können. Um ehrlich zu sein, Chris, ich weiß es immer noch nicht. Und heute ist es überflüssig, sich darüber den Kopf zu zerbrechen.« Vater lachte kurz auf. »Das heute ist deine Hochzeit.« Ja! Und es gab keine Einwände dagegen.

Frank hatte niemanden herbeischleifen müssen. Sie kamen freiwillig. Ein ganzes Dorf stand Spalier für Sina. Dalling hatte es sich nicht nehmen lassen, seine Schüler eigens für diesen Tag zu präparieren. Er stand auf der Empore, umgeben von hell gekleideten Mädchen und Jungen mit frisch gestärkten Hemdkragen. Wie viele es waren, konnte ich nicht feststellen. Als ich das Mittelschiff betrat, hob Dalling beide Arme, und der Chor begann mit dem für diesen Zweck einstudierten Kanon. Astrid und Lena begleiteten mich zum Altar, traten dort zur Seite, während vor dem Portal die Kutsche hielt.
Ich sah es nicht, aber die plötzlich einsetzende Stille war eindeutig. Sogar die Kinderstimmen brachen ab. Es war, als sei außer mir niemand mehr vorhanden. Ich drehte mich langsam um. Dann kam das Glück, das Vater mir kurz zuvor hatte beschreiben wollen. Augenblicke, aufeinanderfolgend wie Perlen auf eine Seidenschnur gereiht. Unwirklichkeit, ein Traum, aus dem ich jederzeit erwachen konnte. Vielleicht war es nur

die Sonne. Draußen vor dem Portal die Helligkeit, drinnen Dämmerung und Schatten. Und ein breiter von Licht geschaffener Streifen, über den sie auf mich zukam.
Frank führte sie, stellvertretend für den Brautvater. Vor ihnen Kinder. Wie sie es gewollt hatte, streuten sie ihr Rosenknospen vor die Füße. Hinter ihnen Kinder, zu beiden Seiten der Schleppe. Von ihr sah man nichts. Ihr Gesicht verdeckte der Schleier, ihren Körper das Kleid. Dann war sie neben mir. Und flüchtig hörte ich Sebastian sagen: »Die Dorfprinzessin.« Das war sie gewesen bis zum Morgen. Jetzt war sie meine Frau. Die Frau eines Grundschullehrers, eine lichte Wolke am sonnigen Himmel, eine wunderschöne Illusion.
Tage wie dieser sind geläufig. Seit Jahren und Jahrzehnten gleich in ihrem Ablauf und in den Gefühlen, die sie auslösen. Weinende, gerührte Menschen, ein Kleid aus weißer Spitze, ein Schleier, den niemand durchschaut. Ein festlicher Rahmen, Orgelmusik. Tage wie dieser bedeuten nichts, solange man nicht unmittelbar von ihnen betroffen ist. Dann verändern sie ihr Gewicht, werden in Stunden und Minuten abgewogen. Und jede davon lohnt es aufzuheben, zu konservieren hinter Glas, damit sie nicht verblasst mit der Zeit. Minuten, die an die Seele rühren, nicht an das Herz.
Mein Herz war kaum beteiligt. Es schlug ruhig und gleichmäßig, verhinderte, dass ich zu viel aufnahm. Die gesamte Zeremonie verfehlte mich um wenige Augenblicke. Ich war nicht mehr an dem mir zugedachten Platz. Ein großer Teil von mir hatte sich in den Hintergrund zurückgezogen, um besser betrachten und ertragen zu können. Die Worte des Priesters:
»Bis dass der Tod euch scheidet.«
Sina, neben mir, starr und steif und klein und ängstlich flüsternd: »Einmal ist genug.«
Das konnte Einbildung sein, Teil eines Traums. Und in ein paar Minuten würde Luise an meine Tür klopfen. »Aufstehen,

Chris! Es ist Zeit für dich.« Ich würde mich kurz noch einmal auf die andere Seite drehen, die Augen schließen und den Hochzeitsmarsch verklingen lassen.
Irgendwann setzte das bewusste Denken aus. Wie ein erschöpfter Schwimmer ließ ich mich treiben durch Weihrauch und den Duft der Altarkerzen. Auch der Rest dieses Tages, Sina, die neben mir blieb, an meinem Arm die Kirche verließ, in die Kutsche stieg. Die Menschen, die Tränen, die Glückwünsche, alles verschwand in einem warmen Meer. Erst in der Nacht erreichte ich das Ufer und kroch in den feuchten Sand.
Sie ging vor mir her auf das Haus zu. Seide raschelte bei jedem Schritt. Ihr Anblick verursachte mir Schluckreflexe. Von der Braut war nur das Kleid geblieben. Die Schleppe hatte man ihr nach unserer Rückkehr auf dem Birkenhof abgenommen. Sie hätte sich sonst kaum bewegen können. Und den Schleier hatte sie nach Mitternacht in einen Kreis junger Mädchen geworfen.
Frank hatte angeboten, uns ins Dorf zu fahren. Doch ich erinnerte mich nur an zwei Gläser Sekt, die ich kurz nach Mittag getrunken hatte. Und ich wollte keine Zeugen. Selbst auf dem kurzen Weg vom Birkenhof zu Luises Haus musste ich mit ihr allein sein.
Das Haus gehörte uns. Für diese eine Nacht. Luise wollte bei ihrer Schwägerin Marthe nächtigen, aus Rücksicht, aus Diskretion, ich weiß es nicht. Ich dachte auch nicht darüber nach. Ich öffnete die Haustür, trat einen Schritt zur Seite und ließ Sina an mir vorbeigehen. Über die Schwelle trug ich sie nicht. Etwas hinderte mich, schon jetzt die Hände nach ihr auszustrecken. Vielleicht war es die Art, wie sie den Kopf hielt. Stolz und Resignation, genauso wie an dem Tag, als ich sie zum ersten Mal vorne am Zaun des Pausenhofs sah und ihr nachlief.
Sie ging in die Küche, ins Wohnzimmer, kam aus jedem Raum sofort wieder zurück. Es war, als nehme sie das Haus in Be-

sitz. Schließlich stiegen wir hinauf. Sie öffnete die Tür zu unserem Zimmer und ging bis zum Fenster.
»Lass es dunkel, Chris«, verlangte sie, als ich nach dem Lichtschalter tastete. Hinter der Mauer war noch Licht. Wie eine Dunstglocke hing es über Dächern und Baumkronen.
»Sie feiern noch«, flüsterte Sina.
»Wärst du gern noch geblieben?«
»Nein«, sie schüttelte den Kopf. »Dann hätten sie es nicht genießen können.«
»Sag das nicht.« Ich stellte mich neben sie, legte einen Arm um ihre Schultern. »Sie lieben dich über alles.«
Sie lachte leise. »Ja, das tun sie. Das müssen sie auch. Sie haben den Tag herbeigesehnt, an dem ich gehe. Jetzt sind sie frei. Du hast sie endlich erlöst, Chris.«
Ich schaute sie an. Wie sie neben mir stand, noch in ihrem Hochzeitskleid, aber nicht mehr Braut. Keine Birkenfeld mehr. Wie sie hinüber zur Mauer starrte. Und ich dachte, gleich wird sie weinen. Nicht vor Schmerz oder Trauer, nicht verzweifelt, nur glücklich. Der Tag hatte mehr an Gefühl beschert, als ein Mensch aufnehmen konnte. Lachen und Weinen. Und sie immer in der Mitte, ertränkt in Küssen und Tränen. Aber sie weinte nicht, drehte sich nur langsam um und schaute zum Bett.
»Das ist es«, sagte sie. »Man misst dieser Nacht so große Bedeutung bei, und sie endet, wo alle Nächte enden, im Bett. Die großen Erwartungen verschwinden, wenn die Braut ihr Kleid auszieht. Was ist sie dann? Nur noch das, was sie von nun an jede Nacht sein wird, eine Frau. Wir werden das anders machen, Chris.«
Sie ging zum Bett, schaute über die Schulter zurück. In der Dunkelheit war ihr Gesicht nur ein verschwommener Fleck. Und das Kleid wirkte mit seinem bauschigen Rock wie eine Wolke. Sie setzte sich, fasste nach dem Saum, ließ sich zu-

rückfallen und hob den Rock dabei weit über ihr Gesicht. Alles verschwand unter knisternder Spitze. Nur der Leib und die leicht gespreizten Schenkel blieben.
»Komm her, Chris«, forderte sie. Wie sie da auf dem Bett lag, war sie nicht mehr real. Es war, als könne sie sich jeden Augenblick in nichts auflösen.
»Ich möchte dich sehen«, sagte ich. Meine Stimme klang linkisch und steif. »Warum darf ich kein Licht machen?«
»Später, Chris, jetzt nicht.« Sie lachte leise und sinnlich. »Worauf wartest du? Komm her. Hast du schon einmal versucht, den Nebel zu lieben? Oder eine Regenwolke? Das wirst du jetzt tun, und später wirst du daran denken. An jedem Morgen, wenn du von diesem Fenster aus den Nebel über die Felder kriechen siehst, bei jeder Wolke am Himmel wirst du an mich denken. Und wenn es regnet, Chris, dann weißt du, dass ich da bin. Ich werde immer für dich da sein.«
Ich ging endlich zum Bett und tat, was sie verlangte. Ich spürte kaum etwas von ihr. Da war kein Halt für die Hände, keine Haut für ein bisschen Zärtlichkeit. Ich vergrub mein Gesicht im knisternden Stoff des Kleides, spürte die kühle Seide des Unterrocks auf den Wangen und sonst nichts. Die Erregung kam und verging. Eine winzige Welle, von den Riffen weit vor der Küste gebrochen, lief sie im Sand aus.
Später machte ich Licht, zog ihr das Kleid aus. Sie schlug die Bettdecke zurück. Ihre Haut war noch gerötet, doch der Atem wurde allmählich wieder flach und regelmäßig. »Bist du jetzt müde?«, fragte sie.
Ich stand noch neben dem Bett, schüttelte stumm den Kopf und betrachtete sie. Ihr Körper war schlank und biegsam. Die Haut straff und von einem warmen goldbraunen Farbton. Und darunter brannte es. Diese winzigen roten Tupfer, Zeichen der Erregung, dort brach das Feuer durch die Poren.
Unter meinem Blick schloss sie die Augen, rekelte sich träge

auf dem Laken. Ein winziges, wissendes Lächeln erschien um ihre Lippen. »Was ist, Chris? Willst du immer nur auf etwas warten? Wenn du genug gesehen hast, nimm es dir.«
Ich fühlte, dass die Zeit schneller wurde, und griff mit beiden Händen zu, um sie zu halten.
Aber es waren nur fünf Jahre, die ich zu packen bekam, lächerliche fünf Jahre.

Fünftes Kapitel

Am nächsten Morgen fuhren wir zum Birkenhof, um zu frühstücken und ihre Sachen zu holen. Während sie hinaufging, blieb ich mit Mama an dem kleinen Tisch in der Halle zurück. Der vergangene Tag hatte seine Spuren hinterlassen. Nicht in der Halle. Auch draußen im Hof war bereits alles wieder wie sonst gewesen. Nur Mama hatte über Nacht ihr Aussehen dem Alter angepasst. Zum ersten Mal sah ich bewusst ihre Jahre. Eine uralte Frau, die an mich abgetreten hatte, was lange Zeit ihr Lebensinhalt und ihre Aufgabe gewesen war. Ich fühlte mich verpflichtet, zu beteuern, dass ich alles tun wollte, um Sina glücklich zu machen.

Mama hörte sich meine Ausführungen eine Weile an, dann winkte sie lächelnd ab. »Lass nur, Chris. Du kannst sie nicht glücklich machen. Sie muss es schon sein. Sie hat sich für dich entschieden. Wir konnten ihre Wahl nur akzeptieren. Jetzt musst du nicht glauben, dass wir nicht einverstanden wären. Du bist uns willkommen, glaub es nur.«

Es klang ehrlich, dennoch fühlte ich Beklommenheit. Mit Erleichterung sah ich Sina zurückkommen. Frank war bei ihr. Er trug einen alten, schäbigen Koffer. Neben Mama ging Sina in die Knie, griff nach einer der reglos im Schoß liegenden Hände und drückte sie an ihre Wange.

»Ich gehe dann«, sagte sie und schaute Mama in die Augen.

»Und ich möchte dir noch einmal danken, bevor ich gehe. Es waren gute Jahre.«
Mama bemühte sich krampfhaft um Haltung. »Wirst du mich hin und wieder besuchen?«
»Wenn du willst, komme ich jeden Tag.«
Mama nickte mehrfach, Sina erhob sich. Sie beugte sich noch einmal über die alte Frau, küsste sie auf die Stirn und beide Augen. Dann drehte sie sich abrupt um und verließ eilig die Halle. Frank folgte ihr. Ich drückte Mama noch kurz die Hand und lief ebenfalls hinaus.
Frank legte den Koffer auf die hintere Sitzbank, trat einen Schritt zur Seite und ließ Sina einsteigen. »Wenn du etwas brauchst …«, sagte er.
Sie schüttelte lächelnd den Kopf. »Lass es mich mit dem versuchen, was ich habe.«
»Wenn ich sonst noch etwas für dich tun kann …«, sagte er.
»Im Augenblick nicht. Jetzt muss Chris etwas tun.«
»Aber wenn etwas ist …«, sagte er.
Und sie nickte. »Dann rufe ich dich, Frank.«
Ich stand daneben, als sie wenig später Teil für Teil ihrer einfarbigen Garderobe in unseren Schrank hängte. Zuletzt nahm sie die Stoffpuppe aus dem Koffer, schaute sich suchend nach einem Platz um und setzte den kleinen Richard auf den Stuhl, der neben unserem Bett stand, über dessen Lehne ich abends meine Sachen hängte. Sie lächelte. »Du hast doch nichts dagegen, wenn er da sitzt, Chris, oder? Ich möchte, dass er sieht, wie glücklich ich bin.«

Ich will nicht behaupten, dass ich Sina in den ersten Wochen unserer Ehe besser kennenlernte. Eine Hochzeitsreise hatte sie abgelehnt. »Ich will hier nicht weg, Chris. Ich will bleiben.« Und sie blieb, wo sie war. Ein mit einer Puppe spielendes Kind hinter einer hohen Mauer, durch Glasscherben auf der Krone meinem Zugriff entzogen. Ich bemerkte es nicht einmal, war ausgefüllt von Zärtlichkeit, ausgelastet mit dem Bemühen, sie zu lieben.

Morgens erwachte ich, fühlte mit dem ersten bewussten Denken ihren schlafwarmen Körper neben mir. Gleichzeitig erwachte das Bedürfnis, sie zu berühren. Ich war ihr so nahe, dass jede meiner Bewegungen sie aufwecken konnte. Aber das reichte nicht. Ich musste ihr näher sein. Nur war es morgens unmöglich.

Sie schlief auf dem Rücken liegend. Die Hände locker auf dem Leib verschränkt. Und im Schlaf, nur dann, drückte sie diesen unbändigen Stolz aus, der mich winzig und schäbig neben ihr machte. Wenn sie erwachte, verschwand der Eindruck. Aber kurz zuvor … da gehörte sie mir nicht, auch sonst niemandem. Ich hätte sie gern geliebt in diesen Minuten, doch ich wagte nie, die Hand auszustrecken.

Nach dem Frühstück ging sie zum Birkenhof. Noch waren Ferien, ich hätte sie begleiten können. Das wollte sie nicht. »Ich bleibe nicht lange, Chris«, sagte sie. »Wenn erst die Schule wieder anfängt, sind wir auch nicht unentwegt zusammen. Besser, wir üben es schon einmal, damit wir es können, wenn wir müssen. Oder stört es dich, wenn ich weggehe und du nicht sehen kannst, was ich tue?«

Ich wusste genau, was sie meinte. »Nein«, sagte ich.

Zu Mittag kam sie zurück. Manchmal brachte Ria sie mit dem Wagen, doch meist kam sie allein. Kam atemlos und mit roten Wangen zur Tür herein und half, den Tisch zu decken.

Darin beschränkte sich ihr Beitrag zum Haushalt. Luise hatte es strikt abgelehnt, sich von Agnes oder Katrin helfen zu lassen. Noch schaffe sie die Arbeit sehr gut allein, hatte sie gesagt.

Wenn Luise um drei ihre Besuche machte … »Komm her,

Chris!« Lockruf und Befehl. Es war ihr egal, wo wir uns liebten. Es gab keinen Anfang und kein Ende, immer nur eine Fortsetzung, zeitlich begrenzte Zufriedenheit. Manchmal erstaunte es mich, woher ich die Kraft nahm. Heute denke ich, ich nahm sie von ihr. Sie trug wirklich ein Feuer in sich. Ich musste sie nur berühren, dann sprang der Funke über.

Daran änderte sich auch nichts, als die Schule wieder begann. Luise klopfte wie früher um halb sieben an die Zimmertür. Ich stieg so leise wie möglich aus dem Bett, immer bemüht, Sina nicht aufzuwecken. Diesen majestätischen Schlaf hätte ich niemals zu stören gewagt. Wann sie aufstand, wann sie das Haus verließ, ob sie tatsächlich zum Birkenhof ging und dort blieb oder ob sie mit Ria nach Arnberg fuhr, erfuhr ich nie. Kam ich mittags heim, war sie da. Sie stand am Tisch, meist noch mit Tellern und Besteck beschäftigt. Wenn sie meine Schritte hörte, drehte sie sich zur Tür um, legte die Hände auf den Rücken und schloss die Augen.

»Du hast mir gefehlt, Chris«, murmelte sie und ließ sich küssen, bis ihr der Atem ausging.

Der Alltag mit ihr entsprach bestimmt nicht meinen Vorstellungen. Manchmal wünschte ich mir, sie wäre Luise ein bisschen zur Hand gegangen, hätte wenigstens unser Zimmer aufgeräumt, das Bett gemacht, einmal das Geschirr abgewaschen oder ein Fenster geputzt. Aber wie der Gedanke aufkam, verschwand er auch wieder.

Die erste Zeit war harmonisch. Dass wir zu dritt unter einem Dach lebten, störte in keiner Weise. Luise war rücksichtsvoll. Sie kaufte sich einen kleinen Fernseher und zog sich meist kurz nach dem Abendessen zurück. Dann waren wir allein. Und es gab keine Wünsche, keine Hoffnungen, keine Ziele mehr. Es gab nur den nächsten Tag, das nächste noch unbekannte Stück Haut, den nächsten Schweißtropfen. Ich fühlte

mich so hoch über allem. Auf einem Gipfel, von dem ich herunterschaute und zuhörte, was im Tal gesprochen wurde. Aber das ging mich nichts an.
Gerda Hilbig konnte es nicht lassen. Das bekam ich schon am ersten Schultag nach den Ferien zu spüren. Obwohl sie nicht dabei gewesen war, fühlte sie sich verpflichtet, Silvia die Hochzeit in allen Einzelheiten zu schildern. Silvia nahm es mit Fassung. Sie hatte einen langen Urlaub bei einer Bekannten verbracht, wirkte erholt und ausgeglichen.
Sebastian machte einen ähnlichen Eindruck. Er hatte die gesamten Ferien mit seiner Familie in einem kleinen Haus an der Nordsee verbracht. Er wurde nicht müde, davon zu erzählen. Keine Stunde ließ er aus. Schwärmte von Augenblicken, als gebe es nichts Vergleichbares.
»Marlene war so anders«, erklärte er ein übers andere Mal. »Reifer und ruhiger, voll gutem Willen. Zuerst wollte sie nach zwei Wochen wieder abreisen. Dann blieb sie, es ergab sich so. Weißt du, Chris, ich musste oft an das denken, was du gesagt hast, dass sie irgendwann zur Besinnung kommen und froh sind, dass da jemand ist, der sie liebt. Wenn wir am Strand lagen, hat sie sich nicht einmal nach einem anderen Mann umgedreht. Sie war auch sehr liebevoll zu den Kindern, spielte mit ihnen, das hat sie früher nie getan. Sogar das Kochen übernahm sie freiwillig, damit wir nicht jeden Tag mit den Kindern ausgehen mussten.«
Seine Stimme wurde zu einem Spiegel, während er sprach. Nur wollte er das Elend darin nicht erkennen. Es war doch schon wieder vorbei. Und es war kein neuer Anfang gewesen. Auch wenn er sich bemühte, es mir als einen solchen zu schildern. Nach den sechs Wochen hatte er die Kinder zurück zu seinen Eltern bringen und Marlene vor ihrer Wohnung in Arnberg absetzen müssen. Sie hatte nur noch zugelassen, dass er ihre Koffer hinaufbrachte, dann musste er gehen. Und jetzt

war er hier, genauso allein, genauso betrogen und verraten wie vorher. Aber Sebastian wollte glauben.
»Wahrscheinlich werde ich das Haus verkaufen und zu ihr nach Arnberg ziehen«, erklärte er. »Mit dem Wagen ist das ein Katzensprung, in diesem Punkt hat Marlene recht. Und sie hat eine sehr schöne Wohnung. Man hat einen herrlichen Ausblick auf den Schlosspark. Du musst einmal mitkommen, Chris. Marlene würde sich bestimmt freuen, dich kennenzulernen.«
Wir saßen im Hof. Sina hatte gemeinsam mit Luise das Haus verlassen, nachdem er gekommen war. Ihm schien das recht zu sein. Dass er mir alles Glück mit ihr wünschte, bedeutete nicht, dass es ihn danach drängte, sich mit ihr anzufreunden. Aber das beruhte auf Gegenseitigkeit. Auch sie ging ihm aus dem Weg.
Sebastian seufzte. »Was ich jetzt vor allem brauche, ist Geduld und einen Bruchteil deines Vertrauens, Chris. Ich will Marlene nicht drängen. Sie hat mich um Bedenkzeit gebeten, die soll sie haben. Weißt du, Chris, ich mache mir keine Illusionen. Ich sagte ihr auch, wenn sie ausgehen will, kann sie das tun. Ich werde ihr niemals verbieten, allein auszugehen.«
Während er sprach, hatte ich plötzlich das Gefühl, gerade in ein verlassenes Haus gekommen zu sein, nach Sina zu rufen, keine Antwort zu bekommen und zu wissen, jetzt, in diesem Augenblick ist sie bei einem anderen Mann. Es tat entsetzlich weh, spannte sämtliche Nerven und Sehnen an, zog mir die Hände zusammen, dass sie sich automatisch zu Fäusten ballten. Mir wurde übel. Mit einem Würgen in der Kehle fragte ich: »Und so kannst du auf Dauer leben?«
»Was bleibt mir anderes übrig?«, fragte Sebastian leise. »Entweder so oder ohne sie. Wenn ich sie nicht endgültig verlieren will, muss ich ihr gewisse Freiheiten einräumen. Und verlieren will ich sie nicht. Also denke ich nicht darüber nach. Ich

weigere mich einfach, sie mir in gewissen Situationen vorzustellen.«
»Das könnte ich nicht«, murmelte ich.
Sebastian lachte trocken. »Was würdest du denn tun, sie umbringen? Und was hast du dann? Nichts mehr! Nein, Chris. Glaub mir, manchmal juckt es mich auch in den Fingern. Aber kannst du dir vorstellen, was passiert, wenn ich ihr eine runterhaue? Ich kann es mir vorstellen, und ich möchte es nicht erleben.«
Ich wollte es auch nicht erleben. Ich kannte seine Frau nicht, legte absolut keinen Wert darauf, sie kennenzulernen. Etwas an ihr war bedrohlich. Es war mir bis dahin nie aufgefallen, und Sebastian hatte mir schon oft von ihr erzählt. Aber wie ich da mit ihm auf dem Hof saß, konnte ich das Unheil riechen, das Marlene Burbach über die Menschen in ihrer Nähe brachte. Es schüttelte mich. Wenn ich gekonnt hätte, hätte ich Sebastian gezwungen, sie aus seinen Gedanken zu streichen.
Darüber dachte ich noch nach, als er längst gegangen war. Auch nachts noch, als ich neben Sina lag, auf ihre gleichmäßigen Atemzüge horchte, als sich mir Fetzen aus früheren Gesprächen mit Sebastian aufdrängten, vor allem die Vergleiche, die er einmal gezogen hatte zwischen seiner Frau und meiner. Im Dunkeln sah ich den Stoffrichard wie ein schwarzes Knäuel auf dem Stuhl sitzen. Ich wusste, dass es keine Ähnlichkeiten gab, dass Sina niemals auch nur einen Gedanken an andere Männer verschwendete. Dass sie es auch vorher nie getan hatte. Es war immer nur um mich gegangen. Der kleine Richard auf dem Stuhl bestätigte mein Wissen mit einem Nicken, als ihn ein Windhauch durchs offene Fenster traf.

Ein paar Tage später ließ Dalling mir während des Unterrichts ausrichten, er müsse mich nach Schulschluss unbedingt sprechen. Er erwartete mich im Lehrerzimmer, trommelte nervös

mit den Fingerspitzen auf die Tischplatte, wirkte unkonzentriert und zündete sich eine Zigarette an, als ich Platz nahm.
»Da kommt einiges auf uns zu«, begann er. »Frau Liebig hat mir heute Morgen mitgeteilt, dass sie krank ist. Krank ist sie schon seit geraumer Zeit, aber jetzt erfordert ihr Zustand es, dass sie sich operieren lässt.«
Es kam häufig vor, dass jemand für kurze Zeit ausfiel. Die betreffende Klasse wurde im Wechsel von den anderen unterrichtet. Wir kamen gut zurecht, wenn es nur um ein paar Tage ging. Nun ging es anscheinend um einen längeren Zeitraum. Aber dass Dalling es ausgerechnet mit mir besprach, wunderte mich.
»Wie sieht es mit einem Ersatz aus?«, fragte ich.
Dalling zuckte mit den Achseln. »Da müsste man zuerst genau wissen, ob Frau Liebig gesund wird oder nicht. Wenn feststeht, dass sie nicht hierher zurückkommt, könnte ich etwas machen, vorher kaum.«
Er betrachtete mich gespannt und abwartend. Einige Minuten vergingen, in denen er offensichtlich auf eine Antwort hoffte. Ich wusste nicht, was ich ihm hätte antworten können. Das konnte Frau Liebig doch eher beurteilen als ich. Mir war bis dahin nicht einmal aufgefallen, dass es ihr gesundheitlich nicht gut ging.
»Na ja«, meinte Dalling resignierend, »irgendwie werden wir schon über die Runden kommen. Ich dachte, Sie hätten vielleicht …« Was er dachte, ließ er offen.
Für den nächsten Tag berief er eine Konferenz ein. Frau Liebig saß dabei, versuchte zu lächeln, nickte einmal in meine Richtung. Ich fragte mich, welche Krankheit das sein mochte. Man sah ihr nichts an. Aber sie wirkte auf mich gefasst wie ein Mensch, der seinen Nachlass regelt. Sie verabschiedete sich mit einem Händedruck und ein paar persönlichen Worten von jedem Einzelnen, nahm Silvia in die Arme und tätschelte ihr

den Rücken. »Viel Glück für deine Zukunft, Kindchen. Denk an das, was ich dir gesagt habe. Es gibt Dinge, die muss man akzeptieren. Mit Neid und Hass macht man sich nur selbst das Leben schwer.«

Zuletzt kam sie zu mir. Dalling stand dabei, als sie mir die Hand reichte. Frau Liebig lächelte mich wehmütig an. »Man sollte nie zu viel erwarten«, sagte sie, »weder vom Leben noch von einem Menschen. Grüßen Sie Christina von mir. Sagen Sie ihr ... Nein, sagen Sie ihr nichts. Ich werde an sie denken.«

Als Luise an dem Tag das Haus verließ, trug Sina den kleinen Tisch und zwei bequeme Sessel hinaus auf den Hof. Nur mit einem Badeanzug bekleidet, wartete sie draußen auf mich, bis ich mit meiner Arbeit fertig war. Als ich hinauskam, war der Tisch gedeckt, sogar Kaffee hatte sie aufgebrüht.

Es war entspannend, so mit ihr zu sitzen. Schon am Vortag hatte ich ihr von Frau Liebigs Krankheit erzählt. Normalerweise interessierte sie sich nicht für das, was in der Schule vorging. Es schien ihr sogar unangenehm zu sein, wenn ich etwas erzählte. Und wenn dabei der Name Silvia fiel ... Obwohl es keinen Grund gab, war Silvia für sie immer noch eine Rivalin.

Diesmal war es anders. Ich begann in groben Zügen, da unterbrach sie mich bereits. »Wie war sie?«

»Wie war wer?«

»Frau Liebig, Chris. Von ihr reden wir doch.«

»Auf mich wirkte sie sehr gefasst. Sie hat sich von uns verabschiedet. Es kam mir endgültig vor. Ich hatte das Gefühl, dass ich sie nicht wiedersehe.«

Sina schwieg, starrte an mir vorbei ins Leere. »Arme Frau Liebig«, flüsterte sie nach ein paar Sekunden. »Sie war immer so geduldig. Obwohl ich überhaupt nichts verstand, gab sie sich Mühe mit mir. Jeder Mensch lernt schreiben und lesen, sagte sie. Du wirst es auch lernen, Christina. Du musst nur wollen.«

»Da hatte sie ja recht«, sagte ich. »Gelernt hast du es schließlich.«
Einen Augenblick lang schaute sie mich verständnislos an. In ihrem Gesicht begann es zu zucken. Ihre Stimme wurde lauter, hektischer. Sie sprach schneller und begann zu stottern. »Ja, ich habe alles gelernt, lesen und schreiben, alles. Arme Frau Liebig! Das ganze Leben ist Nehmen und Geben, hat sie gesagt, also nimm dir, was du brauchst. Und da habe ich es mir genommen. Habe ich dir schon erzählt, wie …«
Sie war plötzlich anders. Auf ihrem Gesicht zeichneten sich die winzigen roten Flecken ab. Ich kannte diese Zeichnungen als Merkmale höchster Erregung. Vielleicht war es der Anblick, der mich unvermittelt wachsam werden ließ.
»… sie mir geholfen hat? Jeden Nachmittag durfte ich zu ihr kommen. Alles, was ich nicht verstand, hat sie mir erklärt. Und das war eine Menge, das kannst du glauben.«
Ihre Stimme überschlug sich, klang dabei gepresst und atemlos. »Sie war wie eine Mutter, gerade in der schlimmen Zeit. Ich konnte mit keinem Menschen reden, nur mit ihr. Ich wusste, dass ich nicht mit ihm schlafen durfte. Aber er wollte, und ich wollte ja auch. Da hat sie mir erklärt, wie ich es machen kann, damit nichts passiert.«
Ich wusste, von wem sie sprach, Andreas Maus. Ich wollte ihr den Mund verbieten und schaffte es nicht.
Sie war wie in Trance. Die Augen dunkel, den Blick auf einen Punkt hinter meinem Rücken gerichtet, flüsterte sie: »Aber er war nicht zufrieden damit. Er wollte mehr, immer mehr. Er hat mir so wehgetan. Und sie sagte, Männer wie ihn sollte man an die nächste Wand stellen und erschießen. Erschlagen sollte man sie wie räudige Hunde. ›Jetzt wein doch nicht, Kind‹, hat sie gesagt. ›Du bist noch jung. Das ganze Leben liegt vor dir. Eines Tages wird ein anderer kommen, er wird dir helfen zu vergessen. Mit ihm wirst du glücklich werden.‹«

Ich konnte ihr nicht länger zuhören und wurde grob. »Hör auf damit! Ich will das nicht wissen.«
Sie schüttelte sich. »Nein«, sagte sie. »Ich auch nicht.« Ihr Blick klärte sich, fand den Weg zu meinem Gesicht. Und als sei nichts gewesen, sagte sie noch einmal: »Arme Frau Liebig. Sie ist noch nicht alt genug, um zu sterben.«
»Wie kommst du darauf, dass sie stirbt?«, fragte ich, immer noch wütend.
»Du hast es doch eben gesagt, Chris.«
»Nein, habe ich nicht!«
Das schien sie zu verwirren. Ich sah ihr an, wie sie in ihren Gedanken suchte. Schließlich meinte sie: »Aber sie ist ja schon lange krank.«
»Woher weißt du das?«
»Sie hat es mir gesagt, Chris.«
»Wann hast du denn mit ihr darüber gesprochen?«
Seit Monaten war sie nicht mehr zur Schule gekommen. Aber die eine Szene sah ich noch deutlich vor mir. Wie sie mit Frau Liebig neben der Eingangstür stand, die fühlbare Erregung, die Tränen einer sonst so ausgeglichenen Frau.
Hilflos hob sie die Achseln. »Vor einigen Wochen, glaube ich.«
»Nein«, widersprach ich bestimmt. »Es war im vergangenen Jahr, Sina, es war Anfang November. Sie hat dich von der Straße hereingeholt und dich gefragt, was sie tun soll, ob sie gesund wird, habe ich recht?«
»Nein, Chris. Warum hätte sie mich das fragen sollen?«
»Weil du es weißt«, sagte ich. »Dalling hat mich auch schon ein paarmal etwas gefragt, worauf ich ihm keine vernünftige Antwort geben konnte. Vielleicht dachte er, ich würde dich fragen und du hast eine Antwort.«
Sie schaute mich zweifelnd an. »Das ist doch Unsinn, Chris. Welche Antworten sollte ich denn für Dalling haben?«

»Das weißt du wohl besser als ich.«
Sie schüttelte den Kopf. »Ich weiß überhaupt nichts, Chris. Ich wusste noch nie etwas. Und es wollte auch noch nie einer etwas von mir wissen.«
Für den Rest des Tages blieben wir beide in einer seltsamen Stimmung. In dem Bemühen, mich von einem ihr anscheinend unangenehmen Thema abzubringen, erzählte sie Nebensächlichkeiten. Schwankend zwischen Übereifer und Verwirrtheit, mit heiserer Stimme, belanglose Episoden aus den ersten Jahren ihrer Schulzeit, von den späteren Jahren, als sie die Hauptschule in Arnberg besuchte. Und immer wieder von den Nachmittagen, die sie bei Frau Liebig verbracht hatte.
Ein bisschen Nachhilfe in Geografie, ein bisschen Nachhilfe in Geschichte, ein bisschen Nachhilfe in ... Und kein Wort mehr von einem Mann, mit dem sie nicht schlafen durfte und es trotzdem tat. Eine Dreizehnjährige, hatte Luise gesagt. Und Frau Liebig hatte Anweisungen gegeben, damit die Affäre keine unerwünschten Folgen hatte. Ich konnte es mir kaum vorstellen, wartete darauf, dass sie noch einmal von Andreas Maus zu sprechen begann. Es kam nichts mehr in dieser Richtung. Es war fast so, als hätte ich mir nur eingebildet, sie hätte von ihm gesprochen.
Irgendwann, es war bereits Abend geworden, fragte sie mich: »Wer, glaubst du, wird jetzt Frau Liebigs Klasse übernehmen?«
»Das weiß ich nicht. Wir werden vorerst im Wechsel unterrichten. So wie wir es immer tun, wenn jemand fehlt.«
»Silvia Henschel auch?«
»Nein, sie nicht. Sie hat nicht die Ausbildung.«
Sie hob die Achseln. »Sie kann doch rechnen und schreiben. Die Kleinen könnte sie übernehmen.«
»Ich glaube nicht, dass Dalling ihr eine Klasse übergibt.«
»Du glaubst nicht?«, murmelte Sina. Sie betrachtete mich mit

einem langen, unsicheren Blick. Dann erhob sie sich und brachte das Geschirr in die Küche. Als sie zurückkam, warf sie einen Blick zum Himmel und streckte den Arm aus. »Schau hinauf zum Himmel, Chris. Sag mir, was du da siehst.«

Zwei Wochen später wurde ich an diesen Nachmittag und unsere seltsame Stimmung erinnert. Es war ein Tag, der nicht richtig hell wurde. Das Zwielicht und eine drückende Schwüle legten sich wie Bleigewichte auf Körper und Geist.

Die Kinder waren unruhig, rutschten auf ihren Stühlen herum und waren kaum in der Lage, dem Unterricht zu folgen. Als die Pausenklingel die Quälerei der ersten Stunden beendete, stürzten sie hinaus ins Freie, verteilten sich in Gruppen auf dem Hof wie eine Herde verschreckter Schafe.

Auch Sebastian war unkonzentriert. Er legte den Kopf in den Nacken, musterte den Himmel mit skeptischem Blick. »Das gibt ein fürchterliches Unwetter«, meinte er. Ich hielt seine Worte für übertrieben. Aber bereits in der folgenden Stunde bewiesen sie ihre Richtigkeit.

Zuerst kam der Wind. Er trieb die Wolken zusammen und auseinander, ließ sie sich in schweflig gelben und anthrazitfarbenen Wirbeln drehen. Dann konzentrierte er seine urwüchsige Kraft auf die Kastanien im Pausenhof. Es war ein Rauschen in den Kronen wie bei einem Fluss dicht hinter der Schleuse.

Kein Kind arbeitete mehr. Sie starrten zu den Fenstern hin und duckten sich tiefer hinter die Tische. Ich schaltete das Deckenlicht ein. Es half nicht viel. Als eines der Kinder flüsterte: »Das geht ins Korn«, fröstelte ich. Fast war es eine Erleichterung, als endlich die ersten Tropfen gegen die Scheiben schlugen. Vermischt mit Hagelkörnern, verursachten sie einen beträchtlichen Lärm. Der erste Blitz zuckte, gefolgt von einem Donnerschlag, der die Fenster erzittern ließ.

Ich starrte hinaus wie die Kinder, zog die Schultern zusammen und duckte mich unwillkürlich. Einige Kinder standen auf und gingen zu einem der Fenster. Da ich sie nicht gleich auf ihre Plätze zurückschickte, folgten andere ihrem Beispiel. An Unterricht war nicht mehr zu denken.

Es war das, was man sich unter Naturgewalt vorstellt. Vielleicht hätte ich es in der Stadt anders empfunden. Hier, wo jeder zuerst an die Ernte dachte, war es sinnlos und brutal. Die Kinder sprachen erregt durcheinander. Söhne und Töchter von Landwirten ergingen sich in wilden Spekulationen über die zu erwartenden Schäden. Wie überlegen sie mir plötzlich waren! Was wusste ich denn von ihrem Leben? Und ich hatte mir eingebildet, ich könnte ihnen etwas erklären.

Am vorderen Fenster fiel der Satz: »… war es genau so. Und dann hat er sie erschlagen.« Ein Junge hatte es gesagt. Ich nahm an, er habe von einem Blitz gesprochen. Er musste von einem Blitz gesprochen haben.

»Wer kann mir sagen, wie man sich richtig verhält, wenn man von einem Gewitter im Freien überrascht wird?«

Niemand antwortete. Sie starrten mich an, als hätte ich etwas Absurdes von ihnen verlangt.

»Das werdet ihr doch wissen«, drängte ich.

Ein Mädchen fand seine Sprache zuerst wieder. »Man legt sich flach auf den Boden, am besten in einen Graben.«

»Richtig«, sagte ich und versuchte, zu lächeln.

In einen Graben. Da hatte sie gelegen. Er hatte sie gezwungen, in seinen Wagen zu steigen. Und niemand war ihr zu Hilfe gekommen. Alle schauten zu, wie er mit ihr losfuhr. Jeder wusste, was er vorhatte. Aber sie wussten nicht, wie stark sie war und wie entschlossen. Da draußen gelang es ihr, aus dem Wagen zu springen. Sie lief los, den Weg am Waldrand entlang. Ich sah sie laufen, schwerfällig, unförmig, hochschwanger. Ihn sah ich auch. Zuerst hatte ich Angst, ihn mir genau anzu-

sehen. Panische Angst, ich könnte Vaters blondes Haar hinter der Frontscheibe des Wagens erkennen. Dann erkannte ich die Ähnlichkeit mit Frank. Ein verzerrtes Gesicht, grenzenlose Wut. Ich hörte den Motor aufheulen, sah den Wagen einen Satz nach vorne machen. Direkt auf sie zu. Ich sah ihren Körper zur Seite fliegen, im Graben verschwinden.
Er hielt den Wagen an, stieg aus, ein Werkzeug in der Hand, eine Eisenstange. Die andere Hand presste er sich vor den Magen, als würde ihm übel bei seinem Vorhaben. Aber davon ließ er sich nicht aufhalten. Es reichte noch nicht, was er ihr angetan hatte. Er schlug auf ihren Kopf ein. Zweimal! Dann glaubte er wohl, sie sei tot.
Christina!
Und Vater musste sie gefunden haben. Ihn hatte ich in meinem Traum neben ihr knien sehen. Die klaffende Kopfwunde, das Blut auf ihrem Gesicht. Ein schönes Gesicht, wenn auch von Schmerzen entstellt. Sie war nicht tot, als man sie fand, noch nicht. Sie konnte sogar noch reden. »Hilf mir«, verlangte sie. Ich sah, wie der Leib sich krümmte. Dieser unförmig pralle Leib schien aus sich heraus zu leben. »Hilf mir.«
Aber es war nicht Vater, der bei ihr kniete. Dafür war er zu jung. Ein Junge von sechzehn Jahren. Frank! Er weinte vor Hilflosigkeit und Verzweiflung. Er war allein mit ihr, wie Luise gesagt hatte, ganz allein mit ihr draußen beim Waldrand. »Nicht sterben, Christina«, flehte er.
Sie flüsterte: »Ich sterbe nicht.«
Sie griff nach seinen Händen, zerrte sie unbeherrscht auf diese mächtige Wölbung, führte sie hinunter zwischen die gespreizten Schenkel. Sie stöhnte, bäumte sich auf, schrie etwas, während er das blutige Bündel aus ihrem Leib zog. Zu ihren Schreien kam ein klägliches Wimmern. Dann ein Keuchen. »Gib es mir! Gib es mir! Sie kriegen es nicht. Es gehört mir.«
Ich sah ihre Hände. Fest um den winzigen Körper gelegt. Ich

sah, wie sie es sich über den Leib zum Gesicht zog. Ich sah ihren Mund, blutig wie alles an ihr. Ich sah ihr Lächeln, wie ihre Lippen sich öffneten. Und dann hörte ich den Jungen schreien, so entsetzt, so voller Panik, wie nur ein Mensch schreit, der etwas Grauenhaftes ansehen muss. »Nein! Christina, nein!«

Wie es weiterging, weiß ich nicht. Ich denke, ich besaß noch genug Verstand, um die Kinder heimzuschicken. Dann ging ich ins Lehrerzimmer. Dort saßen alle um den großen Tisch herum. Niemand sprach, keiner schaute auf, als ich hereinkam. Silvia weinte still vor sich hin. Dalling hielt mit eiserner Miene die Tränen zurück. »Setzen Sie sich für einen Moment zu uns, Chris«, verlangte er und sprach weiter, ohne mich anzusehen.

»Heute Morgen ist Frau Liebig operiert worden. Man hat mich eben informiert. Sie ist aus der Narkose nicht mehr erwacht.« Das Wort ›gestorben‹ wollte nicht über seine Lippen. Er schluckte hart. »Scheußlicher Tag.« Mit beiden Händen auf die Tischplatte gestützt, schaute er mich an.

»Sie hat zu lange gewartet. Konnte nicht fortgehen, ehe sie nicht wusste, dass hier alles zum Besten geregelt war.« Unvermittelt schlug er mit der Faust auf den Tisch. »Dieser verdammte Aberglaube. Sie hätte nicht so lange warten dürfen. Sie war doch nicht verantwortlich.«

Manchmal ist es, als hätte man nur auf ein Stichwort gewartet, um zu begreifen. Der Tag wurde leichter. Die Natur hatte ihn mit ihrem wütenden Ausbruch von seiner Last befreit. Genauso beruhigte sich Dalling. Und ich begriff endlich. Es regte mich nicht auf, von Frau Liebigs Tod zu erfahren. Ich hatte gewusst, dass sie sterben würde. Ich hatte es gewusst, nicht Sina. Ich wusste auch alles andere. Und es spielte keine Rolle, woher ich mein Wissen bezog. Ich durfte aufatmen. Es war mehr als Erleichterung, es war Sicherheit und Frieden. Ich wusste so unendlich viel in diesen Minuten am Tisch im Lehrerzimmer. Alles von jedem Tag im September vor achtzehn Jahren. Alles von jenem Novembertag im vergangenen Jahr. Alles über die Angst einer sonst ruhigen und ausgeglichenen Frau.

Es war vom Tod gesprochen worden. Von Auswärtigen, die vor langen Jahren ins Dorf gekommen waren und behaupteten, etwas besser zu wissen als eine verängstigte, von Todesahnungen erfüllte junge Frau. Es war davon gesprochen worden, dass niemand das Schicksal herausfordern durfte mit einer Wiederholung. Ich sah sie wieder an der Eingangstür stehen. Sina und Frau Liebig. Und ich verstand jedes Wort.

»Du hast hier nichts zu suchen, Christina. Du weißt doch, wer er ist. Du kannst ihn nicht haben. Geh heim.«

Mit meinem stummen Nicken und dem ruhigen Verhalten musste ich auf die anderen herzlos wirken. »Es tut mir leid«, das klang nicht glaubwürdig. Die Erleichterung brachte einen falschen Klang hinein, und jedem musste es auffallen. Plötzlich schämte ich mich, hatte nur noch einen Wunsch: den Raum so schnell wie möglich zu verlassen. Fort von den erstarrten, trauernden, unwissenden Figuren am Tisch, heim zu Sina. Sehen, dass sie lebte. Ihre Stimme hören, mit der sich die Trümmer so leicht fortschaffen ließen.

Sie wartete auf mich wie jeden Mittag. Die Hände auf dem Rücken, wie ich es gewohnt war. Doch der vertraute Anblick half mir nicht zurück in die Realität. Sie hielt ein Messer in der Hand, das wusste ich. Sie wollte mich töten, das fühlte ich. Sie schloss die Augen nicht, wie sie es sonst tat, wenn ich hereinkam. Sie beobachtete mich wachsam und lauernd. »Willst du mir etwas sagen, Chris?«

Ich schüttelte den Kopf. »Nein. Ich will, dass du es sagst. Aber sprich laut und deutlich, damit ich es verstehe.«

Sie war steif und kalt, atmete nicht. Auch die Stelle an ihrem Hals, unter der ich sonst deutlich das Blut pulsieren sah, hob und senkte sich nicht. Es gab keinen Zweifel, sie war tot.
»Ich kann nicht«, flüsterte sie. »Aber du kannst es, und du musst reden. Du musst mir alles sagen, du weißt es doch.«
»Sicher«, sagte ich. »Du hast es mir ja deutlich genug gezeigt. Aber ich weiß noch längst nicht alles. Und was ich nicht genau weiß, darüber spreche ich nicht. Als Dalling mich fragte, habe ich auch geschwiegen.«
»Aber mir hast du es gesagt«, erklärte sie. Dann drehte sie sich zum Tisch, kehrte mir den Rücken zu und ordnete das Besteck neben den Tellern. Da war kein Messer in ihrer Hand. Ich fragte mich, wo es geblieben war. Sie hatte es verschwinden lassen mit einem billigen Trick. Sie war raffiniert, viel gerissener, als ich vermutete. Sie ließ mich stehen, wie man ein ungezogenes Kind stehen lässt.
Es machte mich wütend. Sie betrog mich, wie Mutter und Vater mich betrogen hatten, um die Wahrheit. Oder um die letzte Bestätigung der Wahrheit. Und das war schlimmer als jeder andere Betrug. Ich hätte sie schlagen können. Vielleicht hätte ich sie geschlagen, wäre nicht in diesem Augenblick Luise ins Zimmer gekommen.
Sie stellte eine Fleischplatte auf den Tisch. »Setzt euch«, forderte sie und stutzte. »Du hast ja noch deine Jacke an, Chris.«
Luise kam an mir vorbei, wollte zurück in die Küche. Ich griff nach ihrem Arm und hielt sie fest.
»Frau Liebig ist tot«, sagte ich.
»Ach. Das tut mir leid, Chris. Sie war doch jünger als ich.« Damit löste sie meine Hand von ihrem Arm und schob mich in den Hausflur. »Nun zieh die Jacke aus und setz dich an den Tisch, bevor das Fleisch kalt wird.«
Langsam schüttelte ich den Kopf. »Das Fleisch wird nicht kalt«, sagte ich. »Schau sie dir an. Sieht sie nicht aus wie das

blühende Leben? Sie hat es geschafft. Sie weiß, wie man dem Tod ein Schnippchen schlägt.«

Luise runzelte die Stirn. »Chris, Junge, was redest du denn? Du bist ja gar nicht bei dir. Nun geh, iss etwas, und dann legst du dich für ein Weilchen hin.«

Ich gehorchte, weil es einfacher war. Die Erleichterung, die ich vor nicht ganz einer Stunde gespürt hatte, war fortgewischt. Ausgelöscht wie Worte, mit Kreide an eine Tafel geschrieben. Nur ein Rest davon, feiner Staub auf der Ablage, war geblieben. Doch auch er stand im Begriff, sich aufzulösen. Das durfte ich nicht geschehen lassen, bevor ich nicht den letzten Rest wusste.

Christina Hochstett, ein Name auf einer Urkunde, die Frau eines Grundschullehrers, nur eine Illusion? Nein, eine Hexe sagten sie im Dorf. Eine Tote. Wie hast du das geschafft, Christina? Nein, sag es mir nicht! Ich weiß es. Ich habe es gesehen. Du wolltest das Baby nicht küssen. Du wolltest sein Leben. Und was willst du von mir? Von mir nichts! Du wolltest nicht mich, das weiß ich, du wolltest meinen Vater!

Sie war ein kleines, wachsames Tier, verängstigt und scheu, aber bereit, sich zu verteidigen. Jede meiner Bewegungen belauerte sie. Sie füllte meinen Teller, dann ihren, ließ mich nicht aus den Augen.

»Warum starrst du mich so an?« Jedes Wort fiel mir schwer. Ich fühlte mich, wie sich die Kinder am Morgen gefühlt haben mochten, winzig und verloren vor dieser Gewalt.

»Du musst mir die Wahrheit sagen«, verlangte ich. »Du musst mir sagen, was geschehen ist, wie es geschehen konnte. Wie hast du es gemacht? Ich habe ein Recht, es zu wissen.«

Aber sie schwieg. An ihrer Stelle antwortete Luise mit einer Gegenfrage: »Was soll sie denn gemacht haben, Chris?«

Was war das? Wie eine Faust hielt es meinen Nacken umklammert und schüttelte mich durch. Die gleiche Faust hatte nach

der Zeit gegriffen, hielt sie fest, streute nur willkürlich ein paar Sekunden in den Raum.
Vater ging über den Schulhof auf das Gebäude zu. Er steuerte nicht den Haupteingang an, ging zu einer Nebentür, die ich nie gesehen hatte. Er drückte auf einen Klingelknopf. Frau Liebig öffnete. Vater fragte: »Ist sie hier?«
Vater saß in seinem Wagen. Es war der Wagen, mit dem er mich vor achtzehn Jahren nach Kirchfelden brachte. Sie saß neben ihm, schaute ihn vertrauensvoll an. »Man kann bei uns nicht so einfach einen Menschen verschwinden lassen«, sagte Vater. »Er wird dir nichts tun, glaub mir das. Er sagt es in seiner Wut, aber er meint es nicht so.«

Luise verließ gegen drei das Haus. Es muss gegen drei gewesen sein, um diese Zeit ging sie immer. Um diese Zeit folgte ich Vater auf Schritt und Tritt. Als das endlich aufhörte, dachte ich, es sei bereits Abend. Mein Tisch stand bei der Tür zum Hof, wegen dem Zwielicht draußen brannte die Deckenlampe. In ihrem Licht spiegelte sich das Zimmer in der Glasscheibe. Ich sah Sina hinter mir in einer Couchecke sitzen. Zuerst saß sie noch aufrecht. Dann sank sie tiefer, schließlich lag sie, drehte sich auf die Seite, rollte sich zusammen, schlief vielleicht ein. Alles war wie immer, aber es sah nur so aus. Nichts würde jemals wieder so sein, wie es gewesen war.
Ich hörte sie reden hinter mir und wagte es nicht, noch einmal den Kopf zu heben und in das Glas der Tür zu schauen. Ich spürte ihren Atem im Nacken. Sie musste dicht hinter mir stehen. Dabei lag sie reglos in der Couchecke. Ihr Haar berührte mich am Hals. Aber es war nicht so lang, dass es auch noch den Tisch berühren konnte. Als ich es neben meinem Buch liegen sah, eine dicke schwarze, lockige Strähne, war mir danach zu schreien. So hatte ich es kurz zuvor gesehen, als sie neben Vater im Wagen saß.

»Warum denkst du so schlecht von mir?«, fragte sie. »Glaubst du wirklich, ich hätte meinem Baby etwas antun können?«
Ich schüttelte den Kopf, meine Kehle war zugeschnürt.
»Doch«, sagte sie, »du glaubst es. Aber du irrst dich. Ich habe nichts Schlimmes getan. Du musst mich lieben.«
»Ich kann jetzt nicht«, sagte ich.
Sie zuckte mit den Achseln. Ich sah es nicht, fühlte es nicht, hörte nur, dass ihr Haar auf ihren Schultern knisterte. »Niemand kann mich lieben«, sagte sie. »Dein Vater hat es versucht, er war gut zu mir. Nur helfen konnte er mir nicht. Er wollte, dass du eine Mutter hast. Und er sagte, ich könne für dich keine Mutter sein. Du würdest mich nicht akzeptieren. Er sagte, du liebst deine Mutter, und deshalb will er, dass sie zurückkommt. Er wollte mich nicht mitnehmen. Er hat nicht begriffen, wie schlimm es war. Er wollte nicht glauben, dass ich sterben muss, wenn er mich hier zurücklässt. Ich wollte nicht sterben. Ich wollte leben. Aber in euren Augen habe ich kein Recht zu leben. In euren Augen bin ich nur ein Stück Dreck. Man darf mich ungestraft mit Füßen treten. Ihr irrt euch. Ich habe meinen Stolz, und ich bin stark. Ich bin, und ich bleibe!«
Meine Zunge lag wie angeschwollen in der Mundhöhle. Es fiel schwer, die einzelnen Worte zu formen. »Du bist nicht mehr. Wenn ein Mensch stirbt, bleibt seine Seele, aber sie bleibt nicht hier zurück. Und der Körper zerfällt, verfault, es bleibt nichts von ihm übrig.«
Sie lachte wissend und spöttisch. »Körper gibt es genug«, sagte sie und beugte sich vor. Ihr Haar streifte erneut meinen Hals, die eine Strähne fiel wieder an meinem Arm vorbei auf die Tischplatte. »Siehst du meine Mutter, Chris?«, fragte Sina. Ja, ich sah sie, und ich fühlte sie. Sie stand direkt hinter mir. »Und wenn der Körper in mir gewachsen ist«, sagte sie, »wenn er aus meinem Blut kommt, habe ich jedes Recht auf ihn. Ich musste mein Baby nicht fressen, verstehst du? Ich bin nur hin-

eingegangen. Es war noch alles frisch. Es war noch alles leer. Es war genug Platz für mich.« Dann ging sie zur Couch; ich sah es in der Scheibe. Sie beugte sich über Sina. Und verschmolz mit ihr.

Nur ein Traum. Ich erwachte, als sich eine Hand auf meine Schulter legte. Luise stand mit besorgter Miene über mich gebeugt. »Chris, geht es dir nicht gut?«

Ich lag mit dem Gesicht auf der Tischplatte zwischen Büchern und Heften. Benommen richtete ich mich auf. »Ich bin müde.«

Luise nahm den Hut ab und flüsterte: »Ich mache uns Abendbrot. Danach gehst du am besten zu Bett.«

Sie legte einen Finger an die Lippen und bedeutete mir, ihr in die Küche zu folgen. Sina lag zusammengerollt in der Couchecke und schlief. Alles an ihr war so, wie ich es kannte, äußerlich, nur äußerlich. Wenig später trank ich einen starken und bitteren Kaffee, und die bleierne Müdigkeit wich allmählich.

»Nun sag mir aber, was mit dir los ist, Chris«, bat Luise. »So wie heute habe ich dich noch nie erlebt. Du warst ja völlig außer dir.«

»Ich weiß nicht, was mit mir los ist. Ich habe schlecht geträumt.«

»Eben vielleicht«, flüsterte sie. »Aber du warst schon so komisch, als du heimkamst.«

Ich zuckte mit den Achseln. »Es hat mich sehr erschüttert, von Frau Liebigs Tod zu erfahren. Da fiel mir ein, dass Sina vor vierzehn Tagen einige merkwürdige Andeutungen gemacht hat.«

»Welche Andeutungen, Chris? Frau Liebig war seit langen Jahren krank, jeder im Dorf weiß das. Sie hatte schon als junges Mädchen Probleme mit dem Herzen. Da muss man keine Andeutungen machen. Dass sie nach solch einer Operation nicht zurück nach Kirchfelden kommt, damit war zu rechnen.«

Ich lachte gezwungen, schaute in meine Kaffeetasse. »Manch-

mal denke ich, ihr haltet mich ausnahmslos für einen Idioten. Es spielt keine Rolle, was passiert. Für mich habt ihr immer die passende Erklärung bei der Hand. Ich muss dich etwas fragen, aber lach mich nicht aus.«
Luise war ernst und aufmerksam.
»Glaubst du, dass ein Mensch im Augenblick des Sterbens einen anderen Körper übernehmen kann, den eines neugeborenen Kindes zum Beispiel? Und dass so ein Mensch sich irgendwann rächen will für etwas, was man ihm vor langer Zeit angetan hat?«
Luise starrte mich an, in den Augen nur Furcht, dann schüttelte sie langsam den Kopf. »Ich weiß es nicht, Chris. Ich kann es mir nicht vorstellen.«
»Was kannst du dir nicht vorstellen? Dass Christina lebt oder dass sie sich rächen will?«
Noch einmal murmelte Luise: »Ich weiß es nicht.«
»Aber ich weiß es«, sagte ich und nickte dazu. »Ich habe sie gesehen. Sie hat mit mir gesprochen. Richard hat sie umgebracht, das habe ich auch gesehen. Warum hat er sie getötet? Weil sie ein Verhältnis mit meinem Vater hatte?«
»Aber, Chris, wie kommst du nur auf …«
»Kein ›aber, Chris‹«, unterbrach ich sie. »Jetzt verstehe ich endlich, was hier vorgegangen ist. Ihr wisst es alle. Das halbe Dorf weiß Bescheid. Und die andere Hälfte behauptet, Sina habe viel von ihrer Mutter. Aber Sina hat nicht viel von ihrer Mutter, weil wir es hier gar nicht mit zwei Personen zu tun haben, nur mit einer! Mit einer Person, die zum zweiten Mal lebt und sich an einige Dinge aus ihrem früheren Leben erinnert. Zum Beispiel an ihren Liebhaber, der sie nicht mitnehmen, der lieber seine Ehe retten wollte.«
Luise schüttelte energisch den Kopf. Ich beachtete es nicht, sprach weiter. »Sie hat sich mit Vater bei der Schule getroffen. Das brauchst du nicht zu leugnen. Ich habe damals gehört,

dass du ihn zu Frau Liebig geschickt hast. Und daran hat Christina sich erinnert. Sie wusste, dass sie bei der Schule jemanden treffen wird oder getroffen hat. Ach, verdammt, ich weiß nicht, wie ich es ausdrücken soll.«

Aber ich wusste, was ich sagen wollte. Eine Dreizehnjährige mit einem Rest Erinnerung an eine frühere Existenz. Ein Liebhaber, den sie an einem bestimmten Ort treffen konnte. Nur dort, es war die einzige Möglichkeit. Die Schule. Sie wusste nicht mehr, wer er gewesen war, und hatte erst mal den Falschen aufs Korn genommen. Andreas Maus. Irgendwann hatte sie begriffen, dass er der Falsche war, und dafür gesorgt, dass er verschwinden musste. Und dann kam ich. Als sie meinen Namen hörte, Vaters Namen …

Luise starrte mich ängstlich an. Als ich so weit gekommen war, senkte sie den Kopf und sagte leise: »Das ist Unsinn, Chris. Du hast geträumt. Christina ist seit achtzehn Jahren tot, sie starb …«

»Bei Sinas Geburt«, fiel ich ihr ins Wort. »Und Richard starb bei einem Unfall. Ein paar Stunden nach der Geburt. Und soll ich dir was sagen, das glaube ich sogar. Er muss ziemlich aufgeregt gewesen sein. Kein Wunder, wenn man gerade seiner Frau den Schädel eingeschlagen hat. Da ist er wahrscheinlich auch in einem Graben gelandet. Ich hatte von Anfang an das Gefühl, dass ich die Finger von Sina lassen sollte. Das hat man davon, wenn man nicht auf die innere Stimme hört, nicht wahr? Da darf man sich nicht wundern, wenn man eines Tages neben einer Frau aufwacht, die man gar nicht wollte.«

»Ach, Chris«, murmelte Luise. Es klang resignierend, und Sina hatte es auch gehört, vermutlich mehr als nur das. Sie kam in die Küche, hatte vielleicht schon eine Weile wach im Wohnzimmer gelegen und uns zugehört. Essen wollte sie nicht.

»Geht hinauf und ruht euch aus«, sagte Luise.

Wir gingen hinauf. Und als Erstes riss ich die Puppe vom

Stuhl. »Er hat dir lange genug zugeschaut, wie glücklich du bist«, sagte ich. »Du hast doch nichts dagegen, wenn ich ihm jetzt eine Erholung gönne, oder?« Ich stopfte den Balg in die hinterste Ecke des Schrankes.

Sie antwortete nicht, biss sich auf die Lippen und begann sich auszuziehen. Dann lagen wir nebeneinander im Bett, steif und verkrampft. Sie atmete gepresst, es hinderte mich am Einschlafen. Länger als eine Stunde lag ich wach neben ihr. Die Augen hielt ich geschlossen, doch die Müdigkeit, die mich den ganzen Tag in ihren Klauen gehalten hatte, war verschwunden. Sie schlief ein. Ich fühlte, wie ihr Körper sich langsam entspannte. Manchmal zuckten ihre Finger im Schlaf. Ihre Haut war wärmer als sonst. Obwohl ich sie nicht unmittelbar berührte, empfand ich diese Wärme als unangenehm. Das Bett lud sich damit auf. Hinzu kamen die Gedanken. Wie Luise es ausgedrückt hatte, ich war nicht ich selbst gewesen. Schlimmer, Sina war nicht mehr Sina. Es war entsetzlich! In dieser Nacht war ich nicht fähig, sie zu lieben. Hätte ich es gekonnt, vielleicht wäre mir leichter geworden.

Am nächsten Tag war sie mittags nicht im Wohnzimmer. An ihrer Stelle deckte Luise den Tisch. Sie sah aus, als habe sie geweint. Ich erschrak mehr, als ich mir eingestehen wollte. »Ist etwas passiert?«, fragte ich. Und gleich darauf: »Wo ist sie?« Noch bevor Luise mir eine Antwort gab, spürte ich einen feinen Schmerz in der Magengrube.

»Oben.« Luise flüsterte es nur und deutete hinauf zur Zimmerdecke. Ich lief nicht, ich raste die Treppen hinauf. Mit dem gleichen angstvollen Schwung stürmte ich in unser Zimmer. Sie lag auf dem Bett, nackt und zusammengekrümmt wie ein verendeter Wurm. Das Gesicht hatte sie in den Kissen vergraben. Ihr Körper wurde von unkontrollierten Schluchzern durchgeschüttelt. Langsam ging ich näher, ließ mich neben dem Bett

auf die Knie nieder. Sie bemerkte mich nicht. Es fiel mir schwer, sie anzufassen. Aber ich schaffte es, erst das Haar, dann ihre Schulter. Schließlich nahm ich ihren Kopf in die Hände und drehte ihr Gesicht zu mir.
Tränen, vor allem in solch einem Ausbruch, machen hässlich. Bei ihr war es anders. Zweimal hatte ich sie bis dahin so weinen sehen. Beide Male hatte sie ihr Gesicht von mir weggedreht, bevor ich genau hinschauen konnte. Jetzt konnte sie das nicht, und jetzt sah ich es. Ein weiches, weibliches, ebenmäßiges Frauengesicht, das sich über das ihre gelegt hatte, um auch den letzten Zweifel in mir auszuräumen, um mir endlich in aller Deutlichkeit zu zeigen, wen ich vor mir hatte.
Es erschreckte mich noch, aber nicht mehr so sehr wie am Tag zuvor ihr Haar auf der Tischplatte. Ich fühlte mich hilflos, wünschte, Frank wäre hier. Nicht unbedingt an meiner Stelle. Aber er schien das magische Wort zu kennen, mit dem man sie zurückholen konnte.
Ich zog ihren Kopf noch ein Stückchen näher zu mir, drückte ihn fest gegen meine Schulter, damit ich ihr nicht länger ins Gesicht sehen musste, und erinnerte mich an das, was Frank beim letzten Mal gesagt hatte. »Es ist alles gut. Ich bin da, Christina. Ich tu, was ich kann.«
Sie reagierte nicht, stöhnte nur einmal auf und murmelte etwas Unverständliches. Noch einmal sagte ich: »Es ist alles gut.« Dann fiel mir etwas Besseres ein. »Ich liebe dich, Christina. Ich liebe dich sehr. Ich kann mir nicht vorstellen, noch einmal ohne dich zu sein. Es ist egal, wer du bist, ich brauche dich.«
Während ich sprach, hielt ich sie an mich gepresst, strich mit der freien Hand über ihr Haar, den Nacken, die Schultern. Alles war fremd, neu und ungewohnt. Ich versuchte, gegen das lähmende Gefühl der Hilflosigkeit anzukämpfen. Ich wusste mir nicht anders zu helfen, streifte die Schuhe ab und kroch neben sie ins Bett.

Ich zog sie eng an mich. Ihr Körper war steif, die Haut kalt. Alles an ihr fühlte sich an wie tot. Am liebsten hätte ich die Flucht ergriffen. Ich sagte mir, dass es nur die Anspannung sei und das offene Fenster. Vielleicht lag sie schon seit Stunden so, ohne Kleid auf der Decke, statt darunter. Doch der Verstand allein kam gegen das Grauen nicht an. Dieser zusammengekrümmte, kalte Leib in meinen Armen brachte mich fast um den Verstand.
Trotzdem hielt ich sie mit beiden Armen eng an mich gezogen, mein Gesicht in ihrer Halsbeuge vergraben. Allmählich verebbten die Schluchzer. Dort, wo ich sie berührte, wurde ihre Haut warm. Auch der Krampf löste sich. Ich fühlte ihren Puls unter den Lippen. Nach einer Ewigkeit schob sie mich von sich fort, erhob sich und ging ins Bad. Ihre Bewegungen wirkten müde und verbraucht. Ich folgte ihr, blieb bei der Tür stehen und schaute zu, wie sie ihr Gesicht mit kaltem Wasser wusch. Sie ging zurück ins Schlafzimmer, zog ein Kleid an. Dann half ich ihr die Treppen hinunter.
Ihr Weinen verfolgte mich für den Rest des Tages. Luise verließ das Haus nicht. Sie strich um uns herum wie ein wachsamer, besorgter und ängstlicher Hund.
Wir gingen früh zu Bett. Ich bot ihr an, die Puppe wieder auf den Stuhl zu setzen. Wenn sie das Ding dort brauchte, sollte sie es haben. Was interessierte es mich, ob ein Fetzen Stoff mir zuschaute, wenn ich sie liebte.
Da sie nicht antwortete, kramte ich den Balg aus dem Schrank und setzte ihn wieder an seinen Platz. Sie riss ihn mit einer unbeherrschten Bewegung fort und schleuderte ihn durch das offene Fenster hinaus in den Hof.
Dann lag sie neben mir, starrte in die Dunkelheit. Ich hatte das Gefühl, dass ich ihr unbedingt noch einmal sagen müsste, wie sehr ich sie liebte, dass ich sie brauchte, aber ich konnte nicht. Irgendwann schlief ich ein, erwachte von ihren heiseren

Schluchzern. Ich zog sie an mich und versuchte erneut, sie zu trösten. Dabei hätte ich selbst gerne geweint. Nur stiegen meine Tränen über die Kehle nicht hinauf.
Die Nacht verlor sich in Unwirklichkeit. Es gab keinen Trost und nirgendwo eine Hilfe. Wie ein verstörtes Kind kroch ich irgendwann in die Geborgenheit ihres Schoßes. Ich liebte sie oder sie mich. Zwei Verlorene, die sich einen letzten Rest an Kraft aus einer Umarmung holten. Mit einer Leidenschaft, wie nur Verzweiflung sie kennt, mit der innigen Verbundenheit einer letzten Gewissheit. Es gab einen Tod, der uns trennen konnte. Der es schon getan hatte.
Viel später, als sie längst wieder neben mir lag, flüsterte sie heiser: »Du kannst mich lieben. Ich weiß es. Ich wusste es immer.« Da erst fand ich in die Realität zurück. Ich war müde, nur noch müde.
Am nächsten Morgen schlief sie fest, als Luise mich weckte. Ich ließ sie in Ruhe, bewegte mich so leise wie möglich und warf, bevor ich das Zimmer verließ, einen letzten besorgten Blick zum Bett. Sie lag auf dem Rücken, die Arme zu beiden Seiten neben dem Kopf. Die Hände zu Fäusten geballt, dass die Knöchel weiß hervortraten. Ihre Haltung erinnerte mich an die eines Säuglings, nur die weißen Knöchel passten nicht dazu.
Ich hatte an diesem Tag fünf Stunden zu geben. Anschließend wollte Dalling noch mit mir reden. Neuerdings besprach er ja alles mit mir, und das zog sich hin. Ich kam erst gegen drei heim. Luise wartete im Wohnzimmer. Sie war allein.
»Wo ist Sina?« Im ersten Augenblick dachte ich, sie schlafe noch oder habe sich im Laufe des Vormittags wieder hingelegt.
»Sie hat auf dem Birkenhof angerufen, Chris. Frank hat sie abgeholt.«
Ich konnte nur nicken. Luise wirkte bedrückt. Sie ging in die Küche und kam mit meinem Essen zurück. »Sie hat ein paar Sachen mitgenommen, Chris.«

»Warum?« Es würgte mich, und der Anblick des gefüllten Tellers verstärkte die Übelkeit noch.
»Ich nehme an, sie will ein paar Tage auf dem Birkenhof bleiben. Vielleicht ist es besser so, Chris. Ich kann hier kaum etwas für sie tun. Dort hat sie alles, was sie braucht.«
Wieder nickte ich nur, setzte mich an den Tisch und begann, gegen meinen Willen zu essen. »Ich fahre gleich …«
»Tu das nicht, Chris«, unterbrach Luise mich. »Nicht heute, lass ihr etwas Zeit, mit sich selbst ins Reine zu kommen.«
Wie ich diesen Tag und die folgende Nacht hinter mich brachte, weiß ich nicht mehr. Zum ersten Mal seit Monaten lag ich wieder allein im Bett, wach, mit offenen Augen. Schloss ich sie, sah ich den Graben beim Waldrand, den Körper darin und den Jungen, der bei ihr kniete. Ich sah Vater eine Wagentür öffnen, hörte ihn sagen: »Steig ein, Christina, ich bringe dich heim. Keine Angst, ich werde mit ihnen reden. Es kommt alles in Ordnung, das verspreche ich dir.«
Und Mutter flüsterte mir zu: »Dein Vater ist ein alter Narr. Lass dir doch dein Leben nicht kaputt machen von diesem Tierchen!« Dann kam die Sehnsucht, ein dumpfer, nicht zu lokalisierender Schmerz im Innern. Ich musste sie zurückholen. Ohne sie …
Vielleicht begriff ich in dieser Nacht endlich, was ich ohne sie war. Ein halber Mensch, eine Hälfte, die gleichgültig und ohne viel Aufhebens einen vorgezeichneten Weg ging. Die nicht nach rechts oder links schaute, aus Furcht, links und rechts vom Weg könnten die eigenen Ängste lauern.
Die andere Hälfte war stark, zielstrebig und offen, aber sie war für alle Zeiten an Sina gekettet. Und was immer Sina auch war, wer immer sich in ihr verbarg, sie war mir nicht fremd. Nichts an ihr war schrecklich. Sie war meine Frau, ein fester Teil meines Lebens. Ich konnte sie um keinen Preis der Welt hergeben.

Kurz nach zwei am nächsten Tag hielt ich den Wagen vor dem Tor des Birkenhofs. Ria öffnete mir. Ihrem Verhalten nach zu urteilen, hatte man mich bereits erwartet. »Komm herein, Chris«, bat Ria. »Mama will mit dir reden.« Es klang ernst, aber mehr bittend als drohend.
Mama empfing mich in ihrem gewohnten Sessel am Kamin in der Halle. Sie war sehr klein und sehr alt in diesen Minuten.
»Setz dich, Chris«, verlangte sie und schickte Ria hinaus, um Kaffee zu holen. In Gedanken formte ich eine Entschuldigung. Mama kam mir zuvor. »Es tut mir leid, Chris. Ich kann dir gar nicht sagen, wie leid es mir tut. Ich wünschte, es wäre einiges anders gekommen. Aber man muss die Dinge nehmen, wie sie sind, nicht wahr?«
Als ich nickte, fuhr sie bedächtig fort: »Ich habe einmal zu dir gesagt, in meinem Alter neigt man dazu, die Verantwortung auf andere abzuschieben. Gestern habe ich erkennen müssen, dass es so einfach nicht ist. Ich dachte, bei dir sei sie gut aufgehoben. Sie wollte doch immer zu dir. Ich habe nicht damit gerechnet, sie noch einmal so vor mir zu sehen. Weißt du, Chris«, Mama seufzte, »ich war nie der Mensch, zu dem sie sich flüchten konnte, wenn es so schlimm wurde. In solchen Stunden war ich ihr schlimmster Feind.«
Ria brachte ein Tablett mit Kaffee und belegten Broten. Mit einer herrischen Geste forderte Mama sie auf, die Halle wieder zu verlassen. Als sich die Tür hinter Ria schloss, sprach Mama weiter: »Ich habe Sina von der ersten Stunde an geliebt, Chris. Sie war für mich eine Chance, die einmalige Chance, eine Schuld zu begleichen.«
Als ich auch dazu nickte, lächelte Mama geringschätzig. »Du weißt es schon, das dachte ich mir. Es wird zu viel geredet im Dorf. Was hat man dir gesagt? Dass wir ihrer Mutter übel mitgespielt, dass wir das arme Ding auf dem Gewissen haben?« Sie lachte auf, ließ mich jedoch nicht zu Wort kommen. »Dann

lass es mich einmal aus meiner Sicht schildern. Richard war mir der liebste von meinen Söhnen. Vielleicht habe ich Fehler gemacht bei ihm, ihn zu sehr verwöhnt, ihm zu viel Freiheit gelassen. Er hatte hier keine Pflichten wie die anderen. Er reiste viel, genoss sein Leben, auch mit Frauen. Dann brachte er eines Tages Christina mit. Er hatte sie irgendwo aufgelesen, wo die Menschen in Hütten aus Blech und Pappe hausen. Wo sie das Wasser in Kanistern heranschleppen und ihre Notdurft dort verrichten, wo es sie überkommt.«

Mama nickte bitter. »Ein liebes, geduldiges und unschuldiges Wesen, so stellte es sich nach außen hin dar. Auf ihre Art war sie das auch. Nur hatte ihre Unschuld nicht viel mit dem zu tun, was wir darunter verstehen. Sie hatte kein Schamgefühl, lief ohne Unterwäsche herum. Sie ging nicht zur Toilette, raffte ihren Rock und hockte sich irgendwo auf den Hof, in den Garten, an den Straßenrand. So war sie es gewohnt.«

Noch einmal seufzte sie, schüttelte den Kopf unter dem Eindruck der Erinnerung. »Du kannst dir nicht vorstellen, was sie aus meinem Hof gemacht hat. Hier stellte sich plötzlich der Bruder gegen den Bruder. Das halbe Dorf hat sie mir noch zusätzlich aufgewiegelt. Sie musste nichts Besonderes tun, nur durch die Straßen laufen. Es gab kein Haus mehr, keine Familie, in der es wegen ihr nicht zu Streit und Unfrieden kam. Anfangs drückte ich beide Augen zu. Mein Richard liebte sie, er brauchte sie, wie andere die Luft zum Atmen brauchen. Die beiden hatten eine Art von Glück, die ich nie erlebt habe. Vielleicht lebe ich deshalb noch, ich lebe mit dem Verstand. Aber das heißt nicht, dass ich kein Herz hätte.«

Mama atmete tief durch, legte sich eine Faust vor die Brust und schaute mir fest in die Augen. »Ich habe eins, und ich habe es gespürt, als sie starb. Wenn sie allein gegangen wäre, aber nein! Sie musste ihn mitnehmen. Selbst als sie tot war, hatte sie noch so viel Macht, dass sie …«

Mama brach ab. Ich wartete darauf, dass sie den Satz vollendete. Aber sie schüttelte nur den Kopf, sprach leise weiter: »Ich dachte, ich müsste verrückt werden. Aber man hält mehr aus, als man glaubt. Da war das Kind. Und …«

»Es ist schon gut«, unterbrach ich sie. »Du musst dich nicht entschuldigen.«

Mama schaute mich unwillig an. »Ich habe nicht vor, mich zu entschuldigen, Chris«, erklärte sie bestimmt. »Wenn ich mich schuldig gemacht habe, hatte ich Zeit genug, es wiedergutzumachen. Sie hat mir meinen Sohn genommen und mir dafür ihre Tochter gelassen.«

»Nein!« Es gelang mir sogar zu lächeln. Meine Stimme war so fest, dass es mich erstaunte. »Du musst auch nicht länger lügen. Mir gegenüber kannst du offen sein. Ich weiß, was damals passiert ist.«

»Ach«, sagte Mama spöttisch. Es ärgerte mich. »Und was ist passiert, deiner Meinung nach?«

»Christina war mit Richard todunglücklich. Sie fand einen Mann, der ihr ein bisschen Zuneigung gab, der Verständnis für sie aufbrachte. Richard ließ sich das nicht bieten und brachte sie um.«

Die Runzeln in Mamas Gesicht gerieten in Bewegung. Ich konnte nicht feststellen, ob es ein abfälliges oder ein ertapptes Grinsen war. »Von wem weißt du das?«

»Nicht von meinem Vater«, sagte ich. »Auch nicht von den Leuten aus dem Dorf. Richard dürfte kaum einen dazugerufen haben, als er Christina den Schädel einschlug.«

Der sonderbare Ausdruck auf ihrem Gesicht verlor sich und machte Platz für Erstaunen. Aus großen Augen schaute sie mich an. »Schädel einschlug? Wie kommst du auf so einen Unsinn, Chris?«

»Ich habe es gesehen.«

Sie kniff die Augen zusammen, ihr Mund verzog sich zu einem dünnen Lächeln. »Hast du! Dann pass auf, wem du davon erzählst. Oder willst du im Dorf für einen Spinner gehalten werden?« Im ersten Moment dachte ich, ich sollte einfach behaupten, ich sei damals in der Nähe gewesen. Ein elfjähriger Junge, zu Besuch bei der Tante seines Vaters, die Freiheit in Feld und Wald genießend. Zeuge werdend, wie ein Mann seine Frau tötete. Aber mit dieser Behauptung verbaute ich mir die Chance, ihr zu sagen, was ich sonst noch wusste. Und es war mir wichtig, dass sie es erfuhr. Ich streckte die Hand aus und zeigte gelassen zur Treppe hinüber. »Vielleicht habe ich mich falsch ausgedrückt. Ich sollte besser sagen, Christina hat es mir gezeigt. Und nicht nur das. Sie hat mir auch gezeigt, wie sie überlebt hat. Das da oben ist Christina.«

»Du hast den Verstand verloren«, sagte Mama trocken.

Ich lächelte. »Ich war nahe daran, ihn zu verlieren. Es ist weiß Gott nicht leicht, Ungeheuerliches zu begreifen.«

Mama schwieg, starrte mich mit unbewegter Miene an. Ich sah, wie es hinter ihrer Stirn arbeitete. Nach einigen Sekunden senkte sie den Kopf und flüsterte: »Lass Gott aus dem Spiel. Er hat damit nichts zu tun. Wie kommst du auf so einen Wahnsinn, Chris?«

Jetzt wurde ich doch wütend, aber ich beherrschte mich. Ich konnte kaum erwarten, dass sie mir auf der Stelle zustimmte. Ein wenig härter als vorhin sagte ich: »Ich habe sie Tag und Nacht um mich. Denkst du, ich bin blind oder taub? Ich kann sehr gut ein Gesicht vom anderen unterscheiden. Und Christina ist durchaus imstande, sich zu zeigen. Aber sie scheint nicht imstande, sich an jede Einzelheit zu erinnern. Vielleicht sollte man einmal offen mit ihr über alles reden, ihr sagen, was Richard ihr angetan hat.«

Mama schwieg minutenlang, die Hände im Schoß waren in ständiger Bewegung. Es muss für sie ein harter Kampf gewesen sein. Endlich kapitulierte sie.

»Nein«, flüsterte sie. »Das würde ihr nicht helfen.«
»Da bin ich anderer Meinung.«
Plötzlich war Mama klein und schutzbedürftig. »Tu es nicht, Chris. Es wäre ein großer Fehler. Wem ist denn damit geholfen, die alten Geschichten aufzuwärmen? Ihr am wenigsten, glaub mir das. Ich hatte sie all die Jahre bei mir, ich denke, ich kenne sie ein bisschen besser als du. Es ist nicht so viel von ihrer Mutter in ihr, wie du glaubst, nur ein Rest Gefühl, die Angst hin und wieder und die Tränen. Lass ihr den Glauben, dass ihre Eltern sich geliebt haben, was hat sie denn sonst von ihnen? Man muss einem Menschen nicht immer die Wahrheit sagen, Chris. Manchmal richtet man mit der Wahrheit nur einen Schaden an, der sich nie mehr beheben lässt.«
Ich griff nach einem der Brote, war mit einem Mal hungrig und erleichtert. Mama sprach weiter in einer flehenden, eindringlichen Art. »Was hast du davon, wenn du ihrer Erinnerung auf die Sprünge hilfst und sie am Ende wieder in ihre Natur zurückfällt? Ich glaube nicht, dass es dir gefallen würde, wenn du ihr erst zeigen müsstest, wozu man Wasser und Seife benutzt. So, wie sie jetzt ist, ist sie zum größten Teil eine Birkenfeld, dafür habe ich gesorgt. Lass sie bleiben, was sie ist. Wenn du sie liebst, ist doch alles in Ordnung.«
»Ja«, sagte ich. ›Wenn du sie liebst‹; mehr wurde nicht von mir verlangt. Wie auf ein Kommando erschien Ria und half Mama aus dem Sessel, führte sie hinaus und kam zurück.
»Kann ich hinaufgehen?«, fragte ich. Ria nickte. »Natürlich, Chris, deshalb bist du doch gekommen.« Sie lächelte verlegen.
»Hat Sina dir etwas gesagt?«, fragte ich.
Ria schüttelte den Kopf. »Sie hat nur mit Frank gesprochen. Er war lange bei ihr.«
»Weißt du, worüber sie gesprochen haben?«
Ria schüttelte den Kopf und schaute mir nach, als ich zur Treppe ging.

Sina saß auf einem Stuhl beim Fenster und der Stoffrichard wieder im Regal neben seiner teuren Gefährtin. Bevor ich etwas sagen konnte, erklärte Sina: »Es tut mir leid, Chris. Ich wollte nicht weglaufen.« Ich zog sie vom Stuhl hoch und nahm sie in die Arme. »Bist du mir böse?«, flüsterte sie.
»Nein.«
Sie rieb ihr Gesicht an meiner Jacke, schlang beide Arme um meine Hüften. »Ich wollte wirklich nicht weglaufen, Chris. Aber ich musste herkommen. Ich wollte Mama etwas fragen, und als ich dann vor ihr stand, wusste ich nicht mehr, was.«
»Dann war es bestimmt nicht wichtig«, sagte ich.

Sechstes Kapitel

Im darauffolgenden Sommer, ein Jahr nach unserer Hochzeit, wurde Sina schwanger. Wir waren beide sehr glücklich. Nach dem Gespräch mit Mama war es still geworden. Als ob Christina, nachdem zum ersten Mal offen über ihre Existenz gesprochen worden war, ihren Frieden gefunden hätte. Ich ahnte zwar, dass da noch eine Menge war, von der sie nicht wollten, dass ich davon erfuhr. Oft war mir, als müsse ich mich nur konzentrieren, mich in einen ruhigen Winkel verkriechen, die Augen schließen, um den Dingen auf den Grund zu gehen. Aber etwas hielt mich immer zurück, vielleicht das Gefühl, ein Grab zu öffnen, die Ruhe der Toten zu stören. Oder das Bewusstsein, dass wirklich niemandem geholfen war, wenn ich in der Vergangenheit herumstocherte. Ich zog mich nicht zurück, und es blieb still.

Zum Winter hin wurde Sina rundlich. Es gab ein wenig Gerede, nicht im Dorf! Nur in der Schule. Gerda Hilbig fragte sich, wer für Sinas dicken Bauch verantwortlich sei. Angeblich hatte sie Sina häufig in Arnberg gesehen. Zusammen mit Ria, die Einkäufe machte, während meine Frau den Schlosspark durchquerte, um auf schnellstem Weg in die Hensenstraße zu gelangen.

Es hatte nie aufgehört. Gerda Hilbig wusste das genau – von ihrem früheren Kollegen und heutigem Nachbarn Andreas

Maus. Zwar hatte man ihn damals aus Kirchfelden entfernt, aber nur, um einen Skandal zu vermeiden. In Arnberg kümmerte sich kein Mensch darum, wenn eine Hauptschülerin nach Beendigung des Unterrichts einen Lehrer aufsuchte für ein oder zwei Nachhilfestunden. Auch später, als Sina die Schule abgeschlossen hatte, fand sich immer eine Möglichkeit oder, um es auf den Punkt zu bringen, in Ria Birkenfeld eine Chauffeuse. Die erste Liebe ist doch die schönste, man vergisst sie nie. Und jetzt weinte der arme Kerl sich die Augen aus dem Kopf, zweifelte an Gott und der Welt, weil dieses Biest einen anderen geheiratet hatte. Warum sie den anderen geheiratet hatte, wusste nur sie allein. Gerda Hilbig wusste es nicht.

Bei mir wagte Gerda Hilbig keine Andeutung. Sebastian schnappte etwas auf, als die Hilbig Frau Karger aufklärte, dass es zwei Kandidaten gäbe. »Besser, du bleibst auf dem Laufenden«, meinte Sebastian. »Wenn sich Gerüchte einmal festsetzen, schafft man sie nicht mehr aus der Welt.«

Mich kümmerte das Gerede nicht. Ich glaubte mich so hoch darüber, dass ich die winzigen Stiche ignorierte, die es mir versetzte. Und Gerda Hilbig den Mund verbieten? Einmal massiv werden? Wozu, wenn es keine Grundlage gab?

Sina ging kaum noch zum Birkenhof. Der Weg sei ihr zu beschwerlich, sagte sie oft. Manchmal holte Ria sie mit dem Wagen ab. Auch dann blieb sie nicht lange, kam nach ein oder zwei Stunden zurück, war heiter, gelöst und zufrieden. Ich wappnete mich für die letzten Monate der Schwangerschaft, rechnete damit, dass in dieser Zeit Christinas Erinnerungen aufbrachen. Dass es erneut zu Tränenausbrüchen käme. Häufig erwachte ich in der Nacht und war überzeugt, ihr Weinen habe mich aufgeweckt. Wenn ich sie dann still und friedlich schlafend neben mir liegen sah, wurde mir warm. Es war eine harmonische Zeit. Gleichmäßig wie ein Feuer, das nach dem ersten wilden Auflodern ruhig vor sich hin brennt.

Es gab viel Schnee in dem Winter. Die Welt vor unserem Fenster verlor an Kontur. Die Mauer, die Dächer und die kahlen Baumkronen waren kaum noch auszumachen. »So habe ich den Hof nie gesehen«, sagte Sina. »Unter all dem Schnee sieht er aus wie das Schloss der Eiskönigin.«
»Vielleicht war er das einmal«, sagte ich. Sie lächelte nur.
Im Januar verstarb unerwartet Luises Schwager. Ich hatte ihn zwar gut gekannt, aber ich empfand kaum Trauer. Sina nahm seinen Tod nicht zur Kenntnis. Sie war zu sehr mit dem wachsenden Leben in sich beschäftigt, konnte Stunden damit verbringen, die Hände auf dem Bauch zu halten und zu ertasten, ob es ein Arm, ein Bein, der Kopf oder sonst ein Körperteil war, das sie spürte.
Nachdem Luise die Nachricht erhalten hatte, packte sie ein paar Sachen. Sie müsse ein paar Tage bei Marthe bleiben, meinte sie. »Bis das Schlimmste überstanden ist, Chris. Die Ärmste war nie allein. Sie wird nicht zurechtkommen.« Dann riet sie: »Ruf auf dem Birkenhof an, damit jemand herkommt. Sina sollte jetzt nicht stundenlang allein sein. Außerdem kann sie sich in ihrem Zustand kaum um den Haushalt kümmern.«
Wir beide hatten Luise als etwas Selbstverständliches angesehen. Aber selbstverständlich waren nur Ordnung und Regelmäßigkeit. Wie Sina mir zu Anfang erklärt hatte, war sie nicht gewillt, sich um Dinge des täglichen Bedarfs zu kümmern. Das hatte nichts mit ihrem Zustand zu tun.
Schon am ersten Morgen, den wir auf uns allein gestellt waren, verschliefen wir. Katrin Birkenfeld weckte mich kurz nach halb acht durch ihr anhaltendes Klingeln an der Haustür. Sie entschuldigte sich, weil sie so spät kam. Aber durch den Schnee sei sie nicht schneller vorangekommen, sie habe ihr Rad schieben müssen.
Für das Frühstück, das sie mir in aller Eile zubereitete, blieb keine Zeit. Als ich mittags heimkam, war Katrin bereits wie-

der auf dem Birkenhof. Das Essen stand fertig auf dem Herd, der Tisch war gedeckt, und alles im Haus war sauber und ordentlich.
Luise blieb drei Wochen bei ihrer Schwägerin. Dann hatte Marthe sich so weit gefangen, dass sie allein zurechtkam. Luise kam zurück, und alles ging in gewohnter Weise weiter. Für uns, für andere nicht. Da gab es Einbrüche, einschneidende Veränderungen, die im Laufe der Zeit ihre Wellen zogen und am Ende auch uns berührten.

Für Anfang Februar war eine Klassenfahrt geplant. Dallings und Sebastians Schüler sollten daran teilnehmen. Nach Frau Liebigs Tod hatte Sebastian ihre Schüler übernommen. Frau Karger unterrichtete seitdem meine Parallelklasse. Und Silvia Henschel, so wie Sina es prophezeit hatte, die 1 b. Von ihrer Ausbildung her war sie dafür qualifiziert.
Dalling fuhr nie mit nach Dattenberg. Als Rektor war er nicht abkömmlich. Begleitet werden sollten die beiden Klassen von Sebastian, Silvia, die auch schon im Vorjahr mitgefahren war, und Frau Stoppart.
Dalling überließ es mir, die Stundenpläne entsprechend umzustellen. Mir überließ er auch die Auseinandersetzung mit Gerda Hilbig, die sich wieder einmal übergangen fühlte. Dabei waren die Frauen normalerweise froh, wenn sie an solch einer Fahrt nicht teilnehmen mussten. Es war eine Strapaze, drei Tage und drei Nächte lang vierzig oder fünfzig Kinder zu betreuen. Doch Gerda Hilbig zeigte inzwischen ein so offensichtliches Interesse an Sebastian, dass Dalling sie allein aus diesem Grund ausschloss.
Zwei Tage vor Antritt der Fahrt erschien Sebastian morgens nicht zum Unterricht. Dalling versuchte mehrfach, ihn telefonisch zu erreichen, ohne Erfolg. »Schicken Sie seine Schüler nach Hause, Chris«, meinte er resignierend. »Hof-

fentlich ist Burbach nicht ernsthaft erkrankt. Das fehlte uns noch. Wo soll ich denn jetzt einen Ersatz für die Fahrt hernehmen?«

»Notfalls könnte ich mitfahren«, schlug ich vor. Dalling winkte energisch ab. »Das kommt überhaupt nicht infrage. Sie bleiben bei Ihrer Frau. Da werden Sie jetzt nötiger gebraucht. Es ist doch sicher bald so weit?«

»In sechs Wochen«, sagte ich, und Dalling lachte. »Frank würde mich köpfen, wenn ich Sie für drei Tage auf Klassenfahrt schicke. Nein, wenn Burbach erkrankt ist, fahre ich mit.«

Erkrankt war Sebastian nicht. Zwar rief er während der Pause an und entschuldigte sich mit Schmerzen, deren Art er nicht näher erläuterte, und einem Arztbesuch. Am Nachmittag stand er dann plötzlich hinter mir im Wohnzimmer. Ich hatte ihn nicht kommen hören und erschrak, als er sich verhalten räusperte. Ich erschrak noch mehr, als ich ihn anschaute.

Seine Haut war grau und aufgeschwemmt. Neben den Mundwinkeln hatten sich tiefe Kerben eingegraben, die Augäpfel waren blutunterlaufen, die Lider geschwollen. Bevor ich etwas sagen konnte, legte er mir eine Hand auf die Schulter.

»Halt mir keinen Vortrag über Pflichtbewusstsein, Chris. Den habe ich mir schon selbst gehalten. Ich weiß, dass ich mich zusammenreißen muss.« Er stieß die Luft aus, zog die Hand zurück, ging zu einem Sessel, ließ sich mit einem Aufstöhnen hineinfallen und rieb sich mit einem Handrücken über die Augen. »Ich wollte ja kommen«, sagte er anschließend. »Aber zwischen Wollen und Können ist ein großer Unterschied.«

Sina hatte ihm geöffnet, stand bei der Tür und betrachtete ihn mit sichtlichem Unwillen. Sebastian nahm sie nicht zur Kenntnis.

»Setz dich wieder hin, Chris«, verlangte er, als ich mich vom Stuhl erhob. »Wenn du vor mir stehen willst, die Großmut und

Nachsicht in Person, gehe ich lieber.« Er sprach schleppend, seine Stimme ließ keinen Zweifel am tatsächlichen Grund für sein Fehlen.

»Du bist betrunken«, stellte ich fest.

Sachte schüttelte er den Kopf. »Irrtum, mein Freund. Das sieht nur so aus. Ich habe versucht, mich zu betrinken. Das ist mir leider nicht gelungen.« Er machte eine kleine Pause, atmete schwer und sprach weiter mit der peniblen Sorgfalt des Volltrunkenen. »Weißt du, was ich gestern bekommen habe? Nein, du kannst es nicht wissen. Warte, ich zeig es dir.«

Damit zog er ein Stück Papier aus seiner Hosentasche und erklärte gleichzeitig: »Das offizielle Scheidungsersuchen meiner Frau. Lies nur. Nun nimm schon und lies es.« Er wedelte mit dem Papier vor mir herum, bis ich es ihm aus der Hand nahm.

Es waren drei amtlich aussehende Seiten. Zerknittert vom Tragen in der Hosentasche, fleckig und angesengt. »Sie ersucht das Gericht«, höhnte Sebastian, während ich zu lesen begann. Jedes Wort klang nach mühsam unterdrückten Tränen. »Und sie ersucht es nicht persönlich. Nein, durch ihren Rechtsbeistand. Chris!« Es war ein Aufschrei. »Bin ich ein Schwerverbrecher?«

Er fasste sich wieder, sprach ruhiger und bedächtiger weiter. »Ich war am Wochenende bei ihr. Sie hat mich doch in dem Glauben gelassen, es sei alles in Ordnung. Seit Monaten kein fremdes Gesicht mehr, keine Anrufe mit ›falsch verbunden‹, alles bestens. Am Samstag kam ich leider etwas zu früh. Chris, du weißt, ich habe es all die Jahre hingenommen. Aber am Samstag wurde es mir zu viel. Ich habe jede Demütigung geschluckt, wenn ich nur in ihr Bett durfte. Aber als dieser Heini mir die Tür öffnete, nur ein Handtuch um den Hintern gewickelt, als er grinste und dann über die Schulter rief: ›Dein Alter, Schätzchen!‹ Da habe ich zugeschlagen. Ich …«

Er begann zu stammeln. »Ich wollte Marlene nichts tun. Ich wollte nur diesem Kerl eine runterhauen. Aber als sie mich anfauchte, was mir denn einfiele, ich solle mich zum Teufel scheren, da habe ich ihr auch eine gelangt.« Sein ganzes Elend lag in dem Blick, mit dem er mich ansah. »Und gestern kam das. Ich habe sie misshandelt. Dabei habe ich mich auf der Stelle bei ihr entschuldigt, und was hat sie mit mir gemacht in all den Jahren?«

Sina kam langsam ins Zimmer, neben mir blieb sie stehen und schaute ihn an. »Jetzt tu doch nicht so, als ob du den Schlag bedauerst!«

Mir fiel auf, dass sie ihn duzte, normalerweise tat sie das nicht. Sie atmete tief durch und lächelte. Es war ein merkwürdiges Lächeln, abfällig und feindselig.

»Ihr Männer seid ein komisches Volk,«, sagte sie. »Wenn ihr euch etwas in den Kopf gesetzt habt, müsst ihr es haben, auf Biegen oder Brechen. Da kann man euch hundertmal sagen, lass die Finger davon. Und wenn es schiefgeht, wollt ihr heulen.«

»Wir wollen nicht heulen«, widersprach Sebastian. »Wir wollen uns nur nicht auf der Nase herumtanzen lassen.«

»Du hast es doch so gewollt«, sagte sie. »Niemand wird gezwungen, seine Nase hinzuhalten.«

»Das musst gerade du sagen«, fuhr er sie unbeherrscht an. »Du hast doch keinem eine Chance gelassen.«

Ich wollte eingreifen, aber etwas hielt mich zurück. Allem Anschein nach brauchte Sina meine Hilfe auch nicht. Mit zur Seite geneigtem Kopf und spöttischer Miene schaute sie auf Sebastian hinunter. »Wie willst du das beurteilen? Ich erinnere mich nicht, dass ich mit dir jemals etwas zu tun hatte.«

Sebastian lachte laut auf. »Nein, und dafür bin ich meinem Schicksal auch dankbar. Aber dass ich nicht auf deiner Liste stand, lag wohl nur an der Tatsache, dass ich dir zu alt war.«

»Nein«, widersprach sie ihm kalt und beherrscht. »Mit deinem Alter hatte es nichts zu tun, nur mit deinem Charakter.«
»Dann danke ich eben meinem Charakter«, sagte er.
Ich hätte wirklich einschreiten müssen, aber ich stand nur da und begriff nicht, warum sie ihn in dieser Weise angriff und beleidigte. Das heißt, ich begriff es, als sie weitersprach, und da konnte ich nicht mehr eingreifen. Ich hatte gedacht, Christina sei zur Ruhe gekommen, nun bewies sie mir das Gegenteil.
»So einen wie dich hatte ich mal«, sagte sie. »Für ihn zählte auch nur, dass ich die Beine breit machte. Wenn er das nicht haben konnte, wurde er wütend und schlug zu. Und wenn er zugeschlagen hatte, heulte er wie ein junger Hund, den man nachts nicht ins Schlafzimmer lässt. Und weißt du, was das Schlimmste war? Wenn er heulte, habe ich mich daran erinnert, dass ich nur ein Stück Dreck war. Dass er mich aus der Jauche gezogen hatte, dass ich ihm auf Knien dankbar sein musste für das Leben, das er mir bot. Und dann bin ich auf Knien zu ihm hingekrochen und habe mich bei ihm entschuldigt.«
»Na«, sagte er und grinste, »so viel Glück werde ich wohl nie haben.«
Sina schaute über seine Schulter auf einen imaginären Punkt an der Wand. »Doch«, erklärte sie heiser, »du wirst, da bin ich sicher. Deine Stunde kommt noch. Eines Tages wird sie dich auf Knien anbetteln, bei ihr zu bleiben. Und dann werden andere weinen.«
Sebastian starrte sie an, schluckte trocken. Der Spott in seiner Stimme war nicht echt. »Gibst du mir das schriftlich?«
Sie schüttelte sich unmerklich, zog die Schultern zusammen, warf mir einen unsicheren Blick zu. Dann drehte sie sich abrupt um und verließ das Zimmer.

Ich höre ihre Worte heute noch, und für mich sind sie der Beweis. »Dann werden andere weinen.«
Das wusste sie! Aber wusste sie, als sie es aussprach, auch schon, wer die anderen waren? Ich weiß es nicht. Es gibt immer noch vieles, was ich nicht mit letzter Sicherheit weiß. Aber eins weiß ich, an diesem Nachmittag entstand eine Freundschaft, mit der niemand gerechnet hatte. Sebastian am wenigsten. Wie er gesagt hatte, hatte er es bisher vermieden, in Sinas Nähe zu kommen. Nach diesem Streit suchte er sie.
Er tat es in einer rührend brüderlichen Art, war bemüht, alles zu vermeiden, was in mir den Anflug von Eifersucht wecken konnte. Er war es, der der Hilbig grob über das Lästermaul fuhr, wenn sie es zu weit trieb. Er war es, der plötzlich sagte: »Halt die Schnauze, Gerda, sonst stopf ich sie dir mit dem Dreck, den du immer ausspuckst!«
Sina tat sich etwas schwerer, aber irgendwann gab sie ihm nach, war freundlich, wenn er kam. Aus Freundlichkeit wurde Herzlichkeit, ich denke, sie mochte ihn wirklich. Vielleicht mochte sie mehr die Entscheidung, die er traf. Silvia war ihr nie ganz geheuer gewesen, war für sie immer die Rivalin geblieben. Als Sebastian und Silvia sich näherkamen, muss sie erleichtert gewesen sein.
Es geschah in der kurzen Zeit in Dattenberg. Fünf Tage lang blieben zwei Klassenräume leer. Es ging alles etwas ruhiger und gemächlicher zu. Dann kamen sie zurück. Sebastian war wieder still und humorvoll. Fröhlich, und das wirkte nicht mehr erzwungen. Hatte er vor Kurzem noch behauptet, er stehe mitten in einem Trümmerfeld und sehe keinen Ausweg, wirkte er nun wie ein Mann, der aufbaut.
Anfangs glaubte ich, er habe sich mit seiner Frau versöhnt. Er geniere sich nur, mit mir darüber zu reden. Ein paar Wochen lang ließen sie sich beide nichts anmerken, gingen auf dem Schulgelände so miteinander um, wie sie es immer getan hat-

ten, freundlich, aber distanziert. Dann kam er und sprach darüber. Im ersten Moment fühlte ich mich wie vor den Kopf geschlagen. Etwas in mir weigerte sich, zu akzeptieren, was er sagte. Ich hielt es für verletzten Stolz, für eine Art von Eifersucht. Es verursachte mir Unbehagen und Widerwillen, ihm zuzuhören. Ich hatte das Bedürfnis, zu sagen: »Lass die Finger von ihr. Du bist nicht der richtige Mann für sie.«
Er muss meine Ablehnung gespürt haben, aber er interpretierte sie falsch. »Ich kann mir vorstellen, wie du es siehst«, meinte er. »Dieses biedere und prüde Hausmütterchen und ich, das kann nicht gut gehen. Aber warum soll ich es nicht auf einen Versuch ankommen lassen? Vor ein paar Wochen war ich überzeugt, die endgültige Trennung von Marlene nicht zu verkraften. Ich konnte mir nicht einmal vorstellen, mit einer anderen Frau zu schlafen. Aber als Sina mir sagte, eines Tages würde Marlene mich anbetteln, da wollte ich plötzlich nicht mehr.«
Er lachte verlegen. »Da fiel mir auf, dass es noch andere Frauen gibt. Und Silvia ist nicht die schlechteste. Bei ihr brauche ich mir keine Sorgen zu machen, dass sie mal nach nebenan schielt. Im Moment ist das für mich die Hauptsache. Was ich mit Marlene hatte, kann ich mit ihr nie haben. Das weiß ich. Silvia ist nicht die Frau für leidenschaftliche Exzesse.«
Er lachte noch einmal. »Wem sage ich das! Aber man kann mit ihr leben. Das zählt. Es wird ein ruhiges Leben ohne Höhen und Tiefen. Vielleicht wird es erholsam.«
Kein Wort von Liebe. In dem Moment hatte ich Mitleid mit Silvia, nur Mitleid. Wir drehten unsere üblichen Runden über den Pausenhof, Silvia stand bei Frau Karger dicht neben dem Eingang. Ich sah sie, Sebastian, die Kinder, das Schulgebäude. Und für den Bruchteil einer Sekunde sah ich Silvia auf dem Friedhof stehen. Sie buchstabierte ihren Namen von einem Kreuz ab. Es rieselte meinen Rücken hinunter wie eiskaltes Wasser.

Ich kam heim an dem Tag, Sina spürte, dass etwas nicht in Ordnung war. Sie fragte mehrfach, aber ich konnte nicht mit ihr darüber reden. Ich wollte sie nicht beunruhigen, nicht den Namen aussprechen, den sie wie einen Nadelstich empfand. Ich wollte sie unbeschwert und glücklich sehen. Und das war sie.

Bis zuletzt gab es kein Zeichen von Ungeduld, keinen Hinweis darauf, dass sie ihren Zustand als Last empfand. Sie war unförmig geworden, aber sie war hinreißend dabei, natürlich und fröhlich, ausgeglichen und zufrieden. Auch in unmittelbarer Erwartung der Geburt änderte sich daran nichts. Ich wünschte mir, ich hätte ebenso empfinden können, aber ich hatte Angst. Es gab keinen realen Grund.

Sie war regelmäßig beim Arzt in Arnberg gewesen. Zweimal hatte ich sie in den Untersuchungsraum begleitet, mir auf dem Bildschirm des Ultraschallgerätes ein unförmiges Etwas angeschaut und mir angehört, es sei alles in bester Ordnung. Sie war jung, gesund und kräftig. Sie war voller Freude und, wie sie versicherte, in der Lage, auch große Schmerzen zu ertragen, wenn es dafür solch einen Lohn gab. Es bestand wirklich kein Grund zur Sorge. Und doch gab es Nächte, in denen ich die entsetzlichsten Szenen sah.

Das Schlimme daran war, ich träumte nicht. Ich schlief gar nicht. Es waren Eindrücke wie der auf dem Pausenhof. Ich lag neben ihr im Bett, unruhig, mit offenen Augen in die Dunkelheit starrend. Und in der Dunkelheit ging ich einen Korridor entlang. Nicht allein. Der Tod ging neben mir. Er öffnete eine Tür, gab den Blick frei auf ein Bett. In diesem Bett lag sie, verdrahtet und verkabelt, mit Schläuchen an eine Maschine gefesselt, leblos, selbst nur noch eine Maschine, deren Herz man am Schlagen hielt, um einem neuen Leben eine Chance zu geben.

Ich sprach mit Sebastian darüber. Er meinte, es sei normal, er habe ebenso empfunden, als Marlene vor der ersten Geburt

stand. Ria bot eine noch bessere Erklärung. »Das ganze Gerede hat dich nervös gemacht, Chris. Sie haben dir immer wieder erzählt, dass Christina bei der Geburt starb. Du ziehst einfach Vergleiche.«
Damit konnte ich mich abfinden. Es hieß, dass meine Ängste und die Albtraumbilder einen realen Ursprung hatten. Das machte sie natürlich. Und am Ende zählte ich wie Sina die Tage, hoffte nur noch, dass es bald überstanden war. Aber es schien, als wolle dieses Kind nicht geboren werden.
Auch der bewusste Tag im März verging, als habe man ihm nie eine besondere Bedeutung beigemessen. Wir gingen früh zu Bett. Sina schlief rasch ein. Um ihren Schlaf konnte man sie nur beneiden. Als Luise um halb sieben an die Tür klopfte, war ich überzeugt, ich hätte die halbe Nacht wach gelegen.
Gegen ihre Gewohnheit erwachte auch Sina. Und obwohl sie versicherte, sie habe noch keine Lust, aufzustehen, erschien sie kurz darauf am Frühstückstisch. Sie holte sich ein Gedeck aus dem Schrank, trank jedoch nur einen Schluck Kaffee. »Ich bin so kribbelig«, verkündete sie. »Ich könnte etwas Verrücktes tun, wenn ich nur wüsste, was.«
»Dir fällt bestimmt noch etwas ein«, sagte Luise in ihrer trockenen Art. »Und wenn nicht, du kannst mich begleiten, wenn ich die Besorgungen mache. Das ist nicht zu anstrengend für dich, und die frische Luft tut dir gut. Wenn das noch nicht reicht, können wir etwas Verrücktes kaufen.«
Sina schüttelte den Kopf. »Nein, heute gehe ich nicht weg. Ich bleibe hier.«

Als sie es aussprach, wusste ich, dass sie sich irrte. Sie begleitete mich zur Tür, küsste mich zum Abschied und lachte. Es wäre mir tausendmal lieber gewesen, sie hätte im Bett gelegen, hätte geschlafen, hätte unseren Rhythmus nicht durchbrochen. Sie winkte mir nach, als ich die Straße hinunterging. Und mit

jedem Schritt, den ich mich weiter von ihr entfernte, stachen mir glühende Nadeln in den Kopf.
Ich konnte nicht mehr denken, bewegte mich mechanisch auf die Schule zu. Einen Fuß vor den anderen setzend, das grässliche Bild von Kabeln und Schläuchen vor Augen. Ich wollte umkehren, rennen, zurück zum Haus, bei ihr sein. Aber wie eine Puppe an Fäden zog es mich weiter. Ich glaube, ich weinte. Etwas in mir teilte sich. Während die eine Hälfte vor einer Schulklasse stand, saß die andere abseits und litt Qualen, die jeden realen Schmerz zu einer Nichtigkeit machten.
Irgendwie verging der Vormittag. Als ich heimkam, hatte Frank sie bereits in das kleine Krankenhaus nach Arnberg gebracht. Mehr war von Luise beim besten Willen nicht zu erfahren. Sie war so hektisch und konfus, wie ich sie noch nie erlebt hatte. Ich rief auf dem Birkenhof an, Frank war noch nicht zurück, hatte sich auch telefonisch bisher nicht gemeldet. Ria bot sich an, mich nach Arnberg zu fahren. Ich wäre kaum in der Lage gewesen, einen Wagen zu steuern.
Frank saß in einer Ecke, die sich dem Treppenhaus anschloss. Er weinte, war hilflos und verletzlich wie ein Kind. Das war er auch in diesem Augenblick. Ein Halbwüchsiger am Rand eines Grabens. »Sie lassen mich nicht zu ihr, Chris. Sie verstehen das nicht. Es muss jetzt einer bei ihr sein. Man darf sie nicht alleinlassen. Jemand muss sie festhalten. Versuch du es.«
Auch bei mir wurde abgewinkt. Normalerweise hatten sie nichts dagegen, aber in einem Fall wie diesem … Es gab Komplikationen.
»Ich bestehe darauf«, sagte ich mit aller Stärke, die ich noch besaß, »dass Sie mich zu meiner Frau lassen. Ich habe das Recht, jetzt bei ihr zu sein.« Meine Rechte fielen nicht ins Gewicht. Ich hatte mich zu fügen und Geduld zu zeigen.
Ria rief auf dem Birkenhof an. Wenig später kam Achim und führte Frank hinaus. »Es ist besser für ihn«, meinte Ria. »Er

quält sich nur, wenn er hier untätig sitzen muss.« Sie blieb bei mir, ich war ihr dankbar. Stunde um Stunde verging, es dunkelte bereits. Einige Meter von uns entfernt lag die breite weiße Tür, und ich durfte sie nicht öffnen.

Gegen acht erschien ein junger, nervös wirkender Arzt. Wenn ich wolle, dürfe ich für ein paar Minuten zu meiner Frau. Sie war so klein und wund. Über und über mit diesen roten Flecken bedeckt. Das Haar klebte ihr am Kopf. Der Schweiß stand ihr in dicken Tropfen auf Stirn und Oberlippe. Es machte sich niemand mehr die Mühe, ihn wegzuwischen. Aber sie lächelte, versuchte es zumindest. »Es geht nicht, Chris«, flüsterte sie. »Er will nicht geboren werden. Er will einfach nicht.«

»Ist es sehr schlimm?«

Kaum merklich schüttelte sie den Kopf »Ich kann es aushalten. Es sind ja immer nur Sekunden. Ich zähle einfach mit, weißt du. Länger als vierzig dauert es nie.« Dann begann sie leise zu weinen. »Aber er stirbt mir, Chris. Er stirbt mir, bevor er richtig gelebt hat. Er muss begreifen, dass er nicht bei mir bleiben kann. Kannst du es ihm nicht sagen, Chris?«

Mit einer Hand wischte sie die Tränen von den Wangen, mit der anderen griff sie nach meiner Hand und legte sie sich auf den prallen Leib. Dann erklärte sie müde: »Du brauchst dir um mich keine Sorgen zu machen, Chris. Mir geschieht nichts. Sie wollen ihn jetzt holen. Sie haben schon zu lange gewartet.«

Während sie sprach, war der Arzt dabei, ihren Körper von einigen Instrumenten zu lösen. Eine Infusionsnadel wurde aus ihrer Armbeuge gezogen, das Bett, in dem sie lag, hinaus auf den Korridor geschoben. Ich blieb neben ihr, bis sie den Aufzug erreichten.

Nun hatte auch Ria Angst. »Was ist denn los, um Himmels willen?« Ich erklärte es ihr. Ria atmete vor Erleichterung tief durch. »Das ist nicht schlimm, Chris. Sie wird nur ein paar Tage länger hierbleiben müssen.«

Es war mir egal, und wenn es Monate an Krankenhausaufenthalt gebraucht hätte, nur leben musste sie. Das tat sie auch.
Schon eine Viertelstunde später gratulierte man mir zu einem gesunden Sohn. Eine weitere halbe Stunde später durfte ich ihn sehen. Der erste Blick war enttäuschend. Nichts von dem erwarteten Glücksgefühl stieg auf. Ich spürte auch keine Erleichterung bei seinem Anblick. Immer noch lähmte mich das Bewusstsein einer Gefahr. Es war nicht überstanden, wie die Krankenschwester mir erklärte.
Ria floss über vor Entzücken. Am liebsten hätte sie die Trennscheibe zertrümmert, um ihn zu berühren. Ein Mensch hinter Glas. Ein Gesicht, so winzig, dass es unter einer Handfläche verschwand, umrahmt von einem üppigen, dunklen Haarschopf. Sinas Sohn! Er hielt die Augen weit offen. Mir schien, er betrachtete mich aufmerksam. Sein Blick hatte eine gewisse Ähnlichkeit mit Erichs Blick, als er mich einmal an den Aufschlägen der Jacke packte und Mörder nannte.
Neben mir flüsterte Ria andächtig: »Chris, sieh doch, wie klug er dreinschaut.« Dann klammerte sie sich an meinen Arm. »Chris, sie hat es geschafft! Er ist hinreißend.«
»Ja«, murmelte ich und versuchte, seinem Blick auszuweichen. Warum schloss er die Augen nicht?
»Er hat Feuer«, sagte Ria begeistert. »Schau dir dieses Temperament an!« Er hatte seine Hände zu Fäusten geballt. Ich wartete darauf, dass er mir damit drohte. Aber er führte nur eine davon zum Mund, lutschte ungeschickt daran und begann zu wimmern. Es war eine Befreiung. Es war nur ein Baby, mein Sohn.
Sina schlief, als man mich an ihr Bett ließ. Sie erwachte kurz, als ich ihre Stirn berührte, schaute mich verständnislos an und schlief weiter. »Wir haben einen Sohn«, sagte ich. »Genauso wie du es mir versprochen hast. Aber damit lassen wir es gut

sein. Eine Tochter wirst du nicht bekommen, nicht von mir. Das will ich nicht noch einmal erleben müssen.« Ich war verwirrt, ungläubig, hätte ihn gern noch einmal gesehen, um seine Existenz zu begreifen.

Ria fuhr mich zurück, selbst so aufgewühlt und fassungslos. »Mama wird stolz sein«, sagte sie. »Sinas Sohn, das bedeutet einen männlichen Erben für den Birkenhof. Das hat sie immer gewollt.«

»Hat sie noch nicht Männer genug auf dem Hof? Achim, Udo, Horst und all die anderen. Und, nicht zu vergessen, Frank.«

Ria lachte. »Leider ist Frank nicht Richards Sohn. Er kann also immer nur die zweite Geige spielen. Und Achim, Udo, Horst und die anderen zählen für Mama nicht. Der Erbe muss von Richard stammen, damit haben wir uns inzwischen abgefunden.«

Ihre gute Laune schien mit der Erwähnung des Namens weggewischt. Ein wenig verbittert fuhr sie fort: »Mama war vernarrt in diesen Schweinehund. Sie ist es immer noch. Richard hätte Söhne bekommen, wenn er nur länger gelebt hätte. Zum Glück hat er nicht. Sonst gäbe es wahrscheinlich den Birkenhof nicht mehr. Auch ein großes Vermögen kann man schnell unter die Leute bringen, wenn man so veranlagt ist wie er.«

Ganz neue Töne! »Du sprichst, als hättest du ihn gekannt.«

»Nein. Als er starb, drückte ich noch die Schulbank und wusste gar nicht, dass es einen Birkenhof gab. Katrin hat mir eine Menge erzählt. Sie ist die Einzige, die es wagt, das Tabu zu brechen. Sie sagte mal, man müsse den Nazis bis in alle Ewigkeit dankbar sein, dass sie Erich nicht zusammen mit seinen Freunden an die Wand gestellt haben. Sonst säße die gesamte Familie heute auf der Straße.«

»Was hat Erich mit Richards Tod zu tun?«

Ria warf mir einen raschen und undefinierbaren Blick zu. In ihrer Stimme klang Spott. »Was wohl? Er hat ihn umgebracht.«

Auf Anhieb konnte ich es nicht glauben. Ria streifte mich noch einmal mit einem kurzen Blick. »Chris«, verlangte sie beschwörend. »Du wirst deinen Mund halten. Kann ich mich darauf verlassen? Frank reißt mir den Kopf ab, wenn er dahinterkommt, dass ich Geheimnisse ausplaudere. Ich weiß auch nichts Genaues. Ich habe mir da nur etwas zusammengereimt. Aber wie soll man Katrins Worte sonst interpretieren?«

Der Bruder gegen den Bruder, dachte ich und fragte: »Warum?«

»Tu doch nicht so naiv!«, fuhr Ria auf.

Ich dachte an Vater und kam mir schäbig vor, überhaupt nachzufragen. Aber vielleicht war Vater nicht der Einzige gewesen. »Hatte Erich auch ein Verhältnis mit Christina?«

»Quatsch!« Ria machte eine Bewegung mit der Hand, als wolle sie eine Fliege verscheuchen. »Der arme Kerl, er weiß gar nicht, was das ist, ein Verhältnis. Als er auszog, sein Vaterland aus der Hand des Tyrannen zu befreien, war er noch zu jung, um eins gehabt zu haben. Und später – Sie haben ihm …« Ria brach ab, zuckte mit den Schultern. Den Satz brachte sie nicht zu Ende, erklärte statt dessen: »Er trägt einen Katheter. Man wollte verhindern, dass sich Aufmüpfigkeit fortpflanzt, und ein bisschen Spaß sollte er wohl auch nicht mehr haben. Aber das Herz haben sie ihm nicht rausgeschnitten. Geliebt hat er Christina, verehrt wie eine Heilige. Sie war seine …«

»Schwarze Dame«, sagte ich, und Ria lachte.

»Das nicht gerade, sein reiner Engel war sie. Ich glaube, sie war wirklich einer. Im Paradies sind sie schließlich auch mit nacktem Hintern herumgelaufen, haben sich hinter den nächsten Busch gehockt, und niemand hat etwas Böses dabei gedacht. Aber dann gingen ihnen die Augen auf. Was willst du

da machen? Wenn eine junge Frau keine Unterwäsche trägt, muss sie verdorben sein.«
Ria stutzte plötzlich, ihr Kopf fuhr zur Seite. »Du hast ›auch‹ gesagt. Was heißt ›auch‹? Wer hatte denn deiner Meinung nach ein Verhältnis mit Christina?«
Ich schaffte es, mit den Schultern zu zucken und meine Stimme harmlos klingen zu lassen. »Keine Ahnung, ich dachte nur, weil im Dorf …«
Weiter ließ Ria mich nicht kommen. »Im Dorf«, meinte sie abfällig. »Muss schön gewesen sein damals. Da hatten sie doch endlich ein Thema, über das sie sich alle gleichermaßen die Mäuler zerreißen konnten. Du solltest mit Katrin reden. Wenn du ihr fünf Minuten zuhörst, sieht die Sache anders aus. Mamas Liebling hat sie mal im Bad überrascht. Katrin musste ihn mit einem Rasiermesser zur Vernunft bringen.«
Ria nickte grimmig in sich hinein und fuhr fort. »Richard war ein verwöhntes Ekel. Im Dorf hatte er sich schon in jungen Jahren mit allem angelegt, was Hosen trug. Vor ihm war keine Frau sicher. Als er es nicht mehr riskieren konnte, hier sein Bier zu trinken und auch bei den Frauen seiner Brüder nicht auf seine Kosten kam, ging er auf Reisen. Und Mama finanzierte seine Eskapaden. Er war um die vierzig, als er Christina kennenlernte. Auf einer Müllkippe in Rio, aber nachdem der Dreck abgewaschen war. Sie war achtzehn und bildschön. Ich habe Fotografien von ihr gesehen. Schnappschüsse, Amateuraufnahmen, Frank hat sie gemacht, und er hütet sie wie seinen Augapfel.«
Ria lachte leise. »Ich habe bestimmt keine Komplexe wegen meines Aussehens, aber neben Christina …« Sie lachte noch einmal. »Ich kann mir gut vorstellen, dass mancher im Dorf sich gewünscht hat, er könne den Spieß einmal umdrehen und Richard zeigen, wie das ist. Aber dass Christina sich mit einem eingelassen hat, halte ich für ausgeschlossen. Katrin sag-

te, für sie gab es nur Richard. Sie trug ihm die Schuhe nach wie ein Hündchen. Sie hob auf Kommando den Rock. Armes Ding, sie war es nicht anders gewohnt, als dass Männer die Menschen und Frauen die Tiere sind. Als sie schwanger wurde …«
Sie brach ab, verlangte noch einmal: »Du wirst deinen Mund halten, Chris! Sie hatte Blutungen. Das weiß ich auch von Katrin. Richard hielt es für überflüssig, sie zu einem Arzt zu bringen. Aber dann beugte er sich doch dem Druck seiner Brüder. Der Arzt untersagte ihr jede körperliche Anstrengung, dazu gehörte auch der Verkehr mit ihrem Gatten. Und das sagte er Richard persönlich. Als das nichts fruchtete, hielt der gute Mann Mama einen Vortrag. Sie schob ihrem Liebling einen Riegel vor. Christina bekam ihr eigenes Zimmer und entwickelte darin so etwas wie Selbstwertgefühl. Das war nicht nach Richards Geschmack. Er hatte sie sich fürs Bett geholt. Als sie ihm nicht mehr zur Verfügung stand …«
Rias Stimme wurde zu einem undeutlichen Gemurmel. Ich sah Vater mit einem Koffer in der Hand zum Wagen gehen. Und ich sah ihn, als er mich drei Wochen später zurückholte. Ich sah Mutter in der Tür stehen, als wir daheim ankamen, kühl und stolz wie immer. Und irgendwann in der Nacht damals hörte ich Vater weinen. Und ich hörte Mutters Stimme. Die halben Sätze von damals. Plötzlich hörte ich sie ganz.
»Ich verstehe nicht, worüber du dich aufregst. Was geht dich dieses Tierchen an? Kannst du dir nicht vorstellen, dass ein Mann wie er auf Dauer mit so einer nicht zufrieden ist? Kannst du dir nicht vorstellen, dass er es eines Tages leid ist, zuerst immer den Dreck abkratzen zu müssen? Dass er einmal etwas anderes haben will als ihren Arsch, ein gutes Gespräch zum Beispiel? Dabei will ich gewiss nicht behaupten, ich hätte mich nur mit ihm unterhalten.«
Ich fühlte mein Herz holpern. Schweiß stand mir auf der Stirn.

Ich sah Mutter auf dem oberen Korridor vor dem Porträt stehen, sah die Flamme in ihrem Gesicht hochschießen, hörte im Geist noch einmal ihr andächtiges »Richard Birkenfeld«. Und ich hatte Vater im Verdacht gehabt, jahrelang! Dabei hatte Luise schon damals gesagt: »Sie haben den Spieß einfach umgedreht.«
»Er hat sie betrogen«, flüsterte ich.
Ria nickte gleichmütig. »Wovon rede ich denn die ganze Zeit? Nicht nur betrogen, er hat auch ein paar Hebel in Bewegung gesetzt, um sie loszuwerden. Mama war zwar einverstanden, dass er sie in die Wüste schickt, aber bitte schön erst nach der Geburt des Erben. Richard ging auf Reisen. Er war ein paar Wochen unterwegs mit einer anderen. Aber frag mich nicht mit wem, Chris. Das weiß ich wirklich nicht. Sie war nicht aus dem Dorf. Und sie war verheiratet, vermutet Katrin. Da muss wohl mal einer auf dem Hof gewesen sein, der Richard zur Rede stellen wollte. Nur war der zu dem Zeitpunkt noch mit seinem Liebchen im sonnigen Süden, und Mama bekam eine Moralpredigt zu hören. Danach war der Ofen für Christina endgültig aus. Es muss die Hölle für sie gewesen sein. Und sie hatte niemanden, der ihr beigestanden hätte. Katrin hat es versucht, aber sie war auch nur eine Angeheiratete und durfte es nicht wagen, sich offen neben Christina zu stellen. Das tat nur Erich, ein Verrückter. Und Frank, er war nur drei Jahre jünger als sie, bis über beide Ohren in sie verliebt. Was konnte er schon ausrichten gegen Richard und Mama?«
Ria sagte noch mehr, ich verstand es nicht. Das Blut rauschte und dröhnte in meinen Ohren. Jeder Herzschlag hämmerte mir ein Nein in den Schädel. Nein, das nicht!

Ich war dankbar für die Zeit, die Sina im Krankenhaus verbrachte. Die Gedanken ordnen, all die Fragen, die wilden Vermutungen und Spekulationen, die sich daraus ergaben. Christina hatte gewusst, wer ihr den Mann wegnahm. Hatte sie dieses Wissen hinüber in die zweite Existenz retten können? Die Art, wie sie Mutter bei der ersten Begegnung ihren Namen genannt hatte, sprach dafür. Das war Genugtuung gewesen. Ich bin Christina Birkenfeld, und jetzt sieh, wen ich mir genommen habe. Mama mochte noch hundertmal behaupten, Sina erinnere sich nicht. Von Zeit zu Zeit tat sie es, da war ich sicher. Nachmittags fuhr ich regelmäßig ins Krankenhaus, aber ich war nur selten mit ihr allein. Zweimal traf ich an ihrem Bett mit Mutter zusammen. Mutter war freundlich, begeistert vom ersten Enkel. Sie unterhielt sich mit Sina in einem völlig neuen Ton. Und ich glaubte zu ersticken, hätte sie erschlagen, zumindest von Sinas Bett wegprügeln mögen.

Was ich für Vater empfand, kann ich nicht genau sagen. Achtung. Meiner Ansicht nach hatte er sich bemüht, damals wie heute. Er hatte nicht abschätzen können, wie schlimm die Dinge auf dem Birkenhof tatsächlich standen. Und seine ehrliche, immer noch um Verzeihung bittende Liebe zu Sina machte vieles wett. In ihm sah ich einen Verbündeten. Da spielte es keine Rolle, wen er in ihr sah, sie oder ihre Mutter.

Als ich sie endlich heimholen durfte, hatte ich mein inneres Gleichgewicht wiedergefunden. Luise erwartete uns an der Haustür. Wie Ria floss sie über von Rührung und Entzücken beim Anblick des Kindes. Sina überließ ihr das eingewickelte Bündel Mensch für einige Minuten. Anschließend zerbrach Luise sich den Kopf, wem er ähnlich sah.

Mir auf keinen Fall. Mit seinen dunklen Augen und dem fast schwarzen Haar war er durch und durch ein Birkenfeld. Und in seinem Blick brannte bereits jetzt ein Fünkchen vom Feuer seiner Großmutter, mütterlicherseits, versteht sich. Einen Namen besaß er noch nicht. Im Dorf war er wochenlang ›Sinas Sohn‹. Das allein brachte seine Einmaligkeit zum Ausdruck. Mama hätte es gern gesehen, dass wir ihn Richard genannt

hätten. Aber Frank, der die Patenschaft übernehmen sollte, war strikt dagegen und schlug den Namen Thomas vor. Daraus wurde rasch ein Tommi. Für Sina war das ohne Bedeutung. Sie nannte ihn »mein Herz«, und dabei blieb es.
Ihr Tagesablauf veränderte sich durch das Baby. Morgens war sie nun die Erste in der Küche. Sie weckte mich; meist hielt sie ihn dabei an die Brust gedrückt. Sie stillte ihn, doch sie setzte sich nie hin, wie es empfohlen wurde. Sie lief auf und ab, sprach mit ihm oder sang ihm etwas vor. Sie gewöhnte sich sogar daran, mir das Frühstück zu machen. Und wenn ich das Haus verließ, stand sie bei der Tür und winkte mir nach.
Wenn ich heimkam, schlief Tommi. Sie stand vor dem Tisch, legte die Hände auf den Rücken, schloss die Augen. »Ich habe dich vermisst, Chris.« Ihr gesamter Lebensinhalt bestand aus dem Baby und mir. Nie wurde ich in den Hintergrund gedrängt. Ich war eingeschlossen, Mittelpunkt in einem engen Kreis.
Liebe ist erlernbar. Zwar bezweifle ich, dass meine Liebe zu Tommi jemals die Intensität erreichte, die ihre hatte. Aber ich hätte alles für ihn gegeben. Nicht so sehr für ihn, mehr dafür, dass er ihr erhalten blieb.
Niemand verlangte etwas von mir. Oft fühlte ich mich beschämt. Das erste bewusste Lachen in meine Augen hinein. Das erste gezielte Greifen nach meinem Gesicht, die fröhlich glucksenden Laute dabei – es war eine Welt für sich. Seine Energie, seine Neugier, sein Drang zu leben und zu lernen, es war fantastisch, ihm dabei zuzusehen. Nie habe ich bewusster gelebt als in den ersten beiden Jahren mit ihm.
Auch vorher hatte es Jahreszeiten gegeben. Aber ihnen hatte etwas Entscheidendes gefehlt. Die Sommerabende im ersten Jahr; Insekten, die um die Hoflampe schwirrten. Abende, an denen ich mir vorstellte, wie ich ihm einmal den Teil der Welt erklärte, den er jetzt noch nicht verstand. Im Spätsommer lag

er oft auf einer Decke im Hof. Sina saß bei ihm, zeigte Fingerspiele, ließ ihn auf ihrem Schoß reiten, sang ihm Kinderlieder oder Schlager vor. Ich trug einen Tisch hinaus, erledigte meine Arbeit im Hof, um so nahe wie möglich dabei zu sein.
Den ersten Winter mit ihm. Es gab kaum Schnee, nur ein- oder zweimal ging ein heftiger Regenschauer in leichtes Gestöber über. Im zweiten Winter hatten wir mehr Glück, da war er auch schon alt genug, um sich zu wundern über die weiße Kälte. Da lief er bereits und stapfte auf seinen stämmigen Beinen durch den Hof, griff mit beiden Händen nach den Flocken und staunte, dass seine Finger anschließend nur nass waren.
Glück kann man schildern. Aber es gibt eine Art von Glück, bei der Worte versagen müssen. Es ist wie ein eiserner Ring, der die Brust zusammenschnürt und gleichzeitig eine Ladung Dynamit, die das Herz zum Bersten bringt. Augenblicke, mit einem Brenneisen in die Seele gedrückt.
Sinas streichelnde Hand auf nackten Kinderarmen. Ihre spielenden Finger auf meiner Haut. Der rasselnde Atem in den Nächten, die schweißfeuchte, rot getupfte Stirn, der vibrierende Körper. Nächte, in denen ein Wort, eine Geste ausreichte, um mich an den Ort zu bringen, den niemand außer uns erreichen konnte, den Gipfel des Lebens. Sekunden, in denen ich mich auflöste in ihr. Nur ihre Hände hielten mich noch und drückten die brennende Lunte aus, bevor sie in mir explodieren konnte.
Manchmal denke ich, was geschehen ist, ist nur ein Tribut an diese Zeit. Wir haben nichts verlangt und nicht zu viel genommen. Aber da stand noch eine Rechnung aus. Niemand fragte mehr nach denen, die sie aufgemacht hatten. Am Ende war ich der einzig Schuldige. Das bin ich tatsächlich: schuldig. Es gelang mir nicht, mich von den Sünden der Väter und den Sünden der Mütter zu lösen. Und irgendwo steht geschrieben, dass einer für diese Sünden zahlen muss.

Sina hat die Schuld beglichen. Dass der Preis von ihr gefordert wurde, ist nicht gerecht. Ich hätte zahlen müssen.
Wer Augen hat, zu sehen ... Ich sah viel.
Wer Ohren hat, zu hören ... Und ich hörte eine Menge.
Die kleinen Seitenhiebe, die beiläufig in den Tag gestreuten Bemerkungen einer Gerda Hilbig. Und das Wissen, das ich mit mir herumtrug. Es war ein solider Brocken, und von Zeit zu Zeit spürte ich ihn eben.
Ich spürte ihn immer dann, wenn ich über den Berg stolperte, den sie mit sich herumtrug. Zwei Leben, Mutter und Tochter in einer Person. Man kann es glauben. Oder nicht.
Ich will mich nicht entschuldigen. Ich suche nicht nach einer Rechtfertigung und bettele nicht um Verständnis. Später ist es leicht zu sagen: »An dem Tag habe ich einen Fehler gemacht und an jenem Tag auch einen.« Ich habe viele Fehler gemacht, mein größter war, dass ich irgendwann zu der Ansicht gelangte, Christina würde nur im Bedarfsfall eingesetzt – als mahnend erhobener Zeigefinger, der mich daran erinnern sollte, was von mir erwartet wurde. Ich habe es niemals geschafft, wirklich über meinen Schatten zu springen. Es sah nur so aus.

Es war in einer Nacht im Februar, da holte mich ein Geräusch aus dem Schlaf. Es war nicht nahe und nicht deutlich genug. Und es war ewig her, dass ich es zuletzt gehört hatte. Trotzdem war es mir noch vertraut. Im Halbschlaf zog ich fröstelnd die Schultern zusammen, tastete aus alter Gewohnheit zum zweiten Kissen. Und erwachte vollends.
Sina lag nicht neben mir. Ich stand auf, ging hinaus auf den Flur. Die Tür zu Tommis Zimmer war geschlossen. Das dämpfte die Schluchzer. Ich öffnete die Tür und blieb dabei stehen. Sie bemerkte mich zuerst nicht, stand am Fußende des kleinen Bettes und schaute auf das schlafende Kind hinab. Weinte und krümmte sich, presste die geballte Faust vor den

Mund und biss hinein, um nicht zu schreien. Ich wusste nicht, wie lange ich es ertragen konnte, war unfähig, etwas zu tun. Zwei, drei Minuten vergingen. Da hob sie den Kopf, drehte ihn in meine Richtung und versuchte ein Lächeln. »Es ist nichts, Chris. Wirklich nicht. Leg dich wieder hin und schlaf weiter.«
Ihr Gesicht war so, wie ich es kannte. Sie war zweiundzwanzig; das kindlich Unfertige hatte sie längst abgelegt. Es war das Gesicht einer jungen Frau, die gegenüber anderen den Vorteil hatte, dass Tränen sie nicht hässlich machten, nur weicher.
»Ich kann nicht schlafen, wenn du weinst.«
»Chris«, stöhnte sie, »ich will nicht, dass du mir zusiehst. Lass mich nur ein paar Minuten hier stehen. Ich werde ihn nicht aufwecken, ich bin ganz leise.« Sie schaute wieder auf das schlafende Kind hinunter. Dann stammelte sie plötzlich: »Es ist nur, weil ich ihn so sehr liebe. Ihn und dich. Ich möchte immer für euch da sein.«
Endlich konnte ich zu ihr hingehen. »Das bist du doch.« Ich zog sie an mich, strich über ihr Haar.
Sie schüttelte den Kopf. »Nicht mehr lange, Chris.«
»Red keinen Unsinn! Wie kommst du auf so einen Gedanken?«
»Ich weiß es«, erwiderte sie.
»Quatsch«, widersprach ich ihr ungewollt heftig. »Kein Mensch kann so etwas wissen.«
Sie zuckte mit den Schultern. »Vielleicht weiß ich es nicht, Chris, aber ich fühle es. Heute Mittag …«
Sie war mittags zur Schule gekommen. Das tat sie nicht mehr so oft wie in früheren Jahren. Nur hin und wieder, wenn sie mit Tommi auf dem Birkenhof gewesen war, machte sie den kleinen Schlenker an der Schule vorbei. Ich freute mich jedes Mal, sie zu sehen. Ich rannte hinaus wie zu Anfang. Als wären wir nicht nur ein paar Stunden, sondern ein Jahr getrennt gewesen. Sie schien nach Worten zu suchen. Ich nutzte die Gelegenheit,

sie zurück in unser Zimmer zu führen. Dort ließ sie sich widerstandslos von mir aufs Bett setzen. »Was war denn heute Mittag?«
Sie hob unsicher die Schultern. »Ich weiß es nicht. Ich stand da und sah dich kommen. Und mit dir Sebastian und Silvia. Du hast sie angeschaut, Chris. Du hast sie so merkwürdig angeschaut.«
Das hatte ich wohl. Sebastian hatte eine blöde Bemerkung gemacht, als wir die Schule verließen und er Sina beim Zaun stehen sah. »Siehst du, mein Schatz, das nenne ich Liebe. Eine Frau lässt den Kochtopf Kochtopf sein und macht ihrem Mann eine Freude. Du solltest dir ein Scheibchen von Sina abschneiden.«
Da hatte ich Silvia einen kurzen Blick zugeworfen, um zu sehen, wie sie reagierte. Es war nichts dabei gewesen. Gut, manchmal wünschte ich mir, Sina würde sich ein Scheibchen von Silvia abschneiden und nicht alles Luise überlassen. Aber solche Gedanken tauchten auf und verglühten wie ein bisschen Staub in der Atmosphäre.
Sina stammelte: »Vielleicht ist es nur, weil ich mich so dumm fühle. Und sie, ich meine, sie ist nicht dumm. Sie hat studiert, sie ist gebildet. Mit ihr könntest du über vieles reden. Und ich, was kann ich dir denn bieten?«
Mir war danach, die Augen zu verdrehen. Ich sah Silvia vor mir, wie sie nach Sebastians Worten verlegen den Kopf senkte. »Du ahnst nicht, wie gebildet sie ist. Sie kann stundenlang über Kochrezepte reden und die Vorzüge eines Dampfbügeleisens in allen Details erklären. Bei solchen Themen kann ich nicht mithalten. Außerdem ist Silvia mit Sebastian zusammen. Du wirst nicht im Ernst glauben, ich würde einem Freund die Frau wegnehmen.«
Sie schaute mich zweifelnd an, versuchte zu lächeln, wischte sich die Tränenspuren von den Wangen. Ich glaubte schon, sie

überzeugt und von ihren dummen Gedanken abgebracht zu haben, da griff sie nach meinen Armen. Mit beiden Händen umklammerte sie mich, schüttelte mich und stieß atemlos hervor: »Chris, versprich mir etwas. Wenn du eines Tages meinst, dass sie dir mehr geben kann als ich. Dass du bei ihr das findest, was du bei mir vermisst. Sag es mir nicht, und verlass mich nicht deswegen. Bitte, Chris, wenn ich nichts davon erfahre, ist es nicht so schlimm. Aber ich kann dich nicht verlieren. Daran würde ich sterben.«

Ich wollte ihr widersprechen, wollte ihr erklären, dass es neben ihr keine andere Frau geben konnte, gewiss keine Silvia. Dass ich auf einem Gipfel stand, dass dieser eine mit Abstand der höchste war. Den Wolken so nahe, dass er sie zeitweise überragte und mich einen Blick in die Unendlichkeit tun ließ. Aber sie war so außer sich.

Ich versprach ihr, schwor ihr, sie notfalls heimlich zu betrügen, aber sie niemals zu verlassen. Allem Anschein nach war sie erleichtert. Mit einem Handrücken wischte sie die letzten Tränen aus den Augenwinkeln. »Dann ist alles gut, Chris.«

Später lag sie neben mir, hielt meine Hand fest und entschuldigte sich für ihren Ausbruch. »Es tut mir leid, Chris. Es kam so über mich. Seit heute Mittag denke ich, ich bin nur ein Zaungast. Ich habe mir etwas genommen, was mir nicht zusteht. Und das wird zurückgefordert.«

In dem Moment dachte ich wohl an Christina und sagte betont heiter: »Das mit dem Zaungast können wir ändern. Wenn du mich das nächste Mal von der Schule abholst, kommst du hinein.«

Sie schüttelte den Kopf. »Ich kann nicht hineinkommen. Du willst es auch nicht. Du siehst mich lieber am Zaun stehen.«

Am nächsten Tag bat Dalling mich nach Schulschluss zu einem Gespräch ins Lehrerzimmer. Es war ein Freitag, und es

wurde peinlich, als ich begriff, was er von mir wollte. Es ging um Silvia und Sebastian.
Silvia hatte schon nach kurzer Zeit ihre kleine Wohnung in Arnberg aufgegeben und war zu ihm ins Haus gezogen. Obwohl wir nun alle im gleichen Ort wohnten, hatten wir nicht viel privaten Kontakt. Sebastian hatte es ein paarmal versucht, ein Spaziergang am Sonntagnachmittag, auf einen Kaffee hereingeschaut. Aber zwischen Sina und Silvia herrschte eine derart gespannte Atmosphäre, dass es bei den ersten Versuchen blieb. Wenn Sebastian kam, dann allein.
Ansonsten sahen wir uns in der Schule. Und nach dem, was ich da sah, war ich überzeugt, dass die beiden gut miteinander auskamen. Wie Sebastian gesagt hatte, mit Silvia konnte man leben – ruhig und beschaulich und mit dem Bewusstsein, der Herr im Haus zu sein. Aber solange Silvia sich nicht gegen ihn auflehnte, solange sie seine Art genoss, gab es keine Einwände dagegen.
In allem, was sie tat, ordnete sie sich ihm bedingungslos unter. Wenn sie jemals Selbstständigkeit besessen hatte, so hatte sie die für ihn völlig aufgegeben. Für ihn bedeutete das, eine Macht auszuüben, die er nie zuvor besessen hatte. Ich bin überzeugt, er kostete sie aus. Das ständige Zusammensein mit ihr machte aus ihm einen anderen Menschen. Einen Mann, der sich daran gewöhnte, zu bestimmen, wo es langging. Der es rasch lernte, dass Kritik und Nörgeleien ohne Widerspruch hingenommen wurden und meist noch verstärkte Anstrengungen zur Folge hatten. Er muss sich mit ihr gefühlt haben wie ein kleiner Gott, der eine Frau nach seinen Vorstellungen formen kann.
Er ging so weit, ihr vorzuschreiben, wie sie ihren Unterricht zu gestalten hatte. Da er sich auch in Gegenwart anderer keine Zurückhaltung auferlegte, musste es zwangsläufig zur Konfrontation kommen. Mehr als einmal hatte Dalling seinen

Unwillen deutlich gezeigt. Und Sebastian hatte es ignoriert. Dass Dalling sich nun an mich hielt, darüber kann man denken, wie man will. Wie so oft hockte er auf der Tischkante und schaute zum Fenster hinaus, während er sprach. Wahrscheinlich war es ihm ebenso peinlich wie mir.

»Sie sind doch mit beiden befreundet, Chris«, meinte er. »Ich möchte es nicht offiziell machen, das sieht so gefährlich aus. Im Grunde leidet ja niemand darunter. Mich stört nur das Gerede hinter vorgehaltener Hand. Die Kinder bekommen vieles mit und tragen es heim. Ich will hier keinen Skandal. Wenn Sie mit ihm reden, Ihnen wird er das nicht als Eingriff in sein Privatleben auslegen.«

Ich war vor ihm stehen geblieben und zog unbehaglich die Schultern hoch. Dalling bemerkte es. »Es ist nicht angenehm«, gab er zu. »Aber ich will ihm und ihr nichts Böses. Burbach ist ein guter Lehrer, ich würde ihn ungern verlieren. Auch über Frau Henschel kann ich nichts Nachteiliges sagen. Sie ist zu weich, aber mit den Kleinen kommt sie einigermaßen zurecht. Ich habe sogar den Eindruck, dass sein Einfluss auf sie eine positive Wirkung hat. Aber trotzdem geht das so nicht weiter. Er kann nicht während des Unterrichts in ihre Klasse kommen und aller Welt beweisen, dass sie zu ihm gehört, und das tut er. Die Kinder sind klein, aber blöd sind sie nicht. Soll er endlich für klare Verhältnisse sorgen. Seine Frau hat doch schon vor zwei Jahren die Scheidung eingereicht. Warum geht das denn nicht voran?«

Das wusste ich nicht. Sebastian sprach nicht darüber. Und selbst wenn, ich hätte es kaum an Dalling weitergegeben. Er schien auch keine Antwort zu erwarten, schaute zum Fenster hin und kniff die Augen zusammen. Ich folgte seinem Blick, konnte jedoch auf Anhieb nichts von Bedeutung entdecken.

Der Pausenhof war leer. Auf der Straße fuhr ein Traktor vorbei. Weit hinten am Zaun stand ein rotes Auto, daneben ein

Mann in einem grauen Mantel, der sich umschaute, als befürchte er einen Überfall. Er mochte Ende zwanzig sein, war schlank und dunkelhaarig. Ich hatte ihn noch nie im Dorf gesehen, auch sonst nirgendwo.
Dallings Aufmerksamkeit schien dem Mann zu gelten. Er reckte sich, um ihn besser sehen zu können. »Was will der denn hier?«, murmelte er. Der Mann schaute zu uns hin, doch hinter dem Fenster konnte er uns unmöglich erkennen. Er war zu weit weg, und die Sonne blendete ihn. Mich blendete sie auch, obwohl sie nicht ins Zimmer hereinschien. Wie Dalling kniff ich die Augen zusammen.
Dalling streifte mich mit einem merkwürdigen Blick und begann sich zu wiederholen. Das war normalerweise nicht seine Art. »Was wollte ich sagen? Ach ja, also, ich würde nur ungern etwas Offizielles unternehmen. Ich persönlich sehe Burbachs Einfluss auf Frau Henschel positiv. Da möchte ich in keiner Weise missverstanden werden. Aber im Dorf zerreißt man sich die Mäuler …«
Er stockte, geriet aus dem Konzept, starrte konzentriert zur Straße hin. Ich sah sie ebenfalls kommen – ohne Tommi. In einer Aufmachung, in der ich sie nie gesehen hatte, die auch nicht zu den draußen herrschenden Temperaturen passte. Sie trug einen bunten, sehr kurzen Rock und eine helle Bluse. Selbst aus der Entfernung sah ich, dass sie Sandalen an den nackten Füßen trag, flache weiße Sandalen.
Es irritierte mich, ich kniff die Augen zusammen, war im ersten Moment überzeugt, dass nicht sein konnte, was ich sah. Aber als ich die Augen wieder öffnete, war das Bild unverändert. Neben dem Mann im grauen Mantel blieb sie stehen und sprach ihn an. Dalling räusperte sich verhalten, um meine Aufmerksamkeit wieder auf sich zu lenken.
»Wer ist das?«, fragte ich. Ich konnte den Blick nicht von der Straße lassen. Dalling winkte ab. »Ach, der war mal hier an der

Schule, aber nicht lange. Ist auch schon etliche Jahre her. Warum fragen Sie?«
Das musste er doch sehen. Der Mann hatte sich Sina zugedreht. Er legte beide Hände auf ihre Schultern, sprach hastig und erregt auf sie ein. Sie hob eine Hand, strich über sein Gesicht. Dann reckte sie sich auf die Zehenspitzen und küsste ihn. Wie ich starrte Dalling zu dem Zaunstück am Ende des Pausenhofes. Wie ich musste er erkennen, was dort vorging. Aber ungerührt sprach er weiter. »Es geht nicht an, dass er während des Unterrichts in ihre Klasse kommt und ihr vor den Kindern Verhaltensmaßregeln erteilt. Und dabei bleibt es ja nicht. Mir ist zu Ohren gekommen, dass er sie vor der Klasse küsst. Soll er sie heiraten, dann regt sich niemand mehr darüber auf.«
Ich beachtete ihn nicht, hatte nur noch Augen für das Paar auf der Straße und glaubte, vor Wut zu platzen.
»Chris«, rief Dalling. »Was ist denn? Sie sind ja ganz weiß geworden, ist Ihnen nicht gut?«
Was erwartete er von mir? Da draußen stand Sina. Da stand meine Frau zusammen mit ihrem ehemaligen Liebhaber in inniger Umarmung auf offener Straße. Dass ich vom Lehrerzimmer aus zuschaute, konnte sie nicht ahnen. Außer Dalling und mir war niemand mehr in der Schule.
Dalling griff nach meinem Arm und versuchte, mich zu schütteln. Die Situation war grotesk. Ich konnte mich nicht dazu aufraffen, hinauszurennen. Ich stand nur da und schaute zu, wie meine Frau auf das rote Auto zeigte, wie der Graue nickte und sie an sich presste. Es war irre, und ich hatte das Bedürfnis, mich bei Dalling für meine Unaufmerksamkeit zu entschuldigen.
»Mein Gott, Chris«, rief er. »Jetzt sagen Sie doch etwas! Ist Ihnen übel geworden?«
Der Anblick schüttelte mich durch. Da war nichts Schemenhaftes, nichts für den Bruchteil einer Sekunde Aufblitzendes,

nichts, was auch nur für einen Moment nach einer Vision aussah. Mochte Dalling sich benehmen, als sei alles normal, hier steckten doch alle unter einer Decke, wenn es um Sina ging.
In mir brach etwas auseinander. Gerda Hilbigs Sticheleien schossen aus dem Spalt. Sticheleien? Wie oft mochte Sina sich schon mit diesem Kerl getroffen haben, ohne dass ich etwas erfuhr? Weil ich ignorierte, was die Hilbig von sich gab. Gestern hatten sie sich wohl verpasst. Sina war zu früh oder zu spät gekommen, mit Tommi, damit ich keinen Verdacht schöpfte. Sie war nicht sicher gewesen, ob ich Andreas Maus zu Gesicht bekommen hatte. Deshalb die Szene in der Nacht. Und jetzt, wo sie davon ausging, dass niemand mehr in der Schule war …
Es tat entsetzlich weh, so zu denken. Es tat auch entsetzlich weh, hinauszuschauen. Sie standen immer noch eng umschlungen am Zaun. Endlich lösten sie sich voneinander, er ging um das Auto herum, öffnete die Tür, stieg ein. Und endlich konnte ich etwas tun. Ohne Dalling weiter zu beachten, griff ich nach meiner Tasche und verließ wortlos den Raum. Ich lief durch den Korridor zum Eingang. Ich wollte verhindern, dass Sina in das Auto stieg. Aber als ich die Straße erreichte, war niemand mehr zu sehen. Ich ging nicht, ich rannte heim.

Luise war dabei, den Tisch zu decken. Sie war allein und stellte nur Geschirr für zwei Personen hin. Mir war es recht so. Wäre Sina da gewesen, ich weiß nicht, was ich getan hätte. Kaum hatte ich mich gesetzt, füllte Luise meinen Teller. Ich konnte nicht essen. In meinem Magen saß noch der Schlag, den man mir versetzt hatte.
»Bedrückt dich etwas?«, fragte Luise. »Du bist so komisch.«
Die Frage kam überraschend, obwohl mein Verhalten ausreichte, sie zu stellen. Ich hatte nicht einmal nach Sina gefragt. Mir schien ihre Abwesenheit hinreichend erklärt.

»Was soll mich denn bedrücken?«, fragte ich mürrisch zurück.
»Das frage ich dich ja.« Luise betrachtete mich aufmerksam und misstrauisch. »Sina war auch so komisch heute Morgen. Sie war lange im Bad. Ich meine, sie hätte geweint. Sie hat nichts zum Frühstück gegessen. Habt ihr euch gestritten?«
»Nein.« Ich blieb einsilbig, stocherte in meinem Essen herum und wünschte, sie möge mich in Ruhe lassen. Aber sie bohrte weiter. »Ist auf dem Birkenhof etwas passiert?«
»Wie kommst du darauf?«
»Um halb zehn rief Frank an. Danach war Sina so aufgeregt. Sie hat ihren Mantel genommen, Tommi in den Wagen gesetzt und ist gegangen.«
»Bist du sicher, dass es Frank war, der sie angerufen hat?«
Mit einem Anflug von Gereiztheit erklärte Luise: »Ich nehme es an. Warum sollte Sina lügen?«
»Stell keine Behauptungen auf, wenn du in einer Sache nicht sicher bist«, sagte ich. »Sina wird ihre Gründe haben, wenn sie lügt.«
Luise wurde wütend, schlug mit der flachen Hand auf den Tisch. »Verdammt noch mal! Darf ich vielleicht erfahren, was hier los ist? Wir leben unter einem Dach zusammen. Und wenn ich etwas nicht leiden kann, sind es Leichenbittermienen und diese Stimmung.«
Endlich raffte ich mich zu einer Erklärung auf. »Sie war eben bei der Schule. Wenn sie tatsächlich zuerst zum Birkenhof gegangen ist, dann nur, um Tommi dort abzuliefern. Mit zur Schule gebracht hat sie ihn nicht. Da hätte er auch gestört.«
Luise schob ihren Teller fort. »Und wo ist sie jetzt, wenn ich fragen darf?«
»Woher soll ich das wissen? Sie war nicht da, um mich abzuholen. Sie traf sich mit Maus. Ich muss dir nicht erklären, wer das ist. Und bevor ich sie fragen konnte, ob sie noch etwas Besonderes vorhätten, waren sie verschwunden.«

»Du bist nicht ganz bei Trost.« Luise tippte sich bezeichnend an die Stirn, ich stimmte ihr gelassen zu. »Da gebe ich dir recht. Ich habe mir nämlich seelenruhig angeschaut, wie dieser Kerl sich über meine Frau hermachte.«

»Was?« Das Gesicht mir gegenüber drückte Unverständnis aus.

»Du hast mich verstanden.« Ich schob ebenfalls den Teller in die Tischmitte und lachte bitter. »Sie hat mir vergangene Nacht eine Szene gemacht. Nur vorbeugend für den Fall, dass ich irgendwann auf den Gedanken kommen könnte, sie zu betrügen. Daran habe ich bisher nicht im Traum gedacht. Und sie geht hin, vor meinen Augen, auf offener Straße. Sie hätte ein bisschen diskreter vorgehen können, findest du nicht? Dalling hat sie ebenfalls gesehen. Er sagte mir auch, wer der Kerl war. Aber darauf hätte ich von alleine kommen müssen. Er sieht genauso aus, wie man sich eine graue Maus vorstellt.«

»Und Dalling hat das auch gesehen?« Da war immer noch Ungläubigkeit in Luises Stimme. Ich nickte und senkte den Kopf.

»Was hat er denn gesagt?«

»Was soll er gesagt haben? So ist das Leben, Chris!«

»Werd nicht sarkastisch.«

»Ich bin nicht sarkastisch, ich bin nur müde.«

»Ja«, sagte Luise hilflos und warf mir einen unsicheren Blick zu. »Aber ich kann mir das nicht vorstellen. Bist du dir deiner Sache völlig sicher, Chris?«

»Mein Gott, ich bin nicht blind. Natürlich bin ich sicher, sonst würde ich das nicht behaupten. Ich habe sie schon von Weitem erkannt, trotz dieser Kostümierung.«

»Was heißt das jetzt wieder?« Luise war nur noch ratlos. Ich beschrieb ihr Sinas Kleidung. Sie schwieg minutenlang, schüttelte mehrfach den Kopf. Dann begann sie vorsichtig: »Chris, du musst dich irren. Der Himmel allein mag wissen, was oder wen du gesehen hast. Aber Sina kann es nicht gewesen sein. Sie ist im Mantel aus dem Haus gegangen. Sie ist nicht so unvernünftig, bei acht Grad über null in Sommerkleidung durchs Dorf zu laufen. Wo soll sie denn auch einen kurzen bunten Rock herbekommen haben? So was trägt sie seit Jahren nicht mehr.«

»Vielleicht hat sie sich auf dem Birkenhof umgezogen. Dort wird es vermutlich noch bunte Röcke geben. Vielleicht hat Ria sie mit dem Wagen ins Dorf gebracht und sie an der Ecke aussteigen lassen. Da musste sie nicht durch die Kälte laufen. Jedenfalls schien er ihr ein bisschen Frieren wert. Ich kriege immer nur die grauen Säcke geboten. Oder ist das ihre Trauerkleidung?«

Wieder schwiegen wir beide für einige Minuten. Dann machte Luise einen zweiten Versuch. »Chris, sie war ein Kind damals, ein unvernünftiges Kind, das nicht wusste, wohin mit seinen Gefühlen. Heute ist sie erwachsen und sehr glücklich mit dir. Sie würde dich nicht betrügen. Glaub mir das. Wenn sie sich wirklich mit ihm getroffen hat, vielleicht war es ein Zufall. Es könnte doch sein, dass sie dich abholen wollte, und da stand er. Und sie hat ihn nun mal gut gekannt. Vielleicht wollte sie ihn nur begrüßen.«

Ich lachte unfroh. »Da ist ein Denkfehler drin. Dann wäre sie im Mantel gewesen und hätte auf mich gewartet, oder? Ich hätte nicht übel Lust, nach Arnberg zu fahren; er hat eine Wohnung da in der Hensenstraße, die Hilbig spricht ständig davon. Aber warum soll ich mir das antun? Es ist auch so bitter genug.«

Ich brach ab, weil mir unvermittelt Tränen in die Augen schossen. Luise legte mir eine Hand auf den Arm. Ihre Stimme wurde bittend. »Chris, reg dich nicht so auf. Sprich mit ihr. Das wird sich aufklären, da bin ich sicher.«

Dabei ließ sie es bewenden. Ich hätte ihr gerne geglaubt, aber wie konnte ich das? Den ganzen Nachmittag verfolgte mich die Szene. Zweimal ging ich zum Telefon. Zweimal schaffte ich es nicht, auf dem Birkenhof anzurufen und mich zu vergewissern. Ich hätte es nicht ertragen, eine billige Ausrede zu hören oder die Wahrheit: »Sina ist nicht hier.«

Um zehn ging ich hinauf. Sina war nicht heimgekommen. Ich war müde und verletzt. Wusch mich, legte mich ins Bett, stand wieder auf, stellte mich ans Fenster. Es war zu kalt, um es zu öffnen. Der Himmel hatte sich bewölkt. Manchmal erschien ein Zipfel des Halbmondes zwischen den schwarzen Wolkenbänken. Sterne gab es nicht. Es begann zu regnen, erst nur wenig, dann heftiger. Ich hörte die Tropfen auf das Dach, die Straße, die Steinplatten im Hof fallen, und ich hörte sie weinen. Das verzweifelte Weinen an Tommis Bett. »Ich liebe ihn so sehr, ihn und dich.«

Der Birkenhof war in der Dunkelheit nicht auszumachen. Dort, wo er liegen musste, tauchte Vaters Gesicht wie ein überdimensionaler Ballon über den Feldern auf. Und so übergroß, wie es da hing, stand ihm die Sorge auf der Stirn geschrieben. »Du kannst es, Chris«, sagte er. »Spring einmal über deinen Schatten.«

Sebastian antwortete ihm mit einem Lachen. »Für dieses Mädchen haben sich schon andere zum Narren gemacht.« Und Mutter stimmte ihm zu. »Man kann ihr einen gewissen bäuerlichen Charme nicht absprechen.« Ich wartete auf Sinas Stimme, aber sie blieb still.

Stunde um Stunde stand ich so. Vom angestrengten Hinausstarren wurde die Nacht durchlässig. Ich sah das Zaunstück wieder vor mir, das rote Auto und den Mann, der daneben wartete. Aber jetzt trug er keinen Mantel, nur Hemd und Hose. Ein junges Mädchen kam die Straße entlang. Sie umarmten sich. Das Mädchen zeigte zum Auto hin, der Mann nickte, sie stiegen ein. Deutlich sah ich den bunten Rock, die runden Knie, ein Stück der Schenkel, die nackten Füße in weißen Sandalen.

Dann schloss sich die Tür, das Auto fuhr los, um gleich darauf am Waldrand aufzutauchen. Beide Türen wurden geöffnet. Sie stiegen aus. Er legte ihr einen Arm um die Schultern. Sie schlenderten am Waldrand entlang, bis er mit der freien Hand in den Graben zeigte. Da riss sie sich los und begann zu rennen.

Erst samstags fuhr ich zum Birkenhof. Mittag war schon vorbei. Katrin öffnete mir das Tor, begrüßte mich freundlich, aber zurückhaltend und führte mich in die Halle. Mama und Erich saßen beim Kamin vor dem Schachspiel. Erich spielte mit der schwarzen Dame. Mama hielt Tommi auf dem Schoß. Neben ihr lag ein Bilderbuch auf dem Boden, in dem sie ihm anscheinend etwas gezeigt hatte. Kaum sah er mich, streckte er beide Arme nach mir aus.
»Sie ist oben, Chris«, sagte Mama statt einer Begrüßung. »Dort ist sie seit gestern Morgen.«
Ich nickte nur. Eine andere Erklärung hatte ich von ihr nicht erwartet. Und gerade ihre Erklärung machte mich sicher. Sie wussten es. Tommi strebte mit aller Kraft von ihr weg, erreichte den Boden und strahlte mich an. Er kam auf mich zugerannt, zerrte an meinen Hosenbeinen und verlangte nachdrücklich: »Ich will zu Mami!«
Mama betrachtete ihn gerührt. Ich nahm ihn auf den Arm, er zeigte zur Treppe hinüber. »Ich will zu Mami!«, wiederholte er.
»Ja, ja«, sagte ich, »einen Augenblick noch.«
Ich schaute Mama abwartend an, sie schüttelte den Kopf. »Ich weiß nicht, was du von mir hören willst, Chris. Ich kann nur wiederholen, Sina kam gestern Morgen hierher. Seitdem ist sie in ihrem Zimmer.«
»Und warum kam sie her?«
Mama schürzte die Lippen, als müsse sie sich die Antwort zu-

rechtlegen. Dann erklärte sie: »Wir erhielten einen Anruf gestern früh. Man informierte uns, dass sich jemand im Dorf herumtreibt, den wir dort nicht gerne sehen. Frank entschloss sich, Sina herzubitten, um allen Eventualitäten vorzubeugen.«

»Und sie kam sofort und blieb hier? Sie war nicht über Mittag noch einmal im Dorf?«

»Nein«, sagte Mama bestimmt. Dann lächelte sie. »Jetzt tu deinem Sohn den Gefallen und bring ihn hinauf.«

Sina saß auf dem Bett und schaute mir ängstlich entgegen. Tommi jauchzte, als er sie sah. Ich ließ ihn auf den Boden, augenblicklich rannte er los. Sina hob ihn auf ihren Schoß, küsste ihn und bat: »Frag den Papi, ob wir heimfahren können, mein Herz.«

Wir fuhren zurück ins Dorf, beide stumm und enttäuscht voneinander. Ich fragte mich, was das Theater sollte. Wenn es so gewesen war, wie Mama behauptet hatte, warum hatte Sina dann nicht kurz nach Mittag daheim angerufen? Eine einfache, simple und naheliegende Möglichkeit, mich davon zu überzeugen, dass sie nichts zu verbergen hatte, dass ich einem Trugbild aufgesessen war.

Luise bemühte sich um Ablenkung, sie hatte keinen Erfolg damit. Wir gingen früh zu Bett. Doch an Schlaf war nicht zu denken. An Liebe auch nicht. Wir lagen eine Weile nebeneinander, da flüsterte Sina: »Ich habe auf dich gewartet. Den halben Tag und die ganze Nacht. Warum bist du nicht gekommen?«

»Du hättest anrufen können«, sagte ich. »Dann hätte ich dich abgeholt.«

Sie begann leise vor sich hin zu weinen. »Chris, ich liebe dich, ohne dich könnte ich nicht leben. Es war eine fürchterliche Nacht. Ich hatte entsetzliche Angst. Dalling rief nach Mittag an. Er sagte, du warst so komisch. Du bist einfach hinausgelaufen.«

»Hat er dir auch gesagt, warum?«
»Ja. Er sagte, Maus war da.«
»Du warst auch da.«
Ich fühlte, wie sie den Kopf auf dem Kissen schüttelte. »Nein, Chris. Das war ich nicht.« Sie schluchzte auf, begann über meinen Arm zu streichen, flüsterte dabei: »Manchmal ist das Leben wie ein zugefrorener See. Die Eisdecke gaukelt einem Sicherheit vor, aber sie ist tückisch. Manche tasten sich vorsichtig voran, suchen mit ihren Blicken das Eis ab. Dabei entgehen ihnen die schönen Dinge am anderen Ufer. Andere laufen los, und dann brechen sie ein. Du warst einer von den Vorsichtigen, ich bin einfach losgelaufen. Dann haben wir uns getroffen, und zusammen können wir es schaffen. Wir müssen uns nur fest an der Hand halten. Wenn du meine Hand loslässt, werde ich einbrechen und versinken wie ein Stein.«
Mir war nicht nach Metaphern. »Ein schöner Vergleich«, sagte ich. »Aber bleiben wir lieber bei gestern. Du warst also nicht da. Ich habe mir nur eingebildet, dich mit diesem Kerl zu sehen. Und das soll ich glauben?«
»Du hast es mir einmal versprochen. Aber wenn du mir nicht glaubst, frag Frank oder Mama. Du kannst auch Katrin fragen und Agnes. Du kannst jeden fragen.«
Und jeder würde mich belügen, dachte ich. »Aber er war da«, sagte ich. »Ihn habe ich mir nicht eingebildet. Dalling hat ihn ja auch gesehen. Ich könnte Dalling fragen, ob er sonst noch jemanden gesehen hat.«
»Wenn du meinst, Chris«, murmelte sie. »Frag Dalling.«
Ein paar Sekunden lang war sie still, dann flüsterte sie weiter. »Es war falsch, wegzulaufen. Ria hat das auch gesagt. Ich hätte zu dir kommen und mit dir reden müssen. Aber ich hatte Angst, verstehst du das nicht? Ich hatte Angst, dass du dann mit ihm reden willst. Und Angst, vor dem, was er dir sagen könnte.«

»Was er mir sagen könnte, weiß ich seit Jahren.«
Sekundenlang war sie still, richtete sich auf, beugte sich über mich. »Nein, Chris. Du magst ein bisschen wissen, aber nicht alles. Es war nicht so, wie sie es im Dorf erzählen. Er war kein Verbrecher. Es war meine Schuld. Ich dachte, er hätte vergessen, was ich ihm angetan habe. Aber er hat es nicht.«
»Das kann ich ihm nachfühlen«, sagte ich und verlangte: »Erzähl mir von ihm. Wie war er?«
Trotz der Dunkelheit sah ich sie heftig schlucken. »Ein bisschen wie du«, sagte sie. »Er wollte mich nicht. Er hat gesehen, wie alt ich war. Er sagte, er geht nicht in den Knast für ein bisschen Jucken in einer Kinderhose. Ich war kein Kind, es war schwer, ihm das klarzumachen. Als ich ihn endlich so weit hatte, konnte er nicht mehr aufhören. Ich mache ihn verrückt, hat er gesagt. Zuerst hat es mir gefallen, dann hat es mir Angst gemacht. Ich musste weinen, wenn ich mit ihm zusammen gewesen war. Da haben sie ihn weggeschickt.«
»Hast du ihn geliebt?«, fragte ich tonlos.
Sie zuckte flüchtig mit den Schultern. »Ja, aber nicht so wie dich, Chris.«
»Hast du ihn danach noch einmal gesehen. In Arnberg vielleicht?«
»Nein.«
»Und du hast keine Ahnung, warum er gestern hier war und was er von dir will?«
»Nein, Chris.«
»Soll ich es dir sagen? Oder soll ich es dir zeigen?«
Ich zog ihren Kopf zu mir herunter, küsste sie und hatte das Gefühl, zu ertrinken. »Und das kriegt er nicht«, sagte ich. »Ich hacke ihm die Hände ab, wenn er dich anrührt.« Als ich sie liebte, sah ich sie hinter den geschlossenen Augen in seinen Wagen steigen. Es machte mich rasend. Selbst als es vorbei war, konnte ich mich nicht von ihr lösen. Ich hielt sie fest, bis

sie eingeschlafen war. Dann lag ich wach neben ihr, immer noch aufgewühlt, verletzt und voller Zweifel.

»Ich muss mit dir reden«, sagte Luise nicht ganz einen Monat später. Wie sie es sagte, klang es ernst und wichtig. Wir waren allein im Haus. Sina war nach dem Essen mit Tommi zum Birkenhof gegangen, hatte auch den Vormittag dort verbracht.
Seit ich Maus bei der Schule gesehen hatte, war sie nur noch zum Essen und Schlafen daheim. Manchmal begleitete ich sie am Nachmittag. Wenn ich keine Zeit hatte, holte ich sie zumindest abends zurück. Damit tat ich zwei Dinge. Ich demonstrierte auf dem Birkenhof unsere Verbundenheit und überzeugte mich, dass sie tatsächlich dort war. Obwohl ich mich regelmäßig auf der Heimfahrt fragte, jetzt *war* sie da. Aber war sie das auch in den letzten Stunden? Oder hat sie einen Spaziergang gemacht? Am Waldrand und am Graben entlang? Ohne Tommi, den konnte sie bei Ria lassen.
Im Dorf hatte ich Maus nicht mehr gesehen, aber er trieb sich noch in der Gegend herum. Ein paarmal wurde sein Auto draußen im Feld gesehen. Es fand sich immer jemand, der mich informierte. Ich wollte ihr vertrauen, ich wollte es wirklich. Aber ich musste nur die Augen schließen, um die Szene bei der Schule vor mir zu sehen. Und jedes Mal hörte ich Sebastian spöttisch sagen: »Für dieses Mädchen haben sich schon andere zum Narren gemacht.«
Ich wollte kein Narr sein. Und nicht das Objekt einer obskuren Rache. Wir bemühten uns beide zu tun, als sei ich tatsächlich nur auf ein bisschen Sonnengeflimmer hereingefallen. Luise ließ sich davon nicht täuschen. Ihre Blicke hin und wieder machten das deutlich. Als sie mich so unvermittelt und ernst ansprach, befürchtete ich, sie wolle mir Vorhaltungen machen. »Ist es wichtig?«
»Es ist sehr wichtig, Chris«, erklärte sie ernst. »Du wirst mich

an einem der nächsten Tage zum Notar nach Arnberg begleiten. Ich bin mit Marthe übereingekommen, dass ich zu ihr ziehe. Deshalb will ich dir das Haus überschreiben. Mit dem Gedanken trage ich mich schon eine Weile. Denk also nicht, es sei mir jetzt erst eingefallen. Marthe braucht einen Menschen, der sich um sie kümmert. Und hier ist bald einer zu viel.«
Sie machte eine nachdenkliche Pause. »Ich hätte es schon früher gemacht, Chris. Aber ich wusste nicht, wie es dann hier weitergehen sollte. Nun habe ich mit Sina darüber gesprochen. Es ist alles geklärt. Ich hoffe, zwischen euch beiden ist das auch der Fall.«
»Natürlich«, sagte ich.
Luise nickte wie in Gedanken versunken. »Das freut mich. Ich hatte zwar in den vergangenen Wochen den Eindruck, die Luft sei noch ein bisschen dick, aber wenn ihr euch ausgesprochen habt …« Den Rest ließ sie unausgesprochen. Sie atmete tief durch. Dann fuhr sie fort: »Katrin wird an den Vormittagen herkommen. Am Ende wirst du dankbar sein, dass ich freiwillig das Feld räume. Es ist doch ein Unterschied, ob man zwei Zimmer oder ein ganzes Haus zur Verfügung hat. Und jetzt hat Tommi sich an das große Zimmer gewöhnt. Es wäre nicht gut, ihm die Hälfte Platz wegzunehmen. Wenn das zweite Kind kommt, braucht ihr mein Zimmer.«
»Hier wird es kein zweites Kind geben«, erklärte ich bestimmt.
»Du sagst das, als wärst du deiner Sache völlig sicher.«
»Ich bin mir meiner Sache völlig sicher.«
Luise schwieg für ein paar Sekunden, dann murmelte sie: »Deshalb also.«
»Was ist deshalb?«
»Sina hat mich gebeten, es dir zu sagen. Ich habe nicht verstanden, warum ich das tun soll. Aber wenn sie deine Einstellung zu diesem Punkt kennt und bei der Szene, die du neulich

angeblich beobachtet hast, da fürchtet sie sich wohl, es dir selbst zu sagen. Sie ist schwanger, Chris.«
»Das ist nicht möglich«, widersprach ich.
Luise nickte bitter.
»Chris«, sagte sie gedehnt. »Ich mache dich höchst ungern darauf aufmerksam, dass die Wände in diesem Haus dünn sind. Ich bin nicht taub, ich habe auch nicht bis gestern in einem Kloster gelebt. Ich weiß noch, wie es sich anhört, wenn ein Mann und eine Frau sich lieben. Und das tun sie regelmäßig, nicht wahr?«
Ich wusste nicht, wohin ich schauen sollte. Sie hatte es dezent umschrieben. Trotzdem stieg mir das Blut ins Gesicht, ich senkte den Kopf.
»Du musst dich nicht schämen, Chris. Ihr seid jung, ihr liebt euch, da ist das völlig natürlich. Aber ich finde es nicht natürlich, wenn du behauptest, das sei unmöglich dein Kind. Und wenn du irgendwelche Zweifel hast, solltest du es gut überdenken, bevor du sie Sina gegenüber laut werden lässt.«
»Es tut mir leid.« Mehr brachte ich nicht über die Lippen.
Am nächsten Tag packte Luise ihre Sachen. Ich trug Koffer und Kisten zum Wagen, brachte alles hinüber zu Marthes Haus. »Ich glaube, Chris«, sagte Luise während der kurzen Fahrt, »es ist wirklich besser so. Ich bin nicht mehr die Jüngste. Was ich getan habe, habe ich gern und mit Freuden getan. Aber jetzt spüre ich manchmal mein Alter.«
Sie lächelte dabei. Und ich schämte mich entsetzlich. Sie ging auf die siebzig zu, und alle Arbeit hatte bei ihr gelegen. Was sie nicht tat, wurde nicht getan. Nie hatte ich etwas dagegen unternommen. Ich hatte auch nichts unternommen, um eine zweite Schwangerschaft zu verhindern. Ich hatte mich darauf verlassen, dass Sina ein Verhütungsmittel nahm. Nach Tommis Geburt hatte sie auf mein Drängen hin damit begonnen. Aber sie war immer nachlässig damit gewesen,

das wusste ich. Vielleicht hatten wir bis dahin nur Glück gehabt. Vielleicht war es jetzt nur das unglückliche Zusammentreffen zweier Komponenten, mit denen ich nichts zu tun haben wollte. Mit dem ersten Mann in Sinas Leben und mit der zweiten Schwangerschaft. Und es kam noch mehr dazu.

Siebtes Kapitel

Unser Leben veränderte sich abrupt. Kam ich mittags heim, stand nun Katrin vor dem Herd in der Küche, und Sina stand bei ihr. Ihre Besuche auf dem Birkenhof schienen überflüssig geworden. Wenn ich es schaffte, die Haustür leise genug zu öffnen, hörte ich sie mit Katrin reden. Zwei, drei Worte nur, es reichte nicht, zu verstehen, worüber sie sprach. Sie verstummte, als ob sie mich gerochen hätte. Wenn ich bei der Küchentür auftauchte, lächelte sie mir entgegen, fragend und argwöhnisch. »Da bist du ja schon, Chris.« Auch Katrin grüßte in ihrer sanften, liebenswürdigen Art und sagte: »Ihr könnt gleich essen, Chris.«

Mit ihrer Kochkunst übertraf sie Luise um Längen. Auch sonst bekam dem Haushalt ihre Anwesenheit ausnehmend gut. Irgendwie war alles perfekter. Wir saßen nur noch zu zweit am Tisch. Tommi hielt seinen Mittagsschlaf, Katrin blieb in der Küche, wischte und werkelte dort herum. Mir kam sie vor wie ein Wachsoldat, auch wenn sie sich benahm wie eine Dienstbotin.

Sie wusch unsere Wäsche, kaufte ein, was gebraucht wurde, sie putzte das Haus von oben bis unten, fegte die Steinplatten im Hof, zupfte das Unkraut im Vorgarten. Manchmal summte sie ein Lied vor sich hin, meist bemerkte man sie gar nicht. Und von Tag zu Tag wurde mir die Situation unangenehmer.

Am ersten Morgen hatte ich einen Geldschein für die notwendigen Einkäufe auf den Küchentisch gelegt. Mittags lag er im Schrank, wo ich ihn zufällig entdeckte, als ich mir ein Glas herausnahm. Natürlich dachte ich auch daran, Katrin für ihre Arbeit zu bezahlen. Sie nahm nicht einmal mein Geld für die Lebensmittel.

Sinas Anteil bestand darin, mir das Frühstück zu machen. Zum Abendessen durfte ich noch einmal belegte Brote von ihr erwarten. Aber meist hatte Katrin etwas für den Abend vorbereitet, oder wir fuhren zum Birkenhof, aßen bei Ria, bei Astrid, bei Beate oder an sonst einem fremden Tisch.

Ich wurde mit jedem Tag unzufriedener. Fühlte mich häufig wieder so wie in den letzten Wochen vor unserer Hochzeit. Eingekauft! Der Herzkönig in einem dreckigen Spiel. Und damit ich mich an die Spielregeln hielt und nicht auf den Gedanken kam, der Dorfprinzessin unangenehme Fragen zu stellen, setzte man mir einen Aufpasser vor die Nase.

Ein Monat verging so. Dann schlug ich vor, eine reguläre Haushaltshilfe einzustellen. Irgendeine Frau, die ich beim Nachhausekommen fragen konnte: »Hat meine Frau Einkäufe gemacht oder Besuch bekommen?« Kaum hatte ich es angedeutet, verließ Katrin weinend das Haus. Sina rannte ihr nach. Am Abend kam Ria. Sina war noch nicht zurück. Wir konnten ungestört reden. Und Ria tat sich keinen Zwang an.

»Das kannst du nicht machen, Chris«, begann sie. »Bist du mit Katrins Arbeit nicht zufrieden? Sag es, dann kommt Agnes her. Stört es dich, dass sie noch hier ist, wenn du heimkommst? Das lässt sich auch ändern.«

»Das ist es nicht.« Was es war, konnte ich Ria nicht erklären. Ich hielt mich am Geld fest. Ria lachte mich aus. Ihre Stimme klang ungewöhnlich hart. »Chris, es war vom ersten Tag an vereinbart, dass jemand herkommt und sich um diesen Haushalt kümmert. Bisher war es überflüssig, Luise hat es über-

nommen. Ich vermute, sie hat es gern getan. Katrin tut es ebenso gern. Es hat sogar einen kleinen Streit gegeben, wer herkommen durfte, Katrin oder Agnes. Nun ist Agnes im Augenblick die Einzige auf dem Hof, die mit Erich zurechtkommt. Sie ist also nicht abkömmlich. Und für Katrin ist es eine Auszeichnung. Du hast sie gekränkt mit deiner Ablehnung.«
»Es tut mir leid, wenn sie mich missverstanden hat. Ich habe sie weder abgelehnt, noch habe ich ihre Arbeit kritisiert. Aber versuch doch, mich zu verstehen. Diese Frau steht jeden Tag in meiner Küche. Sie erledigt alle anfallenden Arbeiten, und sie nimmt nicht einmal Geld für die täglichen Einkäufe. Luise hat auch monatlich einen bestimmten Betrag für den Lebensunterhalt von mir bekommen.«
Ria lächelte spöttisch, ich fuhr aufgebracht fort: »Da musste ich mich wenigstens nicht schämen, wenn ich ein Stück Fleisch auf meinen Teller nahm.«
»Wenn Luise Geld von dir genommen hat, war das ihre Sache«, hielt Ria dagegen. »Sie wird es gebraucht haben bei ihrer bescheidenen Rente. Wir brauchen es nicht. Katrin wird sich nie von dir für etwas bezahlen lassen, was sie als Ehre empfindet. Und du musst dich nicht schämen wegen einem Stückchen Fleisch. Geld für Lebensmittel bekommt Katrin von Sina.«
»Ach, und von wem bekommt Sina es? Von mir nicht. Sie hat noch nie eine Mark von mir genommen.«
Ria seufzte theatralisch. »Von Mama, und darüber musst du dir nun wirklich keine Gedanken machen. Bis zu eurer Hochzeit war Sina immerhin die, die eines Tages den Birkenhof geerbt hätte. Sie hat ihre Ansprüche an Tommi abgetreten. Da ist es in meinen Augen nur eine kleine Abfindung, wenn Mama ihr jetzt jeden Monat die gleiche Summe zahlt, die auch Frank oder Achim bekommen. Ich kann dir nur empfehlen, alles so zu lassen, wie es ist, Chris. Du hast bis jetzt zuschauen kön-

nen, dass die eine arbeitet und die andere spielt. Mama bekommt einen Tobsuchtsanfall, wenn sie erfährt, dass du mit dem Gedanken spielst, Sina einen Putzlappen in die Hand zu drücken.«

Dabei blieb es. Einmal sprach ich mit Sebastian darüber, aber auch bei ihm wagte ich es nicht, meine wahren Gründe zu nennen. Ich konnte nicht zugeben, mit welchem Verdacht ich mich herumschlug, wollte nicht auch noch von ihm beschwichtigt werden. Er lachte mich aus. »Ich verstehe nicht, worüber du dich aufregst, Chris. Wenn du dich nicht beschwerst, tut es kein Mensch. Sei dankbar. Du hast keine Ahnung, wie es ist, so einen kleinen Putzteufel um sich zu haben.« Dabei warf er einen Blick zu Silvia hinüber, die bei Frau Karger in einer Ecke des Pausenhofes stand.

»Wetten«, spottete Sebastian, »dass sie sich nach einem neuen Rezept erkundigt? Morgens die Schule, mittags der Kochtopf, nachmittags der Haushalt, und abends ist sie müde. Jetzt habe ich sie wenigstens so weit, dass sie sonntags vom Herd wegbleibt. Du glaubst nicht, wie viel Mühe mich das gekostet hat. Ich habe ein nettes Restaurant in Arnberg ausfindig gemacht, den Schlosskeller. Du solltest auch einmal hingehen. Wenn du siehst, was dich ein Mittagessen außer Haus kostet, denkst du vielleicht anders über eine kostenlose Hilfe in der Küche.«

Er lachte. »Mich würde interessieren, was Silvia zu einer sagt. Aber«, er winkte ab, »ich kann's mir denken. Eine fremde Frau, die unsere Unterwäsche und die Bettlaken in die Waschmaschine stopft, wie peinlich.«

Er betrachtete mich mit einem Grinsen. »Du siehst aus, als wolltest du tauschen. Erinnere dich lieber an den Grund für deine Entscheidung damals. Alles hat seine Schattenseiten.«

Danach musste ich nicht suchen. Zu gut waren mir die Nächte aus grauer Vorzeit in Erinnerung und das Gefühl von Scham am nächsten Morgen. Sucht! Hörigkeit; meine Abhängigkeit von ihrem Körper. Wenn sie neben mir lag, musste ich sie haben. Dann fragte ich nicht lange, wie oder mit wem sie sich den Tag vertrieben hatte. Erst wenn ich in sie eindrang, überfiel es mich siedend heiß: Sie ist schwanger! Von mir? Wir sprachen nicht darüber. Aber jedes Mal, wenn mir das Kind in den Sinn kam, sah ich mich mit Dalling im Lehrerzimmer stehen, schaute zu dem Stück Zaun des Pausenhofs, sah den Grauen und hörte Luise sagen: »Wenn du irgendwelche Zweifel hast …«

Ich wusste nicht, ob ich sie haben durfte. Ich wollte Sina und Katrin nicht unrecht tun. Ich wollte nicht denken müssen: Sie hat sich ihre alte Sklavin ins Haus geholt, um tun und lassen zu können, was sie will. Am Ende war es gar nicht Luises Entscheidung. Vielleicht ist ihr eingeredet worden, sie sei bei Marthe besser aufgehoben.

Nach außen hin benahmen wir uns, als sei alles in Ordnung. Ein paar Monate mühte ich mich ab. Aber es wurde immer schwerer. Nur nachts war es einfach. Und manchmal ekelte es mich am Morgen vor mir selbst. Wir waren wieder am Anfang. Nur war ich jetzt entschieden klüger; ich glaubte zumindest, es zu sein.

Mitte Juni gastierte in Arnberg ein kleiner Zirkus. Tagelang sprach Sina von nichts anderem. »Sie haben keine großen Attraktionen zu bieten, Chris. Aber für Tommi wäre es eine Abwechslung. Die Kinder können auf Ponys reiten.«

»Er ist noch zu klein, um auf einem Pony zu reiten«, erklärte ich. Es widerstrebte mir, einen schwülwarmen Nachmittag in einem Zirkuszelt zu verbringen. Seit Wochen war es fürchterlich warm. Ein Jahrhundertsommer, sagten sie im Dorf, nach dem alten Bauernkalender sollte er noch bis weit in den September hinein die Temperatur halten.

Sie bettelte, und sie tat es nicht für sich. So gab ich nach. An einem Mittwochnachmittag fuhren wir hin. Gleich nach dem Essen waren wir aufgebrochen. Uns blieb noch gut eine Stunde Zeit bis zum Beginn der Vorstellung.
Ich stellte den Wagen auf dem nahe und zentral gelegenen Parkplatz beim Schloss ab. Sina stieg aus und warf einen sehnsüchtigen Blick zu den üppigen Baumwipfeln des Schlossparks hinüber. »Wir haben doch noch Zeit, Chris. Können wir nicht einen kleinen Spaziergang machen? Ich war so lange nicht mehr hier.« Mir fiel ein, wie ich sie kurz vor unserer Hochzeit eines Spaziergangs im Schlosspark wegen verteidigt hatte. Und mit dem Gedanken zog unweigerlich die Szene am Zaun vor dem geistigen Auge auf.
Sie nahm Tommi bei der Hand und schaute mich bittend an. Ich war wütend, aber ich hatte auch Mitleid. Der erste Mann in ihrem Leben. Der erste, der Christina hatte fühlen lassen, wie es ist, wenn der Spieß sich umkehrt, wenn ein Mann um Liebe bettelt. Ich verschloss den Wagen. Dann ging ich doch zu ihr, legte einen Arm um ihre Schultern. »Von mir aus.«
Das Schloss machte einen verwahrlosten Eindruck. Es hieß, es sei aufgekauft worden und werde zurzeit gründlich renoviert. Davon sah man nichts. Schilder an sämtlichen Eingängen wiesen darauf hin, dass jeder Zutritt strengstens verboten war. Es bestand Einsturzgefahr. Einige Türen und Fenster in Bodennähe waren mit Brettern vernagelt oder zugemauert. Die Freitreppe war mit Gras und Moos überwuchert.
Der Park dagegen war gepflegt. Wege, mit rötlichem Sand bestreut, führten hindurch. Die Bäume standen so dicht zu beiden Seiten, dass sie ein geschlossenes Dach bildeten. Es gab einen Weiher mit Enten darauf. Sogar Schwäne konnte ich am anderen Ufer ausmachen.
Sina kniete sich in das feuchte Ufergras, legte einen Arm um

Tommi und wies mit der freien Hand hinüber. »Sieh nur, mein Herz, der wunderschöne Schwan da hinten.«
Es machte mich noch wütender. Bei mir war sie zurückhaltend geworden, argwöhnisch; sie spürte, was in mir vorging. Vielleicht wollte sie mir nur Zeit geben, mit meinen widersprüchlichen Gefühlen ins Reine zu kommen. Mich nicht tagsüber mit ihrer nervenaufreibenden Gegenwart erdrücken. Keine Küsse, solange es hell war. Oder holte sie sich die anderswo? Fiel deshalb für mich nichts mehr ab? Aber für Tommi hatte sie noch genug Zärtlichkeit.
»Kannst du ihn nicht endlich bei seinem Namen nennen?«, fuhr ich sie an. »›Mein Herz‹! Ich denke, er ist alt genug für Thomas. Sag meinetwegen Tommi, wie ich es tue. ›Mein Herz‹«, ich äffte ihren zärtlichen Tonfall nach. »Wie willst du das Baby nennen? ›Meine Seele‹ oder ›Mäuschen‹!?«
Sie schaute mich an, biss sich auf die Lippen und schwieg. Dann saß ich neben ihr auf einer niedrigen Holzbank. Tommi auf ihrem Schoß betrachtete fasziniert das Geschehen in der winzigen Manege. Große Attraktionen hatten sie wirklich nicht zu bieten. Ein paar Halbwüchsige führten gymnastische Übungen vor. Ein paar Affen zeigten kleine Dressurstückchen. Ein altes, halb lahmes Kamel wurde dreimal im Kreis geführt. Dann kamen die Ponys, sechs an der Zahl.
Unter dem Zeltdach staute sich die Hitze. Aus allen Poren trieb der Schweiß. Mein Hemd klebte an Brust und Rücken. Unter den Achseln war es völlig durchnässt. Sehnsüchtig dachte ich an die schattig-kühlen Parkwege, an den Anblick des Wassers und den Geruch von frischem Grün. Hier stank es – widerlich und durchdringend nach Tier.
Ich wagte nicht, durchzuatmen. Der Geruch erinnerte mich mehr und mehr an den Geruch einer alten zweisitzigen Kutsche in einer offenen Feldscheune. Was für eine Liebe war das, die sich mit diesem Gestank identifizierte? Und alles, was

mich mit ihr verband, hatte dort seinen Anfang genommen, endete Nacht für Nacht in Raserei. Für die Tage blieb nichts.
Auf der Heimfahrt klagte sie über leichtes Kopfweh und Übelkeit. »Es roch widerlich«, sagte sie. »Wenn ich das vorher gewusst hätte, wären wir im Park geblieben.«
»Was hast du erwartet? Lieblichen Parfümduft bei einigen Affen und einem alten Kamel?«
»Sei doch nicht so gereizt, Chris«, meinte sie nachsichtig. »Ich beschwere mich ja nicht. Ich sage nur, es stank.« Sie seufzte und drehte sich nach hinten um. »Hat es dir wenigstens gefallen, mein Herz?«
Da Tommi ihr nicht antwortete, seufzte sie erneut. »Ich weiß, mein Herz, die Enten und Schwäne auf dem Schlossweiher waren schöner. Jedes Tier ist dort schön und natürlich, wo es hingehört. Die Affen sind hier fremd, sie fürchten sich. Und Angst kann man riechen. Nicht wahr, Chris? Wenn man es vorher gewusst hätte, hätte man die Tiere gelassen, wo sie waren.«
Mir schoss das Blut ins Gesicht. »Es tut mir leid«, mehr brachte ich nicht über die Lippen.
Sie zuckte mit den Schultern. Aus den Augenwinkeln sah ich den wehmütigen Ausdruck auf ihrem Gesicht. »Du musst dich nicht entschuldigen, Chris«, murmelte sie. »Du kannst ja nichts dafür. Du hast die Affen nicht aus dem Urwald geholt. Du hast nicht einmal gewollt, dass man sie an einen Ort bringt, wo sie ihrer Natur nach nun einmal nicht hingehören.«
»Es tut mir leid«, wiederholte ich.
»Nein, nein«, erklärte sie rasch, »das muss es nicht. Du hast dich bemüht. Fünf Jahre lang hast du alles getan. Wenn du jetzt nichts mehr tun kannst, ist es nicht nur deine Schuld.«
»Ich werde mich wieder bemühen«, sagte ich immer noch voller Scham.
»Es wäre schön, wenn du das könntest, Chris«, erwiderte sie einfach.

Ich bemühte mich. Wie oft dachte ich an Vaters Worte zurück: »Glück ist eine Momentsache.« Ich sagte mir, dass die Szene bei der Schule auch nur ein Moment gewesen sei. Real oder nicht, ich musste sie vergessen. Aber dieses verfluchte Bild führte ein Eigenleben, ließ sich nicht beherrschen, gaukelte mir weitere vor.

Ich stand vor der Klasse oder saß allein im Wohnzimmer, fragte mich nur einmal flüchtig, wo sie jetzt wohl sein mochte. Dann sah ich sie. Auf einer Decke am Waldrand. Der Graue war bei ihr. Seine Hände wanderten suchend und forschend über ihren Körper.

Oder ich sah sie an den Stützpfosten der offenen Feldscheune gelehnt. Einen Strohhalm zwischen den Lippen. Andreas Maus stand vor ihr, knüpfte ihre Bluse auf, schob den weiten Rock in die Höhe.

Dann sah ich sie lachend über eine Wiese laufen. Der Graue lief ihr nach, holte sie ein, griff nach ihr. Sie ließen sich beide in das Gras fallen. Arme und Beine bildeten nur noch ein Knäuel. Und ich stand immer noch vor den Kindern oder saß allein im Wohnzimmer und verfluchte mich für die Eifersucht und die Fantasie. Aber war es nur das? Oder war es die geheimnisvolle Verbindung zwischen uns, die mich manchmal Anteil an ihren Gedanken, Wünschen und Erlebnissen haben ließ?

Maus trieb sich immer noch im Dorf herum, als wolle er mir vor Augen führen, dass ich mit ihm rechnen müsse. Ein-, zweimal die Woche sah ich ihn mindestens, immer nur von Weitem. Dass er mir aus dem Weg ging, war verständlich. Nicht verständlich dagegen schien mir, dass er sich nun seit Monaten mit der frischen Landluft begnügen sollte. Ich wartete darauf, Sina noch einmal mit ihm zu sehen. Nicht in der Scheune oder am Waldrand, während ich im Wohnzimmer saß oder in der Schule war, sondern direkt vor mir. Sie sozusagen auf frischer Tat zu ertappen. Oder einmal am Nachmittag einen Anruf von einem wohlmeinenden Dorfbewohner zu erhalten. »Wissen Sie, wo Ihre Frau gerade ist?« Oder einen konkreten Hinweis von Gerda Hilbig, nicht ihr übliches Geschwafel.

Es gab Stunden, da hätte ich jeden Eid geschworen, dass Sina sich mit ihm traf. Da glaubte ich sicher zu wissen, was für ein Spiel sie mit mir trieb. Dass es von Anfang an um nichts anderes gegangen war als um Rache. Dass dieser Rest Christina in ihr, der vor langen Jahren von meiner Mutter verletzt und von meinem Vater abgewiesen worden war, nur eines gewollt hatte: mich abhängig machen. Ich sollte ihr verfallen, mit Haut und Haaren. Ich sollte mich sicher fühlen mit ihr. Und dann sollte ich erleben, wie es ist, betrogen zu werden.

Und es gab Stunden, da verzweifelte ich an mir. Da erschienen mir meine Gedanken absurd und krankhaft. Da konnte ich nicht glauben, dass sie so gemein und schäbig sein könnte.

Dann geschah die Sache mit dem Kleid. Es war während der Sommerferien, im Juli. Sie war beim Arzt in Arnberg gewesen. Ria hatte sie gefahren, obwohl ich Zeit gehabt hätte, sie zu begleiten. Anschließend hatten sie noch einen Bummel gemacht. Dabei hatte sie das Kleid in einer Auslage gesehen. Nun beschrieb sie es mir in leuchtenden Farben. »Es ist rostrot, Chris, hat einen weit schwingenden Rock und eine schmale Taille. Würdest du es mir kaufen?«

Sie hatte mich noch nie gebeten, ihr etwas zu kaufen. Ich wusste inzwischen ja auch, dass sie über weit mehr Geld verfügte, als ich verdiente. Aber ich ahnte, was in ihr vorging. Sie war unförmig geworden. Ende fünfter Monat, sagte sie mir. Ich konnte es nicht recht glauben. Bei Tommi war sie zu diesem Zeitpunkt nicht so dick gewesen. Ich meinte, die Schwangerschaft müsse weiter fortgeschritten sein. Dass sie es nur deshalb abgelehnt hatte, sich von mir fahren zu lassen, mich

bei der Untersuchung neben sich zu haben. Ein Wort vom Arzt, und ich hätte gewusst, wie die Dinge standen.
Sechster Monat, siebter Monat. Zeugung im Dezember. Da war sie häufig in Arnberg gewesen, Einkäufe machen fürs Christkind; immer war sie heiter und beschwingt zurückgekommen. Beladen mit Päckchen. Die konnte Ria beschafft haben, während sie sich ihre Zeit auf angenehmere Weise vertrieb.
Aber vielleicht tat es ihr inzwischen leid. Vielleicht hatte sie eingesehen, dass ich ihr mehr bieten konnte als die graue Maus. Gut möglich, dass sie sich nicht mehr bei ihm blicken ließ, als ich misstrauisch wurde. Dass er sich gezwungen sah, einmal vor Ort nach dem Rechten zu sehen. Das Kleid mochte ihr wie ein Versprechen an mich erscheinen. Und wenn ich es ihr kaufte, drückte ich meinen Glauben an unsere Zukunft aus. Vielleicht wollte sie nur sehen, ob ich noch bereit war, etwas für sie zu tun.
»Ist das nicht ein bisschen früh?«, fragte ich. »Die schmale Taille dürfte erst in einigen Monaten wieder passen. Dann ist der Sommer vorbei, und im nächsten Jahr gefällt es dir nicht mehr. Rostrot, für mich brauchst du dich nicht so schick zu machen. Ich habe mich an Grau gewöhnt.«
Sie schluckte und stellte nüchtern fest: »Du willst nicht. Du musst auch nicht. Ich dachte nur, ich könnte es in den Schrank hängen und es mir jeden Tag ansehen. Ich dachte, ich könnte mich auf den Tag freuen, an dem ich es anziehen kann. Und ich dachte, du würdest das für mich tun.«
Sie bekam ihr Kleid, natürlich bekam sie es. Weil ich fürchtete, sie könne auf dem Birkenhof über uns reden. Und wenn nicht sie, dann Katrin, die viel sah und hörte. Weil mir Mamas Drohung einfiel. »Wenn du eines Tages nicht mehr willens oder in der Lage bist, hole ich sie mir zurück.« Ich konnte sie nicht hergeben. Ich brauchte sie.

Als ich ihr das Kleid brachte, war sie begeistert. Sie hielt es sich vor den Leib, drehte sich vor dem Spiegel und jubelte. »Chris. Ich danke dir. Du ahnst nicht, was es mir bedeutet.«
Zwei Tage später fand ich rostrote Fetzen im Abfall. Sie saß weinend vor dem Küchentisch. »Es tut mir leid, Chris. Ich konnte es nicht im Schrank hängen sehen. Wie es da hing, gehörte es einer anderen Frau. Da habe ich es zerrissen.«
Ich weiß nicht mehr, ob ich wütend war. Für meine Begriffe war das Kleid sündhaft teuer gewesen, aus einer Laune angeschafft, um im Müll zu enden. Einen Grund, wütend zu werden, hatte ich wohl. Aber wenn ich etwas nicht ertrug, dann waren es ihre Tränen. Tommi hockte vor ihr auf dem Boden, starrte sie aus ängstlich geweiteten Augen an. Seine Mundwinkel zuckten verdächtig.
»Bring ihn hinauf«, verlangte sie. »Katrin ist noch oben. Er soll mich nicht so sehen.«
Ich nahm Tommi auf den Arm und stieg mit ihm die Treppen hinauf. Katrin war dabei, ein Fenster zu putzen, ließ Arbeit Arbeit sein und kümmerte sich um Tommi. Ich ging zurück in die Küche, blieb vor dem Tisch stehen. »Ich kann es ebenso wenig ertragen wie Tommi. Also hör auf! Das Kleid ist kein Grund.«
Sie biss sich auf die Lippen: »Dann hilf mir doch, Chris.«
»Sag mir, wie ich dir helfen kann.«
»Ich weiß es nicht«, murmelte sie. »Ich kann nicht mehr lange so weiterleben. Am Ende ist niemand stark.«
»Wir sind nicht am Ende«, widersprach ich heftig. »Es gibt immer und überall eine Zeit, in der sich etwas verändert. Jeder erlebt das. Vielleicht hat es etwas mit Reife zu tun, vielleicht mit Gewohnheit.«
Sie hob den Kopf, fuhr mit dem Handrücken über die Augen. »Bin ich Gewohnheit, Chris?« Ohne meine Antwort abzuwarten, richtete sie den Blick auf das Fenster und sprach tonlos

weiter: »Du bist so kalt geworden. Was hier geschieht, hat nichts mit Reife zu tun. Es ist Hass. Ich habe das Gefühl, das hätte ich schon einmal erlebt. Es war entsetzlich, ich werde es nicht ein zweites Mal überstehen.«

»Ich hasse dich nicht«, sagte ich, langsam ruhiger werdend. »Aber ich habe auch ein Gefühl. Dass es allerhöchste Zeit ist, dir klarzumachen, du kannst dir dieses Theater sparen. Wenn jemand etwas Ähnliches erlebt hat, war es deine Mutter. Aber ich bin nicht Richard.«

Sie schaute mich verständnislos an. »Was hat mein Vater damit zu tun?«, fragte sie, und weiter: »Warum kannst du nicht ehrlich sein? Ich bin dir widerlich geworden, ich fühle es doch. Es ekelt dich davor, mich anzufassen. Du redest dir ein, ich hätte was mit einem anderen, damit es für dich leichter wird, mich loszuwerden.«

»Nein«, schrie ich, »das ist Unsinn!«

Sie begann zu lächeln, als sie widersprach. Es war ein Lächeln, bei dem es mich kalt überlief. »Unsinn? Du hast einmal zu mir gesagt, du bringst mich um, wenn du mich noch einmal mit einem Kerl zusammensiehst. Du hast mich gesehen. Ich war nicht da, aber das glaubst du nicht. Du wirst mich töten.«

Von der Treppe her hörte ich Katrins Schritte. Die Küchentür stand offen. Katrin kam herein. Sie trug Tommi auf dem Arm und musste Sinas Worte gehört haben. Aber sie lächelte nur, wie sie es immer tat, stellte Tommi auf den Boden und strich ihm über den Kopf. »Ich gehe dann«, sagte sie. »Im Kühlschrank steht ein Salat für heute Abend, Chris.«

Ich starrte ihr nach und fragte mich, ob ich dabei war, den Verstand zu verlieren.

Ich musste etwas unternehmen. Mit Mama reden, mit Frank reden, mit Sina reden. Dieser entsetzliche Zustand musste ein Ende finden. Ich nahm mir fest vor, etwas zu unternehmen. Aber der Graue kam mir dazwischen.

Es war an einem Donnerstag Anfang August, nicht ganz eine Woche nach den Sommerferien. Nach Schulschluss stand er vorne am Zaun. Er stand da, als ob er auf jemanden wartete. Die letzte Stunde hatte ich mit Dallings Schülern in der Turnhalle verbracht. So bemerkte ich ihn erst, als ich das Schulgebäude verließ. Ihm war es peinlich, mir unvermittelt gegenüberzustehen. Zwei, drei Sekunden lang rechnete ich damit, dass er mich ansprach. Er starrte mir in die Augen, öffnete den Mund, die hängenden Schultern strafften sich. Aber dann senkte er den Kopf, murmelte einen flüchtigen Gruß und tat, als suche er etwas in seinen Hosentaschen.
Kinder drängten lärmend und tobend an mir vorbei. Sie schoben mich ein Stück von ihm fort die Straße hinunter. Langsam ging ich weiter. Ich spürte seinen Blick im Rücken wie zwei glühende Nadelspitzen, die sich zwischen meine Schulterblätter bohrten. Erst als ich die Straßenecke erreichte, schaffte ich es, mich nach ihm umzudrehen. Er stand noch auf demselben Fleck, das Gesicht in meine Richtung gedreht. Aber er stand nicht mehr allein. Gerda Hilbig war bei ihm, hatte eine Hand auf seinen Arm gelegt, sprach auf ihn ein. Da ich rasch weiterging, verschwanden beide aus meinem Blickfeld. Ich atmete auf und ging etwas schneller.
Als ich das Haus betrat, war Katrin bereits gegangen. Der Tisch war gedeckt. Auf dem Herd standen einige Töpfe. Das Essen darin wurde auf kleinster Flamme warm gehalten.
Es war still im Haus. Ich ging hinauf, warf einen kurzen Blick in Tommis Zimmer. Es kam schon häufiger vor, dass er mittags nicht mehr schlafen wollte. Wie erwartet war sein Bett leer. Auch in unserem Schlafzimmer war niemand. Das Haus roch nach Verlassenheit, strahlte eine Ruhe aus, die mich lähmte. Mamas Drohung kam mir in den Sinn. Ich geriet in Panik bei dem Gedanken, sie hätten sie mir weggenommen. Aber als ich mich der Treppe zuwandte, wurde die Haustür geöff-

net. Ich hörte ihre Stimme, verstand nicht, was sie sagte, fühlte nur die Erleichterung.
Dann rief sie hinauf: »Bist du oben, Chris?«
Wie ein ertappter Sünder schlich ich ins Bad, drehte den Wasserhahn auf und hielt meine Hände unter den Strahl. Rief zurück: »Ich bin im Bad. Ich wasche mir nur rasch die Hände.«
»Kann ich das Essen auftragen?«
»Sicher, ich bin schon fertig.« Ich trocknete mir die Hände ab und ging hinunter.
»Das Wetter ist herrlich«, meinte sie wenig später und erklärte: »Wir haben Katrin ein Stück begleitet. Wir werden auch gleich wieder gehen. Dann kannst du in Ruhe arbeiten.«
»Wohin gehst du denn?«
Meine Frage schien sie zu überraschen. »Spazieren, Chris, nur ein bisschen spazieren. Vielleicht schaue ich auf einen Sprung bei Mama vorbei. Katrin sagte, Mama fühlte sich heute Morgen nicht wohl. Du hast doch nichts dagegen, wenn ich sie besuche, oder?«
»Nein«, versicherte ich. »Ich dachte nur, du bleibst lieber hier, wenn du hörst, dass Maus sich im Dorf herumtreibt.«
»Willst du, dass ich hierbleibe?« Es klang ernst und neutral.
»Von mir aus geh. Wann kommst du zurück?«
»Mal sehen. Um sieben bin ich bestimmt wieder hier, sonst wird es für Tommi zu spät.« Sie hob einen Zeigefinger, lächelte das Kind spitzbübisch an. »Er wollte wieder nicht schlafen, der Schlingel.«
Dann schaute sie mich an. »Das Abendessen bringe ich mit. Katrin will ein neues Rezept ausprobieren. Sie war begeistert davon und hat mir vorgeschwärmt.«
Sie räumte den Tisch ab, trug das Geschirr in die Küche und ließ es dort stehen, wie sie es immer tat. Das Telefon klingelte, bevor ich hingehen konnte, rief sie: »Lass nur, Chris, das ist für mich!«

Wer sie anrief, konnte ich nicht feststellen. Ihre Stimme klang ein wenig gereizt. »Ja, das weiß ich schon.« Dann fragte sie: »Was soll ich denn tun? Soll ich lieber nicht kommen?« Zum Ende des Gespräches hin erklärte sie: »Ich werde schon vorsichtig sein.«

Sie ging zusammen mit Tommi aus dem Haus. Da war es kurz nach drei. Ich trug mir den kleinen Tisch hinaus auf den Hof. Spannte den Sonnenschirm auf und bemühte mich in seinem Schatten um Konzentration. Doch damit war es nicht weit her. Gedanken lassen sich nicht abstellen wie lästige Maschinen. Sie traf sich mit ihm! Er hatte sie angerufen, um ihr mitzuteilen, dass ich ihn gesehen hatte. »Ja, das weiß ich schon.« Er war besorgt gewesen, dass es Ärger geben könnte. Vielleicht hatte er mir angesehen, dass ich nicht der Mann war, der sich betrügen ließ, ohne mit einer Wimper zu zucken. »Was soll ich denn tun? Soll ich lieber nicht kommen?« Aber verzichten wollte er auch nicht. Dafür war er viel zu scharf auf sie. Für ein Schäferstündchen nahm er gern ein kleines Risiko in Kauf, allerdings ermahnte er sie. Und sie sagte: »Ich werde schon vorsichtig sein.«

Dann ging sie zum Birkenhof, schaute auf einen Sprung bei Mama vorbei, lieferte Tommi bei Ria oder Katrin ab. Und jetzt war sie bei ihm. Obwohl ich mich dagegen wehrte, sah ich sie in allen Variationen, hingebungsvoll, sinnlich, aufreizend.

Pünktlich um sieben kam sie zurück. Sie war verschwitzt, wirkte ruhig und ausgeglichen. »Wir können draußen essen«, schlug sie vor, »wenn du fertig bist und den Tisch frei machst.« Sie brachte Geschirr hinaus und eine große gefüllte Schüssel. Dabei lachte sie verlegen. »Ich hoffe, der Salat schmeckt dir. Ich habe schon probiert und finde ihn ziemlich scharf. Katrin meint, der Körper braucht das bei der Hitze.«

Für Tommi machte sie ein Brot zurecht. Er saß auf ihrem

Schoß, irgendwie träge und lustlos. Während sie ihm kleine Bissen in den Mund schob, erzählte sie: »Mama geht es wirklich nicht gut. Sie scheint eine Sommergrippe zu bekommen. Aber das wird wohl nicht so schlimm, auch in ihrem Alter ist das kein Weltuntergang. Sie ist noch sehr kräftig für ihr Alter, meinst du nicht auch?«

Ich nickte flüchtig, sie fuhr fort: »Rias Tochter scheint sich bei Mama angesteckt zu haben. Sie war weinerlich und fieberte leicht.« Widerwillig ließ Tommi sich den nächsten Happen in den Mund schieben. Faul und müde lehnte er sich gegen sie, dann schloss er die Augen. »Ria sagte, Angelika sei gestern schon unpässlich gewesen. Wenn es nicht besser wird, will sie morgen noch zum Kinderarzt. Ria sagte, sonst steht man am Wochenende da und erreicht niemanden.«

Endlich bemerkte sie, dass auch mit Tommi etwas nicht in Ordnung war. Aber sie tat es leicht ab. »Du bist müde, mein Herz, nicht wahr?« Zu mir sagte sie: »Er ist den ganzen Weg gelaufen. Und den ganzen Nachmittag war er mit Frank im Garten.« Und wieder zu ihm: »Jetzt baden wir schnell. Und dann ab mit dir ins Bett.«

Freitags fieberte auch Tommi, war weinerlich und ohne Appetit. Ohne Protest ließ er sich mittags ins Bett legen. Sina war besorgt. »Ich glaube, er hat sich angesteckt. Wenn ich nur wüsste, was für eine Krankheit das ist.«

Vorsorglich rieb sie ihm Brust und Rücken mit einem Erkältungsmittel ein. Aber auf die Idee, mit ihm zum Arzt zu gehen, kam sie nicht. Als ich den Vorschlag machte, meinte sie: »Die haben schon zu. Freitags nachmittags ist keine Sprechstunde. Aber Ria war doch heute Morgen da. Wenn es etwas Schlimmes wäre, hätte sie mich angerufen. Ich werde ihn heute Nacht zu uns ins Zimmer nehmen, wenn du einverstanden bist. Wenn er nicht richtig schläft, ich meine, wenn er aufwacht und sich fürchtet, weil er sich nicht wohlfühlt …«

Tommi schlief ohne Unterbrechung, sie nicht. Da er nicht in unserem Zimmer schlafen wollte, stand sie mehrfach auf, um nach ihm zu sehen. Jedes Mal schlich sie auf Zehenspitzen in sein Zimmer, kam ebenso leise zurück. Sie kroch neben mich, streckte sich vorsichtig aus, seufzte unterdrückt und war bemüht, mich nicht aufzuwecken. Dabei schlief ich gar nicht. Es war schlimm, so zu liegen. Haut an Haut und wie mit einer massiven Wand dazwischen.

Am Samstagmorgen war Tommis Fieber gesunken. Er hatte einen rötlichen Ausschlag im Gesicht und auf der Brust, schien sich jedoch besser zu fühlen. Sina dagegen wirkte erschöpft. »Was mache ich nur mit ihm?«, fragte sie, während sie mir das Frühstück richtete. Mit ihrem unförmigen Leib wirkte sie hilfloser als jemals zuvor. »Ob wir ihn ins Krankenhaus bringen müssen?« Bevor ich ihr antworten konnte, erklärte sie: »Wenn er ins Krankenhaus muss, gehe ich mit. Ich hoffe, du bist einverstanden. Er ist noch so klein. Ich kann ihn nicht alleinlassen.« Für einen Augenblick setzte sie sich zu mir an den Tisch, stand gleich wieder auf. »Ich rufe Ria an. Sie wird mir sagen können, was ich tun muss.«

Sie ging zum Telefon. Aber ob sie tatsächlich mit Ria sprach oder mit einem, für den ein krankes Kind ein Stein im Weg war … Nachdem sie erklärt hatte, wie es um Tommi stand, horchte sie eine Weile. Dann lachte sie leise und befreit. »Ach so … Ja … Wenn du meinst, das wird am besten sein.«

Sie lachte noch, als sie zurück zum Tisch kam. »Ria sagt, es sind die Röteln. Für kleine Kinder ist das nicht schlimm. Aber ich könnte mich anstecken, das würde dem Baby schaden. Ria meint, ich sollte ihn zu ihr bringen.«

Ich musste zu einer Besprechung mit Dalling. Als ich ging, war sie dabei, Tommi anzuziehen. »Sag Papi schnell Auf Wiedersehen, mein Herz! Wir gehen jetzt zu Ria und Angelika und Frank und Mama und Agnes und Erich …« Als ich mittags heimkam, war sie deprimiert. »Er verstand nicht, dass ich ihn nicht mit zurücknahm. Er weinte und klammerte sich an mich. Ausgerechnet jetzt, wo er mich am meisten braucht, schicke ich ihn fort.«

»Das hättest du nicht tun müssen«, sagte ich trocken. »Die Röteln sind nur in den ersten drei Schwangerschaftsmonaten gefährlich für das Ungeborene.«

Sie starrte mich zweifelnd und ungläubig an. »Weißt du das sicher? Du sagst es so komisch.«

»Das hat einen anderen Grund. Ich weiß es ganz sicher. Aber wenn du mir nicht glaubst, frag einen Arzt.«

Zwei, drei Sekunden vergingen, ehe sie zögernd meinte: »Das kann ich erst am Montag.« Dann wurde sie eifrig. »Ich rufe ihn gleich mal an. Da freut er sich bestimmt.«

Sie telefonierte länger als eine Stunde. Ich saß dabei und korrigierte Mathematikhefte, aber ich konzentrierte mich nur auf ihre Stimme. »Jetzt sei vernünftig. Ich sehne mich auch nach dir, aber ich kann jetzt nicht kommen. Ich muss da erst etwas klären.« In dieser Art sprach man mit Erwachsenen, nicht mit kleinen Kindern. Ein langer Seufzer. »Mach es mir doch nicht so schwer. Natürlich möchte ich bei dir sein, am Montag geht es bestimmt wieder.« Dann hauchte sie eine Unzahl von Küssen in den Telefonhörer.

Den Rest des Nachmittages verbrachte sie mit einem Packen Zeitschriften. Sie schien nach etwas Bestimmtem zu suchen. Ob sie es fand, weiß ich nicht. Ich sah sie nur einmal zufrieden und erleichtert nicken.

Der Sonntag zog sich quälend in die Länge. Katrin kam nicht; sonntags kam sie nie. Da war es meine Aufgabe, das Bett zu machen, das Frühstücksgeschirr abzuwaschen, das Bad aufzuwischen, unsere Haare aus dem Waschbecken zu klauben, ihr feuchtes Handtuch vom Boden aufzuheben und zum Trocknen

auf die Stange zu hängen. Meist fuhren wir kurz vor Mittag zum Birkenhof, um dort zu essen. Diesmal nicht.
Sina hatte eine unruhige Nacht hinter sich. Mehrfach war ich aufgewacht, weil sie sich hin und her wälzte, als finde sie keine bequeme Position. Um neun fragte ich: »Was hältst du von Aufstehen?«
Sie lag wach neben mir, starrte zur Zimmerdecke. »Nichts.« Ihre Stimme klang spröde und rau. Ich ließ sie in Ruhe, ging hinunter, machte das Frühstück. Dann rief ich nach ihr, bekam keine Antwort. ich ging hinauf, sie lag unverändert, schaute mich auch nicht an, als ich bei der Tür auftauchte. »Der Kaffee ist fertig. Fühlst du dich nicht gut? Soll ich dir das Frühstück heraufbringen?«
»Nein.« Kurz und bündig und ohne Anhaltspunkt, ob sich das Nein auf meine erste oder die zweite Frage bezog.
»Machst du dir Sorgen um Tommi?«
Endlich drehte sie das Gesicht Richtung Tür, schüttelte den Kopf. Sekunden später richtete sie sich auf, schwang die Beine aus dem Bett, blieb noch einen Moment so sitzen. Müde, verbraucht, den Leib wie eine dicke Kugel unter der Brust. Sie rieb mit einer Hand darüber, verzog das Gesicht. Ich begann mir Sorgen zu machen. »Hast du Schmerzen?«
Ein lang gezogenes, gequältes »Nein!«. Als ob meine Frage lästig gewesen sei. Und als ob ihr meine Nähe auf die Nerven ginge, fügte sie hinzu: »Geh runter. Ich komme schon.« Sie ging ins Bad. Als sie Minuten später in der Küche erschien, hatte sie einen weiten grauen Trägerrock übergeworfen. Sie hatte ihn samstags getragen, zusammen mit einer leichten Bluse. Beides hatte sie abends zur Schmutzwäsche gelegt.
Nach dem Frühstück ging sie ins Wohnzimmer, setzte sich auf die Couch, saß einfach nur da, hielt den Kopf gesenkt und brütete dumpf vor sich hin. Ich fragte mich ein paarmal, welche schwerwiegenden Gedanken sie wälzen mochte. Das merk-

würdige Telefongespräch ging mir nicht aus dem Sinn. Am Montag geht es bestimmt wieder! Bis dahin waren es noch ein paar Stunden. Und es würde nicht bei Montag bleiben. Hier ein Stündchen, da ein Stündchen, gestohlene Zeit, auf Dauer gab sich kein Mann damit zufrieden. Irgendwann fragte jeder: »Wann trennst du dich endlich von ihm? So kann es doch nicht weitergehen mit uns.«

Schwerwiegende Gedanken, sie lagen mir wie Steine im Kopf, drückten auf Herz und Lunge, machten das Atmen fast unmöglich. Ich bemühte mich, ruhig zu bleiben. Der Mittag kam und ging. Sie machte keine Anstalten, das Haus zu verlassen. Irgendwann fragte ich so beiläufig wie möglich: »Hat Katrin etwas zu Mittag vorbereitet, oder sind wir eingeladen?«

Sie schaute auf, als hätte ich sie von weit her zurückgeholt. »Bist du hungrig?« Bevor ich ihr antworten konnte, seufzte sie und erhob sich schwerfällig. »Ich mache dir Kaffee und ein belegtes Brot.«

»Vielen Dank! Das hatte ich zum Frühstück. Ich denke, wir sollten jetzt zum Birkenhof fahren.«

Ihr Blick bekam etwas Feindseliges. »Du denkst«, erwiderte sie abfällig. »Und du meinst, es funktioniert, wenn du denkst. Aber weißt du, manchmal denke ich auch. Es sieht für dich vielleicht nicht so aus, aber ich kann es. Fahr, wenn du willst, ich bleibe hier.«

Meine Gedanken machten sich selbstständig, fügten ihren Worten noch ein Sätzchen an. »Dann kann ich wenigstens in Ruhe mit ihm telefonieren und muss dabei nicht jedes Wort auf die Goldwaage legen.«

»Gut«, sagte ich und breitete in einer großartigen Geste beide Arme aus. »Wenn du nicht zum Birkenhof willst, wir können auch in Arnberg essen gehen. Wenn du mich nett bittest, fahre ich dich anschließend vielleicht in die Hensenstraße. Aber wir wollen uns nicht blamieren. Zieh dich um, bitte!«

»Du Idiot«, zischte sie. »Fahr du doch in die Hensenstraße. Fahr zum Teufel, wenn du willst. Ich bleibe hier.«
Der Ton war neu. Da schwang etwas Bedrohliches mit. Sie warf den Kopf zurück, behielt ihn zur Seite geneigt und schaute mich unter halb gesenkten Lidern herausfordernd an. »Aber wenn du so hungrig bist und kein Brot essen willst, es sind auch Konserven da. Ich kann dir eine Suppe aufwärmen.«
»Sina«, ich konnte nicht verhindern, dass meine Gereiztheit zum Ausdruck kam, die Wut, die Angst, das Gefühl von Ohnmacht. Wie soll man angreifen oder verteidigen, wenn man nicht mit Sicherheit weiß, ob eine Gefahr existiert? »Mir ist nicht nach einer aufgewärmten Suppe. Ich habe nie von dir verlangt, eine anständige Mahlzeit auf den Tisch zu bringen. Ich verlange es auch jetzt nicht. Ich möchte nichts weiter, als dass du dich umziehst und mit mir essen gehst.«
»Ich gehe nicht weg«, beharrte sie und stampfte mit dem Fuß auf den Boden.
»Du brauchst nicht zu gehen«, sagte ich. »Ich werde dich fahren. Jetzt zieh endlich diesen Sack aus.«
Sie starrte mich an, ohne Ausdruck, die Augen nur zwei dunkle Löcher im blassen Gesicht. Ich sah, wie ihre Lippen zu zittern begannen. Und ich wusste, ich war einen Schritt zu weit gegangen. Bevor sie den Mund aufmachen konnte, lenkte ich ein. »Also gut, mach mir meinetwegen Kaffee und ein Brot.«
Ohne mich noch eines Blickes zu würdigen, ging sie in die Küche. Ich hörte sie hantieren, dann fiel etwas klirrend auf den Steinboden. Ich dachte, sie hätte in ihrer Wut einen Teller auf den Boden geworfen. Ich ging zur Küche hinüber und blieb in der offenen Tür stehen.
Sie war dabei, sich zu bücken. Drehte mir den Rücken zu. Zu ihren Füßen lag das große Brotmesser. Sie hob es auf, kam mit einem Ächzen wieder in die Höhe und drehte sich zu mir um. Das Messer hielt sie vor sich, als müsse sie sich damit vertei-

digen. »Hau ab, du Mistkerl«, fauchte sie. Es klang, als kämpfe sie gegen die Tränen. Dabei fuchtelte sie mit dem Messer herum.

Ich versuchte ein Grinsen, ob es mir gelang, weiß ich nicht. Ich ließ den Blick von ihrem Gesicht zur Faust wandern, die den Messergriff umklammert hielt und wild damit durch die Luft ruderte. »Willst du Hackfleisch aus mir machen, wenn ich näher komme? Ich gebe zu, es ist keine elegante, aber vielleicht die beste Lösung. Jedenfalls ist es eine schnelle. Und du hast ihm ja gestern versprochen, es bis morgen zu klären.«

Ich winkte auffordernd mit beiden Händen. »Na komm schon, bringen wir es hinter uns. Worauf wartest du?« Ich hob die Hände in Kopfhöhe. »Siehst du, ich wehre mich nicht. Oder hast du Angst vor dem Gefängnis? Da brauchst du dir keine Sorgen zu machen. Behaupte einfach, ich hätte dich angegriffen. Den Rest besorgt deine Familie.«

Ihre Kehle zuckte, sie schüttelte sich, kniff die Augen zusammen, blinzelte mehrfach und biss sich auf die Lippen. Nach ein paar Sekunden senkte sie den Kopf und murmelte:

»Es ist mir nur aus der Hand gefallen. Geh! Geh ins Wohnzimmer! Ich bin gleich so weit.« Dann drehte sie sich wieder dem Tisch zu.

Das Schütteln, Blinzeln und die zusammengekniffenen Augen waren immer der Richtungspfeil gewesen. Schau mal kurz nach hinten, Chris. Ich bin's wieder, die arme, unschuldige, völlig zu Unrecht verdächtigte Christina.

Ich klatschte drei- oder viermal in die Hände. »Bravo«, sagte ich. »Eine reife Leistung, wirklich. Du solltest damit zum Theater gehen.« Ich ging hinaus auf den Hof, setzte mich in die Sonne. Der Atem beruhigte sich wieder, der Herzschlag wurde gleichmäßiger. Nur die Gedanken überschlugen sich noch. Was mache ich, wenn sie mich verlässt? Werde ich dann durch die Hensenstraße schleichen so wie Maus durchs Dorf?

Werde ich der Hilbig in den Hintern kriechen, damit sie mich über das Befinden und das neue Glück meiner Frau auf dem Laufenden hält?
Der Teller, den sie mir wenig später hinausbrachte, war mit einigen Salatblättern und Petersilie garniert. Sie hatte sich Mühe gegeben. Als ob sie ein schlechtes Gewissen hätte, setzte sie sich zu mir und begann, mit fröhlich erregter Stimme zu reden. Es war die Stimme eines verwirrten Kindes. Jeder Satz endete mit meinem Namen, als müsse sie sich davon überzeugen, dass ich ihr gegenübersaß. Ich! Und kein anderer. In der Küchenszene hatte sie mich nicht einmal beim Namen genannt. Der passte auch nicht ins Schmierenstück.
Ich quälte mich ab, die Wut und die Angst mit dem Brot und den Salatblättern zu schlucken. Immer schön glauben, was man dir sagt, Chris, niemals zweifeln. Die Dorfprinzessin hat Narrenfreiheit. Und sie ist ein natürlicher Mensch. Das war sie immer. Es ist doch natürlich, mit einem Mann zu schlafen oder mit zweien. Treue gehört nicht zur Natur. Treue ist nur die Erfindung von ein paar alten, weltfremden Männern.
Wir gingen früh zu Bett. Ich war erleichtert, als ich das Licht ausmachte. Es war ein scheußlicher Tag gewesen. Sina redete noch eine Weile in die Dunkelheit hinein, ganz normal und unverfänglich. Ihre Stimme wurde dumpf und träge. Sie gähnte unverhohlen, drehte sich auf die Seite und murmelte: »Schlaf gut, Chris.«
»Du auch«, sagte ich. Mir fiel auf, dass sie sich auf die Seite gedreht hatte, wo sie doch sonst nur auf dem Rücken liegend schlief. Aber ich maß dem keine Bedeutung bei.

Sie schlief rasch ein. Ich lag noch länger als eine halbe Stunde wach und horchte auf ihren Atem. Dann muss ich auch eingeschlafen sein. Geweckt wurde ich gegen drei in der Nacht durch ein leises, undeutliches Geräusch. Noch halb im

Schlaf und unwillig über die Störung, lauschte ich. Es dauerte eine Weile, ehe ich begriff; Sina weinte. Sie musste ihr Gesicht tief in das Kissen drücken. Ich hörte nur gedämpfte Schluchzer. Ich tastete nach ihr, legte eine Hand auf ihre Schulter, berührte ihr Gesicht und erwachte vollends.
Ihr Gesicht lag zu mir gedreht, nur mit einer Wange auf dem Kissen. Die Haut unter meinen Fingerspitzen war warm und trocken, ihr Atem ging gleichmäßig, kaum wahrnehmbar. Und jetzt war es auch still. Ich hatte mich geirrt, vielleicht geträumt. Ich wartete noch ein paar Minuten, alles blieb ruhig. Sie rührte sich nicht, ich zog meine Hand zurück und versuchte, wieder einzuschlafen.
Doch kaum hatte ich mich in die richtige Position gebracht, kam es wieder. Etwas lauter diesmal. Als ich die Augen öffnete, rückte es von mir ab. Als ich sie wieder schloss, kam es näher. Ich hielt die Augen geschlossen, und es war dicht neben mir. Links vom Bett, während Sina an meiner rechten Seite lag.
Ich öffnete die Augen und sah zuerst nichts in der Dunkelheit. Ich hörte nur, wie das Weinen von mir abrückte, wie es sich bis zur Tür entfernte und das Zimmer verließ. Da wagte ich es, Licht zu machen. Ich beugte mich über Sina und beobachtete das sanfte Auf und Ab ihrer Brust. Sie schlief fest. Wangen und Augen waren trocken.
Ich begann zu frieren, fragte mich, was ich hörte und woher es seinen Ursprung nahm. Selbst im Licht war es nicht völlig verstummt. Es schien in den unteren Räumen zu sein. Ich fasste nach Sinas Schulter und rüttelte sie. Flüsterte nur, obwohl es mir so vorkam, als würde ich schreien.
»Wach auf, Sina, da weint jemand.«
Sie zuckte unwillig, bewegte den Arm, als wolle sie meine Hand abschütteln.
»Sina, wach auf! Da weint jemand.«

Ich wurde eindringlicher, nachdrücklicher und bemühte mich in Wahrheit nur darum, einen Zeugen zu finden. Einen, der mir bestätigte, dass sämtliche Sinneseindrücke real waren. Endlich reagierte sie, blinzelte ins Licht. Sie sah mich im Bett sitzen und richtete sich ebenfalls auf.

»Was ist, Chris?«

»Hörst du es nicht?«

Es war noch da. Ich hatte den Eindruck, dass es jetzt wieder auf der Treppe nach oben kam. Aber Sina schüttelte den Kopf, nachdem sie einen Augenblick lang gehorcht hatte.

»Was soll ich hören, Chris?«

»Das Weinen. Es kommt aus dem Haus. Unten ist jemand.«

Wieder lauschte sie angestrengt, schüttelte noch einmal den Kopf. »Hast du die Hoftür nicht zugemacht?«

»Doch.«

Sie seufzte. »Dann kann doch niemand rein. Du hast geträumt, Chris. Leg dich wieder hin und mach das Licht aus, bitte.«

Jetzt war es fast wieder an der Tür zu unserem Zimmer. Ein leises, haltloses, entsetzlich quälendes Schluchzen. So weinte nur ein Mensch, der nicht mehr ein noch aus wusste. Ich ertrug es kaum noch. Allein der Gedanke, dass sie jeden Augenblick die Tür öffnen und ins Zimmer kommen könnte, brachte mich um den Verstand. Weil es unmöglich war, weil sie neben mir im Bett saß. Und ihre Mutter war seit fast dreiundzwanzig Jahren tot. Gut, ich hatte sie einmal gesehen – an dem Nachmittag, als Sina zusammengerollt schlafend hinter mir auf der Couch lag. Doch mit den Jahren hatte ich mich zu der Erkenntnis durchgerungen, dass ich damals vermutlich nur geträumt hatte. Und jetzt war ich hellwach. Und sie auch. Und wenn da noch etwas war, vor der Tür zu unserem Zimmer …

Vor Hilflosigkeit und Entsetzen wurde ich wütend. »Bist du taub? Sperr deine Ohren auf! Es ist direkt vor der Tür.«

Sina seufzte vernehmlich. »Soll ich nachsehen?«

»Nein«, rief ich und griff nach ihrem Arm.
»Dann geh du und sieh nach«, schlug sie vor.
Ich schüttelte den Kopf. Es war vernünftig, was sie sagte. Aber ich konnte mich nicht rühren. Ich wusste, sie war da. »Guter Gott«, flüsterte ich. »Wenn du es nicht hören kannst, musst du es doch fühlen. Deine Mutter weint.«
»Komm her zu mir«, murmelte sie und nahm mich in die Arme.
Sie löschte das Licht, hielt mich fest und strich über meine Schulter. »Mein armer Chris«, murmelte sie dicht an meinem Ohr. »Es ist alles nur meine Schuld. Ich mache dich verrückt, ich weiß das. Ich wollte dir keine Angst machen. Ich wollte auch nicht, dass du schlecht träumst. Du hast wirklich nur geträumt. Da ist nichts. Da kann überhaupt nichts sein. Meine Mutter ist schon lange tot. Sie kann nicht mehr weinen.«
Und wie sie konnte! In der Dunkelheit kam sie wieder ins Zimmer, kam zu unserem Bett, stand neben mir. Ich fühlte es auf meine nackte Schulter tropfen. Ich hörte sie um das Bett herumgehen. Und als ich blinzelte, sah ich sie in der Dunkelheit wie einen Schemen. Sie beugte sich über Sina, aber sie verschmolz nicht mit ihr, schluchzte nur: »Mein Baby.« Ich presste die Augen zusammen, klammerte mich an Sina und glaubte, den Verstand zu verlieren.

Auch bei Tageslicht betrachtet war die Nacht noch grauenvoll. Vor dem Spiegel im Bad versuchte ich mir einzureden, dass es nur ein scheußlicher Albtraum gewesen sei. Einer von denen, die mir vorgaukelten, ich sei wach. Sina saß am Küchentisch, als ich herunterkam. Der Kaffee war fertig, ebenso die Brote. Sie saß still und in sich versunken da, starrte ins Leere.
»Du siehst müde aus«, sagte ich.
Sie zuckte mit den Achseln. »Ich bin nicht müde. Ich …« Sie brach ab und schniefte, als säßen ihr die Tränen bereits in der

Nase. »Ich … Ich …« Sie brauchte vier Ansätze, ehe sie es über die Lippen brachte. »Ich glaube, ich sollte gehen. Seit Monaten quälen wir uns herum. Es hat keinen Sinn mehr. Ich kann so nicht …« Sie kniff für eine Sekunde die Augen zusammen und schüttelte unwillig den Kopf, als könne sie die Tränen auf diese Weise zurückhalten.
Ich bemühte mich, ruhig zu bleiben. »Willst du zu Maus? Wenn es das ist, was du willst, dann sag es mir.«
»Du Idiot«, flüsterte sie. »Hör auf, solchen Unsinn zu reden.«
»Mir ist es ernst damit.«
Jetzt weinte sie. »Das weiß ich, verdammt, das weiß ich. Ich weiß nur nicht, was ich tun soll, um dir zu beweisen, dass du dich irrst.«
Das wusste ich auch nicht. Sie beruhigte sich wieder, hob in einer hilflosen Geste die Achseln. »Vielleicht hätte ich Tommi nicht wegbringen dürfen. Wenn er bei mir ist, weiß ich, dass ich zu dir gehöre und dass ich kämpfen muss, damit du wieder glücklich bist.«
Bevor ich dazu kam, darüber nachzudenken, wie diese Worte gemeint waren, wurde sie eifrig: »Du hattest recht, ich hätte ihn nicht wegbringen müssen. Ria hat sich geirrt. Ich habe es in einer Zeitschrift gelesen. Ich hole ihn heute zurück.«
In dem Moment war ich nur erleichtert, dass sie das Thema gewechselt hatte. Dass ich sie nicht fragen musste, zu wem sie ihrer Meinung nach gehörte, wenn Tommi nicht in der Nähe war.
»Sprich lieber erst mit dem Arzt«, sagte ich. »Was ich gesagt habe und was in einer Zeitschrift steht, muss nicht unbedingt stimmen. Wir wollen uns nicht später Vorwürfe machen müssen wegen ein paar Tagen.«
Sie nickte. »Ich habe sowieso einen Termin um zehn. Da kann ich ihn fragen.«
Als sie mich wenig später zur Haustür brachte, mich zum Ab-

schied küsste, wie sie es jeden Morgen tat, fragte sie: »Chris, liebst du mich noch?«
»Ja.«
»Sehr?«
»Ja.«
»Wäre es schlimm für dich, wenn ich nicht mehr da wäre?«
»Ich könnte es nicht ertragen.«
Sie nickte wie in Gedanken versunken und murmelte: »Ich muss das irgendwie in Ordnung bringen.«
Dann hob sie ihr Gesicht, schaute mit sorgenvollem Blick zum wolkenlosen Himmel hinauf. Der Bauernkalender hatte recht behalten. »Warum kann er heute nicht grau sein?«, fragte sie. »Es wäre mir lieb, wenn es regnen würde. Ich mag heiße Tage nicht. Wenn man keinen schattigen Parkplatz findet, ist der Wagen nachher ein Brutofen. Da hilft es auch nicht, wenn man alle Scheiben herunterdreht.«
Ich zog sie noch einmal an mich. »Es sind doch nur noch ein paar Wochen. Dann ist es überstanden.«
»Sehr warme Wochen, Chris.«
Schon halb auf der Straße drehte ich mich noch einmal nach ihr um. Ich wollte nicht in so zwiespältiger Stimmung von ihr weggehen, nicht mit dieser Beklemmung in der Brust und dem Zittern im Hirn, das ihre Worte ausgelöst hatten. Was musste sie irgendwie in Ordnung bringen? »Wenn du alle Scheiben herunterdrehen musst«, rief ich, »nimm eine leichte Jacke mit!«
Sie lachte, warf den Kopf zurück in den Nacken. »Wie Sie wünschen, Herr Lehrer. Eine leichte Jacke, damit ich mir keinen Schnupfen hole.«
Es war das letzte Mal, dass ich sie so lachen sah.
Auf dem Weg zur Schule beruhigte ich mich. In der Pause ging ich wie so oft mit Sebastian über den Schulhof. Er erzählte von seinem Wochenende. Ich hörte ihm nicht richtig zu, war in Ge-

danken immer noch bei Sinas Fragen und diesem mysteriösen letzten Satz. Sebastian bemerkte nichts von meiner Unaufmerksamkeit. Er beschwerte sich. »Wenn Silvia nur ein bisschen selbstständiger wäre. Sie hat überhaupt keine eigene Meinung. Bei allem, was sie tut, fragt sie mich. Allmählich geht mir das auf die Nerven.«

Wir drehten unsere Runden. Ich war mit einem Auge bei den Kindern und mit einem Ohr bei Sebastian. Es reichte nicht, ihm zu sagen, er solle den Mund halten und zufrieden sein. Er hatte mit Silvia das große Los gezogen. Sie war attraktiv, eine gute Hausfrau, eine gute Köchin, immer liebenswert, immer freundlich. Und treu! Absolut treu.

»Keine Eigeninitiative, verstehst du?«, sagte er. »Und ich habe immer das Gefühl, dass ich mich ihr aufdränge. Von sich aus macht sie nicht einmal eine Andeutung, keine Anstalten, nichts, woraus sich schließen lässt, dass sie überhaupt noch Lust hat, mit mir zu schlafen.«

Silvia stand abseits bei den Frauen. Immer wieder kamen wir an der kleinen Gruppe vorbei. Satzfetzen und Gelächter erreichten uns. Nur Silvia hielt den Kopf gesenkt, als wäre ihr das Gespräch peinlich.

»Das verstehe ich nicht unter Liebe«, sagte Sebastian. Ich hörte ihm nicht länger zu. Wir waren nahe genug, dass ich verstehen konnte, worüber die Frauen sprachen. Gerda Hilbig sagte gerade: »Ich habe mir große Mühe gegeben, aber Mäuschen brachte es nicht. Hat sich entschuldigt für sein Versagen. Es läge nicht an mir. Er könne eben nicht mit einer anderen Frau. Diese Hexe muss ein Feuer in ihrem Hintern haben, von dem wir nur träumen können, die versteht es jedenfalls, einen Mann bei der Stange zu halten.«

Es war ein Schlag in den Nacken. Sebastians Stimme wurde zur störenden Geräuschkulisse. Meine Ohren waren mir um einige Schritte voraus, wenn wir uns den Frauen näherten. Es

war nur die Hilbig, die die Unterhaltung bestritt. Die anderen standen dabei, Verlegenheit auf den Gesichtern. »Jetzt will er eine größere Wohnung nehmen, wollte sie sich heute Morgen um zehn ansehen. Zwei Zimmer reichen nicht für eine Familie mit Kindern. Ich habe ihm gesagt, er hat den Verstand verloren.«
Plötzlich bekamen Sinas Worte einen Sinn. Und der angebliche Arzttermin … Gerda Hilbig lachte und warf einen Blick zu mir herüber. Einen Blick, den ich nie vergessen werde. Hämisch, genießerisch und triumphierend. Dann sprach sie weiter. Etwas lauter als zuvor, damit ich, der ich mich langsam wieder entfernte, auch alles verstand.
»Ich habe ihn gefragt: Bildest du dir wirklich ein, sie würde ihn verlassen? Sie hat sich den besten Hengst aus dem Stall geholt. Da kannst du nicht mithalten. Aber er ist überzeugt, dass er die besseren Karten hat. Er hat einen Job in der freien Wirtschaft, macht irgendwas mit Computern, verdient nicht übel. Und er hätte etwas für sie, sagte er, mit dem ein Hengst nicht dienen könne, die Wahrheit.«
Gerda Hilbig warf einen Blick auf ihre Armbanduhr und sagte: »Ich schätze, er ist gerade dabei, ihr seine Wahrheit zu zeigen. Er wird sich die neue Wohnung kaum allein anschauen. Am Ende ist sie mit seinem Geschmack nicht einverstanden.«
Als ich mittags heimkam, war Sina noch nicht aus Arnberg zurück. Katrin war auch nicht da. Es war kein Mittagessen vorbereitet. Ich nahm an, Sina würde später etwas vom Birkenhof mitbringen. Ich war hungrig, machte mir belegte Brote und Kaffee, setzte mich auf den Hof. Es war heiß in der Mittagssonne. Doch unter dem aufgespannten Schirm war es erträglich.
Nachdem ich gegessen hatte, schaute ich einige Aufsatzhefte durch. Wann genau ich zu frieren begann, weiß ich nicht mehr. Es mag beim dritten oder vierten Heft gewesen sein. Ich hatte

den Kindern den Auftrag zu einer kleinen Nacherzählung gegeben. Einigen war sie recht gut gelungen, anderen nicht. Ein Mädchen hatte den ersten Teil der Geschichte nur aus dem Buch abgeschrieben. »Ich will von einem Mann erzählen, der kein Wort mehr sagt, ein müdes Gesicht hat, zu müd zum Lächeln, zu müd, um bös zu sein.«

Ich sah ihn da stehen, am Zaun des Pausenhofs. Vielleicht müde, vielleicht nicht. Grau wie der Mann in der Geschichte. Und ich sah mein eigenes Gesicht, wie ich es morgens im Spiegel gesehen hatte. Auch grau, müde nach einer hässlichen Nacht. Erschöpft von den letzten Wochen und Monaten. Ausgelaugt von dem Geschwür im Hirn, ein bösartiger Tumor: Eifersucht. Ich sah Sina in Rias Wagen. Ria ließ sie aussteigen, nicht vor der Arztpraxis in Arnberg, sondern in der Hensenstraße. Und er wartete schon am Straßenrand.

Ria fragte: »Wann soll ich dich abholen?«

»Gar nicht«, antwortete sie. »Andreas wird mich heimfahren.«

»Hast du keine Angst, dass Chris etwas erfährt?«, fragte Ria.

Sie zuckte lächelnd mit den Schultern. »Es wird höchste Zeit, dass er es erfährt. Er vermutet es ja schon so lange. Die Ungewissheit macht ihn fertig, das will ich ihm nicht länger antun. Er hat mir doch ein paar nette Jahre bereitet.«

Es war früher Nachmittag, die Sonne brannte. Ich saß im Hof und wollte Aufsatzhefte durchsehen. Aber ich konnte nichts weiter tun als die Bilder betrachten und den Stimmen zuhören. Sie schauten sich zusammen eine Wohnung an, eine schöne, geräumige Wohnung in Arnberg, in der Platz genug war für eine Familie mit zwei Kindern.

»Gefällt sie dir?«, fragte er. Er hatte den Arm um ihre Schultern gelegt.

Sie nickte. »Ja, sie gefällt mir sehr. Es wird ein bisschen umständlich für Katrin. Aber Ria kann sie mit dem Wagen bringen. Ich halte es jedenfalls für besser, wenn wir hier leben und nicht in Kirchfelden. Ich möchte Chris dort nicht über den Weg laufen. Er ist nicht wie du. Er schreckt auch vor Gewalt nicht zurück. Ich habe dir ja erzählt, wie er über mich hergefallen ist, als ich ihm den Laufpass geben wollte.«

Ich will von einem Mann erzählen …

Von einem Trottel, der sich jahrelang mit billigen Tricks an der Nase herumführen ließ. Dem die Augen mit Gewalt geöffnet werden mussten. »Ich bin gespannt«, sagte sie in der geräumigen Wohnung und lächelte zufrieden dabei, »was seine Mutter sagt, wenn ich ihm einen Tritt gebe. Um seinen Vater tut es mir ein wenig leid. Er ist ein netter Kerl. Aber wie hätte ich der verdammten Hure anders zeigen sollen, was sie meiner Mutter angetan hat? Es ging nur über Chris, an sie wäre ich doch nie rangekommen.«

Dicht neben mir sagte Sebastian: »Für dieses Mädchen haben sich schon andere zum Narren gemacht.«

Ich wollte ihm antworten, aber es war niemand da. Ich saß allein im Hof. Es war heiß, und ich fror. Wer war der Narr? Andreas Maus oder ich?

Sie kam kurz nach drei, allein, verschwitzt und erschöpft. Gesicht und Hals von einer Unmenge dieser winzigen roten Punkte bedeckt, die ich als Zeichen höchster Erregung kannte. Eine dünne Strickjacke hatte sie sich lose um die Schultern gelegt. Ihr Kleid war über der Brust zerrissen und schmutzig, der Rock klaffte an der Seite auseinander, da fehlte ein Stück vom Stoff. Beide Knie waren aufgeschürft, Arme und Beine zerkratzt, ihre linke Hand blutete. Sie hatte einen Fetzen vom Kleid darum gewickelt. So, wie sie war, setzte sie sich in den Sessel mir gegenüber.

»Wo warst du?«, fragte ich tonlos.

»Das weißt du doch.«

»Ja«, ich nickte heftig, »aber ich will es von dir hören.«

»Ich war beim Arzt.« Ihre Stimme klang unwillig und gereizt. »Und auf dem Birkenhof. Ich habe mit Erich gesprochen, mit Frank und Mama. Mama sagte, wenn ich noch mehr Fragen hätte, sollte ich mich an dich wenden. Du wüsstest das alles, als wärst du dabei gewesen.«

Sie schaute mich aus großen dunklen Augen an, starrte dann auf ihre Hand. Der Fetzen darum war blutdurchtränkt. »Ich habe noch ein paar Fragen, und ich hoffe, du hast die richtigen Antworten. Aber zuerst muss ich das auswaschen. Ich bin hingefallen.«

»Du hättest nicht zu rennen brauchen«, sagte ich. »Es hätte mir nichts ausgemacht, noch ein Stündchen zu warten. Ich wusste dich gut aufgehoben. Eine nette Wohnung, wirklich. Schöne große Räume. Das ist doch ein Unterschied zu den kleinen Zimmern hier im Haus.«

Ihr Blick war wieder auf mein Gesicht gerichtet. Sie runzelte die Stirn. »Was redest du für einen Quatsch?«

»Quatsch?«, fragte ich. »Ich sehe das nicht als Quatsch. Ich habe es so gesehen, als wäre ich dabei gewesen. Gib dir keine Mühe, du kannst mich nicht belügen.«

Sie lachte, es klang wie ein Schluchzen. »Ich dich? Wer belügt hier wen? Wer hat all die Jahre gelogen? Du hast gewusst, was mit meiner Mutter passiert ist. Mama sagte, du weißt es seit Langem. Und du hast mir kein Wort davon gesagt. Alle habt ihr den Mund gehalten und zugeschaut, wie ich mich quäle. Was habt ihr euch dabei gedacht? Weißt du, dass ich dich fast getötet hätte gestern Mittag? Und ich wusste nicht, warum ich es tun wollte.« Ihre Stimme wurde lauter, schriller und unbeherrschter. »Ich wusste nur, wenn ich leben will, muss ich dir das Messer in den Bauch jagen. Ich dachte, ich werde verrückt.«

»Spar dir das Theater!«, fuhr ich sie an. »Oder willst du mir jetzt weismachen, du hättest von Mama oder Frank die Wahrheit erfahren? Und der arme Erich kann kaum seinen Namen aussprechen. Er hat dir bestimmt nichts gesagt.«

Sie beachtete mich nicht, schaute an mir vorbei auf die Hofmauer, flüsterte: »Erich weiß noch genau, was er damals getan hat.« Ihre Stimme wurde ein wenig lauter, ein wenig fester. »Meine Mutter hatte Wehen. Mein Vater sagte, er fährt sie ins Krankenhaus. Alle haben getan, als glaubten sie ihm. Nur sie nicht, sie wusste, was auf sie zukam. Mama sagte, sie wusste oft, was am nächsten Tag oder in einer Woche passieren würde. Sie hat ein Messer mitgenommen.«

Sie legte sich die unverletzte Hand über die Augen, als ertrüge sie es nicht, darüber zu sprechen und dabei die Sonne zu sehen. Mit verdeckten Augen sprach sie weiter. Von Frank, der Richard ebenfalls nicht getraut hatte. Der von ihr wusste, was ihr bevorstand. Der ihnen folgte. Aber ein Auto ist schneller als ein Sechzehnjähriger, auch dann, wenn so ein Junge rennt, weil er den Tod einholen will. Dass Frank zu spät gekommen war, wusste ich. Was sie mir sonst noch erzählte, war neu.

Als Frank mit ihr auf den Hof kam, rannten alle los, um Richard zu suchen. Richard war verletzt, das hatte Christina Frank noch sagen können. Und auch, dass Richard sich mit dem Messer im Bauch hinters Steuer setzte und wegfuhr. Es rechnete nur niemand damit, dass er es bis zum Birkenhof schaffte. Aber er hatte es geschafft. Er kam auf dem Hof an, Frank war im Haupthaus und kümmerte sich um das Neugeborene. Er hörte den Wagen und sah Erich hinauslaufen.

Er sah auch, dass Erich Richard beim Aussteigen behilflich war. Dass er ihn niederschlug, ihn vom Wagen wegzerrte und liegen ließ. Dass Erich einen Traktor holte, hin und her rangierte. Mit einem Hinterreifen über den Leib seines Bruders, wieder und wieder. »Hin und her«, hörte ich ihn flüstern. »Bis nur noch rote Matsche …« Sie log mich nicht an, nicht in diesem Punkt. Erich erinnerte sich tatsächlich.

»Er hat ihn zerdrückt«, sagte sie. »Frank hat vom Fenster aus zugeschaut und nichts unternommen. Frank sagt, er konnte nichts tun. Es sah aus wie ein Unfall. Den Messerstich hat danach niemand mehr gesehen.«
Und trotzdem glaubte ich ihr nicht. »Das weißt du nicht von Frank, auch nicht von Mama oder Erich. Gib es zu, du hast dich mit Maus getroffen. Er hat dir das erzählt. Er läuft seit Monaten im Dorf herum. Er musste nur die richtigen Leute fragen. Vielleicht hat Erich vor Jahren einmal darüber gesprochen.«
Sie erhob sich, fasste die Strickjacke enger um die Schultern und schaute auf mich herab. »Glaub, was du willst. Aber lass mich endlich mit deinen Verdächtigungen in Ruhe. Wenn du schon seit Jahren weißt, dass mein Vater meine Mutter betrogen und getötet hat, weil er mit einer anderen Frau leben wollte. Wenn du weißt, dass diese Frau ihn verlassen und ihm gesagt hat, sie kommt zu ihm zurück, wenn meine Mutter aus dem Weg ist. Dann hätte ich es besser von dir erfahren, nicht wahr. Und wenn du es nicht gewusst hast, dann spiel dich nicht auf. Oder weißt du noch mehr? Weißt du, wer die Frau war, für die mein Vater das getan hat? Sie wollten es mir nicht sagen. Aber ich hatte das Gefühl, sie wissen es. Wer war sie?«
Als ich ihr nicht antwortete, zuckte sie mit den Schultern, drehte sich um und ging ins Haus. Ich folgte ihr. »So einfach ist das, ja? Du glaubst, du kannst dir alles erlauben. Du hast diese Familie im Rücken. Und wenn du es zu bunt treibst, werden die alten Geschichten aufgewärmt. Das zieht immer. Bei mir zieht es nicht mehr. Ria war wohl nicht einverstanden mit deiner Entscheidung, dich von Maus heimbringen zu lassen. Haben sie versucht, dir den Kopf zurechtzurücken?« Sie beachtete mich nicht, stieg die Treppe hinauf und ging ins Bad.
»Wie lange willst du mich noch für dumm verkaufen?«, schrie

ich. »Ich habe mit eigenen Augen gesehen, wie du ihn bei der Schule getroffen hast, und kurz darauf erfuhr ich, dass du schwanger bist. Das ist sein Baby, nicht wahr?«

Sie fuhr zu mir herum, stampfte mit dem Fuß auf. »Lass mich in Ruhe mit deinem Geschwafel! Glaub, was du willst, aber lass mich in Ruhe. Denkst du, für mich ist das leicht?«

Sie schüttelte den Kopf, stieß die Luft aus und zog die Unterlippe zwischen die Zähne. Ihre Stimme kam einem Schluchzen verdächtig nahe. »Vor gut einer Stunde hat man mir erklärt, dass mein Vater ein Mörder war. Und meine Mutter war auch nicht besser, sie hat ja auch zugestochen. Und ich bin wie meine Mutter, haben sie gesagt. Ich will aber nicht so sein. Ich bin ich. Ich will nicht etwas in meinem Kopf haben, was nicht von mir kommt. Ich will meine Ruhe.«

Sie drehte mit der unverletzten Hand das Wasser auf, nahm ein Tuch, feuchtete es an und betupfte erst ihr linkes, dann ihr rechtes Knie.

»Hat Maus dir das Kleid zerrissen?« Sie schwieg, humpelte zu dem kleinen Schrank und nahm Verbandszeug heraus. »Es ging ihm wohl nicht schnell genug. Ich erinnere mich, dass du mich auch einmal so weit gebracht hast, dass ich die Kontrolle verlor. So etwas vergisst man nie.«

Sie hantierte mit einer Schere, schnitt einen breiten Streifen Heftpflaster von der Rolle und stellte mühsam ein Bein auf den Wannenrand. Voll Verachtung sah sie mich an. »Du bist ein elender Heuchler, Chris. Es hat dir doch gefallen, die Kontrolle zu verlieren. Bisher hat es dir noch immer gefallen.«

»Vielleicht«, sagte ich, »bin ich ein elender Heuchler, aber ich bin kein Idiot. Ich lasse mich nicht betrügen.«

»Wer tut das, Chris? Du bist der Einzige, der betrügt. Mich! Und dich selbst. Was hätten wir eine schöne Zeit haben können in den letzten Monaten. Du hast sie uns gestohlen. Die Hölle hast du uns gemacht. Für nichts!«

»Na schön«, sagte ich, »nehmen wir an, ich glaube dir. Die Hilbig erzählt etwas anderes. Maus hat zu ihr gesagt ...«
»Er hat viel gesagt«, unterbrach sie mich. »Er war verletzt und verbittert. Das ist er immer noch. Er hat mir ausrichten lassen, dass er mich sehen muss. Er hätte mir etwas Wichtiges zu sagen. Aber ich will nichts von ihm hören, und ich will ihn nicht sehen.«
Endlich klebte sie das Heftpflaster auf ihr Knie, sprach in ruhigem Ton weiter. »Er war nett, er war lieb und zärtlich. Anfangs war es schön mit ihm. Wir fuhren in seinem Auto spazieren, irgendwann hielt er an, nahm mich in die Arme. Ich mochte das. Und dann, wir waren draußen beim Wald. Es war ein schöner Tag, und er meinte, wir sollten aussteigen. Damit uns niemand beobachtet, könnten wir uns in den Graben legen. Da war es, als ob der Tod mich im Arm hält. Jetzt begreife ich das. Ich verstehe nur nicht, warum ich bei dir dasselbe Gefühl hatte.«
Sie stieß ein wenig Luft aus, der Versuch eines Lächelns glitt um ihren Mund. »Ich hätte auf mein Gefühl hören sollen. Als die Kinder am ersten Tag von dir erzählten, als sie deinen Namen nannten, es war, als ob der Tod zurückgekommen wäre. Ich konnte nur noch weinen. Frank wollte dafür sorgen, dass du gehen musst, weil es mit mir immer schlimmer wurde. Aber ich wollte vernünftig sein. Die Kinder sagten, Silvia sei deine Freundin. Ich wollte dich mit ihr sehen, ich dachte, dann wäre ich ruhig. Ich bin zur Schule gekommen. Wir standen uns gegenüber. Und plötzlich wusste ich ...« Sie brach mitten im Satz ab.
»Was wusstest du, Sina?«
Sie hob die Achseln und schluckte heftig. »Alles, Chris. Ich glaube, in dem Moment wusste ich sogar das, was ich eben gehört habe. Aber ich wusste es nicht so, dass ich darüber nachdenken konnte. Ich wusste, dass du zu mir gehörst, nicht zu

Silvia. Ich wusste, dass ich nie etwas anderes gewollt hatte, als mit dir zu leben. Und ich wusste, dass ein Moment kommt, wo ich mir wünsche, ich hätte dich nie gesehen. Ich hatte entsetzliche Angst, ich hatte sie immer. Aber ich war auch sehr glücklich mit dir.«
»Und jetzt bist du es nicht mehr«, stellte ich fest. Ich war immer noch verletzt und wütend. Sie schloss die Augen. Und nickte.

Dann wickelte sie den blutdurchtränkten Fetzen von ihrer Hand. Sie ließ ihn achtlos auf den Boden fallen, hielt die Hand unter fließendes Wasser. Das Becken füllte sich mit Blutspritzern. Quer durch den Handteller und über den Daumenballen zog sich ein hässlicher Riss. Durch den Versuch, die Wunde auszuwaschen, verstärkte sich die Blutung noch. Sie hatte sich ein paar Mullpäckchen zurechtgelegt. Doch bevor sie das erste auf die Wunde legte, begann sie diese zu drücken.
»Lass das«, wies ich sie zurecht. »Es blutet stark genug.«
»Das muss es auch«, erwiderte sie zwischen zusammengebissenen Zähnen. »Ich habe sie mir an einem Draht aufgerissen. Er war rostig.«
»Gib her«, verlangte ich mit einer unwilligen Geste. Zögernd hielt sie mir die Hand hin. Es war eine hässliche Wunde mit bereits angeschwollenen, ausgefransten Rändern. Sie ging tief ins Fleisch. Das stark austretende Blut ließ keine genaue Abschätzung der Tiefe zu.
»Das muss genäht werden«, entschied ich. »Ich verbinde es, dann fahren wir zum Arzt. Vielleicht brauchst du eine Spritze gegen Tetanus. Warum bist du gelaufen?«
»Erich hat mir die Stelle im Hof gezeigt, wo er mit dem Traktor über ihn gefahren ist. Erich war so stolz. Er wollte gelobt werden. Er benahm sich, als hätte er mir einen großen Gefallen getan. Als ich weggehen wollte, hielt er mich fest. Ich habe

mich losgerissen und bin gerannt. Ich bin gestolpert und habe versucht, mich mit der Hand abzufangen. Dabei bin ich in den Draht geraten. Es war Stacheldraht.«

»Das sieht man.«

Ich beschloss, Mama und Frank zur Rede zu stellen. An ihrer Reaktion würde ich die Wahrheit erkennen, dachte ich. Und ich wollte noch etwas tun. Wenn man sie verarztet hatte, wollte ich sie zu Maus bringen. Sie sollten sich gegenüberstehen. Und dann sollte sie mir ins Gesicht sagen, dass sie mich nicht mit ihm betrogen hatte, dass es mein Kind war.

Ich drückte ein Mullpäckchen auf die Wunde. Sie biss die Zähne zusammen, dass es knirschte. Ich wickelte ein zweites Päckchen als Verband darum. Schon als ich die Enden verknotete, tränkte es durch. Sie entzog mir ihre Hand.

»Danke, Chris, das reicht.«

»Bis zum Arzt«, erklärte ich bestimmt.

»Nein«, sie schüttelte den Kopf. »Es wird auch so gehen. Bei mir heilt alles schnell.«

»Sei vernünftig«, sagte ich. »Du kannst dich infiziert haben. Die Wunde muss ordentlich versorgt werden. Das kann nur ein Arzt.«

»Nein«, sagte sie noch einmal. »Ich war ja schon beim Arzt. Er sagte, ich werde ein gesundes Kind bekommen. Als er es sagte, wusste ich, dass er sich irrt. Ich werde es nicht bekommen, ich nicht.«

Ich kümmerte mich nicht um das, was sie sagte, sondern griff nach ihrem Arm und versuchte, sie hinter mir her zur Tür zu ziehen. Sie stemmte sich mit aller Kraft zurück, zerrte an ihrem Arm und schrie: »Lass mich los. Du sollst mich loslassen! Du willst nicht mit mir zum Arzt. Du hast etwas anderes vor. Ich sehe es dir an.«

»Gut! Dann muss ich es wenigstens nicht erklären.« Ich war stärker als sie, zerrte sie unbarmherzig hinter mir her durch die

Tür, auf die Treppe zu. Sie schlug mit der Faust gegen meinen Arm und in meinen Rücken, versuchte, während sie hinter mir her die Treppe hinunterstolperte, meine Finger zu lösen, indem sie sie nach hinten bog. Sie richtete nicht viel aus. Als wir den Hausflur erreichten, schrie sie wieder: »Lass mich los, du Teufel! Das kannst du nicht machen. Du kannst mich nicht zwingen, wenn ich nicht will.«

»Hör auf mit dem Theater, du hysterische Kuh, ich will dir nur helfen.«

»Ja, das hat er damals auch gesagt.« Kaum hatte sie das ausgesprochen, beugte sie sich blitzschnell vor und biss mir in die Hand. Sie biss kräftig durch. Ich konnte nicht anders, ließ ihren Arm los. Es war ein Reflex, dass ich gleichzeitig zuschlug. Ich wollte sie nicht schlagen. Ich wollte es wirklich nicht. Aber ich tat es. Es war ein sehr heftiger Schlag. Er trieb ihr den Kopf gegen die Wand. Für den Bruchteil einer Sekunde stand sie noch aufrecht vor mir, starrte mich aus verwunderten und glasig werdenden Augen an. Dann sackte sie langsam in sich zusammen und prallte mit dem Kopf auf die untere Treppenstufe. Ich begriff nicht sofort. Ich weiß auch nicht genau, was ich in den ersten Sekunden tat. Ob ich ihren Namen rief, gegen ihre Wange klopfte. Oder ob ich gleich in die Knie ging, sie an mich riss, mir ihren Kopf gegen die Brust drückte und sie im Arm wiegte wie ein Baby.

Sie rührte sich nicht, schlug die Augen nicht mehr auf. Ich konnte ihren Puls nicht fühlen und spürte keinen Atem. Ich weiß nicht, wie lange ich so im Hausflur vor der Treppe kniete und schrie: »Christina, komm zurück! Komm zurück, Christina!« Es war Blut auf der unteren Stufe. Und ich versuchte mir einzureden, es sei Blut von ihrer Hand. Dass sie versucht hatte, den Sturz abzufangen.

Ich weiß noch, dass ich ihr Haar untersuchte und nichts feststellte. Ihr Kopf war unverletzt. Und als ich die Finger erneut gegen ihren Hals presste, fühlte ich den Puls wieder. Und ich wollte nicht glauben, dass es mein eigener war. Ich stand auf, nahm sie auf die Arme und trug sie hinaus. Ich setzte sie in den Wagen und fuhr los. Sie konnte nicht tot sein. Niemand konnte Christina töten, auch Richard hatte das nicht geschafft.

Achtes Kapitel

Zusammenhänge müssen im richtigen Licht betrachtet werden, um erkennbar zu sein. Tage und Nächte, Wochen und Monate habe ich damit zugebracht, über das Prinzip von Ursache und Wirkung nachzudenken. Ich bin zu keinem Ergebnis gekommen.

Gibt es eine Wirkung ohne Ursache? Gibt es das, dass alles im Leben nur eine Wiederholung ist? Dass man gar nicht anders kann, als in die Fußstapfen der Väter zu treten? Dass man dem Unausweichlichen nicht ausweichen kann? Dass niemand eine zweite Chance bekommt? Und wenn er sie sich nimmt, kommt er wieder an dem Punkt an, der ihm zugedacht war?

Ich glaube nicht daran. Sina und Chris, das war eine andere Geschichte als Christina und Richard. Natürlich hatten sie miteinander zu tun, aber ich hätte Möglichkeiten gehabt, wenn ich nicht vom ersten Tag an misstrauisch gewesen wäre. Und wütend! Das war ich doch, vom ersten Tag an. Ich wollte mir mein Leben nicht durcheinanderbringen lassen. Ich wollte kein Narr sein und nicht das Objekt einer obskuren Rache.

Christina! Ich kann sie nicht getötet haben. Nicht im Hausflur. Ich bin überzeugt, dass sie lebte, als ich sie in den Wagen setzte. Nur das Bewusstsein hatte sie verloren. Als ich die Landstraße nach Arnberg erreichte, kam sie zu sich. Es war keine Einbildung, kein Wunschdenken, da bin ich ziemlich sicher.

Ich hörte sie flüstern und verstand nichts. Ich habe nie Spanisch gelernt. Ein Wort hörte ich aus ihrem Murmeln heraus. *Ramera*. Heute weiß ich, es heißt ›Hure‹. Vielleicht wollte sie mir sagen: »Ich bin keine Hure.« Das war sie auch nicht. Sie war meine Frau. Sie war Sina, einmalig und immer nur sie selbst.

Ich hörte ihr zu, obwohl ich kein Wort verstand und mich besser auf die Straße konzentriert hätte. Ich sah nicht gut. Es verschwamm mir alles vor den Augen. Es war nur Scham, die mir übers Gesicht lief. Ich fragte mich, wie wir an so einen Punkt hatten kommen können, dass ich sie schlug, wenn es keinen Grund gab. Ob vielleicht alles anders gewesen wäre, wäre nicht diese Schwangerschaft gewesen. Ein Kind, das ich nicht hatte zeugen wollen. Ein Kind, auf das ich Rücksicht nehmen musste. Wenn ich sie hätte lieben können, wie ich sie lieben wollte. Wenn ich nicht Nacht für Nacht Behutsamkeit über Leidenschaft hätte stellen müssen. Wenn …

Ich dachte, dass es die einzige Gemeinsamkeit war, die wir hatten. Ich war in ein Grab gestürzt und hatte mich bisher nicht daraus befreien können. Ich hockte immer noch am Boden der Grube, und ihr Körper verdeckte mir die Sonne.

Ihr Körper! Wenn man ihn anschaute, unterschied er sich nicht von anderen. Berührte man ihn jedoch, geriet man auf eine andere Ebene der Zeit. Es war nicht allein die Berührung der Haut. Es war das Feuer, das unter der Haut brannte. Ein Feuer, das irgendwo entfacht worden war, wo noch alles natürlich ist. Ein Feuer, das nicht in ein kaltes Land gehörte. Menschen, die an Kälte gewöhnt sind, scheuen davor zurück, sich die Finger zu verbrennen.

Es war nicht ihr Körper, der mich gepackt hielt. Es war der Geist, der ihr Feuer weitertrug, der Funken sprühte, bis andere in Flammen standen. Der Geist beherrschte alles. Er hatte sogar versucht, mich zu beherrschen. Christina, stolz und natürlich und gierig auf Leben. Der Körper war nur Mittel zum Zweck. Er war ihr Bindeglied, ihre Möglichkeit des Ausdrucks. Er war das, was sie am Boden hielt und mich in die Luft schleuderte.

Mir war heiß. Dafür reichte die Erinnerung an unzählige Nächte. Dieser Körper war eine lockende Falle, in die sich jedes Tier verirren musste. Und ich hatte nie ein Tier sein wollen. Jetzt wusste ich, wie es war, in sie einzudringen, von ihr fortgerissen zu werden und sie mitzureißen, ihre Fäuste im Rücken zu spüren, ihre Hände an den Hüften, um noch tiefer hineingezogen zu werden. Den schnellen Atem in der Halsbeuge, das heisere Stöhnen im Ohr. »Ja, Chris, ja!«

Wie sie den Rücken durchbog, sich mir entgegenstemmte. Wie ihre Muskeln mich festhielten. Wie sie den Kopf hin und her warf, ihre Lust hinausschrie. Meine Haut brannte. Ich glaubte, sie unter mir zu fühlen, weich und nachgiebig anfangs und zuletzt gespannt wie die Sehne eines Bogens. Dann schrie sie wirklich. Es war ein hoher, ein schriller, ein durchdringender Schrei, der mir noch Tage später in den Ohren zitterte.

»CHRIS! NEIN!«

Erst in dem Augenblick sah ich ihn. Direkt vor mir, zehn Meter, acht Meter. Es war zu spät, um noch etwas zu tun. Ich hätte als Letztes die Augen schließen können. Aber ich riss das Lenkrad zur Seite.

Der Himmel verschwand unter schwarzem Asphalt. Um mich herum war nur noch Knirschen, Reißen von Blech und winzige Funken. Es dauerte entsetzlich lange, dabei können es nur Sekunden gewesen sein. Den Wagen glaubte ich immer noch dicht vor mir zu sehen. Als sei die Zeit in der Sekunde stehen geblieben, um ihn mir ins Gedächtnis zu brennen. Dunkelblau war er gewesen, ein alter Ford oder ein Golf oder sonst ein Modell mit Heckklappe.

Ich hatte nicht einmal das Bewusstsein verloren. Als das Rei-

ßen und Knirschen aufhörte, war es still, so verflucht still. Kein Stöhnen neben mir, kein schmerzhaft enger Atem, kein Laut. Ich lag eingeklemmt zwischen zerrissenem Blech und dem Sitzpolster, das Lenkrad drückte gegen meine Brust. Neben mir war nichts mehr. Nichts, für das sich eine Anstrengung gelohnt hätte. Sina war neben mir gewesen, vor einer Minute noch. Nun war auf ihrem Platz nur eingedrücktes Blech, scharfe Kanten, die sich tief in das Polster ihres Sitzes bohrten.
Mir lief Blut in die Augen. Es kam aus Nase und Mundwinkeln. Etwas hielt meine Beine fest. Ich konnte nichts tun, nur warten. Wie lange es dauerte, weiß ich nicht. Es kann nicht sehr lange gewesen sein. Der Fahrer des blauen Wagens hatte nicht angehalten. Wie ich später erfuhr, war er zurück nach Arnberg gefahren und hatte die Helfer auf den Weg gebracht. Manche Stunden lösen sich auf wie Nebel im Licht, andere bleiben einem auf ewig erhalten. Meine Lage, die Schmerzen in den Beinen, in der Brust und im Kopf, die Angst um Sina, es wirkte sich aus wie Leim. Alles, was um mich herum vorging, wurde mir ins Hirn geklebt. Das bewegungslose Bündel in Grau, von zwei Männern am Straßenrand aufgelesen und behutsam auf eine Trage gebettet, musste Sina sein.
Sie schoben sie nicht sofort in einen der bereitstehenden Rettungswagen. Einer kniete neben ihr auf der Straße, presste seine Fäuste gegen ihren Brustkorb. Ein Zweiter drückte ihr eine Maske auf Mund und Nase. Ein Dritter stach eine Nadel in ihre Armbeuge, hielt einen gefüllten Beutel senkrecht hoch. Dann kam noch ein Vierter mit einem kleinen Koffer. Er verscheuchte sie alle, nahm zwei flache Scheiben aus seinem Koffer, riss ihr das Kleid vollends auseinander und drückte die Scheiben gegen ihre Brust. Ihr Körper schnellte hoch, fiel zurück, bäumte sich noch einmal auf. Dann setzte er das Stethoskop auf und schien zufrieden. Und endlich brachte man sie fort.

Neben mir war einer, der mit beruhigender Stimme auf mich einsprach. Er bemühte sich, das durchdringende Geräusch der Werkzeuge zu übertönen. Es war ein grässliches Geräusch.
»Was ist mit meiner Frau?«, fragte ich. »Lebt sie?«
»Machen Sie sich keine Sorgen um Ihre Frau«, sagte er. »Es ist alles in Ordnung mit ihr. Sie ist bereits auf dem Weg ins Krankenhaus.«
»Ist sie schwer verletzt?«
»Ich glaube nicht«, erklärte er. »Sie sind auch verletzt; jetzt liegen Sie still, dann wird es leichter.«
Meine Befreiung, die anschließende Fahrt ins Krankenhaus, all das verschwand im Nebel. Meine Verletzungen waren schmerzhaft, aber unerheblich. Quetschungen und Schnittwunden an den Beinen, Prellungen, Hautabschürfungen. Ich hatte bei Antritt der Fahrt den Gurt angelegt. Ein automatischer Griff. Aber ich hatte versäumt, ihn auch Sina anzulegen. Irgendwann lag ich in einem weißen, nach Stärke duftenden Bett. Ich bekam eine Injektion. Schlaf, Betäubung und Frieden. Keine Gedanken mehr. Als ich erwachte, saß Mutter neben mir. Sie hielt meine Hand und lächelte. »Chris«, murmelte sie. Es klang glücklich und erleichtert. Ich war durstig. Das einzig Wichtige war mir, den Durst zu löschen. Erst viel später war ich mutig genug, nach Sina zu fragen.
Mutter lächelte wieder. »Es geht ihr gut, Chris. Um sie musst du dir keine Sorgen machen. Gleich kommt ein Arzt, der kann dir genau erklären, wie es ihr geht.«
Zwei Tage ließen sie mich in dem Glauben. Ich durfte aufstehen, umhergehen, zu ihr durfte ich nicht. Sie sei nicht in diesem Krankenhaus, wurde mir erklärt. Zwar habe man sie hier eingeliefert, doch ihre Verletzungen seien etwas schwerer gewesen als meine. Deshalb habe man sie sicherheitshalber in eine der großen Kölner Kliniken gebracht. Dort sei sie viel besser aufgehoben. Dort verfüge man über medizinische Mög-

lichkeiten, von denen man hier nur träumen könne. Dort werde alles, wirklich alles für sie getan.
Sie wussten es. Jeder, der in den ersten beiden Tagen mit mir sprach, wusste Bescheid. Nach drei Tagen stellte man mir frei, das Krankenhaus auf eigene Verantwortung zu verlassen, weil ich so drängte. Vater holte mich ab. Ich sollte einige Tage in Köln bei meinen Eltern bleiben. »Was willst du allein daheim?«, hatte Mutter gefragt. »Unterrichten kannst du noch nicht. Wenn du bei uns bist, kann Vater dich täglich in die Klinik fahren. Er fährt ja täglich zu ihr.«
Vater sprach während der Fahrt nicht mit mir. Ich schwieg ebenfalls. Erst als wir den Stadtrand erreichten, fragte er: »Willst du heim oder zuerst zu Sina?«
»Zu Sina«, bat ich, erleichtert, dass er endlich ein Wort für mich gefunden hatte. »Sie braucht mich jetzt.«
Vater presste die Lippen aufeinander und schwieg.
Dann ging er neben mir über die Flure. Er kannte sich aus. Es tat gut, neben ihm zu gehen wie ein Kind, das sich an der Hand führen lässt. Aber Vater führte mich nicht aus Liebe. Ich begann es zu ahnen, als er vor einer doppelten Glastür haltmachte. Die Tür kam mir bekannt vor. Als ich mich umdrehte, erkannte ich auch den Korridor wieder. Ich war ihn schon einmal entlanggegangen, nicht wirklich, aber mit dem Tod an meiner Seite.
»Du solltest zuerst mit einem Arzt sprechen«, sagte Vater. »Er kann dir besser als ich erklären, was du jetzt sehen wirst.«
Niemand musste mir etwas erklären. Ich wusste, was hinter der Tür war. Kein Krankenzimmer, eine Fabrikhalle. Maschinen, Monitore, Schläuche, Kabel, und alle führten sie zu ihrem Bett.
Sie lag auf dem Rücken, zugedeckt bis zu den Schultern mit einem dünnen Laken. Ihr Kopf war zur Seite gedreht. Schläuche steckten in ihrer Nase und im Mund. Was unter dem La-

ken war, konnte ich nicht erkennen. Vater ließ mich bei der Tür stehen, als sei ich nicht vorhanden. Er ging zu ihrem Bett, beugte sich über sie, küsste sie auf die Stirn. Ich hörte ihn sagen: »Da bin ich schon wieder, Christina. Du denkst bestimmt, was will dieser lästige Kerl von mir. Wenn ich dir zu viel werde, schick mich einfach hinaus. Du kannst nicht erwarten, dass ich noch einmal von selbst gehe.«

Es ist leicht, von Schuld zu sprechen und von Versagen. Noch leichter, von Unschuld und Zufällen. Vaters Klienten berufen sich auf Letzteres. Wenn ich es versuche, sehe ich mich mit ihr tanzen. Es war auf einem Silvesterball, und zuerst drohte ich ihr. Später gab ich ihr ein Versprechen. Meist sehe ich dann auch Erich. In die vermeintliche Sicherheit des Halbdunkels einer Mauernische neben dem Kamin gedrückt. Er schaut mir ins Gesicht und sagt: »Mörder!«
Sie war tot, gestorben am Rand einer Landstraße, neben einem Graben. Und diesmal war Frank nicht bei ihr gewesen. Frank hätte sie vielleicht veranlassen können weiterzuleben. Man hatte ihr Herz wieder zum Schlagen gebracht, mehr hatte man nicht für sie tun können. Es ging nur noch um ihr Kind.
Schuld an ihrem Tod sollte ein Fremder sein. Ein junger Bursche, der den Vormittag mit seinen Freunden verbracht, mit ihnen getrunken hatte und seinen Wagen in die falsche Fahrspur lenkte. Ich wusste es besser. Es war nicht allein der Schlag mit dem Kopf auf das Straßenpflaster. Vorher war da noch die Wand gewesen und die Treppenstufe. Das Straßenpflaster hatte nur vollendet, was ich begonnen hatte. Aber da ich nicht darüber sprach, durfte ich ungestraft hinausgehen. Niemand klagte mich an. Ich durfte sogar sicher sein, die Trauer mit jedem zu teilen, der sie gekannt hatte.
Bei meinen Eltern mochte ich nicht bleiben. Ich konnte nicht mit Vater in einem Zimmer sein. Und er nicht mit mir. Ich ließ

mich von ihm zurück ins Dorf bringen. Dann saß ich da und wartete.
Drei Tage verbrachte ich in einem Zustand, der wie ein tiefer Schlaf war. Ich konnte mich nicht einmal dazu aufraffen, ihr Blut von der Treppenstufe zu wischen. Ich hoffte, es möge einer kommen, es sehen und mich fragen, was ich getan hatte. Alles braucht seine Zeit, auch das Begreifen.
Sina ist tot!
Ich schloss die Augen und fühlte ihre Hände auf meiner Haut, ihren warmen Atem am Hals, ihre Stimme dicht an meinem Ohr. Erregung bis hin zur Ekstase, Tränen bis hin zur Erschöpfung.
Sina ist tot.
Schon in der ersten Nacht sehnte ich mich nach Frieden. Und wusste, dass ich ihn nicht haben konnte. Später vielleicht, wenn sie auf dem kleinen Dorffriedhof lag. Aber vielleicht würde ich dann auf der Erde neben ihrem Grab liegen, mit bloßen Händen darin wühlen, um sie noch einmal zu berühren.
Sina ist tot.
Die erste Nacht verbrachte ich in Luises früherem Schlafzimmer. So wie ich war, legte ich mich aufs Bett und schloss die Augen. Ich weiß nicht, ob ich schlief. Manchmal hörte ich von oben ihre sanfte, geduldige Stimme, Tommis fröhliches Lachen dazwischen. Ich sah den Graben am Waldrand, die Blumen an der Böschung. Wahrhaftig ein besserer Platz zum Sterben als der vor Hitze flimmernde und stinkende Asphalt.
Ich sah Staub über halbhohem Weizen, spürte den Wind, der ihn aufwirbelte, und die Hitze des Sommers auf der Haut. Ich ging mit ihr den schmalen, unebenen Weg zwischen den Feldern entlang. Dann stand sie gebückt vor dem Tor in der Mauer. Sie war dabei, ihre Schuhe zu schließen.
»Auf Wiedersehen!«, rief ich.

Sie hob den Kopf und lachte.
»Sicher!«, rief sie zurück.
Ich ging an der Mauer entlang. Die Glasscherben auf ihrer Krone glitzerten im Licht. Eine Frauenstimme sang, und mit jedem Ton näherte sich etwas Zeitloses. Ich glaubte, vor Sehnsucht zu ersticken. Dann sprang ich. Aber hinter der Mauer war nichts. Als ich die Balance verlor, stürzte ich auf eine öde weiße Fläche. Vom Aufprall erwachte ich. Es war das erste Mal, dass ich diesen Traum zu Ende träumte.
Draußen kroch ein hellblauer Tag an der Fassade hoch. Hätte ich nur weinen können. Es war vorbei. Ich hatte sie getötet und mit ihr jedes Gefühl. Vielleicht hatte ich nie ein eigenes besessen. »Ich habe so viel«, hörte ich sie sagen, »wir beide könnten tausend Jahre davon leben, und es wäre immer noch genug übrig, um alle Menschen satt zu machen.« Tausend Jahre; es waren gerade fünf daraus geworden. Und in den letzten Monaten hatte ich sie verhungern lassen.
An den zweiten Tag und die darauffolgende Nacht kann ich mich nicht erinnern. Am Nachmittag des dritten Tages kam Sebastian vorbei. Silvia begleitete ihn, still wie immer, voller Anteilnahme, für die sie keine Worte fand. Sie kämpfte nur ständig mit den Tränen.
»Fährst du heute zu ihr?«, wollte Sebastian wissen.
Ich schüttelte den Kopf. »Ich kann nicht.«
Sebastian bezog meine Antwort auf das Auto. »Darf ich dich hinfahren, Chris?«
Ich schüttelte erneut den Kopf. Er hatte sein Leben, ich meins. Er hatte Silvia und ich nichts mehr.
Sebastian beugte sich vor, wurde eindringlicher. »Chris, es ist schwer, niemand bestreitet das. Aber du darfst dich jetzt nicht in Selbstmitleid ertränken. Als es sich im Dorf herumsprach, wollte ich es nicht glauben. Im ersten Augenblick war ich …«
Er brach ab, suchte nach dem passenden Ausdruck, fand ihn:

»… fassungslos. Aber noch ist Hoffnung. Dalling sagte, sie lebt, noch lebt sie.«
Noch einmal schüttelte ich den Kopf. Raffte mich zu einer Erklärung auf. »Nein. Man hat sie an einige Maschinen angeschlossen, die die Lebensfunktionen aufrechterhalten, das ist alles. Es ist ihr Kopf, verstehst du?« Es fiel schwer, es auszusprechen, ich sprach trotzdem weiter: »Das Gehirn arbeitet nicht mehr. Ein Herz kann man wieder zum Schlagen bringen. Der Gehirntod ist endgültig. So haben sie es mir erklärt.«
Silvia begann zu weinen, suchte nach einem Tuch, zerknüllte es in den Händen, statt sich die Tränen abzuwischen. Mit zittrigen Fingern griff sie nach einer Zigarette und zündete sie an. Ich hatte sie bis dahin nie rauchen sehen, deshalb fiel es mir auf. Sebastian schluckte trocken. »Und wie lange soll sie so liegen?«
»Nur ein paar Wochen, bis das Kind reif genug ist. Es ist noch zu klein. Ein Inkubator habe seine Tücken, sagten sie. Das wäre eine Notlösung, bei ihr sei es besser aufgehoben. Und solange es diese Möglichkeit gibt. Sie haben mir gesagt, in drei bis vier Wochen hat es eine reelle Chance. Dann wollen sie es holen. Danach stellen sie die Maschinen ab.«
»Das ist unmenschlich«, murmelte Silvia. »Das sollte man keiner Frau antun. Es kommen so viele Babys in Brutkästen, und die meisten überstehen es sehr gut.« Sebastian nickte.
Sie blieben noch eine Weile, hörten mir zu. »Ich darf sie besuchen, so oft und so lange ich will. Am liebsten wäre es ihnen, wenn ich vierundzwanzig Stunden täglich an ihrem Bett säße. Meine Stimme könnte eine positive Wirkung aufs Kind haben. Mein Vater ist bei ihr, wann immer er es einrichten kann. Er sitzt da, hält ihre Hand, spricht mit ihr. Aber ich kann nicht.«
Ich spürte, wie sich die feinen Härchen an den Armen aufrichteten. »Was soll ich ihr denn sagen? Soll ich mich entschuldigen, dass ich sie getötet habe?«

Sebastian reagierte heftig. »Es war ein Unfall, Chris. Ein Unfall, das weiß jeder im Dorf. Und es weiß auch jeder, dass du keine Schuld hattest. Dieser besoffene Lümmel …«
»Du weißt nicht, wovon du sprichst. Geh in den Flur, schau dir die Treppe an. Ich habe sie …«
Es brach sich alles seinen Weg, kam ans Tageslicht, breitete sich unter der Sonne aus. Zweifel, Misstrauen, Eifersucht, Wut, Hass und ihre Furcht. Diese entsetzliche Furcht, die sie zuletzt gespürt haben musste.
Sebastian fluchte auf Gerda Hilbig, drohte, ihr die Zunge aus dem Schandmaul zu reißen. Kein Wort davon sei wahr, kein Wort. Er sei Andreas Maus vor zwei Wochen zufällig begegnet und nach Sina ausgefragt worden. In einer Art, wohlgemerkt, die keinen Zweifel daran ließ, dass Maus Sina seit Jahren nicht mehr gesehen hatte.
Silvia holte Wasser und ein Tuch aus der Küche und putzte die Treppe. Sebastian sprach auf mich ein. »Du kannst sie nicht getötet haben, Chris. Du darfst dir das nicht einreden. Du sagst doch, sie hat noch mit dir gesprochen im Wagen. Alles, was du dir vorwerfen kannst, ist, dass du sie geschlagen hast. Aber das ist verständlich; du warst sehr erregt, das kann ich nachvollziehen. Und dass du einen Moment lang unaufmerksam warst. Aber auch das ist verständlich nach solch einem Streit. Du hättest ebenso dabei sterben können.«
»Das wäre besser gewesen.«
Sebastian wurde grob. »Hör auf, dich zu bedauern. Was passiert ist, lässt sich nicht rückgängig machen. Wenn du dich schuldig fühlst, musst du eben damit fertig werden. Aber du musst auch an deinen Sohn denken.«
Da dachte ich zum ersten Mal wieder an ihn. Ob sie es ihm gesagt hatten? Ob er es verstand? Er war noch so klein, drei Jahre alt. Ich sah ihn auf Sinas Arm. Sie trug ihn die Treppen hinauf. Bei jedem Schritt drückte er sich an sie, küsste sie auf sei-

ne ungeschickte Art, hielt mit beiden Armen fest ihren Nacken umschlungen, flüsterte verzückt: »Mami.«

Als ich sie zum zweiten Mal besuchte, hatte sie ein kleines Zimmer für sich. Ich weiß nicht, ob die Ärzte damit jedem Gerede vorbeugen wollten, ob Vater seine gute Beziehung zum Chefarzt genutzt oder ob der Birkenhof mit all seinem Geld dafür gesorgt hatte. Es war gut so. Als ich eintrat, war eine junge Schwester dabei, eine Infusionsflasche neben dem Bett auszutauschen. Sie hob den Kopf, verlangte unwillig: »Einen Augenblick noch.«
Ich blieb dicht bei der Tür stehen und schaute zu, wie Sina in eine Seitenlage gedreht wurde. Jetzt lag sie mit dem Rücken zur Tür. Ihr Kopf war leicht vorgebeugt. Das feine Haar in ihrem Nacken ringelte sich feucht auf der Haut. Ihr Nacken war so zart und schmal wie der eines Kindes.
Die Schwester verließ den Raum. Ich ging um das Bett herum, nahm mir einen Stuhl, setzte mich und griff nach ihrer unverletzten Hand. Sie war warm.
Der Schlauch in ihrem Mund war verschwunden, er steckte jetzt in ihrer Kehle und wurde von einem Mullstück verdeckt. Wären die Schläuche in ihrer Nase und die Kabel nicht gewesen, hätte man denken können, sie schlafe nur. Es gab keine Verbände, keine größeren äußeren Verletzungen bis auf die Risswunde an der linken Hand. Die hatte man ihr sorgfältig vernäht. Auf der nach oben gerichteten Wange gab es ein paar Hautabschürfungen, weiter nichts. Es war unfassbar.
Ich starrte auf ihr Haar. Es war so wie jeden Morgen, zerzaust vom Schlaf, leicht verschwitzt im Nacken und an den Schläfen. Ich saß nur da, hielt ihre Hand und schaute sie an. Dann begann ich darüber nachzudenken, wie ich um sie kämpfen könnte. Vielleicht konnte ich ihnen verbieten, die Maschine abzustellen. Sie durften es doch nicht gegen meinen Willen

tun, solange ihr Herz schlug. Aber es schlug ja nur, weil die Maschine es dazu veranlasste.
Mir war nicht mehr nach Weinen, nur noch nach Schreien. Und ich wollte nur schreien, um das unmenschliche, monotone Klacken zu übertönen, das sie zu einer Brutmaschine degradierte. Sekundenlang hasste ich das Ungeborene. Dann liebte ich es plötzlich so sehr. Wäre das Kind nicht gewesen, läge sie schon auf dem Friedhof. So lag sie in einem Bett. Sie atmete, ihre Haut war warm und rosig, ich konnte ihre Hand halten und sie ansehen. So musste es bleiben.
Ich begann, um ein Wunder zu beten.
»Himmel, hilf mir. Nimm sie mir nicht weg. Ich brauche sie. Ich kann nicht leben ohne sie. Hilf mir. Hilf ihr. Sie will leben. Sie wollte nie etwas anderes, ich weiß das.«
Sebastian war mir in diesen Wochen mehr als ein Freund. Anfangs war es mir lästig, wie er sich aufdrängte, dann begriff ich, warum er es tat. Er hielt mich am Leben. Er stellte mir seinen Wagen zur Verfügung, damit ich zu ihr konnte. Er selbst stand mir zur Verfügung, wenn ich reden musste. Und reden musste ich. Kaum hatte ich begonnen, um ein Wunder zu beten, glaubte ich fest, es würde eins geschehen. Wenn sie erst das Kind holten …
Sie hatte es einmal so gemacht, sie würde es wieder tun, sobald sich ihr die Chance bot. Vielleicht hatte sie es schon getan. Solange sie das Kind in ihrem Leib trug, konnte sie es unbemerkt tun. Eine Tochter! Es musste eine Tochter sein. Noch war der kleine Körper nicht reif genug, aber er würde wachsen. Und ich würde das ebenso schaffen, wie Frank es geschafft hatte, dem Kind ein Vater zu sein, es zu lieben. Doch, das würde ich schaffen, es zu lieben und ihm die Freiheit zu lassen, die es brauchte.
In seiner ruhigen, geduldigen Art hörte Sebastian mir zu. Dann wurde er eindringlich. »Jetzt mach dich nicht verrückt,

Chris. Reinkarnation, das ist Aberglaube. Betrachte die Sache von der realistischen Seite. Man war damals im Dorf und auf dem Birkenhof voller Schuldgefühle. Wer weiß denn genau, wie übel sie Christina mitgespielt haben? Und Frank, du meine Güte, er war doch selbst noch ein Kind damals. Er liebte diese Frau. Kannst du dir vorstellen, wie ihm zumute war, als er sie im Graben fand und nichts weiter für sie tun konnte, als ein Baby aus ihr herausziehen? Am Ende hat er diese wilde Geschichte in die Welt gesetzt. Und alle haben sich daran geklammert. Weil es eine Chance war, das schlechte Gewissen zu besänftigen. Sie haben das Kind vom ersten Tag an wie ein Wunder behandelt. Und sie hat sich mit Christina identifiziert, das blieb ja nicht aus. Aber mehr war es nicht, glaub mir, Chris. Zwei Leben!« Er schüttelte nachdrücklich den Kopf. »Lad dir nicht mehr auf die Schultern, als du tragen kannst. Es ist auch so schon schwer genug.«

Was er sagte, klang vernünftig. Vielleicht war es sogar die Wahrheit, aber diese Wahrheit wollte ich nicht. Ich konnte mir die letzte Hoffnung nicht nehmen lassen.

Sebastian bot sich auch an, mich zum Birkenhof zu begleiten. Es war noch beschwerlich für mich, eine längere Strecke zu gehen. Aber an dem Tag, den ich für meinen Besuch ausgewählt hatte, hatte er keine Zeit und brauchte seinen Wagen selbst. Vielleicht hatte ich mir den Tag deshalb ausgesucht.

Seit es passiert war, hatte ich keinen von ihnen zu Gesicht bekommen. Wenn ich an sie dachte, sah ich erstarrte Mienen, getrocknete Tränen auf eingefallenen Wangen. Ich war nicht sehr mutig und hoffte, sie würden mir nicht öffnen. Doch als ich das Tor erreichte, war es offen. Frank stand daneben. Er streckte mir die Hand entgegen, lächelte schwermütig. Dann ging er vor mir her auf das Haupthaus zu. Er drückte die Tür zur Halle auf, ließ mich an sich vorbeigehen. Er blieb draußen. Es war dämmrig in der Halle und kühl wie immer. Im Kamin brannte ein Feuer. Die Flammen waren das einzig Lebendige im Raum. Mama saß in ihrem Sessel, die Hände im Schoß, die Augen geschlossen.

»Für Frank ist es am schwersten«, sagte sie, als ich näher kam. »Du musst ihn verstehen, Chris, auch seine Unhöflichkeit, wenn er unhöflich zu dir war.«

»Er war nicht unhöflich.«

Mama nickte. »Für mich ist es einfacher. Ich bin, wenn man so sagen kann, vorbereitet. Ich habe es schon zu oft erlebt. In meinem Alter ist der Tod nicht mehr schrecklich, auch Sinas Tod nicht.«

Endlich schlug sie die Augen auf. »Setz dich, Chris. Setz dich zu mir. Wir haben nicht oft so gesessen und geredet. Wir hätten es besser öfter getan. Aber man macht viele Fehler im Leben. Mein größter Fehler war, dass ich dich zu Anfang für einen Außenstehenden hielt. Dabei wusste ich, wer du bist.«

Sie hob kaum merklich die Schultern an, wie eine Geste der Entschuldigung, dann murmelte sie mehr zu sich als zu mir: »Dein Vater war damals hier, wollte ein gutes Wort für Christina einlegen. Er hat bei allem, was ihm heilig war, geschworen, dass er sie nicht angerührt hat. Es war die Wahrheit, ich wusste das. Ich habe ihn trotzdem vor die Tür gesetzt wie einen verlausten Hund. Es wundert mich heute noch, dass er bei eurer Hochzeit an meinem Tisch sitzen konnte, ohne eine Spur von Groll zu zeigen.«

Sie seufzte schwer. »Du wirst das nicht verstehen, Chris. Ich erwarte auch nicht, dass du es verstehst. Dein Vater sagte mir ins Gesicht, mein Richard sei ein Schwein, ein erbärmliches, egoistisches und genusssüchtiges Schwein. Mein Richard!«

Noch einmal hob sie die Schultern, ließ sie wieder sinken und schaute mich an. »Und deine Mutter … Aber lassen wir das, es ist nicht mehr wichtig. Wir haben doch damals nicht damit rechnen können, dass du kommst und tust, was dein Vater nicht tun konnte. Frank und ich, wir sprachen oft darüber, wie wir uns dir gegenüber verhalten sollten. Frank meinte, wir sollten die alten Geschichten nicht aufwärmen. Wir wollten dich nicht verunsichern. Dann hast du es auf deine Art erfahren und warst erst recht verunsichert. Und sie war es noch mehr.«

Wieder seufzte Mama. »Sie kam zu mir an ihrem letzten Tag. Sie sagte: ›Du musst mir helfen, Mama. Ich weiß nicht, was mit mir passiert, ich glaube, ich bin geisteskrank.‹ Sie sagte: ›Gestern wollte ich Chris töten. Ich hatte das Messer schon in der Hand. Und ich wusste, wenn ich ihn nicht sofort töte, werde ich sterben. Aber ich konnte nicht, ich liebe ihn doch. Und jetzt fühle ich mich leer, als ob ein großes Stück von mir fehlt. Was habe ich verloren, Mama, meinen Verstand oder meinen Willen?‹ Da war es zu spät, ihr etwas zu erklären. Wir haben es trotzdem getan.«

Sie schloss die Augen wieder und lehnte sich im Sessel zurück. »Warum schweigst du, Chris?«

»Was soll ich sagen?«

Flüchtig nickte sie und bat: »Erzähl mir, wie sie jetzt ist. Du musst keine Hemmungen haben, ich vertrage mehr, als du denkst.«

Endlich setzte ich mich in den Sessel ihr gegenüber und begann mit dem Weinen in der Nacht vor Sinas Tod. Mama hörte mir eine Weile zu. Dann unterbrach sie mich.

»Arme Christina«, flüsterte Mama. »Ich habe sie auch gehört in der Nacht. Ich habe mich gefragt, was will sie hier? Warum ist sie nicht bei ihrem Kind geblieben? Aber sie ist zurückgegangen, gegen Morgen. Ich habe es gehört, als sie ging. Sie wollte ihr Kind nicht im Stich lassen. Erzähl weiter.«

Ich beschrieb ihr, wie Sina im Bett lag. »Man kann Komplikationen nicht ausschließen. Wenn es welche gibt, werden sie das

Kind früher holen. Sie haben mich gefragt, ob sie mich rufen sollen, wenn es so weit ist. Aber ich will das nicht. Sie können mich rufen, wenn es vorbei ist.«
Mama nickte verständnisvoll. »Würdest du mich einmal mitnehmen, Chris? Frank kann ich nicht fragen. Ich weiß, dass er es ablehnt. Er selbst will nicht dorthin. Und ich möchte nicht gleich an ihrem Sarg stehen.«
»Sicher«, sagte ich.
»Dann sag mir Bescheid, wann es dir recht ist. Ich rufe jetzt Ria; du möchtest sicher deinen Sohn sehen.«

Ria schien irgendwo gewartet zu haben. Nach Mamas Worten kam sie herein. Tommi war bei Agnes im Garten. Ria führte mich am Arm hinaus wie einen Schwerkranken. »Du wirst Tommi sicher noch hierlassen«, meinte sie. »Du kannst mir auch das Baby bringen. Jemand muss ja für die Kinder sorgen. Ich tu es gern, Chris.« Plötzlich begann sie zu weinen, rief noch: »Tommi, schau, wer gekommen ist!« Und lief zu den Häusern zurück.
Tommi hockte auf der Erde und spielte mit Plastikfiguren, er sah auf und erkannte mich. Er richtete sich auf. Und so schnell er konnte, kam er auf seinen kleinen Beinen zu mir gelaufen. Noch im Laufen breitete er die Arme aus, deutete mit einer Hand auf sein Gesicht und verkündete strahlend: »Alles heil.« Er glaubte, ich wolle ihn heimholen.
Von allen Augenblicken war das der schlimmste. Er war so ahnungslos, so voller Freude und Verlangen. Ich fing ihn auf, nahm ihn auf den Arm und trug ihn zu den Häusern zurück. Er redete auf mich ein, überschlug sich vor Eifer, wiederholte ständig: »Alles heil. Jetzt will ich zu Mami gehen.«
»Noch nicht«, flüsterte ich, »ein Weilchen musst du noch bei Ria bleiben. Du magst Ria doch.«
Er zählte auf, wen er mochte. Ria, Frank, Agnes, Erich, Ange-

lika, Katrin, Luise, mich und Mami. Und sie am meisten. Ich konnte ihm nicht in die Augen sehen.
Ria erwartete uns in ihrer Wohnung. Ich hörte ihr klägliches Weinen, bevor ich die Tür öffnete. Als ich eintrat, versuchte sie zu lächeln. »Es geht schon wieder, Chris. Es gelingt mir noch nicht immer, mich zusammenzureißen.« Sie nahm mir Tommi ab und trug ihm auf: »Geh und spiel ein bisschen mit Angelika. Sie wartet schon auf dich.« Dann setzte sich sich auf die Couch. »Möchtest du etwas trinken, Chris?«
Als ich verneinte, erklärte sie: »Für dich ist es bestimmt schlimmer als für uns. Uns hat sie es ja immer wieder gesagt. Mein Gott, sie ist mir so oft auf die Nerven gegangen damit. Ich habe sie für ein überspanntes Ding gehalten, das nur seinen Willen durchsetzen will. Sie war so komisch an dem Morgen. Während der Fahrt nach Arnberg hat sie kein Wort gesprochen. Als wir zurückkamen, hat sie hier noch mit Tommi gespielt. Ich dachte, sie würde ihn mitnehmen. Der Arzt hatte es ihr erlaubt. Aber plötzlich lief sie hinaus und rief: ›Ich muss sofort mit Mama reden und mit Frank!‹«
»Ich weiß«, sagte ich.
Ria begann erneut zu weinen. »Sie hätten das nicht tun dürfen. Ihr seid noch verrückter als Erich, habe ich gesagt. Aber Frank meinte, es sei allerhöchste Zeit, sonst hätte es eine Katastrophe gegeben. Er macht sich solche Vorwürfe.« Ria fing sich wieder. »Was willst du jetzt tun, Chris?«
»Ich weiß es noch nicht.«
»Bringst du mir das Baby?«
»Nein«, sagte ich. »Du musst mich verstehen, Ria. Vielleicht ist es eine Tochter. Es ist eine Chance, nicht wahr?«
Ria schluckte hart, sie griff die Andeutung nicht auf, sagte nur: »Chris, ein Neugeborenes, wie willst du es denn versorgen? Du musst arbeiten.«
»Es wird sich eine Möglichkeit finden. Ich kann jemanden

einstellen, der sich vormittags um die Kinder kümmert, und nachmittags bin ich da. Es sind meine Kinder, Ria.«
Zwei Tage später fuhr Sebastian mich zum Birkenhof. Wir holten Mama ab und brachten sie zu Sina. Ich mochte nicht dabei sein und wartete auf dem Korridor. Sebastian nahm Mamas Arm und führte sie in das Zimmer. Er erzählte mir später, wie es gewesen war. Mama ging zum Bett. Sie nahm Sinas Hand und rief leise ihren Namen. Dann stand sie eine Weile reglos da, als horche sie in sich hinein. Geweint, sagte Sebastian, habe sie nicht.
Für mich begann der Alltag wieder. Morgens um halb sieben stand ich auf, machte mir Frühstück, saß am Küchentisch und glaubte, ich müsste jeden Augenblick ihre Schritte auf der Treppe hören. Luise bot sich an, für einige Wochen zu mir zu kommen. Ich zog es vor, allein zu bleiben. Auch Katrins Angebot hatte ich abgelehnt.
In der Schule sprach niemand in meiner Gegenwart über Sina, niemand fragte mich nach ihr. Alle waren freundlich, mitfühlend, doch auf eine gewisse Art auch zurückhaltend. Nach Schulschluss ging ich meist zu Sebastian. Silvia bestand darauf, dass ich bei ihnen zu Mittag aß. Sie war eine ausgezeichnete Köchin. Das war sie immer gewesen, und plötzlich störte es mich. Weil ich hin und wieder gewünscht hatte, Sina möge sich ein winzig kleines Beispiel an ihr nehmen. Es störte mich auch, dass Silvia sich nach dem Essen eine Zigarette anzündete, dass sie mir regelmäßig die Packung hinhielt, dass ich mich irgendwann bediente. Ich hatte während des Studiums geraucht, zeitweise sehr viel. Ich war froh gewesen, dass es mir gelungen war, mir das abzugewöhnen. Und nun fing ich wieder an. Und irgendwie tat es gut, wenn ich allein war. Wenn ich nicht wusste, wohin mit meinen Gedanken. Es beruhigte. Manchmal dachte ich mit einem Anflug von Galgenhumor, die eine Sucht gegen die andere getauscht zu haben.

Am Nachmittag fuhr ich entweder allein oder mit Sebastian nach Köln. Seit ich Vater zweimal am Nachmittag bei Sina angetroffen hatte, zog ich es vor, mit Sebastian zu fahren. Dann konnte ich wenigstens denken, dass Vater nur ging, weil ich einen Fremden mitbrachte.

Anfangs war Sebastian mir lästig. Ich brauchte keinen Zeugen für meine Ohnmacht. Aber er litt auch, war so fassungslos und betroffen, wenn er an ihrem Bett stand. Einmal strich er ihr das Haar aus der Stirn und murmelte: »Was haben sie mit dir gemacht, Prinzessin? Das hast du nicht verdient.«

Täglich war sie anders. Der Eindruck entstand nur, weil man ihre Lage wegen des Kindes ständig veränderte. Und jeder Tag war ein Schritt mehr auf das Ende zu.

Ich habe sie nie gezählt, diese Tage. Deshalb kann ich jetzt nur sagen: Am Abend des letzten Tages. Es war der letzte Tag, an dem man Sina atmen ließ. Am Nachmittag war ich noch bei ihr, allein. Sebastian hatte keine Zeit gehabt, mich zu begleiten. Er konnte mir auch nicht seinen Wagen geben. Silvia stellte mir ihr Auto zur Verfügung.

Ich saß an Sinas Bett und bemühte mich, mir jede Einzelheit einzuprägen. Den dünnen Schweißfilm auf ihrer Stirn. Die kleinen, festen Hände, deren Sonnenbräune allmählich verblasste.

Als ich ging, mich bei der Tür noch einmal umdrehte, sah ich sie die Dorfstraße hinunterlaufen. Es war dunkel, sie erreichte Frank. Es muss Frank gewesen sein, weil er neben Ria ging. Und die erkannte man auch in der Dunkelheit an ihrem weißblonden, langen Haar. Ich zog die Tür hinter mir zu und flüsterte: »Auf Wiedersehen.«

»Sicher!«, rief sie und lachte dabei.

Es war abgemacht, dass Vater sämtliche Formalitäten regelte. Den Sarg für sie aussuchen, dabei sein, wenn man sie hinein-

legte, zusehen, wie man den Deckel über ihr schloss. »Das bin ich ihr schuldig«, ließ er mir durch Mutter ausrichten.
Am Abend des letzten Tages also kam Silvia zu mir. Es muss ihr schwergefallen sein, ausgerechnet zu mir zu kommen. Für sie war ich immer noch der Mann, der ihr einen Tritt gegeben hatte, um sich den Himmel ins Bett zu holen. Und ich war Sebastians Freund. Dass sie allein kam, hätte mich stutzig machen müssen. Aber ich dachte mir nichts dabei. Ich sah nur, dass sie geweint hatte.
»Entschuldige, Chris«, murmelte sie, »dass ich dich so spät noch belästige. Aber ich wusste sonst keinen, zu dem ich hätte gehen können.«
Ich erklärte ihr, dass sie mich nicht störe, führte sie ins Wohnzimmer und bot ihr Kaffee an. Unvermittelt begann sie zu schluchzen. »Er ist weg, Chris. Er hat ein paar Sachen mitgenommen. Den Rest will er in den nächsten Tagen holen.« Sie sprach schnell, fast ohne Luft zu holen. »Ich könnte im Haus bleiben, bis ich eine Wohnung gefunden habe, sagte er. Aber ich kann das nicht, Chris. Es ist sein Haus, und er will so bald wie möglich mit ihr dort einziehen.«
Langsam und mit vielen Zwischenfragen erfuhr ich, was sich ereignet hatte. Zwischen den Antworten trank Silvia schluckweise Kaffee und rauchte in nervösen Zügen.
In den letzten Wochen hatte Sebastians Frau häufig angerufen. Marlene Burbach war in Schwierigkeiten. So, wie Silvia es verstanden hatte, war sie an einen brutalen Liebhaber geraten, hatte wiederholt Prügel bezogen und zuletzt eine schlimme Verletzung im Gesicht davongetragen. Anfangs war Sebastian von Marlenes Anrufen nicht sonderlich begeistert gewesen. Später hatte er mit dem Telefon in der Hand das Zimmer verlassen, um ungestört mit ihr sprechen zu können.
»Er sagte, ich müsse das verstehen. Sie sei immer noch seine Frau, und sie brauche ihn jetzt. Sie sei für den Rest ihres Le-

bens verunstaltet, und sie sei nicht der Mensch, der damit ohne Hilfe fertig werden könnte. Außerdem müsse er an seine Kinder denken.«

Ihre Stimme wurde lauter und heftiger, sie beugte sich vor. »Chris, er hätte mir die Kinder bringen können. Das habe ich ihm so oft vorgeschlagen. Ich hätte aufgehört zu arbeiten. Das hätte ich ja ohnehin bald tun müssen. Ich wäre bestimmt eine gute Mutter geworden.« Sie weinte immer noch. Es war ein Weinen, das nur aus Tränen bestand. Es berührte mich eigenartig.

»Er kommt zurück«, versuchte ich sie zu trösten. »Es ist nicht das erste Mal, dass er mit Marlene einen neuen Anfang versucht. Bisher hat sie ihn immer schon nach kurzer Zeit wieder betrogen. Das wird sie wieder tun.«

»Nein, Chris, verstehst du denn nicht? Wenn sie wirklich so entstellt ist, wird sie kaum noch Männer finden. Und sie braucht Männer, wie andere die Luft zum Atmen brauchen. Und er …« Sie hob kurz die Achseln, ließ sie in einer resignierenden Art wieder sinken. »Ich konnte ihm nichts recht machen in letzter Zeit. Ich war zu häuslich; wenn er das sagte, klang es wie ein Schimpfwort. Ich konnte nicht immer tun, was er von mir erwartete. Dann war ich zickig oder prüde.«

Es fiel ihr schwer, darüber zu sprechen. Sie hielt den Kopf gesenkt und flüsterte nur noch. »Ich bin eben nicht so veranlagt, das weißt du ja. Ich liebe ihn sehr, und ich wollte bei ihm nicht die Fehler machen, die ich bei dir gemacht hatte. Ich habe nicht immer nur Nein gesagt, Chris, aber … er ist unersättlich. Und bei gewissen Dingen … Ich kann das eben nicht … Für mich hatte das nichts mit Liebe zu tun, es war eklig.«

Ja, daran erinnerte ich mich noch – vage. Nicht, dass ich vor Jahren etwas von ihr verlangt oder erwartet hätte. Umgekehrt, ich hatte ihr etwas geben wollen. Und sie war fast hysterisch geworden. »Lass das! Ich mag das nicht! Hör auf damit!«

»Was willst du jetzt tun?«, fragte ich, um sie von dem ihr peinlichen Thema abzulenken. In einer hilflosen Geste breitete sie die Hände aus. »Ich weiß es nicht, Chris.«
»Wenn du möchtest«, schlug ich vor, »kannst du eine Weile bei mir wohnen. Das Zimmer zur Straße ist frei. Ich wollte es für Tommi herrichten, aber ....« Tommi brauchte das Zimmer vorerst nicht. Ob er es jemals brauchen würde, war fraglich. Sinas Sohn, der Thronfolger! Es spielte keine Rolle, dass er auch mein Sohn war, sie würden ihn mir nicht ohne Weiteres zurückgeben, das wusste ich.
»Das ist lieb gemeint, Chris. Aber das kann ich nicht annehmen. Du weißt doch, wie die Leute hier sind. Man würde sich das Maul zerreißen über uns beide. Deine Frau ist noch nicht unter der Erde, und schon holst du dir deine Verflossene ins Bett. So würden sie es hier sehen. Das kann ich nicht.«
Es war fast elf, als Silvia ging. Ich brachte sie zur Tür. »Überleg es dir noch einmal«, sagte ich. »Hier ist jedenfalls Platz. Und mach dir nicht zu viele Gedanken über die Leute. Denen mache ich schon klar, dass ich dich nicht fürs Bett ins Haus geholt habe. Ich könnte dich einstellen, ganz offiziell als Haushälterin oder Kindermädchen. Wenn du ohnehin aufhören wolltest zu arbeiten, ich brauche jemanden, der sich um die Kinder kümmert.«
Silvia nickte und hob dabei die Schultern. Sie ging zu ihrem Auto, stieg ein. Ich schaute ihr nach, wie sie davonfuhr. Dann stieg ich die Treppen hinauf. In unserem Zimmer öffnete ich beide Fensterflügel und lehnte mich hinaus. Die Mauer lag im Dunkeln. Eine dünne Mondsichel stand darüber. Es war still, viel stiller als sonst. Ich legte mich ins Bett und schloss die Augen. Die letzten Nächte hatten mir vorgegaukelt, ich sei nicht allein. Ich hatte Sina bei mir gespürt, intensiv und lebendig, fast so wie in der Zeit, als sie noch versuchte, mir unsere Zukunft zu zeigen. Mit dem Gefühl hatte ich einschlafen können.

Nun lag ich wach und dachte über das nach, was ich von Silvia erfahren hatte. Aber alles, was mir dazu in den Sinn kam, war: Sebastian hat den Verstand verloren. Dann geriet Sebastian in den Hintergrund.

Ich fühlte mich angespannt und erregt. Die Stille war merkwürdig. Geräusche gab es immer, auch wenn sie von weit her kamen. Irgendetwas ging da draußen vor. Es gelang mir nicht, meinen Atem zu beherrschen. Mein Herz begann zu hämmern wie ein ängstliches Kind an einer verschlossenen Tür. Es war zu still; es war unnatürlich still. Ich schloss die Augen und verstärkte die Lautlosigkeit damit noch. Und mitten hinein in diese gespenstische Ruhe kam das Weinen.

Es war weit weg. Trotzdem grausam deutlich. Aber es beruhigte mich. Darauf hatte ich gewartet. Jetzt, wo ich es hörte, wusste ich erst, wie sehr ich darauf gewartet hatte. Zuerst dachte ich noch, es gibt niemanden sonst, der seinen eigenen Tod beweinen kann. Dann begriff ich.

Sie war nicht tot. Sie war da. Und sie wollte zurück. Nicht in das Baby, in ihren eigenen Körper. Sie liebte mich, und sie wusste, wie sehr ich sie brauchte. Ich begann, in die Nacht zu reden. Rief ein paarmal ihren Namen: »Sina, Liebes, Christina, du kannst es, ich weiß das! Versuch es! Es ist alles da. Sie haben das Herz wieder zum Schlagen gebracht. Tu es, du kannst es schaffen!«

Mir war, als würde sie mir antworten, sehr leise. Wie das Weinen war auch ihre Stimme weit weg. »Ich wünschte, es wäre so einfach, Chris. Ich will leben, glaub mir. Ich will bei dir sein. Wir hatten nur so wenig Zeit.«

Dann schwieg sie, und ich wartete. Nach einer Weile begann das Weinen von Neuem. Es war nicht mehr so leise wie zuvor. Deutlich hörte ich, dass es näher kam. Ich wartete darauf, es ins Haus kommen zu hören. Aber es zog am Haus vorbei und entfernte sich wieder bis zu einem gewissen Punkt. Dann blieb es an einer Stelle. Sie war näher als die, von der ich es zum ersten Mal gehört hatte, erheblich näher, ungefähr zwei Kilometer vom Dorf entfernt. Und ich lag wach und hörte ihr zu. Die ganze Nacht. Gegen Morgen begriff ich. Sie war in Köln gewesen, hatte es versucht. Nur geschafft hatte sie es nicht. Das Herz mochte schlagen, das Hirn war zerstört. Da war kein Platz für sie. Nun war sie wieder auf dem Birkenhof.

An dem Morgen rief Dalling mich zu sich, kaum dass ich das Schulgebäude betreten hatte. Ich war etwas spät, es waren bereits alle in den Klassenräumen. »Schicken Sie Ihre Schüler nach Hause, Chris«, begann Dalling. Er war wütend. »Die sollen um zehn wiederkommen. Bis dahin übernehmen Sie Burbachs Klasse. Er wird heute nicht erscheinen. Frau Henschel fehlt ebenfalls. Die Kleinen habe ich schon heimgeschickt. Die brauchen heute auch nicht mehr zu kommen. Das schaffen wir nicht.«

Dann polterte er los. »Ich möchte zu gerne wissen, was da los ist. Burbach rief mich eben an; er ist krank, behauptet er jedenfalls. Was mit Frau Henschel ist, weiß er angeblich nicht. Am Telefon meldet sich niemand.«

»Soll ich schnell hingehen?«, fragte ich.

»Jetzt nicht, in der Pause, Chris. Wissen Sie irgendwas?«

Ich schüttelte den Kopf, und Dalling meinte pikiert: »Es war nur eine Frage.«

Meine Schüler wurden an diesem Tag noch einmal heimgeschickt. Um Silvias Verbleib konnte ich mich nicht mehr kümmern. Der Anruf kam kurz nach neun. Ich wurde gebeten, sofort nach Köln in die Klinik zu kommen.

Was an diesem Morgen geschah, hat man mir so oft erklärt, dass ich manchmal denke, ich sei dabei gewesen.

Kurz vor acht schlug eine der Maschinen an Sinas Bett Alarm. Ihr Herzschlag hatte sich abrupt verändert, der Blutdruck stieg

an, fiel dann rapide ab, die Atmung wurde, der Maschine zum Trotz, so unregelmäßig, dass man um das Kind fürchtete und entschied, Sinas Frist sei abgelaufen.
Man brachte sie auf schnellstem Weg in einen Operationsraum. Dabei wurde sie von einem tragbaren Gerät beatmet, im OP schloss man sie für die Dauer der Operation noch einmal an die Maschinen an. Auf eine Narkose wurde verzichtet. Sina brauchte keine mehr, und dem Kind hätte es in dieser kritischen Situation schaden können.
Vater wartete in ihrem Zimmer. Er war an diesem Tag sehr früh in die Klinik gekommen, weil er später am Vormittag einen Termin bei Gericht hatte. Den konnte er nicht wahrnehmen.
Die Geburt ging zügig und ohne Komplikationen voran. Das Baby war klein, nur zweitausenddreihundert Gramm schwer, aber es war gesund und kräftig genug, um ohne Hilfe zu atmen. Eine Tochter mit hellem Haar und runzliger Haut.
Sinas Wunden wurden trotz allem noch sorgfältig vernäht. Dann schaltete man die Maschinen endgültig ab, deckte ein Laken über ihr Gesicht und brachte sie zurück in das Zimmer.
Vater hatte sich einige Minuten mit ihr allein erbeten. Er war es, der das Tuch wieder von ihrem Gesicht zog. Später sagte er: »Sie war noch genauso wie zuvor. Ich konnte nicht glauben, dass sie tot sein sollte.«
Er legte die Hände unter ihren Nacken und ihren Kopf, zog sie hoch und lehnte sie sich gegen die Schulter, um sie ein paar Minuten zu halten. Und um sie zu stützen, schob er ihr eine Hand in den Rücken. Vielleicht weinte er. Das weiß ich nicht. Er spricht nicht darüber. Ich bin überzeugt, er weinte. Er liebte sie mehr als sonst einen Menschen. Vielleicht hat er sich mehr als einmal vorgestellt, wie es gewesen wäre, wenn er sie damals mitgenommen hätte. Die Scheidung von Mutter eingereicht, ihr bei der Scheidung von Richard zur Seite gestanden. Sie geheiratet, ihrem Kind ein Vater gewesen. Ich habe auch

versucht, es mir vorzustellen, es ist mir nicht gelungen. Sina als meine Schwester aufwachsen zu sehen, nein!
Es muss schlimm für ihn gewesen sein. Auch der Rücken unter seiner Hand war noch warm. Und dann spürte er das Leben. Den Atem, leicht nur und unregelmäßig, aber er war da. Ihr Herz schlug, nicht einmal sonderlich schwach.
Vater sagte, dass es ihn erschreckt habe. Er konnte sich nicht erklären, dass die Ärzte nichts davon bemerkt hatten, als sie sie aus dem Operationsraum brachten. Und ihm waren Fälle bekannt von Menschen, die über Jahre im Koma lagen. Dieses Los wollte er ihr ersparen. Er dachte daran, ihr das Kissen aufs Gesicht zu drücken, bis es vorbei wäre. Er legte sie zurück, um das zu tun, aber er schaffte es nicht. Nachdem er sie noch minutenlang beobachtet hatte, rief er endlich den Arzt. Wenig später wurde ich telefonisch verständigt.
Ich hatte keine Möglichkeit, allein auf dem schnellsten Weg nach Köln zu gelangen. Mir blieb nur eins, auf dem Birkenhof anzurufen und zu bitten, dass mich jemand fuhr. Es fiel mir nicht leicht, ich wollte keine unberechtigten Hoffnungen wecken, obwohl mir selbst das Herz zum Hals schlug. Ich konnte nichts anderes denken als: Sie hat es am Morgen noch einmal versucht. Sie hat es geschafft. Sie hat es zumindest geschafft, ihren Körper von den Maschinen unabhängig zu machen. Jetzt kämpft sie für sich selbst, und sie wird auch diesen Kampf gewinnen. Ich war nicht so pessimistisch wie Vater. Am Telefon hatte er gesagt: »Mir scheint, sie haben einen Motor angeworfen, nun läuft er eben.«
Ich sagte bei meinem Anruf auf dem Birkenhof nur, das Kind sei geboren. Ich wolle Abschied von Sina nehmen. Ria weinte am Telefon, auch während der Fahrt. Trotzdem fuhr sie zügig, fast ein wenig rücksichtslos. Wir sprachen nicht. Ria hockte mit zusammengepressten Lippen so dicht hinter dem Lenkrad, dass ich es nicht riskierte, sie von der Straße abzu-

lenken. Vater erwartete uns auf dem Korridor. Er wirkte besorgt und in keiner Weise glücklich. »Die Ärzte sind noch bei ihr«, empfing er uns. »Sie werden sich nicht einig, was sie mit ihr tun sollen.«

Ria wurde misstrauisch. Vater griff nach meinem Arm und zog mich zu einer Sitzgruppe. Ria folgte uns. »Was geht hier vor?«, fragte sie aufgebracht. Vater erklärte, was er wusste. Wäre Ria nicht gewesen, hätte er vielleicht offener gesprochen. So bemühte er sich mit verstohlenen Seitenblicken auf sie um Zurückhaltung.

»Nachdem ich die Ärzte alarmiert hatte, wurde Sina noch einmal an dieses Gerät, diesen ...« Der Ausdruck fiel ihm nicht ein, er überging ihn. »Es gibt eine schwache Gehirntätigkeit. Mehr lässt sich im Augenblick nicht sagen. Sie reagiert auf Schmerzreize, ihre Pupillen zeigen auch irgendeine Reaktion. Darüber sind sie ganz aus dem Häuschen geraten.« Er schluckte hart. »Aber die Frage ist trotzdem, wie es jetzt weitergeht.«

Ich hätte herumspringen können in dem Moment, etwas Verrücktes tun, die Farbe von den Wänden kratzen oder mich auf dem Boden wälzen. In meinem Kopf überschlug es sich. Ich wusste nicht, wem ich danken sollte, dem Himmel, den ich angefleht hatte, oder ihr, Christina, einer Frau, die vor dreiundzwanzig Jahren vom eigenen Mann erschlagen worden war und nicht sterben wollte. Ria schluchzte unvermittelt auf, entschuldigte sich und murmelte: »O Gott, das ist ein Wunder.«

Vater schüttelte den Kopf und widersprach ihr: »Nein, Frau Birkenfeld, es ist eine rein medizinische Angelegenheit. Die Ärzte werden Ihnen das besser erklären können als ich. Etwas kann ich allerdings auch dazu sagen: Falls – ich betone, falls – Sina jemals wieder aufwacht, was noch stark zu bezweifeln ist, dann sollten wir uns auf das Schlimmste gefasst machen.«

Ich hörte ihm nicht zu. Die Wände waren bereits an einigen

Stellen zerkratzt, der Fußboden glänzte wie ein Spiegel. Ich bekam nur am Rande mit, was Ria antwortete.
»Ich verstehe nicht«, erklärte sie feindselig. Sie starrte Vater an, als wäre er ein Ungeheuer. Das war er auch, in dem Moment war er das. Ich hätte ihm gern ein Pflaster auf den Mund geklebt. Wie konnte er sie jetzt so verunsichern. Nicht Ria! Sie! Sie lag hinter der Tür, ganz in der Nähe. Am Ende hörte sie ihn und bekam es mit der Angst zu tun.
»Es ist aber einfach zu verstehen«, sagte Vater ruhig. »Sina hat bei dem Unfall eine schwere Gehirnverletzung erlitten. Sie war so schwer, dass sie innerhalb kurzer Zeit zum Tod führte. Draußen auf der Straße hat man nur den Herzstillstand festgestellt, und man hat sie, wie sie das hier nennen, reanimiert, wiederbelebt. Es hat funktioniert, beim Herzschlag und bei der Atmung. Ein zerstörtes Gehirn lässt sich nicht reanimieren.«
»Aber jetzt funktioniert es wieder«, stellte Ria trotzig fest. Ihre Stimme war erstaunlich sicher geworden. So sicher, wie nur die Stimme eines medizinischen Laien sein kann. Aber verdammt, Ria hatte recht. Und mit dem gleichen Trotz fügte sie hinzu: »Und mehr, Herr Hochstett, interessiert mich im Augenblick nicht. Sina lebt, daran gibt es nichts zu rütteln.«
Wenig später kam einer der Ärzte. Ich kannte ihn. Er hatte mir schon einmal ausführlich erklärt, was geschehen war und noch geschehen konnte. Die Ähnlichkeit zwischen ihm und Vater war unübersehbar. Sie war keineswegs äußerlich. Der Arzt war nicht glücklich, wirkte bedrückt wie ein Mensch vor einer grausamen, unlösbaren Aufgabe. Seine Miene ließ mir nicht den kleinsten Funken Hoffnung. Ich ignorierte das, so gut es ging. Er setzte sich zu uns und streifte Vater mit dem kurzen Blick eines Verbündeten. Dann wandte er sich ausschließlich an mich.
»Sie möchten sicher zu Ihrer Frau. Gehen Sie nur rein. Sie ist nicht bei Bewusstsein. Mehr kann ich nicht sagen.«

Als ich sie sah, verstand ich, warum sie in der Nacht geweint hatte. Was sollte sie ausrichten gegen die Zerstörung? Sie hatte es für mich noch einmal versucht in der allerletzten Minute, jetzt war sie gefangen in einem Körper, der nur noch atmen konnte, in einem Hirn, in dem es schlimmer aussehen musste als in einer Großstadt nach einem Bombenangriff. Ich blieb am Fußende des Bettes stehen. Alles, was sie vorher mit der aufwendigen Technik verbunden hatte, war fort. Ihre Brust hob und senkte sich unter dem dünnen Krankenhemd in unregelmäßigen Abständen.
Ein Arzt war noch bei ihr. Er stand über sie gebeugt und sah kurz auf, als ich eintrat. Ohne Einleitung begann er: »Der Puls zu schnell und die Atmung zu flach.« Er lächelte freudlos. »Man könnte meinen, sie hätte in den letzten Stunden etwas Entsetzliches erlebt und befände sich nun in einer Art Schockzustand. Aber die Körperfunktionen sind einigermaßen unter Kontrolle. Wir haben eine Computertomografie des Schädels gemacht; der Neurologe möchte Sie gleich sprechen.«
Dann erklärte er mir, die neuerliche Untersuchung habe wie schon die erste eine massive Blutung und Ansammlungen von Flüssigkeit im Hinterhauptsbereich gezeigt. Eben die Verletzung, die zum Tod führte.
»Ein Schädelbruch liegt nicht vor«, sagte er, »aber das wussten wir schon. Das ist häufiger der Fall, als man annehmen sollte. Ein harter, stumpfer Schlag oder ein Aufprall. Ihre Frau wurde aus dem Wagen geschleudert, nicht wahr?«
Ich nickte stumm. Er fuhr fort: »Mit Ihrem Einverständnis werden wir jetzt sofort operieren. Ob sie das überlebt, kann ich nicht beantworten.«
»Und wenn Sie nicht operieren?«, fragte ich leise.
Er hob die Achseln. »Schwer zu sagen. Ihr Zustand wird sich wieder verschlechtern. Aber sie kann noch lange so liegen. Ich glaube nicht, dass Sie das wollen.«

Ich starrte sie an, ihr Gesicht, die geschlossenen Augen, den reglosen Körper. Der Arzt betrachtete mich und sagte in sehr menschlichem Ton: »Zu verlieren gibt es nicht viel. Aber man kann vielleicht etwas gewinnen.«
Ich hörte ihn kaum. Ich hielt sie im Arm, drehte sie im Takt eines Walzers über die Tanzfläche. Sie rieb ihr Gesicht an meinem Hemd, ich fühlte ihre Wärme durch den Stoff hindurch.
»Warum hast du geweint?«, fragte ich.
Sie lächelte. »Vergiss es, Chris. Es ist nicht mehr wichtig.«
»Es ist sehr wichtig«, widersprach ich. »Willst du frei sein?«
»Chris«, sagte sie eindringlich. »Ich wollte immer nur bei dir sein. Ich liebe dich, für dich würde ich alles tun. Ich kann in einem ganz engen, ganz dunklen, ganz kalten Loch hausen, wenn du nur bei mir bist.«
»Es ist gut«, sagte ich zu dem Arzt. »Tun Sie es.«
Ria ließ mir ihren Wagen da. Sie war in einer derart euphorischen Stimmung, dass Vater es für besser hielt, sie nach Kirchfelden zurückzufahren. Dabei, meinte er, könne er auf dem Birkenhof alles Notwendige erklären. Er verabschiedete sich von mir mit den Worten: »Ruf mich an, sobald sich etwas Neues ergibt.«
Ich nickte nur, setzte mich in eine Ecke und wartete. Meine Euphorie war einem dumpfen Gefühl gewichen. In einem engen, dunklen Loch hausen. Wenn du nur bei mir bist. Dazu verdammt, an ihrem Bett zu sitzen und ihre Hand zu halten? Bis zu ihrem Ende? Ich wusste nicht, ob ich das konnte.
Ihr Bett wurde an mir vorbeigeschoben und verschwand hinter den Türen des Aufzugs. Denken konnte ich nicht mehr. Nur die Worte des Arztes gingen mir noch durch den Kopf. Sie liefen ab wie von einem Band abgespult. »Man könnte meinen, sie hätte in den letzten Stunden etwas Entsetzliches erlebt. Man könnte meinen, sie hätte in den letzten Stunden …«
Ich hätte das Entsetzliche benennen können, ein enges Loch.

Massen von Blut und Flüssigkeit, wo Gedanken sein sollten. Ich sah Luise am Tisch sitzen und Pläne schmieden für die Renovierung des Hauses. Es musste alles in Ordnung sein, wenn die Prinzessin einzog. Schafft ihr Platz, dachte ich, es muss alles sein wie neu.

Eine junge Schwester kam auf mich zu, fragte nach meinem Namen und erkundigte sich, ob ich meine Tochter sehen möchte. Das fragte sie so schüchtern und bittend, als ob es eine Zumutung für mich sei. Bis dahin hatte ich keinen Gedanken für das Kind gehabt. Ich war dankbar, dass die Schwester mich aus dem dumpfen Brüten riss. Ich nickte und folgte ihr. Auf den Weg achtete ich nicht, lief nur hinter der jungen Frau her. Dann wurde mir ein schlafender Säugling in den Arm gelegt. Anders als bei Tommi, den ich nur durch eine Glasscheibe hatte betrachten dürfen. Ich hatte noch nie ein so winziges und runzliges Menschlein gesehen. Ein altes Gesicht, unter der dünnen Haut verliefen die blauen Stränge wie ein Spinnennetz. Unter der Fontanelle pochte es unaufhörlich. Die Fingerchen wie aus Wachs geformt. Ein Handgelenk wie mein Daumen. Vier Pfund und dreihundert Gramm. Ich spürte kaum etwas davon. Freundlich lächelnd schaute die Schwester auf mich herab. »Wie soll sie denn heißen, die Kleine?«

Ich hatte nie gefragt, wie schwer Sina bei ihrer Geburt gewesen war. Jetzt konnte ich nur raten. Fünf Pfund, sechs Pfund mindestens. Vier Pfund und dreihundert Gramm waren keine Chance. Es fiel mir nicht auf, dass ich meine Gedanken aussprach.

Die Schwester dachte wohl, ich sei nicht ganz bei Verstand. Peinlich berührt wandte sie sich ab und nahm Geschirr aus einem Schrank. Dann goss sie Kaffee ein und schob eine Tasse zu mir herüber. Sie rang mit sich, ob sie mich noch einmal ansprechen sollte; es kostete sie sichtlich Überwindung, das zu tun.

»Sie dürfen die Hoffnung nicht aufgeben«, sagte sie. »Ich weiß, wie es um Ihre Frau steht, und sollte das nicht sagen, aber manchmal geschehen Wunder. Daran müssen Sie glauben.«

Ich hörte ihr nur mit halbem Ohr zu, betrachtete das runzlige Gesicht in meiner Armbeuge, den dünnen, hellen Flaum auf dem Köpfchen. Es war meine Tochter, wie Tommi ihr Sohn war.

»Sie ist gesund«, sagte die Schwester. »Allein das ist ein Wunder. Die paar Gramm, die ihr fehlen, wird sie schnell aufholen. Ein munteres Persönchen mit einer kräftigen Stimme ist sie.«

Ich schaute mir das winzige Gesicht noch einmal genau an, wartete auf ein Blinzeln, ein Fingerzucken, ein Zeichen von Christina. »Hat sie geweint?«

Die Schwester wiegte den Kopf und lächelte. »So würde ich das nicht ausdrücken. Gebrüllt hat sie, aus Leibeskräften gebrüllt, bis ich ihr ein Schlückchen Tee gab. Da blieb nicht ein Tropfen in der Flasche. Aber jetzt scheint sie zufrieden.«

In dem Augenblick öffnete das Kind die Augen. Sie waren hell und wässrig, von einem feinen Schmierfilm überdeckt. Es begann zu quengeln. Die Schwester nahm es mir wieder weg und brachte es zurück in ein Nebenzimmer. Dann fragte sie: »Haben Sie noch keinen Namen für die Kleine?«

»Doch«, sagte ich bestimmt. »Ich habe einen. Christina. Sie ist es nicht, aber sie soll so heißen.«

Dann saß ich wieder in der Ecke und wartete. »Du hättest das Kind nehmen sollen«, sagte ich. »Das wäre eine Chance gewesen. Eine bessere als die, die du gewählt hast.«

Sie stand vor mir. Ich sah sie, als wäre sie aus Fleisch und Blut. Und zum ersten Mal sah ich sie so, wie sie zu Anfang gewesen sein muss. Als Richard ihr begegnete. Blutjung und bildschön, schlank und biegsam, randvoll mit ihrem Feuer, ein fleischgewordenes Versprechen. Das lange dunkle Haar fiel ihr in schweren Locken über die Schultern den Rücken hinunter. Ihre Haut war braun, die Augen dunkel, um die Lippen spielte ein winziges Lächeln, halb Spott, halb Sehnsucht. Aufrecht und stolz stand sie da und schaute auf mich herunter.

»Christian«, sagte sie leise. »Du musst vernünftig sein, dein Vater war es auch. Es ist nur ein Kind, du hättest den Verstand dabei verloren. Du brauchst eine Frau.«

»Habe ich denn noch eine Frau?«

Sie lächelte immer noch und nannte mich wieder so, wie sie es in den letzten Jahren getan hatte. »Sicher, Chris, dafür habe ich gesorgt. Und ich hoffe, du wirst zufrieden sein mit ihr. Du konntest mich nicht mehr lieben. Jetzt wirst du es wieder können. Und manchmal wirst du dich erinnern. An die schönen Augenblicke, an die Stunden, in denen wir uns nicht fragen mussten, ob wir eine Zukunft haben. Denk an den Nebel, Chris, an die Wolken, an den Regen. Ich bin immer bei dir.«

»Ich habe nie aufgehört, dich zu lieben«, sagte ich. »Ich hatte nur aufgehört, dir zu vertrauen. Willst du mich dafür bestrafen?«

»Nein, Chris. Wofür sollte ich dich bestrafen?« Sie schüttelte den Kopf, eine Haarsträhne glitt nach vorne und blieb auf ihrer Brust liegen. Ich dachte, es sei die Strähne, die mich einmal so erschreckt hatte, als ich sie auf dem kleinen Tisch liegen sah. Jetzt erschreckte sie mich nicht. Ich hätte sie gern berührt, um meine Hand gewickelt, ihren Kopf damit zu mir heruntergezogen, um sie zu küssen. Ich brauchte sie so sehr.

Ihr Lächeln machte mich weich und klein. Und ihre Stimme schlug in meinen Rücken, wie ihre Fäuste es getan hatten, wenn ich sie liebte. »Für fünf gute Jahre? Für eine Zeit, die ich mir genommen habe, obwohl sie mir nicht zustand? Für das Glück, das ich mit dir hatte?«

»Es war auch mein Glück«, sagte ich.

Sie nickte, lächelte sehnsüchtig. »Ja«, sagte sie. »Und ich will, dass du es wiederfindest. Ich will, dass du hast, was du brauchst.«
»Ich brauche dich.«
Noch einmal schüttelte sie den Kopf. »Nein, Chris. Niemand hat mich je wirklich gebraucht. Wer braucht schon eine hungrige Laus? Wer braucht einen Affen? Kleine Tierchen sollten im Wald leben. Da gehören sie hin.« Dann drehte sie sich um und ging. Einmal schaute sie noch über die Schulter zurück und lächelte dabei.
»Warte!«, rief ich. »Bleib bei mir! Lass mich nicht allein, Christina. Du darfst nicht gehen.«
»Ich muss«, sagte sie leise, ich verstand sie kaum noch. »Es tut mir leid, Chris. Immer habe ich nur zu dir sagen können, es tut mir leid.«
Ich wollte schreien, betteln, ihr nachrennen und sie zurückhalten. Aber ich wusste, dass ich sie nicht halten konnte, wenn sie es nicht wollte. Und sie wollte nicht mehr. Ich schaute ihr nach, wie sie den Korridor entlangging. Sie wurde schwächer dabei. Durchscheinend wie Nebel an einem Herbstmorgen, wenn ihn erst die Sonne trifft. Noch bevor sie die Biegung erreichte, hatte sie sich völlig aufgelöst.

Es mag gegen fünf am Nachmittag gewesen sein, als man das Bett erneut an mir vorbeischob. Wenig später kam ein Arzt, ein anderer als der, der am Morgen mit mir gesprochen hatte. Er war älter und wirkte sehr erschöpft. »Wir haben getan, was wir konnten«, begann er. »Jetzt müssen wir abwarten. Was einmal zerstört war, lässt sich nicht wieder aufbauen.«
»Wird sie gesund?«
Er schaute mich nur an.
»Wird sie leben?«
»Wir müssen abwarten«, sagte er.

Ich suchte mir eine Telefonzelle und rief bei meinen Eltern an. Vater war noch nicht aus Kirchfelden zurück. Mutter versprach, ihm auszurichten, dass ich angerufen hatte. Mit kleiner, ängstlicher Stimme erkundigte sie sich: »Wie geht es ihr denn?«

»Woher soll ich das wissen!«

»Chris«, rief Mutter beschwörend, »Chris, sie ist jung und kräftig. Sie wird gesund, glaub mir. Sie wird es schaffen. Sie hat einen unbändigen Lebenswillen; sie war immer so stark.«

»Ja, das war sie.«

»So ein Mensch gibt nicht auf, Chris«, erklärte Mutter. »So ein Mensch kämpft um jeden Funken Leben, den er noch in sich hat.«

»Ja«, sagte ich nur.

»Chris«, rief Mutter noch einmal, es klang wie eine Bitte um Verzeihen. »Chris, ich wünsche dir und ihr von ganzem Herzen, dass sie gesund wird. Glaubst du mir das?«

»Ja«, sagte ich und legte den Hörer auf. Dann ging ich zurück zu ihr. Wieder war sie mit einigen Apparaten verbunden. Ihr Herzschlag lief als gezuckte Linie über einen Monitor, begleitet von einem regelmäßigen Piepsen. Ein zweites Gerät zeichnete die Gehirnströme auf Endlospapier.

Sie wollten mich heimschicken, aber ich ließ mich auf nichts ein. Am späten Abend ging ich noch einmal zum Telefon. Jetzt war Vater daheim. In seiner Stimme war eine erste, reservierte Hoffnung. Er stellte mir ein paar Fragen, meinte dann: »Sie wird aufwachen, Chris. Sie muss aufwachen.«

Ich versprach ihm, am nächsten Morgen noch einmal anzurufen, und ging wieder zu ihr zurück. Es gab keine Veränderung, und langsam wurde mir klar, dass es so bleiben konnte.

Über dem Bett brannte eine kleine Lampe. Sie war nicht sehr hell, aber ausreichend, um die Reglosigkeit unter den geschlossenen Lidern zu zeigen. Ich griff nach ihrer Hand und

hielt sie fest, legte meinen Kopf neben unsere Hände auf das Laken. So muss ich wohl eingeschlafen sein.
Geweckt wurde ich durch ein kaum merkliches Zucken in meiner Handfläche. Sinas Finger bewegten sich. Ich brauchte eine Weile, ehe ich wach genug war, um es zu begreifen. Ich glaube, mein Atem setzte aus. Mein Herz begann zu stolpern, fing sich wieder, trieb in harten Stößen gegen die Rippen. Ich richtete mich auf und rief leise ihren Namen. Das Zucken der Finger wiederholte sich.
Ich muss einen Arzt rufen, dachte ich, aber ich konnte mich nicht von der Stelle rühren. Minutenlang tat ich nichts weiter, als ihre Finger zu drücken und dabei eindringlich ihren Namen zu rufen. Sie schien mich zu hören, drehte den Kopf langsam ein klein wenig zu mir herüber. Die Lider begannen zu flattern. Der Moment, in dem sie die Augen aufschlug, war eine Befreiung. Aber sie hielt nicht lange vor.
Sie schaute mich an. Ihr Blick war ohne Ausdruck. Es brachte mich fast um den Verstand. Ich begann zu betteln: »Sina, Liebes, ich bin es, Chris. Erkennst du mich nicht? Schau mich an, Sina. Ich bin es, Chris.«
Sie schaute mich an, mehr tat sie nicht, ich bettelte weiter. »Sina, kannst du nicht reden? Sag etwas, bitte. Ist etwas mit deiner Stimme? Versuch es einmal. Sag ›Chris‹. Chris, hörst du? Chris.«
Sie hatte keinen Blick von mir gelassen, während ich sprach. Nun bewegten sich ihre Lippen, schief und unkontrolliert. Nur schwerfällig kamen sie auseinander. Ihr Gesicht war von Anstrengung verzerrt.
»Sag ›Chris‹. Nur einmal, bitte, Sina.«
Sie fuhr ungeschickt mit der Zungenspitze über die Lippen, dann murmelte sie: »Chris.«
Es war nur ein Zischen; es schien sie zu erschrecken. Sie riss die Augen auf. Ihre Hände begannen zu zittern, die Wangen-

muskeln arbeiteten, und ihr Kopf ruckte auf dem Kissen auf und ab, als wolle sie sich aufrichten. Ich bekam es mit der Angst zu tun. »Bleib ganz ruhig!«, beschwor ich sie. »Du musst still liegen. Ich rufe einen Arzt. Sie müssen dich jetzt unbedingt sehen. Es ist wichtig, es ist sehr wichtig.«
»Wichtig«, brachte sie mühsam heraus. Es klang, als hätte sie ›Chris‹ gesagt.

»Sie ist aufgewacht«, sagte ich ins Telefon. »Aber nur das.«
Vater ächzte, brauchte ein paar Sekunden, bevor er fragen konnte: »Sag mal, Chris, weinst du etwa?« Dann überschlug sich seine Stimme vor Eifer: »Reg dich nicht auf, Junge. Es kommt alles in Ordnung. Du kannst nicht erwarten, dass sie nach solch einer Operation die Augen aufschlägt und dir erklärt, dass sie sich blendend fühlt. Bedenk doch, wie schwer ihre Verletzungen waren. Es kann auch eine Auswirkung der Narkose sein.«
»Nein«, erklärte ich, »es hat nichts mit der Narkose und nichts mit der Operation zu tun. Sie spricht, aber egal, was man sie fragt oder ihr vorsagt, sie wiederholt nur zwei Worte, die ich ihr vorgesagt habe. Sie weiß gar nicht, was die Worte bedeuten.«
Vater schien das nicht wichtig zu nehmen. »Wann ist sie denn aufgewacht?«
Ich berichtete ihm der Reihe nach, er war erleichtert. »Jetzt verlier nicht die Geduld, Junge«, verlangte er. »Ich komme, sobald ich es einrichten kann.«
Ich ging zurück. In der Nacht war nur ein Arzt gekommen. Ein eiliger, kaum interessierter Mann. Er hatte ein paar Reflexe überprüft und eine Befriedigung gemurmelt, als sie zu zischen begann. »Chris. Wichtig.« Jetzt waren sie zu viert bei ihr. Ich hatte erlebt, wie die vier Gesichter sie verwirrten und aufregten, wie sie eins nach dem anderen fixierte und sich die bei-

den Worte abquälte. Als ich aufgestöhnt hatte, hatten sie mich hinausgeschickt.

Als ich nach dem Anruf ihr Zimmer wieder betrat, war sie allein. Auf einem kleinen Tisch beim Fenster stand ein Tablett mit einem Frühstück. Es konnte unmöglich für sie bestimmt sein. Man hatte mir bereits erklärt, dass sie noch eine Weile intravenös ernährt werden musste.

Ich setzte mich an den Tisch und begann zu essen. Nach einer Weile öffnete sie die Augen. Sie schien erschöpft, war jedoch sichtlich bemüht, nicht wieder einzuschlafen.

»Ich habe nur kurz mit Vater telefoniert«, erklärte ich so beiläufig wie möglich. Natürlich antwortete sie mir nicht, aber sie ließ mich nicht aus den Augen. »Er war sehr glücklich«, fuhr ich fort. »Ich bin auch sehr glücklich.«

Eine Weile sprach ich weiter, in einem harmlosen Ton. Ich wollte sie nicht anstrengen oder aufregen. Ich wusste nicht, wie ich mich verhalten sollte. Noch während ich die zweite Tasse Kaffee trank, schlief sie wieder ein. Ich nutzte die Zeit, um auf dem Birkenhof anzurufen. Frank war am Telefon. Ähnlich wie Vater reagierte er mit kaum unterdrückter Freude.

»Wie geht es ihr, Chris?«

»Das kann man so nicht beantworten«, erwiderte ich zurückhaltend. Ich sah ihn förmlich nicken. Er wurde sachlicher und reservierter. »Ich habe Ria verboten, ein Wort zu viel zu sagen. Ich will nicht, dass hier allzu große Hoffnungen geweckt werden. Es ist besser, wenn wir erst einmal so tun, als sei ihr Zustand unverändert. Vor allem besser für sie. Sie braucht Ruhe. Was sie jetzt nicht braucht, ist eine vor Glück weinende Familie an ihrem Bett.«

Ich war ihm dankbar für seine Vernunft. Gerade von ihm hatte ich etwas anderes erwartet. Und ich fürchtete den Augenblick, in dem der Nächste ihr Zimmer betrat und diesen fragend verwirrten Ausdruck auf ihr Gesicht rief.

Vor der Tür des Krankenzimmers wartete ein Arzt auf mich. »Bevor Sie wieder hineingehen, hätte ich Sie gerne gesprochen. Im Augenblick schläft sie ohnehin. Wir haben also Zeit.«
Er ging vor mir her zu einem Aufenthaltsraum. Dort nahm er umständlich in einem Sessel Platz und ließ von einer Schwester Kaffee bringen. »Setzen Sie sich«, verlangte er und schickte die Schwester wieder hinaus. Dann begann er.
»So früh kann man noch nicht viel sagen. Der erste Eindruck ist zufriedenstellend. Ich kann schon jetzt behaupten, dass Ihre Frau keine körperlichen Beeinträchtigungen zu erwarten hat. Damit haben wir nicht rechnen können. Ich will Ihnen keinen medizinischen Vortrag halten, ich sage nur, von allem, was wir einkalkulieren mussten, ist nichts eingetreten. Zum Glück, ein Leben im Rollstuhl oder ohne Augenlicht ist kaum wünschenswert für eine junge Mutter.«
»Sie hat mich nicht erkannt.«
Er lächelte. »Sie denken an geistige Beeinträchtigungen. Da kann ich Sie beruhigen. Es liegt zur Zeit nur eine totale Amnesie vor. Möglich, dass es sich um eine vorübergehende Erscheinung handelt. Aber ich möchte Ihnen keine voreiligen Hoffnungen machen. Die Verletzungen waren äußerst schwerwiegend.« Endlich kam er zum Thema. »Nun werden Sie uns vorwerfen, dass wir nicht sofort nach der Einlieferung Ihrer Frau operiert haben. Aber wir haben uns da nichts vorzuwerfen, Herr Hochstett. Kein Arzt hätte den Schädel einer Toten geöffnet.«
»Sie war nicht tot«, widersprach ich.
Der Arzt seufzte und nickte. »Doch, Herr Hochstett, doch, das war sie. Es war keinerlei Hirnaktivität mehr messbar. Sie haben es selbst gesehen.«
»Und warum ist dann plötzlich wieder eine da?«
Er schaute mich lange und zurückhaltend an, bevor er antwor-

tete: »Ich habe keine Erklärung dafür. Ich weiß nur eins mit Sicherheit. Wir haben nicht vorschnell geurteilt, nur Tatsachen ausgesprochen. Unsere Geräte sind hoch qualifiziert; wir müssen uns auf das verlassen können, was sie uns anzeigen. Vielleicht – ich sage ausdrücklich, vielleicht – war noch etwas vorhanden, was sich nicht mehr messen ließ. Und dann, Herr Hochstett, ist hier eine Katastrophe geschehen. Wer will denn jetzt noch zuverlässig sagen können, dieser Mensch ist tot?«
Er machte eine kleine Pause. Doch er wartete wohl kaum darauf, dass ich ihm seine Frage beantwortete.
»Und was wird jetzt?«, fragte ich.
Er wiegte bedächtig den Kopf. »Ich kann keine Zukunftsprognose abgeben, Herr Hochstett. Drücken wir es einmal so aus, dem Gehirn fehlt momentan die Fähigkeit, etwas zu speichern. Man sagt ihr ein Wort, sie plappert es nach, ohne die Bedeutung zu kennen. Und bis auf die Worte ›Chris‹ und ›wichtig‹ vergisst sie auf der Stelle wieder, was man ihr vorgesagt hat.«
Es gelang mir nicht, noch länger die Tränen zurückzuhalten. »Wie ein zersprungener Topf«, flüsterte ich. »Er behält nichts bei sich.«
Von diesem Vergleich aus dem Konzept gebracht, zog der Arzt die Augenbrauen hoch. Dann nickte er. »Ja, so ungefähr könnte man es ausdrücken.«
»Man kann ihn flicken«, sagte ich.
Er lachte leise. »Das haben wir getan, Herr Hochstett, nun sollten wir versuchen, ihn wieder aufzufüllen, nicht wahr? Und das sollten wir in Ruhe versuchen, ohne Druck von außen, ohne Unterstützung der Medien. Ich hoffe, Sie verstehen im Interesse Ihrer Frau, was ich meine.«
Ich verstand auf Anhieb, was er meinte. Aber ich hatte nicht die Absicht, ihn etwa wegen eines Kunstfehlers zu verklagen. Also schwieg ich. Nach ein paar Sekunden sagte er leise:

»Hier ist etwas geschehen, für das es medizinisch keine Erklärung gibt. Und ich weiß noch nicht, ob wir dankbar sein sollten.«
Ich war nahe daran, ihm von Christina zu erzählen. Aber ich sagte nur: »Meine Frau hat einen unbändigen Lebenswillen.«
Der Arzt nickte und hob gleichzeitig die Schultern. »Den haben andere auch«, sagte er. »Aber die schaffen es trotzdem nicht. Und wenn dieser Fall bekannt werden sollte, es hätte verheerende Auswirkungen. Wer wäre denn noch bereit, einen Körper freizugeben, sei es für die Bestattung oder andere Zwecke …?«

Vater blieb an der Tür stehen, als fürchte er sich, näher zu kommen. Er lächelte zuversichtlich, aber man sah ihm an, wie viel Mühe es ihn kostete. Sina lag auf dem Rücken, starrte blicklos zur Decke hinauf. Erst nach einer Weile wurde sie aufmerksam und drehte den Kopf in Richtung Tür. Da kam Vater langsam näher. Neben ihrem Bett blieb er stehen.
Ohne ein Wort der Begrüßung nahm er ihre Hand und zog sich einen Stuhl heran. Der Kopfverband schien ihn zu stören. Immer wieder schweifte sein Blick von ihren Augen zu den monströsen Mullbinden, die direkt an ihrer Stirn begannen. Sie sah aus wie ein kleiner Inder.
»Du wirst viel Geduld mit mir haben müssen«, meinte Vater schließlich. »Es ist schwer, hier zu sitzen und zu denken, sie weiß nicht, wer ich bin.«
Sina reagierte nicht. Sie schaute ihn an, wie sie jeden anschaute, der an ihr Bett kam. Ich versuchte, ihm etwas zu erklären, Vater winkte ab. Zu ihr sagte er: »Was weiß er schon? Niemand von uns kann sich vorstellen, was du jetzt fühlst. Du willst Ruhe, und einer nach dem anderen kommen sie, um dich zu belästigen. Sie sind dumm, weißt du. Sie haben keine Ahnung von der Schwerarbeit, die du leisten musst. Keiner von

uns kann dir dabei helfen. All diese Löcher musst du allein stopfen. Überanstreng dich nicht, Kind, lass dir Zeit.«
Vater blieb nicht lange. Gemeinsam mit ihm verließ auch ich die Klinik. Auf dem Weg zu den Wagen begann Vater zu weinen. »Mein Gott«, flüsterte er, »als ich denken musste, du hältst sie zum allerletzten Mal im Arm, gleich werden sie den Sargdeckel über ihr schließen und sie verschwindet für alle Zeit aus deinem Leben, da war es nicht halb so schlimm wie jetzt. Das ist nicht mehr Sina, das ist eine Ruine.«
»Du hast es einmal erlebt«, sagte ich. »Ich jedes Mal, wenn ich den Raum für kurze Zeit verlassen hatte und zurückkam.«
»In Wahrheit«, flüsterte Vater, »ist sie doch gestorben. Sie wird nie mehr sein, was sie war.«
»Doch, das wird sie«, widersprach ich heftig. »Sie wird lernen. Man wird alles für sie tun. Und eins sag ich dir schon jetzt. Die alten Geschichten bleiben, wo sie sind, vergessen. Sie soll endlich zur Ruhe kommen.«
»Das ist sie doch schon«, sagte Vater. Ich sah ihm nach, wie er mit hängenden Schultern zu seinem Wagen ging, stieg in Rias Auto und fuhr nach Kirchfelden.
Freude hatte ich erwartet, als ich am nächsten Morgen zu Dalling sagte: »Sina ist aufgewacht. Es geht ihr so weit gut, nur ihr Gedächtnis ist beeinträchtigt.«
Dalling nickte kurz. »Das freut mich, Chris. Richten Sie ihr schöne Grüße aus und gute Besserung.«
»Das wird kaum einen Sinn haben«, wollte ich zu einer längeren Erklärung ansetzen. Dalling winkte ab. »Nach der dritten Stunde übernimmt Burbach Ihre Klasse, Chris. Wir haben die Sportstunde vorgezogen. Frau Henschels Schüler kommen zur dritten Stunde. Die übernehmen Sie dann.«
»Ist Silvia krank?«, fragte ich und nahm mir vor, mittags bei ihr vorbeizuschauen. Dalling schaute mich entgeistert an, presste kurz die Lippen aufeinander. »Richtig, Sie waren ja gar

nicht hier. Da haben Sie wohl noch nichts gehört. Frau Henschel ist tot. Sie hat sich ...«
Er stockte, schaute auf die Spitzen seiner Schuhe und sprach weiter mit einem heftigen Vorwurf: »Sie müssen doch gewusst haben, dass Burbach sie verlassen hatte. Sie haben doch immer gewusst, was bei denen vorging, auch wenn Sie das abstreiten. Frau Henschel hat sich das Leben genommen. Man fand sie vorgestern Nachmittag.«
Ich konnte ihm nicht antworten. In den ersten Sekunden konnte ich nicht einmal darüber nachdenken. Trotzdem begriff ich. Silvia war zu mir gekommen, hatte offensichtlich Hilfe gesucht. Und ich hatte ihr halbherzig Tommis Zimmer und eine Anstellung als Kindermädchen angeboten. Mit den richtigen Worten hätte ich ihren Tod vielleicht verhindern können.
Aber – verdammt noch mal – ich hatte doch nichts ahnen können von ihrer Verzweiflung. Wäre sie offen zu mir gewesen; ein Satz hätte gereicht. »Ich kann so nicht weiterleben, Chris!« Das hätte ich verstanden. Und dann hätte ich bestimmt auch anders reagiert.
Nach Schulschluss ging ich zu Sebastian. Am Vormittag hatte ich, außer einer flüchtigen Begrüßung, kein Wort mit ihm gewechselt. Nun hoffte ich im Stillen, ich würde ihn nicht in seinem Haus antreffen. Aber er war daheim und öffnete, noch bevor ich mich bemerkbar machen konnte. Bedrückt und schweigend ließ er mich eintreten.
Er sah schlimm aus, übernächtigt, um Jahre gealtert. Noch in der Diele meinte er: »Sag lieber nichts, Chris. Dass ich ein Schweinehund bin, haben mir bereits andere gesagt. Es ist überflüssig, sich dem anzuschließen. Ich weiß, wie ich mich benommen habe. Aber, Herr im Himmel, damit konnte ich doch nicht rechnen!«
Er war, wie Silvia mir erzählt hatte, an dem bewussten Tag zu Marlene gefahren. Spätabends war er zurückgekommen, hat-

te Silvia nicht im Haus angetroffen. Er hatte auf sie gewartet und so von ihrem Besuch bei mir erfahren.

»Wir hatten einen entsetzlichen Streit«, gestand er. »Ich habe ihr Vorwürfe gemacht, dass sie in ihrer Hilflosigkeit auch noch dich belastet. Dass du genug eigene Probleme hättest und dass sie endlich anfangen sollte, auf ihren eigenen Beinen zu stehen. In meiner Wut habe ich das Haus dann wieder verlassen. Am nächsten Tag kam sie nicht zur Schule. Ich bin in der Pause hergekommen, um nach ihr zu sehen. Da war sie bereits tot. Sie hat mir einen Brief hinterlassen. Er ist von der Polizei beschlagnahmt worden. Aber ich hatte ihn vorher gelesen. Das Übliche, dass sie ohne mich nicht leben kann, dass sie schwanger ist und keinen Ausweg sieht.«

Er fasste sich mit beiden Händen an den Kopf. »Chris, ich habe erst durch diesen Brief von ihrer Schwangerschaft erfahren. Vorher hat sie nur ein paar diffuse Andeutungen gemacht, aus denen kein Mensch klug werden konnte. Ich dachte, sie will unbedingt ein Kind, und ich wollte nicht. Das habe ich ihr deutlich gesagt. Da hat sie sich erst recht nicht mehr getraut, offen mit mir zu reden. Sie war immer so gehemmt.«

Er schwieg eine Weile, erkundigte sich dann kleinlaut: »Und wie geht es Sina? Ich hörte, man hat sie operiert.«

Ich beschrieb ihm Sinas Zustand.

»Ach, Chris«, murmelte er niedergeschlagen. »Und ich hatte gehofft, wenigstens bei euch sei nun alles ...«

Von Sebastians Haus fuhr ich zu Luise und Marthe. Zum zweiten Mal gab ich einen ausführlichen Bericht über Sinas Zustand. Luise freute sich. »Wo Leben ist, ist auch Hoffnung, Chris.«

Silvias Tod trübte die Freude. Ich war mir auch nicht sicher, ob für mich ein Grund zur Freude bestand. Ich aß bei Marthe und Luise zu Mittag und fuhr danach zur Klinik. Diesmal erkannte sie mich, als ich das Zimmer betrat. Ich glaubte zumindest, dass sie mich erkannte. Da war so ein bestimmter Ausdruck in ihrem Blick.

Ich nahm mir einen Stuhl, setzte mich neben ihr Bett. »Wie fühlst du dich heute?«, fragte ich.

Sie ließ mich nicht aus den Augen, lag reglos, nicht einmal die Hände bewegten sich. Nur hinter der Stirn arbeitete es unaufhörlich. Ich sah die Anstrengung überdeutlich. Dann huschte plötzlich ein Ausdruck von Befriedigung über ihr Gesicht. »Chris…tian«, sagte sie. Das ›Chris‹ schien ihr immer noch Schwierigkeiten zu bereiten, es bestand aus dem lang gezogenen Zischlaut. Das ›…tian‹ kam verständlicher. Ich hatte sie nur selten meinen vollen Namen aussprechen hören. Meist in den unangenehmen Momenten. Nur einmal mit Zärtlichkeit in der Stimme, beim letzten Mal. Ich freute mich, hielt es für einen ersten kleinen Fortschritt. Man hatte ihr meinen Namen genannt, vermutlich auch ausführlich erklärt, wer ich war, und sie hatte es nicht auf der Stelle wieder vergessen.

Dieses eine Wort hatte sie viel Kraft gekostet. Erschöpft schloss sie für eine Weile die Augen. Einige Minuten vergingen, dann wurde sie unruhig. Der Kopf auf dem Kissen zuckte hin und her, als liege sie unbequem. Die Hände glitten fahrig über das weiße Laken. Unvermittelt riss sie die Augen weit auf, starrte mich an und öffnete den Mund. »Chris«, eine kleine Pause, ein Sammeln, Konzentration. Dann fügte sie klar und verständlich hinzu: »Wichtig.«

Sie starrte mich an, als wolle sie noch etwas sagen. Aber das schaffte sie nicht. Bald darauf schlief sie ein. Und sie erwachte auch nicht mehr, während ich bei ihr saß.

Neuntes Kapitel

An einem Montagmorgen wurde Silvia beerdigt. Dalling hatte schulfrei gegeben, die Kinder aller Klassen versammelten sich auf dem Friedhof. Es war eine traurige Szenerie. Verwandte hatte Silvia nicht gehabt. Dalling ging hinter dem schlichten Sarg her. Ich folgte ihm, und bei jedem Schritt dachte ich, das könnte Sina sein. Sebastian war nicht erschienen. Einige fanden, es sei besser so.

Ich suchte die Gesichter ab, fragte mich, hinter welcher Miene sich echte Trauer verbarg. Für niemanden war Silvia unersetzlich. Für niemanden war sie wichtig gewesen. Niemand weinte um sie. Als der Sarg hinabgelassen wurde, wandten sich die meisten bereits ab. Dalling blieb noch ein paar Minuten neben mir am offenen Grab stehen. Dann ging er auch.

Als ich an diesem Montag in die Klinik kam, hatte sich Sinas Zustand dramatisch verschlechtert. Sie hatte hohes Fieber, der Blutdruck war rapide gestiegen. Das Herz trommelte einen irren Rhythmus auf den Monitor; sicherheitshalber hatte man sie wieder an die Geräte angeschlossen. Mit schweißbedecktem, hochrotem Gesicht warf sie den Kopf hin und her. Die Hände hatte man ihr mit breiten Mullstreifen am Bett fixiert, auch ihre Füße waren angebunden. Immer wieder stöhnte sie, als habe sie große Schmerzen. Die Ärzte waren in heller Sorge. Was sie noch am meisten beunruhigte, war, dass Sina nicht auf die verabreichten Medikamente ansprach. Sie drohte erneut ins Koma zu fallen.

Zwei Tage ging es so. Nie erlaubten sie mir, lange neben ihr zu sitzen. So saß ich daheim neben dem Telefon, lahm und taub vor Angst. Am Donnerstag besserte sich ihr Zustand wieder. Und nach einer Woche ging es ihr so gut oder so schlecht wie kurz nach der Operation. Von da an machte sie Fortschritte.

Es war ein Erlebnis besonderer Art, sie das erste Mal aufrecht im Bett sitzen zu sehen. Mich erkannte sie inzwischen immer. Sie war zurückhaltend, aber auch ein wenig erfreut, wenn ich kam. Begrüßte mich mit diesem Zischlaut und dem stets nach einer winzigen Pause angefügten ›…tian‹. Ich hatte stets den Eindruck, dass an diesen letzten beiden Silben etwas war, das sie störte. Ich hielt es für ein gutes Zeichen, für einen winzigen Rest Erinnerung.

Dann durfte sie das Bett zum ersten Mal verlassen, für eine knappe Minute, gestützt von einer Pflegerin; sie war so stolz! Vormittags kam regelmäßig eine Sprachtherapeutin zu ihr. Sie lernte in kurzen, verständlichen Sätzen zu sprechen. Es ging alles schr langsam, unterbrochen von Nachdenken und angespannter Konzentration; oft fehlten ihr die richtigen Worte.

Als man ihr das Kind zum ersten Mal brachte, war es schon November. Ich hätte meine Tochter längst heimholen können. Aber die Ärzte versprachen sich einen Vorteil für Sina, wenn das Baby in ihrer Nähe blieb. So lag die Kleine noch in der Klinik. Und Sina war so aufgeregt, als sie mir von den ersten zehn Minuten erzählte.

»Ich habe ein Kind. Eine kleine Tochter. Ich wusste es nicht. Sie haben es … mir gezeigt.« Ihre Hände glitten ruhelos über das Laken. Der konzentrierte, mir nun so vertraute Gesichtsausdruck ging in eine fragende Miene über. »Weißt du es auch, Chris…tian?«

Ich nickte und erklärte: »Ja, ich weiß es.«
»Wollten … wir … ein Kind?« Ihre abgehackte, automatenhafte Sprechweise machte mir Schwierigkeiten. Und nicht nur die, auch die Frage. Ich nickte wieder. »Ja, wir wollten ein Kind. Ich bin sehr stolz auf unsere Tochter.«
Das schien sie zu verwirren, vielleicht kannte sie den Ausdruck ›stolz‹ noch nicht. »Es ist gut«, sagte sie dann. »Ich dachte … Ich dachte …« Wieder schienen einige Worte in ihrem Repertoire nicht gleich greifbar. Dann fielen sie ihr ein. »Du willst sie nicht«, erklärte sie.
»Doch«, sagte ich rasch, »ich will sie, Sina. Ich wollte sie immer.«
Sie lernte. Für mein Empfinden dauerte es entsetzlich lange, sechs Monate. Trotzdem muss ich sagen: In unvorstellbar kurzer Zeit brachte man ihr vieles von dem bei, was ein Mensch wissen und können sollte. Während ich meinen Unterricht wiederaufnahm, lernte sie wie ein Kind. Aber ihr gesamtes Wissen bestand aus Fakten, Daten, Namen und Zahlen. Ihre Worte kamen ohne Gefühl. Eine Hoffnung auf Besserung wollte mir vorerst niemand machen. Es fiel mir oft schwer, bei ihr zu sein. Ich vermisste sie. Ich vermisste sie so sehr, dass es manchmal unerträglich wurde. Aber sie war nicht mehr die Frau, mit der ich fünf Jahre gelebt hatte.
Manchmal war ich wie Vater den Tränen nahe, konnte mich nur mit Mühe beherrschen. Und unsere Zukunft hing von meiner Beherrschung ab.
Am Tag, bevor sie aus der Klinik entlassen wurde, bat der Arzt mich noch einmal zu einem ausführlichen Gespräch. Ohne Umschweife begann er: »Ich will Ihnen nichts vormachen, Herr Hochstett. Nach ärztlichem Ermessen ist Ihre Frau gesund. Es gibt keinen Grund, sie noch länger hierzubehalten. Aber was Sie morgen mit heimnehmen, ist eine fremde Frau. Und Sie sind ein fremder Mann, vergessen Sie das nicht. Sie

werden viel Geduld haben müssen. Es wird vermutlich Peinlichkeiten geben. Hatten Sie ein gemeinsames Schlafzimmer?«

Ich nickte, ahnte, was kommen würde.

»Nun«, meinte er, »da wird sich bestimmt eine Lösung finden. Ich möchte Ihnen den Rat geben, vorerst keine sexuelle Initiative zu ergreifen. Die Therapeutin hat dieses Thema kurz angesprochen, darauf reagiert Ihre Frau mit Angstgefühlen. Ich frage Sie nicht, warum, Herr Hochstett. Wenn es in dieser Hinsicht Unstimmigkeiten gab, lassen die sich für die Zukunft sicher vermeiden. Warten Sie ab, bis Ihre Frau sich wieder mit der Umgebung vertraut gemacht hat und von sich aus erkennen lässt, dass sie zu Intimitäten bereit ist. Ich wünsche Ihnen beiden viel Glück.«

Den Augenblick hatte ich gefürchtet und herbeigesehnt. Auf ein winziges Erkennen gehofft, auf eine Geste, die verriet, dass ihr das Haus, die Räume, dass ihr wenigstens Einzelheiten vertraut waren. Ich belauerte sie, jede Bewegung, jeden Blick. Und ich sah nichts. Nachdem sie an mir vorbei den Hausflur betreten hatte, blieb sie stehen. Das Baby hielt sie in eine Decke gewickelt an sich gepresst. Sie schaute sich aufmerksam um. Und allein in ihrer Neugier war sie sich ähnlich.

Ich wollte ihr das Kind abnehmen, ihr aus dem Mantel helfen. Ich wollte irgendetwas tun, um die Stille zu vertreiben. Sie schaute an mir vorbei zur Küche. Die Tür stand offen wie auch die Tür zum Wohnzimmer. Ihr Blick war eine stumme Aufforderung. »Hier vorne«, begann ich und zeigte auf die Tür neben der Treppe, »war früher Luises Zimmer. Jetzt wird Tommi dort einziehen. Du willst das Baby sicher oben bei dir haben.« Da sie sich nicht rührte, griff ich an ihr vorbei zur Türklinke. Dabei berührte ich flüchtig und ungewollt ihren Arm. Sie lächelte, ebenso flüchtig und ungewollt.

»Willst du zuerst das Kind hinaufbringen? Es ist müde.«
»Ja«, sagte sie und schaute die Treppe an. Es waren zwei Schritte bis zur ersten Stufe. Sie zögerte.
»Soll ich dich begleiten?«, fragte ich.
»Nein«, erklärte sie bestimmt. »Das kann ich allein. Sag mir nur, welche Tür es ist, Christian.«
»Es ist die erste, vorne links bei der Treppe. Die zweite Tür daneben führt in … dein Zimmer.«
Sie nickte, tat, als habe sie mein Stocken nicht bemerkt. Dann stieg sie hinauf. Ich ging ins Wohnzimmer, öffnete die Tür zum Hof und wartete, dass sie zurückkam. Sie ließ sich Zeit. Ich schloss die Tür wieder, die Luft draußen war noch kalt. Windig war es auch, ein typischer Märztag. Ich setzte mich auf die Couch, hörte sie oben mit dem Kind sprechen, in einem warmen, herzlichen und so fremden Ton. Dann hörte ich sie Türen öffnen, aber sie ging weder ins Schlafzimmer noch ins Bad, schaute wohl nur kurz hinein, um sich zu orientieren.
Endlich kam sie herunter. In der Diele zog sie noch ihren Mantel aus, bei der Tür zum Wohnzimmer blieb sie wieder stehen.
»Es gefällt mir«, sagte sie.
Sie ging zu einem Sessel und schaute mich unsicher an. »Es ist nicht leicht. Alles ist fremd. Aber du musst dir keine Sorgen machen, Christian. Ich werde mich schnell an alles gewöhnen.«
»Ich mache mir keine Sorgen«, erklärte ich und versprach: »Ich werde geduldig sein.«
Sie beachtete den letzten Satz nicht weiter, ließ den Blick durchs Zimmer wandern. Nach einer Weile meinte sie: »Das Leben ist mir fremder als das Haus. Das Zimmer kommt mir vertraut vor. Das ist ein Anfang, oder?«
Es klang ängstlich, und flehend fügte sie hinzu. »Die Ärzte haben gesagt, vielleicht ist nicht alles weg. Wenn ich Glück habe, ist einiges nur verschüttet. Und wenn ich mir Mühe gebe, kann

ich etwas davon ausgraben. Du hilfst mir dabei, ja? Du sagst mir, wie es früher war.«
»Früher«, sagte ich, »hast du mich ›Chris‹ genannt. Alle nennen mich Chris. Es klingt nicht so steif und förmlich.«
Überzeugt schien sie von meiner Behauptung nicht. Mit leicht zur Seite geneigtem Kopf schaute sie mich an und meinte zögernd: »Der Arzt sagte, mein Mann heißt Christian. Es war ein schönes Gefühl, und ich kannte auch ein bisschen von deinem Namen. Den Rest kannte ich noch, glaube ich.«
»Wenn es ein schönes Gefühl für dich ist, nenn mich so. Es stört mich nicht.«
»Nein, nein«, sagte sie rasch. »Es soll alles so sein, wie es war. Ich sage jetzt ›Chris‹ zu dir.« Sie lächelte. »Das ist auch ein schönes Gefühl.«
Dann stand sie auf. »Zeig mir die Küche, Chris. Gleich braucht Christina eine Flasche. Wenn sie die nicht rechtzeitig bekommt, schreit sie sich die Lunge aus dem Leib. Das sagte die Schwester immer.«
»Ja«, sagte ich, »wenn sie hungrig sind, tun sie das. Tommi konnte das auch.«
Sie wurde nachdenklich. »Tommi«, meinte sie. »Du willst ihn sicher heimholen. Du kannst es gern tun. Es wird mir nicht zu viel. Ich mag Kinder. Da war eine Frau im Zimmer nebenan, die bekam regelmäßig Besuch von ihrer Familie. Ein Mann und zwei Kinder. Als der Arzt mir sagte, dass ich auch zwei Kinder habe, war ich glücklich. Hol ihn her, Chris. Ich will ihn sehen, meinen Sohn.«
»Es ist noch zu früh«, widersprach ich, während wir in die Küche gingen. Sie füllte den Kessel mit Wasser und stellte ihn auf eine Herdplatte. »Es ist nicht zu früh. Es geht mir gut. Hol ihn zurück, bitte.« Und im gleichen Atemzug fragte sie: »Hast du eingekauft?«
Ria hatte das für mich erledigt, ich nickte nur, öffnete die

Schränke und zeigte ihr, wo alles verwahrt wurde. Im Kessel begann es zu rauschen. Dampf trieb in dünnen Schwaden hoch. Ich hockte mich auf die Tischkante, zeigte zum Herd. »Pass auf«, sagte ich, »wir beginnen mit der ersten Lektion.« Die Hand auf das lichte Wölkchen gerichtet, erklärte ich: »Du hast vor Jahren einmal zu mir gesagt: ›Ich bin das Wasser und der Dampf, Chris.‹«

Sie schaute nicht einmal auf, war mit der Flasche und dem Milchpulver vollauf beschäftigt. »Das ist merkwürdig«, meinte sie, füllte etwas heißes Wasser in die Flasche, gab Milchpulver dazu, schüttelte alles durch und goss noch etwas Wasser nach. »Warum habe ich das gesagt?«

»Du mochtest Wasser und Dampf und Regen und Nebel, du hast dich oft damit verglichen.«

Sie hielt die Flasche unter kaltes Wasser, prüfte die Temperatur an ihrer Wange, ließ sich einige Tropfen auf den Handrücken fließen. Was ich sagte, interessierte sie nicht. »Jetzt hole ich Christina.« Sie ging zur Tür, drehte sich noch einmal um. »Warum trägt sie meinen Namen? Wir haben alle denselben. Ist dir kein anderer eingefallen?«

»Nein«, sagte ich, »als man mich fragte, ist mir kein anderer eingefallen. Gefällt dir der Name nicht?«

»Doch, und du wirst es nicht verwechseln, oder?«

»Nein«, sagte ich. »Sie heißt Christina, du bist Sina. Das werde ich nie verwechseln.«

Sie nickte, ernst und konzentriert. »Ich bin Sina«, stellte sie fest.

Während sie das Baby fütterte, fuhr ich zum Birkenhof. Ria fragte, ob sie am Abend vorbeikommen dürfe. »Ich werde nicht lange bleiben, Chris«, bettelte sie und versprach. »Ich werde sie bestimmt nicht aufregen.« Da sie außerdem versprach, allein zu kommen, stimmte ich zu.

Tommi war so aufgeregt. Sie hatten ihm in all den Monaten immer wieder von seiner Mami erzählt, hatten ihm Fotografien gezeigt, damit er sie nicht vergaß. Vielleicht wäre das gar nicht nötig gewesen. Tommi hampelte und hüpfte an meiner Hand auf den Wagen zu. Der Mund stand ihm nicht eine Sekunde still. Seine Erregung griff auf mich über. Ich spürte mein Herz bis in die Fingerspitzen klopfen. All die Liebe, die sie für ihn gehabt hatte, sie konnte nicht völlig verschüttet oder untergegangen sein. Sekundenlang dachte ich: Er wird sie mir zurückbringen. Wenn sie ihn sieht, wird sie wieder sie selbst.
Sie war oben, als wir das Haus betraten. Ich hörte ihre Stimme, stellte die Tasche mit Tommis Sachen ab und nahm ihn auf den Arm. Ich stieg mit ihm die Treppe hinauf. Oben stellte ich ihn auf seine Füße. Er lief, so schnell, so eilig, wie ich ihn danach nie wieder laufen sah, auf die Tür zu seinem früheren Zimmer zu. Ich folgte ihm rasch, getrieben von einer unerklärlichen Furcht. Ich hätte ihn festhalten müssen, dachte ich. Ich hätte ihn nicht auf sie losstürmen lassen dürfen. Aber es war zu spät.
Sie stand vor der Kommode, war dabei, das Baby zu wickeln. Durch unser Kommen hatte sie sich nicht stören lassen. Erst als Tommi mit ausgebreiteten Armen ins Zimmer stürmte, hielt sie inne. Tommi stockte gleich hinter der Tür. Sein ›Mami‹ war eine einzige Frage. Er war verwirrt, und ich begriff, wie verändert sie ihm erscheinen musste. Als er sie zuletzt gesehen hatte, war sie hochschwanger gewesen, hatte das Haar bis in den Nacken getragen. Es war noch nicht so weit nachgewachsen, dass sich wieder eine Frisur daraus legen ließ. Durch den langen Aufenthalt in der Klinik war ihre Haut ungewöhnlich blass. Und schlank war sie auch wieder, aber das war es nicht allein.
Sina, dachte ich, wäre vor ihm in die Knie gegangen. Sina hätte die Arme ausgebreitet und ihn aufgefangen. Sina hätte ihn

an sich gedrückt, sein Gesicht mit Küssen bedeckt. Sina hätte gemurmelt: »Habe ich dich endlich wieder, mein Herz.«
Sina tat nichts von alldem. Ein wenig steif stand sie vor der Kommode und blickte ihm unsicher entgegen. »Komm her, Tommi«, forderte sie ihn auf. »Du möchtest doch sicher deine kleine Schwester sehen.«
Zögernd ging er näher, reckte sich auf Zehenspitzen und versuchte, einen Blick auf das Kind zu werfen. Sie nahm ihn auf den Arm, was er sich mit einem ängstlichen Ausdruck gefallen ließ. Dann warf er einen scheuen Blick auf das Baby. Anschließend betrachtete er argwöhnisch ihr Gesicht.
»Ist sie nicht süß?«, fragte Sina lockend. Tommi nickte und schaute eingeschüchtert zu mir herüber.
»Bekomme ich einen Kuss zur Begrüßung?«, fragte sie. Wieder nickte er und berührte kurz ihre Wangen mit seinen Lippen. Dann versuchte er, sich von ihrem Arm zu befreien. Sie stellte ihn zurück auf den Boden. »Jetzt muss Christina schlafen, und du kannst mir erzählen, was du erlebt hast.«
Sie lächelte auf ihn hinunter. Er blieb ernst, steckte den Daumen in den Mund, war nun völlig verwirrt und ratlos. Für den Rest des Tages wich er nicht mehr von meiner Seite. Um sieben brachte ich ihn in Luises Zimmer. Das ist falsch, dachte ich. Er müsste jetzt oben sein, wo ihm alles vertraut ist. Aber er schien zufrieden, als ich ihm erklärte, dass er von nun an immer in diesem Zimmer schlafen dürfe.
Sina wartete im Wohnzimmer. »Er hat mich nicht erkannt«, stellte sie fest, tröstete sich. »Aber er hat mich auch lange nicht gesehen.« Dann wollte sie wissen: »Wer hat ihn früher ins Bett gebracht?«
»Du.«
»Dann sollte ich das ab morgen wieder tun.«
»Ja, es wäre sicher besser für ihn. Vielleicht könntest du dann noch ein Weilchen bei ihm bleiben. Früher hast du das getan.

Du hast ihm eine Geschichte erzählt oder ihm etwas vorgesungen. Und nenne ihn nicht Tommi, sag ›mein Herz‹, so kennt er es von dir.«
Sie seufzte schuldbewusst. »Ich habe ihn erschreckt. Das tut mir leid. Ich mache noch so viel falsch. Chris, du musst mir alles sagen, damit ich nicht alles falsch mache.«
»Reg dich nicht auf«, beruhigte ich sie. »Es ist nicht deine Schuld.« Um sie vom Thema abzubringen, schlug ich vor: »Jetzt mache ich unser Abendbrot. Kommst du mit mir in die Küche? Vielleicht möchtest du mir helfen. Du kannst den Tisch decken. Früher hast du das immer getan.«
Sie erhob sich und schüttelte den Kopf. »Nein, das Abendbrot mache ich allein. Ich weiß, was man dafür braucht. Ich habe der Schwester in den letzten Tagen häufig beim Austragen der Tabletts geholfen. Und ich weiß ja auch, wo alles steht. Möchtest du lieber Tee oder Kaffee? Mir ist auch abends ein Kaffee lieber, aber ich kann Tee aufbrühen, wenn es dir lieber ist. Und Eier, soll ich sie kochen oder braten? Ich kann Eier braten. Die Schwester hat mir erklärt, wie man das macht.«
»Tu es so, wie du es möchtest«, sagte ich und hätte am liebsten geschrien: »Lass deine Fingern von den Eiern und dem Kaffee, dafür haben wir Katrin.« Wir gingen in die Küche. Sie nahm Teller und Tassen aus dem Schrank, zog das Schubfach mit dem Besteck auf und zögerte. »Würdest du das Brot schneiden, bitte?«
Wir saßen noch am Küchentisch, als Ria kam. Ihre Freude war so herzlich und ehrlich wie die von Vater. Nur erging es ihr damit ebenso wie ihm. Sina bemühte sich um Höflichkeit. Aber es war ersichtlich, dass jedes neue Gesicht sie aus der Fassung brachte. Sie stellte für Ria ein Gedeck auf den Tisch und bot ihr Kaffee an, dann saß sie nur noch da und wartete. »Kommst du zurecht?«, fragte Ria.
Sina bejahte mit einem Nicken.

»Wie machen wir es denn in Zukunft?«, erkundigte Ria sich vorsichtig. »Früher ist Katrin hergekommen und hat dir den Haushalt geführt. Vielleicht ist es dir lieber, wenn für den Anfang jemand kommt, den du schon kennst.« Ria lächelte. »Ich tu das gerne, wirklich. Katrin kann während der Zeit meinen Haushalt führen.«
Sina schüttelte zögernd den Kopf. »Warum darf ich es nicht selbst tun? Sie haben mir in der Klinik viel gezeigt. Ich kann es bestimmt.«
Zugänglicher wurde sie erst, als Ria bat, das Baby sehen zu dürfen. Sie führte Ria hinauf und brachte das Kind mit herunter, da es ohnehin wach in seinem Bettchen gelegen hatte. Ria durfte es halten, während Sina die Milchflasche zubereitete. Ähnlich wie Tommi schien auch Ria überfordert und verwirrt von dem, was sie vorfand.
Es war nicht einmal neun, als Sina ihre Erschöpfung offen zeigte. Ich brachte Ria zur Haustür. »Wenn es dir recht ist, schaue ich morgen früh doch einmal herein«, sagte sie. »Ich werde nichts tun, was sie nicht will. Aber sie kann nicht ausgerechnet jetzt damit beginnen, einen Haushalt mit zwei kleinen Kindern zu führen. Sie würde sich völlig verausgaben; damit schadet sie sich doch nur.«
Ria schaute mich abwartend an. Als ich erleichtert mein Einverständnis nickte, erklärte sie: »Katrin fiebert dem Moment entgegen, wo sie hier wieder schalten und walten kann. Aber ich werde ihr schon klarmachen, dass sie sich noch etwas gedulden muss.« Unvermittelt begann Ria zu weinen. »So hatte ich es mir nicht vorgestellt, Chris. Das sagt sich so leicht, keine Erinnerung. Sie ist so anders, so fremd.«
Ich rang mir ein zuversichtliches Lächeln ab. »Sie ist doch erst ein paar Stunden hier. Wir sind ihr auch fremd. Man darf keine Wunder erwarten.«
»Ja«, murmelte Ria und wischte sich die Tränen ab. »Aber

man tut es insgeheim. Wann willst du mit ihr hinauskommen?«
»Morgen bestimmt nicht, auch nicht übermorgen. Der Arzt hat mir ausdrücklich erklärt, dass man sie in keiner Weise überfordern darf. Eine so große Familie, und jeder bemüht sich um sie, das würde sie nur erschrecken.«
Ria nickte. »Ja, du hast recht. Sie warten natürlich. Ich werde mit ihnen reden. Sie müssen begreifen, dass es jetzt vor allem um Sina geht, nicht wahr?«
Diesmal nickte ich, Ria fuhr fort: »Man muss es von der praktischen Seite sehen. Mir ist es schon schwergefallen, mich zu beherrschen, für Frank dürfte es noch schwerer sein. Also, es bleibt dabei. Ich komme morgen früh. Ich war eben zufällig im Dorf, möchte nur kurz Guten Tag sagen und mich erkundigen, wie das Baby geschlafen hat. Ich hatte den Eindruck, über das Baby kommt man leichter an sie heran. Da taut sie ein wenig auf.«
Gegen meinen Willen musste ich lächeln. Ria gab sich viel Mühe, und sie hatte recht.

Sina war aus der Küche ins Wohnzimmer gewechselt, saß auf der Couch, wieder mit diesem konzentrierten, gedankenverlorenen Blick. »Ria hat schönes Haar«, sagte sie leise und strich verlegen über ihre Haarstoppeln. »Sie ist eine hübsche Frau.«
Ich glaubte zu wissen, was in ihr vorging. »Dein Haar wird rasch nachwachsen, mach dir darum keine Gedanken. Für mich warst du immer schön, das bist du auch jetzt. Ich habe dich nie anders gewollt.«
»Du hast mich auch gekannt«, murmelte sie hilflos, lehnte den Kopf zurück und schloss die Augen. »Ich kannte mich nicht. Als sie mir einen Spiegel brachten …« Sie brach ab, schwieg sekundenlang. »Sie haben mir erklärt, was mit meinem Kopf geschehen ist. Aber ich hätte mich doch erkennen müssen. Ich

bin mir immer noch fremd. Ich weiß, dass ich ein Bild von mir im Kopf hatte. Als ich aufwachte, war es noch da. Aber es ist weg. Ich habe alles vergessen. Es war bestimmt viel da, als ich aufgewacht bin. Du warst doch bei mir in der Nacht, habe ich etwas gesagt?«

»Du konntest kaum sprechen, nur zwei Worte. Meinen Namen und ›wichtig‹.«

»Siehst du«, vor Aufregung riss sie die Augen auf und beugte sich vor. »Das ist ein Beweis. Ich habe dich erkannt, und ich wollte dir etwas Wichtiges sagen.«

»Nein«, widersprach ich rasch. »So war es nicht. Ich hatte dir beide Worte vorgesprochen.«

Sie nickte resignierend, nach ein paar Sekunden sprach sie weiter: »Es war aber trotzdem etwas da, ich weiß das. Es muss etwas da gewesen sein. Niemand verliert ein ganzes Leben. Und mir ist, als hätte ich etwas getan, was nicht gut war. Mit einem Messer. Ich habe Angst vor Messern. Vielleicht ist es dir aufgefallen in der Küche. Ich mochte es nicht anfassen.«

Ich wusste nicht, ob ich lachen oder weinen sollte. Nur verschüttet, dachte ich, aber muss sie denn zuerst die schmutzigen Fetzen ausgraben? Und wessen Fetzen waren es? War es Christinas Gesicht, das ihr vor dem inneren Auge schwebte? Christinas Schönheit, das lange, lockige Haar? Und das Messer in Richards Bauch? Oder das, mit dem sie mir vor der Nase herumgefuchtelt hatte?

»Als wir ins Haus kamen«, sprach sie in meine Gedanken hinein, »gut, alle haben mir gesagt, jetzt fahre ich heim. Ich wusste, das ist unser Haus, hier habe ich gelebt. Vielleicht war es nur das, unser Haus, unser Leben. Beim Haus konnte ich es fühlen. Dieses Zimmer, ich kannte es. Den Schrank und die Couch, den Tisch. Ich kannte es nicht so, dass ich es dir hätte beschreiben können. Aber als ich es sah, erkannte ich es wieder, verstehst du das?«

»Ja, so viel zum Haus. Und was ist mit dem Leben?«
»Ich weiß es nicht.« Sie lehnte sich wieder zurück und schloss erneut die Augen. »Ich habe nur ein merkwürdiges Gefühl. Ich weiß nicht, wie ich es nennen soll. Angst. Schmerz. Verlassen, aber das Wort ist sicher nicht richtig.«
»Das Wort ist gut«, sagte ich und war froh, dass die Stimme mir gehorchte. Ich fühlte ein Zittern im Innern. Hoffnung! »Aber so wirst du dich nie mehr fühlen müssen, das verspreche ich dir. Und nun geh hinauf, du bist müde und brauchst Ruhe. Ich schlafe bei Tommi.«
Sie senkte den Kopf und errötete. »Habe ich das Gefühl deshalb? Hast du auch früher bei Tommi geschlafen?«
»Nein, wir haben immer in dem Zimmer da oben geschlafen.«
»Es ist nur ein Bett da.«
»Es ist ein breites Bett. Man kann gut zu zweit darin schlafen. Wir konnten es all die Jahre.«
»Möchtest du wissen, ob wir es immer noch können?«, fragte sie zögernd.
»Ich möchte schon, aber wir müssen es nicht gleich heute feststellen.«
»Willst du nicht mit mir in einem Bett schlafen, Chris?«
»Doch«, sagte ich. Meine Kehle wurde eng.
Dann lag sie neben mir. Zum ersten Mal nicht mit nackter Haut. Sie hatte sich im Bad ausgezogen und war mit einem Nachthemd bekleidet zurückgekommen. Sie hatte nie Nachthemden getragen, hatte gar keine besessen. Erst für die Klinik hatte ich welche gekauft. Das Bett war plötzlich schmaler. Wenn sie sich bewegte, zuckte ich zurück. Ich hatte große Mühe einzuschlafen, sie nicht.
Es muss so gegen zwei gewesen sein, als sie sich plötzlich neben mir aufrichtete. Ich dachte, sie wolle nach dem Baby sehen, da begann sie zu sprechen: »Schrei mich nicht an! Du hast

kein Recht, mich zu beleidigen. Geh, verschwinde! Fahr zu deiner läufigen Hündin.«

Ich hatte jedes Wort verstanden. Und kein einziges gehörte zu unserem Leben. Mir schlug das Herz in der Kehle. Ich machte Licht und sah, dass ihre Augen geschlossen waren. Nichts deutete darauf hin, dass sie bewusst gesprochen hatte. Sekundenlang saß sie noch aufrecht neben mir, dann legte sie sich zurück.

Und ich glaubte zu begreifen. Christina! Kein Wunder, dass sie nicht wusste, wer ich war. Kein Wunder, dass Vaters Name ein schönes Gefühl in ihr auslöste. Dass sie Vater in der Klinik nicht erkannt hatte. Dreiundzwanzig Jahre verändern einen Menschen. Dreiundzwanzig Jahre ausgelöscht! Sina hatte aufgehört zu existieren.

Ich schlief nicht mehr in der Nacht. Ich stand auf, ging ins Bad und weinte. Länger als eine Stunde stand ich vor dem Spiegel, betrachtete mein Gesicht und dachte: So sieht ein Mörder aus. Gegen fünf ging ich zurück, legte mich wieder neben sie und begriff, dass ich einen Fehler machte. Es war doch immer nur eine Person gewesen. Und Mama hatte gesagt: »Sie ist eine Birkenfeld, dafür habe ich gesorgt. Lass sie bleiben, was sie ist.«

In den ersten Tagen blieb sie scheu und zurückhaltend. Manchmal dachte ich, so müsse sie gewesen sein, als Richard sie auf den Birkenhof brachte. Ria kam mehrfach vorbei, versuchte wie ich, irgendwo anzuknüpfen. Es war ein heikles Unterfangen. Bei Ria hatte ich keine Hemmungen, über die letzten Wochen und das zu sprechen, was das Unheil heraufbeschworen hatte. Diese blutrünstige alte Geschichte und das Gefühl, als Racheobjekt missbraucht und betrogen zu werden.

»Ich kann dir dazu nichts sagen, Chris«, erklärte Ria. »Wenn sie mit mir in Arnberg war, hat sie niemanden getroffen. Ob du mir glaubst, überlasse ich dir. Aber vielleicht glaubst du mir, wenn ich sage, ich hätte mich nicht als Chauffeur für so eine Sache einspannen lassen.«

Sie schwieg sekundenlang, meinte dann: »Aber ich verstehe, dass du ihr das verschweigen willst, das würde sie nicht verkraften, nicht jetzt. Später vielleicht, aber wozu?«

»Und wenn sie sich an weitere Einzelheiten erinnert? Ich müsste sie belügen.«

»Ach was, Chris«, winkte Ria ab. »Das ist doch keine Lüge. Erzähl ihr von den ersten Jahren, wie glücklich ihr wart. Das wart ihr doch.« Da stimmte ich ihr zu.

Für den Mittwoch lud Luise uns zum Essen ein. Aus ihren Worten hörte ich die Furcht vor dieser Begegnung. Sina empfand ebenso. Luise ließ sich die ihre nicht anmerken. Freundlich, aber neutral streckte sie Sina die Hand entgegen. »Es freut mich, dich gesund wiederzusehen, Sina.«

Noch bevor die Situation peinlich werden konnte, widmete Luise sich den beiden Kindern. Wir wurden ins Wohnzimmer geführt. Marthe hielt sich im Hintergrund. Gerührt betrachtete Luise das Baby. »Wie groß sie schon ist! Ein halbes Jahr ist viel für so einen kleinen Menschen. Ein hübsches Kind, ich finde, sie sieht dir sehr ähnlich, Chris.«

Sie strich dem Baby einmal kurz über die Wange, mehr wagte sie nicht. Sina machte keine Anstalten, ihr das Kind freiwillig zu überlassen. Marthe brachte das Essen auf den Tisch. Auch dabei hielt Sina das Baby im Arm.

»Warum legst du sie nicht in den Wagen?«, schlug ich vor. »Das ist doch bequemer für dich.«

»Es geht sehr gut«, erklärte sie.

Luise warf mir einen Blick zu, den ich nicht deuten konnte. Sie empfand wie alle anderen. Niemand wagte es, bewusst die Hand nach Sina auszustrecken. Sie trug etwas wie eine Mauer um sich. Ein unverfängliches Gespräch begann. Luise erzählte ausführlich, was sich in den letzten Monaten im Dorf ereignet hatte. »Du hast ja nicht viel mitbekommen, Chris.« Allmählich steuerte sie auch auf Silvias Tod zu. Sina gab sich den Anschein, als sei sie intensiv mit dem Baby beschäftigt. Doch inzwischen kannte ich sie gut genug, um zu wissen, dass sie aufmerksam zuhörte.

»Es ist entsetzlich«, sagte Luise, »wenn ein so junger Mensch keinen anderen Ausweg mehr sieht, als sich die Pulsadern zu öffnen. Und er kam nicht einmal zu ihrer Beerdigung.«

Ich zuckte mit den Achseln. »Manche waren der Ansicht, es sei besser so.«

»Wer sind ›manche‹?« Luise schürzte verächtlich die Lippen. »Dalling und du, nehme ich an. Aber das wenigstens hätte er tun können. Für so kaltblütig habe ich ihn nicht gehalten.«

»Er ist nicht kaltblütig«, verteidigte ich Sebastian. »Er macht sich große Vorwürfe.«

Gegen vier verabschiedeten wir uns. Luise begleitete uns zur Tür und hielt mich am Arm zurück, während Sina den Kinderwagen zur Straße schob. »Wann gehst du mit ihr zum Birkenhof?«

»Ich weiß nicht recht. Ria meint …«

»Ria«, unterbrach Luise mich heftig. »Die redet und redet und macht alle verrückt. Chris, ich war zweimal draußen. Ich habe mit Frank gesprochen und mit Mama. Weißt du, was du ihnen antust? Sie waren voller Rücksicht, aber einmal muss es genug sein.«

Sina schob den Wagen bereits ein Stück die Straße hinunter. Tommi zerrte an meiner Hand und wollte hinter ihr her. Da sie sich viel Mühe mit ihm gab, immer darauf bedacht war, so mit ihm umzugehen, wie sie es früher getan hatte, hatte er sich rasch wieder an sie gewöhnt und befürchtete nun anscheinend, sie könne noch einmal aus seinem Leben verschwinden, wenn er nicht ständig in ihrer Nähe blieb.

Luise seufzte. »Man kann noch nicht viel sagen. Ich finde, im Augenblick zählt nur, dass den Kindern die Mutter erhalten bleibt. Alles andere muss sich entwickeln. Vielleicht wird sie doch wieder so, wie sie früher war.«
»Ich hoffe es«, murmelte ich.
Luise zögerte noch, dann machte sie den Vorschlag: »Geh mit ihr zum Birkenhof. Ich sage das nicht nur wegen Mama oder Frank. Die können zur Not ins Dorf kommen. Aber du musst eins bedenken, Chris. Da draußen war sie lange Jahre daheim. Vielleicht erinnert sie sich an das eine oder andere.«
Genau das befürchtete ich. Andererseits, als Sina hatte sie sehr gute Jahre dort gehabt. Vielleicht kam ein bisschen davon hoch, wenn sie Mama gegenüberstand.
»Diese Frau«, fragte Sina, als ich endlich neben ihr auf der Straße war. »Von der ihr gesprochen habt. Kannte ich sie?«
»Ja«, sagte ich nur.
Sie nickte und dachte nach. »Es ist noch früh«, meinte sie nach einer Weile. Ihre Stimme klang unsicher. »Wir müssen doch nicht schon heimgehen, oder?«
»Nein. Möchtest du einen Spaziergang machen?«
Wieder nickte sie. »Würdest du mir den Friedhof zeigen? Ich möchte ihr Grab sehen. Es wäre fast meins geworden.«
Nach der langen Zeit unterschied sich der Hügel kaum noch von den anderen. Es waren noch ein paar hinzugekommen, zwei alte Männer und eine ältere Frau. Sie schob den Kinderwagen langsam vor mir her über den Kiesweg. Dann blieb sie stehen und schaute mich fragend an. »Ist es dieses?«
Ich nickte stumm, hielt Tommis Hand fest und versuchte, meine Gedanken zu einem stillen Gebet zu ordnen. Das gelang mir nicht. Mir war kalt.
»Silvia Henschel«, buchstabierte Sina leise. »Ich habe sie gekannt.«

Sie murmelte den Satz wie eine Beschwörungsformel vor sich hin. Nachdenklich, die Unterlippe zwischen die Zähne gezogen, stand sie da und betrachtete den Schriftzug auf dem schlichten Holzkreuz. Die Gräber daneben waren mit Marmorsteinen geschmückt. Auf einigen brannten Grablichter, bei der Frau, die zuletzt gestorben war, flackerte brennendes Öl in einer offenen Schale. Silvias Grab wirkte trist.
»Silvia Henschel«, wiederholte Sina flüsternd. Sie hob den Kopf und schaute mich an. »Warum hat sie keinen Stein und kein Licht?«
»Sie hat keine Verwandten.«
»Das ist kein Grund«, bekam ich zur Antwort.
»Wir können ihr ein Licht hinstellen und einen Stein für sie anfertigen lassen«, sagte ich.
Sina nickte. »Dann tun wir das.« Wieder schaute sie das Kreuz an. »Einen weißen Stein, wie der da.« Nach ein paar Sekunden kam die ängstliche Frage: »War sie schön?«
»Ja, das war sie.«
»War sie wie ich?«
»Nein«, erklärte ich, »sie war ganz anders.«
»Sag mir, wie sie aussah«, forderte sie.
Irgendwie war es mir unangenehm. Ich musste Ria zum Vergleich heranziehen, zumindest Rias Haar. Sina hörte mir schweigend und aufmerksam zu. Als ich nach wenigen Sätzen wieder schwieg, stellte sie fest: »Sie war sehr schön und sehr verzweifelt. Den Mann, der ihr das angetan hat, kannte ich den auch?«
»Ja«, erwiderte ich knapp, »den kennst du auch.«
Sie atmete vernehmlich aus. »Jetzt weiß ich, wie sie aussah. Wenn ich die Augen schließe, sehe ich sie fast vor mir. Betest du für sie?«
»Ich versuche es, es fällt mir schwer.«
Ihre Stimme wurde leicht unwillig. »Gib dir Mühe. Es ist

wichtig, nur so kommen die verzweifelten Seelen zur Ruhe. Ich werde auch beten.« Sie ließ den Kinderwagen los und faltete die Hände. Einige Minuten stand sie so vor Silvias Grab. Dann fragte sie: »Bist du jetzt traurig, Chris?«
»Ja, ein wenig.«
»Warum?«
»Es ist traurig, dass sie hier liegt. Sie war zu jung. Sie hätte nicht sterben müssen. Am Abend, bevor sie starb, war sie bei mir. Sie könnte noch leben, wenn ich die richtigen Worte gefunden hätte.«
Vielleicht hatte ich mich zu kompliziert ausgedrückt. Sie schaute mich lange an. Dann lächelte sie. Und als müsse sie mich für mein Versagen trösten, stellte sie fest: »Du hast bestimmt die … richtigen Worte gefunden.«
Wir gingen zurück. Sie schob den Kinderwagen an mir vorbei. Das Baby war aufgewacht. Sie beugte sich zu ihm hinunter und strich über die Wangen des Kindes. »Wir leben beide«, hörte ich sie sagen. »Niemand muss traurig sein.«
Als sie die Straße erreichte, blieb sie stehen. Da ich mit Tommi an der Hand noch ein Stück hinter ihr war, dachte ich, dass sie nur auf uns wartete. Dann bemerkte ich, dass sie angestrengt die Straße hinunterschaute. Da gab es nichts von Bedeutung zu sehen. Ein paar Wagen fuhren langsam vorbei, ein Traktor verschwand in weitem Bogen um eine Kurve, auf der anderen Straßenseite gingen Passanten. Sie drehte sich zu mir um und verlangte: »Sag mir, wen ich kenne.«
Flüsternd und dabei verstohlen mit einem Finger auf die einzelnen Menschen zeigend, nannte ich ihr einige Namen.
»Da ist Ria«, unterbrach sie mich. Ich hatte sie zur gleichen Zeit gesehen. Ria war nicht allein, eine Tatsache, die Sina verunsicherte. Mich auch. Franks Ähnlichkeit mit Richard – ich mochte mir nicht vorstellen, wie sie reagieren könnte, wenn er näher kam und sie ihn genauer anschauen konnte.

»Das ist Frank«, erklärte ich rasch, »Rias Mann. Er hat dir sehr viel bedeutet. Er war für dich ein Vater, ein großer Bruder und der beste Freund, den du hattest.«
»Ich kenne ihn nicht«, murmelte sie dumpf, schüttelte den Kopf, wiederholte etwas lauter und mit einem hysterischen Unterton: »Ich kenne ihn nicht.« Ich war erleichtert. Sie begann leise zu weinen, es war mehr Frustration als Verzweiflung. Ria, die uns ebenfalls bemerkt hatte, machte Frank verstohlen aufmerksam. Zögernd kamen beide auf uns zu. Sina weinte immer noch.
»Was hat sie denn?«, fragte Ria besorgt. Frank streckte unschlüssig die Hand aus. »Sina?!« Es klang mutlos.
Sie schaute mich an, zuckte in einem Anflug von Aufbegehren mit den Schultern. Dann ergriff sie die dargebotene Hand und nannte im gleichen fragenden Ton wie er seinen Namen. »Frank?!«
»Du darfst nicht weinen«, sagte er leise. »Es gibt keinen Grund mehr. Du hast alles überstanden. Du lebst.«
Er wandte sich an mich: »Warst du mit ihr am Grab der Lehrerin?« Als ich nickte, wurde er wütend. »Was soll das, Chris? Das ist kein Platz für sie. Sie begreift doch nicht, was da geschehen ist.«
Bevor ich ihm antworten konnte, rief Sina mit einer Stimme, in der so etwas wie Wut mitschwang: »Du denkst, es ist besser, wenn ich es nicht begreife, ja? Ich begreife sehr gut. Für euch ist es leicht. Ihr wisst, wer ihr seid. Ich weiß es nicht. Ich kenne weder euch noch mich selbst.«
Sie schluchzte trocken auf, funkelte ihn wütend an. »Kannst du dir vorstellen, wie das ist? Aufwachen und die eigenen Hände sind dir fremd? Du schaust sie an und denkst: Das sind nicht meine Hände. Dann bringen sie dir einen Spiegel, und du schaust in ein fremdes Gesicht. Und du fragst dich, wer ist das? Wer bin ich?«

Ein letzter Schluchzer, sie stieß verächtlich die Luft aus. »Und dann kommen die Menschen, einer nach dem anderen. Sie nehmen deine Hand und sagen dir, dass sie dich lieben. Und dann sagen sie, du hättest sie immer geliebt. Willst du mir das auch sagen?«

Ich wagte nicht zu atmen. Frank errötete, ließ ihre Hand abrupt los und murmelte: »Entschuldige, Sina.« Dann versuchte er, sie zu beschwichtigen. »Du darfst dich nicht aufregen, das schadet dir. Ich weiß, dass es schwer für dich ist, und ich will nichts von dir. Ich will dir nur einen Rat geben: Versuch nicht, etwas zu erzwingen. Ich will mich nicht aufdrängen. Es macht nichts, dass du mich nicht erkennst, wirklich nicht. Mit der Zeit wirst du dich schon erinnern.«

Er lächelte verlegen und zuversichtlich. »Vielleicht könnte ich dir sogar dabei helfen. Nur wenn du es möchtest natürlich. Komm doch einmal zum Birkenhof. Ich zeige dir, wie und wo du früher gelebt hast. Selbst wenn dir nichts einfällt, ist das nicht schlimm. Dann hast du es wenigstens einmal gesehen und wirst es für die Zukunft wissen.« Frank lächelte immer noch, leicht fiel es ihm nicht.

»Frank hat recht«, sagte ich. Ich konnte die Konfrontation nicht länger vor mir her schieben. Ich konnte nur versuchen, es rasch hinter mich zu bringen. »Wir fahren morgen zum Birkenhof. Du musst nicht deine ganze Familie auf einmal kennenlernen.« Das galt Frank, er verstand es, nickte zustimmend. »Wenn für den Anfang ein neues Gesicht hinzukommt, reicht das«, fügte ich noch an.

Frank atmete erleichtert auf. »Ich sag Mama Bescheid. Sie wird sich freuen.«

Sina schaute ihm nach, als er neben Ria zurück zu seinem Wagen ging. Sie weinte nicht mehr, runzelte die Stirn und zog wie vorhin an Silvias Grab die Unterlippe zwischen die Zähne. »Ich wollte ihn nicht verletzen. Es tut mir leid.«

»Du hast ihm nur gesagt, was du fühlst. Und er hat es verstanden.«
»Aber ich hätte … es nicht tun dürfen. Was ich fühle, geht niemanden etwas an.« Ihr Ausbruch schien sie mehr erschreckt zu haben als mich.

Für den Rest des Tages blieb sie in grüblerischer Stimmung. Um sieben brachte sie Tommi ins Bett, sang ihm ein Kinderlied vor, anschließend saßen wir noch in der Küche. »Meinst du wirklich, es würde mir helfen, wenn ich morgen zu diesen Leuten gehe?«
»Es ist deine Familie, Sina. Niemand verlangt von dir, dass du sie magst. Aber du solltest sie wenigstens kennenlernen.«
»Ja«, sie wurde verlegen. »Aber es ist ein seltsames Gefühl. Es war schon ein seltsames Gefühl, wenn dein Vater mir sagte, wie sehr er mich liebt. Ich dachte, dass er dafür auch etwas von mir erwartet.«
Sie schwieg ein paar Sekunden lang, versuchte zu erklären, was in ihr vorging. »Schau, Chris, an dich habe ich mich gewöhnt. Ria mag ich auch. Tommi braucht mich. Aber der einzige Mensch, den ich wirklich kenne, ist Christina. Ich glaube, sie ist auch der einzige Mensch, den ich wirklich liebe. Sie war vom ersten Augenblick an wie ich. Hilflos und abhängig, ängstlich und dumm. Sag mir ehrlich, Chris, wolltest du das Kind wirklich?«
»Nein«, gestand ich. Es fiel mir nicht leicht, ich bemühte mich auch sofort, das Nein abzuschwächen und zu erklären. »Als ich von der Schwangerschaft erfuhr, hat mich das erschreckt. Tommis Geburt war sehr schwer für dich. Ich hatte panische Angst, dich bei der zweiten Geburt zu verlieren.«
Sie nickte versonnen, aber zufrieden. »Ich wusste es. Ich wusste, dass du das Kind nicht wolltest. Als sie mir sagten, dass ich ein Kind bekommen habe, wusste ich, dass ich mich

davor gefürchtet hatte. Nicht davor, das Kind zu bekommen. Nur davor, dich durch dieses Kind zu verlieren. Verstehst du das?«

Mir war nach einem Lächeln. Noch ein Stück von den schwarzen Zeiten, dachte ich. Aber es klingt nach unseren Zeiten. Als ich nickte, meinte sie fragend: »Dann habe ich dich wohl sehr geliebt?« Ich nickte noch einmal.

Sie lächelte entschuldigend: »Erzähl weiter, bitte. Du wirst sehen, ich weiß noch mehr. Das wusste ich ja auch. Aber es sind immer nur Gefühle, ich sehe keine Bilder dazu. Beschreib mir ein paar Bilder, Chris. Wo haben wir uns zum ersten Mal gesehen?«

»Bei der Schule.«

Sie zog die Beine an, stellte die Fersen auf die Stuhlkante und schlang beide Arme um ihre Knie. Dann stützte sie das Kinn auf. Sie saß fast da wie ein Kind in Erwartung einer Märchenstunde.

»Ich glaube, das weiß ich auch noch«, verkündete sie freudig. »Hast du mich sofort gemocht?«

»Nein«, sagte ich, »dafür war ich viel zu wütend.«

Die erwartungsvolle Freude verschwand aus ihrem Gesicht. Sie zuckte bedauernd mit den Achseln. »Schade. Und warum warst du wütend?«

Ich erzählte ihr von meinen ersten Monaten in Kirchfelden, von den Schwierigkeiten, verschwieg jedoch, dass sie die Ursache gewesen war. Dann beschrieb ich ihr das zweite Treffen bei der Scheune. Wie sie neben mir ging, mit nackten Füßen über das spärliche Gras. Was ich dabei empfunden hatte, das Gefühl von innerem Frieden und die Sehnsucht. Manchmal lächelte sie versonnen oder seufzte leise.

»Das klingt romantisch, Chris. Es muss schön sein, mit nackten Füßen über Gras zu laufen. Wir müssen es noch einmal tun.«

Dann erhob sie sich und räumte den Tisch ab. »Ich müsste traurig sein, weil ich mich an so viel Schönes nicht erinnere. Aber ich bin nur wütend. Wirklich, ich bin wütend. Erinnerungen sind etwas sehr Persönliches. Die kann man sich nicht borgen. Darf ich dich noch etwas fragen, Chris?«

»Natürlich.«

Aber so natürlich schien es nicht. Sie druckste ein wenig herum, wandte mir den Rücken zu und spülte eine Tasse unter fließendem Wasser ab. »Ich habe dir eben gesagt, dass ich dich noch nicht liebe. Stört dich das sehr? Ich meine, du liebst mich doch, oder?«

»Ja, ich liebe dich. Und es stört mich auch ein wenig, wenn du mir das sagst. Aber ich hoffe, dass es sich ändern wird. Schließlich hast du mich einmal sehr geliebt.«

»Und das fehlt dir jetzt?«

»Natürlich fehlt es mir. Ich würde dich gerne berühren.«

»Aber du tust es nicht«, stellte sie fest.

»Möchtest du, dass ich es tue?«

Sie drehte das Gesicht über die Schulter zu mir. »Nein«, erklärte sie rasch, senkte augenblicklich den Kopf vor Verlegenheit. »Jetzt nicht. Später, Chris. Später möchte ich es bestimmt.«

In der Nacht schlief ich so fest, dass ich mich nach dem Erwachen nicht an einen Traum erinnerte. Aber es war einer da gewesen, ein paar vermischte Bilder waren mir geblieben. Nur konnte ich sie nicht in die richtige Reihenfolge bringen. Ich war über einen Friedhof gegangen und hatte nach einem Grab gesucht, aber es gab kein Grab. Ich war in eine Pfütze getreten und hatte festgestellt, dass sie aus Tränen bestand. Ich hatte Sina auf dem Rand eines großen Topfes hocken sehen, darauf gewartet, dass sie hineinstieg, aber sie weinte nur.

Mit einem unguten Gefühl brachte ich sie kurz nach Mittag zum Birkenhof. Luise blieb bei den Kindern. Sina hatte ihr das

Baby nur widerwillig anvertraut. Ich musste sie förmlich zwingen, in den Wagen zu steigen. Es war immer noch der von Ria. Doch ich dachte daran, mir in den nächsten Tagen wieder einen eigenen zu kaufen.
Blass und nervös saß sie neben mir. Während der Fahrt sprach sie kein Wort. Kaute nur auf ihrer Unterlippe herum und strich immer wieder mit den Händen ihren grauen Rock glatt.
Frank öffnete uns und führte uns zum Haupthaus. Sina ging langsam, schaute sich aufmerksam um. Ihre Furcht schien verflogen, hatte einer gesunden Neugier Platz gemacht. Bevor sie das Haus betrat, blieb sie kurz bei der Tür stehen, fasste nach der polierten Klinke und strich zaghaft darüber.
»Es ist hier wie in einem Märchen«, sagte sie.
Um Franks Lippen huschte ein Lächeln voll Erleichterung und Glück. Er ließ sie nicht aus den Augen. Endlich ging sie hinein. Er folgte ihr dichtauf. Ich hielt mich etwas zurück.
Wie immer war es dämmrig in der Halle. Im Kamin brannte ein Feuer. Mama saß davor und schaute Sina entgegen, ohne sich zu rühren. Es war gut so, ließ ihr Zeit. Ausgestreckte Arme und eine lockende Stimme passten auch nicht zu Mama. Wie sie da in ihrem Lehnstuhl saß, war sie nur wacher Verstand. Lange Sekunden vergingen, niemand sprach.
Sina schaute sich um. Endlich ging sie die letzten Schritte bis zu Mamas Stuhl, streckte artig wie ein Schulkind die Hand aus und sagte: »Guten Tag.«
Mama erwiderte den Gruß ruhig und beherrscht. »Guten Tag.«
»Darf ich mich ein wenig umsehen?« Es klang hölzern. »Natürlich«, sagte Mama. »Frank wird dich herumführen.«
»Kann Ria mit mir gehen?«
»Wenn es dir lieber ist«, sagte Mama. Und Frank ging los, um seine Frau zu holen.
Mama wandte sich an mich. »Wirst du die beiden begleiten, Chris? Oder leistest du mir Gesellschaft?«

Der letzte Satz klang eindringlich, war mehr Befehl als Bitte. Ich wäre gern mitgegangen, aber ich mochte nicht ablehnen.

Frank kam mit Ria zurück. Ob er gekränkt war, ließ er nicht erkennen. Ria legte einen Arm um Sinas Schultern, was sie ohne ein Zeichen von Abwehr duldete, und meinte scherzhaft: »Na, dann wollen wir mal. ›Burgführung‹ hast du das früher genannt. Wer hätte gedacht, dass man dich einmal durch die Burg führen muss. Aber mach dir nichts daraus. Es hätte auch einen von uns treffen können. Wir sind dir nicht überlegen, nur weil wir uns hier auskennen.« Ich hörte Ria reden, während sie die Treppen hinaufstiegen. Ihre Stimme verstummte erst, als sich oben eine Tür hinter ihnen schloss.
»Setz dich, Chris«, forderte Mama und zeigte auf einen Stuhl. Ich folgte ihrem Befehl. Sie räusperte sich. »Luise war gestern Abend hier. Sie hat versucht, mich schonend vorzubereiten. Wie kommst du mit ihr zurecht?«
Ich zuckte mit den Achseln. »Von Zurechtkommen kann man noch nicht sprechen nach so kurzer Zeit.«
Mama nickte zustimmend. »Ja, so, wie man darüber denkt, ist es nicht. Wir sagen: Sina lebt. Aber Sina lebt nicht mehr.«
»Da irrst du dich«, widersprach ich beherrscht. »Ihre Erinnerung ist nicht völlig ausgelöscht. Sie erinnert sich vage an einiges aus der Zeit vor dem Unfall.«
Mama zeigte keine Gefühlsregung. Frank stand hinter ihr, die Hände auf der Rückenlehne des Sessels, die Augen auf einen Punkt an der Wand gerichtet. Es war beklemmend. Ich atmete tief durch, leichter wurde mir nicht. »Ich weiß nicht, ob sie in den letzten Monaten über uns gesprochen hat. Wir hatten Probleme. Da waren diese alten Geschichten. Aber jetzt haben wir eine Chance. Du verstehst, was ich meine?«
Mama nickte wieder. »Wenn du es so sehen kannst, Chris, hat es gewiss Vorteile. Und wenn du eine Chance siehst, dann

mach das Beste daraus. Wir sind froh, dass es so gekommen ist. Froh für dich und die Kinder. Aber ich frage mich, wie behandelt man so einen Menschen? Es ist nicht wie damals. Da war es einfach. Man hat mir einen Säugling in den Arm gelegt, ein Wesen, das nicht imstande war, seine Gefühle zu zeigen. Aber etwas konnte sie noch. Sie war erst drei Wochen alt, da konnte sie es schon. Weinen, Chris. Nicht schreien oder jammern, wie Säuglinge es normalerweise tun. Sie weinte. Als ich es hörte, wusste ich, wer sie war.«

»Das solltest du auch jetzt wissen«, erwiderte ich heftig.

Mama lehnte sich zurück und schloss die Augen. »Weißt du, was ich vor mir sehe, Chris? Ich stehe vor dem Bett in der Klinik und sehe Sina darin liegen. Ich sehe, dass sie atmet, aber ich sehe auch die Schläuche in ihr stecken. Ich habe versucht, mit ihr zu reden. Du weißt schon, was ich meine, Chris. Ich konnte immer auf diese Weise mit ihr reden. Du konntest es auch. Aber an diesem Bett habe ich keine Antwort mehr bekommen. Und jetzt frage ich mich, was geschehen ist. Sie war tot, und Tote stehen nicht aus ihren Betten auf. Ich musste sie sehen, um mich davon zu überzeugen. Jetzt bin ich meiner Sache sicher.«

Mama konnte lächeln, als sie weitersprach: »Ich weiß nicht, wen du in mein Haus gebracht hast, Chris. Weißt du es schon?«

»Was soll das heißen?« Ich war kaum fähig zu sprechen. Was sie sagte, war ungeheuerlich. Und die Art, wie sie es sagte, war brutal und herzlos.

»Du hast mich verstanden«, sagte sie. »Als ich aus der Klinik zurückkam, habe ich hier gesessen, die ganze Nacht. Und dann hörte ich sie weinen, Chris. Da oben.«

Sie zeigte zur Treppe hinüber, und Frank hinter ihr sackte in sich zusammen. »Du lügst«, murmelte er. »Wie kannst du so etwas behaupten?«

Dann beugte er sich über ihre Schulter vor und schrie sie an: »Du hast schon einmal versucht, sie loszuwerden. Denkst du, ich hätte das vergessen? Versuch es nicht wieder, ich kann dich nur warnen. Ich höre dich heute noch brüllen: ›Schaff dir dieses Weib vom Hals! Schneid ihr das Kind aus dem Leib, und schneid ihr den Hals durch!‹«

Frank hatte Tränen in den Augen. »Du bist ein böses altes Weib. Ich bin nur glücklich, dass sie nicht mehr um deine Anerkennung betteln muss. Als sie eben hier vor der Tür stand, weißt du, was sie sagte? Weißt du noch, was Christina sagte, als sie zum ersten Mal hier vor der Tür stand? ›Es ist hier wie in einem Märchen.‹«

Mama blieb trotz der Vorwürfe ruhig. Sie drehte ihm das Gesicht zu, mit sehr viel Bedauern darin. »Ich weiß, es ist nicht einfach, Frank«, sagte sie. »Aber es hilft niemandem, wenn wir die Tatsachen leugnen.«

Frank kam langsam um den Sessel herum. Er schüttelte heftig den Kopf, hielt ihn dabei gesenkt wie ein zum Angriff bereiter Stier. »Hör auf«, presste er hervor.

Ich dachte, er würde sie schlagen oder erwürgen. Vielleicht hätte er es getan. Doch in dem Augenblick kamen Ria und Sina zurück. Ria hatte wieder einen Arm um Sinas Schultern gelegt. Ich erhob mich und ging ihnen entgegen, froh und erleichtert, dass der Spuk vorbei war.

Das war er nicht. Sina war blass, entsetzlich blass, und sie zitterte. »Können wir zurückfahren, Chris? Bitte!«

Verdammt, dachte ich, sie hat alles gehört. Ria biss sich auf die Lippen, zuckte verlegen mit den Achseln. Sina riss sich von ihr los und lief ohne ein weiteres Wort auf die Tür zu. Ich ging ihr nach, ebenfalls ohne mich zu verabschieden. Sie stand bereits neben dem Wagen, als ich das Tor erreichte, trippelte von einem Fuß auf den anderen.

»Bitte, Chris, mach schnell. Ich muss hier weg.«

Während der Fahrt sprach sie nicht, gab nur manchmal einen sonderbaren Laut von sich, der wie ein Aufschluchzen klang. Sie sprang aus dem Wagen, kaum dass ich angehalten hatte, rannte auf das Haus zu. Und noch bevor ich die Haustür wieder hinter mir geschlossen hatte, erklärte sie mir zitternd: »Bitte, Chris, ich will nie wieder dorthin.«

Luise hatte sich einen Kaffee aufgebrüht. Auf dem Tisch im Wohnzimmer stand ein Gedeck. Es war offensichtlich, dass sie uns nicht so rasch zurückerwartet hatte. Sie war dabei gewesen, sich Kaffee einzugießen, als wir ins Haus kamen. Erstaunt hielt sie inne und kam in den Flur. »Was ist passiert?« Sie strich Sina leicht über die Wange. »Du bist ja ganz aufgelöst, armes Kind. Hat es dir nicht gefallen?«

Sina beachtete sie nicht, ließ sich jedoch willig von ihr ins Wohnzimmer führen und in einen Sessel niederdrücken. Noch einmal fragte Luise: »Was ist passiert?«

Ich war mir nicht sicher, ob ich vor Sina wiederholen sollte, was Mama sich erlaubt und was Frank ihr vorgeworfen hatte. Und noch bevor ich mit meinen Zweifeln zurechtgekommen war, reagierte Sina. Mit dumpfer und tonloser Stimme begann sie: »Zuerst war alles in Ordnung. Ria hat mir ein paar Bilder gezeigt, die da oben an einer Wand hingen. Meinen Vater und noch ein paar andere. Auch eine alte Fotografie von meiner Mutter. Die trug sie in der Tasche bei sich. Dann ging sie mit mir in ein Zimmer. Sie sagte, das sei mein Zimmer gewesen. Ich sollte mich auf das Bett setzen. Das habe ich getan. Ria hat mir eine Stoffpuppe gegeben und gesagt, die gehörte meiner Mutter, aber ich hätte als Kind auch oft damit gespielt. Wenn ich wütend gewesen wäre, hätte ich sie an die Wand geworfen. Ich soll sie mir genau ansehen, sagte Ria. Und plötzlich … fing neben mir jemand an zu weinen.«

Sie begann zu weinen, schniefte und schluchzte, ließ die gesamte Anspannung in Tränen übergehen. »Es war niemand da, niemand außer Ria und mir. Ich habe Ria gefragt, ob sie es auch hört. Ria sagte nein, sie hört nichts. Aber ich soll mir keine Gedanken machen. Wenn jemand neben mir weint, das sei ich. Ich hätte früher viel geweint, und jetzt würde ich es hören. So ein Unsinn! Ich wollte da weg, aber Ria meinte, ich soll die Augen schließen und zuhören.«

»Ria ist übergeschnappt«, kommentierte Luise.

»Nein, sie war sehr nett«, widersprach Sina. »Sie hat mir erzählt, ich hätte dieses furchtbare Weinen von meiner Mutter geerbt. Wie die Puppe. Und je mehr Ria erzählte, umso lauter wurde das Weinen. Ich habe es nicht mehr ausgehalten. Chris«, sie schaute mich mit tränenverschleierten Augen an, »ich habe noch nie einen Menschen so weinen hören. Es war entsetzlich. Ich bin aus dem Zimmer gelaufen. Ria kam hinter mir her, und das Weinen folgte uns. Ich habe es mitgebracht, Chris. Hörst du es nicht?«

Den letzten Satz schrie sie, ballte die Fäuste dabei und drückte sie gegen ihre Ohren. Dann schrie sie noch einmal: »Es ist da, wo du stehst, Chris. Du musst es doch hören.«

»Bring sie hinauf, Chris«, verlangte Luise energisch. »Um Gottes willen, sie darf sich nicht so aufregen.«

Ich hörte Luise reden, wusste auch, dass sie recht hatte, nur handeln konnte ich nicht. Ich sah Christina den Klinikkorridor entlanggehen, hörte sie noch einmal sagen: »Und ich hoffe, du wirst zufrieden sein mit ihr.« Ich starrte auf das Geschöpf im Sessel, das weiße Gesicht, die weißen Fäuste, die in Panik aufgerissenen Augen. Ich hörte Mama fragen: »Weißt du es schon?« Im ersten Moment wusste ich es nicht. Dann glaubte ich zu begreifen, wer vor mir saß.

Sina! Ein unbeschriebenes Blatt. Nicht völlig unbeschrieben. Christina hatte sich endgültig von ihr gelöst, hatte ihr nur ein paar Zeilen gelassen. Oder ein paar hässliche Flecken auf dem

Papier, die mich zur Vorsicht ermahnen sollten. So musste es sein. Aber was zum Teufel hörte sie? Dann fiel mir auch das ein. Es gab nur eine Erklärung, mich! Meine Erinnerung! Ihre Verzweiflung in meinem Kopf.

»Bring sie hinauf, Chris«, wiederholte Luise ihre Forderung. Endlich konnte ich mich von der Stelle rühren. Ich zog Sina aus dem Sessel hoch; sie fühlte sich an wie eine Stoffpuppe.

»Komm, mein Herz«, sagte ich leise. »Ich bring dich ins Bett.« Sie ließ sich hinaufführen, blieb vor dem Bett stehen.

»Wir haben einen Fehler gemacht«, sagte ich, während ich die Knöpfe ihrer Bluse öffnete. »Ich habe einen Fehler gemacht. Ich hätte es dir längst sagen müssen. Dann hätte es dich nicht so erschrecken können.«

Ich zog ihr die Bluse aus dem Rockbund, streifte sie von ihren Schultern. Sie ließ es geschehen.

»Ria hat es nur gut gemeint«, sagte ich. »Aber sie hat sich geirrt. Sie weiß es auch nicht besser. Wir beide, wir konnten miteinander reden, auch wenn wir nicht zusammen waren. Wir konnten uns immer sehen und hören. Und was du jetzt hörst, das sind meine Erinnerungen. Verstehst du das?«

Sie reagierte nicht, starrte zum Fenster hinüber und ließ sich den Rock ausziehen. Dann drückte ich sie auf das Bett hinunter, zog ihr Schuhe und Strümpfe aus.

»Wenn es dir gehört, dann mach, dass es weggeht«, flüsterte sie. Vom Hof drangen die Stimmen von Luise und Tommi herein. Ich ging hin und schloss das Fenster. Dann setzte ich mich neben sie auf das Bett.

»Jetzt wird es leiser«, flüsterte sie und lauschte weiter angestrengt. Unbewusst begann ich mit einer Hand ihren Rücken zu streicheln, nahm sie in den Arm, hielt sie minutenlang und legte sie zurück auf das Kissen. Ich strich weiter über ihre Haut, versuchte gar nicht erst, gegen die wachsende Erregung anzukämpfen. Wie hatte ich das vermisst.

Sie ließ mich gewähren, schloss die Augen und beruhigte sich allmählich. Ich beugte mich über sie, küsste sie behutsam, betrachtete sie aufmerksam dabei. Auch den Kuss ließ sie ohne ein Zeichen von Abwehr über sich ergehen.
Luise, das spielende Kind auf dem Hof, alles wurde nebensächlich, ich vergaß es. Vor meinen Augen stieg Sina in eine alte, staubige Kutsche. Sie schaute auf mich herab und sagte: »Es ist gut, Chris. Du kannst jetzt gehen.« Und ich drehte mich um und trottete wie ein geprügelter Hund ins Dorf zurück. Die Erregung flachte ab, es blieb nur so viel übrig, dass ich sie lieben konnte. Es war nur Liebe, es hatte nichts von der Leidenschaft und der Raserei, die ich sonst mit ihr erlebt hatte.
Vielleicht hoffte ich, in der Umarmung einen Funken von Christinas Feuer zu finden. Aber es blieb kalt in mir. Unter der Asche war keine Glut mehr. Ich würde ein neues Feuer anzünden müssen. Als ich mich von ihr zurückzog, lächelte sie. »Ich war dumm«, sagte sie. »Ich hätte dich nicht so lange warten lassen dürfen.«
Wir blieben noch eine Weile auf dem Bett liegen, nebeneinander, ohne uns zu berühren. Dann stand sie auf und ging ins Bad. Ich hörte Wasser rauschen, hörte es plätschern, als sie in die Wanne stieg. Sie blieb nicht lange, kam zurück, um den Körper hatte sie ein Handtuch geschlungen. Sie ging zum Schrank, nahm frische Unterwäsche heraus, zögerte einen Moment und griff noch einmal in das Fach.
»Chris, darf ich dich etwas fragen?«
»Natürlich.«
Sie drehte sich zu mir um, in der Hand hielt sie eine kleine Schachtel. »Das hier habe ich gefunden. Ich würde ihn gerne tragen.« Sie klappte die Schachtel auf. Mein Blick fiel auf den Ring mit dem Rubin. Sie lächelte unsicher. »Ich weiß ja nicht mehr, wie es war, als wir geheiratet haben. Aber wenn du

nichts dagegen hast … Wenn du ihn mir ansteckst, dann weiß ich wieder, was für ein Gefühl das ist.«
Ich steckte ihr den Ring an den Finger. Über den Trauring, der völlig unter der massiven Fassung verschwand. »Er ist wunderschön«, sagte sie. »Fast zu schade, um ihn jeden Tag zu tragen.«
Nachdem sie die Wäsche angezogen hatte, blieb sie noch sekundenlang vor dem offenen Schrank stehen.
»Ich muss dich noch etwas fragen, Chris. Bist du einverstanden, wenn ich an einem der nächsten Tage mit Ria in die Stadt fahre? Ich würde mir gern ein oder zwei neue Kleider kaufen. Die hier sind alle grau. Warum?«
Ich erzählte ihr von den Wassergläsern, in denen die Kinder ihre Malpinsel auswuschen, und von dem Maiabend, als sie in der Dämmerung zu einem grauen Schatten wurde, als ich verstand, warum sie nur diese Farbe trug.
»Ja, wenn es dir nicht recht ist …«, meinte sie zaghaft.
»Natürlich ist es mir recht. Ich habe nichts dagegen, dich einmal in einer anderen Farbe zu sehen. Du hast schon einmal ein anderes Kleid besessen. Es war rostrot, hatte einen weit schwingenden Rock und eine schmale Taille.«
»Wo ist es?«
»Du hast es zerrissen«, sagte ich.
Offenbar war ihr das peinlich. »Warum?«
»Warum«, wiederholte ich seufzend. »Weil du schwanger warst. Weil du es nicht tragen konntest.«
»War ich ein schwieriger Mensch, Chris?«, fragte sie ängstlich.
»Nein, du warst ein besonderer Mensch. Ich war schwierig. Ich habe dich nicht immer verstanden. Aber ich werde mir Mühe geben, glaub mir. Es wird keine Missverständnisse mehr zwischen uns geben. Jetzt nicht mehr.«
Sie kam zum Bett und setzte sich noch einmal neben mich.

»Ich weiß nicht«, begann sie zögernd, »wie es anderen geht, die ohne Erinnerung leben müssen. Wenn da plötzlich Menschen sind, die behaupten zu lieben und geliebt werden wollen. Ich hatte Glück, denke ich. An deiner Stelle hätte auch ein anderer sitzen können. Ein roher Klotz, der nur sein Recht geltend macht. Als ich dich da immer wieder neben meinem Bett sitzen sah, wusste ich schon, dass ich viel Glück hatte. Ich will jetzt nicht von Liebe sprechen, Chris.«
Sie strich über mein Gesicht und lächelte verlegen. »Aber ich bin dir dankbar für deine Liebe. Und eines Tages werde ich dich lieben, das verspreche ich dir. Ich habe es doch einmal getan.«
Sie schaute mich an, etwas wie Traurigkeit im Blick. Ich legte eine Hand an ihre Wange und erwiderte zuversichtlich: »Wir schaffen das schon.«

Ein paar Tage später fuhr sie mit Ria nach Arnberg. Sie kamen am späten Nachmittag zurück und waren beide mit Tüten und Paketen beladen. Alles, was Sina eingekauft hatte, wurde im Wohnzimmer ausgebreitet. Kleider, Röcke, Blusen, Schuhe, vieles schon für den kommenden Sommer. Deutlich kam Rias Geschmack zum Ausdruck.
Sina ging es nur darum, ob mir ihre Einkäufe gefielen. Sie war glücklich, wirkte heiter und gelöst. Ohne Scheu zog sie sich aus, streifte jedes Teil über. Dann ging sie im Zimmer auf und ab. »Wie gefällt es dir, Chris? Findest du, das steht mir? Ria meint, es steht mir gut.«
Freundliche, helle Farbtöne, Leinen, Seide, leichte Stoffe. Ria lachte. »Du hättest sie in Arnberg erleben müssen. Wenn ich sie nicht zurückgehalten hätte, wärst du jetzt ruiniert, Chris.«
An der Stelle stockte Ria, als sei es ihr peinlich, weiterzusprechen. Erst später sagte sie mir, dass Mama keinen Pfennig für Sinas Einkäufe hatte herausrücken wollen. Für Mama war das Thema abgehakt. Aber als Ria mir das sagte, interessierte es

mich nicht mehr. Es hatte mich ohnehin immer gestört, vom Birkenhof zu leben.
Ria ging kurz vor sieben. Tommi spielte in einer Zimmerecke selbstvergessen mit den Bausteinen, die Sina ihm mitgebracht hatte. Christina lag auf einer Decke dabei, beobachtete ihn zufrieden und schwenkte hin und wieder eine Rassel vor dem Gesicht. Es war friedlich. Ich fühlte mich wohl in dem Augenblick. Ich glaube, es war der letzte Augenblick, in dem ich mich wohlfühlte.
Sina brachte ihre gesamten Einkäufe hinauf in unser Zimmer. Sie kam zurück, müde, ein wenig erschöpft, aber restlos glücklich. »Ich habe alles in den Schrank geräumt. Aber es ist doch einiges zerdrückt. Das werde ich aufbügeln müssen.«
»Das macht Katrin, wenn sie morgen kommt.«
So weit waren wir inzwischen. Mochte Mama denken, was sie wollte, die anderen Birkenfelds ließen sich davon nicht beeindrucken, sie waren auf der Seite von Frank. Nur Sina war nicht recht einverstanden. Auch jetzt meinte sie wieder: »Ach, das ist mir gar nicht recht. Ria hat mir eben wieder von Katrin erzählt. Sie sagte, Katrin betet mich an. Mir ist das peinlich. Ich weiß ja nicht einmal, ob ich sie mag.«
»Du wirst sie mögen«, sagte ich leichthin. »Katrin ist ein umgänglicher Mensch. Mit ihr kommt jeder zurecht.«
Davon schien sie nicht überzeugt und wechselte das Thema. »Sag mal, Chris, waren wir oft in Arnberg?«
»Mit Ria bist du oft hingefahren. Wir beide waren auch dort, aber seltener.»
Sie nickte, es lag Zufriedenheit darin.
»Ich wusste es«, behauptete sie, jede Silbe betonend. »Ich kannte die Stadt, die Straßen, die Häuser. Als ich es sah, wusste ich, dass ich oft da gewesen bin. Manchmal wusste ich sogar, was hinter der nächsten Ecke kommt. Weißt du, Chris«, sie kuschelte sich gemütlich in die Couchecke, »das ist ein ko-

misches Gefühl. Stell dir einen großen Raum vor, in dem ein paar Dinge lose herumfliegen. Man rennt hinter diesen Dingen her und versucht, sie einzufangen. So ungefähr muss es in meinem Kopf aussehen. Es sind noch viele Dinge da, ich muss sie nur zu packen kriegen. Heute habe ich gleich zwei gefangen.«
Sie erzählte, dass sie nach den Einkäufen mit Ria noch in einem Café gewesen war. »Es lag in der Nähe des Schlosses, Chris. Ich weiß nicht, ob du es kennst. Mir war es nicht vertraut, obwohl Ria sagte, wir seien immer dort gewesen, wenn wir in der Stadt waren. Von dem Platz, auf dem ich saß, konnte ich zur Einfahrt des Schlosses hinüberschauen. Und dabei ist mir etwas eingefallen.«
Sie holte tief Luft, ließ einen Augenblick verstreichen, um die Spannung zu erhöhen, und begann den Ring zu drehen. Dabei schaute sie mich an, als müsse ich augenblicklich in ihre Begeisterung einstimmen. »Wir beide«, begann sie langsam, »sind durch den Park gegangen. Es war im Sommer, ein heißer Tag. Wir haben die Schwäne am Weiher gefüttert. Wir haben uns unterhalten. Es war ein ernstes Gespräch. Ich glaube, wir sprachen darüber, ob es besser sei, wenn wir uns trennen.«
Schwäne gefüttert, dachte ich und hörte sie sagen: »Sieh nur, mein Herz, der wunderschöne Schwan ...« Eine dünne Kordel legte sich um meine Kehle. Ich hörte sie sagen: »... du hast die Affen nicht aus dem Urwald geholt ...« Antworten konnte ich ihr nicht. Sie fasste das als Zustimmung auf, sprach weiter in diesem ernsten und jubelnden Ton.
»Aber wir haben uns nicht getrennt. Wir haben darüber gesprochen, dass man ein paar Jahre Ehe nicht so einfach auslöschen kann. Dass wir mehr Geduld miteinander haben müssen. Dass wir noch einmal von vorne anfangen sollten.« Die Worte sprudelten nur so aus ihr heraus, überschlugen sich fast. »Und am Abend sind wir in ein Restaurant gegangen.«
»Nein«, widersprach ich, »wir sind heimgefahren.«

Sie stutzte, war irritiert, ließ sich jedoch nicht aus dem Konzept bringen. Sie war so überzeugt von ihrem Fragment, dass sie nicht wie sonst fragte: »Bist du sicher, Chris?« Sie sagte: »Du musst dich irren, Chris. Ich sehe es deutlich vor mir. Es war ein großer Raum, in viele kleine Nischen unterteilt, mit Balken an der Decke, auch im Raum waren überall Balken.«
Ich schüttelte den Kopf, wieder und wieder, bis sie endlich schwieg. »Es tut mir leid, mein Herz, aber du irrst dich. Ich kann mich noch sehr gut an diesen Tag erinnern. Es war ein Mittwoch; in Arnberg gastierte ein kleiner Zirkus, deshalb sind wir hingefahren. Bis zum Beginn der Vorstellung war noch Zeit. Wir machten einen Spaziergang im Park. Du hast Tommi die Enten gezeigt, und ...«
»Nein«, unterbrach sie mich bestimmt. »Tommi war nicht dabei. Wir beide waren allein.«
Sie legte den Kopf zurück, runzelte die Stirn unter der konzentrierten Anspannung, mit der sie sich die Einzelheiten ins Gedächtnis zu rufen versuchte. Ich sah sie förmlich in ihrem großen Raum nach den lose fliegenden Dingen greifen.
»Aber wir haben über Tommi gesprochen«, meinte sie schließlich. Die Überzeugung in ihrer Stimme war nicht mehr so groß. »Nicht nur über ihn, glaube ich. Ich meine, wir hätten darüber gesprochen, dass die Kinder Vater und Mutter brauchen. War ich denn da schwanger, Chris?«
»Ja.«
»Siehst du«, meinte sie immer noch sehr nachdenklich. Dann erklärte sie mit einem Hauch von Aufbegehren. »Ich könnte verrückt werden. Manches sehe ich deutlich vor mir, und anderes ist so verschwommen.«

Am nächsten Tag fuhr ich mit ihr nach Arnberg. Ich musste es wissen. Die halbe Nacht hatte ich damit verbracht, mir die Einzelheiten jenes Mittwochs in Erinnerung zu rufen. Ein Restau-

rant war nicht dabei. Wenn sie in einem gewesen war, dann nicht mit mir. Höchstens mit Maus!
Sie hatte mich doch betrogen! Der Satz über Kinder, die Vater und Mutter brauchen, war deutlich. Worüber spricht eine junge Mutter mit ihrem Liebhaber, wenn sie noch im Zweifel ist, sich nicht entscheiden kann? Über ein paar Ehejahre, die man nicht so einfach auslöschen kann. Über Kinder, die Vater und Mutter brauchen. Dann hatte ich es wohl nur Tommi und dem Baby zu verdanken, dass sie bei mir geblieben war. Es war eine bittere Erkenntnis.
Ich stellte den Wagen an der Stelle ab wie damals. Dann ließ ich sie vorgehen. Anfangs war sie unsicher, schaute sich suchend und fragend um. Vermutlich stimmte die Richtung nicht, aus der ich sie in den Park geführt hatte. Wenn sie mit Maus hier gewesen war, hatten sie wahrscheinlich den Eingang benutzt, der auf die Hensenstraße führte. Dann entdeckte sie den Weiher und ging zielstrebiger. Ging an ihm vorbei den rötlichen Sandweg entlang auf das schmiedeeiserne Tor zu, durch das man vom Park auf den Vorplatz gelangte.
Ich folgte ihr. Wieder blieb sie stehen, betrachtete das Schloss mit seinen vernagelten und zugemauerten Türen und Fenstern. Dann wandte sie sich nach rechts und steuerte auf eine Art Schacht zu.
Beim Näherkommen erkannte ich die Stufen. Sie führten hinunter zu einer rustikal gehaltenen Tür aus massiven Eichenbohlen. Mit einem Brandeisen war ein Name in das Holz getrieben.
»SCHLOSSKELLER.«
»Siehst du«, sagte sie stolz und zeigte hinunter auf die Tür. »Da ist das Restaurant. Ich wusste, dass es da ist. Wir sind oft hier gewesen. Sonntags, immer sonntags. Du wolltest nicht, dass ich sonntags koche.«
Sina, im Geiste hörte ich sie reden.

»... Als ob der Tod zurückgekommen wäre ...«
Und die Stimme in meinen Gedanken war mir vertraut. Viel vertrauter als die, mit der sie seit ihrem Erwachen sprach. Eine Verletzung des Kehlkopfs. Nein! Das war nicht der Grund. Die Stimme klang, als versuche sie mühsam, dieses Organ in ihrem Sinne zu beherrschen, als strebe sie eine bestimmte Tonlage an, die sie nie erreichte.
»Gehn wir zurück«, sagte ich. »Ich weiß jetzt, was du meinst. Es stimmt, du bist wahrscheinlich oft hier gewesen, aber nicht mit mir. Es gab noch einen Mann, ich habe immer vermutet, dass du mich betrügst. Zeitweilig habe ich sogar befürchtet, dass Christina nicht meine Tochter ist.«
Ich sprach automatisch, griff nach ihrem Arm und zog sie von diesem Schacht fort. Und während ich mit ihr zurück zu dem schmiedeeisernen Tor ging, während ich begann, ihr von Andreas Maus zu erzählen, ihr zu erklären, dass sie sich in den Monaten vor dem Unfall beinahe täglich mit ihm getroffen hatte. Dass sie mich in der Zeit zurückwies, wenn ich sie lieben wollte. Dass ich befürchtet hatte, sie würde mich verlassen. Dass ich am Tag des Unfalls klare Verhältnisse hatte schaffen wollen, mit ihr zu diesem Mann fahren, sie vor die Wahl stellen, er oder ich. Während ich ihr meine Ängste und Verdächtigungen als Tatsachen präsentierte, warf sich etwas in mir auf den Boden, grub mit beiden Händen die Erde um, wusste, dass es sie nie mehr erreichen konnte, schrie und tobte, brüllte den Schmerz hinaus.
Sina ist tot!
An dem Tag wusste ich es mit absoluter Sicherheit. Ich fürchtete nur noch, alles zu verlieren, sogar die Illusion. Dann kamen die Zweifel, das Glaubenwollen, das Glaubenmüssen, um überleben zu können. Sie war so leicht zu führen, so leicht zu täuschen, so leicht in eine bestimmte Richtung abzudrängen. Gott, wie hat sie sich schlecht gefühlt, verkommen, verdorben,

unmoralisch. Sie hat mich um Verzeihung gebeten, wieder und wieder, mit Tränen in den Augen. Sie hatte Angst, dass ich sie zum Teufel jage, wo sie mir nun den Beweis geliefert hatte. Ohne dass ich etwas von ihr verlangt, ja, gewollt hätte, war sie sogar bereit, Dinge zu tun, die sie früher nicht hatte tun können, weil es sie davor ekelte, weil sie es widerlich fand und glaubte, sich übergeben zu müssen.

Als sie es zum ersten Mal für mich tat, wusste ich, dass sie anfing, mich wieder zu lieben, auf ihre Art. Sie hat mir leidgetan. Aber ich habe sie nicht daran gehindert. Ich habe es sie tun lassen, nicht nur einmal. Ich habe ihr erzählt, dass sie es früher sehr gerne getan hat. Was hätte ich ihr sonst erzählen sollen?

Sie suchte ständig weiter in ihrem großen, leeren Raum. Und immer wenn sie einen Zipfel der Dinge, die darin herumflogen, zu fassen bekam, schlug ich ihn ihr aus der Hand. Ich musste ihr doch nur begreiflich machen, dass die alten Zipfel schmutzig waren. Dass wir beide sie vergessen mussten, um einen neuen Anfang zu finden. Sie war mir fremd, dabei kannte ich sie so gut. Ein bisschen Kunst und Musik. Lammfromm und bieder. So bieder, dass ich mich vor Jahren mit ihr gelangweilt hatte.

Dalling fragte mich häufig nach ihr. Er freute sich, wenn ich ihm von den kleinen Fortschritten berichtete. »Es geschehen noch Wunder«, sagte er einmal. »Man glaubt nicht mehr daran in der heutigen Zeit. Aber es sollte einen demütig und nachdenklich machen.«

Dalling legte mir eine Hand auf die Schulter und lachte. »Nun, Chris, demütig sehen Sie nicht aus, nur nachdenklich.«

Dann ging Dalling, und Sebastian kam auf mich zu. Er war nicht mehr der Freund, den ich seit langen Jahren kannte. Auf eine Art, die ich noch nicht wahrhaben wollte, war er mein Feind geworden. Wie Dalling fragte er: »Wie geht es Sina?«

»Sie macht Fortschritte«, sagte ich.
»Ich würde sie gern einmal sehen«, bat Sebastian. »Wenn du nichts dagegen hast. Ich meine, wenn es ihr nicht zu viel wird. Ich will sie nicht aufregen.«
»Das ist völlig ausgeschlossen«, erklärte ich. »Jedes neue Gesicht regt sie auf. Jedes Mal versucht sie, etwas zu erzwingen.«
»Chris«, er bettelte weiter. »Du kannst ihr doch sagen, dass ich ein Freund von dir bin. Und dass ich auch ihr Freund war.«
»Damit kann sie nichts anfangen. Sie weiß nicht einmal mehr, wer Frank ist. Und er war mehr als ihr Freund. Es tut mir leid, du wirst warten müssen.«
Sebastian war mutlos und niedergeschlagen. »Ich kann nicht warten, Chris. Ich habe erfahren, dass Dalling meine Versetzung in die Wege leiten will. Ich muss alles tun, um hierbleiben zu können. In der Stadt haben wir keine Chance, Chris. Ich weiß, es sind egoistische Gründe. Aber ich dachte, wenn Sina mich akzeptiert wie früher, wenn sie ihren Einfluss geltend macht, sie hat doch immer noch Einfluss …«
Ich verstand ihn sehr gut. Jeder sucht nach seiner Chance. Wäre er nicht gewesen, wäre ich allein. »Lass mir Zeit«, bat ich. »Ich werde sie auf deinen Besuch vorbereiten. Ich sage dir, wann du kommen kannst.«
Als ich an dem Tag aus der Schule heimkam, stand sie vor dem Herd in der Küche. Im Wohnzimmer war der Tisch gedeckt. Katrin war bereits gegangen.
»Katrin ist wirklich ein umgänglicher Mensch«, erklärte sie. »Wir haben vereinbart, dass sie nicht täglich kommt. Zweimal in der Woche reicht. Ich hoffe, es ist dir recht so.«
Ich nickte nur, und sie brachte das Essen auf den Tisch. Gekocht hatte sie selbst. Sie kocht fantastisch, aber mich würgt es bei jedem Bissen.

An Tagen wie diesem wird aus Zweifeln Gewissheit. Im Haus ist es still, man könnte glauben, ich sei allein. Die Kinder schlafen schon, und sie sitzt hinter mir, stumm wie früher. Ich habe ihr gesagt, dass es so war. Und sie bemüht sich, es mir recht zu machen. Aber ganz still sitzen, sagte sie, könne sie nicht. Sie hat sich eine Handarbeit genommen, stickt ihr Monogramm in unsere Handtücher: S. H. Die Anfangsbuchstaben ihres Namens. Die seien ihr vertraut, sagte sie. Das müssen sie auch sein.
Ich sollte arbeiten, aber ich kann mich nicht konzentrieren. Ich sehe sie immer noch am Zaun des Pausenhofs stehen. Das war vor zwei Tagen. Da kam sie zur Schule, ohne dass ich sie dazu aufgefordert hätte. Vielleicht hoffte sie, sich daran zu erinnern, wie sie mir an der Stelle einmal gegenüberstand. Ich hatte ihr die Szene ja beschrieben.
Dalling sah sie vom Fenster aus. Er freute sich, dass sie sich so gut erholt hatte. Sie war allein gekommen, ohne die Kinder, die sie sonst kaum aus den Augen lässt. Und sie blieb nicht beim Zaun. Ratlos stand sie da, kam zögernd über den Pausenhof auf das Schulgebäude zu, kam hinein. Was mag sie gedacht haben beim Anblick der vielen Türen?
Sie tat mir leid, wie ich sie auf dem Korridor stehen sah. Inmitten der lärmend hinausdrängenden Kinder war sie selbst ein Kind. Sie sah mich nicht. Fast eine volle Minute starrte sie eine bestimmte Klassentür an. Sie ließ auch die letzten Kinder an sich vorbei, setzte sich zögernd in Bewegung und steuerte auf die Tür zu. Erst als ich ihren Namen rief, wurde sie aufmerksam.
Später erzählte ich ihr, es sei Frau Liebigs früherer Klassenraum gewesen, von dem sie sich so magisch angezogen fühlte. Deshalb habe sie vermutlich das Bedürfnis empfunden, hineinzugehen. Sie glaubt mir, sie glaubt mir alles.
Am Abend desselben Tages kam Sebastian. Ich hatte ihm ge-

sagt, er solle kommen. Weil ich mir dachte, es wird Zeit, dass er aus dem Dorf verschwindet, allerhöchste Zeit. Damit er ihr nicht einmal unverhofft über den Weg läuft. Er war verunsichert, folgte mir ins Wohnzimmer und setzte sich auf die Couch.

»Sie bringt die Kinder ins Bett«, sagte ich. »Wenn sie hereinkommt, benimm dich völlig natürlich. Damit hilfst du ihr noch am meisten. Es ist immer möglich, dass ihr etwas einfällt, aber sie bringt vieles durcheinander. Denk daran, sie ist Sina, aber sie hat es vergessen.«

Sebastian lachte verlegen. »Wenn sie nicht Sina wäre, wäre ich umsonst gekommen.«

Was hatte ich ihr nicht alles erzählt, um zu erklären, was unweigerlich kommen musste. »Ein Freund«, hatte ich gesagt, »mein Freund, du mochtest ihn nie. Du hast ihn gehasst. Du hast ihn schon vor Jahren durchschaut. Du hast ihm sogar einmal ins Gesicht gesagt, dass du ihn für rücksichtslos und egoistisch hältst. Er ist der Mann, der für Silvia Henschels Tod verantwortlich ist. Und mit Silvia hast du dich immer sehr gut verstanden.«

Ich hörte ihre Schritte auf der Treppe, dann kam sie ins Zimmer. Ohne zu lächeln, nahm sie in einem Sessel Platz und schaute ihn an. Sebastians Befangenheit wuchs. Ich begann eine harmlose, unverfängliche Unterhaltung, überbrückte damit die erste Viertelstunde. Sebastian antwortete mir einsilbig. Sie beteiligte sich nicht am Gespräch. Wie gut ich diesen suchenden Ausdruck auf ihrem Gesicht inzwischen kannte. Und wie ich ihn fürchtete!

Erst als Dallings Name fiel, wurde sie aufmerksam. Mit einer gewissen Schärfe in der Stimme erklärte sie: »Man kann über Dalling sagen, was man will, er kennt die Verhältnisse im Dorf. Er weiß, dass man hier nicht tun kann, was man will. Und er verachtet Menschen, die ihre Grenzen nicht kennen.«

Sebastian setzte zu einer Entgegnung an, brachte nur eine müde Geste zustande. Er warf mir einen kurzen Blick zu, schaute wieder zu ihr hin. »Du also auch«, meinte er resignierend. »Ich hatte gehofft, dass zumindest du mich verstehst. Du hast nie einen Menschen für seine Gefühle verurteilt, warum jetzt mich? Weißt du überhaupt, worum es hier geht?«

Bevor sie ihm antworten konnte, erklärte ich rasch: »Sie weiß es. Sie war dabei, als Luise darüber sprach.«

Sebastian lachte bitter. »Sieh an, ich bin Dorfgespräch. Damit habe ich gerechnet, aber ich habe auch gehofft, dass du mir aus der Patsche hilfst, Sina. Ich habe mich immer bemüht, dir nicht zu nahe zu treten. Zeitweise war ich überzeugt, du magst mich.«

»Das habe ich getan«, flüsterte sie und ballte die Hände zu Fäusten.

Später lag sie neben mir, deprimiert und voller Schuldgefühl. »Ich weiß nicht, was mit mir los war, Chris. Ich hätte ihn prügeln können, ihm die Augen aus dem Kopf kratzen.«

»Es ist gut«, sagte ich. »Du warst wütend auf ihn wegen Silvia, nehme ich an. Aber es ist nicht so wichtig.«

»Doch«, widersprach sie, »mir ist es wichtig. Ich wollte ihn nicht vertreiben. Er ist dein Freund. Wenn er gehen muss …«

»Es ist wirklich nicht wichtig«, unterbrach ich sie. »Du bist meine Frau, das ist wichtiger.«

Meine Frau, das ist die Wahrheit, die jeder sieht. Von der mir niemand das Gegenteil beweisen kann. Nicht einmal sie selbst. Jeder Spiegel beweist, sie ist Sina.

Ich liebte sie, nachdem Sebastian gegangen war. Ich musste es tun, musste mir beweisen, dass sie zu mir gehört. Während ich in ihr war, wartete ich auf das Weinen. Es kam nicht.

Nur manchmal glaubte ich von weit her ein unterdrücktes Schluchzen zu hören. Doch jedes Mal wusste ich, es war nur mein eigenes Stöhnen. Ich gab mir Mühe, sie zu lieben, wenigs-

tens einen kleinen Teil von dem zu wecken, was einmal in diesem Körper gewesen war. Es gelang mir nicht. Sie lag da wie eine Puppe, der man ein Lächeln ins Gesicht gemalt hat.
Das ist die andere Wahrheit. In ihren bunten Kleidern und mit dem Ring an ihrer Hand ist sie zu einem grauen Schatten geworden, farblos und stumpf. Es tut verdammt weh, sie so zu sehen. So schlimm war es früher nicht mit ihr. Sebastian hat mehr zerstört, als er weiß. Wenn ich nur wüsste, was in den letzten Wochen und Monaten zwischen ihnen vorgegangen ist.
Ich kann ihn nicht danach fragen. Sie auch nicht.
Da war eine Mauer, Glasscherben auf der Krone glitzerten im Licht. Ein wuchtiges Tor verhinderte den Zutritt. Dann öffnete es sich, nur einen Spaltbreit, weit genug, mich einen Blick auf das werfen zu lassen, was einmal dahinter war. Sogar das Grab habe ich gesehen für ein paar Sekunden.
Aber es gibt kein Grab. Keinen Platz, zu dem ich gehen könnte, um zu weinen. Ich habe Angst! Mit jedem Tag wird meine Angst größer. Sie wird sich ähnlicher mit jedem Tag. Ich muss lügen, immer weiter lügen, um mir wenigstens die Illusion zu erhalten. Eines Tages wird es keine Lügen mehr geben.
Da war eine Mauer, ich ging daran entlang auf das Dorf zu. Ich drehte mich noch einmal um. Sie stand gebückt, war dabei, ihre Schuhe zu schließen.
»Auf Wiedersehen«, rief ich.
Und sie lachte. »Sicher«, rief sie zurück.
Sie hätte das Tor nie für mich öffnen dürfen.

»Eine deutsche Autorin, die ihren anglo-amerikanischen Thriller-Kolleginnen ebenbürtig ist.«

WELT AM SONNTAG

Petra Hammesfahr
DER STILLE HERR GRENARDY
Roman
336 Seiten
ISBN 978-3-404-15527-9

In einer kleinen Wohnung über einer Tierhandlung lebt ein älterer Herr, ein freundlicher, unauffälliger Mensch, der offenbar niemandem etwas zuleide tut. Nur hin und wieder, an Wochenenden, fährt er mit dem Auto weit über Land und spricht auf Spielplätzen kleine Mädchen an …

Und dann steht plötzlich ein Mädchen ganz allein draußen in der Kälte vor der Tierhandlung und starrt in das Schaufenster, Tag für Tag. Der ältere Herr spricht es an, gewinnt allmählich sein Vertrauen und lädt es ein, sich in seiner Wohnung aufzuwärmen …

Bastei Lübbe Taschenbuch

»Kai Meyer ist ein Meister des Magischen Realismus«

KÖLNISCHE RUNDSCHAU

Kai Meyer
HEX
Unheimlicher Roman
336 Seiten
ISBN 978-3-404-15864-5

Als über Grönland ein Luftschiff explodiert, sollen zwei deutsche Agenten das Rätsel lösen. Für Sina und Max, die für das Hex, die Abteilung für ungeklärte Kriminalfälle, arbeiten, beginnt eine heikle Mission. Norweger und Dänen führen einen geheimen Krieg; ein Killer, der sich »Magier« nennt, sucht Vergeltung, und eine finstere Macht plant die Apokalypse.

Bastei Lübbe Taschenbuch